国代学典
中当文经读
吴义勤 ◎主编
2020短篇小说卷
祁春风 朱旭 ◎点评
经必

ZHONGGUO
DANGDAI
WENXUE
JINGDIAN
BIDU

图书在版编目（CIP）数据

中国当代文学经典必读.2020短篇小说卷 / 吴义勤主编. –– 南昌：
百花洲文艺出版社, 2022.7
ISBN 978-7-5500-4408-1

Ⅰ.①中… Ⅱ.①吴… Ⅲ.①中国文学 – 当代文学 – 作品综合集
②短篇小说 – 小说集 – 中国 – 当代 Ⅳ.①I217.1

中国版本图书馆CIP数据核字（2021）第183241号

中国当代文学经典必读·2020短篇小说卷

吴义勤　主编

出 版 人	章华荣	
责任编辑	胡青松	
书籍设计	方　方	
制　　作	何　丹	
出版发行	百花洲文艺出版社	
社　　址	南昌市红谷滩区世贸路898号博能中心一期A座20楼	
邮　　编	330038	
经　　销	全国新华书店	
印　　刷	江西千叶彩印有限公司	
开　　本	850mm×1168mm 1/16　印张 28.5	
版　　次	2022年7月第1版第1次印刷	
字　　数	350千字	
书　　号	ISBN 978-7-5500-4408-1	
定　　价	58.00元	

赣版权登字　05-2021-334

版权所有，盗版必究

邮购联系　0791-86895108
网　　址　http://www.bhzwy.com
图书若有印装错误，影响阅读，可向承印厂联系调换。

我们该为"经典"做点什么?

／吴义勤

当今时代,对经典的追怀和崇拜正在演变为一种象征性的精神行为,人们幻想着通过对经典的回忆与抚摸来抵抗日益世俗和商业化的物质潮流。在这一过程中,一方面,经典作为人类文学史和文明史的基石与本源,其价值得到了充分的认同与阐扬;另一方面,经典的神圣化与神秘化又构成了对于当下文学不自觉的遮蔽和否定。可以说,如何面对和正确理解"经典",正是当代中国文学必须正视的一个问题。

什么是经典呢?就人类的文学史而言,"经典"似乎是一个约定俗成的概念,它是人类历史上那些杰出、伟大、震撼人心的文学作品的指称。但是,经典又是无法科学检验的主观性、相对性概念。经典并不是十全十美、所有人都认同的作品的代名词。人类文学史上其实根本就不存在十全十美、所有人都喜欢、没有缺点的所谓"经典"。那些把"经典"神圣化、神秘化、绝对化、乌托邦化的做法,其实只是拒绝当下文学的一种借口。通常意义上,经典常常是后代"追认"的,它意味着后人对前代文学作品的一种评价。经典的标准也不是僵化、固定的,政治、思想、文化、历史、艺术、美学等因素都可能在某种特殊的历史条件下成为命名"经典"的原因或标准。但是,"经典"的这种产生方式又极容易让人形成一种错觉,即"经典"仿佛总是过去时、历时态的,它好像与当代没有什么关系,当代人不能代替后人命名当代"经典",当代人所能做的就是对过去"经典"的缅怀和回忆。这种错觉的一个直接后果就是在"经典"问题上的厚古薄今,似乎没有人敢于理直气壮地对当代文学作品进行"经典"的命名,甚至还有人认为当代人连写当代史的权利都没有。

然而,后人的命名就比同代人更可信吗?我当然相信时间的力量,相信时间会把许多污垢和灰尘荡涤干净,相信时间会让我们更清楚地看清模糊的、被掩盖的真相，但我怀疑，时间同时也会使文学的现场感和鲜活性受到磨损与侵蚀，甚至时间本身也难逃意识形态的污染。我不相信后人对我们身处时代"考古"式的阐释会比我们亲历的"经验"更可靠，也不相信，后人对我们身处时代文学的理解会比我们亲历者更准确。我觉得，一部被后代命名为"经典"的作品，在它所处的时代也一定会是被认可为"经典"的作品，我不相信，在当代默默无闻的作品在后代会被"考古"挖掘为"经典"。也许有人会举张爱玲、钱锺书、沈从文的例子，但我要说的是，他们的文学价值在他们生活的时代就早已被认可了，只不过新中国成立后很长时间由于意识形态的原因我们的文学史不允许谈及他们罢了。

这里其实就涉及了我们编选这套书的目的。我认为，文学的经典化过程，既是一个历史化的过程，又更是一个当代化的过程。文学的经典化时时刻刻都在进行着，它需要当代人的积极参与和实践。文学的经典不是由某一个"权威"命名的，而是由一个时代所有的阅读者共同命名的，可以说，每一个阅读者都是一个命名者，他都有命名的"权力"。而作为一个文学研究者或一个文学出版者，参与当代文学的进程，参与当代文学经典的筛选、淘洗和确立过程，正是一种义不容辞的责任和使命。事实上，正是出于这种对"经典"的认识，我才决定策划和出版这套书的，我希望通过我们的努力，真实同步地再现21世纪中国文学"经典化"的进程，充分展现21世纪中国文学的业绩，并真正把"经典"由"过去时"还原为"现在进行时"，切实地为21世纪中国文学的"经典化"作出自己的贡献。与时下各种版本的"小说选"或"小说排行榜"不同，我们不羞羞答答地使用"最佳小说"之类的字眼，而是直截了当、理直气壮地使用了"经典"这个范畴。我觉得，我们每一个作家都首先应该有追求"经典"、成为"经典"的勇气。我承认，我们的选择标准难免个人化、主观化的局限，也不认为我们所选择的"经典"就是十全十美的，更不幻想我们的审美判断和"经典"命名会得到所有人的认同，而由于阅读视野和版面等方面的原因，"遗珠之憾"更是不可避免，但我们至少可以无愧地说，我们对美和艺术是虔诚的，我们是忠实于我们对艺术和美的感觉与判断的，我们对"经典"的择取是把审美和艺术放在第一位的。说到底，"经典"是主观的，"经典"的确立是一个持续不断的"过程"，"经典"的价值是逐步呈现的，对于一部经典作品来说，它的当代认可、当代评价是不可或缺的。尽管这种认可和评价也许有偏颇，但是没有这种认可和评价，它就无法从浩如烟海的文本世界中突围而出，它就会永久地被埋没。从这个意义上说，在当代任何一部能够被阅读、谈论的文本都是幸运的，这是它变成"经典"的必要洗礼和必然路径，本套书所提供的同样是这种路径，我们所选的作品就是我们所认可的"经典"，它们完全可以毫无愧色地进入"经典"的殿堂，接受当代人或者后来者的批评或朝拜。

感谢百花洲文艺出版社对我的经典观的认同以及对于这套书的大力支持，感谢让这个文学工程可以在百花洲文艺出版社这个平台美丽绽放。我们的编选仍将坚持个人的纯文学标准，而为了更好地阐析我们的"经典观"，我们每本书将由青年学者对每一篇入选小说进行精短点评，希望此举能有助于读者朋友对本丛书的阅读。

目 录

莫　言　一斗阁笔记（三）/ 1

王　蒙　夏天的奇遇 / 19

徐怀中　万里长城万里长 / 42

梁晓声　可可、木木和老八 / 55

蒋子龙　桃花水 / 76

叶兆言　走向冬天 / 99

徐则臣　虞公山 / 112

艾　伟　最后一天和另外的某一天 / 127

朱　辉　求阴影面积 / 143

乔　叶　给母亲洗澡 / 158

刘庆邦　远去的萤火 / 174

储福金　洗　尘 / 187

刘玉栋　芬芳四溢的早晨 / 203

秦　岭　第二十九个半 / 217

弋 舟　掩面时分 / 231

黄咏梅　睡莲失眠 / 247

晓 苏　泰 斗 / 262

李约热　喜 悦 / 279

潘 灵　叫了一声 / 302

汤成难　寻找张三 / 317

南 翔　果 蝠 / 337

蔡 东　她 / 358

王威廉　分 离 / 374

林 森　书空录 / 391

了一容（东乡族）群众演员 / 404

邢庆杰　飞 碟 / 423

杨 渡　我的脑袋进水了 / 440

一斗阁笔记（三）

莫言

一　老邓之妻

老邓，是我在保定当兵时的战友。那时部队生活差，到了冬天，蔬菜就是那老三样：萝卜、白菜、土豆。萝卜多是糠的，白菜多是卷得不紧的，土豆多是发了芽的。众人的嘴里，真的淡出个鸟来了。那时，军官到了营级职务，家属便可随军。老邓职至副营，家属便随了军。老邓是山东临沂人，农村的。老婆是同村的，跟老邓还沾点亲，一口家乡话，多数人听不懂。老邓结婚早，在国家号召计划生育、推行独生子女政策时，他老婆已经生了三个儿子。那时干部工资多年没有调整，老邓虽是副营职，但工资跟我们这些连排职干部一样，每月也是五十三元。老邓家口多，老婆随军后因文化程度低又找不到工作，因此老邓的生活便格外困难。老邓的老婆有时带着三个孩子到部队食堂周围去捡东西，被好事者反映到大队部。大队政委找老邓谈话，让他回家教育老婆孩子，不要到食堂周围转悠。老邓回家把老婆揍了一顿，他自己脸上也添了几道血痕，可见这个娘们不是善茬子。

转过年来，老邓的老婆在河滩上开辟了一片荒地，又从山上搬来石头，垒了一个猪圈，一排鸡舍鸭棚。这个女人真是过日子的好手，她家里的生活很快就改观了。老邓一直干巴巴的小脸，慢慢地胖了，圆润了。又有好事者到大队部告状，说老邓的老婆开荒种地养猪养禽，涉嫌搞资本主义。政委又找老邓谈话，让他回家教育老婆。这次老邓肯定没打老婆，因为老邓的老婆站在我们大队部的院子里，左手叉着腰，右手挥舞着，像高级领导人做报告一样，痛骂了我们大队政委两个小时。其最精彩的骂人话我至今还记着：雷政委，你这个不吃人粮食的狗杂种，我们一家五口饿得眼冒金花你不管不问，俺自力更生艰苦奋斗发扬南泥湾精神丰衣足食了你又来找我们的麻烦，老娘今天要让你知道一下俺的厉害！俺沂蒙山人，共产党的大干部见多了，陈师长不比你大？罗政委不比你大？他们都对老百姓好，你一个小鸡巴团级干部，竟敢欺负老百姓，老娘今天要给你留点记忆！老邓的老婆冲进政委的宿舍，据说在政委的床上撒了一泡尿。男干部都不敢进去。我那时在大队部当干事，急忙打电话给卫生队，让黄军医带着一个女卫生员赶过来，连拖带拉地把老邓的老婆弄走。政委气得脸黄唇青，双手直哆嗦。大家都说，政委正巴望调到局里去当副局长，只怕要被老邓老婆这泡尿给冲黄了。但事实证明，老邓老婆给政委带来了红运。政委很快就调到北京，一路晋升到副军职。

腊月里，雪封山路，食堂的采买车无法进城，每日吃盐水煮黄豆，大家皆面黄肌瘦，只有老邓家的厨房里每天都散发出煎炒烹炸的香气。我们心中愤懑，便决定夜里去偷老邓家的禽。白天我们侦查了，老邓家的禽棚里有两只长颈鹅，每只足有十斤重，偷一只就可以供我们大队部的五位单身干部饱餐一顿。但困难在老邓老婆警惕性很高，据说她每天夜里都睡在猪圈里，我们必须行施调虎离山计。正好那几天大队的领导都不在位，我们先派人去找老邓，说上级机关指名要他到保定市人民武装部修理一挺机枪，让他当天下午就出发。老邓是军械员出身，枪械专家，当时部队使用的所有枪械，他闭着眼都能拆卸。那时交通不便，从我们营区到保定市区当天不能往返。我们计划等老邓一走，就去夜袭他家的鹅棚。老邓笑着说好，然后就走了。到了晚上九点多钟，我们开了一个小会，设计好几套方案，换上胶鞋，准备好手电，刚要出发，老邓和他太太来了。他太太端着一个锅，揭开锅盖，锅里是香气扑鼻热气腾腾的鹅肉。老邓的老婆说：你们这些小兔崽子，跟老娘斗心眼，还嫩了点儿。

这件事很像一篇公式化的小说，但确实是真事，如果我不写出来，就对不起老邓和他老婆。

二 鸟虫

吾乡张七，见多识广，口才极好，是个肚子里有故事也会讲故事的人，他在村苗圃曾与我共事数月，讲过的故事有一百多个。这些故事大多已被我写进小说，少数未写进小说的，基本上都不太雅，今从这些不太雅的里选一个还能入目的写出来，供没洁癖者一乐。

张七道：民国元年，俺姥爷十九岁，新婚宴尔，去岳父家帮忙刈麦。干到半晌午时，忽觉腹中饿甚，冷汗涔涔，无物可填饥肠。正好看到麦垄间有一鸟巢，巢中有卵四枚。俺姥爷便将那四枚鸟卵吞食，连壳都没吐，这四枚鸟卵落肚。他感到力量倍增，抖擞精神，一马当先，割到地头，人人夸他是把好手。回家后，俺姥爷感到脖子后发痒，以手探之，有四个鸟卵大隆起，其痒日甚，坐卧不宁，遍寻名医，皆不知何症。一日，一游方郎中摇铃从街上过，我姥爷追之求诊，那郎中眇目跛足，其貌甚怪。他摩挲着俺姥爷脖后那四个包说：有些东西，即便饿死也不能吃，你明白吗？

俺姥爷说，我没吃什么呀！郎中道：事到如今，还不坦白，那你就等死吧！郎中起身欲走，俺姥爷急忙道：大夫，俺想起来了！前些天帮老丈人家割麦，突然饥饿难忍，见麦垄间有四枚鸟卵，便带壳吞之。郎中道：这就是了！你这脖子上的疮名曰鸟毒，凶险异常，如不救治，十日必死。俺姥爷慌忙下跪磕头，请求救命。郎中道：速速准备四只公鸡。俺姥爷说：俺家只有一只公鸡，母鸡行吗？郎中道：母鸡不行。俺姥爷就动员起全村人帮他去买公鸡，直到日挂林梢、天色昏黄时才弄到三只。郎中叹息道：再晚就来不及了，姑且用一只母鸡代替吧。不过，这就给人世间留下无穷后患了。郎中让我姥爷趴在地上，用利刃劈开其颈上一个隆起，随即将一只公鸡堵上去，只见那刀口里钻出许多灰白色的小虫，紧接着爬到公鸡的身上。公鸡羽毛奓起，鸣叫不止，似有不可忍耐之痛苦。片刻，刀口内再无小虫爬出。郎中便将公鸡扔在地上。只见那公鸡跳跃鸣叫，几近疯狂，猛然一跳，离地数米，落地已死。郎中急令村人点燃柴堆，又令以洋油泼鸡身，投之火中，但闻噼啪爆响，如燃竹节，又有腥臭扑鼻。郎中道，此即鸟虱之臭也。接下来郎中又按此法剖切了俺姥爷颈上两个鸟虱包。牺牲公鸡两只，皆投火而焚之。其时村中人皆倾出而围观之，中有一孩童，名叫八十，时年七岁，善驯养鹰隼，售与蒙古猎人以获利。此儿亦天才也，驯鸟之技，无师自通之。郎中以利刃剖切俺姥爷颈上最后一个虱包时，八十手托一小隼，挤在最前边观之。郎中一刀剖开虱包，随即以母鸡堵上，那母鸡咯咯鸣叫，如产新卵，顷刻即不出声，显然已血竭命毙矣。郎中大呼：闪开，直接将死母鸡投诸火堆。噼啪燃爆之声依旧。接下来发生的事是令人最感遗憾的，只见从俺姥爷脖子上最后切开的刀口里，蹦出了数十只灰白色的鸟虱，落到了那只小隼身上。那隼一声尖叫，声同裂帛，然后疾如闪电，直冲云霄，再也没见踪影。从此，高密东北乡的鸟类再也无法安眠，地球上也多了一种寄生虫。人问郎中那四枚鸟卵是何鸟所下？郎中道：鸟名青鹎，又名虱母。夜鸣旦止。夏天，羽毛繁茂，至冬，体无一羽，故又名"冻鸡"。

一斗阁主疑问：这郎中还是个人吗？

三 盗车铃

上世纪八十年代，自行车是北京人的主要交通工具。那时的车子以上海产永久、凤凰，天津产飞鸽最为流行。我当时的坐骑是一辆凤凰二八，骑在车上，如遇顺风，确有怡然自得之感。这三种品牌的车子的零件是可以通用的，这给修理带来了很大方便，但也给某些坏人偷盗车铃盖带来了便利。有一次我与几位战友聚会，谈到当年偷铃盖的事，众人皆笑。我们都是被盗者，也都是盗窃者。我记得有一次去西单音乐厅听某歌唱家唱歌，同行者乃战友老蔡。听到半截，二人均觉无趣，便中途退场。到停车处取车时，发现我的车铃盖没了，正嘟嘟地骂着，老蔡已把旁边一辆车上的铃盖拧下来递给我。我还有点犹豫呢，老蔡说，别虚伪了，拧上吧。我很想躲到旁边看一下后续的反应，但老蔡把我拉走了。过了几天，我的自行车铃盖又丢了，这次我毫不犹豫地把旁边自行车上的铃盖拧了下来。我想来想去，在那个冬天里，只因为有人偷了我一个铃盖，就使北京的很多自行车主，都成了偷铃盖的人。很长一段时间里，人们进剧场看戏或者进影院看电影，都要把铃盖拧下来装进口袋，出来时再拧上。后来，厂家发明了一种拧不下来的新式车铃，这连环偷窃才告结束。

这件事让我想到意大利著名作家卡尔维诺的一篇小说，说一个村子里的人都是小偷，张三偷李四家的鸡，李四偷王五家的鸭，王五偷孙六家的鹅，孙六偷张三家的兔子。大家都有事干，生活也充满了刺激和乐趣。忽然有一个家伙改邪归正，不偷了，这根循环往复的链条断了，村子里的人就感到生活失去了意义，然后陆续地搬走了。这个故事很有趣，似乎蕴含着一些哲理。

四　卖驴

用假话骗人，寻常事也；用真话骗人，反常事也。寻常事无可记，反常事可记之。吾乡周氏父子，聪明人也。聪明人不愿种田出大力，喜欢干一些出力少、赚钱快的事。吾乡把从事商业者称为买卖人，此称谓含贬义，但也不算太狠。周氏父子，父名文元，字金榜。子名武魁，字占鳌。他们家似乎世世代代都与农民不一样。如果说地道的农民与土地是鱼与水的关系，那么周氏父子与土地就是青蛙与水的关系。他们可以在水里待着，也可以跳到岸上甚至钻到泥土中或是爬到树上。这些都是闲话，咱们书归正传。周氏父子所从事的工作，说好听点叫经纪人，说难听点就是牲口贩子，因为周氏父子只倒腾驴，因此大家都称他们为驴贩子。他们的特长就是用一些手段把一头老驴装扮成一头比较年轻的驴，然后赚一笔钱。怎样把一头老驴装扮成一头看上去比较年轻的驴呢？具体做法是：将一把谷秸点燃，去烧燎老驴身上的死毛。这个分寸比较难把握，太近了会烫伤驴皮，太远了又烧不出效果，所以这个活儿一般都是老周干。小周扞着一柄竹扫帚，待老周燎后刷之。刷时，驴似乎很享受。刷后，驴焕然一新，犹如穿上了一件光鲜的外套。处理完驴毛后就开始处理驴牙，这活儿较复杂。先用丝瓜瓢子沾着盐末儿擦洗，驴越老牙愈黄，擦洗后驴牙变白，会给买驴者留下好印象，驴也显得年轻。接下来的工序最为复杂，那就是用锥子在驴牙上钻剔出沟槽，因为老驴的牙齿经过多年磨损，已经磨平，这是判断驴年龄最重要也最可靠的标志。在磨平的牙齿上剔出沟槽，这活儿也只能老周干，小周做助手。大多数人都有过看牙的经验，知道钻磨牙齿的滋味不好受。驴也一样，所以小周要让驴嘴分开，一直等到老爹把活儿干完。驴急了也是会咬人的，这活儿多少也有一些危险呢。最后，就是在牵驴上集前，用拌有酒糟的饲料喂它一饱，让它微醺，兴奋。你看这头驴，毛眼儿新鲜，双眼焕发光彩，哪像老驴？活脱脱就是一头青年驴啊。买驴人在扒开驴嘴看罢驴牙后，提出疑问：这驴牙似乎刚刚钻过。这时，小周就说：大叔，您真说对了，今天早晨，我扒着驴嘴，俺爹用锥子钻的！于是大家都哈哈一笑，不再怀疑。这就是用真话骗人的故事。

类似的故事还有，譬如一男一女有暧昧关系，众皆疑之。女的坦然道，岂止是暧昧关系？！我们的私生子都上大学了呢！这样一说，那些专门打探传播此类消息的人反而感到无趣了。

五　写诗软件

某晚，吾在办公室学作律诗。正抓耳挠腮寻章摘句时，一学生推门而入。他头大颈细，目深额凸，有古贤人之相。未及我问，他便侃侃而谈："尊敬的老师，我是天文系的新生。听我们老师说您正下苦功学作律诗，我用两个星期的课余时间，为您编了一个作诗软件，想请您试用一下。"他突然扑哧一笑，道："那天我去食堂打饭，看到您在小树林里用头撞树，知道您在苦思冥想，其实，在当今这个时代，何必费心耗神于此雕虫小技也！"

我对这个出言不逊的学生没有好感，但还是打开电脑，让他将软件装上。他坐在我的椅子上毫无顾忌地放了一个响屁，这让我更为不快，但还是碍于情面，没赶他走。他说："老师，软件装好了，您想作首什么诗？"我说："七律吧。"他问："平起还是仄起？"我说："平起。""首句入韵还是不入韵？""入韵。""用新韵还是用旧韵？""旧韵。""请您说几个关键词。""肃杀，孤独，忍耐，无奈，慷慨，佯狂，长歌，纵酒……"他敲击键盘的速度令我目眩。我的话音刚落，他就说："好了。"

屏幕上显示出："刀光剑影气萧森，一意孤行路莫寻。开口即招高士恨，装疯可慰怨儿心。忍将村勇冲天怒，化作长歌动地吟。万众皆醒我独醉，夜阑坐起乱弹琴。"

我翻来覆去读了几遍，不知好歹。学生眉开眼笑，问："老师您觉得怎么样？"我说："这个吗，从格律上来说呢，当然大概可能是没有问题的了，但缺少真情实感……要不，再作一首试试看？""还是七律吗？""是吧。""新韵还是旧韵？""新韵。"……

他一按键盘，说："好了。"

"心慈手软窝囊废，忍气吞声戴罪身。宁愿折腰钻狗洞，不求炫翅跳龙门。黄连入口休嫌苦，黑镬加肩莫怨沉。猛士联营欺小丑，梦边偷泣泪无痕。"

"老师您觉得怎么样？"

"这首较好。再来一首新旧韵兼通的好吗？"

"好了，老师。"

"前有虎狼后有兵，左山起火右山惊。梦生双翼飞南海，心伴孤鸿落北城。三跪滩头难免罪，九歌湖畔未成名。凭窗愁看风吹雨，竹笠青裳任我行。"

"老师您觉得怎么样？"他笑眯眯地问。

"这个软件吗，局部地来看呢，还是不错的，写一点空洞无物无病呻吟的诗吗，还是可以的，但再好的软件，也写不出李白和杜甫那样的诗…"

"老师，我还可以帮助您编写小说的软件、写剧本的软件，您只要象征性地付我一点费用就可以了。"

"同学，不，大师，您贵姓？"

六　马脚穿鞋

据说，公元前一世纪，古罗马人就开始给马蹄挂掌（钉蹄铁），这事当时还有个很有趣的说法，叫作"马穿凉鞋"。中国史书中关于给马挂掌的最早的记载是后晋天福三年（公元938年）——我坦率地承认，上面这些知识，都是"百度"来的，是不是可靠，我也不知道。但下面的故事，却是我亲身的经历，绝对可靠。

我估计像我这个年纪的农村出身的人，都看到过给马或者给骡子挂掌的场面。那场面很精彩，很刺激，看一次就能记一辈子。挂马掌的人，基本上都是健壮、精干的男人，因为这活儿，既需要技术，又需要胆量。因为并不是每匹骡马都是好脾气，它一旦不高兴，一尥蹶子，就够人受的。马掌匠大多数都是铁匠，需要根据骡马的蹄子，随时修改蹄铁的大小。大多数的马掌匠都是在铁匠铺子里等活儿。他们的铺子前，用五根粗大的圆木，交叉竖起一个木架子。他们将骡子或者马弄到架子下，用两根结实的帆布带子，兜在骡子或马的前后腿之间，然后将它们吊起来，这样，无论多么暴烈的骡马，也就失去了尥蹶子的能力。

我要说的是一个犹如凤毛麟角一样稀罕的下乡找活干的马蹄匠。下乡找活干，就意味着没有了器械的保护，马蹄匠要跟骡马亲密接触，风险很大。单纯因为这，还不值当我使用"凤毛麟角"这样的高级形容词，我之所以使用这个形容词，因为这个马蹄匠是个女的，而且是我的表姐。这个表姐不是那种八竿子拨拉不着的瓜蔓子亲戚，她是我母亲的堂哥的独生女儿。

我这个表姐身材并不粗壮，甚至还可以说她有几分苗条。她也不丑，甚至还可以说她比较漂亮。就是这样一个人儿，学了这样的手艺。我堂舅是个铁匠，也是马蹄匠。我堂舅并不愿意让自己的独生女儿继承自己的手艺，生产大队安排了一个小伙子给他当学徒他又不要。我表姐很喜欢这活儿，因为喜欢，所以上心，我堂舅没怎么教，她自己就看会了。

我表姐在我们村子里大显身手赢得了高度赞誉的那次，是给我们第二生产队里那匹性情极为暴烈的骡子上蹄子那个中午。那时我堂舅已经很老了，只能给我表姐当助手，村子里的人听说来了一个女马蹄匠给第二生产队的疯骡子上蹄铁，全都跑来看热闹。

我们第二生产队那匹疯骡子，是真疯。它能同时飞起两条后腿踢人，又能十分灵巧地飞起一条后腿踢狗。它还能站立起来，用两个前蹄，像拳击手一样擂人，当然，用嘴咬人，它也十分擅长。我们队长和会计贪便宜把这家伙买回来，简直是买回了一头猛兽。每次要将它套进车辕，都需要动员全队的壮劳力。一旦把它套进车，它就拉着车狂奔，速度之快，我说出来大家也不会相信。也就是说，这头疯骡子，身上有不可思议的神奇的力量，它使我们队里马车的速度大大提高。有一次它从县城给公社供销社拉了一车煤，蛟河农场的一辆捷克产的胶轮拖拉机趾高气扬地超越了它。它野性发作，嗷嗷地叫着，拉着车就追，车上的煤被颠得纷纷落地。拖拉机司机刚开始不以为然，呼喊了一些嘲笑骡子的口号，骡子大怒，狂追不止，车越跑越轻，速度越来越快。拖拉机驾驶员一时慌乱，竟然把车开到了路沟里，差点出了人命。这件事流传甚广，使我们村子里人尤其是我们这些孩子感到无比地骄傲。骄傲归骄傲，但供销社的煤是要赔的。我们全队的人拿着笤帚去沿路扫煤，但还是缺了一半分量。

话说我堂舅把疯骡子拴在街边一棵柳树上，稍一懈怠，就被骡子一口咬住了胳膊。我表姐一个箭步冲上去，对着骡子的耳朵眼儿一声尖叫，那骡子像当头挨了一棍似的，两条前腿一弯就跪下了。我表姐迅速地用细麻绳将它的上唇拴起了一个疙瘩，然后将连接着细麻绳的粗绳子扔到树杈上，往下一拉，那骡子就乖乖地把头仰了起来。表姐将绳子交给我堂舅，我堂舅把绳子死劲往下一抻，那骡子痛苦得浑身颤抖，再也没有心思飞起蹄子灼人了。

我表姐从容不迫地给疯骡子剔除了旧蹄铁，用扁铲给它修平了趾甲，然后给它钉上了合适的新蹄铁。四个蹄子全部弄好，花费了大概半个小时，真是又快又好，观者无不称赞。一切收拾妥当后，表姐将子上唇的麻绳松开，还轻松地拍了拍它的脑门。我堂舅将缰绳递给生产队的饲养员。众人飞快地散开，等待着疯骡子的疯狂。但奇怪的是，我们队里的疯骡子竟然没有折腾，它跟在饲养员身后，乖乖地走着，仿佛一个刚穿上新鞋的小媳妇，个头也高了两寸。

过了几年，在添油加醋的传说中，我表姐成了武功高强的女侠，那疯骡子，成了她仗义行侠时的坐骑。这就是另外一个故事了。

我表姐后来被推荐上了农学院畜牧系，毕业后分配到县兽医站工作。她嫁给了一个部队的军官，后来随军去了贵州。现在，她应该有七十多岁了，自从那个她征服了疯骡子的中午后，我再也没有见过她。

2015年，台湾地区领导人马英九先生视察高雄渔港，见秋刀鱼丰产，心中喜悦，遂出一上联："秋刀出鞘渔民笑"。在此之前，为保障渔民出海安全，台海军曾出动军舰护航，这个上联，包含了这层意思。我想了好久，也没对出贴切的下联。忽然想起挂马掌的事，于是勉强对出一个下联"马脚穿鞋骑士高"。

"高"在这里当动词用。

七　墙梦

我梦到一道墙，从东往西移动，想堵住那道从西往东移动的墙。

建墙原本是为了防贼、防风、防寒、防盗、防水、防火，也为了挡住那些窥测的目光。从没见过也没听说过建墙是为了堵住另一道墙。

墙与墙其实没有仇，当然也没有爱，在一般情况下，它们只是遥遥相望，彼此间连个招呼也不打。可眼下，这两道墙正在加速前进，相撞只是个时间问题。据说这两道墙都有鲜明的颜色，但可惜我是色盲。

我梦到了两群人，都拿着鞭子，抽打着自己面前的墙。墙扭动着，尖叫着，竭力想提高前进的速度，但它们的身体实在是太长了，太笨重了，在鞭打下，它们前进的速度并没加快。

我又梦到，那些人都骑到了墙头上，像骑手一样，用脚后跟踢墙，像踢马的肚腹；用鞭子抽打墙头，像抽马的脑袋。因为这些人骑墙的方向不一致，所以那墙就暴怒而痛苦地原地扭动起来。

后来我又梦到，骑墙的人跳下墙，互相打了起来。这些人的面前都有一个篮子，篮子里盛着鸡蛋。他们尽力保护着自己篮子里的蛋，却从别人的篮子里抢蛋，一旦抢到，就摔到墙上。每当有蛋摔到墙上，就有人欢呼，有人痛哭。

我终于梦到了这两道墙撞在一起的情形：砰然巨响，尘土飞扬，变成了一道你中有我我中有你的碎砖烂瓦的丘陵。

但这个梦很快就被另一个梦境覆盖。在这个梦境里，这两道墙犹如两条巨龙缠绕在一起，于是，两道墙就成了一道墙。

最为奇特的梦境是，这两道合二为一的墙，像一条怀孕的巨蟒一样，开始下蛋。似乎有下不完的蛋。那些蛋滚动着，膨胀着，然后砰然破壳，变成了一道小墙。

许多小墙快速地生长着，而那道大墙的屁眼里，还有许多包孕着小墙的蛋滚出来。

08　皇帝与鞋匠

我爷爷对我说过一些皇帝私访的故事，说得最多的是大清朝的乾隆皇帝。我爷爷把乾隆皇帝叫作乾隆爷。我爷爷说有一年乾隆爷私访到了我们县城——我说爷爷，乾隆爷没到过我们县城——你这孩子，你怎么知道乾隆爷没来过我们县城？他老人家不但来过，而且还来过好几次呢。乾隆爷微服私访，不坐轿子不骑马，把鞋子走破了，正好路边有家鞋铺，乾隆爷就进去修鞋。

我爷爷说修鞋师傅姓刘，跟我们家是亲戚，所以这个故事绝对是真的。

我爷爷说这个修鞋的刘师傅是个有眼力的人，他一眼就看出这个人不是寻常人物。他给客人倒了一碗水，还捧出一捧花生给他吃，然后非常认真而又快捷地将开了绽的鞋子修好。当客人说自己没有钱时，刘师傅说：出门在外，谁能不遇到点难处？不要钱。

第二天，刘师傅听到门外车马喧嚣，出去一看，只见来了一乘大轿，轿前很多开路的，轿后很多护卫的。平日里耀武扬威的县太爷，跟在轿后一小跑。刘师傅知道自己的好运气来了。

简断截说吧，乾隆爷问刘师傅的名字，刘师傅说叫刘百岁。乾隆爷说百岁太短了，我是万岁，你就千岁吧。乾隆爷挥毫给刘师傅题了一个招牌"千岁履店"，意犹未尽，又写了一副对联：

> 大楦头小楦头挤出穷鬼去，
>
> 粗麻绳细麻绳拉进财神来。

这副对联真是好。

"文革"前我们县布鞋厂还生产一种商标为"千岁履"的布。"文革"中废了这个旧商标，改了一个当时流行的新商标，但这个改商标的人很快就倒了霉，具体原因我就不说了。

九　东瀛长歌行

己亥四次下东瀛，观鹊台主伴我行。

两府一都加一道，看过墨迹探文踪。

初游为拜颜鲁公，祭侄文稿气若虹。

叔侄英豪吞云梦，满门忠烈盖世雄。

未曾观宝先动情，如闻兵戈搏击声。

辚辚车响动大地，萧萧马鸣悲苍穹。

烈士暮年骐骥老，环顾左右泪纵横。

继而寻碑看招牌，日人书法汉唐来。

他山之石可攻玉，虚怀若谷金石开。

二访为看歌舞伎，浓妆艳抹如献祭。

汉风唐韵依稀在，重在象征成体系。

更有宝塚艳歌舞，女扮男装满台丽。

雌雄同体刚柔济，无边潇洒万人迷。

一朵奇葩秀高枝，雨中伫立皆粉丝。

人生如梦更如戏，几家欢乐几家啼。

三渡慕名赏楼花，日夜流连不还家。

上野看罢看御苑，又到隅田千鸟渊。

树树粉红枝枝艳，醉蝶狂蜂舞蹁跹。

彤云烂漫迷我眼，天鸡抖翅羽毛翻。

人生百岁也嫌短，樱花三日亦璀璨。

来如疾风去似电，我欲效仿礼花绽。

片刻辉煌照千山，胜他黑暗一万年。

痛饮清酒餐花瓣，人不得意更要欢。

四越鲸海一衣带，下榻岭上展望台。

万山如染红黄叶，湖名洞爷水澄澈。

羊蹄山头尖何缺？五百年前曾喷薄。

玉扇倒悬蓝天下，犹记富士四月雪。

驱车百里探当别，青石碑上字字血。

穴居树栖十三载，吾乡刘爷何壮哉！

谁能为公两度临？我是高密第一人。

冰天雪地锻铮骨，百死不改中国心。

竖子嘲我不爱国，吾爱国时句句火！

高粱如炽血成河，一曲九儿泪滂沱。

斜儿笑我不敢言，我敢言时天惊破。

三十三日呕心血，二十万言蒜薹歌。

丰乳肥臀示大爱，生死疲劳演大悲。

酒国早举反腐旗，后来不绝如风靡。

一声蛙鸣四野应，千万二胎因我生。

猫腔凄厉檀香刑，我以此书敬鲁翁。

凤凰涅槃东方白，万众呼喊我来和。

遥望南天思俊杰，身浸冷泉血犹热。

雪里打滚身全裸，老肉朽骨响格磔。

自谦自嘲不自恋，自怨自艾不自贱。

君子从来不好战，狗血唾面任自干。

人生难得一次狂，嬉笑怒骂皆文章。

挺我僵直病脊梁，反手举瓢舀天浆。

后生切莫欺我老，踏山割云挥破刀。

割来千丈七彩绸，裁成万件状元袍。

一腔热血喷赤壁，正是斗胆展书时。

李杜诗篇两砖悬，二赵事迹双碑刻。

大局从来非人谋，天造地设乃巧合。

犹记龙场问道后，满腔正气壮山河。

南港巨砖阔百米，北疆丰碑高千尺。

抛砖自然为引玉，创新且莫逾法度。

学书偶有千虑得，写诗误撞惊人句。

好鸟枝头多亲朋，君侯坐骑唯赤兔。

高山流水觅知音，嘤其鸣兮求友声。

独语也望有人听，学艺更盼能沟通。

香江引玉两块砖，弃之不用也枉然。

吾虽老朽爱追潮，观鹊台主兴更高。

一拍即合哥俩好，申请网上小公号。

关注天下书法事，频与墨友通声气。

愿把吾等涂鸦字，贴上此号求点批。

敢将真话示天下，被人误解亦不怕。

有人批评能进步，骂声如肥催大树。

国学浩瀚如海洋，书法万变随造化。

穷我毕生微薄力，祈盼老树发新枝。

诗至此时意将尽，隔窗忽见雪纷纷。

玉树琼花千山隐，观此慰我村夫魂。

四季轮换时有序，万物死生天眷顾。

以此草莽鄙俗句，权充两砖引首语。

后记：

己亥十月，深秋初冬。吾与挚友，同游东瀛。穿林莽赏红叶，登高山望平野。

读名帖磋书艺更知先贤之伟大；泡温泉论诗歌痛感吾辈之无能。虽无指点江山之狂妄，却有各抒己见之真诚。时间虽短暂，收获实丰盈。尤以其间冒雨驱车三百里前往当别町探吾乡豪士刘连仁氏穴居十三载之纪念地为最可记也。睹山川之荒凉，感寒风之凛冽。想岁月如长河无尽，叹人生似白驹过隙。赞刘公生命如松柏之不凋，感猛士恒志似青云而不坠。我辈虽凡俗，难成千秋之伟业；也当思进步，习学雕虫之小技。又逢吾二人之墨迹在香江以巨幅广告牌形式展出引发轰动；不才为东北抗联二烈士题写之碑铭与题诗刻石成功。吾二人深感艺术之魅力，书法之有用，遂商定申请一公号，名"两块砖墨讯"，期以此为平台与书友文朋通声气。观鹊台主人嘱余撰一发刊之词并书之。友命不敢违，故以此俗句丑书为滥竽。敬请师友两正。

一斗阁主谨识

十　喜鹊嘉宾

我很喜欢看喜鹊电视台一档著名的谈话节目，数人身穿艳丽马甲，头戴瓜皮小帽，围着一张老船木桌子，谈古论今，说东道西，指桑骂槐，臧否人物。天下好像没有他们不知道的事，世上似乎没有他们瞧得上的人。他们伶牙俐齿，喷吐妙语金句；嬉笑怒骂，皆成上等文章。这节目广受欢迎真不是没有道理的。经常看这节目，开阔了我的思路，提高了我的境界，使我明白了什么叫政治正确，什么叫道德高地，什么叫口是心非，什么叫装腔作势。尤其是这栏目偶尔会请一些女嘉宾，那些女嘉宾个个学贯中西，通晓天文地理，她们与男嘉宾唇枪舌剑地辩论，偶尔也会适度地打一下情骂一点俏，散珠碎玉，溅出屏幕，令人叹为观止。

前不久在超市排队等候结账，忽见邻通道那位身穿红马甲的女收银员离开岗位，去追赶一位身腰纤秀的顾客。收银员扯着女顾客的衣角往回拽，那女客双手提物不能掌掴收银员，便双脚交替而踹之，一边踹一边喊叫："干什么，干什么，你干什么呀！"她的声音是那样的熟悉，让我一下子想到了那个著名谈话栏目上的著名女嘉宾。她戴着绣红梅花的黑色口罩，戴着绣白花的黑色棒球帽，戴着大墨镜，我只能看到她的在长发中隐约可见的耳朵。虽然看不见她的面孔，但从声音里我偏执地认为就是她。她脚上的鞋子，自然也是名牌。现在这世界上的鞋子，其实只有两种，一种是真名牌，一种是假名牌。现在这世界上的服装其实也只有两种，一种是真名牌，一种是假名牌。当然还可以用这种两分法来划分这世界上的大多数事物。

几个保安跑上来，将收银员与这位踢人的女顾客分开。收银员满面通红，眼睛里含着泪水，不时弯腰摸一下腿，她愤怒地说："你没付账！还踢人！"

"什么？你说什么？"那疑似女嘉宾恼怒地吼叫着——尽管是吼叫，也不失她嗓音的魅力——"我怎么可能没付账？！"

事实证明，她的确没有付账就疾步离开了收银台十几步之远，而且她那名牌鞋子很硬，在收银员的腿上留下了瘀青与红肿，这些都是赖不掉的——摄像头对着超市内的每一个角落呢。疑似我崇拜的某著名谈话节目的女嘉宾理直气壮、情真意切、滔滔不绝地说："我是喜鹊电视台某某节目的××，我每次上节目的收入是××万元，我会赖这区区几百元的账？女士们，先生们，朋友们，你们相信吗？但我的确没有付款就离开了收银台，这是什么原因呢？女士们先生们朋友们，中国古代有一位著名的哲学家说过，一心不可二用，刚才我之所以忘了付账，就是因为我一心二用了，我的人在这里，但我的心却在思考着中美贸易谈判的问题以及委内瑞拉的政局还有即将到来的又一场世界性的灾难，你们看，我的心岂止是二用啊？所以我忘了付账。但我还是为出现这样的失误而深感歉疚，为此我向大家道歉，尤其是要向这位收银员道歉，请相信我，当我被你拊住时，我感到人格遭受了巨大的侮辱，像我这样具有广泛社会声誉的人，爱护自己的名声胜过爱护自己的眼睛，因此，我的双腿下意识地踢了几下，就像一个溺水的人，下意识地挥舞胳膊一样。尽管是下意识，但毕竟是我的脚踢了你，因此我愿意为我的脚承担你的医疗费用。"

最后，她对着收银员鞠了一躬，又对着看热闹的我们深深地鞠了一躬。

我必须承认，我被她说服并受了感动。

十一　不赞美胡同的人

有一年去某大学参加一个关于城市建设的会议，谈着谈着就谈到了北京的城墙与胡同，自然也就谈到了梁思成与林徽因。大家都赞美胡同，甚至赞美长袍与马褂，赞美辜鸿铭的辫子，反对西装与领带，当然，他们都穿着西装扎着领带，穿着系带或不系带的皮鞋。据一个深谙西方贵族生活的专家说，如果扣上了西装的全部扣子，那骨子里还是一个土包子。

我始终怀疑很多伟大而有趣的民国人物是新一轮造神运动的产物。看一下那些人互相之间的通信比较能窥见一些他们的真面目。日记里有真相，但也有些日记是写给后人看的，这样的日记，比谣言还可怕。

那天的会议上，只有一个人表达了不同的看法，他生着一张娃娃脸，嬉笑怒骂，好像一点正经都没有，其实这是一个智商情商都很高，道德水平也很高的人，我曾经认真地对好几位朋友说过，如果让某某担任一个巨大机构的领导人，这个机构一定会兴旺发达。朋友们以为我在开玩笑，其实我说的是真话。

这个人一开口便让那些发过言的人倍觉尴尬，他说："你们都他妈的放屁，按你们的意思，不但胡同要保留，大杂院要保留，男人的辫子，女人的小脚都要保护。你们住过大杂院吗？没住过。你们知道住大杂院的苦处吗？不知道。你们，包括那些在政协里一个劲儿地写提案保护胡同的人，都住在楼上享受着抽水马桶、煤气、集体供暖等现代生活的设施，而胡同里的人要上公共厕所，要烧蜂窝煤炉，昨天我一哥们的爹刚煤气中毒死了，我哥们说，死了比植物人好多了。也就是说，赞美胡同和大杂院的人都住在楼上，而住在胡同里和住在大杂院里的人都盼着上楼。胡同里和大杂院里的人一旦搬上楼，也会怀念胡同大杂院，但怀念归怀念，你让他们搬回他们是不会去的，但如果让他们搬到安装了现代设备的四合院里，那他们一定会去的……

这是发生在上世纪八十年代末的事，今天忽然想起来，是因为看到我这朋友出了一本研究宗教的书。他的很多言论我弄不太明白，但我相信他说的都是发自他内心的话。

有一年我与这朋友去欧洲某国，他一天之内被小偷偷了三次，因此我更断定他是个好人。

十二　群众演员

我一老朋友，酷爱上镜头，而且总是能上得了镜头。每年到了重大节日或重要纪念日，他总是会打电话提醒我："喂，老弟，今晚《新闻联播》注意看，应该有我的镜头。"我按照他的指示注意看，果然有好几次看到了他。有一次电视台记者还专门采访了他。后来他告诉我上镜头的窍门。他说，如果明天是国庆节，那你一大早就要等候在最容易被记者发现的地方，你要么化装成头缠羊肚子毛巾的来自陕北的老农，当然你要说陕北话；要么你化装成一位身穿工装、头戴安全帽的农民工，你要说刚从某个重大建设项目工地上值完夜班直接赶过来的……总之，他说，你要摸准那些记者的脉，知道他们需要什么，你说的话不但要政治正确，而且要富有个性，有职业特点，符合人物身份。只要你掌握了这些技巧，而且不怕吃苦，冬天不怕冷，夏天不怕热，我包你十有八九会上镜头。

我起初有点鄙视我这位朋友，但现在我纠正了自己的偏见。我这朋友的这个业余爱好其实很好，没有他这样的人，我们的新闻记者，将找不到能表现主题的对象。一件事，只要专心去做，总是会有收获的。

我把这件事说给一位担任过基层干部的朋友听，他不以为然地说，为了应付上级领导的检查，我们每个单位都培养了几位能说会道又有镜头感的"群众"。他们虽然没学过表演，但他们演技高超。他们高超的地方表现在他们会把自己说的假话信以为真，如果需要，他们会被自己的假话感动得热泪盈眶。他说，有一年省里一位领导下来检查除氟改水情况，我们就安排了一男一女两个人，男的化装成挑水的，女的化装成在村头大槐树下卖大碗茶的。水桶里装着的其实是瓶装矿泉水。他恰到好处地挑着水出现在领导面前。领导问：这是除氟水吗？好喝吗？他装出不高兴的样子说：你这个同志，看样子还是个干部，毛主席是怎么说的来着？你要想知道梨子的滋味，就要亲口尝一尝；你要想知道除氟水的滋味，就要亲口喝一瓢尝尝。接着他就用挂在桶沿上的铁瓢舀了水递给那领导。当时正值暑天，天气炎热，领导一路视察一路做指示，口正渴着呢，接过那铁瓢，仰脖咕嘟，如饮琼浆。报社记者咔嚓咔嚓拍照，电视台记者转着圈儿录像。领导身心清爽，赞叹道：不亚于矿泉水嘛！

坐在村头大槐树下那位女的，演技更是高超，限于篇幅，我就不叨叨了。

原载《上海文学》2020年第1期

点评

　　这是莫言创作的系列笔记小说第三组，一共十二篇。如果熟悉莫言的长篇巨制，恐怕阅读期待会有些受挫，一时觉得似乎不过瘾。确实，这些笔记小说没有大开大合的故事、复杂丰满的人物和恣肆汪洋的语言。然而，莫言在创新，读者也应打破刻板印象。

　　笔记小说的文体给了莫言更加充分的自由，可长可短，写传奇也志异，写故乡也写都市，纪事、写人、画梦、讽世无所不能。《老邓之妻》刻画了一位能干、泼辣、善良的随军农村妇女形象。《马脚穿鞋》讲述"表姐"像一位女侠一样，给生产队的疯骡子换蹄铁，引来人群围观、叫好。《鸟虱》假托"吾乡张七"之口，讲了一个民国元年的故事，实际上是一篇志异小说，有着《聊斋志异》的印记。小说中，游方郎中的治病方式和过程足够神奇，治完病却一本正经地描述一种叫"冻鸡"的鸟。文末仿制"异史氏曰"，"一斗阁主疑问：这郎中还是个人吗？"小说自我解构，令人忍俊不禁。《卖驴》《皇帝与鞋匠》是饶有趣味的民间故事，用简笔传神地描摹一些精明耍滑的民间人物。《盗车铃》《写诗软件》《喜鹊嘉宾》《不赞美胡同的人》《群众演员》等篇，描写现代都市生活中一些"目睹之怪现状"，展露了讽刺的锋芒。《墙梦》《东瀛长歌行》则突破了小说文体，前者像一篇表现主义的散文诗，如同鲁迅《野草》中的篇什；后者则是歌行体，附有用文言纪事的后记。仔细品味这些笔记小说，就会发现莫言已经进入自由创造的化境。可以说，他的改变给读者带来的惊喜多于遗憾。

（祁春风）

夏天的奇遇／

／王　蒙

繁星

有过一次讨论或者测试，问："对于夏天的星空，你的第一印象是……"

刘说："深不见底。"

陈说："远，期望，迷人，向往。"

李说："地球、人、我和诗……都太渺小了。"

周说："星星就在你的头顶上，即使你没有读过康德。"

赵说："晴天，有它们，不转向。"

你说："星星真多啊，忧愁而甜蜜。"

我说："星星、生命、故事，哪个比哪个更多呢？"

他说："经过牛顿的力学、光学、天文学、哲学、文学、诗学……各自独立的星星们，构成了一个整体的星空。"

神翁

那年夏天，海滨，在省上的一个论坛上，我有幸与九十七岁高龄的翁耄苍结识。他的神仙风度迷住了我；他的姓名汉字组合，使我得到了额头被抚摸的亲切感，说起话来，他的抑扬顿挫如歌如吟，他的银色须髯，他的竟然还保持着一些灰黑颜色的相当浓密的头发，都给我以成熟与丰厚的熏陶；而最喜人的是：他的长眉，他的有点细小但仍然放光的眼睛，挺起胸膛、挺直腰板、像士兵一样地走路的姿势都给人以鼓励与自信。从此不敢轻言老，因为有神翁在前头。而他的年龄与活力，提醒比他年轻许多的你，只能更加振奋和努力，再不要说什么"少壮不努力，老大徒伤悲"的话。只能承认："远远未老大，神伤又怨谁？"他迈着大步，只有轻微摇晃的腿，透露了相期以茶的风趣。

我早就知道他的名字了，那叫一个如雷贯耳。他不止一次担任过我们这个华侨大省归侨团体的一号，一再人大代表或者政协委员。有人说他在他的出生国，在他的少年时代，或许参加过马来西亚陈平的革命游击队。他的父辈是最早的化学企业家，游击队的生涯结束以后，他承继了父业，还兼通天文学、文学与绘画。闹心的是他出过小说集与旧体诗集，还在本省美术家协会展厅，举办过画展。所以有一些在网络上崭露头角的咖咖VV们批评他：不应该涉猎那么广泛，更不该兼营商务，还不必从政这委员那代表，尤其不该侨而后归，归后还常常回到原居住国。仅仅就他的国籍问题，就在网络上传播了几十条互相矛盾的虚假信息……显然，他的阅历与使命，大大超出了凡夫俗子。

细节我搞不清楚，只知道他关涉的领域宽广，与众不同，极不常规。现在毕竟不是意大利文艺复兴时代。唉！人们难以接受通才。我的一些好朋友，一生只想做一件事儿，终于没有干好，我们又该如何判断一个已经做好了许多方面的事情的人物的得失呢？那些到老了还找不到他们一辈子做好了些什么事情的感觉的常人，一味炒作自己而不可得的网星们，又如何去理解一个，一生相当于过了你们几辈子的翁老大哥呢？一个专心包饺子，却并没有包出一个出色的饺子来的老老实实的好人，又怎么去评议一个包子饺子面条烙饼五谷杂粮红案白案中餐西餐泰餐墨西哥餐全活，偏偏又是个业余厨师的特例呢？

还有一位朋友批评翁先生的散文中谈到三岁时期的记忆，认为那是不可能的，因为批评家自己六岁以后才有记忆。那么，当某一年度高考满分是700分时，如果考生的平均成绩是367分，而这位批评者本人只能考出个250，是不是他会认为获得699分就绝对是造了假呢？

莫扎特四岁时期作的曲《小星星》，至今还被器乐家演奏，莫扎特六岁时，一年有五首音乐作品完成，八岁时是十五首了。这也是造假？当然，大器可以晚成或免成，拙笨的另一面可能是朴厚，但是你的当真的蠢朴，总不应该成为理直气壮地否定比你显著地强大的人的理据吧？

诗曰：

鱼目或能充蚌珠，岂因光大炉才殊？耄苍或有春秋笔，描罢星图作海图。

坐井观天此意坚，微雕核舸似移山。鹏程万里掀涛过，击水中流八万年。

武武文文爱后生，道通为一自聪明。读书万卷何足论，且思乾坤日月星。

（注：光大，是指嫉妒他人的光辉，也指急于放光的自己。）

还有，学问和艺术、事功与资源，是怎样地分科划界的？主业和兼通、登天与掘地、炼钢与网鱼、陀思妥耶夫斯基的轮盘赌与被陪绑处决、李白的金鞭走马、流放夜郎、突获赦免，契诃夫、鲁迅与郭沫若的医术，还有各种获奖与硬是屁奖未获，各种远近与古今内外行当超行当泛行当，它们之间哪个耽误了哪个，以及又是哪个成全了迎合了哪个呢？

丁香已老香犹胜

"我生于一九二一年，也就是中国共产党成立的那一年。小朋友，你呢？"

在中国，两个老家伙见了面喜欢互问"贵庚"，在欧美，忌讳问年龄。他倒别致，自己先报马齿。他叫我"小朋友"，更是令我雀跃，干脆是如沐春风，受宠若惊。他的存在与光照使我年轻了十余岁。我相信，除了他再没有谁叫我小朋友了。

我说："我出生于'九一八'事变的后三年，卢沟桥事变的前三年。"

我们静了一下，对视一笑，我相信，我们相互的无声言语是："行，咱们哥俩的这辈子还真够全乎儿的喽！"

俺们的人生吗也不缺。

有这样的人，越老越精神，越老越爱学习，爱思考、爱调整变化也爱反思，爱交友也爱倾吐。我作为小朋友，就更想听他说话了。翁耋苍对我说：

"……我喜欢海边那个夏天的小院子，我常年都是在夏天小暑节气上到达，处暑节气后离开那里。那个小院里有古老的柏树、松树、由于潮湿始终没有长大的桃树，有大盆里养着的莲花与遍地的墨西哥原产晚香玉。晚香玉，也就是抗日战争期间，沦陷区，被李香兰唱疯了的'夜来香'。而对于我来说，小院子的主体是廊下六棵饱经沧桑的老丁香。我在那所小院子小房子里外说话、阅报、会客、散步，太极拳和广播操，接很多电话和此后的微信音频视频。住房廊下头一排是四株高龄丁香，后排两株是更加显得老大庄严的白丁香。南唐中主李璟词上说：'青鸟不传云外信，丁香空结雨中愁'。如果是《红楼梦》里贾宝玉他爸爸贾政评论，当然会说李中主的词颓丧。何况现今有鸟没鸟微信短信都可以实时传来。李璟作诗词的时候却不可能说什么'无线飞传云外信，丁香掀起雨中欢'啊。

"其实我是六十五岁以后才知道先人为什么将丁香视为烦愁的标志。丁香树似乎没有主干，它歪七扭八、缠绕勾连，从幼树时期就倾倒辗转、横生斜躺，六株树里有四株，主干的起始是平扑在地面上生长的，同时难以分清哪根枝条是哪棵树的。它既如乔木又如灌木，你永远理不分明，是离愁，别是一般滋味在心头。它强烈而又淡雅，它的花朵凝聚细小，团团片片，一簇一簇，难解难分，团团愁雾，芳香沁人。年轻时候，它的开放令少年的我如痴如醉，'春天的花，是多么地香，秋天的月，是多么地亮，少年的我，是多么地快乐，美丽的她，不知怎么样？'这是新中国成立前夕极其流行的少年情歌，作词作曲是香港的李七牛。一九九〇年北京亚运会开幕式上，运动员入场，香港队奏响的正是这个歌曲，用长号、法国号、巴松、长笛与定音鼓、大鼓、小军鼓、钹、架子鼓、三角铁……演奏出来，像浩浩汤汤的军乐。

"丁香盛开，它告诉少年的你的，是春天已经当真到来，春天即将转眼离去，春天委实刻骨铭心，春天确然兴奋得如此惆怅，惆怅得如此珍惜，春归再无踪迹……次一年，丁香与燕子的重归一定令你热泪如注，如重生的惊喜。

"在年轻时分，我羞于出口'说不得'的'夜来香'的正名'晚香玉'，那时我已经感受到晚香玉仨字儿的纯洁、芳馨、白细、温柔与柔软的女生的弹性。那时候只消'玉体'二字就会让我脸红心跳，'小怜玉体横陈夜，已报周师入晋阳'，李义山的这两句，至少在古代的中国涉嫌微黄。天才的李商隐甚至被林黛玉贬低，甚至被分析成是由于黛玉敢爱，义山懦弱。我为这样的解析自惭形秽，无地自容。在我也走向耄耋的时候，我惊叹用五笔型系统敲'夜来香'组词键的结果是——'说不得'三字。"

"请教一句，老哥您为什么与我相识不久，首先要与我大谈丁香花呢？"我插言说。

"我……我相信那几棵丁香与我一样老了，它们至少有二百岁了。它们有它们的老年生理学、病理学、哲学与美学。"

翁老又说："在丁香一族中，尤其是与现在比较容易培植的灌木丁香丛相比较，我熟悉的六株老树，似乎是太老了，呜呼，喔呵，壮哉，老大的丁香。它们魁梧壮健，饱经沧桑，老当益壮。只是看看枝叶与虬蟠的枝干，已经使你深沉肃穆强悍，看到两排丁香编队，就会想起了不起的光阴与事业，也有惭愧或者斩鬼，老子早说了，'物壮则老，是为不道'。

"历年只有夏天我才有空闲去到小院，我甚至不敢去追溯它们的盛开，我知道盛开的季节已经离我而去。小就是小，老就是老，小准备了老，老延续着小，向死而生，缘生而逝，逝而思之，逝而念念，教我如何不想它？宇宙、天空、世界，就是这样的整体，万法无常，万象有定，谁也坚挺不了自我，谁也否定不了谁，谁也离不开谁。十年前丁香盛开，我四月底专门去造访过一回，一回已经蛮好。我信的是，真正经历了好事儿，有一次你就感恩吧，够了，不要想着第二次。快乐、盛开、怒放、获赏，往往不无侥幸，连续侥幸的期盼当然或许会成为罪孽了。十年前，我与六株老大丁香花开如云霞的相处，有了几个小时。后来，在微信中看到过它们，想念过它们，总觉得还有许多机会亲近它们的芳泽，嗅它们，看它们，摸它们，爱它们，想它们。不会忘记它们的，像怀素和尚笔走龙蛇一样的树枝树干，像云霞像浪花一样的团团花朵。

"然而五年前发现了它们的老态，照看绿化的工匠为它们安置了几根支柱，支持枝干重量。它们横向生长，它们本身的成长，增加了自身越来越扛不住的负担。一只哑铃，你从5kg练到了12、15、25、30，一直到了45kg了，您再加码，您会累断手腕乃至小臂，至少拉伤肌肉。人工支柱的安装，终于失效，从东往西排位第二的最大紫丁香的横干在风雨中老脆断裂，它断裂的声音使路过的警车刹车急停，检视四周，警惕敌情与刑事犯罪。它的伟大强势终于伤害了自己。它的断裂折断了它从那里生长发育出来的母树干，然后，另三株同样的大紫丁香与两株更大的白丁香，也开绽暴露，像商议好了一样，基本同步，呈现了衰败开始后的惨烈的裸露与撕裂。

"……开始时没看太清楚，此后的夏天，我终于发现，断裂最严重、不得不清除了一番的，地面残干的二号树残根上，长出了新枝，翠绿而且鲜活，幼小而且灵动，招人欢喜疼爱。它们在母体衰老的同时不无淘气地生长出来了，捉迷藏般地隐藏在四季开花的夜来香中、'说不得'中，宣示新生，宣示快乐与希望。新生是坚决的，坚决不下于残酷的死亡。"

我随即口吟一首："闲话丁香未可哀，馨香愁煞是庸才。欣欣漠漠长年事，再喜新枝绿叶来。"

翁老高兴。

翁老讲得好，但是丁香与海与夏天又有什么特殊的关系呢？丁香属于春天，而说海本应该首先说说游轮航空母舰，哪怕是虾米与海龟……

呵，明白了，始终惦记着夏天与海的其实是我，不是翁老，他是出生在海岛上的，他无须闻海而百感交集，梦海而浪漫甜酸。

那美丽的大眼睛

翁耄苍又说："大学时代一位堪称'校花'的女同学与我开玩笑，她说她对我的印象非常好，可惜的是她感觉我的眼睛太细小了，不然，她也许会追求我。"

"老哥，你太幸运了，校花能够这样与你说话，你至少应该拥抱她。"我立刻插嘴说。我完全想不到他会与我说这个。我又想，快满百岁的男生女生同学们啊，多想想你们的爱情经历吧，此时不想何时思？百年正是成欢时！

"你倒像情场的老手，"他嘲笑我，"你知道，我的出生地在东南亚，那里的人们普遍是大眼睛、双眼皮，我不能不埋怨我祖上的中华西北血统，黄土高原的风沙缩小了人们的眼睛轮廓，减少了我们眼睛的光泽与情意生动。我受到了很大的刺激，我曾经想去做美容手术，把眼睛打开得大一些。我也想到了丁香，没有人批评丁香的弱小，积小成大，积弱成强，也没有谁只是由于大而迷恋牡丹，更不要说我的出生地的大王花：巨大，肉质，寄生在树上，腐臭难忍。

"后来我在事业上有了点成绩，我的家庭非常幸福，我的婚姻使许多朋友艳羡，我不再为眼睛的大小而自卑了。"

我插嘴说："当前的中国，如果生了个女儿，眼睛实在太小，如果女婴的相貌不符合我们的文化传习，当爹的就会说：'闺女长大，只能等着她嫁老外喽。'"

翁老师接着说："我养育了一盆富丽堂皇的龟背竹，有一个人高，保持湿润，喷雾施肥，更换花盆，摆在那里，受到所有客人的羡慕与夸赞，它高贵大气，我引以为傲。都说，这盆大龟背竹，是我家庭美满充实丰厚张扬的标志。

"而且我的房舍外墙上，爬满了浓绿的地锦枝叶，它们的枝条上长着吸盘，吸着爬着上了墙头，再往下伸展，墨绿叶子也遮蔽了墙的内面。地锦、五叶地锦，还有枫藤，都是我喜爱的 '爬山虎'的一种，这也带来了不同的文化、欣赏、嘀瑟、习惯、慰安。

"在我五十岁的时候，招聘来了一位大眼睛的中英文秘书。她的眼睛令我转瞬呆固，我一惊，这样的眼睛使我进入了一个不同的世界，比马来亚人的眼睛大，比拉丁美洲人的眼睛大，也比伊拉克人的眼睛大，水灵灵的大眼睛，会说话也会跳舞。她的眼皮一动，我确实心动神摇，这样的大眼睛令林黛玉所讲的粗野恶劣的臭男人们魂飞魄散。九十五岁以后，我才敢于再回忆这一段，九十七岁了，而且是碰到你，我才说到这一段。陷入了她的大眼睛，就像是落进了一泓高山大湖的深水里，明亮清爽，无边无际，压得你不能呼吸。

"不，我不准备说我的浪漫丑闻或者失态激情，这一类故事有你们作家们忽悠疯扯一下也就行了。我承认的是，我感谢人类的眼睛的存在。不止人类，有些游牧民族高度欣赏骆驼羔与羊羔的眼睛，新疆，有一首民歌叫作《你羊羔一样的黑眼睛》，如火焰，如哭泣，如洪水，如流星雨。我可以忏悔，可以自责，可以向妻室儿女道歉，接受严惩，但是我仍然赞美所有女性生命的美丽多情含笑的眼睛，像赞美天上银河内外远近所有的星星，星星，不就是世界的眼睛吗？承德，有千手千眼佛的雕塑。眼睛，有的大些，有的小些，有的蓝些，有的银白，也有的橘黄，也许是橘红。巧笑倩兮，美目盼兮，可能是她的眼睛太大了，你与她说的时候她直视着你，显得有点多忧也许是关注，也许是一股火热的痴情侵入了你的肝脾。"

"在您的生命历程当中，为眼睛而且为美丽的眼睛而迷恋，有多少次呢？老哥！人需要知音。也需要知眸、知盼。您知得很多很多吗？那也太煎熬了。"我说。

"没有的，我的人生已近百年，陶醉美目，不超过四次，概率是每二十四点二五年一次。下次迷醉应该是我一百二十岁以后了，我很乐于再最后迷醉一次，小朋友陪陪我吧，把我的故事写下来。"他笑了，好像早就拥有了数据。

"还是谈往事吧……当然这生发了不幸，我的家庭陷入危机，我不必说那些口舌、哭泣、失望、摔损、悔恨、忏悔与仍然有的惨淡诡辩了。我要说的是她的心碎了，我的心裂了。龟背竹立马开始困惑、哀伤、枯萎、半死不活，而且，地锦爬山虎也全部唰地蔫了下来，有些枝叶脱落到了地上。你见过悲伤为难的人工栽培的观花或者观叶植物的痛苦表象吗？

"……终于挽回了。后来，同样惊人的是：龟背竹恢复了生机，地锦重新缓慢地上墙爬墙。请记住，对于一切的缺憾、一切的失望、一切的痛惜，有百分之一的期望你都要找补回来。我还希望二十一世纪的媒体避免用那些太古老的夸张话语，背叛啦，绿帽子啦，奸情啦。说到出轨也就罢了。大眼睛的女友后来到国外去了，听说她现在仍然是单身。说是欧美男生如果与中国女同胞成双，他们一定会选择小小的细眼睛。"

我说："也许只是，你们俩陷入危机，顾不上好好照料你们的龟背竹与地锦爬山虎吧？"

"不是的，当然不是，家里有服务女佣，她一直照拂着花盆里与园子里的花卉树木，始终如一。我只是说，花卉与树木也要求和谐欢乐，而受不了危殆与怨怼。

"即使仅仅是为了你喜爱的那些培栽植物，你应该文明与道德、快乐与光明、担当与诚实、节制与律己；光合作用不仅出现在阳光与叶片的互动当中，更会发生在人间。"

"我不敢完全肯定您的说法，龟背竹也好，爬山虎也好，它们同情我们的命运，它们有孟子所说的'不忍之心'？"

"我和我太太就是不忍的人啊，我们救援过受伤的野天鹅，也收养过被遗弃的猫与狗。一盆龟背竹，你养了它二十年，它能不受你的影响吗？该你说说了，我喜欢你的小说，我的小兄弟。"

怀往

"真好"，我不知道该怎样去赞美他的龟背竹与地锦或者枫藤。我说："我最最不能忘记的是一九五〇年的五一，中华人民共和国一开始，咱们是五一劳动节，与十一国庆节都阅兵与游行，苏联模式。那一年游行时候，学生们打的领导人照片特别多，中国的是毛刘周朱陈林邓，外国的有斯大林、保加利亚季米特洛夫、罗马尼亚乔治·乌德治、波兰贝鲁特、匈牙利拉科西、捷克斯洛伐克诺沃提尼、朝鲜金日成、阿尔巴尼亚恩维尔·霍查、法共领导人多列士、意共领导人陶里亚蒂、西班牙共产党领导人被称作热情之花的伊巴露丽。那是多么地红火难忘。到现在我还想找个人背诵背诵这个名单啊。"

"我理解，你毕竟是地下党……"

"那您是游击队啊。"我喊了起来。

点点头，他小声说："记得，没有你说的这样完全，知道。"他的眼圈一红，后来说，二十世纪末他访问过马德里，五一节游行队伍唱着的是《国际歌》。

我接着说起了我最喜欢的话题："对于上一代人来说，游泳不仅是体育健身，那是文化，那是生活，那是现代与前现代的分野，那还是身躯的自然与自然的本体，那是人在自然、自然在人，生命在水，不分海洋湖泊，也在山，昆仑、崆峒、喜马拉雅、阿尔卑斯……"

我与翁老师闲话：

"那是'五四'运动。请想想看，传统上我们提倡骑射，提倡八段锦、少林拳、太极拳、剑、棍，还有软硬气功、打坐、骑马蹲裆式，并且至少从苏东坡时代就练开了瑜伽。

"但是除了强盗，除了水鬼，除了渔民迫不得已，又有哪个仁人、哪个君子、哪个国士、哪个乡贤与淑女会去游泳，更会去喜爱与迷恋游泳呢？你看《水浒传》中的阮小二、阮小五、阮小七，还有'浪里白条'张顺、'混江龙'李俊，他们都是当年的强人匪类啊。

"我的父亲追求西方新文化新民主主义凡七十余年，他活了七十四岁，一事无成，除了游泳。在专业与家庭、社会各方面到处受挫的时刻，他夏季发起狠来，一天要游两次泳，冬季要进两次澡堂子。游泳、洗澡，洗澡、游泳，'五四'的高潮余波中成长起来的那一代人中比较没有出息的一个，对不起，我说的是先父，毕竟……只能，留下了这样的记录。他渴望新的更健康更现代的生活而不得，不得而更加渴望。这个渴望渐渐影响了我。我们这一代幸福多啦！"

"我读过你的小说《活动变人形》，扎心刺肺，我读得睡不着觉。我读哭了。"翁老毕竟比我大十多岁，他更能体贴上一辈人的痛苦。

我继续说："从一九五二年我开始在什刹海游泳场学游泳。会游了，我学跳水。跳水学得我天旋地转、心惊肉跳、脉搏加速、头昏脑涨，越怕越要学，越学越要挑战更大更危险的怕。从池边跳到踏板跳，从一米板到三米板到四米板到五米板；越怕越上台阶，越上台阶越怕，越怕越激活了让自己勇敢些再勇敢些的决心与行动。我是一个瘦弱的孩子，我是一个胆怯的孩子，但是我要游深水大海，游长距离，跳高木板，跳高台与高山。我的父亲反过来受我的影响，他也开始跳三米木板。一次已经快六十岁的他上去了，站在踏板上不动，后面跟随排队的男孩子们叽叽喳喳，说：'老爷子运气哪……'他没有跳，平平地砸下来了，出水上岸以后，他的胸腹部全面拍红。幸亏他没有上十米跳台。

"即使在新疆，我也不放弃任何游泳的机会，我曾在没有游泳池也没有水库的乡下大窑坑的黄乎乎的泥水里，与赤裸光腚的儿童们一起凫水。我曾从大水库的五米高的悬崖上转身向下跳，那里的水库里的水，源自博格达雪峰，盛夏水温不到20摄氏度。从峰顶上一跃而起，我特别睁大了眼睛，我决心弄清楚从起跳到入水的全部历程进度风景细节。我看到了，四面山水与岩石湖岸迅速上升掠起，一层接着一层，在伸直的双臂靠近水面的时候，我意识到了成功与安全，我感谢天山峰顶的白雪与地上清碧的库水。我至今念念不忘的是，希望有一位朋友帮我计算清晰，从走起跳到入水一共用了多长时间，起跳时应该是负加速度，我跳起了六十厘米，转体，归零，下落，入水，我估计是超过了一秒，我确确实实地感觉到了从始到终的一个完整的进度，那是一个落体过程，也是一个心路历程。它哪怕只占据我的有生寿命的亿亿分之零点零零零一，哪怕我的跳水姿势只能得零分或者负分，我仍然要报告您老大哥，那是我此生的绝妙瞬间，那是我来到这个世界，走一趟、哭一趟、爱一趟、拼一趟的枢要而且神奇的一个节点，不，不仅仅是节点，它是'阶段'，它肯定漫长过佛家所讲说的一个、十个、百个刹那。

"我也曾在意大利西西里岛巴勒莫市郊、策勒尼安海峡畅游，从而认识了与我同科获意大利蒙德罗文学奖的英国作家多丽丝·莱辛，她后来获得了诺贝尔文学奖。她与玛格丽特·德拉布尔——《金色的耶路撒冷》作者一起访华时，她们来过我朝内北小街四十六号的家。令我害怕的是，在策勒尼安海游出一百米后，你看到了海底的黑褐色海藻，对于我，那是魔鬼的颜色。呵，您不要以为意大利人多么爱游泳会游泳，他们有更多的岸边阳伞，更多的人裸露着晒太阳，在阳伞下喝卡布奇诺与爱尔兰咖啡，许多人在浅水处嬉闹，却没有什么人像我一样一味地傻游，直走纵深。我也曾在墨西哥城郊区金字塔附近的公园游泳池的四米跳台上跳水。我最后一次跳水是大约十年前，在香港的一所大学。我犯了一个错误，我没有充分起跳，死站着，脑袋与上身下屈转体一百八十度，往下一坠，胳臂一伸，涉嫌投江轻生的姿势，像一个沉甸甸的麻袋，咕——咚噔，坠入水中。从来没有在跳水时这样沉重呆板地向下狠砸过啊，老天，我终于明白了，我不应该怜悯自己的年龄，不该娇惯自己的不足一米七长的身体。跳水不是坠落不是自杀，当然，起跳，绝对不能省略！充分起跳，才可能幸福地体会到转体时一刹那的零加速度，体会到在空中身体运动而位置静止的那一种绝妙的体外四大皆空。人之大患在有吾身，抛出这个大患吧，于是，身轻如燕，体灵如羽蛇，意态飘飘，生机满满，那是生命体验的一个高端，如诗如舞，如鱼如鸟，那时我是真正地从必然王国，进入了自由王国。

"最近我在网上看到了一则报道，一名安徽农妇，稍稍喝了一点酒，她下江水游泳，睡着了。当然，这说明她精通仰泳，无须换气，她的生活早已超出了小康，进入了大道。醒来后才知道，她已经漂出了上百里地，她上岸于江西的景德镇。

"这又是一种境界了，与海盗水鬼不同，与'五四'新文化不同，与奥林匹克不同，也与我个人的习惯性顽强锻炼拼命奋进不同。这是道法自然，这是御水而行，这是酣然江湖，这是浑然尽忘。这是远远超出了庄子描绘的'坐忘'境界的'凫忘''飞望'与'落忘'，是忘江忘夜忘星忘天忘水忘己忘身的百忘之意趣，也是高忘之欣欣。"

我说了我的诗，诗曰：

> 适意清流造化中，遨游静卧自天成。千波万浪滔滔过，得水如鱼月正明。
>
> 江南农妇最风流，醉卧川江乐自由。一夜高风拥碧浪，安徽直下瓷都州。
>
> 戏水穿空似梦中，江风雨雾更从容。笑问客从天外至？手梳湿发意朦胧。

珍惜

翁老给我鼓了几下掌，问我："你每天都游泳吗？"

我说："是的。"

"游多少米？"

"在室内泳池，三四百米。夏天下海，八百米以上。"

"不行。我前年还是每天一千五百米。满九十六岁以后，改为日游一千。"

明白了，越是我这样的二把刀游泳者，热心于与每个朋友交流游泳的经验，而翁老的游泳与他的吃喝拉撒睡一样平常，他无意多说水里的事儿。

反骄破满，在翁老面前，我服了。

后来他问我最近的情况，我请他先给我讲完龟背竹的故事。他说："我和太太挽救了我们的幸福。自从我们和美如初以后，龟背竹越长越好，爬山虎越爬越旺。和我的家庭生活一样圆满和谐。"

翁老哥告诉我，他也诌了几句诗：

糊涂情势实堪哀，害己伤卿枉自衰。且散阴云苦雨后，枫藤龟背再春来。

如花如叶是天生，和穆团圆赞性灵。美目当知风月好，此生此世喜相逢。

昔日难无昏滥时，黑眸丹凤曾相欺。相逢已是长相忆，更惜三生相证石。

惊疑

"但是你有一点点不快？"翁老对我说。他的敏感使我惊忱。巨大的幸福与进展中也有一些意想不到的小故事、小场面，谁想得到呢？

然后我说："你知道我不贪吃、不贪钱、不贪位，不贪一切。什么是我追求的生活高峰呢？夏天，海滨，负氧离子，树和花、草坪、海浴场，丘陵地形，凌晨走步，上午写小说，下午游泳。每游一次海泳就获得一次洗礼，每往返一次防鲨网就完成了一次全新保鲜重启作业，每看到过一次海上的日出就像听一次世界的宣告大彻大悟的钟声，并回应一次我自身对于世界的应对。夏天到大海去游泳，已经是我的必修功课，我已经坚持了六十多年。

"七年前有一次看完日出，我进入海滨一家总部设于天津的老字号西餐馆，正逢餐馆经理向大量的季节服务生训话，经理怒不可遏，说：'昨天晚上竟然有人下海去游泳？这儿的水有多深你们知道吗？潮起潮落的规律你们知道吗？海溜子是什么玩意儿你们知道吗？什么叫抽筋，什么叫呛死，什么叫鲨鱼，什么叫海蜇贴胸、纤维毒肺，你们知道吗？近五年这里淹死过多少人，你们知道吗？你们不在我这儿，我不为你们操心，既然到了我的店里，我负多么大的责任，你们知道吗？'

"然后他宣布，到他这里打工的，游泳一次扣半个月工薪，两次一律开除，薪金全部扣掉，转入专项救护基金。不愿意接受上述约束的，可以立即辞职。

"我，一个年老顾客的在场，似乎是更加激发了他的行使权力的快感。他的鼻子、眼睛特别是嘴巴的线条与运动，流露着一种满足舒畅，一种准做爱式的淋漓有致。禁止和阻挡他人的一次快乐健康生机勃勃，扼杀一个打工仔打工妹的开心，能够让一个经理那样过瘾和强大吗？

"过了两年，又是夏天，同一个著名的梦幻海滨，我去一家组织性纪律性极强的群体主办的医院，发现他们在消耗大量人力物力挖建游泳池，我问，为什么在有这样好的海浴场的地方还要修游泳池。他们的领导耐心告诉我，他们的职工，都是独生子女，绝对不能允许他们下海游泳。

"果然，在另一处只接待高级人士的海滨疗养院大门口，我看到了黑板上明文书写的告示：'严禁随意下海游泳'。还好，如果不是随意任意，而是经过报批程序，也许会让休养员们小试锋芒，吹风拨浪。当然不是乘风破浪，呵呵。

"更惊人的是今年，我被邀与本地最优秀、升学率最高的中学毕业生座谈，我问他们这个夏天游了多少次泳，同学们显出极其冷漠的表情，使我怀疑本地人对普通话的接受程度。最后才承蒙教育局的巡视人员告诉，这个学校是严禁毕业班也可能包括非毕业班同学下海游泳的……我几乎当场落下泪来，'毛主席啊！'我差点叫出声。

"我还看到了一个高、上，然而不大的干部培训单位的专用海浴场，五年前那里有一位酒后下水的藏族学员不幸遇难，从此，所有的负责人与全体员工，都将防止游泳事故看作自己的首要责任。缩小游水规模是选项之首，他们用两根粗大的尼龙绳索在浴场海面架上十字，将本来就很小的海域分成四个水域，只允许学员老干部休养员利用其中最浅近的四分之一个浴场游泳。坐在救生船里的救生员，不停地用大喇叭喊话：'快回来快回来，不要到非游泳区去。'他立志摧毁游泳者的壮朗欢欣，认定让你扫兴才有利于不出事故。另外四分之三的浴场只供眺望，但愿那里能聚焦更多的海鸥海狗。最近他们又正式宣布，八十岁以上老人下海游泳是那里的不安全不稳定因素，不再让他们下海，今后本单位也不再组织八十岁以上老人前来读书学习或者休假。"

呼唤

翁老师睁大了眼睛，喷出了怒火，有什么办法呢？他毕竟比我更高龄也更高位，这些生活琐碎他也许不知道、不理解也难以相信。

"这是怎么啦？这怎么可能呢？我们正在自强不息啊，不是自弱不断吧，当然！"他的样子像是听到了不是狗咬人而是人咬狗的新闻。高龄的他，是多么天真啊。

"这是年龄歧视。"说到这里他咳嗽起来了，年龄歧视一词唤醒了他的年龄意识与气管痉挛。他稍稍抖颤着说，"年龄歧视与性别歧视、种族歧视、信仰歧视、残疾人歧视与职业歧视一样，是不可以的。"

然后他强调说："你说得对，毛泽东那一代人，对于游泳的提倡中，蕴含着救国救民、强国强民的历史大任感。毛泽东说过，他希望中国人口的一半，都会游泳。他号召到江河湖海里去锻炼，还说大风大浪并不可怕，人类的历史就是大风大浪当中发展起来的。

"现在呢，有些没有出息的人，想到的只是不要出事儿，第一是不出事儿，第二是事儿不出，第三是吗事儿没有，第四则是好好休息。上头越是强调问责，他越是无孔不入地追求免责。现在，不少的朋友亲人见着我都说，短信与微信上也说：'好好休息吧。'他们不赞成我上网与看微信，为了休息我的眼睛；不赞成我讲话说话提什么意见，为了休息我的元气；不赞成我唱歌、穿运动衣，为了休息我的风度、尊严与清白；不赞成我吃肉，为了休息肠胃；不赞成走路，为了休息膝盖半月板。"

我笑了："网上的说法：who作who die，不作等着殆。这是中英文合璧的中学生语言。请问什么是纯粹的与绝对的休息呢？等待等殆等呆等磴，归根结底是等死两个字。该死就死，这是天道天命天意，这正是人生的一切意义所倚所生。如果人的寿命是无穷的，那么每一天一周一月一年对于他的无穷生命来说，其意义约等于0。而有了死亡这个0以后，我们的每天每时每刻都通向∞。"

"我希望普及一个观点：凡是没有死的基本健康的人都是活人，他或她应该有活人的义务和担当，有活人的使命与追求，有活人的自律与自觉，也有活人的权利与待遇——包括吃肉、说话、爱情与凫水。"翁老认真地说。

"乌拉！薇哇！布拉沃！布拉娃！"我用万国语言高呼"万岁"！

古苍

翁神说："当然。也有不同的角度。现在的心灵鸡汤师傅都在那儿说：'老了就是老了。不必计较，不要放不下，学会忘却，学会舍得，不必期待，不必要求，想开，想得开，虚室生白，吉祥止止。'一位日本政要告诉说，日本的老年头面人物，被称为'古苍'。说是有这么一批古苍，退休后常常到高档医院去，医院成了古苍们的社交聚会场所。有一天，高等医院的古苍们发现，他们中的一位吉田君两次没来。又过了几周，吉田君还是不见来，古苍们叹息：'看来吉田君真的是病了，他来不了医院啦。'"翁耄苍说。

"德国的老年人又不一样了，他们是不兴谈年龄的。"我说，"他们是冷幽默，说是一个德国老男人在餐馆用晚饭后发现自己新买的汽车丢掉了。另一位比他年龄更大的老朋友告诉他，'赶快买火车票乘快车，到某邻国的首都，你的车多半在那里。'您明白他的意思了吗？"我问。

"知道。一些个老家伙认为那个邻国的偷车蟊贼很多，这是二战以前的说法。老人的老眼光老言语，本身就有点悲哀也有点笑话了吧。我们也不会例外全免的啦，留下悲壮的奋斗史，也留下含着泪花的一点点、一点点笑料。让我们的重孙曾孙玄孙来孙晜孙昆孙……们去奇怪：他们的先祖是何等幼稚啊……"

我说："'别梦依稀咒逝川'，毛泽东也感触到了时间的无情与恓惶，而恓惶能够升华成为什么。您说呢？恓惶终于变成了幽默感。'老而不死'，这幽默不幽默？'是为贼'就更幽默了，冰心老人晚年喜欢用的闲章，宣布了'是为贼'的旗号。我也想起了二〇〇七年我访问俄罗斯喀山市的时候，一位女汉学家说是给我唱一首老歌，什么老歌呢，二十世纪七十年代的，三十多年前的，当然是老歌了。然而对于我还是太新了，我会唱的苏联歌曲，到《莫斯科郊外的傍晚》为止，这首歌创作于一九五六年，在中国红起来已经是二十世纪六十年代了。我在喀山给女汉学家唱了几支苏维埃社会主义共和国联盟的老歌，女汉学家说：'如果没有中国人，也许我们早就忘记了这些古董了。'我们快成为古董了吗？"

"小朋友，我要告诉你，我还有兴趣于'死'的语词学，长逝、安息、坐化、涅槃、驾鹤西去、长眠、老了、走了、没了、过去了、一了百了了、纵浪大化中不喜亦不惧、蹬了、踹了、听蛐蛐叫去了、吹灯拔蜡了……"

"老哥，更惊人的是北京土话'嗝儿屁着凉'您听说过吗？"

"知道，'嗝儿屁着凉大海棠'！"

"翁老真神人也。满族北京话专家，编过《北京话词典》的金受申先生解释，那是指人死时的某些生理状态，例如打嗝儿。然而惊人的是近年学者们指出，嗝儿屁来自德语：'krepie '，发音是'嗝儿屁人'。而另一个词儿您也许听说过，老北京管一个人业务生疏、技艺初学、摸不着门的新手叫作'力巴''力巴头'，出自英语'labour'，就是劳动。睖睖来自'look look'，这就不用提啦。这些词儿的出现都与庚子年的八国联军占领北京有关系。唉！"我说。

我虽然比他小十几岁，我们童年时候都听上辈人说起过庚子年间的事儿。我亲历过沦陷区，他亲历过日军对于东南亚的占领。

"小朋友，想一想，知识能够减少恐惧与失态。为什么孔子说，君子中庸，小人反中庸？无知的人更容易被极端、分裂、恐怖三种势力忽悠。知道得越多，包括语种与词汇越多，你就会越知道词语所要表达的存在其实很普通、很亲切、很自然，俚俗、普及，于是苦中作乐，彻底幽默。"

"大神，您说得真好。"我为他鼓掌。

"与其说什么大神，不如假装是禅学，干脆声明自身不过是屎橛。我喜欢小朋友你的那个说法，'明年我将衰老'，当然，今年如果可能，还想再坚持一下——生龙活虎，欢蹦乱跳！"

"太好了，"我说，"正因为如此，您不应该独自一人过了二十五年，您自己刚刚说，只要是活人，有爱的权利与使命 。"

他笑了笑，没有说话。

过了两天，他请我喝咖啡。他将写好了的一幅行草送给我，上书："功名文卷，岂是平生意？"我未免震惊，我知道此语出自龚自珍的《湘月·天风吹我》，原文是"屠狗功名，雕虫文卷，岂是平生意？"，极有力度。

"哈哈哈哈哈哈……"他笑起来了，他很少这样大笑的。他笑得真实和善。他让我给他讲一个我的幽默故事。

我说："您讲的'幽默'的发音，有点接近北京话的'肉末'儿，这是客家话口音吗？"他点点头，他还说，客家话把美国叫成米国。我说："是的，日军占领的北京，孩子们冬天相互拼命挤到一起，是游戏也是取暖，这个游戏叫作'挤老米'。日语也是将美国写作米国。"

然后我说："老毕竟是老，老不老本来无所谓。早在三十年前，已经有两位小哥哥宣布一位名家的'过时'，开始时是每隔一两年宣布一次，让我想起马克·吐温的名言：'没有比戒烟更容易的了，我每年都戒好几次。'现在，虽然没有谁宣布，现在的青年已经早就把可以忽略的人忽略了。"

"也许是真的？"永不过时的翁大神甚至有点温柔，"及时地'过时'也是一种不错的选择，嗝儿屁最后还能结出红扑扑的'大海棠'来呢！可悲的不在于嗝儿屁与过时，而在于在最好的时间时机机遇下边，你没有做好应该做的事。'功成、名遂、身退、天之道'，'鞠躬尽瘁，死而后已'，不同情况下有不同的选择，都好。对不起，如果你过时了，不必因为他仍在其时而着急、操心。一切都会过时与'krepie '，小朋友们放心好了。"

我们都笑。

然后当着我的面将委内瑞拉咖啡豆打磨成粉，用最简单方便的越南制造、法国马德拉斯式——在印度则称为金奈式——咖啡过滤器过滤，做出了比星巴克的"拿铁"口味好得多的翁式咖啡，递给了我，讲了一些他在越南与印度的故事。然后说："我要告诉你，我的失败谢幕的最后一章爱情篇页。"

芭蕾

他说七十六岁时他的妻子因病去世了，他紧拉着妻子的手送走了妻子。后来，一些朋友关心他的此后生活。七十八岁的时候，他因事到达一个精致的城市，住到一个精致的花园住宅小区里。

"那里很好，有小溪也有不算小的池塘，有假山石也有总共三个亭子，有两个木桥、三个石桥、三个伸入到水域的栈桥，有两个圆形的还有一个八角形的用花岗岩修的户外舞池，当然，还有你可以说很好也可以说是莫名其妙的什么罗马式建筑的柱子。我说得不清楚，那里并没有罗马式建筑，然而有罗马式建筑的柱子。

"而最可爱的是在比较宽大的栈桥与水池形成的夹角水域，我发现了闲养的大批金鱼，夸张一点说，鱼的数量使我想起杭州西子湖观鱼的'花港'。但是我们那里的鱼小，与我小时候见到的父母养的小金鱼一个品种，但它们有幸生活得千倍的辽阔与自由，它们拥有的不是高贵与装备齐全的鱼缸，而是活水、阳光、蓝天、芦苇、荷花、水草、浮萍、睡莲、细小的浮游昆虫。我每天会去观鱼多次。"

"鱼缸里养的金鱼热带鱼，是不太可能在户外的水池小湖里豢养的喽……"我插嘴说。

"噢，不是的，也许他们只是短期养着玩？呵，也不是的。他们找我不是为了宣扬房地产的开发，也无意通过馈赠房产炒作他们的公司。他们希望我在这里结识一位女士，一位舞蹈老师，在旗的，现在的说法就是满族同胞，当年跳过芭蕾，演过白天鹅和吉赛尔的C角，没有结过婚，她已经六十九岁了，少女的身材，挺拔的英姿，优雅的举止，比清洁还纯净，比纯粹还清爽的冰雪荧光，她让我想起了苏联人民演员乌兰诺娃与中国的薛菁华。尤其是她爱学习，她不仅有舞蹈家的身体，还有好学不倦的头脑，她与我探讨天体测量，牛顿的天体力学与爱因斯坦的天体物理。她也发表她的对于中国经济体制改革，对于证券、银行、保险与信托的绝对外行的评估。

"最重要的是，她当然矜持，她的身上仍然有白天鹅与吉赛尔的骄傲，但是长年的独身生活并没有留下怪癖奇葩的格格不入，她仍然乐观，仍然乐于接受社交与公关，说到中国的舞蹈教育、舞蹈事业、文艺演出与市场化改革，她知道许多情况、许多麻烦，乃至一些扭曲和隐患，但是她仍然充满期待与祝愿，她不是愤愤不平的怨妇。

"这与其说是一个心理健康问题，一个三观方向问题，不如干脆说，这就是教养。

"而且她有一双大眼睛，多情的，同时是沉着的。不好意思，我也许本不应该这样说话。未能免俗。

"然而在决定我后半生命运的关键时刻，浪漫与幸福的彩霞之梦突然遭遇了莫名其妙的阴霾。

"……对不起，对不起。"翁老脸红了，他的手指与声音都有些变异。

我不解地看着他，同时示意：对我说什么，都可以轻松，再轻松，多一点天南海北，少一点念念不忘与痛心疾首。我故意笑出了一点声音。我的潜台词是，一切往事都不妨付诸一笑，好事、乐事、嘚瑟的事可以是一笑，蠢事、坏事、痛悔的事，对于一个年近期颐的高士来说，更可以一笑，哪怕是苦笑，哪怕是含泪，只要您没有自杀的倾向与谋划，为什么不笑一笑呢？

他这位大神苦笑了，他说，是那一年的大暑节气，他清晨起床，他来到观鱼水湾，发现，一条鱼也没有了。他围绕着池塘寻找、寻找再寻找，还是一条鱼也没有。

"这又是什么问题呢？"我眨了眨眼睛，不明白他要说什么。

他很长时间没有说话，他不想再回溯、再追踪、再解释与再懊悔。他说："我忽然认定是这位舞蹈家做了伤害金鱼的事，虽然这样想毫无依据。这里住着的客人，就我们俩，如果不是我做了伤害金鱼的事情，只可能是她。这样的思维逻辑，对吗？她是投毒？当然不可能。喂食过饱？也不会的。还是将自己的美容用品的残渣或者残汁泄漏到池水里？显然，也是胡思乱想。胡思乱想的结果 是我睡不好觉。我还怀疑她也许悄悄地吸烟，我认识不少卓有成就而且极富魅力的单身女人吸烟。你问为什么？我不知道，到现在我也不知道。只能说是缘分，就是说，我们俩的缘分是没有缘分……在她告别离去的时候我有意识地现出了冷淡，她有点惊奇，她于是显得更加高高在上。她干脆是让我喘不过气来了。"

缘

我有点目瞪口呆，有点被吸引，好像看了一篇现代派的小说，越不易解，就越有味道。

半天半天，翁老没有说话，北京人管这种说话节奏叫作"大喘气"。

大喘气后，他说："舞蹈家走了，我也定下了次日早晨六点二十九分回厦门的机票。凌晨时候我早早起了床，我走到宽栈桥与水池的湾处，我看到了更快乐、更兴旺的金鱼群，我欢呼而且顿足。我错了。"

"正如你讲的那次大眼睛秘书事件，错了，完全可以挽回呀。"我说。

他无语，下嘴唇与上嘴唇相互使了一点劲，他摇摇手，表示他不想再谈这个话题。

"后来呢？"我有一点皱眉。

"后来就没有后来了。"

我说："不，事实不一定是这样的，除非还有金鱼冤假错案以外的原因。黄昏恋不是一件容易的事情，单身是有自己的强大和较劲的，如果她到了六十九岁还没有结过婚，也许就很难再结婚了，除非遇到了奇迹。VIP的婚恋更是活活地要人的命。在人们的灵魂的深处……有一种自作聪明的提防与别扭。"

"也许，"他说，"芭蕾与细腰，大眼睛还有芭蕾舞女演员特有的锁骨与平胸，尤其是她们的修长完美的腿，我们梦中的一切，最美好的一切，都不容易变成现实。比如，如果您描写罗密欧与朱丽叶，他们婚恋成功，生了五个孩子，两人都活了与我们差不多的年纪……然后莎士比亚怎么向观众交代呢？正是由于遗憾，人生让我们留恋不已，回味不已。"

"那么，您说起的夏夜星空呢？您为什么还要仰望星空呢？这与康德到底有没有关系呢？"我问。

"也许是，我想以各式的连线把相距甚远的星星连接起来，我的一些绘画来自星空繁星的高远的启示。还有，我将希望寄托在新一代丁香上，我喜欢南唐中主，我更喜欢王国维：'醒后楼台，与梦俱明灭。西窗白，纷纷凉月，一院丁香雪。'其实只有'灭'，一定灭，才能为'明'

做证，为美好热烈的火热生活做出像模像样的证词。零疫情也是出自疫情。物穷而后无，无穷即是无无，无得彻底必须是连无本身也无了才行，无得有有有，还有无吗？无了无即是返有，就是无限与永恒，灭了再灭则纷纷丁香无数，一院丁香如雪，也就是无灭，永生，也是永灭。"

"是佛法吗？"我问。

"当然不是。我喜欢的是数学、天文物理学，是'道法自然'和恩格斯的自然辩证法。而且我记忆着大的、更大的眼睛，诚实与专注的眼睛，无意中放出了光辉，照亮了你与我，有与无，明与灭，眼睛啊。"

"然而，"我说，"我们已经够满意的了，我们活得足实、热烈，有征伐也有苦熬，面临见识也遭遇嫉妒，许多时候是逢凶化吉，遇难呈祥。试问，还能怎么样呢？"

同游

一个年已小小耄耋的愣家伙，结识了一位即将期颐的寿翁，而且此位老哥仍然每天游泳千米，又知识又性灵，又好学好问又豁达幽默，又土又洋，又沧桑又见足了世面，又成竹又热情；这使小耄耋获得了多大的鼓舞，小朋友哇，成长到"了"，如切如磋，如琢如磨，携兄之手，更上一层楼。

……响起一声电子信号：盛夏中伏，分外凉爽，我与翁老一起在昆仑山和阿尔卑斯山滑雪。我们轻松滑行，我们风驰电掣，我们回转急弯，我们跳跃升降，怪呀，我是什么时候学的本领，滑起雪来与三浦雄一郎有一拼了，他六十五岁首次登顶珠穆朗玛峰，八十岁时再次刷新了之前自己保持的纪录。二〇一八年八十五岁的他，登顶海拔8201米的卓奥友峰。

我们是没有翅膀的大鸟，我们是黄羊与麋鹿。我们耳边的风声奏出了肖斯塔科维奇《列宁格勒第七交响乐》的森严宏伟，我们眼前的白雪蓝天与山谷，好像传来了莫索尔斯基《图画展览会》的多彩多姿，《古堡》《杜衣勒里宫的花园》《基辅大门》俱全。我们的行进、速度、转移、声音与画面是这样激动人心人命，上去了，上去了；下来了，下来了；转弯了，转弯了；跨越了，跨越了，冲向云霄，降入山谷……

于是我们干脆开起了飞机，今宵我们要做一切过去的未能，学会过去一切的不会。翁耄苍是正驾驶，我是副驾驶，我为自己空中驾驶的无师自通的技巧而自我褒扬，而如醉如痴。究竟是怎样学的艺呢？我自来就会？我会看每一个图示，我把握每一个指针，我注意每一个明暗，我谛听每一处声响，我明白每一个需要我做的小小的操作，也知道应该怎样耳听六路眼观八方。我们迅速地穿过了各形各状的白云，我有时候清晰有时候模糊地看着机身下的迷人的地图。多么神奇呀，敢情我会开飞机！也许我还能操纵战略导弹与宇宙飞船！

于是骑马，哈哈，进入了我的长项了，万岁，伊犁河谷，巩乃斯河与巩乃斯草原，焉耆马与伊犁天马，翻身跨越，我教给翁老认镫上马，脚不能认得太深，太深了一旦出现情况下不来马会丢命，太浅了你稳不住马身上的自己。略略弯腰，重心前倾，这应该算是马上瑜伽。两腿用一点力量，避免骑马人的所谓"铲"了屁股，两腿夹一下再夹一下，抓住缰绳，扎两下马脖子上的痒痒肉，顺一下天马鬃毛，它舒服了，它的感觉与你们被大眼睛的美女拍了拍脸蛋儿一样美好，发出了快乐的呜呜声，我轻轻用脚后跟踢哒一下马肚皮，马立刻提高了速度，好马一加速自然就变得平稳了，像德国奔驰车一样地平稳，好车在好路上的行走，不像是车轮飞转，而像是冰雪平面上的滑行。而当好马在草原上匀速跑起来以后，你的感觉是微波上小船的上上下下的滑行。最妙的是近百岁的翁耋苍，他干什么像什么，像什么会什么，干什么爱什么，马嘶人喊，风吹草动，雪山皑皑，蓝天湛湛，草原阔大，山花遍野，晴晴雨雨，山路弯曲而又漫长，人生新奇而且恒久。每个经验都同样地新鲜，跑啊跑啊，我有点累了，腿有点麻了，心仍然像大丽花一样地铺张着与嘚瑟着。

于是一道游泳，一道做数学题，一道下棋，一道练少林拳与跆拳道，一道吟诗填词唱昆曲，一道肃立默哀，一道举杯祝愿……我们还要驾驶军舰和操纵导弹。

……是九月底烈士纪念日了，军乐团吹响纪念号，奏出了庄重深情的《献花曲》，许多人，包括我们俩，端望着呈现奋斗历史的汉白玉浮雕，缓缓地登上纪念碑的底座，献上了白花黄花。

晴空丽野且奔流，耄耋期颐复壮游。三生不负马骡力，四海同操日月舟。

也曾凌志换新颜，欲壮文心耕砚田。梦想鱼龙庄与蝶，风云文墨岁经年。

老迈仍然万丈青，蓬勃春夏又秋冬。遍野心音与妙谛，诗情乐感笑如风。

松鹤当知色未空，悲欣交汇庆今生。蓬勃不已纷然事，美目凝眸无限情。

或曾歌舞颂天骄，挥洒诗文志气高。老当益壮何须壮，对酒当歌风萧萧。

生老灭明未堪哀，欢喜怜愁入梦来。书写汪洋千万相，苔花怒放百花开。

我们想得很多，很老。仍然有生活，当然，仍然有时间和天馈，有幽默感。这一节我用了许多"于是"代替原来用过的"后来"，二者同是连词，它们都具有"前事发生之后"的意思，二者是又有不同。请咀嚼"后来"，并且品味"于是"吧，谢谢亲爱的小朋友们。

原载《人民文学》2020年第10期

点评

　　这是一篇奇特的"对话体"小说，讲述了两位老人在海滨的"夏天的奇遇"，"一个年已小小耄耋的愣家伙，结识了一位即将期颐的寿翁"，两位老人一见如故，于是谈往事，谈爱情，谈游泳，谈年老，谈死亡，谈黄昏恋……小说叙述者"我"，很容易被读者误认为作者，因为"我"也是作家，有着与作者相似的人生经历，都是1934年出生，做过地下党，深受1950年代文化的影响，后来到过新疆，也写过《活动变人形》，与英国作家多丽丝·莱辛一同获得过意大利蒙德罗文学奖，等等。另一个人物翁老，也许有现实中的原型，也许完全出于虚构。他出身于南洋，年轻时参加过当地共产党游击队，后来子承父业从商，回到国内后从政，多才多艺，也曾遭遇爱情的歧路，有过婚姻的波折。两位老人阅历丰富，知识渊博，谈吐有趣，风雅智慧，既能中流击水，又能吟诗作对。可谓"何止于米，相期于茶"。

　　当然，不妨把两个人物都看作小说作者的化身。他不过借一个所谓的"夏天的奇遇"，谈天论地，让无数的人生智慧和生命体悟，喷涌而来，碰撞而汇聚。他抗议"年龄歧视"，对自我生命活力充满自信，对人生充满乐观和达观精神，甚至进入了一种狂放不羁、自由自在的状态。他的言语和书写，我们这些读者"小朋友"们岂能不洗耳恭听，沐浴拜读？

（祁春风）

万里长城万里长／

／徐怀中

一

据研究报告，我们国家每年新增"植物人"（vegetative being）病例十万个，太可怕了！虽不属于军事医学，人民解放军第九军医大学还是特地组建了一个研究中心，主攻颅脑创伤神经功能损害修复及临床治疗。累计已经有近五十名"植物人"得到成功救治，恢复了正常人生活。

最新治愈的是81床。对不起！住院期间你无名无姓，一概被称为多少床多少床。纯粹为了医护工作上的方便，丝毫没有不敬的意思。更何况此人是当年鄂豫皖苏区时期的一名小司号员。要知道，由工农红军改编为国民革命军第八路军，又到成为中国人民解放军，每个连队始终仅配一名司号员。而今数百万将士之中，当过连队号兵并且依然健在的，独独只有81床了。当然，他只不过是以植物状态，将自己的正常呼吸及正常脉搏延续了下来而已。可是你不能不承认，至今他"依然健在"。

小号兵是得天独厚，凭借一把黄铜军号，顺理成章步入了云端之上的音乐殿堂，好像这一方境地原本就归属于他似的。他有一个独特之处，拨号音可以拨到最细微最细微的地步。一茬又一茬号兵集训下来，从没有谁能吹得出如此柔和如此弱化的号音，降低到一定音阶，别人的军号早失声了。小号兵吃的苦也是最多的一个，大别山风雪弥漫的拂晓时分，他照常爬起来，到山岭上练习拨音。触到号嘴，便被撕下一片嘴皮，血丝随着号音从喇叭口飘飘忽忽飞扬出去……

一次，连队骑兵通信员执行任务回到驻地来。连队紧急转移了，转移到哪里去了？路程多远？不得而知。骑兵通信员急得要命，忽然听到了本连司号员的号音，他循着号音策马向前，果然找到了连队。看见司号员正练习一支小曲，粗粗估算一下，相距至少在十公里以上。从此，人们神奇地发现，愈是远远拉开距离，他的号音你才能听得更加清晰、更加真切。多年以后，他已经成为一位优秀的高级军事指挥员，而在人们心目中，他的丰功伟业可忽略不计，只是传颂着他一把军号的妙音绝唱。

二

81床昏迷将近二十年，竟然还能苏醒过来，重要的一条，是家属（军队内部特指妻子）照料特别给力。81床夫人堪称家属模范，若论相貌，那更没有话说。病区一道光鲜亮丽的风景线，不是那些年轻漂亮的白衣天使，而是已过花甲之年的这位首长夫人。一般女性，身体曲线稍显欠缺，不会选择穿旗袍的。81床家属有几件丝绸旗袍，替换着穿。老红军家属就只能是童养媳吗？只能是"改组派（放足）"吗？我偏要穿戴起来从你们眼前走过去，敢不敢看是你们的事。女同胞们甘拜下风，不吝种种夸赞之辞。男士方面，不曾听到对81床阿姨发表什么公开议论，至于私下里如何动心思冒傻气儿，只有他们自己清楚，不便彼此交流，以为共勉。

音乐学院指挥系一位副教授，就是这些冒傻气儿的其中之一。他出车祸受伤昏迷，在"九医大"住院不足半年，便苏醒过来了。青年才俊，事业有成，车子房子更不是问题，俘获一位歌星或是模特十拿九稳。本来第二天就急着要回家的，偶然在走廊见着了81床家属阿姨一面，立即改口了，决定延后出院，好巩固一下病情。当然，副教授不可能有他进一步的攻略意图，只不过是多磨蹭几天。每天早、中、晚三顿饭，便有三次可以在楼道里看见81床家属，推着一个带滑轮的小桌去餐厅打饭。

三

"九医大"研究中心根据神经再遁原理，在综合治疗的基础上，采取独特的中、西药及高压氧等方法，对各种类型"植物人"进行催醒治疗。陪床亲属给予全力配合，至少不亚于药物治疗。照说事情很简单，无非是还原患者昏迷前的身边环境，唤回他的记忆。但是时间太久太久，也有个别亲属承受不了，因此而采取决绝态度，终于酿成了惨痛的家庭悲剧。

81床家属恰恰相反，从不把在病房陪住当作多么沉重的负担。这等于给她一个机会，让她尽心尽力，以满负荷工作量来服待病人。只有如此，才算是两下里找齐了，才有可能对自己与丈夫之间存在的实际差距多少起到一点补救作用，才能够让她心安理得。

"植物人"处于不可逆昏迷，已无意识、知觉、思维等人类高级神经活动。但脑干仍具有一定功能，对外界刺激也还可以产生一些本能的反射。81床家属在病房里挂起了大幅的全家福照片，希望病人能感受到一缕家庭的温馨。又在阳台上摆放了绿萝、文竹、火鹤、巴西龙骨，使空气含氧量充足。她每天给老头子洗头洗澡，连包皮也要认真冲洗，从不漏过。洗完了脚，忘不了张口咬咬丈夫的大脚趾，以刺激他的神经。医生讲不妨垫上毛巾，更卫生些。她说，不是直接用自己牙齿不好把握，轻了不起作用，重了怕病人会痛。

最重要的一种方式，莫过于听觉刺激。特别是运用歌声，疗效上佳，这是为古今中外众多病例所证实了的。少则几个月，多则十年二十年，在自己亲人歌声的召唤之下，重新在这个世界靠岸了。81床家属是部队大院里小有名气的业余歌手，无论美声，还是民歌唱法、通俗歌曲，张口就来。她最喜欢为丈夫演唱的一首歌，是当年鄂豫皖苏区普遍流传的《调兵歌》：

> 姐在房中闷沉沉，忽听门外要调兵，不知调哪营调哪营！
> 南军北军都不调，单调黄麻赤卫军，打仗有本领有本领……

主治医生指导她说，不能逮住一首歌唱，重复太多，等于在做催眠术，大脑会自然关闭规则声音的。这有何难，她会两百多首歌，一首一首排着顺序唱下来，算是一个周期，不带重复的。唱了毛阿敏的《思念》《渴望》，接着是么红的《图兰朵》《蝴蝶夫人》，再下来是成方圆的《游子吟》、王秀芬的《渔光曲》、张暴默的《鼓浪屿之波》、杭天琪的《黄土高坡》、迪里拜尔的《一杯美酒》。也还演唱了邓丽君的《在水一方》，嗓音虽够不上那样甜美圆润，也还颇有几分邓丽君小姐的余韵。

有好心人提醒她说，前不久音乐界还在批判靡靡之音。中国歌外国歌，可着嗓子唱你的去，干吗偏偏要招惹她的这一首？

大嫂嬉笑着说："我给家人治病，管得着吗？"

四

虽然是在病房里，不可放声高歌，只能是低声吟唱，她还是经常口干唇焦，喉咙出血。医生说可以适当调剂一下，唱不动了，就对患者讲些他平时喜欢谈论的话题，会有一定作用的。爱打麻将的人，一边为他演唱歌曲，一边夹杂一些牌局上的专有用语。老爷子是一个超级麻将迷，只要一上桌，别提够多么认真的，为一张牌和小孙孙争得脸红脖子粗。从此，夫人常常在老爷子面前念叨起麻将经：三缺一，就等你了；平和断幺门前清，实打实的三番牌；老少副，一般高，缺一门，碰碰和；清一色一条龙，杠上开花……

老爷子心目中极为高超极富于理想化的一手好牌，即是"杠上开花"。麻将是三张为一副，一副牌是三张同花色顺序相连接的，也可以三张相同的牌，叫作"刻子"。如果你手上有了一刻，三个五筒，又起到一个五筒，即有权起回牌墙最末尾的一张，这叫作"开杠"。如果你的牌"听"了，等待开"和"的恰恰就是杠上起得的这一张，便叫作"杠上开花"，通吃，你赢大发了！

今天，81床家属决定换一首不常唱的歌，给老头子增添一点新鲜感。她一边给首长剪指甲，一边唱起了传统民歌《孟姜女哭长城》，一边扭头看看他。天哪！老头子的眼皮在微微闪动。她怕是自己看走眼了，屏住了呼吸凝视患者。只见他深陷的双眼慢慢慢慢地张开，忽然像是咣啷一下，两扇窗户被推开来。

红四方面军小号兵，以他昏花浑浊的目光，上下左右扫视这个老年妇女陌生的面孔。女人见他干裂的嘴唇反复地轻轻抖动，分明在口出什么言语，却未能发出声音。老妻终于"听"懂了，丈夫是在竭尽全力呼唤着她的名字。不！不是建制部队实力统计表册上所填写的一名女军人的正式名姓，而是在呼唤着与他同生共死形影不离的这个农家女的乳名！

女人哇的一声扑在丈夫胸脯上痛哭不止，好一场号啕大哭，又不时发出狂欢的笑声，听上去好怕人的。日复一日，年复一年，苦苦煎熬二十多个春秋，终于有了今天。不知为什么，大嫂忽地产生了一种莫名的恐惧感，她担心冷不了一下，老头子再一次跌下万丈深渊。医护人员也正在午休，她急着要喊医生来，用力按住了紧急呼救的电钮。

听到电铃哇哇地响个不停，医护人员跑步赶来，一个个像是被施了魔咒，愣怔在那里动不了。他们好久弄不明白，以为出现了怎样的严重意外。原来是喜从天降，"九医大"神经医学研究中心又增添了一名"植物人"治愈病例。大家彼此击掌相庆，病区一片欢腾。

后面赶来的，还在焦急探问："出什么事了？出什么事了？"

前面人回答说："81床'杠上开花'了！"

五

神经医学研究中心的专业人员，谁都想第一个赶来探访81床，获得第一手资料。他们急于了解，是什么声音最先触动了患者，让他萌生了回返之意的？他听到的声音是从上、下、左、右什么方向传来的？音量很大或者是很小？是单纯的一个声音，还是伴随有别的声响？听到声音他的第一个反应是什么？等等。一概被院领导挡驾了，必须给患者一段时间静养，百分之百恢复神志。

其实，即使允许随时探访，他们也未见得会有多少具体收获。从不可逆昏迷状态唤醒了病人的那个声音是哪里来的，经过了怎样漫长曲折的过程，终于抵达他的耳边？牵涉到人的生命体与"植物"之间彼此关联而又相互排斥的复杂命题。就患者而言，他只能回答说他听到了什么、没有听到什么，事情从始至终一切经历过程不必去问患者本人，他找不到北。

老太太凭借她近水楼台之利，第一个向患者发出提问："你最先听到的，是我的歌儿，还是我跟你说什么话？"

"好像是唱歌。"

"哪一首歌儿？"

老人向夫人点点头："正月里来是新春！"

"正月里来是新春"，这是《孟姜女哭长城》的第一句歌词。女歌唱家颇有些失落感。她的演唱曲目数三十首、五十首出去，也还未见得能数到这一首老歌。在丈夫床前演唱不知多少歌曲，这一首从来没有排上。纯属偶然，不知怎么忽然想起了，就心不在焉地为老爷子哼唱了一遍。偏偏就是这一下，创造了二十年植物状态下被唤醒的一个医学新纪录。而担任这次历史性重大演唱任务的，正是81床首长的老妻，并不是随便什么人所能取代的。她闭起眼睛，安安静静地站立在那里很久很久，享受着她最大的自我满足感。随即情不自禁以手指敲击着节奏，轻声吟唱起了《孟姜女哭长城》。

红四方面军老司号兵在静听妻子吟唱，禁不住也跟了上来。一对夕阳情侣在联袂献演，愈唱愈是情深意切，愈唱愈是醉意洋洋。

六

人们应该记得音乐学院指挥系那位年轻副教授，转眼之间，他治愈出院已经有几年了。得悉81床苏醒过来，立即前来探视他所崇敬的这位老红军病友。传闻是老伴用一首《孟姜女哭长城》唤回了老爷子的，他特地带了录音机来，要阿姨重唱一遍，录下来留作纪念。进了病房，正赶上老夫妻两个一同在吟唱。他不向两位老人招呼，先悄悄打开手提录音机录着音，然后轻声加入了吟唱，似乎他原本就是特地赶来参加友情演出的。

81床老人面部依然有些呆滞，喉咙沙哑，发音不畅。他全神贯注于吟唱的笨拙样子，让副教授深为感动。给他的感觉，这位老军人乐感超强，声音表现力特别丰富。不仅成功把握了乐曲独特的节奏，跟随乐曲的层次变化，情绪表达也十分到位。似闻一个妇人呜咽哭泣，起而又息，止而又续。乐曲不似古琴曲《高山流水》那样富于描绘性，也不像二胡名曲《二泉映月》带有显著的叙述特点，《孟姜女哭长城》彻头彻尾是宣泄性的。通常歌曲会来一个大团圆，让人得到情感的缓和与慰藉。这首曲子与众不同，直至曲终，依然悲悲切切，怨愤欲绝。81床歌手不是凭借他的嗓音，而是发自心底的情感投入，倾其所有，一览无余，恰恰适应了歌曲的内在要求。其中一些装饰性唱法，渗透了民间歌手们非自觉性的美学意识，需极高的技巧，不是一般人谁都可以尝试的。副教授得出的结论是，只有这位老红军司号兵，才能将旋律中属于魂魄的精华部分渲染得淋漓尽致。仿佛老人自身不复存在，早已成为一条小溪，以它的全部流量注入了大江大河，一泻千里奔腾而去。爱乐乐团首席指挥一语不发，规规矩矩向81床行了一个三鞠躬礼。

夫人偶尔回头望望，看见老爷子眼窝中含有两颗晶莹的泪珠，从干枯多皱的面颊上滚下，如漫过一面坚硬粗粝的岩壁，滴落在土地上。他们已经度过了"金婚"，妻子从来不曾看见过男人这样动情落泪。当即以她丰润的红唇，久久地热吻尚未完全脱离了植物化的红四军司号兵，热吻这个世界上她唯一最亲爱的人。

副教授以及在场的医护人员，意欲脱离这个"是非之地"，来不及了。大家干脆热烈鼓掌助兴，如同在观看一场拔河比赛，有节奏地一起呼喊："加油！加油！加油！"

七

大家欢欢喜喜闹哄了好一阵，终于安静了下来，音乐学院副教授这才向老夫妻俩表示衷心祝贺。81床呆坐在那里，没有任何反应，难讲他是否意识到了有人前来探视。副教授自管热情地拉着患者的手，致以他作为一个晚辈的敬意与慰问。中国工农红军唯一的一名小司号兵，告别我们二十年不肯就去，终于为一缕歌声牵引，欣然踏上了返程。这一则新闻发布出去，该有多少相识不相识的人，会送来他们对81床老人发自内心的祝福。

讲起《孟姜女哭长城》，副教授如数家珍："这首歌传说起源于江苏松江孟家庄，流传到北方大地，发生了变异。曲调基础是依据'辽南鼓乐'改编为双管独奏曲《江河水》，又叫作《十二月花名》。六十年代初，湖北艺术剧院移植为二胡独奏曲，演出一直是采用原名加唱词。"

81床阿姨说："啊哟！教授不讲我们哪里知道，原来这首老歌很有根底的。"

"不妨说，这首歌也同样与我有缘，由我执棒学院爱乐交响乐团对外公演，至今有三十几场了。中国艺术团去美国参加汇演，由世界著名指挥家小征泽尔指挥，波士顿交响乐团演奏，大大提高了国际影响……"高谈阔论中，副教授恍然有所醒悟，不禁呼喊起来，"不对！不对！老首长这歌儿唱得有问题！问题大了去啦！"

夫人有些不悦了："教授！你怎么说话呢？一首老歌儿，充其量少唱一句多唱一句，有什么对不对的问题？别吓唬老百姓！"

"不不不！不是讲唱得有问题，请不要误会！从老首长的歌声，我似乎发现了什么，我自己没有把握，不敢乱放炮。事情弄错了，等于是拿二老来制造假新闻，那可就是罪过了。"

首长夫人嘴一撇说："有话当面讲明，何必那么神经兮兮的。""不不不！我得回去好好听听录音再说话。好了！二位，我们明天见！"副教授提了录音机，兴冲冲地去了。

八

第二天一早，医生查房刚刚结束，副教授如期而至。省去了探视寒暄的一切话语，他直奔主题："昨晚一夜无眠，录音带听了又听，直到现在脑子还处于高度兴奋状态。一时真不知该从哪里张口，才好把头绪理清，让二老听得明白。我想，我们可以采取记者采访的方式，由我提问，阿姨您答记者问，您看怎么样？"

"随你！我接受记者采访也不是一回两回了。"

"那好！请问您是不是认为，首长是听您唱《孟姜女哭长城》，一下就苏醒过来了？"

"当然！这还消问吗？这一点必须首先要肯定下来！"

"没有问题，这一点可以肯定下来。根据您自己讲，这一首歌您以前从来没有唱给首长听过，是这样的吗？"

"是！"

"等于说您确认，除去苏醒之前听到您给他演唱的这一遍，他不可能还曾听到过别人的任何一个版本，是这样的吗？"

"是！"

"也就是说，首长和您唱的完全一个样，不可能有任何一点差别，是这样的吗？"

"是！"

副教授严正指出："问题就出在这里。我听首长和您唱的，曲子基本上就是那样，唱词明显是有区别的。"

夫人嬉笑着说："老头子平时不唱歌，什么时候高兴了，放开嗓子自由发挥一下，没有什么好奇怪的！"

"首长音准好，节奏感强，演唱也很开窍的。不过，我不会听走了样，他的唱词绝对不会是自由发挥。"

夫人更加警惕起来："我再重复一遍，首长是听到我唱《孟姜女哭长城》苏醒过来的，其外杂七杂八拉扯什么我不想听！"

"阿姨！既然首长是听着您的歌声苏醒的，那不就是说，植物化状态下，人的听觉是始终开启的，他同样能够听得到别人的歌声。至于要在怎样的主客观条件下，才有可能促使他做出反应，以至于重返正常状态，那是另外一个问题。"

阿姨嘲讽说："照你这个逻辑，植物化二十年来，他听到别人的歌，那简直海了去啦！是吗？"

"也未可知，我不能肯定，可也找不出否定的理由。"

81床家属据理力争："我们彼此看着对方张嘴在唱，再清楚不过，一个字也不带错的！"

副教授耐心地说："十二段词，老长老长的，就算个别字句唱得不完全统一也在所难免。我这里要指出的，不是字句上有什么具体差别，而是发声的问题。"

"哦！我洗耳恭听，倒要看你怎么在鸡蛋里挑出骨头来。"

"这里牵涉到古代汉语的问题，我听过几次讲座，多少懂得那么一点点。这里也用不上许多专业词汇，只要阿姨您明白，古汉语分为四声，就不难理解问题的关键所在。"

"平、上、去、入，这个谁不知道！"

"好！我们单说入声。现代汉语的普通话里，入声字已经完全缺失，在后世各自分化到其他三声里，或是分化为现代汉语的四声，只在一些方言中有保存。问题就出在这里，首长跟阿姨您不同，老人家还完整保存了唱词中所有的古汉语入声字。"

"老头子南腔北调，他又是哼哼着在唱，你怎么可能一个字一个字给他挑剔出来？"

"古汉语声调分为四类，表示音节高低变化。入声字用古音，也就是'平水韵'来读，又短又快，短促收藏，很容易分辨。"

夫人不屑地：“我不相信！”

副教授毫不掩饰他的傲然自得：“我这个爱乐乐团首席指挥不是吃干饭的。上百件乐器在演奏，哪个演奏员错漏了一个音符，我的指挥棒一下就指戳到他的脑门心上去了！”

“再讲一遍，我不相信！”

副教授打开录音机说：“阿姨先不要把话讲得那么死。我们来放录音，当场验听，正式做一个订正。凡是首长唱到一个古音入声字，我手点一下，您注意听好了！”

“不忙不忙，以后有时间再听不迟！”81床家属力阻副教授继续“采访”下去，她打哈哈说，“让一位大教授一个字一个字来圈点，太烦人了。秦始皇不知道让你这样大费周折，知道的话，他会改变决定，万里长城不修了！”

副教授恳切要求说：“我们还是一起来听一下录音，果然不错的话，请首长点头认可才好，就算是由他本人做了一个鉴定。阿姨！请务必配合一下，请务必配合一下！”

老太太连连摆手：“他原籍山东临淄，流落到江南也已经是几辈人了。不是陕西人，不是甘肃人、宁夏人，什么秦始皇什么孟姜女，八竿子打不着的事！”夫人愈说愈是气不打一处来，拍打着枕头，下达了逐客令，“首长要睡觉了！”

副教授一脸苦笑，极力掩盖着他的慌乱与尴尬，不得不把求助的目光转向老红军病友，希望他能有所表示。老司号兵在那里闭目养神，始终面无表情，很难判断他是否听到了老妻与别人的一场激烈辩论。副教授只得提起他的录音机悻悻而去。

九

81床家属回复医院门卫电话，断然拒绝了音乐学院指挥系副教授再次探视。她刚放下电话，人已经迈步进了病房，副教授以负荆请罪的姿态，向首长夫人作揖说：“对不起！对不起！阿姨赶我走了，我厚着脸皮又跑来了。”

女主人笑吟吟地说：“看你这话说的，欢迎你这位大教授怕还来不及哪。”

副教授取出一份资料，交给81床家属：“阿姨！昨天您提到秦长城的事，一个简单明了的历史事件，我概念上很模糊，抱歉抱歉！我去图书馆查阅了资料，和人家秦始皇还真的扯不上。这里有一篇文章，请您过目一下。”

"有话请讲好了!"老太太把打印资料丢到一边去了。

副教授讲解说:"孟姜女的故事,最早见于公元前五四九年,秦长城尚未开始修建,而齐长城西段已经完成了。传说齐国勇士杞梁,随齐庄公攻打莒国战死,妻子千里寻夫,见到丈夫尸首向天痛哭,长城为之倾倒。可以坐实,孟姜女哭长城的歌,指的正是齐长城。"

"秦长城怎么样?齐长城又怎么样?"

"古代齐国的首都是现在山东临淄一带,正是首长的原籍老家。我希望以后有机会,能陪同老爷子和阿姨去临淄一带走走,从当地方言里,不知是不是还能听得到古汉语入声字。"

81床家属仰天大笑:"照你这意思,没准儿老头子还听到过孟姜女亲口唱的《十二月花名》哩!"

"也未可知,我不能肯定,可也找不出否定的理由。"

原是双方打嘴仗,老太太话赶话提到了首长原籍,反而为对方提供了有力的论据。她转念一想,这个人竟是如此痴迷的样子,不如就满足他的要求,免得他纠缠不休。老头子懵懵懂懂的,一大半还在梦里,管不了他的闲事。夫人态度立即和蔼了下来:"教授!看你这样一而再再而三,不到黄河心不死!首长答应了,和你一齐听一下录音。来吧!我们开始!"

"啊哟阿姨!我怎么感谢您呢?我怎么感谢您呢?"

副教授打开了录音机,手脚麻利地操作了几个动作,播放开始。

《孟姜女哭长城》歌词采用"十二月体",用时令花名作序引。除去四月和五月空白,入声字分布在其余十个月份里,每月各有一两个两三个字。副教授坐在老太太旁边,以便将歌词中的古音入声字逐一给她指认清楚。夫人发话了,病员老红军服从命令听指挥,尽可能挺直了腰板,以一种足够"正式"的姿态,在静听自己的吟唱。

"正月里来是新春,家家户户点红灯,别家丈夫团团圆圆,孟姜女丈夫造长城。"

随着两位老人含糊不清的歌声,副教授伸出手指点一下正月里来的"月"字,又指点了下句中的一个"别"字。

"二月里来暖洋洋,双双燕子到南阳,新窝做得端端正,对对成双在华梁。"

上句中的"月"是重复字，不必再次指出，副教授只是点了下句中的一个"得"字。

81床家属集中注意力，在辨别老头子的吟唱发声。果然，凡遇古音入声字，他发声又快又短促，即出即收，与其他歌词唱法明显有别。重复的字不计，总共有十五个古音入声字，她全都听出了。以老头子的拙口笨舌，让他对照口型来模仿，怕也学不来的，他怎么竟能发出这样一种奇异的声音呢？夫人听"傻"了，百思不得其解。

现在就看红军小号兵的态度了，万事俱备只待东风。如果首长摇头了，本人不认可，所有问题都落实不下来，从此免开尊口。一旦首长点头认可，一切的一切都齐了，怎么讲怎么有理！

副教授十分紧张，目不转睛地在关注老人的反应。81床如同一台老式留声机，一张唱片播放完毕，便停止了转动。没有谁用把手重新上满了发条，留声机便永远在那里纹丝不动，不会再发出任何一点微小声音的。好一阵儿，只见老人努力地抬起右手，食指缓缓指向音乐学院副教授说："你打的是一手'十三不靠'！"

"十三不靠"是麻将用语。按规则要求，包括两张麻将牌在内，十四张牌之间，每一张与上下牌的数字不得靠拢，并且必须间隔两个空位以上，比如一条、四条、七条。说到"十三不靠"，听上去不是那么悦耳，牌型也不那么好看。但同样赢的是大满贯，足斤足两。不过概率极小极小，若无天助，只不过南柯一梦而已。但是麻将牌的魅力也正在于此，有人宁肯落得去跳楼，也要把他这一手大牌玩下去。

老红军病友给出的结论，让副教授欣喜若狂，他双手抱拳："多谢老首长！多谢老首长！"

夫人大笑说："你多谢谁呢？老头子言语不留余地，讲你太不靠谱了。得！到此为止，什么孟姜女长孟姜女短的，以后就别再操这份心了。"

副教授心有不甘，希望把采访继续下去。夫人已经替他收好了录音机，递在他的手上，就差没有强行把他推出门去。来访者不得不走人了，刚刚转过身去，就听砰的一声，病房的门关上了。

点评

　　这篇小说写了一个植物人被成功唤醒的故事，却出人意料地衍生出一个个幽深难解的人性与历史之谜。当年的红四方面军小司号员、后来的解放军高级指挥员，已经昏迷近二十年，在第九军医大设立的植物人治疗研究中心，终于被唤醒了。除了研究中心的高超医术，他的家属功不可没。年过花甲的首长夫人爱穿丝绸旗袍，是医院的一道风景线，她与首长感情深厚，护理得无比精心，为了唤醒丈夫，尝试着各种方法。丈夫过去是麻将迷，她便常说些麻将用语。医生说音乐对治疗有效，她便每天唱歌。偶然有一天，她唱了一首传统民歌《孟姜女哭长城》，丈夫睁开了双眼。

　　小说没有停留于此，一位曾经的病友让故事生出了新的枝丫。他是音乐学院的副教授，回来祝贺首长老两口，正好录下了他们的歌声。副教授发现首长的唱词中有古汉语入声字，他刨根问底，查阅资料，发现首长的原籍老家是山东临淄，而孟姜女哭倒的长城是齐长城。是不是冥冥之中有什么联系呢？他不断地去找首长老两口，首长夫人已经厌烦他了，最终老首长开口说："你打的是一手'十三不靠'！"对于"十三不靠"，首长夫人解读为"不靠谱"；副教授却欣喜若狂，感谢老首长下的结论。

　　作者没有言明什么，小说中的入声字和《孟姜女哭长城》似乎有所隐喻，但也难以索解。不过，读者却能够感悟到，人性如深渊，历史也如同黑洞，未解之谜如此之多，有的人选择忽视和遗忘，有的人则选择不断追问和反思。这部小说笔力强劲，叙述严密又想象丰富，雄浑又神奇，扣人心弦，发人深省，产生了丰富的审美效果。很难想象，它出自一位年逾九秩的老作家之手。

（祁春风）

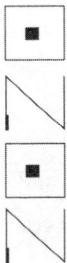

可可、木木和老八

/梁晓声

可可是北京某小学的五年级女生。她的爸爸是某医院的主任医生，她的妈妈是同一所医院的护士长。

"木木"是一只黑色的泰迪狗，三岁了。

"老八"是一只"八哥"，确切地说，已经是一只老八哥了。有多老呢？相对于可可，那它就是一只老爷爷岁数的八哥了。因为，一般长寿的八哥才能活到十年左右，"老八"却已经十三岁多了。

可可的爸爸妈妈都是从小就喜欢读书的人，他们保存下了几十本小时候看过的小人书。可可上小学二年级时，爸爸妈妈将那些小人书交由可可来保存了。在那些小人书中，有一本是俄罗斯作家屠格涅夫创作的《木木》。

《木木》的内容是这样的。在俄罗斯还有农奴的时代，某农庄有一个又聋又哑的农奴，养了一只心爱的小狗。聋哑人是没法说话的呀，他叫他的小狗时，口中只能发出"木木"的声音。不管那小狗在什么地方玩儿呢，一听到主人"木木，木木"的叫声，就会飞快地跑向主人。所以，"木木"成了小狗的名字。一个又聋又哑的人，还是农奴，基本上就是没朋友的人了。"木木"对于他，不但是心爱的，而且是唯一心爱的小朋友。一天，女地主来到了庄园，"木木"对她叫了一阵，还咬住了她的长裙不放。这使女地主非常光火，下了一道严厉的命令——必须将"木木"除掉，而且要由养它的人来做这件事。农奴没有办法，又悲伤又无奈地往"木木"身上拴了一块大石头，将它淹死在湖里了……

可可读完这篇小说，禁不住流下了眼泪。当天夜里，她梦见了"木木"，哭醒了。以后，只要她看到有谁在遛自家的小狗，就会联想到"木木"，心里就会难过。爸爸妈妈了解到原因后，为她买了那只小泰迪，她给它起名叫"木木"。现在，可可和"木木"之间的感情已经很深了。

"老八"是可可的爷爷养了十来年的八哥。因为爷爷奶奶对它照顾得好，它才能活得那么久。可可的奶奶已经去世了，爷爷一直单独生活在别的小区，那只八哥是爷爷的一个"伴儿"，爷爷对它的叫法是"老伙计"或"老哥们儿"。十来年里，爷爷教会了它近百句话。事实上八哥记不住那么多话，往往一学会了句新的话，没过几天就把以前学会的话忘了。它经常说的也就三十几句话。对于一只八哥，那也很了不起了。

2020年春节过去不久的一天，还没到下班的时间，可可的妈妈忽然从医院回到了家里。她告诉可可，为了控制住新冠病毒的传播、蔓延，武汉已经封城了。可可的爸爸作为北京支援武汉的第一批医生之一，直接从班上集体飞往武汉了。妈妈自己作为经验丰富的护士长，明天也要与另一批医护人员飞往武汉。所以，可可只能带上"木木"住到爷爷家去。

可可呆愣了一会儿，生气地问："为什么？"

妈妈一边替她收拾她应该带到爷爷家的东西，一边反问："什么为什么？"

可可说："我对你们的领导有意见！为什么让爸爸去了还要让你去？他们怎么就不考虑考虑，将你们都派到武汉去了，我怎么办？"

妈妈说："你和爷爷住一段时间不可以吗？我也去，是我自己要求的。"

可可更生气了，顶撞地说："那你真不是个好妈妈！少去你一个人又能怎么样呢？"

妈妈说："你怎么不反过来想想？在疫情严重的时期，我们医护工作者都好比是战士，多一个人就多一份抗击疫情的力量，我们每一个人能发挥的作用比平时大得多，快去把'木木'的东西也集中起来！"

对于疫情，可可已经多次听到爸爸妈妈在家中谈论过了，但她觉得那是与自己没有直接关系的事。她这么想，因为她的爸爸妈妈不但是医生和护士，而且还是呼吸科的医生和护士，这使她怀有一种特别安全的心理，如同自己是一位小公主，身旁有一位"雷神"和一位"白衣女侠"时刻保护着自己。在她的想象中，她的爸爸确似"雷神"，神力强大，手握神锤，冠状病毒根本难抵爸爸的高明医术。何况还有妈妈这一位"白衣女侠"的护士经验助一臂之力，自己的安全岂不是万无一失吗？是的，可可的确是这么想的。像许多小学五年级的学生一样，可可对手机的各项功能已经应用得非常熟练了。关于冠状病毒，关于武汉封城的一些情况，她已经从手机上了解到了，看那些信息的当时，也替武汉人感到十分不安。但她毕竟只不过是个小女孩，过后就忘了。现在，爸爸已经去往武汉了，妈妈明天也要去了；而武汉是疫情的重灾区，那么也就是危机四伏的城市——自己的爸爸妈妈都去往危险之地了，这使她感到问题严峻。万一爸爸妈妈有个三长两短呢？那自己和爷爷以后可怎么办呢？失去了两位最爱自己的医护保护神，她开始感到疫情似乎一下子离自己近了，冠状病毒似乎就在眼前飘浮；她虽然看不见它们，可是它们却直往自己的鼻孔和嘴边凑，企图随时被吸到她的肺里。

突如其来的情况，使她不但生气，而且有些恐惧了。

她没去收拾"木木"的东西，希望妈妈能重视她的不良情绪，改变决心。

妈妈自己将"木木"的东西收拾好，预先放到车上去了；之后对她说："现在，妈妈把你送到爷爷家去吧。"

可可闷闷不乐地坐到了车后座上，一路没跟妈妈说话。

妈妈离开爷爷家时，拥抱了她一下，并说："好女儿，要听爷爷的话。"

可可还是没跟妈妈说话，连头都没点一下。

妈妈也跟爷爷拥抱了一下，这在以往是从没有过的举动。

爷爷说："多保重。"

妈妈说："您也保重"。

妈妈的举动，妈妈和爷爷互相说的话，使可可更加感到不安了。

妈妈离开得很决然，一副义无反顾的样子。那时可可觉得，妈妈确实像女侠——明知山有虎，偏向虎山行，无怨无悔。

成心跟妈妈闹别扭，所以一句话也没跟妈妈说的可可流下了眼泪。

爷爷看着她说："可可，妈妈要出远门了，什么时候回来还不一定，你都没跟妈妈说句告别的话，不对吧？"

可可愣了愣，冲到窗口，打开窗子，冲妈妈的车大声喊："妈妈再见！祝妈妈平安归来！"

妈妈的车已经开出挺远，一转弯不见了。

显然，妈妈听不到她的话。

爷爷走过去关上了窗。

爷爷说："可可，坐那儿去，爷爷和你说几句话。"

可可顺从地坐到了沙发上，爷爷则搬了一只小板凳，坐在她对面。

爷爷问："可可，你爸爸和妈妈，也无非就是因为工作需要出差去了，你哭什么呢？"

可可小声说："不完全是那样。"

爷爷愣了一下，随即说："是啊，不完全是那样，情况确实和一般性的出差有些不同……"

可可打断了爷爷的话："不是有些不同，是非常不同！"

爷爷沉默片刻，又说："对。是我孙女说的那样，非常不同。但你爸爸是医院呼吸科的出色医生，你妈妈是与你爸同科室的优秀护士，现在武汉人民特别特别需要他们去发挥作用，他们能不去吗？"

可可也沉默了，片刻后反问："那，咱俩怎么办呢？"

爷爷说："还能怎么办呢？首先，对于这个小区为了防止疫情侵入所做出的一切规定和要求，咱们必须自觉遵守，对不对啊？"

可可低声说："对。"

爷爷接着说："这个小区，有三百多户人家呢，咱们的一举一动，都不应该给别人带来不安全的感觉，是吧？"

可可想了想，不太明白地问："什么样的行为，会使别人感到不安全啊？"

爷爷说："现在，北京市要求市民减少出行次数，尽量多待在家里。爷爷和你，都属于不上班的人，所以咱们应该尽量少出门，这样就减少了感染的可能。一旦被感染了，在自己不知道的情况下，会感染别人。人传人，会感染更多的人。咱们自觉遵守这一条告诫，既是对自己负责，也是对他人负责。同时呢，还能使爸爸妈妈放心，是不是啊？"

可可说："是。"

爷爷说："如果咱们非出门不可，哪怕仅仅是倒一次垃圾，也应该戴上口罩。否则呢，如果碰到别人，就会使别人不高兴。这一点，爷爷能做到，你愿意做到吗？"

可可说："愿意。"

可可的爷爷和奶奶，都是公交汽车公司的退休职工，他们当年的住房，是单位分配的福利房，面积不大，才六十几平方米，但爷爷奶奶住得特知足，哪儿哪儿都干干净净的。奶奶去世后，爷爷仍保持着家里处处干净的良好状态。爷爷是个喜静的老人，孙女来和他住了，他心里是高兴的。但"木木"太闹了，这使爷爷一时不太适应。爷爷吼过"木木"几次，却又使可可不愉快了。她的不愉快主要是内疚感，觉得自己给爷爷带来了麻烦。爷爷也不是讨厌狗狗的老人。恰恰相反，以前爸爸妈妈和可可来看望爷爷时，每次都是带着"木木"的，但也就是待上大半天，往往吃过午饭和晚饭就匆匆走了。在那大半天里，爷爷还会主动逗"木木"玩儿呢。"木木"也和可可一样成了爷爷家的"常住客"，情况太不同了。"木木"从没在可可的爷爷家住过，对新环境特好奇，有时也特兴奋，经常在六十几平方米的狭窄空间奔来蹿去，还往往蹦到床上去，将床单蹬得拖地了。再不就叼着这个叼着那个硬往爷爷跟前凑，粘着爷爷与它争夺。而这个那个，又不是它的玩具。一在新环境里住下了，"木木"对给它带来的玩具都不感兴趣了，却对爷爷的塑料拖鞋十分着迷，经常抱住不放，像一只护宝兽，以至于爷爷散步回来，往往找不到拖鞋了。

一天，爷爷看着那双拖鞋，自言自语："唉，好端端的一双拖鞋，被它咬成了这样，没法穿了。"

可可当时正在写寒假作业，虽然听到了爷爷的话，但没接言。她认为那不值得当回事。不就是一双便宜的拖鞋嘛，何况还是旧的，"木木"喜欢玩儿，给它玩儿好啰。再从网上买双新的，一两天就会送上门嘛。

偏偏就在那时，"木木"跑到爷爷跟前，想把拖鞋叼走。

"你真讨厌！"——爷爷用拖鞋打了"木木"一下。"木木"从没被打过，也许爷爷用的劲儿大了点儿，"木木"叫了一声。

"真讨厌！真讨厌！"——八哥重复着爷爷的话。

可可将"木木"抱在怀里，抗议说："爷爷，以后不许你再打"木木"，它是我朋友！"

爷爷正色道："你把这只狗宠坏了，它一点儿规矩都不懂，爷爷的生活已经被它搅乱了，以后爷爷要替你调教调教它。"

"调教它！调教它！"——八哥又多起嘴来。

"你给我停止！"——可可指着八哥嚷了一句，转脸又冲爷爷大声说："你的'老八'还经常让我心烦呢！我能容忍它，你为什么就不能容忍我的'木木'？"

"老八"是可可对那只八哥的叫法，而可可的话也是有原因的——家里忽然多了一个小女生和一只精力充沛的狗狗，并且一天二十四小时都在一个空间里，使"老八"也变得不同以往地兴奋，话多起来。多到什么程度呢？多到常使可可背着爷爷叫它"话痨"的程度。"老八"的话，东一句西一句的。比如上一句说的是"床前明月光"，紧接着会来一句"天亮了，起床啦！"上一句说的是："老头子，吃什么呀？"下一句竟会说"将军！将军！"或"好球！好球！"显然说的不是爷爷一个人的话。如果它不是在可可写作业的时候说，可可不但不会烦，反而会欣赏它的能说会道。但它话多的时候，往往是在早上九点后和下午三点后，那时阳光好，爷爷将它的笼子挂在阳台的挂竿上，让它多晒会儿太阳，而那时，又恰恰是可可开始自学的时候。

听了可可的话，爷爷呆呆地看了可可一会儿，默默起身走到阳台上，取下鸟笼，拎到自己睡觉的小屋去了，许久没再出来。

可可意识到自己的话太伤爷爷的心，也太没大没小了。同时意识到，自己确实有点儿把"木木"宠坏了。关于这一点，是一个事实，爷爷的批评是对的。

"可可啊可可，虽然爸爸妈妈并不宠惯你，可你作为独生女，是不是有点儿'自我中心'，有时候自己宠惯自己呢？……"

她不由得这么想。这一想，因为自己对爷爷的态度后悔了。

晚饭后，爷爷说："可可呀，爷爷想和你聊聊心里话，你想不想也和爷爷聊聊心里话呀？"

可可因为心里后悔和内疚，立刻回答："想。"

可可就又坐在沙发上，爷爷又坐在她对面的小凳上。

爷爷说："可可，你爸爸是爷爷的独生子。在爷爷心目中，你妈妈就像爷爷的好女儿。而你，又是他们的独生女，是爷爷唯一的孙女，爷爷是非常爱你的，这一点你应该相信吧？"

可可点了一下头。

爷爷又说："听你妈说你要来住下，爷爷立刻着手把大屋的家具重新摆放了一下，为了让你住得更舒适，也为了便于你的学习……"

"爷爷，别说了，是我不对。我也不知道自己为什么会对您那样，我不是有意的，我……我是一直在替爸爸妈妈担心，白天都没法集中精力自学了，晚上还做过噩梦……爷爷，您原谅我吧……"

可可哭了。

爷爷愣了片刻，也坐到沙发上，搂着可可说："好孙女，别哭。你这么一说，爷爷心里就明白了。爷爷心里明白了，心情就舒畅了。可可，你得这么想哈，现在，武汉的医生们已经不缺防护服了，你的爸爸妈妈已经可以在特别安全的情况下救治病人了……"

可可说："特别安全也不是绝对安全呀。"

爷爷说："不要这么想嘛，非这么想就等于钻牛角尖儿了。小孩爱钻牛角尖儿，长大以后讨人嫌。"

可可红着脸说："那我以后不钻牛角尖儿了。"

爷爷欣慰地笑道："那我还接着说咱们的事哈。先说爷爷的拖鞋，我已经用万能胶把它粘好了，还能再穿一阵。"

可可问："为什么不从网上再买双新的呢，下了单一两天就能送上门呀。"

爷爷说："可可，现在北京也是严控疫情的时期，咱们仅仅为了买一双拖鞋，就让人家快递小哥送一次，而且这样的一单人家也挣不了几个钱，却使人家多了份出单的风险，也太不替人家快递小哥着想了吧？"

可可回忆起了爷爷曾对她说的一句话——"特殊时期，尤其要多一份替别人着想的善良"，她的脸就又红了。

爷爷抚摸着她的头说："再说说咱们之间的关系。在爷爷看来，咱们之间的关系，不仅是爷爷和你这个孙女的关系，还要加上和'老八'和'木木'的关系。以人的年龄算，'老八'的岁数比爷爷还大。它是你爷爷和你奶奶共同的朋友。如今你奶奶不在了，它成了爷爷一个人的老朋友。看着它，听它天上一句地上一句地说话，会使爷爷回忆起和你奶奶这辈子度过的一些好时光，对爷爷是一种享受。可既然它干扰到了你的学习，那爷爷就每天把它挂到外边去一次。其实，爷爷是想让你叫它'八老'的。不论它的岁数还是它的语言天赋，都是当得起'八老'两个字的。但是呢，既然你已经叫它'老八'了，爷爷也能接受。挺有意思的一种叫法，以后就那么叫吧。至于'木木'呢，你爸妈为什么给你买它，你又为什么给它起名叫'木木'，原因爷爷都是知道的。爷爷虽然是一句普通的退休工人，年轻时却是个书迷，看过的书也不少。《木木》这篇小说，爷爷当年看过。而且呢，爷爷小时候也养过狗。你对'木木'的爱心，证明了你的善良，爷爷很尊重你对它的感情。但是呢，狗狗和小孩子一样，不训练就不能成为好狗狗。只有好狗狗，才会人见人爱。训练狗狗爷爷比你在行。所以，你就放手把'木木'交给爷爷来训练吧，爷爷保证使它成为懂规矩的狗狗，行不？"

可可说："行。"

可可这么说的时候，不由得往爷爷怀里一偎。那种因爸爸妈妈离开了自己而消失的安全感，又从爷爷身上获得到了。

爷爷告诉可可，自己当年养过一条叫"红辣椒"的小猎犬，一身绸缎般的红色卷毛，不但嗅觉极其灵敏，还被自己训练得非常聪明，曾演过一部儿童电影。因为太出名了，被公安局征去了，成为警犬了。

可可问爷爷舍得吗？

爷爷说当然舍不得了，不过看到"红辣椒"成为警犬后更优秀了，自己也就放心了。"红辣椒"还获得过三等功呢，年轻时候的爷爷应邀出席了授功仪式，分享了那条狗狗的光荣。它"退休"以后，爷爷继续成了它的主人……

那天晚上，可可又做梦了——不但梦见了爸爸妈妈和许多是医生护士的伯伯、叔叔和阿姨们像白衣战士那样大战冠状病毒，而且梦中还出现了两条神勇的狗；一条是"木木"，一条是"红辣椒"。两条狗配合白衣战士们消灭变成怪兽的病毒，追咬得"怪兽"四处逃散……

第二天吃早饭的时候，可可正对爷爷讲自己的梦呢，爸爸给可可的手机发来了自拍照。自拍照上妈妈和爸爸在一起，看上去都刚值完夜班，还没脱下防护服呢。

爸爸妈妈都在自信地微笑，都举着两根手指做着胜利的手势。

可可却一下子哭了——因为爸爸妈妈的脸上，都有明显的勒痕，几乎使可可认不出他们了。

爷爷劝可可不要哭。爷爷说不碍事的，洗过脸，睡一觉，勒痕就不见了。

爷爷也让可可为他俩拍一张合影发过去。几秒钟后，爸爸回了一条只有三个字的短信——"放心啦！"

可可看着短信噘起嘴说："不可以这样吧？"爷爷也看到了那三个字。

爷爷却说："可可呀，没看出你爸爸妈妈有多累吗？爷爷眼神儿不如你好，但爷爷都看出来了，你爸爸妈妈眼中有血丝呢。也许，忽然又有了什么新的情况要求他们赶快去处理，所以来不及再多写几句话吧？"

在可可听来，爷爷最后那句话虽然是一句问话，同时却具有肯定的意味。

可可沉默了一会儿，小声问："爷爷，你心疼他俩吗？"

爷爷愣了一下，反问："你说呢？"

可可还没来得及说什么，爷爷又说："怎么能不心疼呢。"——停了一下，紧接着说，"怎么能只心疼我自己的儿子和儿媳妇呢。"

爷爷一说完，就起身走入小屋去了。

可可呆愣了片刻，也起身走到小屋门旁，偷看爷爷——爷爷背朝他坐在桌前，坐得很直，一动不动。

可可以为自己那句问话使爷爷难过了，忍不住轻轻叫了一声："爷爷……"

爷爷朝门口转过头，脸上并没有泪，样子也不是多么的伤心，但却格外严肃。

爷爷说："进来。"

可可走到爷爷跟前，见桌上有四包口罩，一包已经拆开了，另外三包还没开封。

"可可，你爸妈也联名给我发了一条短信，你应该看一看。"——爷爷说着，把自己的手机递向可可。

可可接过去一看，见手机上是这样几行字："爸爸，武汉一千多万市民中，目前缺口罩的人家很多。您那里的口罩如果较多的话，可以让快递小哥送到我们医院去，我们医院正发起口罩募捐。集中以后，会经过特殊途径捐到武汉来……"

可可愣愣地看着，一时不知说什么好。

爷爷起身坐到床边，指着椅子说："坐下。"可可默默坐下，将手机还给爷爷，侧脸看着桌上的口罩，还是不知说什么好。那些口罩是从可可家带到爷爷家的。可可和妈妈都患有粉尘过敏症，口罩一向是家中常备之物。每包十个，其中一包用了四个，一共三十六个。可可对口罩是心里有数的，因为她总是怕口罩不够用。

爷爷问："可可呀，我该怎么给你爸爸妈妈回短信呢？"

可可反问："咱们的口罩算很多了吗？"

爷爷说："比起缺口罩的人家，不算少吧。"

可可又从爷爷的话中听出了似乎在问，也似乎是肯定的意味。

"这些口罩都是一次性的，即使咱俩每天只出去一次，十八天以后，咱俩就没口罩了。"

可可对口罩的重要性，几天前就开始意识到了，她并不是一个除了学习和玩儿再就天大的事都不关心的女孩儿。

爷爷说："孙女，爷爷是这么想的——咱们这个小区和附近的小区都缺义工。对于义工，居委会能保证每天发给一个一次性口罩。如果爷爷去做义工，就能省下几个口罩。"可可又认真地问："捐几个口罩真有什么意义吗？"她并不是成心和爷爷抬杠，也不是仅对捐出几个口罩，而是对自己所问的问题确实挺困惑。

爷爷说："中国人口不是多嘛，口罩多的人家都捐出几个，估计也不少。对于一个口罩都没有的人家，我想几个口罩也好比是雪中送炭呀。"

爷爷这番话，明显是肯定意味的了。

"那，多久以后，才能买到口罩呢？"

可可还是很忧虑，既为自己，也为许许多多别人。好几天，口罩成了网上比较集中的话题，这一点可可关注到了。

"爷爷也说不准。咱们中国，对于灾害和疫情的反应一向比较快，估计要不了多久，口罩短缺就不是个问题了。"爷爷的表情也变得忧虑了，但爷爷的话却说得很肯定。

"你好！吃了没？""老八"忽然说了起来。

"爷爷，您决定吧，您怎么决定都行。"

爷爷的表情一忧郁，可可心里不好受了，又想爸爸妈妈了。她亲了爷爷一下，起身离开了小屋。

爷爷做义工的事，当天就获得了区委会的批准。小区的门卫，打扫卫生清理垃圾的人，开小店或到小区卖菜的人，基本上都是外地人。春节前，他们也基本回家乡去了。由于疫情，他们一时回不到北京了。这个小区和附近的几个小区，确实急需义工。

第二天，爷爷白天当义工去了。

晚上，夜深人静的时候，爷爷负责遛一次"木木"，同时训练它懂一些规矩。由爷爷来遛"木木"而不是由可可来遛它，可以省下一个口罩。第三天上午爷爷出门前，可可问："爷爷，您替咱俩做出决定了吗？"

爷爷说："爷爷已经想好了，咱们别捐了。我孙女的情况特殊，不能不考虑。"

可可却说："爷爷，我也想好了，咱们还是捐吧。"爷爷缓缓蹲下，目光温和地与可可对视着，有些困惑地问："怎么就想好了呀？"

可可说："每年春天快来的时候，关心我的同学，还有送给我口罩的呢，他们嘱咐我出门一定要戴口罩。咱们现有的那些口罩，不全是爸爸妈妈买的，也有我同学送给我的。我不能接受别人关心的时候觉得温暖，却不愿在别人也需要关心的时候，送给别人一点点温暖。咱们捐十四个口罩吧，十四天里我不出门就是了。十四天后，我还剩二十二个口罩呢。我相信，不等我把二十二个口罩用完了，全中国的人就都可以买到口罩了，爷爷不是也相信这一点吗？……"

爷爷把可可搂在怀里了，高兴地说："真是爷爷的好孙女，可可能这么想，证明可可和爸爸妈妈一样，都愿为抗疫做一份贡献。但是，到底捐还是不捐，等爷爷中午回来咱俩再做最后的决定哈。"

爷爷中午回来做饭时，一个字也没提捐口罩的事。与可可吃饭的时候也没说。晚上做饭时还没说，到睡觉前一直没说。

可可忍不住问："爷爷，你没把捐口罩的事给忘了吧？"

爷爷说："没忘，哪儿能忘了呢。爷爷困了，明天再说哈。"

第二天爷爷出门前，仍不提捐口罩的事。可可看出来了，爷爷的想法似乎又与她的想法不同了。她忍住了不再问。

中午，爷爷刚一进门，可可就迎上去说："爷爷，我已经把那件事做了。"

爷爷随口问："什么事呀？"

可可说："我已经在网上下单，让快递小哥把二十个口罩送到爸爸妈妈的医院去了。"

爷爷在门口张张嘴，没说出话来，默默换了拖鞋，缓缓走到沙发那儿，愣愣地坐了下去。

可可走到爷爷跟前，笑着问："爷爷是不是嫌我捐得多了呀？"

爷爷这才问："你昨天不是说要捐十四吗？"可可说："今天我一想，拆了包的口罩，也许会在运送的途中变成了不干净的口罩，那不是反而不如不戴了吗？所以……所以觉得，还是应该捐没拆包的……"

爷爷说："那你就只剩下十六个了。"

可可说："比起几口人都没一个口罩的人家，十六个还是挺多呀。疑似患者不是都要被隔离十四天吗？别人能够经受得住十四天的隔离，我想我也能做到十四天不出门。"

爷爷说："可那些别人是大人。"

可可说："也不全是大人。我从短信中了解到，有的大人带着是小学生的儿女从外地回到北京，那些小学生也要做到十四天不出家门。别的小学生能做到，我觉得我同样能做到。我对自己有信心！"

爷爷说："万一，缺口罩的情况，比咱们估计的时间长得多呢？"

可可说："那十四天以后，我就隔一天出一次家门，十六个口罩能用一个多月。如果真像爷爷说的那样，我就隔两天出一次家门。但我对中国更有信心了，我相信缺口罩的日子绝不会那么长。而且呢，我觉得爷爷也不必每天晚上都遛一次'木木'，那您太辛苦了。特殊时期，咱们也得对'木木'特殊……"

"老八"这时清楚地说："太辛苦了，太辛苦了……"

它一说话，"木木"就警告地冲它叫起来。

爷爷笑了，对"老八"说："来了个管你的吧？以后得少说两句啦！"

可可也被爷爷的话逗笑了。

爷爷又说："可可呀，爷爷得承认，因为太替你着想，爷爷打算捐口罩的念头确实改变了。今天呢，你反过来教育了爷爷，爷爷在你面前都有点儿不好意思了……"

"爷爷，那您给我爸爸妈妈回短信，就说他俩的指示，咱们执行了。您先歇会儿，我去把要炒的菜洗出来！"——可可在爷爷脸上亲了一下，转身到厨房去了。那会儿，可可忽然觉得，自己是一个大人了。从那一天中午起，可可开始了自我"禁足"。比之于隔离，"禁足"对人自由活动的限制要宽松得多。即使是居家隔离，按照严格要求，也是将自己关在一个房间，一天二十四小时，除了上厕所和刷牙洗脸洗澡，不得再迈出那个房间的门。连与家人说话也要戴口罩，保持距离，最好是隔着门，更不能与家人同桌用餐，同床而眠。这样的情况，必须不间断地实行到十四天以后。被隔离者的身体症状一切正常，那么隔离就可解除了。如果一户人家居住面积不大，家庭成员又在三口以上，日常生活那真是乱了套了。不但对被隔离者的心理和情绪是极大的考验，对家人的耐心也是一种挑战。

自我"禁足"却只不过就是自己禁止自己不出家门到外边去。爷爷的家面积虽然有限，但在有限的空间内，可可的活动却是自由的。以前她在家里可做的一切事，自我"禁足"后不受任何影响。学习照常进行，想和"木木"玩一会儿就玩一会儿。她可以照常和爷爷在一个饭桌上吃饭，并坐在沙发上聊天，看电视。不知不觉，三天过去了，她对自己所取得"成绩"多少有点儿骄傲了。

到第五天上午的时候，忽然的，可可想到外边去的欲望一下子强烈起来，简直也可以说变得无比强烈了。

那一天的天气非常好，蓝天白云，风和日丽，气温像春天般的暖和。

她站在窗前，打开窗子，一边呼吸新鲜空气，一边听"老八"独自说话。"老八"的笼子挂在窗口对面的树枝上，在可可能够看到的地方。小区特别安静，只有几位戴口罩的大爷大妈在缓慢地散步。这么好的天气，使"老八"的话比往日多了。虽然没有哪位大爷大好停住脚步逗它说话，它却一会儿一句说起来没完。

"老八，上午好！"——可可朝"老八"喊了一句。

"老八"听到了，注意力转向可可。

这下，自我"禁足"对可可的考验升级了。

"上午好！"

"可可，干啥去？"

"木木，别淘气！"

"戴上口罩……戴上口罩！……"

"木木"听到"老八"的话立刻兴奋起来，不断地跳跃，想蹦到窗台上。可可将窗子关上后，"木木"又反复跑向门口，一次接一次直立起来扑着可可的身子。

"别闹别闹，好吧，那就陪你出去走走。"

可可戴上了口罩。

她说的虽然是"陪你出去走走"，但那显然是自己给自己找的借口，实际上她想出去走走的欲望，受"老八"的话和"木木"的表现的影响，像打过麻醉针的大型动物似的——药效过去了，瞬间苏醒了。

"天气真好！"

"玩儿玩儿去！……玩儿玩儿去！……"

"老八"的话如同魔咒，不断传入可可耳中，对她形成了难以抵挡的诱惑。

"木木"已经把它的绳套叼到了门口，蹲在门口眼巴巴地看着可可。

可可已经拿起了钥匙，已经站在门前了。就在那时，她的手机响了。可可又从门前离开，走进自己住的小房间，从桌上拿起了手机。

打她手机的是和她最要好的同学冉冉。

冉冉批评地说："可可，你怎么回事呀，上午那么多同学给你发过短信，你怎么都不回呢？大家对你有意见了啊！"

可可说她还没来得及看呢。

她点开"朋友圈"一看，好家伙，居然有二十几条短信。原来，可可将她为了捐出二十个口罩而决定自己对自己"禁足"的事告诉了冉冉，冉冉又将这事在朋友圈中公布了，于是许多同学都为她点赞。可可逐条看着那些文字滚热的短信，缓缓在椅子上坐下了。

她忽然觉得，仅仅为了在小区走一圈就用掉一个口罩，太不值得了。

"木木"又跑到她跟前，仰头看她，发出焦急的哼唧声。

可可歉意地对它说："木木，对不起了哈，咱们还是不出门的好，我替你挠痒痒吧。"

她将"木木"抱了起来。

中午，可可和爷爷吃饭的时候，爷爷说："可可，如果爷爷没记错的话，你已经五天没出家门了吧？"

可可装出漫不经心的样子说："是啊，我的困难时期已经过去了。"

爷爷说："其实呢，爷爷觉得你也不必对自己太严格。非常想出去，用一个口罩不算浪费。"

可可说："不完全是浪费不浪费的问题，我也是把自我禁足当成对自己意志力的一次锻炼。"

那天中午，爸爸妈妈终于有时间与可可和爷爷视频一番了。

妈妈说，全国各地包括海外侨胞捐向武汉的口罩，已经全部发向武汉市民了。

爸爸说，火神山医院已经开始收治病人了；武汉的疫情，已经迅速控制住了。

爸爸妈妈传递的消息，使可可和爷爷都特别高兴。自从可可住到爷爷家，第一次见到爷爷那么高兴。爷爷是个京剧迷，高兴地为可可唱起了京剧。爷爷一唱起京剧来，"木木"也安静了，一动不动地蹲着，看着爷爷，聚精会神地听，仿佛能听懂似的。

从第五天到第十天，可可的心又沉静了下来。她的日子里，有了一些新的内容。她为"木木"洗了一次澡——此前，那是连爸爸妈妈也不曾做过的事。给"木木"洗澡并不多么麻烦，所有的狗狗都爱洗澡。但是要用吹风机将"木木"水淋淋的毛吹干，那可是既要有耐心还要讲究方法的事。如果吹风机吹出的风热度太高，一不小心就会使"木木"受伤，而热度低了风力小了，又很难将"木木"的毛彻底吹干——所以，此前这件事是由爸爸或妈妈开着车将"木木"送到宠物店去完成的。可可也成了"老八"的语言教师，教"老八"学会了新诗句，提高了"老八"的"文化素质"，使它变得"腹有诗书气自华"了。在充当小教师的过程中，可可曾洋洋得意地对爷爷说："爷爷，等疫情过去了，你得重谢我啊。"

爷爷奇怪地问："因为你捐了二十个口罩？"

可可说："许多人都为中国抗击疫情做出了贡献，爷爷也是其中一分子啊。包括自觉遵守号召尽量不添乱的人，不是也算表现良好吗？我只不过捐了二十个口罩，那事根本不值得一提。我指的是，我使您的老朋友与时俱进，有希望参加央视的《中国诗词大会》节目，去和擂主们比赛啦！"

爷爷听罢，哈哈大笑，信誓旦旦地说："是啊是啊，你确实使我的老朋友更受小区里的人们尊敬了。爷爷保证，等疫情彻底过去，一定亲自做上七大盘、八大碗地重谢我孙女！"

可可告诉爷爷，她还有了"教学"心得呢。她的体会是，谁如果想教八哥学会说一句七言诗，几乎门儿都没有。那需要连续张几次嘴，舌尖在口腔中伸卷几次，八哥的舌和嘴根本做不到。能教会八哥说五言诗句就不错了。自己做到了，所以证明自己教的水平挺高。可可还告诉爷爷，自己悟到了一条教的经验，那就是，"八哥"不太容易将有些汉字说清楚，比如"欲穷千里目"的"欲"字，它就不容易说清楚，所以会偷懒，干脆只说"千里目"，"疑是地上霜"的"疑"字也是它说不清楚的，就干脆说"地上霜"。

那天有风，"老八"的笼子挂在阳台上。可可正向爷爷卖弄自己的教学宝典呢，"老八"在阳台上卖弄起饱学之士的风骚来。

"老八"忽然说了一句"床前明月光"。

可可和爷爷就都不说话了，静听它接下来还会说什么。

"老八"相当清楚地说："更上一层楼。"

它紧接着又来了两句是："汗滴禾下土"，"为有暗香来"……

爷爷又哈哈大笑，笑罢故作庄重地说："厉害厉害，我老朋友长了串诗的本领了，名师出高徒！我孙女教得好，果然教得好！"

夸得可可也不好意思地笑了。

在那些自我禁足的日子里，可可从网上选看了多部中外优秀儿童电影，包括几部优秀的动画片；但实际上并没看那么多。

她对爷爷说："爷爷，我觉得我不再是孩子了。"

爷爷说："十二岁以前都是孩子；十二岁到十八岁之间是少年；从十八岁开始就进入青年时期了。你还没过十二岁，所以你仍是孩子。"

可可想说，网上每天增长的，中国以及外国的死于冠状病毒的人数，使自己不再能像以前那样兴趣盎然地看得进儿童电影了，特别是动画片。依她想来，一个孩子不再喜欢看儿童电影了，那也就不再是孩子了。

她没对爷爷说出她的想法，怕爷爷为她难过。

她说的是："也许，我是一个早熟的孩子吧。"

她的话还是使爷爷吃惊不小，愣愣地看她，一时不知说什么好。

可可问："早熟不好吗？"

爷爷这才说："那要看是什么事使你早熟了。"

可可想说，她从没像现在这样，在短短的时间里，知道了那么多使自己感动的事，同时也知道那么多使自己嫌恶的事。如果不是因为爸爸和妈妈成了战斗在阻击疫情蔓延的一线；如果不是因为爷爷做了义工，她也许会像别的孩子一样，不怎么关心与疫情有关的事。那么，她就还是从前那个小学五年级的女孩儿，与现在的自己不会有什么不同。

她也没对爷爷说这些想法。

她说的是："暂时保密，以后再告诉您。"

就在那一天，可可将自己以前买的几十本童书放入纸盒箱里，并用胶条封上了。她那么做时，在心里对自己说："我要懂得一些大人世界的事情了。"

自我禁足的第十天，可可的意志力坚持到了极限，打开手机已经不看任何别的内容了，只看关于口罩的消息——全世界都急需起口罩来，如同在饥荒的年代缺少粮食。同学们发给她的短信少了许多，似乎都将她的事忘了。最新的一条短信是冉冉发给她的，只不过六个字——可可，挺住，加油！

她很迫切地想跟冉冉通话，很迫切地想向冉冉承认，自己的意志力就快崩溃了；自己就快挺不住了；自己最怕的事情就是——在国内很容易就能买到口罩的日子还遥遥无期，而自己只有十六个口罩可用了……

但她又怕冉冉会因而笑话自己。

爷爷比往天中午提前一个多小时就回到了家里。

爷爷一进家门就兴奋地说："可可，好消息！中国已经完全能够充足地向医院供给医用口罩了，估计民间缺口罩的日子很快就要结束了！……"

可可的担忧顿时一扫而光。

她说："那我不是白对自己实行禁足了吗？"

爷爷说："很快就要结束了也不是明后天就会结束嘛，怎么也得是十天半月以后的事啊。"

可可并没从网上看到这一条好消息，问爷爷是怎么知道的。

爷爷说，上午区里的一位领导到小区视察防疫工作，亲口向志愿者们宣布的。

"老八"似乎也兴奋了，接连说："好消息！好消息！"

好消息使可可的意志力一下子又增强了。

下午，冉冉给可可打了一次手机。

可可刚一接听，冉冉就哭了。

冉冉说她八十多岁的外婆，在外省被确诊为新冠病毒患者了，而且住进了抢救室。

可可说："冉冉，你不是上午还给我发短信了吗？那条短信使我觉得，你当时心情挺好的呀。"

冉冉说："我刚刚知道的坏消息……"

冉冉说完又哭了。

可可了解，冉冉与她外婆的感情特别深。

可可从没遇到过别人需要从自己这里获得安慰的情况。

她从没安慰过别人，不懂得应该如何安慰。

但冉冉是自己最好的朋友啊，不会安慰也得安慰呀！

可可与冉冉通了一个多小时的话，直到她的手机快没电了才终止。

在给手机充电时，可可想回忆起自己究竟劝了冉冉些什么话，却几乎一句话也回忆不起来，只记得自己陪着冉冉哭了一鼻子。

从第十天开始，可可每天与冉冉通一次手机。是的，可可确实是一个不会劝人的女孩儿。如果事关生死，大人们往往都不知如何彼此相劝，何况一个小学五年级女孩儿。

可可也不是没话找话地与冉冉通话。

每次通话都长达一个多小时——没话找话的通话是持续不了那么久的。

可可看的书和电影比冉冉多；可可是讲故事的能手；可可全家都是京

剧迷，她自己也会唱几段。

在那一个多小时里，可可为冉冉讲故事，也为冉冉唱京剧；讲讲唱唱，唱唱讲讲。

她心里只有一个强烈的想法——那就是尽量使自己的好朋友不被突然而来的担忧"压扁了"。如果自己也许能做到，那为什么不试试呢？以至于，她竟忘了自我禁足这件事，忘了自己的担忧。日子呢，似乎也没了计数的必要。而一旦不再计数了，家里和外边似乎没了区别——仿佛家里就是外边，仿佛家里与人世间也是同一个概念了……

一天早晨，可可睁开眼睛，见爷爷正笑着看自己。

爷爷说："孙女，从今天开始，你可以出家门了。自己跑步也罢，遛'木木'也罢，随你的便。因为十四天已经过去了，你出去一次换一个口罩都行，买口罩在北京不再是难事了……

可可愣了片刻，用被子蒙上脸，哭出了声。

爷爷在床边坐下，不解地问："好孙女，你高兴才对嘛，为什么哭啊？"

可可说："冉冉的外婆昨天晚上去世了……她是我最好的朋友，我没法安慰她了……我真的不知道再怎么安慰她了……"

爷爷沉默了一会儿，叹口气，声音沙哑地说："那不是你的错……那不是任何人的错，冉冉会明白这一点的……"

可可的爸爸妈妈从武汉回来了。他们在外隔离结束后，一家人终于团聚了。

"五一"小长假期间，可可的爸爸开车将冉冉接到了可可家。可可的爷爷已在可可家住了一段日子了，当然还有"老八"。小长假一结束，可可的爷爷还要住回到自己家去，继续在那个小区做志愿者。那个小区的外省市居民比较多，北京一解禁，陆续都返京了。解禁并不意味着人们可以大松心地恢复以往的生活了，各级政府提醒人们，在有序地复工复学的同时，仍要谨慎防止第二波疫情卷土重来。可可的爷爷已经是一名资深的志愿者了，他觉得自己的使命还没到结束的时候，认为在特殊时期做一名老志愿者是自己光荣的使命。

冉冉总是听可可讲起"老八"，对"老八"的语言天赋特别佩服，早就希望能有机会见到"老八"的真身了。她还没彻底从失去外婆的悲伤中解脱出来——但正像老话说的那样，有所失往往也会有所得：冉冉的亲情关系中多了一个姐妹，那就是可可。她俩不再仅仅是小学生之间的好朋友关系了，也是亲如姐妹的关系了。

冉冉并不是第一次来到可可家，她与可可的爸爸妈妈以及"木木"早就熟了，"木木"对它表现出热烈的欢迎。她刚向可可的妈妈和爷爷问过好，"老八"就开始炫耀自己的语言才华了。

"老八"说："冉冉来了！……不亦乐乎？"

冉冉惊讶地说："它第一次见到我，怎么会知道我的名字？"

可可的爷爷说："可可经常说起你的大名，你冉冉的大名对于我的'老伙计'已经如雷贯耳了嘛！"

"老八"又说："天地玄黄，如雷贯耳！"

冉冉惊讶地说："哎呀'老八'，您太有才了！"

"老八"贫嘴地说："不客气，太有才了！"

大家都被逗笑了。

抗击疫情的战役取得了决定性的胜利，从农村到城市，中国的男女老少，都发自内心地为祖国感到骄傲。

听着可可和冉冉在阳台上和"老八"对话，并一阵阵快乐地笑，可可的爷爷悄悄问可可的爸妈："我孙女向我提出过一个问题——对于她这种年龄的孩子，早熟好还是不好？我回答不了这么难的问题，你们认为呢？……"

可可的爸爸妈妈互相看了看，都愣住了。

可可的爷爷挠腮帮子，可可的妈妈张了张嘴却没说出话。

看来，那个问题确实太深了，他俩一时也被难住了。

"人之初，性本善！……'木木'别闹！……"

"老八"在阳台上大秀口才，乐此不疲。

阳台上又响起可可和冉冉愉快的笑声…

原载《青年文学》2020年第9期

点评

　　2020年新冠病毒肆虐全球，抗疫便成为一场全人类的史诗，也是每个人都必须经历的生活，文学自然也应发挥记录和宣传的功用。这篇小说是一则反映中国抗疫的小故事，作者没有描写武汉抗疫前线直面死神的斗争，也没有讲述以医护人员为主的抗疫战士们那些可歌可泣的故事，而是以五年级小女孩可可的视角表现了疫情对于北京的一个普通家庭的巨大影响，以小见大，以轻写重。作为呼吸科大夫的父亲义不容辞地奔赴武汉，作为呼吸科护士长的母亲主动请缨也紧跟着去支援武汉，在临行前母亲把可可送到爷爷家安顿好。父亲和母亲是踏上武汉抗疫战场的英雄，爷爷和可可在北京家中也努力做好抗疫工作。他们相互鼓励，爷爷去当小区的义工，可可在家中"禁足"十四天，他们省下了口罩捐给武汉，可可还帮助好朋友冉冉渡过了失去外婆的难关。

　　小女孩可可的成长是一条情节暗线。她一开始对父亲母亲都去武汉有意见，生气地不跟母亲告别，还产生了不安全感和对病毒的恐惧。后来经过爷爷的教育，更受到父母和全国人民抗疫精神的感染，她一下子长大了，变得不那么爱看童书了，学会了关爱他人和朋友。在爷爷家这个局促的环境里，只有爷爷和可可两人相对，小说免不了出现大段的对话。于是，作者巧妙地设置了泰迪狗"木木"和八哥"老八"作为调剂，尤其是"老八"学舌，常常引起欢笑。

　　从知青文学起步，梁晓声就一直抒写集体主义和理想主义情怀。这篇小说也是如此，尽管主题浅显直白，但无须质疑作者的真诚和善良。

（祁春风）

桃花水/

/蒋子龙

午后，在黄土高原特有的蓝天骄阳下，面包车沿着五百里无定河岸缓缓爬行。深陷于巨壑、断涧之中的无定河，在广漠的峁塬上兜兜转转，时而河面被冰雪覆盖，时而满河冰凌……不知从哪儿开始，无定河悄然跃升到地面，没有陡峭危深的河岸，也没有细润漫平的河滩，一片大水就在道边，浮浮漾漾，缓缓而下。深冬季节竟没有一丝冰凌，也算是奇观。

有人一声惊呼，面包车上的人都掉头窗外，讶异、赞叹、大呼小叫，要求停车，亲近一下无定河。这时车内响起一声尽量压低音量的断喝："安静！先别下车！"发声者竟然是平时极少说话，经常用相机挡住眼睛和嘴巴的祝教授。大家顺着他的镜头望去，在面包车的右前方，确有一幅奇异的画面：

在大道与高塬之间有块不大的三角地，三角地中央兀突突立着一盘石碾子，上无遮盖，下无水泥碾道，两个半大小子和一个比他们略小一些的姑娘，在说说笑笑地推着碾子碾米，一个老太太就着旁边的土坡将碾好的面子过罗。土坡实际上是三角地最长的那条边，是一条从河边大道通向塬上的土道。在老太太的上方坐着一位少妇，头发绾在脑后，深绛色的斜襟短袄，右手托着一管细杆烟袋，烟袋嘴儿没有含在嘴里，而是顶着腮边，定定地望着无定河，像是在看，又像什么都没看见，是出神，却带着几分落寞。她一动不动像尊雕像，背后的夕阳反射出满天红光，越发衬得她沉静秀异，神韵天然。

车内不免有人轻声议论起来：

"啊，好美哟！"

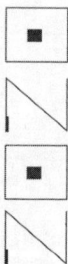

"你是说人，还是风景？"

"景美人更美，这黄土窝里难得见到这么漂亮的小媳妇！"

"外行，米脂的婆姨绥德的汉，就离这儿不远，历来出美女。"

"她手里那杆烟袋太美了，抽烟的女人都是有个性、敢爱敢恨的角色……"

"祝教授自己不吸烟倒喜欢抽烟的女人？"

"这你就不懂了，抽烟的女人媚而不俗。有高人说，男人抽烟是馋，女人抽烟是醉。"

……

祝教授一声不吭，摇下车窗，按了许多次快门之后才让大家下车。十来位艺术家下车后大多都奔向左侧看河，尤其是画家和摄影家，对风景的兴趣最炽烈。而编辑、记者、作家们则在河边拍完照就转到右侧，他们对在没有村庄的大道边、凭空出现的碾米一家人充满好奇。

少妇早已起身，用簸箕从地上的口袋里舀出黍米，倒在碾盘的中间，又把碾子边上已经碾好的黏面用簸箕收起来，倒进老人的细罗里。她深腰高臀，身姿轻盈，由于天不冷，薄薄的冬装裹不住健硕又不失柔美的曲线。一看便知这是那种能承担生活压力的俏女子。

与陌生女子特别是漂亮女子交流，是年轻艺术家的强项，一直默默地从各种角度为这碾米一家人拍照的祝教授，从别人和少妇的对话中，他大致知道了这一家人的情况。

快过年了，碾点黏米做油糕。从坡道上去走十来分钟，是这位少妇的家，其实是娘家，村名叫清水湾。罗面的老人是她的母亲，推碾子的两个少年中略高一点的是她哥的儿子，另一个是她的孩子，已经14岁，那个女孩12岁，是她的女儿，孩子们都放寒假了……现场晚婚晚育乃至不育的艺术家们一阵咋呼："你这么年轻孩子都这么大了！"

其中有些人的艳羡还真是发自内心的。

这群人是北京组织的文化下乡活动中的一个采风小分队，眼看天色将晚，领队便招呼大家赶快上车，于是纷纷道别。一直没有作声的老太太忽然大声说："你们留下吧，明天早上吃油糕。"

领队感谢了老人的美意，并解释说晚上市里还安排了活动。大家都陆续上车了，只剩下祝教授最后一个走到少妇跟前，问道："从你们这儿到市里还有多远？"

少妇似乎才注意到他，随随便便地穿着一件很好的驼色外套，面容清癯，却赫然一头乱发，眼神离离即即，看她的时候却很专注。好像搞艺术的这般神头鬼脸的很多，便缓缓答道："你们坐车也就一个多小时。"

"好，我晚上来给你送照片。"

少妇似乎并没有被吓一跳，或许觉得艺术家精神上有毛病的也不少。她眼眸幽深，内心稳定，只是看着他没有出声，不知该不该相信他的话。祝教授冲她点点头，没有被拒绝似乎已经觉得很欣慰了，转身快步登车。

教授一上来，面包车里就像炸了锅，大家相处快一周了，正好熟悉到可以相互开玩笑，特别是带点荤腥的玩笑。

"教授，你是糊弄人家，还是晚上真的回到这无定河边上演《西厢记》？"

"祝教授这是学雷锋，这家人太孤单了，老太太盛情挽留，也是为了她的女儿。她们碾的那个黏面子就是做油糕的，是过年才吃的好东西，可见老人是真心想留我们。"

"祝教授要小心点，别让她丈夫撞见被暴打一顿……"

祝教授终于忍不住接茬儿了："诸位，请口下留德，别再拿这件事八卦了，我一个半大老头子无所谓，不要毁了人家清誉。我只是想给她塑像，因为泥在宾馆里，必须再回来一趟。"

"塑个像，太棒了，可作永久纪念！"

话题老是岔不开，祝教授计上心头："这样吧，我跟你们打个赌，我出个字谜，在到达宾馆之前，你们只要有一个人猜对了，我晚上就不回来了，雇个司机来给送照片，我答应人家的事不能食言。如果你们猜不对，今后在任何场合都不能再谈论今天的奇遇。敢不敢应这个赌？"

领队赞叹："祝教授果然才思不凡，这个赌打得好，想来不是一般的字谜，大家不敢应赌也算输。"

一年轻气盛的高级记者不服，高声应战："这个赌打了，我不信这么多才子才女还猜不出一个谜语。但是有一条，你不能瞎编，最后谜底揭开，得合情合理、有根有据。"

"那是当然，这个字谜是当代一位很有才华的作家给我出的，他是为八大山人立传的，一本难得的好书。你们准备好了，我可以出题了吗？"

"请出题。"

"刘邦大笑，刘备大哭，打一字。"

霎时，面包车里安静下来，都在脑筋急转弯，谁都想率先破谜。憋了好一阵子，却无人憋出门道，甚至越想越摸不着头绪，觉得此谜好难猜。有人开始跟邻座交流破解之道，渐渐全车人都加入了讨论，希望靠集体智慧猜破此谜，你一嘴他一嘴，反而越说越复杂，好像离谜底也越来越远……祝教授乐不得换来难得的心静，低头专心检查自己相机和手机里的照片。

车进榆林市，很快就要到宾馆了，大家急于想知道谜底，只得宣布认输，请祝教授讲出答案。祝教授不慌不忙地收好自己的相机和手机，一板一眼地说道："刘邦一生中最开心的一次大笑，是项羽死，他要真正当皇帝了。刘备最痛心疾首的一次号啕大哭，是关羽死。项羽简称或自称'羽'，关羽简称或自称也是'羽'，'死'在字面上也叫'卒'，象棋里小卒子的'卒'。'羽死'惹得二刘一笑一哭，'羽死'就是'羽卒'，上面一个'羽'，下面一个'卒'，是什么字？"

"翠！"

"对了，诸位请记住你们的承诺。"

有人恍然大悟，有人抱怨这太难了，但又不能说是胡编的……这个话题一直到进了宾馆下了车还在议论，还在回味。

祝教授下车后请当地的面包车司机帮忙包了一辆出租车，他先去照相馆洗照片，然后跟大家一起吃晚饭，饭后向领队请了假，回房间提上那一坨雕塑用泥，坐出租车去照相馆取了照片，然后直奔清水湾。车行没多远，他忽然冒叫一声，才想起来下午忘记询问少妇一家人的姓名了，怎么去找？好在司机认识清水湾，并告诉他村里没有几户人家，你只要认识本人，就很容易找到。

于是他放下心来，拿出照片一张张地挑选，效果太差的放到一边，自己需要的留下，放进外套口袋，剩下的都送给少妇一家人，有老人的，有孩子的，他们会高兴的……

晚上九点多钟，老娘喜欢的省台电视剧播完了，捅醒了在一旁打盹的老爹，并催促着三个孩子上炕睡觉……

少妇自己这一晚上却有些心神不宁，主要是那个乱头发教授临走前扔下的那句要给送照片来的话。如果他真来，就得到大道边去接一下，不然这塬上一片黑灯瞎火，他往哪儿去找？如果他就是随便一说，这十冬腊月的晚上，她一个人站在土坡上，岂不是冒傻气？犹豫再三，她还是穿上大衣，裹好围巾，拿着手电筒出了屋门。

快到年底了，崕塬上的夜格外黑、格外静，却没有风，也不是很冷。无定河都没有结冰，还能冷到哪儿去？世道变，天道也变，她记得小时候天一凉就天天刮黄风，进九后再砸开无定河的冰，有二尺厚，那时候的冬天才像冬天，就像诗里说的，北方的冬天不是一个季节，而是一种占领、一种霸道……仗着路熟，她打开手电筒顺着坡道缓缓往下走，竟觉得一个人在这漆黑的旷野里走一走也很舒服，特别是现在用不着担心会受到野兽、强盗之类的伤害。塬上甚至连人都越来越少了。

她的眼睛渐渐适应了黑暗，看见远处青黑的夜色中有一条淡淡的白色长带，那就是满天星光投射下的无定河。黄土高原上的夜晚，不管初一、十五，繁星总是这么贼亮贼亮的。为了让来人远远地就能看到她，没有去河边，而是站在高坡上，手电的光柱指向从榆林来的方向。四野一片寂静，大道上没有一辆车，眼看就到年根底下了，跑车的人谁不往家里跑啊？

她蓦地想到了自己的丈夫，还有几天就是他当她的丈夫的最后期限，他会不会回来？这已经是他第四个春节没有回来过年了，她甚至连恨都恨不起来了……她希望自己能这样，有时也相信自己已经达到了这个境界，跟别人也总是这么说。其实她的心里恨丈夫，已经恨出了一个洞，这个洞至今并未长好。好在过了这个年就一了百了啦！

时间真是一盘细磨，慢慢把人的心磨出了茧子，天大的事也会不怎么在乎了。细想起来也不能全怪他，自己当初如果跟他一块儿出去打工，他可能就不会找别的女人，就像自己的嫂子，大哥去哪里就跟到哪里，把孩子和地都扔给老人。她也试过，实在忍受不了那种外出打工的生活，吃不像吃，住不像住，最主要的是没有自由和尊严，被呼来唤去，谁都可以指使你、呵斥你，累个七死八活，说不要就炒你，说不给钱就可以真不给，甚至连工厂也是说黄就黄……

那时她的两个孩子还小，舍不得丢下，结果却把丈夫丢了。也怪现在的男女关系太乱了，男女一乱，家就乱了，家一乱就把女人毁了……她的脑子里胡思乱想，却没有影响她看到从市里来的方向，真的出现了一对车灯，向着这边越驶越近，她赶紧移步下坡迎上去。

车速减慢，在她脚边停下来，乱发教授慌忙从车里钻出来，声音里带着异乎寻常的感动："不好意思，还害得你在这儿等候，冻坏了吧？"他伸出双手似乎要给少妇暖暖手，或者只是想握握手，却半截又缩回来反身打开车门，"快上车，里面暖和。"

少妇迟疑着，她以为对方把照片交给她不就可以返回了吗？

祝教授可能明白了少妇的意思，解释说："我想到你家给你塑个像，只是打草稿，不会占用你太长的时间。方便不方便？"

少妇虽然还不完全明白"打草稿塑像"的意思，却不好拒绝他想到她家里去的要求，何况自己的母亲下午邀请在先。于是她上了车，引导着爬坡上塬，来到自家院门前，她下车打开院门，让车开进院子，然后将乱发贵客或者说是不速之客让进屋里。她也想让司机进屋，司机却坚持在车里等候。

刚才女儿一个人出去了，老太太自然不放心；妈妈出去了，孩子们更不会睡觉，听到汽车进院的引擎声，都从里屋跑出来。少妇将客人引进自己和女儿睡的房间，祝教授从兜子里掏出照片放到炕上。拍照片是祝教授专业的一部分，相机又好，照片自然拍得很好，而且人人有份，个个神态自然生动。大人孩子抢着看，一阵惊讶，一阵欢笑。

祝教授拿出一张自己的名片递给少妇："我叫祝冰，是中国工艺美大的教师，搞雕塑的，还没有请教你的芳名？"

少妇一边低头看着祝冰的名片，一边答道："我叫孙秀禾。"

祝冰反客为主，把墙边的杌凳搬到屋子中间光线最好的地方，让孙秀禾脱掉大衣，只穿一件藕荷色的斜襟薄棉袄，身子微微向左侧着坐下，他嘴里叨咕着："你的这个侧面美极了！"

随后他自己也脱掉外套，里面只穿着衬衣，外套一件毛背心。他将大炕对面的桌子移到孙秀禾对面，把塑泥放到桌上，眼睛像刻刀一样在孙秀禾的脸上死死地盯了一会儿，两只手倏然变得像魔术师一样灵巧有力，那坨泥在他的手里既柔软又坚硬，软到随着他的手指任意变化着形状，凡经他捏出来的形状就硬到绝不扭塌。他的眼睛甚至常常不看手中的泥，只盯着孙秀禾的脸，十分专注，且锋利无比，仿佛能看到她的骨头缝里去。也有柔情脉脉的时候，饱含着迷恋，甚至是崇拜。却又不是那种色眯眯的、猥亵的，孙秀禾也就没有顾虑地随他看个够。

屋子里安静下来，老人和孩子们不再看照片，而是围在祝冰身边看那塑像，首先是孙秀禾的儿子嚷起来："像，像妈妈！"

其他孩子连同老太太也都随声附和："是像，还真像！"

老人说完强行把孩子们都赶到自己的屋里去睡觉，然后又给祝冰和女儿各端来一碗枣茶，并随手替他们关好了屋门。祝冰的工作却停了下来，反复地看看塑像，再看看孙秀禾，他显然是遇到了困难。

他脱掉毛背心，只穿一件衬衣，回手端起那碗枣茶一饮而尽，放下碗看着孙秀禾眼睛说："小孙，我能摸摸你的头吗？"

说完他使劲在衬衣上把两只手擦干净，不等孙秀禾反应过来就走到她的近前，双手捧住了她头颅的两侧，由上到下，又由下到上，随后是耳朵、脖子、脸、眼睛，甚至嘴唇……他的手时而轻柔，时而有力。她极紧张，却又不是没有一点舒服的感觉，她害怕和厌恶自己这种紧张又受用的感觉，从小到大，还从来没有人这样摸过她。她越来越感到祝冰的手指上带着火、带着电，火烫烫要把她烧化了、击倒了。她呼吸慌乱，双颊发热，胸部膨胀……偷偷地抬起眼睑瞄一下祝冰，原来他是闭着双眼在摸，可她却感觉不到他是在瞎摸，他的手上就像也长着眼睛。他没有像自己说的只摸她的头，顺势又摸了她的双肩、双臂，甚至捏弄了她的每一根手指……

他睁开眼睛回到塑像跟前，不说话，也不再看她，注意力全部集中在塑像上，拧着眉头，眼瞳强力收缩，闪出一股兴奋和冲动，仿佛把她也忘了一样。过了好一阵子，他停下手，抬起头，端详着塑像，自言自语又像说给孙秀禾听："行了，今天就到这儿，回去再细加工。"

孙秀禾早就忍不住走过来看那塑像，心里一阵惊喜，眼睛火辣辣地燃烧起来……这个乱发教授真不是白当的，这么一会儿的工夫就重新塑造了一个孙秀禾。她太喜欢这个塑像了，这是自己，似乎又比自己更好，好在哪里她一时还想不明白，是比自己更漂亮、更有精神？

祝冰移开凳子，让孙秀禾站到刚才坐的地方，身体仍然微微向左侧一点，不再提出申请就动手摸了她的腰、屁股、两条秀腿，然后从兜子里拿出个硬壳大本子，飞速地用笔画出她的站姿，随后又拍了照片，才长出一口气。一眼看见孙秀禾没有动的那碗早已冰凉的枣茶，端起来一仰脖子灌下去，擦擦嘴角冲着孙秀禾笑了："以后我还会麻烦你，能不能告诉我你的电话？"

两个人交换了电话，加了微信，祝冰开始收拾东西，把自己的零碎儿全放进随身带的大兜子，穿上毛背心和外套，从口袋里掏出一个信封递到孙秀禾手里："这个信封里有一张卡，信封上的数字就是密码，里面还有10万元多一点，这不是你让我塑像的报酬，是给孩子过年的红包。"

孙秀禾吃一惊，没想到这个乱毛还有这一手，坚决不要，但她更没想到的是祝冰手劲极大，摁住了她的手："别跟我争，不要吵醒老人和孩子。"他强把卡塞进炕上的被垛下面，然后用自己的围巾裹好塑像，小心翼翼地抱在怀里，轻轻出了房门，并反身将孙秀禾推回屋里，轻声却很强横地说："外边冷，你不许出来！"

这个祝冰简直就是疯子，他不听你说话，也不管你心里是怎么想的，来一阵风，走一阵风，等孙秀禾反应过来，从被垛底下翻出那张卡，披上大衣追出门，只看到汽车尾灯顺着坡道渐渐消失在塬下。

她站在院门前，呆呆地望着黑乎乎的远处……

老娘不知什么时候也出来了，或许她老人家根本就没睡，一直在听着这边屋的动静，天底下只有娘最清楚女儿这些年心里的苦。老人轻轻地在女儿身后说："外边冷，回屋吧。"

孙秀禾顺从地回身进院，并随手锁好院门。

这一夜，孙秀禾还能睡得着吗？

孤寂沉郁了许多年的少妇之心，被这个疯子教授的出现搅乱了，脑子里涌出一堆问号：他到底想干什么？他为什么非要给她留下那张卡？是认为农村人穷，瞧不起她？这让她的心里很不自在。其实她真不想要他的钱，而想要那个塑像。可她张不开口，实际上也没容她开口，那个疯子抱着塑像就跑了。他在她的身上又摸又捏，分明是占自己的便宜，可她当时却无法抗拒，甚至还产生了一种说不出口的异乎寻常的刺激和感动，事后想起来还觉得脸红耳热，心里怦怦乱跳……

她几次拿起手机，有一股强烈的冲动想给他打电话，问个明白，可她又怕自己说不出口，有些话在电话里也说不明白。他如果还在出租车上，当着司机能说什么呢？如果已经回到宾馆，说不定已经休息了，人家刚走电话就追过去，也不太合适……麻烦，孙秀禾陷入一种从来没有过的心慌意乱、顾虑重重、犹犹豫豫、拿不起又放不下的境地。

早晨，天一放亮，她穿戴齐整，跟老娘打了声招呼，戴上头盔，骑着电动车直奔榆林市，她怕去晚了采风小分队的人走了。就这样等她赶到宾馆，艺术家们已经上了面包车，正要出发。她在面包车跟前下了车，从前到后扫视着车里，却发现祝冰并不在车上。

面包车上的人本来就喜欢跟她搭讪，看到她一大早从乡下赶来，惊异而充满好奇，有人抢先告诉她，祝教授有紧急任务赶回北京，刚走不一会儿，去机场了。

她愣在原地。

有人喜欢多嘴，问她："你找他有事吗？"

废话！这么着急地跑来怎会没事，可有事能告诉大伙吗？

她沉默了一会儿才答道："昨天祝教授有东西落在我家了。"

面包车里有人笑着说，"八成是他的魂儿丢在清水湾了。"

车上的人开始小声嘀咕："老祝可能闯祸了，这叫惹火烧身，他到底是北京真有急事，还是吓得赶快逃了……"

领队提醒道："大家别忘了昨天对祝教授的承诺。"

孙秀禾知道是自己给祝冰惹麻烦了，这些人脑瓜本来就比别人转得快、想得多，自己一个乡下女子昨天刚认识，今天一大早就追到城里来，也难怪人家会多想。

　　面包车载着艺术家们的玩笑声和怀疑的眼光开走了，一遇到这种事人们一般都不往好处想，他们肯定在不怀好意地揣度祝冰和她昨天晚上到底发生了什么事情……她心里猛地也上来一股狠劲，索性一不做二不休，把电动车存在宾馆，到门口拦了辆出租车，向机场追去。

　　她追到机场，看见祝冰正排队办理登机手续，怀里抱着个裹得严严实实的东西，旁人一看就会认为是珍贵的瓷器或其他怕磕怕碰的宝贝。他用脚踢着跟前四个轱辘的行李箱，缓缓向前移动。孙秀禾看他这么爱惜自己的塑像，心里泛起一波暖意，站在远处定定地看了他一会儿，才走到他身边，伸出双手要从祝冰怀里接过塑像。祝冰嗖地往旁边一躲，刚要厉声喝问，看清是她，十分惊讶："你怎么来了？"

　　孙秀禾笑笑："给你送行啊，要走了也不打个招呼。"

　　祝冰没想到还要向她辞行，解释说："今天早上临时决定的，太急了。"

　　孙秀禾要替他抱着塑像，他却让她帮着推箱子，不肯将塑像撒手，外行人不懂得这个塑像对他的意义，他怕万一摔了。

　　她说："我替你抱一会儿都不行？"

　　他竟实话实说："我自己抱着心里踏实，不敢也舍不得让别人抱。"

　　"我是别人吗？自打昨天晚上塑好了我还没有碰过，你总得让我抱抱自己吧？"

　　祝冰这才把塑像交给她，让她到旁边的空椅子上坐着等候。他托运了箱子，领了登机牌，才来到她身边坐下。她腾出一只手，伸到外套里面的口袋里掏出那张卡，还没容她开口，祝冰眼快手疾夺过来又掖回到她里面的口袋里，完全不在意触碰了人家的胸。

　　孙秀禾不敢挣脱、推让，脸却红了，毕竟候机厅里人很多。

　　她轻声说："我不要你的钱，我不是你的模特。"

　　"模特？模特一节课只有几十块钱，我带着学生上写生课，四节课整整半天，才给模特两三百块钱。你怎么会是模特？你是女神，黄土高原的女神，我的艺术女神！"

　　"满嘴胡说，当教授就是这么哄人的？"

　　祝冰并无半点油嘴滑舌之相："我接了一个项目，憋了好几个月就是找不到感觉，昨天一见到你脑子轰然开窍，灵感终于降临，昨晚回到宾馆创作欲望像火一样烧个不止，各种想法和细节源源不断地从脑子里冒出来，我一夜没合眼，边写边画，直到天亮。你说你不是上帝派来拯救我的灵感女神吗？"

这个疯子说着兴奋起来，眼睛里迸射出奇异的火花，一只胳膊伸过来搂住她的肩，不顾众目睽睽在她的脸上亲了一口。

孙秀禾僵着不敢动，努力保持神色自然。

祝冰继续说："你怎么老提那张卡，那不叫钱，再说我要钱也没有用，当时我就想给你点东西，表达我的心意，可我身上没有什么好东西，就那一张卡。要过年了嘛，给自己和孩子买点喜欢的东西，从今天起，恐怕三个月内我都得在创作室里工作，没有工夫给你买年礼。"

"可我不想要钱，想要这个你给我做的塑像。"

"这个塑像我回去还要处理，不然会裂。再说我抱回去还有大用，今后的三个月内我一刻也离不开她，现在你明白我为什么说你是我的艺术女神了吧？这个工程完成后我本来想自己留着，放在书房的桌子上，天天看着，时时给我以灵感。如果你想要就给你，我还想给你雕一个大理石的全身像……没关系，我是搞雕塑的，你想要什么样的像我都给你塑。"

她不自觉跟他说话变得随便起来、自然起来，盯着他的眼睛不让他躲闪："你说话算话？"

"当然，我是跟石头、金属打交道的，虚一点都不行。"

"你到底接了个什么项目？"

"还没开始，不敢说。中途如果卡壳需要女神垂顾，我再请你去。"

祝冰的航班早就开始登机了，广播里喊着他的名字催促他快点登机，他站起来从孙秀禾怀里接过塑像，非常小心地放到椅子上，然后在大庭广众之下很绅士地拥抱了孙秀禾，并在她脑门上亲了一下。然后在耳边嘱咐道："回去的路上要小心，有的路段上有冰。"

孙秀禾："你到家后发个信息来。"

"那是一定。"祝冰边说边快步走向登机口。

她看着他，眼神茫然，心也茫乱。

她打车回到市里，趁便用祝冰的卡买了一大包老人、孩子以及家里过年所需的东西，绑在电动车的后架上，正准备出发，收到了祝冰的微信："我已落地，勿念。你到家了吗？"

她回复："有人接吗，是您太太去接的吧？我还在路上，到家再复。"发完微信她又觉得不妥，平白无故怎么会想到人家的太太呢？

祝冰的回复又来了："秀禾放心，学生接我，我的太太十几年前就带着女儿去美国了。"

她很高兴他称她"秀禾"，显得亲切。但他又何必表明自己的太太不在身边呢？她没有再复，保留这个回复的机会到家后再写，却一路上都在猜想祝冰的生活状态，十几年来难道是他一个人在生活吗？对于一个大学教授来说这有点不可想象……

她回到家，老娘已经做好了午饭，她从车上把年货解下来搬到屋里，大人孩子一阵忙活，欢欢喜喜，立刻有了要过年的样子。自打早晨她就没有吃东西，却并不觉得饿，进屋先给祝冰发微信："我到家了，母亲做了油糕，可惜没有让您和您的朋友们尝到。"

一下午她都把手机带在身上，却没有接到祝冰的微信。到晚上，忍不住找了个理由又给他发了一条微信："还忘了跟您说声谢谢，谢谢您给的过年大红包，今天路过市里，给老人和孩子买了点年货。"

他如果再不回复，两个人的关系或许就到此为止了。

祝冰果然没有回复。

晚上10点多钟，她在女儿身边躺下准备睡了，心里却空落落的似有所失。她问自己失去了什么？祝冰没有给你任何许诺，他当众抱你、亲你，以他的年龄和身份并无什么不得体，不过是城里知识分子的一种礼节，也可以说是逢场作戏，是你自己想多了。别忘了自己只是一个被农民工抛弃的农家女，千万别被城里人、特别是大教授的随口恭维迷惑了，他不过是看你长得好看，拿你当回模特。这是他有眼光，你自小就是塬上最漂亮的丫头。其实这也算不了什么，他在城里、特别是在大学里，年轻漂亮的女孩子不知见过多少，在农村突然见到一个顺眼的，半真半假、好听的话一大堆，千万别太当真，想歪了……也是由于昨晚没有睡好，她这样一数落自己，竟真的很快就睡着了。

尽管已经睡着了，手机一有动静，秀禾赶紧坐起来，屏幕上显示快12点了，是祝冰的微信："女神，我刚从创作室回到家，今天开头很顺利，这应该感激你这位女神，你占据了我整个人，满脑子都是你，极为端丽的五官位置，温婉循循，一切都在我心里活起来，何况旁边还摆着你的塑像做样板，创作起来得心应手，一气贯下来。只是有点累，我要先洗个澡。"

这个疯子竟是从机场直接去创作室，一直工作到现在。孙秀禾想象不出他进入创作状态时的样子，心无旁骛，精神高度集中是肯定的，去洗个澡也要告诉人家……她写道："您太辛苦了。请您以后别再叫我女神，叫得我很不好意思，我就是一个农妇。"

过了很长时间祝冰才回信："秀禾，你就是我心里的女神，女神是不能随便乱封乱叫的，我是由衷的。我也喜欢自己的这种心态，这对我的创作有好处。你最大的特点是美得真实，我不需要那种没有人间烟火气的漂亮。你如果愿意，有空时也可以跟我讲讲你的经历，你的家庭、丈夫、孩子，我看你的气质、谈吐，至少是上过中学了。"

"高考时大意，将准考证忘在课桌里，下午耽误了近一个小时才进考场，题没有做完。落榜后就回家务农了。"

"生命的意义很丰富，不必死认一条路。我在你们那一带跑了不少地方，有些很好的古堡都空了，甚至有的镇都没有多少人了，年轻人似乎大都出去了，你没有出去是不是有什么想法？连我都觉得那些古堡、古镇都空了，太可惜，我还想在古堡上做点文章。"

"我也出去过，但没待几个月就跑回来了，我不喜欢打工的环境和精神上的压抑，再说打工的活，也不比在塬上种地轻松多少。比较起来我还是更喜欢在家里种地，天高气爽，自由自在，由于地多人少，维持生活很容易。"

"好，终于碰到一个喜欢农村的知音。我就是农村人，至今做梦还都是梦到童年时老家的样子，我想退休后找个农村或有荒地的山区，盖两间房子，种几亩地，优哉游哉。"

"真的吗？您能塌得下腰、吃得了农村的苦？"

"我是在农村长大的，对农村对土地有种天然的感情，现在的工作说到底不过就是个石匠，有时候还当铜匠、铁匠，都不是省力气的活儿。至于苦不苦，全在个人的感受，以后若有机会我会证实给你看。"

"我也喜欢我们这个地方，有人说，在我们这儿当个牛、当个羊都是快活的，犁地有犁地的歌，拉车有拉车的歌，所以羊肉不膻，有奇香，您再来的时候一定让您尝一尝。"

"你的歌一定唱得很好了？"

"好不好不敢说，自小在民歌中长大，陕北人哪有不会唱民歌的。"

"好好好，我一定会找机会听到你唱歌的，那将是一种幸运、一种大享受！现在的年轻人喜欢农村的不多，你能喜欢自己的家乡这太好了，难怪叫秀禾！汉光武帝刘秀出生那年，他的父亲刘钦看到自家麦地里有一棵麦子长出九个麦穗，于是他给儿子取名'秀'——'嘉禾之瑞'。你就是陕北黄土高原上的嘉禾！我没动脑子脱口叫你女神，看来是叫对了。"

祝冰的话让孙秀禾心里很受用："您真不愧是大教授，这个名字我叫了三十多年，没人给我解释过，我自己也没有这样想过。"

"你看这样好不好，为了奖励你难得的对家乡的热爱，今年放假你们一家人可以到北京来玩，开我的车随意去你们想去的地方，全部费用都不用你们操心。"

"谢谢您的好意，我出不去，这个年我将非常忙，三十要回婆婆家一趟，如果我丈夫回来就利用放假这几天把婚离了。如果他还不回来，一过年我就得到县法院起诉他，强制离婚……"她突然打住，不知自己是怎么回事，竟跟人家说起这些家丑。

"你的婚姻出了什么问题？"

"前年我知道丈夫在外打工又有了别的女人，我提出离婚，一直对我不错的婆婆给我跪下了，不让我离婚。我提出一个条件，他必须离开外边的女人，回家跟我一起种地，若真是一门心思地想跟我过好日子，我可以考虑不离婚。他父母几次三番地去信催，甚至还派人去叫，他都没有回来，还跟外边的女人有了孩子。即便是为了外边那个女人和孩子，这个婚是离也得离，不离也得离。我给定的最后期限就是今年年底，他回来就协议离婚，不回来我就通过法院打官司离婚！"

隔了好一会儿祝冰的信才发过来："对不起秀禾，惹你谈起这种令人不快的事。但我要感谢你告诉我这些，现在我知道你身上那种沉毅清肃的风致是怎样形成的了。那天初见，你很特别，可以叫卓然而立，也可以说是孤独，一下子打动了我。孤独是心灵的深刻和敏感造成的，只有优秀的人才能在孤独中发现自己。"

不等孙秀禾回复，祝冰的微信又发过来了："西方一个知名的哲学家说过，婚姻是一种必要的苦恼。生活中充满悖论，你失去一个，说不定还得到一个；得到一个也许还会失去一个。当今世道，西方人找不到上帝，东方人找不到神仙，各行其道，大主意自己拿，自己主宰自己的生活。"

"前两年我很绝望，觉得活着一点意思没有，完全是老人和孩子使我撑下来。"

"大可不必，所谓绝望就是心死，心绝路才绝。有什么念头，就有什么命运，变换心境，就是变换生命。你肯定知道林青霞，一个优秀的演员，却情路坎坷，婚姻失败，陷于困境时圣严法师用八个字开导她：面对，接受，处理，放下。她放下后焕然一新，风华依旧，写了许多很漂亮的文章，展现了她的另一种才华，更重要的是，证明了优秀的女人具有强大的自我修复的能力。"

"我放下了，但两边的家庭、老人和孩子放不下。他是我高中同学，各方面都很一般，我喜欢的男孩子考上大学走了，我们不可能有结果，便接受了他。看中的是他很老实，可以踏踏实实地跟我种地过日子。不想他一出去见了点世面，人就变得那么快。"

"你因高考失误，竟在婚姻上退而求其次，这就叫凑合，为什么要委屈自己？而对方自卑的老实，是靠不住的，那是没有条件不老实，一旦有了机会自卑者反而更容易膨胀，要在另一个女人面前当大丈夫，这是一般规律。爱情的本质是分享，相互分享喜怒哀乐，当不但不能分享，甚至一方感到痛苦委屈时，就不能再继续委屈下去。情知不是伴，何必要相随？从我看到的你的状态，以及刚才你讲述此事的语气，可见你器识大度，自尊不允许你死缠乱打，这就是黄土高原上女神的境界！"

孙秀禾感到一种被理解的欣慰和感动，从来没有人跟她说过这样的话，都是劝她忍，等待那个或许她从来就没有爱过、高看过的男人回头。他们总是说，男人在外边野够了自然会回家的，农村人都抱着"宁拆一座庙不毁一桩婚"的观念，其实堡子上的庙一解放就都被拆了，光剩下违约毁婚了……

她忽然想到自己耽误祝冰的时间太长了，要说这个人的精力也真是好，在农村五十多岁就是老头了，看看他，一夜没睡，又长途奔波，回到北京不休息直接工作到深夜。她赶紧写道：

"谢谢您对我的开导，时间太晚了，今天您也太累了，赶紧休息吧，等您有空时再聊。"

"现在已是凌晨，时间不是太晚，而是太早。但我们确实都该休息了，既然是睡觉就道一声晚安！"

"晚安！"——临睡前有个人跟她互道晚安，这让她的心里温暖，还有一种别致的感觉。

自此以后，每天晚上无论多晚，两人都要互通微信，或者通个电话。话题越来越广泛，几乎无所不谈，也越来越深入，她自然也问到自己最关心的祝冰和他太太的关系，这复杂微妙的问题若通过微信说清楚得写多长？他只有在电话里告诉她：只是因为两人都忙，没有时间离婚，而且特别讨厌在中国离婚的麻烦，被逼着要回答许多问题，两个人又都还没有再婚的打算，婚离不离的无所谓。或许等他再去美国时，两人到拉斯维加斯去办离婚手续，花30美元，几分钟就可拿到离婚证。

祝冰在讲述他的婚姻状况时跟讲笑话一样，常常逗得孙秀禾忍不住想笑。他妻子是画家，爱干净，最忍受不了他工作后一身脏兮兮的，回家往床上一躺像死狗一样。她最初爱他的才华，其实他的才华就在一双手上。他也非常爱妻子，喜欢给她按摩，为她摸骨，一开始她很享受。后来有了孩子，不管她处于什么状态，他的疯劲一上来就要又摸又捏，特别是创作遇到困惑时，拿自己的妻子当骷髅那样摸，让她受不了。他最早也是学绘画的，小时候在乱葬岗子捡了个骷髅头，用河沟里的水洗干净，就藏在自己的被子里，没事就摸那个骷髅，晚上搂着骷髅睡，一遍遍地在纸上、河滩的沙子上画那个骷髅……

后来他的妻子送女儿到美国读书，就没有再回来。失去妻子的前几年他非常痛苦，家庭是天性和文化的妥协，他很后悔当初不懂得妥协。刚结婚时无论是他们自己认为、还是在别人看来都是完美的结合，其实哪有完美的结合？只有在结合中双方趋向和谐，慢慢找到各自属于自己的完美。可惜他们错过了机会，走到了反面。

孙秀禾听到这儿禁不住想，竟然连祝冰这样的教授家庭也是走着走着就散了！农民的家在散，城里人的家也在散，有彻底散的，有名存实散的，有正在散和准备要散的，家庭散伙似乎成了一种时尚……她险些脱口而出，我喜欢被你摸的感觉。话到嘴边改口道："您为什么要摸骷髅，摸人的骨头？"

他说："人都是骨头撑着肉，只有摸了骨骼和筋肉的形状和结构，对一个人的形体样貌才有把握。"

她还关心他一个人怎么生活："您每天吃饭怎么办？"

"现在最不成问题的就是吃饭，吃饭有两个目的，一是为了生存，填饱肚子才能活着、工作；二是为了快乐。家里有厨房，学校有食堂，大街上有饭店，这两个目的都太容易就能得到满足。"

……

每天晚上两人的通信或通话，成了她最期盼、最快乐的事情。每晚一过10点她就处于一种焦灼、饥渴的状态，等待着他的信息。有时过了12点还没有他的信息，她禁不住一遍遍发微信甚至打电话，而他的工作不告一段落是不开手机的，他错过了通信的时间不是因创作大顺，就是创作不顺。他强烈地活在自己的创作情绪中，也感染着她跟着一起兴奋、快乐或担忧。两个人通信或通话，不知不觉也变得越来越无话不谈，且情意绵绵……

渐渐地她认同了他的工作规律和作息习惯，也开始试着接受他的精神世界。她敏感的心灵随着命运的安排开始活跃起来，自己都觉得与现在的状态相比，前几年简直就好像是假装在活着。就这样，自然而然地她发现自己真的喜欢上了祝冰。

她虽然生了两个孩子，却根本没有真正恋爱过，上高三时有时与班长偷偷摸摸地传达情意，无法与眼前对祝冰的依恋相比，不要说一天接不到他的信息会发疯，他的信息就是来得晚一点她都觉得受不了。后来她要求每到晚上11点，就是工作没结束也要打开手机。一旦听到他那些恭维的昏话，就羞怯欢恋，情致旖旎。

他有时甜言蜜语，有时胡言乱语，光是对她的称呼，一会儿秀秀，一会儿禾禾，一会儿小禾，甚至小丫头、小姑娘……她有时竟被这些亲昵的称呼弄得魄荡神迷。或许女人就需要这样被自己喜欢的人溺爱，宠赞。她相信祝冰这样跟她亲昵，也是他自己感情的需要。当每晚跟他通完话再躺下来，她神思如醉，内心畅满。

有一天她终于忍不住说出了口："我想你！你知道吗？"

"将心比心，我怎么会不知道？我也想你，所幸我可以天天看着你，把对你的思念融进作品。"

"这都怪你，天天说好听的哄着我。"

"说得不错，但不是我哄你，而是我让你认识了自己。一旦你明白如何去聆听自己，欣赏和爱自己，你也就能爱上别人。归根到底，你生命中所发生的一切，都是你自己吸引过来的。那天你不坐在道边举着烟袋出神，后边的一切都不会发生。"

"女人抽烟是不是很丑？那是我娘的烟袋，我有时累了、烦了，也会抽上几口。"

"有一种女人抽烟，益增其美，你就属于这样的女人，显得更成熟、更智慧。你不见好莱坞电影里的许多美人都拿着烟，不是为了抽，是为了美。"

"什么话从您嘴里说出来总是味道不一样，但我们不会有结果的。"

"那不一定，我是可以给你结果的，就看你的决定。再说生命的意义并不在于结果，而在于活着的每一个过程。每个人最终的结果都是死亡，所以人活着总要有点意思。说穿了，人生就是经历，当一个有意思的人，有意思地活着，做点有意思的事，这本身就很有意义。"

他的话像绕口令，却让她大脑开窍。

就这样两个人天天有说不完的话，情意越来越浓，孙秀禾觉得上一辈子就认识他了，他像她的情人又像她的父亲，哄着她、宠着她……

很快到了农历三月，塬上桃花开了，横山的冰雪融化，无定河的桃花水下来了。塬上的春耕春种也开始了，祝冰要来看她。

桃花汛期中的无定河，比冬季宽阔了许多，河水浑浊而湍急，河岸边的花木郁郁茸茸，一派北方的暖春气象。祝冰开着自己的大众吉普，在灿烂的阳光下，远远就看到秀禾站在他们当初见面的道边等候。他将车驶近后在路边停住，推门下车，定定地望着秀禾桃花般娇好的面容，幽深而含笑的双眸，然后就扑过去，两个人熟悉得像久别的夫妻一样紧紧抱住，急切地相互寻找着对方的唇。

孙秀禾没想到自己一点准备没有，竟会这么自然顺畅地就走到了这一步。待他们的想念和焦渴得到暂时的满足后才松开对方，祝冰为她拉开车门，两人上车后拐上进村的坡道，直接开进了秀禾家的院子。爹娘下地了，孩子们还没放学，家里很清静。

祝冰打开后车门，车座上、座位下放满了箱子、盒子、兜子……他先把箱子拿下来，就在院子里打开，里面有两个硬纸盒子，打开盒子里面塞满泡沫塑料保护着两尊孙秀禾的塑像，一尊就是那个泥塑，另一尊是大理石的全身雕像。丰姿慧美，又卓然入妙，跟她完全是一个模子刻出来的，隽洁秀异，风致端凝，又多了一种雍容、幽淑的气度。她一时目瞪口呆，欣喜异常，转头在他脸上亲了一口。

然后分别把两尊雕像抱到屋里，一尊放到自己屋里，一尊摆到爹娘屋里的迎面桌上。祝冰拉着她的手双双坐到炕沿上，直视她的眼睛，怎么想就怎么说，他希望她相信、其实也知道她会信任他：

"秀秀，跟你说一件严肃的事。口北建了个北方博物馆，很堂皇，藏品也多，应该是北方最大的博物馆了。去年他们找到我，在博物馆大院的中央、主楼的前面立一尊塑像。我憋了几个月不知要塑个什么，几个月前看到你的那一瞬间我骤然开悟，既年轻漂亮，又要有历史感、有深挚沉静的母亲风韵。后来爱上你就更好了，这也是我的一个梦想，将自己爱人的形象借助大理石而不朽，永远矗立于人世间，供人们敬仰、膜拜！"

"这是好事，为什么总不跟我明说？"

"以前不敢跟你说明，怕你不同意，这毕竟使用了你的肖像权，如果你不同意我还要在面部做些改动，改得在像与不像之间。可我不想改，我就想以你的面貌立一个'大地之母'。基座80厘米，塑像3.8米高，形神卓荦，仪态端静，既风神绰约，又满身散发着母亲的光辉。我给雕像定名为《大地之母》，你们这里有句老话不就是'千年老根黄土里埋'嘛！当初因大陆板块移动，非洲的猴子从树上落到地面上，才渐渐成为人类，大地就是人类的母亲，我雕塑的就是黄土高原上的母亲，从内心到外表都很美，又年轻有活力，充满力量。无论是博物馆的人还是学校雕塑系的师生，看了完成的雕像后无不惊艳，一致通过。我自己也觉得这是我投入感情和心力最多的作品，是自己的得意之作。"

孙秀禾就是先被他的智慧和精神的强大所征服，渐渐才爱上他的，她没有明确表示同意和感激，却搂住他的脖子一阵亲吻。自从这次见到祝冰后她像换了一个人，老想贴在他身上，跟他亲近不够。祝冰今天穿了一件样式极少见的夹克，头面也收拾得干干净净，显得很年轻，她越看越喜欢，原以为自己已经枯竭的心灵又滋润起来，甚至像无定河的桃花汛一样开始奔涌、激荡。

祝冰继续说："后天塑像揭幕，我想请你跟我一起去参加揭幕式，揭幕式一结束，我们两个一块儿回来种地，行不行？"

孙秀禾有点顾虑："我不会给你丢面子吧？"

这回是他搂住了她，在她耳边轻声说："你只会给我增光，那天整个博物馆里所有人的眼光都将盯着你。所以我给你买了墨镜，参加揭幕式的时候，只让人们看到你女神的风采，不让他们看清你的全部面目。如果你摘了墨镜，一定会引起轰动，走到哪里都被围观。这个塑像以及创作过程，将成为一段佳话流传开来，也是我们感情的见证。"

他想了想又说："我的学生会称呼你师娘、师母，他们不是开玩笑，是尊敬，你大大方方地接受就是了。"

祝冰说完起身走出去，把车上的兜子、盒子都拿进来："我给你买了两身衣服，试试看合不合身？"

一身是休闲装，乳白色的紧身上衣，黑色高腰宽松裤，孙秀禾穿上以后整个屋子都亮堂起来，突出了她健美有致的腰身，真率天然，了无娇饰，越发显得轻盈灵秀，窈窕娟娟。秀禾对着镜子，目光荧荧，幸福感从心里往外溢："真想不到你还会买女人的衣服？"

"我哪里会买衣服，但我知道你的身高、三围，让服务员多拿几件，我来选。"说着他从兜子里拿出第二套衣服，是正装，准备参加揭幕式穿的。宝蓝色的直领衬衣和长裤，外面是浅棕色质地精良的薄大衣，肩上一系淡紫色的长纱，飘在襟前。他让她坐在炕沿上，耷拉着两只脚，他从纸盒子里拿出一双精美的深蓝近黑的半高跟皮鞋，却不给她试鞋，先捏她的秀足，从脚跟、脚掌到一个个脚趾，秀禾的身子都被他捏酥了，心里欢喜不尽地随他摆弄。他一边捏着一边说："以前我没有摸过你的脚，但看上去你的脚不大，我还有点奇怪，在农村少见有这么秀气的一双脚。"

她秋波盈盈："小时候娘总是给我做小鞋，说女孩子别让脚随便长，长个大蹄子，人没到脚先到，难看死了。让我穿小鞋，挤着点。"

"老太太有这般见识，难怪生出你这么漂亮的女儿。我买的大了半号，不知合适不合适？站起来，到外面走走看。"

孙秀禾自己都觉得整个人被抬起来了，她到衣柜的大镜子前，前后左右看个没完，祝冰又拿出迪奥的太阳镜给她戴上，往她身上喷了同一牌子的香水，后退两步反复地打量着，惊奇自己努力的效果，面前的美人神姿艳发，如云出岫。他情不自禁地赞叹："太好了，活脱脱一位高贵女神的范儿出来了！"

他将自己的左臂弯伸到秀禾面前："是挎着我的胳膊，还是让我拉着你的手，咱们到外面走一圈试试感觉。"

秀禾选择了挎着他的胳膊。这样的衣服和鞋一穿，胸自然前挺，腰塌下去，头就扬起来了，双双走出院子，正碰上刚从地里回来的两位老人和放了学的孩子们，大家吓一跳赶紧让开路。

祝冰向他们点头打招呼，秀禾故意不吭声，挎紧祝冰的胳膊向河边走去。她越走感到越舒服，胳膊也挎得越紧，紧紧依偎着祝冰，悄声说："这要让你花不少钱，怎么好意思，你给我的卡里的钱还没怎么花呢。"

"为你花钱我心里高兴，没有比这个钱花得更值了。等春种完了，闲下来，你跟我一块儿回北京，要好好买几件适合你的衣服。女人，特别是像你这样有身材有容貌的女人，如果不穿着适合自己的衣服，不把自己的特长穿出来，就是一种悲哀。"

当他们走到河边再返回来的时候，院子前面站着一群看新鲜的村里人，孙秀禾松开祝冰的胳膊，摘掉墨镜，一双儿女大声喊着妈妈扑过来，她哈哈大笑弯腰将他们搂在怀里。

她的娘抹着眼角进屋做饭去了，女儿不知有多少年没有这么开心地笑过了。她的老伴则在里屋看着女儿的塑像闷头不语，他不知道，女儿的心被这个人搅和活泛了到底是福还是祸？刚离婚就这么张扬，好像多臭美似的，可这个城里人靠谱吗？年纪是不是也有点大？

老太太知道他的心思，走进来低声嘱咐道："你给我打起精神来，在贵人面前不许带相。"

农村历来是把姑爷看作"贵客"的。

"这个人只要让我女儿高兴，我就认他！再说他不是比前边的那个窝囊废强百倍吗？"

老头嘴里哼哼两声，算是答应。

中午吃面条，简单省事，图个吉利。老太太昨天都准备好了，只剩下打卤、切菜码、烧水煮面，这就简单多了。很快热气腾腾的喜面捞出来上了桌子，这也确是一顿喜气洋洋的午餐，卤里全是羊肉丁，真材实料，香气盈盈。

家里增加了一个祝冰，气氛跟往常就完全不一样，首先孩子们打心眼里感到新奇，闹闹嚷嚷。秀禾换上了那一身休闲装，看着格外的清爽喜悦。

祝冰大口吃完面条，对着两位老人宣布："老人家，吃过饭我跟秀禾就得出发，后天上午参加口北的一个庆典活动。最晚大后天我们回来。回来后我就不走了，跟着一块儿种地，等春耕春种完了再说。农闲时二老也可以跟着秀禾到北京休息一段时间，我北京的房子够住的。"

老头抬起头，第一次正眼看着他，似乎没明白他的意思。

祝冰笑了："大叔，我是石匠，还是有点力气的，您看到禾禾的塑像了吧，我是用一整块大理石雕成这样，没点力气行吗？我是河北阜平人，太行山脚下，小时候种过地。"

老头似乎笑了一下，点点头。孩子一听说祝冰再回来就不走了，兴奋起来，希望他用泥也给自己捏个像……

饭后，祝冰从汽车的后备厢里拿出个大箱子，提到孙秀禾的屋里，对老太太说："大娘，这里边是我的衣服和杂物，回来用的，就不带着了。"

两个人一块儿上了汽车，老太太特意走到祝冰那一侧，对他说："路上千万要小心，高兴就在外边多玩儿几天，别惦记种地的事，地是种不完的。"

祝冰答应着，起动了汽车，顺坡缓缓而下。

原载《北京文学》2020年第10期

点评

　　这篇小说既是一篇爱情传奇，讲述了艺术家与农妇一见钟情、终成眷属的爱情故事，也是一个满足当代人补偿心理、超越现实困境的梦。男主人公生活在高楼林立、车水马龙的现代都市北京，而且是个艺术院校的教授、雕塑家。然而，他的生活也有不如意的地方，十几年前妻子带着女儿去了美国，婚姻名存实亡。女主人公是黄土高原上的俏少妇，"深腰高臀，身姿轻盈"，却因为丈夫外出打工有了新女人而独守空房。这场跨越地域、年龄、身份差异的恋情，读者其实如同小说中的其他北京文艺界游客一样，不太想象会发生，甚至认为，顶多是一场暧昧的一夜情而已。然而，这场恋情偏偏如火如荼地燃烧起来，两位当事人投入了真情，无视世俗偏见，即将走入婚姻殿堂。其实，两人不乏交流的共同语言，又在生活上相互补偿。黄土高原上的俏少妇并非文盲，而是高考落榜生，对城市生活也并不陌生，只不过不愿意打工受气，如果能够到城里当个女主人恐怕另当别论了。而雕塑家苦于没有创作灵感，实际上也苦于生活的孤寂，此时少妇的健美身姿与青春风韵激发了他的艺术才情和生活的热情。只不过，女性既要做"大地之母"，还能够随时装扮成都市丽人，恐怕也是男性的奢望。农忙时在黄土高原耕作，农闲时去北京享受都市生活，"我北京的房子够住的"，试问当今中国能有几人能实现呢？这样的爱情和生活方式有些过于浪漫和理想化了。

（祁春风）

走向冬天／

／叶兆言

1

树叶发出的声音，变了

腐烂的果核，刺痛路人的双眼

这是我非常喜欢的一位诗人的一首诗的开头，作为一名职业写作者，一个成天与汉字打交道的作家，我通常不会有这样的行文，不会在一句话中，连续出现三个"的"。今天却是例外，竟然在这篇小说开头，很认真地写下了如此不伦不类的一句："我非常喜欢的一位诗人的一首诗的开头。"

汉语中的"的"最好少用，能不用则不用，它是结构助词，会让我们的文字变得笨拙，变得慢腾腾，变得一本正经。但是，但是我还是忍不住，还是要说一句，我喜欢这位诗人，喜欢这首诗，喜欢这首诗的开头。

事实上，我正是在念叨这首诗的时候，遇到了江边散步的浦锡金。完全是一次非常意外的偶遇，浦锡金是我曾经的一名学生，我们当时都在江边散步，无意中他看到了我，认出了我是谁，试着喊了一声。我吓了一跳，一时想不起他是谁。时间已过去三十多年，老师和学生都完全改变了模样。他所以能认出我，是因为看到了报纸上刊登的照片，因为照片，他发现了当年那个喜欢写小说的老师已经成了老家伙。

江边有棵很大的银杏树，正好是个高坡，银杏树就栽在高坡上。进入秋天，银杏树叶开始发黄，渐渐变成金黄，开始像花瓣一样坠落，地上铺了一层厚厚的金色落叶。偶尔会有行人过来捡几粒银杏，空气中飘浮着一种酸酸的气味，那是腐烂的银杏散发出来，谈不上好闻，然而还是可以忍受。自从那次与浦锡金的偶遇，接下来一段日子，我和他经常会在江边碰头，经常会在这棵银杏树下聚会。我们吃惊地发现，大家竟然是在同一家小区。当然，更准确地说，是浦锡金的儿子住这里。为什么要住到儿子这来，他没说，我也没好意思问。

小区太大，十几栋五十多层的高楼，像竖起的一条条街道，密密麻麻住着无数居民。说起来也算是邻居，住在这样的高楼群里，老死不相往来也很正常，很显然，我们只不过是都习惯在一个相同时间，到江边来散步。

2

在江边散步，我们会漫不经心地聊天，回忆过去。有一天，浦锡金故作轻松地跟我解释，因为身体不太舒适，所以住到儿子这边来，江边景色好，更适合他休息，可以让他的情绪更稳定一些。我微笑着点了点头，由于没接他的话茬，我们的对话没办法继续下去，他欲言又止，仿佛在说，我的那些事，你既然知道，你肯定知道，也就没必要再说下去。他不往下说，我呢，似乎也不太方便追问。虽然听说他有抑郁症，听说他曾经自杀过一次，但是这种事，有些事，人家不主动跟你说，你也不太能问。

银杏树的落叶太美了，有那么几天，几乎天天都要在那棵大银杏树下徘徊，南京的秋天十分短暂，满地的银杏叶，预示着匆匆而来秋季，很快就要匆匆而去。我想起自己当年做老师时的情景，那时候我还年轻，同学们更年轻，组织开联欢会，男生女生各自才最要出节目，浦锡金上台朗诵，朗诵的是高尔基的《海燕》，声音很高亢。他的普通话不太标准，结尾时为了表现有力，两手高举，做出一个要展翅高飞的造型，惹得全班同学哈哈大笑。

事实上，我那时候只做了一年的大学老师，当过一年班主任。这个老师和班主任很不合格，对学生基本上是放鸭子，绝对地放任他们，学生想干什么就干什么。期末考试监考，大家抄来抄去，根本不把我这个监考者放在眼里。我当时已考上了其他学校的研究生，马上就要离开这所学校，同学们也因此不把班主任放在眼里，根本就不把我当回事。我也不愿意把自己当回事，除了监考时放任同学们抄来抄去，政治学习干脆给大家放录音带，让大家自己看报纸。

我所在的那个大学，太讲规矩，用老先生的话来说，就是中学加衙门。平时对学生管得挺严，当班主任的基本上都是老妈子作风，恨不得什么都要管，什么都要过问。我成了一个特殊的异类，什么都不想管，什么都不愿意过问。同学们对我不仅不反感，甚至说是挺拥护。到了节假日，按规定，班主任要根据学校要求，对同学三令五申，要说明这个，要强调那个，反复说明注意事项。我觉得没必要说那些废话，开玩笑地对班上的同学说了一句："放假了，你们爱干什么干什么，别闯祸就行，别让我最后去派出所领你们。"

三十多年过后，在江边散步，重温这段经历，浦锡金说，我们做学生时，都觉得你这个班主任很不一样，我们都喜欢你这样的老师。他说，我们都还能记得你当时的神情，当时说的那些话，包括说不要让我去派出所接人，当时你真敢讲，我们当时就想，你这样的人，应该成为作家。他的话让我觉得惭愧，当年其实就是不负责任，不想负责任。事实上，我连班上同学名字都叫不全，能记住浦锡金，不是因为他喜欢文学，喜欢写诗，写过几首并不怎么样的诗，而是这个人的名字发音，竟然与俄国诗人"普希金"相同。

我那时候已开始写小说，喜欢和同学们吹牛聊文学，喜欢推荐外国小说。浦锡金曾问我借过一本书，苏联作家阿克肖诺夫的《带星星的火车票》。那时候，他的志向也是以后要当一位作家。借这本书的理由很简单，因为他想当作家，于是我就多事，觉得这本书值得读一读，尤其适合他这种想当作家的年轻人阅读。结果因为我的推荐，他开口向我借阅，借了就没还过。说好看完立刻物归原主，一直到我要离开那个学校，他也完全没有归还的意思。

他也许早把这事给忘了，在江边一起散步，我仍然还为当年借的那本书耿耿于怀。虽然过了三十多年，借书不还的疙瘩依旧没解开。古人说过，借书一痴，还书一痴。意思是说，书是不能随便借的，借书给别人是痴，借了别人的书，竟然还想到归还，同样也是痴。站在大银杏树下，脚下全是金色的叶片，我想到重提当年的借书，很想告诉他，借书不还这事我还没忘记。没忘记的原因，不是觉得这本书多么珍贵，而是它让我觉得自己有些书呆子，干吗非要把自己喜欢的书借给他。事实上，浦锡金根本算不上什么读书人，在借书的时候，我就想到这书很可能会有去无回。

浦锡金不当回事地拿走了这本书，显然不是觉得这本书好，不是因为喜欢这本书，才占为己有，压根就是把这事给忘了。当时真是太傻，想到会有不愉快的结果，为什么又要把书借给别人。时至今日，重新进行评价，作为"文革"时代的一本禁书，阿克肖诺夫的《带星星的火车票》谈不上是多好的苏联小说，对我个人影响却非同小可。在这本书背面，印着"内部读物，供批判使用"字样，恰恰是因为这几个字，它成了我们当年要追逐的时髦读物。当然，与这本书差不多一起让大家追捧的，还有苏联作家爱伦堡的《人·岁月·生活》、帕斯捷尔纳克的《日瓦格医生》、法国作家萨特的《厌恶及其他》、加缪的《局外人》、英国的《愤怒的回顾》、美国的《失望者的女儿》。

3

事实上，我当年的学生中，虽然读的是中文秘书专业，虽然很多人都表示以后要从事文学，都做过作家梦，但后来真正和文学发生关系的人，几乎没有，甚至可以说一个也没有。文学只是一场春梦，文学的热情说过去就过去，大多数学生都成了官员，毕业的时候，正赶上各级政府各机关急需年轻人，于是他们应运而生，步入官场，一个个很容易地就成了国家的公务员。

浦锡金毕业，分配去区财政局，进了办公室，很快成为局长大人最信任的笔杆子，入党提拔，顺风顺水青云直上。过去这么多年，虽然在同一个城市生活，但我们从未见过面。断断续续有些他的消息，都是如何得意、怎么牛逼，官的级别并不算太高，掌握的权力却很大，位置十分重要。据说有段时候，他逢人就忍不住显摆，见人就会问，一定会问，要不要贷点款，有没有什么好的投资项目。

上世纪九十年中期，文学书籍没有市场，出版社追求经济效益，出书比较困难，或者说非常困难。浦锡金出过一本诗集，这本书的责任编辑小杨，正好也在编我的一本小说集，有一次谈起浦锡金，说你这位学生很牛，很厉害，抱了一堆诗稿来出版社，问能不能为他出一本书。最初没有一个编辑肯接手，结果浦锡金就直接捧着他的手稿去总编室，也不知道他在那撂下了一句什么狠话，留了张自己的名片在那，扬长而去。然后呢，然后总编把那堆诗稿交给了小杨，说你看一下，把个关，看能不能出。

小杨说："看过了，不能出。"

总编说："那就再看看。"

"不用再看，就是写得不怎么样。"

这本诗集最后还是出版了，浦锡金大大咧咧地对小杨说，现在很多人出书都要自费买书号，反正他是不会花这个冤枉钱，不过听说自己老师也要在这出书，如果需要有什么赞助，如果有困难，他可以考虑帮这忙。言下之意，如果需要的话，他可以为我，也就是他曾经的老师，掏钱买个书号。当时的出版社，对是否要出版我的小说集，正处在犹豫之中。

我对浦锡金的一些了解，基本上都是二手的，都是听别人描述。他如何出轨，怎么离婚，离婚以后，又如何如何，怎么样怎么样。他的前妻沈月也是我当年的学生，和他是一个班的同学，大学毕业分配去了市政协。沈月父亲属于市领导级别，我当班主任那段时间，曾分管过我所在的这个城市的公共建设。沈月长得挺漂亮，大眼睛，翘鼻子，不高的个子，性格十分外向。班上好多位男生追求过她，临了，还是浦锡金过关斩将，扮演了最后的胜利者。

沈月和浦锡金有个儿子，有一年，省里组织去苏北的兴化看油菜花，她正好是负责接待的领队之一。那时候，沈月已跟浦锡金离婚，很愿意与我这个已经成为作家的当年老师聊天，并不避讳谈自己的婚变。不止不避讳，而且还不断地要说："离婚不是什么大不了的事，离就离吧。"

关于浦锡金的话开了头，只要有机会，沈月会滔滔不绝说下去。

"离婚有时候就是堵那么一口气，说给别人听都不会相信，当时真要离婚的，你知道是谁，竟然是他，竟然是浦锡金。你说这事好玩不好玩，他的脑子真是出了问题，明明是他犯错，明明是他出了轨，过错方全在他，他可真是错大了，临了，一本正经想要离婚的，却还是他。"

重提往事，沈月显得很坦然，很漠然。我们坐在看油菜花的游船上，周围是一块块大小不等的金色垛田，风景如画，船娘在慢悠悠地划桨，其他的人都在拍照，一边欣赏油菜花，一边感叹发议论。沈月此时无心观赏美景，手上抓着一把油菜花，她告诉我，自己发现浦锡金出轨，纯属偶然，完全是个意外，因为根本没想到过会发生这种事，沈月说她绝对不会想到浦锡金会背叛自己。

有一段时候，单位里一个某领导，总是在骚扰沈月。官场上，这样没出息的无聊小领导，并不少见，考虑到沈月的家庭背景，这家伙也可以算是色胆包天。先还只是语言骚扰，动不动故意对沈月说黄段子，渐渐不太像话，越来越过分。最为可恶的一点，他常常当着别人的面，故意表现出他们的交往非同一般，暗示两人之间的关系不同寻常。沈月忍无可忍，干脆就跟他撕破了脸，脸一撕破，这个小领导开始处处给沈月小鞋穿。

那是她非常苦闷的一段时期，作为一名干部子女，沈月养尊处优，很少被人这么欺负。有些事情挺为难，既说不清楚，也抓不住把柄，没地方说理，打不了官司。单位里一位有过类似经历的女同事告诉沈月，遇到这种事，对付这种无聊男人，最好的办法就是让自己老公出面，将他痛打一顿。女同事老公是打篮球的，有一次来单位找小领导算账，就在电梯里，一把抓住他胸前衣领，往上这么一顶，双脚已经离地了，然后照他眼角就是一拳。

沈月告诉我，有那么一段时间，她也真心希望，希望浦锡金能像女同事老公一样，狠狠教训一下这家伙，起码是扇他两个耳光。浦锡金是个书生，听了沈月的故事，不说无动于衷，反正也没太当回事。也就是在那段时间，浦锡金突然提出要去健身房学习柔道，这让沈月很吃惊，问他为什么，为什么会突然想到要学习柔道。浦锡金解释说原因很简单，就是为了健身，说别人送了两张健身卡，不用掉也是浪费。

浦锡金不光自己上柔道课，还拉着沈月一起去锻炼。那段时间，他们的儿子刚上小学，平时是退休的外公外婆帮着照料，沈月夫妇通常是在外面先上个小馆子，然后再去健身房锻炼出汗。是那种很高档的VIP健身卡，刚开始，沈月还当回事地上过几天瑜伽课，很快没了兴趣，只是在跑步机上慢步小跑，心不在焉地看看电视连续剧。

因为上柔道课，浦锡金在家也会偶尔露几手，摆出几个造型。他告诉沈月，日本人玩的柔道，看似漫不经心，其实以动治静，跟中国的太极拳道理差不多。沈月父亲退休后，喜欢国学，动不动掉书袋，听说女婿在练习柔道，便说柔道起源中国汉朝，说汉朝有位皇帝喜欢柔道，这位皇帝的国策就是以柔道治国，柔能制刚，弱能制强，所以汉朝十分强大，在当时是世界上最厉害的国家。浦锡金对退休的老丈人，早就不像过去那么尊重，当面不敢说什么，背后冷笑着对沈月说："中国人就是喜欢自大，柔道这玩意，怎么可能起源于中国，真是笑话。"

4

沈月与浦锡金离婚，可以说非常戏剧性，纸包不住火，她终于发现了丈夫出轨的蛛丝马迹。若要人不知，除非己莫为，不过，最让沈月气愤的是，浦锡金练习柔道，不是要为自己老婆出头，不是为了帮沈月教训那位不怀好意的小领导，只是为了要保护自己。与浦锡金有一腿的那位女士老公，一所中学的体育老师，对太太的不忠已有所察觉，一直在扬言要与给自己戴绿帽子的男人决斗。

结果想象中的决斗并没发生，体育老师与老婆轰轰烈烈吵了一架，扇了她几个响亮的耳光，便干干脆脆把婚离了。这女人与男人离了婚，一门心思地要求浦锡金兑现承诺，依葫芦画瓢，他也应该跟老婆离婚，应该离了婚再娶她。浦锡金有些为难，很为难，他觉得自己必须要有骑士精神，要像个绅士。所谓骑士精神，就是如果人家男人找上门，要跟他打架，要决斗，他必须像个男人一样奉陪。所谓绅士风度，就是既然答应了要娶人家，就算是心里不是真的情愿，就算是想反悔，也要说话算话。

浦锡金于是要离婚，坚决要求离婚，离婚的理由冠冕堂皇，自己罪有应得。沈月父母坚决支持女儿离婚，这样的混账女婿，有多远就应该让他滚多远。沈月家没有男孩，五朵金花，个个都嫁了有出息有前途的男人。她最小，在家里也相对最得宠，老爸虽然退休失势，可是姐夫们一个个势头正旺，论头衔论级别，谁都比浦锡金更厉害。沈月母亲对女儿说，姓浦的现在用不着你爸爸了，想当陈世美，你就让他当好了，他当年追你的时候，就没安什么好心。

沈月愤愤地对告诉浦锡金："我妈还说你是陈世美，她其实也是高看了你了，你算哪门子的陈世美，连陈世美的边恐怕都沾不上。人家陈世美好歹还中了状元，好歹还是让人家千金小姐给看上了，你呢，就是个狗屁，就是一坨狗屎。"

浦锡金说:"我确实就是个狗屁,你就把我当一个狗屁放了算了!我就是一坨狗屎,你就把我当狗屎给屙掉吧。"

沈月说:"你确实是个狗屁,你确实是坨狗屎。"

沈月说:"浦锡金我就跟你把话挑明了,你不是什么陈世美,我当然也不是秦香莲,我不仅不是秦香莲,更不会是什么'陈人美',知道什么叫'陈人美'吗,你不要摇头,我告诉你,就是要专门要成人美事,我告诉你,我不是雷锋,我不会成全你的,你想都不要想。"

沈月打定主意不跟浦锡金离婚,她告诉他,自己之所以会这么想,会这么做,只是因为她已经不爱他了,如果是爱,如果还爱,她会立刻撒手,会立刻成全他。可是她现在不爱了,爱已随风而去,爱悄悄溜走了,所以偏要跟他作对,就要为难他,就是不成全他,就是不离婚,就是要存心耗他,耗死他。性格倔强的沈月从来不是什么省油的灯,她主动给那女的打电话,约她到外面喝茶、谈话,把该说的话全都挑明了。

浦锡金在这场离婚大战中筋疲力尽,一个死逼着要离婚,一个誓死不离,离和不离都好像是在赌气,都好像是在说气话。一个说,最后跟不跟我结婚无所谓,只是你答应我的,说好大家一起离婚,现在我真的离了,你必须也要离。另一个说,谁都在劝我离婚,我们家上上下下,如今都跟你一样,都恨不得让我能够立刻同意离婚,偏偏我这人就这毛病,不听劝,就是这样跟别人不一样,大家越是越要我离,我就越是不离,坚决不离。有一天,大家都不希望我离婚了,都劝我不要离婚的时候,我呢说不定,说不定就会跟你离。我告诉你,在这点上,我沈月就是要和别人不一样。

沈月真是说话算话,真是说到做到,等他们的儿子考上了一所好初中,看上去很多事都已经过去,都已经风平浪静,沈月突然与浦锡金离了婚。说离就离了,完全出乎大家意外。没人会想到这样的结局,浦锡金没想到,他出轨的那个女人没想到,沈月的家人没想到,甚至沈月自己也有些稀里糊涂。

沈月跟我详细解释,她当初是因为不爱,因为怨恨,所以没有与浦锡金离婚,因为不爱和怨恨,她要故意拖着他,就是不想让他称心。后来,后来就没什么感觉,已经无所谓不爱,无所谓怨恨。反正儿子也上初中了，大家这样拖下去真没什么意思。于是就选择给儿子过生日那天，大家一起上馆子，一起去逛公园，一起去新华书店给儿子买书，最后还一起看了一场电影，最后，她对浦锡金说："我们分手吧。"

人们经常会说，恋人为了爱而结合，为了不爱而分手。他们的故事恰恰相反，沈月说，她是因为突然又有了一点爱，只是又有了那么一点点爱，才决定放手。因为爱，沈月决定放手。因为爱，沈月决定给浦锡金自由。她一放手，浦锡金便与出轨的那个女人结婚了，水到渠成，想不结婚都不行。故事就此留下了许多空白，说不清楚，他官场上继续得意，离开区财政局，去市委组织部，又去了纪委。当过纪检组副组长，专门清查别人的事。有人说他很快又离婚了，有人说还没离婚，只不过暂时分居。离婚也好，暂时分居也罢，总之谈不上有多好，有多么幸福，反正最后还是要离的。

因为有个儿子，为了儿子学业，浦锡金和沈月偶尔也会有些来往。那个女人可没有沈月的气量，不止一次找上门来，还很凶猛地吵过一架。沈月有气量，可也不好惹，为了气她，有时候故意要和浦锡金通个电话，故意要捣捣蛋。再后来，沈月也结婚了，对象是名心理学主任医生，九三学社委员，市政协常委，有身份有地位。结婚以后，沈月和新老公商量，请浦锡金夫妇吃了一顿饭，地点就在金陵饭店。

沈月的新老公叫吕佳路，这位心理学方面的专家很能聊天，吃饭期间，差不多都是他一个人在发表议论，听说浦锡金先是在财政局，以后又到组织部，最后又到巡视组，感到很好奇，说你干的这些个工作，都可以算是有权有势，很厉害的，非常非常厉害，很了不起。

浦锡金十分谦虚地回了一句："有什么厉害不厉害，谈不上了不起。"

"财政局，组织部，还有巡视组，怎么能说不厉害呢？厉害，绝对厉害。"

两个男人毫无芥蒂，很随意地聊着天。两个女人心里还有隔阂，余恨未消，无话可说，就听这两个男人聊天。浦锡金他说当年去组织部，也是觉得财政局太那个，成天跟大笔的钱打交道，权力太大，风险太大，太容易出事。到组织部同样是重要单位，管干部嘛，让他负责纪检，最多也就是吃吃喝喝，有段日子天天喝酒，半斤八两绝对没事，但是要说受贿，是真的不敢，毕竟这个那个见多了，见到太多的人出事，看到太多的官员"双规"。再以后抽调到巡视组，见得更多，更害怕，老实跟你说吧，现在是连吃吃喝喝都不敢了，绝对不敢，都说出事只是万一，是万分之一，可真要出了事，就是百分之百，一出事一"双规"，全都完蛋，好日子立刻到头。

5

上世纪八十年代初期，我写过一个短篇《傅浩之死》，刊登在一本油印的民间刊物上。那是个文学十分火热的年代，很多人都在写小说，记得我当班主任时，曾经给同学们传阅过这本油印刊物，那可能是我发表的第一篇小说。小说情节依稀还有些印象，"文革"中一个被人检举的现行反革命，因为恐惧，选择了自杀，他跑到了悬崖上，在跳崖自杀之前，对着赶过来看热闹的观众，把检举他的人，把迫害他的造反派，把自以为是的工宣队，骂了一个痛快，骂了一个淋漓尽致。没想到最后这个现行反革命却被救了下来，因为痛痛快快发泄过一通，别人害怕他要寻死，不敢再批判，结果呢，他也就不想死了，快快乐乐地活了下去。

前面说过，我所了解的浦锡金，基本上都是二手的，都是传说。除了沈月说的那些，当年的同班同学，特别喜欢转述跟他有关的故事。学生们见了我这位当年的班主任，话题不是回忆，就是同学现状。说起大家现在的生存状态，浦锡金最容易成为话题中心。同学少年多不贱，五陵衣马自轻肥，他可能是混得最好，混得最阔，混得最有能耐，而且也是最有故事。关于他的传闻很多，大都是不太好的，尤其是他自杀未遂以后，有人说他身上光是高尔夫会员卡，就有好几张，这种会员卡据说每张都能值一百多万。还有人说他有女人缘，除了沈月说的出轨的那位，还有好几个，其中有一个还是某高官的什么人。

浦锡金出事和"双规"的负面消息，时有耳闻，仿佛有特异功能，他总是可以轻易摆脱，毫发无损。当然，也可能从来就没有过真正的什么事，所谓传闻，不过都是子虚乌有，都是些不太靠谱的八卦。真相究竟如何，说不清楚，凡事必须以事实为依据，以法律为准绳。作为一名小说家，我有时更喜欢八卦，更愿意相信传闻，事实上，最让人想不明白，也是最奇怪的一点，不是怎么最后还进了巡视组，当上了副组长，是他会在这个重要的位置上，非常戏剧性地自杀过一次，仍然还是安然无恙。

根据心理学专家的观点，每个人的心理都会有些问题。浦锡金人生传奇的最高境界，就是他的自杀表演。别人看来很奇怪，医学上解释却很典型，是属于标准的抑郁症。具体的症状，刚开始只是失眠，晚上迷迷糊糊睡着一会儿，再也没办法入眠。能吃的安眠药都试过，大把大把吞服中药，最后不得不向沈月老公吕佳路求助，这个病正好对症，吕医生是非常职业的心理医生，他给出的结论很简单，你这个就是抑郁症，就是要吃治疗抑郁症的药，不仅现在要吃，而且很可能是终生要服药。

于是浦锡金所经历的自杀表演，竟然与我当年写的小说情节不谋而合，既有惊人的相似，又更戏剧，更荒唐，关键是毫无预兆。他开始很虚心地听吕佳路医生的话，开始定时服药，药物也开始起了作用。吃了一段时间药，自作主张地停了，他觉得已没问题，已不怎么失眠了，可就是觉得没问题的那段日子，突然又出了问题，出了一个很不小的问题。

有一天，浦锡金毫无征兆地突然跑到沈月单位，直截了当对她说，我们还是复婚算了，我想来想去，觉得我们两个做夫妻最合适。他是在上班的时候忽然有了这么个想法，想到了就立刻做，放下手上的文件，出门拦了辆出租车，直奔沈月所在的政协。沈月被他说得摸不着头脑，说你肯定疯了，真的是有神经病，我们都到这一步，还复什么狗屁的婚，你是不是脑子又出了问题。

两人你来我往地说了没几句，浦锡金就说："信不信，如果你不答应，我立刻从楼上跳下去，我立刻跳下去，信不信？"

沈月单位在四楼，四楼不算高，但跳下去足以送命。浦锡金说自己要像大鸟一样飞下去，像大鸟一样展开翅膀。沈月说，你他妈到底想干什么，不要开玩笑好不好。浦锡金很严肃地说，我不想干什么，没有开玩笑。沈月又说，难怪吕佳路说你脑子出了大问题。浦锡金说有什么大问题，一点问题也没有，我就是想飞，就是想飞翔，一个人想飞又有什么错。说话间，跑到了过道尽头，那里有扇窗户，他跨了上去，一条腿放在窗外，做出了要往下跳的模样。

然后头朝下，展开双臂，像大鸟一样栽了下去。事发太突然，太快，谁都来不及反应。看到的人都目瞪口呆，因为是头朝下，应该必死无疑，应该没有任何生还希望，然而命不该绝，他在空中神奇地翻了个跟头，横摔在一棵桂花树上，跌断了几根肋骨，摔折了一条腿，摔断了一条胳膊，脾脏破裂。那棵桂花树非常巨大，有很大的树冠，正是开花时节，整个政协大院都是刺鼻的香味。

过道上有监控，楼角上也有监控，整个过程都被清晰地记录下来。浦锡金开始若无其事地出现在四楼的过道上，去敲沈月办公室的门，沈月出来，两人在过道上说话，很平静，他们身边还有人不断走过。沈月好像是批评他，浦锡金突然转身，跑向过道尽头，跟玩似的跨上了窗台，沈月追了过去。

6

与浦锡金一起在秋日的江边散步，他的腿受过伤，走路有些蹒跚。总是有种预感，他会主动跟我谈谈自杀未遂。有几次，感觉话已到嘴边，就要说起这个事了，又活生生地把话咽了回去。关于他的自杀，有各种稀奇古怪传言，说什么的都有。然而没人说得清真相，所谓真相，有时就是人云亦云，就是流言蜚语。真相是罗生门，真相根本不存在。我知道，就算是浦锡金愿意跟我谈，仍然也不会是什么真相。

我想到浦锡金在学生时代，曾经喜欢诗歌，曾经写过诗，一起散步时，随口问他，与南京的诗人有没有什么交往，结果没想到，他很傲慢地回了一句："南京有诗人吗？"

他的话让我语塞，因为不久前，我们曾谈到过当下的文学，浦锡金也是毫不客气，奚落说："中国有文学吗？"

中国有文学吗，这句话让人无地自容，让人不寒而栗，让人欲哭无泪。

天气越来越冷，北风凛冽，寒冬开始了。我依然保持去江边散步的习惯，雷打不动。浦锡金却不再出现，他的消逝，跟他的出现一样，来得很突然，去得也很突然。曾经挂满金色叶片的银杏树，现在只剩下它的躯干，孤零零站在那里，黑乎乎的，硬邦邦的的枯树枝，仿佛无数戳向天空的手指。江边风大，几乎没人，这里是每天工作后散步的目的地，也是掉头回家的转折之处。我已经习惯在这伫立，在这沉思，围绕银杏树绕上几圈，摘下棉手套，拍打它古老的身躯。我在倾听也许根本就不存在的回响，我似乎又听到了自己曾经喜欢的那首诗的结尾：

五月麦浪的翻译声，已是这般久远

树木，望着准备把她们嫁走的远方

牛群，用憋住粪便的姿态抵制天穹的移动……

原载《清明》2020年第2期

点评

　　这部小说的时序是从秋天"走到冬天"，小说开头，江边的银杏树叶渐渐变得金黄，"开始像花瓣一样坠落"，小说最后，银杏树已经只剩下躯干，凛冬来临。在这样的季节和氛围中，当过一年大学老师、后来成为作家的"我"，与当年的学生浦锡金重逢，两人常常在江边散步交谈，但不久浦锡金不再出现。

　　小说也是书写人生的冬天。时间已经过去了三十多年，当年的青年教师和大学生，实际上都已成为"老家伙"。当然，小说主要讲述浦锡金的人生。通过叙述者的回忆，以及转述听来的故事，浦锡金的人生经历逐渐清晰起来。他跟其他同学一样做过文学的青春梦，毕业后却走上仕途，很快飞黄腾达，然后出轨造成婚变。妻子沈月拖了很久才同意离婚，不是因为爱，而是因为"不爱"，为了折磨他。他与出轨对象结婚，却并不幸福，后来得了抑郁症，跳楼自杀过一次。浦锡金的人生有过繁华，却走向了凄凉的晚景。叙述者没有透露太多自己的人生经历，恐怕也有过低谷，比如上世纪九十年代出书困难；在世俗化的当下，恐怕也并非志得意满，面对浦锡金的奚落"南京有诗人吗""中国有文学吗"，不由得语塞，不能有力地反驳。

　　小说融入了传统文学的悲秋主题，回忆人生，追问意义，风格显得沉郁悲凉。而开头和结尾引用多多的诗《走向冬天》，又增添了现代主义的荒诞和荒芜。

（祁春风）

虞公山/

/徐则臣

要从一个鬼魂说起。

不管你信不信，那三个人的确看到了卢万里的鬼魂。他们用手指着脑门对我发誓："千真万确，如有半句瞎话，全所你拿枪打我这里。"三个人在不同时间点，经过卢万里家的院门前，都看见他在烤火。卢万里缩着脑袋蹲在地上，面前是一个火盆，他正理着湿衣服在火上烤。在火焰和冒着水汽的湿衣服后面，他们三人都看见了卢万里瘦骨嶙峋的上身和那张憔悴的脸，他冷得直哆嗦。卢万里显然比活着的时候更瘦了。三个目击者的表述区别仅在于燃料：一个说，盆里烧的是木柴；第二个人说，烧的是火纸；第三个承认他没看清楚，火太大，几乎把整个火盆都吞没了。烧的什么不重要，重要的是，死去的卢万里突然回到家门口来烤火。

雨一直下，大的时候像老天漏了底，小的时候如满天的蜘蛛在吐丝，缠缠绵绵半个月没消停。所以，尽管现在是大夏天，如果鬼魂衣服湿透了，感到冷也很正常。反常的是，死去的卢万里为什么要回到家门口来烤衣服。

死人回家我没见过，但鹤顶这地方此类传闻从来没断过。算命的老赵多年来的口头禅就是：水边嘛，湿气重，阴气也重，出啥事都不稀奇。也就是说，鹤顶就是个神神道道的地方。所以卢万里的儿子把这件事作为报案的原因之一，我根本没当回事。他说有人动了他父亲的坟墓。他说不仅有三个街坊看见了他爸在院门口烤衣服，冻得直哆嗦，他还亲自梦见了父亲。在他的梦里，父亲穿着的正是在院门口烘烤的衣服，卢万里抱着胳膊对他说："儿子，我快冻死了。衣服全湿了。"

在他梦里，父亲的衣服的确是湿的，湿漉漉地正往下滴水。他做梦的时间在三个目击者看见烤火的场面之后，可见，父亲的衣服在烤干之后又湿了。第二天早上，他把这个奇怪的梦说给母亲和老婆听。母亲听了心酸得不行，跟邻居们说起时，止不住流下眼泪；老婆则当成个笑话，说给姐妹们听时自己都忍不住笑出声来。然后，作为反馈和回应，三个目击者看见卢万里烤火的消息陆续传到了他们家。里应外合，卢家就不能不上心了。卢万里的儿子想起来，清明给父亲上坟时是有点潦草，没烧几张纸。一定是父亲在那边缺钱了，所以衣服湿了也没得换。第三天，他一口气买了十刀火纸，每张纸上都摞满了金元宝，装在一个大号塑料口袋里捆到摩托车上，冒雨去给父亲上坟。

离坟墓还有二十米，穿过雨帘他就发现父亲隆起的坟堆缺了半边。再往下看，有人在坟墓旁边挖了一道深沟，雨水汇成激流，正从深沟里流过。浑浊的流水不停地冲刷父亲的坟墓，棺材一角浸泡在水里，流水撞击到黑色棺木上，激起泛白的水花。卢万里儿子骑上电驴子转身就跑，背着一口袋的火纸直接到了丁字路口。他结结巴巴地对所里的值班警员说："有有有人，盗盗盗了我爸爸的墓。"

我们觉得这事不可能，卢万里又不是啥大人物，平常到不能再平常的一个坟，盗它，谁吃饱了撑的？本来下雨天也干不了活儿，大家想趁机打个瞌睡，他非要我们去破案。为了表示兹事体大，且有预兆在先，他把卢万里湿了烤干、烤干后又湿了的衣服和哆嗦喊冷的事给我们颠三倒四地讲了一遍。好吧，上车。

快到现场，一摊烂泥地，车过不去。下了车他让我们走在前面。他说天暗，他有点怕。

就是在那天的大雨里，我们发现了未遂的盗墓案，当然，盗的不是卢万里的墓。

卢万里埋在一个好地方。这一片高地，鹤顶人叫虞公山。传说甚多，有说古时候一个姓虞的人曾在这地方住过；也有说这地方埋过一个姓虞的大官；还有的说，一个姓虞的外乡人来这里修行，最后坐在山尖上飞升成了神仙。反正跟一个姓虞的人有关。这种传闻鹤顶人都懒得信，但凡跟别处有点区别的地方都有类似传说。如果都是真的，那咱们鹤顶早就仙迹处处，哪还会穷得如此叮当响？虞公山周围是片荒地，尽管没生老赵那样的慧眼，鹤顶人也看出来这地方风水不错，但因为离镇子实在有点远，人死了也极少长途跋涉埋到这地方。这两年不少人家鸟枪换炮，有了摩托车、电动三轮车，交通工具改变了距离的概念，虞公山周围才慢慢出现几座新坟。

我们围着卢万里的坟墓转了几圈，确定没人动过那口黑漆漆的槐木棺材。它露出一角，还有坟山垮掉半边，完全是雨水冲刷所致。卢万里儿子拍胸脯保证，若非意外，他爸坟边绝不会出现水沟。坟墓的左侧低于右侧，虞公山上的雨水再凶，往下流也只会从他爸的左边走。他说得没错。坟墓周围荒草丛生，尤其是那些抱住大地不放的巴根草，拿铲子都未必能将它们连根拔起，仅靠雨水的冲刷，十天半个月怕是搞不定的。有人帮了忙。

这好办，我们继续在附近转悠，等同事开车回去取来几把铁锹，然后挖土筑坝再引流，让水从卢万里的左边走。果然，水落之后，在坟墓的右侧发现了铁锹切挖过的隐约痕迹。荒无人迹，谁会无聊来这地方模仿大禹治水呢。我提着铁锹绕虞公山的边缘走，十步之外看见了雨水没有冲刷干净的新泥。

虞公山说是山，其实就是个大一点的土堆子。也许姓虞的那人当初成仙或者刚埋下地的时候，虞公山确有一些气势，比如巍峨宽阔，那风吹日晒雨淋了不知多少年后，它已然也被消磨成了一个土丘。我跟着断断续续残留的新泥走，发现土丘坡上有一丛灌木尤为稠密。大雨把灌木洗得干净，同一丛灌木竟长出两种不同的枝叶。我用铁锹毫不费力就挑起了部分枝叶。再来一锹，剩下稍微牢靠一点的灌木也被从泥土里掘出来。一例都没有根。它们是被砍断了根插进土里的。

灌木清空后，再铲掉插灌木的一堆泥，土丘的肚子里似乎有个洞。我招呼大家过来，清除洞口堆积的虚土，再往里挖。果然一个黑灯瞎火的洞。铁锹在洞的深处撞上坚硬的东西。卢万里儿子想出个招，打火机点着，系在铁锹头上往洞里探。洞中氧气稀薄，但奄奄一息的火光中，我们都看见了刚才铁锹撞到的什么。打磨光滑的巨大条石。

以在派出所工作多年的经验，我知道遇上大事了。我把所有人集合到跟前，发布如下命令：

任何人不得走漏风声；

立刻原样封堵洞口，恢复伪装；

现在就协助死者家属培筑好坟墓；

我现在就给有关部门和领导汇报，在相关决定下达之前，咱们所一定做好现场保护，不能有半点闪失。

省文化厅接手了剩下的工作，天还没晴透就派来考古队。他们认为虞公山下可能藏有古墓。他们与县史志办及有关历史学家交流研判之后，初步达成共识：虞公山的传说或许非虚，这地方真埋葬过姓虞的历史人物。安保工作由县公安局牵头，我们所全力配合。同时，责成我们所尽快侦破该起古墓盗窃未遂案。

我们手头的线索只有两个：一是这起盗挖跟卢家的关系。大雨之后的现场线索几乎消失殆尽，但两者之间若无必然联系，那只能说太过巧合。第二个，就是县公安局提供的两个过滤嘴烟头，他们在洞里找到的。一个古怪的牌子，蓝旗。

第一个问题好解决，警员作了拉网式查访，卢万里家人、亲戚，街坊邻里，甚至随机采访了跟卢家毫无关系的人。没有发现任何蛛丝马迹。卢万里生前口碑甚好，他的左邻高度赞扬了卢万里，那个老大爷说："我就一个标准：凡是万里说有问题的，那人肯定有问题；凡是说万里有问题的，一定是那人有问题。我认识万里几十年了，这标准从没错过。"卢万里的言传身教影响了整个家庭，卢家家风挺好，门楣上还钉着"五好家庭"的牌牌。他们家没仇人，没做过亏心事，儿子、儿媳妇、女儿、女婿人缘都不错，至少在查访中没听到任何负面评价。足够了。在乡镇，除非深仇大恨不共戴天，谁会干掘人祖坟这种损阴德的事。更不会有人抽风，要去卢万里坟边开一道深沟解闷。所以我们维持先前的判断：此事跟盗墓相关。

我把查访详情向县公安局作汇报。县局表示赞同，他们在复盘案发现场时也发现，两者很可能关联密切。盗墓必须掘土，盗墓还得隐蔽，掘出的土不能露馅，运土也不能太麻烦，怎么办？现场解决。如何解决？被雨水冲走。自然便捷，神不知鬼不觉。卢万里的坟墓是距盗墓口最近的一座坟，山丘与坟堆之间正好有个凹槽，高处的雨水下泻，那地方是第一个下水口。为了加大水流带土的能力，盗墓贼掘开草皮和地表，人为地开了一条深沟。他们没想到，雨大流急，这个更有效的挖掘机阔大深沟的同时，把卢万里的坟墓也给摧毁了半边，露出棺木。已经在干燥温暖的棺木里安睡三年的卢万里突然落了水，感到了冷。盗墓贼失算了，提前惊动了鬼。

剩下的两个烟头。作为一个老烟鬼，很惭愧，我真没听说过蓝旗这个牌子。警员们去镇上各个商店买蓝旗烟，全都空手而归。店主们跟我一样孤陋寡闻。这方面见多识广的只能找满天下乱跑的人。住滨河大道边上的老苏长年跑长途客车，他也说不清，答应下一趟跑车时帮我问问。我把鹤顶在外工作、求学、做生意和游荡的人名单找出来，能联系的都联系了一遍，没一个人知道。结果显示，他们大部分人都不怎么抽烟，更不会带烟回来。这很好，健康比什么都重要。

副所长想起运河街上常年跑船的吴斌，这家伙烟酒都是大户，没准知道。他老婆在家，听说找吴斌，没好气地说："死了。"

"死了？"

"早死了。"

"啥时候死的？"

"一年到头连家都不着，跟死了有什么两样？"

副所长出了口长气，拿出烟头照片，"你见过吴斌带回来这个牌子的烟吗？"

吴斌老婆瞥都没瞥，"人都见不着，哪还见得着烟？"

副所长知道再问也是瞎耽误工夫，赔个笑转身要走，被叫住了。

"本来也懒得问，"吴斌老婆说，"赶上了我就多一句嘴。我家那兔崽子好几天不着家了，你们能不能帮忙找一下？"

"什么兔崽子？"

"我儿子，吴极。"

"失踪了？"

"谁知道。学校也打来电话，三天，哦，今天第四天，没上课了。"

"平常他会去哪？"

"谁知道。跟他爹一个德行，四六不着的货。"吴斌老婆摊开手对着房间挥了半圈，"这个家就是个旅店。"

副所长答应着，出了吴家。正经事没干成，倒添了桩新业务，回到所里就跟我抱怨。抱怨归抱怨，还是给镇中学打了电话。教务主任说，有这事，家长再不给出合理解释，按有关规定，可以开除了。教务主任又说，咱这鹤顶，一到下雨天事就多，吴极班上还有个同学也旷课四天了；班主任说，他俩好得穿一条裤子。

"两个孩子平时表现如何？"

"俩孩子性格都偏孤僻，"教务主任电话里的口气有点哀其不幸、怒其不争，"不太合群。听说经常抽烟喝酒。"

我和副所长对视一下。我们的判断步子可能大了一点，有枣没枣来一竿吧。

吴极的同学叫安大平，住在运河街的另一头。父母都在家，老实得像闷瓜，见了警员手都不知道往哪里放。除了回答我同事的问题，多一个字都没说，连句客气话都没有。据邻居反映，他们两口子常年如此，相对无言。如果不是拴在墙根的那条狗偶尔发出几声叹息一般的叫声，这个家可以一整天不弄出任何动静。两口子说，大平去他姑姑家走亲戚了。

"课也不上了？"

"大平没说上课的事。"

好吧。我同事问，可不可以看一下安大平的房间，两口子没说行也没说不行，对着一扇关着的门指指，门上贴着奥特曼。一个高二男生的房间，墙上贴的还是初中生口味的招贴画。没有烟味。在一个半开的抽屉里，同事看见一盒本地产的运河牌香烟。打开烟盒，剩下的五根烟里，有一根蓝旗。同事合上烟盒，对两口子笑笑，问，大平他姑姑家远吗？

从安大平家出来，他们直奔运河街的那一头。吴斌老婆正锁门要去菜场，这时候肉会便宜点。她给了我同事一个白眼，不耐烦地说："你们到底想看什么？我都半个月没吃上肉了。"

"就看看你儿子的房间。没线索怎么帮你找儿子？"

吴斌老婆用钥匙打开儿子房门。吴极平常出门就上锁，不许母亲随便进他房间。因为门窗紧闭，浓烈的潮霉味中混杂着没能散尽的烟味。地上有烟头，没错，蓝旗牌。同事顺手翻了写字台上的一堆演草纸，有张纸正面演算一道数学题，反面画着一个山包。山包的半腰上有一扇打开的门，一个粗暴的箭头指向门里。纸的右下角写着"祖宗"两个字。

"这是什么？"同事试探着问吴斌老婆。

"我哪知道？"她心不在焉地说，"一天到晚跟没魂儿似的，出了这扇门就像梦游。跟他老子半毫米不差。我说你们能不能快一点，再晚便宜肉都卖光了。"

同事回到所里汇报之后，驱车去了安大平姑妈家。

可能因为电视里正在播放侦探片，那两孩子扭头看见三个警察进了门，立马从并排坐的椅子上跳了起来。安大平的姑妈也吓坏了，他们家从没来过戴大盖帽的。她跟在我同事后面说："他俩可啥坏事都没干啊，坐在这里看了一天的电视了。"

我同事说："没事，我们就了解一下情况。"

俩孩子个头都不小，杵在那里一个挠鼻子，一个拧着手指头。

"有烟吗？"

吴极脸上长满了青春痘。他从口袋里摸出挤皱的半包蓝旗。

"哪来的？"

"我爸上次带回来的。"

"带给你抽的？"

"我偷的。"

一个同事堵在门口防止他们溜掉。另一个同事指着椅子，"坐。"

他俩坐下来。安大平姑妈关掉电视，让我同事坐到旁边的木制沙发上。

"别紧张，就是了解点情况。旷课可不是个好习惯。"

"吴极说不想上了，我就陪他出来了。"安大平怯怯地说。

"为什么不想上？"同事问吴极。

"心慌。"

"吃坏肚子了？"

"不知道。"

"再想想。比如看见谁，害怕了？"

吴极低着头，翻起眼看眼前的两个警察，然后扭头往后看。堵在门前的我同事，像逆光中矗立的一座黑塔。

"嗯。"

"看见谁了？"

吴极低头不吭声。

"大平，要不你来说说？"我同事说。

安大平看看吴极，后者没反应。安大平犹豫之后小声说："你们。"

"戴大盖帽的？"

安大平点点头。

"在哪儿？"

"虞公山。"

"哦，"我同事说，"吴极，你俩一块儿？"

吴极突然站起来，脸涨得通红，"那就是我们家的地方！我本来姓虞！"

两个孩子被带回所里。

副所长把审问结果报送给我时，哭笑不得，这是他从警十八年来见过的最有意思的案子。如果嫌疑人不是未满十八岁的少年，他敢断定这会是本年度全中国最荒唐的案件，没有之一。邪了门了，真他妈棒！

虞公山那个洞是吴极和安大平两人掘的，为寻找古墓。卢万里坟墓旁边的水沟也是他俩挖的，如我们和县局推断的，为了就近把掘出的新土冲走。那个小坟里埋的是谁，他们根本不关心，甚至都没认真看一眼卢万里的墓碑。俩孩子交代，他们利用中午和下午放学后的空闲时间来干活。刚开挖不久就下起雨，本以为雨天对工程不利，黏黏糊糊到处是泥，但发现雨水可以迅速将掘出的新土冲走，他们倒希望雨一直下下去了。因为不会留下明显的痕迹。尽管此地荒僻，若非逢年过节，扫墓上坟的人都见不着，他们还是谨慎为上，每次工作结束，都要把洞口伪装妥帖。大雨帮了他们的忙，踩出的泥泞也很快被雨水抹平；小丘上杂草也多，被踩趴下了，喝了一肚子水后，腰又迅速地挺起来，所以我们第一次去那里，完全没留意这些疑点。

"为什么盗墓？"我问副所长。

"嗨，他们根本不认为是盗墓。"副所长拿出提审记录，"吴极认为他只是在挖自家的祖坟。他说吴斌一直跟他说，他们原来姓虞，当年老祖宗虞公出差途中意外病逝在鹤顶，天热，遗体没法久存，只能就地下葬，埋在了虞公山。虞公山其实就是个大坟堆。只是天长日久，历史演进，鹤顶人把虞公墓这事给忘了，虞公山成了一个大土丘的名字。吴斌跟儿子说，他们这支'吴'跟本地的吴姓没关系，他们从'虞'字来。当年虞公是清朝康熙年间的大官，起码相当于现在的省部级干部。因为是皇帝的宠臣，死后才备极荣华，有如此规模的大墓。虞公客葬异地，他的二儿子是大孝子，便迁居鹤顶，长年为父亲守墓。因为是从家族中分出来，如同从'虞'字里拆出个'吴'，这一支虞公后代就以吴姓在鹤顶繁衍开来。"

"听上去挺是那么回事的。就算真是吴家祖坟，吴极这孩子为什么现在突然开挖了？"

"据安大平说，吴极跟一个姓吴的同学闹矛盾，对方说，'有种别姓吴'。为撇清跟对方'吴'的关系，这小子血直往脑门蹿，竟然要到老祖宗的坟墓里找证据。吴斌跟他说过，虞公落葬时，带了一部家谱进地下。"

这算不算"儿戏"？他还真就这么干了。这孩子都没意识到，即便真有家谱陪葬，几百年过去，也不知道腐烂多少回了。而且，找到家谱就能证明他是虞公的后人？

"吴斌跟吴极说，他们家有一部吴姓家谱，打头的是虞公的二儿子，只要两部家谱衔接上，齐了。没有比这更有力的证明了。"

家谱这么复杂的东西我不懂。我爹给我留了一本，让我珍藏，我放抽屉里后再没拿出来过。但以我对家谱粗浅的了解，很多家谱开头都会有一段大帽子，历数自家姓氏的沿革，吴极完全可以拿出自家的家谱嘛。

"这个我也问了。"副所长问我要了根烟，"吴极说，他把家里翻了个底儿掉，没找着。就给吴斌的船上打电话，父亲醉醺醺地跟他说，早不知放哪了，回到家再说。他一趟船经常要跑三四个月，吴极等不了，找到一部算一部。头一次见到这么仓促上阵的盗墓贼。找了几本盗墓小说翻了翻，围着虞公山转了三圈，觉得哪个地方顺眼，一锹插下去就开干了。担心一个人忙不过来，就把好朋友拉过来帮忙。哦对了，他不同意盗墓这个说法。"

"不盗墓他们怕啥？"

"我们的人守在那里，大盖帽总还是有点震慑力的嘛。他俩就跑了。"

"口供跟现场都吻合？"

"核对无误。挖掘工具藏在旁边的小树林里，也找到了。"

确实有点意思。我想找个时间跟吴极这孩子聊聊。他爹我见过，跑船回来，经常摇摇摆摆穿过运河街，一大早看上去也是醉醺醺的。

专家们确认虞公山下有座古墓。墓主人虞凤常，字鸾翔，湖北宜昌人，仕宦生涯主要在清康熙年间，官至大理院少卿。也就是大理寺卿的副手，佐正卿总理全院事务并监督一切事宜，正三品，够大的官儿。专家查阅大量史料，证实了本地的传说。大理院少卿虞凤常确系陪侍康熙皇帝沿运河南巡，船队行至鹤顶时病逝。虞少卿是康熙的爱臣，他的突然亡故，让皇帝十分悲痛，其时天气尚热，尸体不宜久存，长途迁移更是不妥，便御旨厚葬于此。当年一定是立了墓碑，碑文很可能还是康熙御笔，但很遗憾，不知道在哪个年代弄丢了。很可能因为墓碑的失散，导致本地人对这段历史的记忆开始漫漶，最终成了众多漫不经心的传说之一。不过这也在一定程度上保护了虞公山，否则，早不知道被那些职业的盗墓贼光顾多少次了。

我们把吴斌的"吴自虞来"一说报给专家，他们讨论之后，表示存疑。现有的资料完全不能支撑吴斌的说法。虞氏一族，在北京和宜昌都有后人，子孙繁茂，有案可稽；至于鹤顶的这一支，真没听说。

考古发掘正在有条不紊地进行。鹤顶在运河边上，千百年来，无数历史人物在运河上穿梭，无数的大事在水上与河边发生，大大小小的遗迹不能算少。在这方面，鹤顶人还是见过一点世面的。开始几天，大家围观考古现场的热情挺高，里三层外三层，等专家们找到此系虞公墓的确凿证据，即一块镌有"虞少卿"字样的石头后，人群就慢慢散了。热闹不能一直看下去，自己的日子还得好好过。我们继续提供必要的安保，所里的日常工作也逐步恢复。

跟县局协商之后，对吴极和安大平做过批评教育，把他们送回了课堂。我知道吴极没有想通。说实话，我也挺好奇，于是决定，干脆把它当成不是案子的案子继续办下去。周末下午，吴极母子俩都在家，我敲响了他们家的门。

儿子挖了虞公山，当妈的觉得挺没面子；但因为儿子这开山的几锹，引来一场轰轰烈烈的考古，还坐实了虞公墓，当妈的又觉得儿子给自己长了脸。不过此外，"吴从虞来"又让她哭笑不得。你爸整天云里雾里，瞎话张嘴就来，你个小狗日的也信？当妈的又十分来气，这事用膝盖想都觉得荒唐啊。我到吴家时，没说上两句，吴斌老婆又训开了儿子："好的你没学，脑子抽筋倒学得挺快。不过那死鬼也没啥好的可学。"

吴极小声嘀咕："我爸没瞎说。"

"他不瞎说？嫁给他十八年，我算明白了，从头发梢到脚指甲盖儿，他从头到脚每个细胞都是个骗子！"

"我爸不是骗子！"

"他要不是骗子，你妈我就是七仙女，就是王母娘娘。"

"我爸就不是骗子！"

"好了，老娘懒得跟你争了。你真是你爸的亲儿子。"

我赶紧打圆场，表示想跟吴极单独聊聊。

"随便！"吴斌老婆手一挥，"能带回家聊到管饭更好。"这婆娘拎起织毛线的袋子去邻居家串门了。

我问吴极："你爸知道这事吗？"

"不知道。电话打不通。"

吴斌跟着一个外乡人跑船，每年回来两三次，吴极掰着指头数，在家撑死了也就待一个月。活儿多？谁知道。他喜欢在水上跑，说在陆地上走不稳，上岸就要摔跤。他悄悄跟儿子说，别告诉你妈啊，我两条腿不一样长。吴极想看看两条腿差多少，吴斌刮了一下儿子的鼻子，站着是看不准的。可是吴斌一躺床上就是前腿弓后腿蹬，两脚从来不齐，那姿势像在跑路。过去吴斌有过两个便宜的手机，一个喝多了不知丢哪去了，一个站在船边撒尿时，不小心滑进了水里。干脆不要手机了，反正没人找。吴极找他，都是打船老大的电话，那差不多也是个不靠谱的酒鬼。

吴家的房子不大，就这样也没塞满，客厅里的摆设稍显清冷，感觉这家人随时都可能搬走。"喜欢爸爸吗？"我问。

吴极低着头。"不知道。"

"想爸爸吗？"

"不知道。"

"爸爸回到家都干什么？"

"喝酒。跟妈妈吵架。给我讲故事。"

"都讲了什么故事？"

"什么故事都有。"这孩子突然有了自信，眉毛都跳了起来。"我爸爸一肚子故事。真的，他什么都懂。他去过很多地方，每个地方都能带回来一大堆故事。不信你问安大平。我爸一回来，他就待在我家不愿走。他说我爸是他见过的最会说笑话的人，每次他都笑得两个腮帮子疼。"

"你妈妈喜欢听吗？"

"我妈说，都是吹牛，鬼话连篇。然后就吵架。有时候还会打起来。"

"你爸都跟谁一起喝酒？"

"他自己把自己喝醉。一年有十一个月在外头，哪来的朋友。"

鹤顶镇上姓吴的有好几家，跟他们家都不是本家和亲戚。吴极往上四五代，都是单传。他爸说，跟他们不是一路。

"你们家的家谱你看过？"

吴极摇摇头。"我爸都忘了放哪儿了。但是我看过这个，"他去自己房间抱回来一本破旧的县志，砖头一样大。他熟练地翻到折页的地方，递给我看。

纸页泛黄，印刷效果也欠佳。那一页介绍虞公山的传说，列出四种：虞氏住地说；虞氏修仙说；虞公墓说；还有一个愚公说。第四种意思是，这地方原来真有座山，堵在某人家门口，这家也出了一个愚公，誓将此山夷为平地，可惜天不假年，快削平的时候累死了。大家就把剩下的这个土包叫愚公山。已经有个跟王屋和太行两座山耗到底的愚公，本地人想，还是别弄重了，分不清彼此也麻烦，于是改叫虞公山。虞公墓说，指的就是虞凤常落葬于此，名之虞公山。吴极只在此一说的文字下，用圆珠笔画了两条歪歪扭扭的线。

"这个说明不了什么问题啊，"我说。

"我相信我爸的。"

吴极说这句话时，内向、羞涩和躲闪都不见了，一脸单纯笃定的孩子气。我摸了摸他的脑袋，感觉像在摸我们家的那个小混蛋。儿子高中毕业后，再不让我摸他脑袋了。"挺好，挺好。"我说，"你爸这么说，一定有他的道理。想吃什么？"

他想吃羊肉串，如果可以，还想把安大平也叫上。没问题，我说这顿一定管饱。我们在镇上最好的羊汤馆等安大平。他们想吃的全点了。分手的时候，我要吴斌的船老大的电话。

那人姓秦，山东口音，说话充满梁山泊的豪气。我们聊得很好。船停在码头，他留守船上，吴斌上岸溜达了。他说吴斌这兄弟不错，就是管不住自己的嘴，每顿都离不开那二两猫尿，可惜了一肚子的才华。秦老大说到猫尿时嘿嘿地笑了，他也好这口。水上跑惯了，不喝两口真顶不住那寒湿，还有"孤独"。他说到"孤独"时舌头打了个结，不习惯这样文气和矫情的表达。

"一肚子才华？"

"也是一肚子鬼话。"秦老大吐了一口痰，在电话里说，"那真是个聪明人，说什么像什么。他要不跟我搭个伴，这一年到头在运河里跑上跑下，我还真不知道时间怎么打发。"

"你知道他祖上姓虞么？"

"那得看他喝到哪儿了。喝到位了，也姓过昊。"

我不知道接下来该问啥了，便随口说："一肚子鬼话那你还信？"

"信了能翻天？你们可能不了解他。聊透了，你就知道，这人让你心疼。对，心疼，就这个意思。"

我头脑里立马出现一个清瘦的男人，还有点病病歪歪的。事实上，我见过的吴斌虽然块头算不上多大，但绝对是个结实的汉子。

"我可能没说清楚。反正这兄弟真不是坏人。他不过是张嘴就来。你要是跟他敞开了说上一个小时，我担保你会认为他跑船是屈才了。我一直觉得他能干很多高级的事。能干什么我也说不好，反正他经常没魂儿的样子既让我冒火，又让我愧疚，觉得委屈了他。但他又能干什么呢？所以这些年我一直收留他。要是别的船老大，早换个更年轻能干的了。不好意思，啰啰唆唆的，也不知道我说明白了没有，"他的声音突然远了，一段空白，他一定是捂住了话筒。很快山东口音又回来了，"吴斌回来了，又喝多了。你要跟他说吗？"

"不必了。我就随便问问。谢谢。"我竟然有点慌张地挂了电话。

这次通话之后不到一个月，准确地说，二十八天，考古发掘还在进行，秦老大突然给我打了个电话。吴斌死了。昨晚喝多了，可能夜里起来撒野尿，一脚没踩好，栽进了运河里。今天一大早尸体浮在水上，幸亏没漂太远，要不都不知道他跑哪儿去了。现在他正加足马力把他运回来，明天就到鹤顶。他觉得先给我打个电话，可能比上来就通知吴斌老婆孩子要妥当。为什么妥当，他也不知道。这个山东汉子，在电话里露出了哭腔。他说，吴斌无论如何是个好兄弟。

由所里出面，找了一辆车去接吴斌。我以为吴斌老婆会拒绝去码头，没有，她坐在车上一声不吭。如此安静的母亲，吴极也有点不适应，他下意识地抓着妈妈的胳膊，他的手不停地抖。

吴斌被水泡得变了形，头发稀疏，白多黑少。他长一张瘦脸，跟肿胀的身子完全不成比例。吴斌老婆没有哭出声，只是眼泪啪嗒啪嗒地掉。吴极也一样，因为控制不住的惊恐，他连眼泪都很少。秦老大年轻时肯定是个壮汉，此刻两鬓斑白。他擦眼泪的时候不得不擤鼻涕。

一切从简。最后关头，再整理一下死者仪容。吴斌脸上蒙一沓火纸，这是鹤顶的风俗。旁边站着五个人，他老婆、他儿子、秦老大、我和安大平。就在殡葬工要把他推进炉子里的那一刻，吴极抓住了父亲。他把父亲的两条腿直直地并到一起，握住父亲的两个脚踝。为了看得更清楚，他弯下了腰。

原载《芳草》2020年第3期

点评/

　　这篇小说由多种元素组成，多种类型混搭。鬼魂、村民、虞公山、传说、运河和跑船等元素可以写成一个乡土小说，报案、派出所、大盖帽、烟头、排查等元素可以写成一个探案小说，古墓、盗洞、考古队、家谱、地图等元素可以写成一个盗墓小说，而缺席的父亲、粗俗的母亲、叛逆的少年、学校和同学等元素可以写成一个成长小说。

摇曳多姿的小说情节自然会满足读者的好奇心，但最能打动人的其实还是吴斌、吴极父子形象。少年吴极去盗墓，源于同学之间闹矛盾，看似青春冲动的莽撞行为，实则是对自我的追寻和确认。吴极对跑船父亲的感情很深，把他酒后的牛皮话当了真，认为他们本姓虞，祖上是虞公的二公子。所以，吴极并不认为自己是盗墓，只是挖自家祖坟而已，从中找到陪葬的家谱，就可以证明自己的家族出身和姓氏。吴极的父亲吴斌，常年跑船在外，酗酒成性，被妻子嫌弃。他曾经悄悄告诉儿子，自己的两条腿不一样长。因此，他长年跑船和酗酒不过是一种自我放逐和逃避。后来，叙述者与船老大的一番通话，让吴斌的形象变得立体起来。在船老大的话中，吴斌是有着"一肚子才华"的人，是个好兄弟。然而，不久传来噩耗，吴斌酒后落水而亡。少年吴极也许已经明白，父亲酒后所说的他们家本姓虞，其实只是一种虚幻的自我安慰。叙述者"我"对于吴斌、吴极父子显然抱有同情，小说在那山与水的风景中也隐含着淡淡的哀伤。

（祁春风）

最后一天和另外的某一天/

/艾　伟

　　窗子很高，几乎直接抵在厂房屋檐下。窗外的天空飞过一群麻雀，发出叽叽喳喳的声音。天空寂静，鸟声惊心。这儿地处城郊，四周都是农田。窗子太高，厂子里的人没法看到农田和庄稼，只能看得见天空。麻雀成群结队出没。

　　早上六点钟起床铃准时响起。屋子里有十二个人，有六张上下铺的床。她们起床，穿衣服，然后开始折叠被子。被子折叠成部队的那样方正，棱角分明。一阵忙乱后，十二个人都整理好了。房间寂寂无声。晨曦从窗外透入，房舍整洁，一尘不染。半个小时后，门打开了。有一个小时可以洗漱。洗漱的工具放在走道尽头的卫生间里。每个人的洗漱用具都放在那儿。俞佩华洗脸。卫生间东西各有一面镜子。一些人排队在照镜子。俞佩华难得站到镜子前面去。今天她有些想去镜子前看看自己，又害怕看到自己的脸。

　　方敏正在大门处等着她。方敏脸上没有表情，用惯常的不容商量的口吻说，今天你可以不去厂里。俞佩华低下头，没看方敏，她回答，还是去吧，最后一天了。

　　厂房生产一种模仿芭比娃娃的玩偶。她们不知道这些产品在商店出售时会贴上什么牌子。洋娃娃有三十厘米和四十厘米两种。三十厘米那种供幼童玩，服装艳丽，服装的领子和衣袖上夸张地镶着蕾丝边。四十厘米那种是给成熟一点的女孩玩的，橡胶身体有精致的乳房，穿上衣服后，俨然是个性感女郎了。工作台上摆满了手臂、腿、头部、身体、各种颜色的头发、眼睛和服装等。她们要把它们组装起来，成为一只成品的洋娃娃。

　　除了干活发出的声响，厂房里没人说话。工作是定量的，有数量及成品率的要求。她们要把一天的任务完成了才能上床休息。工作量大，要按时完成不太容易。那些新来的，手脚笨，更得抓紧时间。吃中饭也是狼吞虎咽，吃完就抓紧干活。俞佩华完成定额没任何问题，她在这里待了十七年了。

黄童童来了一年或者更长。俞佩华感觉她来很久了，好像一直在她身边。在这里时间变得特别漫长。时间又特别清晰，每一天她们算得清清楚楚，像用刀子在心里面刻了一道做记号。黄童童在俞佩华左边干活。黄童童长得很漂亮，有点像她们在制作的四十厘米那种洋娃娃。她以前的头发应该染成棕色，刚来时，她发端头发的颜色还是棕色的。黄童童有点傻，并且是个哑巴。不过不奇怪。到这里来的人要么特别聪明，要么特别傻。

眼睛是最后一道工具。洋娃娃没放上眼睛时，会呈现出骇人的表情。俞佩华想起黄童童刚来那会儿也是这个样子，目光里的恐惧深不见底，就像一只没装上眼睛的洋娃娃。

三十厘米的洋娃娃会说话，需要在身体里安装一个电池盒。黄童童正在把电池盒的接线焊接上去。这是最见功夫的一道工序。黄童童拿着焊枪，双手老是抖，焊了几次都失败。如果再焊接不上要成为废品了。黄童童以往不是这样的，她能准确地把接线焊接好。一年训练下来黄童童已是个熟练工。这不奇怪，只要安装超过一万只，任何人都可以闭着眼睛把电池盒子安装好。

黄童童终于安装好了。俞佩华松了一口气。

今天黄童童有些恍惚，做工时老是控制不住双手。她生病了吗？黄童童正在找她的镊子，可镊子刚才还在她的右手上，这会儿不知跑到哪儿去了。这是黄童童的老毛病。她老是丢三落四，找不到工具。俞佩华告诉过她，工具一定要固定摆好，熟练到"盲取"的程度。黄童童向俞佩华要镊子。俞佩华没把自己的镊子递给她，让黄童童自己把工具放整齐了，再干活。黄童童突然问，你要走了吗？这一年俞佩华学会了手语。她吃了一惊，她没告诉黄童童明天要离开这里。同宿舍的人是知道的，但他们都没有说起这事。一个人离去，她们的心会空一阵子。大家都懂这种心情，这种时候会绝望。不说出来就好多了。在这儿情绪越少波动越好，否则会麻烦。俞佩华没有主动提这事。一切像什么也没发生一样。

俞佩华没回答，看着黄童童，黄童童的目光凶巴巴的。或者不是凶，是恐惧。俞佩华一把从黄童童手里抢过那只玩偶，做起来。她看到黄童童盛玩具娃娃的盒子里没几只成品，这样下去，她将完不成今天的额度。难道她今晚不想睡了吗？俞佩华用手语告诉黄童童，让她把俞佩华装满洋娃娃的盒子堆放到号子处，并要她冷静一些。一百二十九号是俞佩华的号子。黄童童是一百三十号。中间的皮带上放着收纳成品的盒子。等到中午，皮带会转动起来，运转到另一个厂房质检。

我会来看你的。俞佩华用手语说。她刚做好一只四十厘米的娃娃。有一天，黄童童完成一只性感娃娃，对俞佩华说，我好喜欢，真想带一个回去。这是不可能的。俞佩华说，千万别偷偷拿回去，这不是闹着玩的。我以后会送你一只。

你不相信我会来看你？俞佩华说。黄童童没看她。黄童童的目光这会儿投向东边的高窗，天空上的白云一动不动。

窗外的太阳照在工厂的水泥地面上，缓慢地从西向东移动，快到中午的时候，太阳光束立在东边的墙边，好像白色的墙面拉了一层光幕。

厂子里有八十多人。从监视器里看，场面相当壮观。她们坐在工作台前，穿着同样的衣服，年龄各不相同，动作也有差异，但还是能找到一致性。她们面部没有表情，专注让她们显得更为机械。她们手上的洋娃娃，有的正在装配身体，有的正在穿上衣服，有的在固定头发。她们做好的玩具整齐地躺在工作台上。即便厂外的阳光很好，工厂的大灯依旧是亮着的。现在是夏天，大灯散发出灼人的热力，厂内的温度更高了。一些人脊背处渗出细密的汗珠。

陈和平一直观察着俞佩华和黄童童的一举一动。方敏忙于手头的一份档案。明天俞佩华要走了，俞佩华的相关文件需要归档封存。她寄存的物品不多，方敏已让人把物品放到一只简易的旅行包里。方敏复印了各种表彰的官方证明，方敏觉得俞佩华不一定在乎，但这些证明在她以后的生活中是用得着的。十七年里，俞佩华几乎年年都评为优等。也就是说她在这儿没出过一次差错，没扣过一分。方敏查过并且熟知俞佩华的档案内容。在做化学老师时，她也是年年先进。可就是这样的人干出了那种事。

有一个年轻的女警进来，告诉方敏，她通知了俞佩华的儿子，她儿子说不来接。方敏点了点头，这在她预料中。来到这里后，俞佩华几乎谁也不见，儿子和母亲来看过她，她拒见。她的案子太骇人听闻。她难以面对亲人。她只见过丈夫一面，原因是为了和丈夫离婚。她没多说话，只说把她忘掉，因为她会在这儿待上一辈子，这对他们来说更好。没想到她能减到十七年。十七年在这里一成不变，外面发生了多少事啊。俞佩华的母亲这期间过世了。方敏记得，把母亲亡故的消息告诉俞佩华时，俞佩华并没有停止手中的活，好长时间没有抬头。电焊条冒着青烟，方敏担心俞佩华把焊枪刺入她的手心。

陈和平朝方敏这边望了望，继续看着监控，好像发现了什么秘密。陈和平问，俞佩华来这儿时儿子多大？方敏说，九岁吧。

方敏看了陈和平一眼。方敏偶尔会感慨，职业真是有着自己的生命方向，会带着人往某个方向长。陈和平虽然是方敏的同学，但他现在成了一位艺术家，这个年龄了，身上竟还带着一些少年气质。而她长久在这儿待着，整天板着个脸，大概这张脸已经面目可憎了。

方敏来到监控器前，看到黄童童一脸不悦地在搬东西，俞佩华也是怒气冲冲的样子。方敏说，我本来想安排你和俞佩华见上一面的。你来一趟这里不容易。

陈和平说，进你们这里确实麻烦，我手机被交了，介绍信和身份证也押了，到这里过了三道大铁门，每次到你们这儿都有一种进了中央情报局的感觉。我看不出她们有什么危险。

方敏说，可不能小瞧她们，要是由着她们的性子，不少人可是致命武器。当然大多数人与外面的人相差没想象的那么大。

俞佩华今天拒绝休息，方敏有点意外，也有点不高兴的。俞佩华违拗了她的指令。这是俞佩华第一次表现出同平常不一样的意志。不过方敏没往心里去，猜想这同黄童童有关。

这儿表面上有严格的秩序，一切井井有条，但只要有人的地方，都是复杂的。这儿暗地里比哪里都遵循丛林法则。方敏当然知道犯人们之间的勾当，既然无法根除这种人与生俱来的恶习，只要不露出水面，谁也不会去管。黄童童刚进来时是这丛林里的小白兔，很多猎枪对着她。她又是个哑巴，被欺还不会开口说话。她动手能力弱，完不成任务，好不容易做好几只玩具娃娃，在她上厕所时还被别人占为己有（上厕所是要申请的，并且只能上下午各一次，她们不能喝太多的水）。黄童童回来后大吵大闹。

这很幼稚，也很危险，监控记录得一清二楚，事闹大会被罚处。俞佩华把黄童童叫到一边，让她从自己那儿拿走做好的成品。

黄童童心智极不成熟。在食堂做伙食的欺生（这女人是从她们中抽调在伙食班的），给黄童童打的饭和菜很少，黄童童一直处在饥饿之中。食堂的饭菜并不好，仅能能维持生存以及劳动所需要的营养。荤菜比如猪肉不是每餐都有，有也只有那么一点点。黄童童终于失去控制，发泄了压抑已久的不满，把刚打的汤泼到那女人的脸上，烫伤了那女人的脸。这是露出水面了，看得见的错全在黄童童。黄童童因此被关了一周的禁闭。

黄童童一周后放出来已不成人样。那地方谁忍受得了。她都有些疯疯癫癫了。俞佩华向方敏要求黄童童在自己工号边做工。方敏意识到俞佩华想帮黄童童。在这里，难得有人对另外一个人表现出同情心，光凭这一点，俞佩华就值得称赞。她同意了。这是俞佩华这么多年向方敏提的唯一请求。

陈和平一直盯着监视器，好像他今天有什么意外的发现。上次陈和平带来一位演员。应该有些年纪了，不过保养得很好，一举一动带着某种受过舞台训练的仪态，既自然，又优雅。陈和平说让演员来体验一下，深入生活对演出有帮助。

你剧本已在排练了？方敏问。

是的，效果意想不到的好。陈和平说。只要说起他的剧作，他就一点不谦虚了。不过倒也不讨厌，他灿烂的孩子般的微笑把"无耻"完全消解了。

什么时候首演？我想看看。方敏说。

陈和平拉住方敏，指了指监视器上的俞佩华和黄童童，说，她们看上去像一对母女。你瞧见了吧，这就是母爱。女人母爱泛滥是极其可怕的。要是主演看到这一幕就好了，她会受到启发。

你可以手把手教给她啊。方敏讥讽道。

方敏听陈和平讲起过他的一次艳遇。女方把她当孩子，源源不断的母爱让陈和平窒息。

她们聚在一起吃饭。打饭的时候，俞佩华已经知道昨天晚上黄童童哭了一夜，同宿舍的人都被她烦死了。"你自己耳聋，我们听得见。""是你亲娘死了还是相好死了？哭丧啊。"同宿舍的人毫不客气。俞佩华这才知道今天黄童童做不好工的原因。俞佩华打好饭坐到黄童童对面。黄童童这会儿看上去蛮高兴的,她用手语问,你出去打算干吗?

俞佩华没想过这个问题。她想了好久不知怎么回答。她想起出事那天,她和儿子在看一场电影。要不是看那场电影,要是当时她在家里,母亲发现阁楼里的秘密时,就不会去报警,那就不会有后来的事,她还在过正常的日子呢。

想去看一场电影。俞佩华比画着。她的手语没黄童童打得漂亮,黄童童的手语带着表情,有情绪的时候,手语会变得快而有力,像飞快地做着某个决断。

黄童童的目光又转向窗外,好像有谁在召唤着她。她说,我恐怕这辈子不能在电影院看一场电影了。

这里很明亮,很干净。劳动成为她们生活的所有。她们会被集中在一起唱歌,唱歌时脑子一片空白。她们不让自己想事。每个人背后都挂着一个长长的暗影。在这里,谁都不谈自己是怎么进来的,奇怪的是过不了多久人人都知道谁干了什么事。黄童童杀死了自己的继父。继父欺负她母亲还欺负她。

如果活儿干得好,你可以像我一样,十七年后就可以去电影院了。俞佩华说。我到时候陪你一起看。她又说。活儿干得好不难,你只要照我说的做,一定能干好。她的手势停在OK的位置。

我不可能十七年就能出去。黄童童说。

熄灯铃响了。大家上床。俞佩华没脱衣服,好像脱掉衣服睡觉的话,她会永远留在这儿。她没睡着,时间仿佛停止了。在这儿十七年,她从来没像今天晚上这样感到时间凝滞不动。好像不会再有黎明,长夜将永远留在今晚。这也是她愿意今天继续干活的原因。当然黄童童也是一个重要的原因。她很难想象这个女孩能够承受得了这里的一切,待上漫长的一生。想到黄童童吃饭时高兴的样子,她有些不安。

窗子没有窗帘。月光从窗子射入。月光像一把刀子,插入这间小屋。这个地方没有植物。这个地方不允许有任何遮挡物。有时候俞佩华会认为这个地方也是从地上生长出来的,是这片空旷田野里的另类植物。她们都睡了。在睡梦中，人就落入黑暗之中。如果她们还有意识，应该也是暗的。凭俞佩华的经验，在这里必须修炼到彻底的暗，彻底的无意识，才能熬过漫长的时光。黄童童做不到。在这不足二十平方米的宿舍里，俞佩华住了十七年，每一个角落她都了然于胸。门边上，她们每人有一个小小的格子，存放个人用品。那个地方存放的东西千篇一律。凡是明处的东西都千篇一律。人与人总是不同的。每个人都有自己小小的标记。在这十七年中，去了几个，也来了几个。新来的那人发现床板上刻满了字，是一句诗：哲人日已远，典刑在夙昔。曾为教师的俞佩华记得那是文天祥的诗，一句很励志的诗。不知道是走的那个妇女留下的还是这之前的人留下的，这次走的女人七十六岁了，她把漫长的岁月留在了这里，她竟在这个地方追慕圣人。俞佩华是上铺，她能看到斜对面那个女人。她已沉沉睡去。俞佩华知道她的床头贴着一幅幼稚的儿童画。不过平时用一块布蒙着。

走道上出现混乱的脚步声。在这里每个人都是警觉的。她们虽然一动不动，俞佩华相信她们醒了。她们的耳朵一定竖了起来，辨析着走道上的每一个细节。如果能够，她们会让耳朵像手臂那样伸出去，以便听得更清楚。这里出事可不是好事，会殃及每一个人。俞佩华的心揪了一下。

黎明究竟还是会到来的，也只有她这个彻夜不眠的人才会有那种不必要的念头。俞佩华看着月光在窗外的远处消失，看着晨光在窗外的远处一点点升上来。早晨的空气从窗外透进来，是夏天清冷的空气，有点儿庄稼的香味。俞佩华听说离这儿不远处有一片柑橘林。每年柑橘花开的时候，能闻到柑橘皮剥开时那种清香。终于，她听到了起床的铃声。

她洗漱完毕。方敏来了，面色浮肿，一脸憔悴。也许昨晚真的发生了什么。

她跟着方敏来到一间更衣室。她要在这里把身上的这套衣服换掉，换上自己的衬衣。这是一件十七年前穿过的衬衣，她怕不合身了。还可以穿。这十七年，她的身材竟没走样。幸好是夏天，可以穿衬衫。这些十七年前的外套根本无法穿了。

俞佩华看出方敏心情不好。她不敢问。她没资格问一位管教任何问题。她跟着方敏，向大门走去。她第一次看见那扇铁门。来的时候她坐囚车。现在，她得走着出去。方敏走得很快，到了铁门，她回头看了看俞佩华，神情严肃。俞佩华的心悬了起来，好像只要方敏改变主意，她就得回到那个地方。

昨晚出了不好的事，黄童童自杀了。方敏说。她偷藏了厂里的那把镊子，用镊子刺破了血管，幸好发现得早，没生命危险。要是死人的话，是大事件，监区会被究责。

俞佩华愣在那里，好像她的思维停止了运转。这感觉很像她出事那一天。

俞佩华收到一张话剧的票子。票子做得相当考究，比普通票子要细长，上面印着一张不知道谁画的尖顶房子，一半黑一半红。边上印着剧名：《带阁楼的房子》；座号：六排十三号。她猜想应该是方敏寄给她的。她不吃惊。在那儿，方敏告诉过她，有人准备以她的故事写一出戏。在方敏的安排下，她和作家见面。她没办法拒绝，在那儿，她没有任何拒绝的权力，她必须配合。只是她什么也不想说。那人戴着一副精致的黑框眼镜，笑起来依旧带着奇怪的孩子气，表情和善，至少没把她当怪物。她怀疑这么一个天真的人能写一出戏。作家在她心目中是鲁迅那样的形象，警觉、严厉、深刻，一眼可以把人看穿。眼前这个人，他的目光单纯，好像在他眼里，她是位天使。她不是。她是个罪人，法庭也是这么判的。这一点必须清楚。那天她没说什么，全是作家在自说自话，但方敏后来对她说，作家觉得很有收获，因为他握她的手时，她的手很暖和，比一般女性要暖和。这是一个重要的细节。作家是这么告诉方敏的。

现在住的房子是租的。刑期快到的前一个月，方敏问起她出狱后的打算。她不可能回老家。她让自己的亲人都抬不起头来，她不能再出现在他们面前，让他们平复的伤口再次被揭开。她想找一个地方度过余生。方敏主动提出帮她租房子。房子在北部城郊，房租便宜，合她心意。在里面劳作每月有五百元补助（前些年没那么多），十七年下来积下五万多块钱。汶川地震时她捐了两千元。其他的钱她没用过。在那儿她没任何消费，生活降到最低程度。

她很快找到了工作。她去了一家玩具厂。十七年的训练已让她成为是一个优秀的工人。车间主任对她还算照顾，从来不问她的来历。民营小企业不关心你来自哪里。

有一天她突然思念起自己的儿子。她回了一趟老家。她不敢让人看见

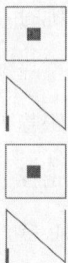

她。他们一定以为她将在牢里待上一辈子，人们见到她会吓坏吗？把她当成鬼吗？也许他们根本认不出她来了。她躲在家对面公园的一棵大树后面观察。儿子和她想象的完全不一样，她差不多认不出他来了，他面色苍白，看上去一副落魄的样子，脸上带着长期熬夜后产生的混乱气息。她后悔来看他。这应该早已料得到的。出了那样的事，同她有关的人都不会好过。她把他们的生活毁掉了。某一刻，她有冲动想站到儿子面前，告诉他，妈妈出来了。她忍住了。她不能这样做。那天她在大树后独自掉泪，待到天黑，然后安静地离开。最好装作是一个不在世上的人，这对儿子是最好的。不过儿子也许早已把她当成不存在的人了。

她不再想儿子。她更多想黄童童。她听说黄童童治愈后又关了禁闭。她写过信。黄童童没回。她相当忧心。她曾许诺过会去看她。当时黄童童不相信是对的。她没有勇气。那里的人都认识她，在她们眼里她或许不配以自由人身份到那里探监。她想，也许黄童童过段日子会回她信的。

这天是一个星期天，是话剧首演的日子。她收到票子时心里一直在争斗，是不是要去看。那是个噩梦，为什么要去面对它呢。她自己都快忘掉了那档子事了。她起床，叠好被子，像在那里一样，她把被子叠得有棱有角。她有几次想改掉这个习惯，发现很难。另外她怕一旦改掉，她的生活和精神会垮掉，变得不可收拾。她最终决定去看戏。也许能见到方敏，可以问问黄童童的近况。

出门前她收拾了一下自己。她需要坐一个半小时的公交车才能到市中心。她坐在六公园的长椅上，看到西湖边游客摩肩接踵。一个中年男人走过时一直看着她，目光毫无遮拦。中年男人走了一段路，脚步慢下来，然后停住，往回转，在她坐着的那把长椅上坐下来。那男人说，给一百元，可不可以同他开房。她吃了一惊。这个男人怎么会往这边想？她吓坏了，马上站起来，几乎是逃跑的，样子十分狼狈。直到走远，她才回想刚才那一幕，有点无来由的兴奋。她竟有那么一点点后悔没跟他去。那人看上去不讨厌。她很久没有了。没碰过男人的身体。她几乎也感觉不到自己的身体。她努力把脑子里浮现的画面抹去，星星之火得尽早熄灭。她无法向另外一个人敞开。很多时候她更希望自己成为空气，别人看不到她。

在南山路的一个角落有一家不起眼玩具店，很窄的一个门，店里很冷清。老板娘说她卖的是高档玩具，不是地摊货。进去后，里面空间倒是挺大的，布置得很考究，每一个玩具都有固定的龛子，好像它们是供奉在那里的神祇。她看到绿皮火车、金色五子棋、红色的奥特曼、定量版金刚、微型恐龙骨架……在墙壁的空白处，挂着一些抽象油画，绚烂的光点和线条天真而随性。这时候，她看到在转角处有一只洋娃娃。她吓了一跳，那玩具同她做的几乎一模一样，四十厘米那种，棕红的头发，蓝眼睛，向上翘着的嘴唇，还有穿着的裙子，全都是她记忆中的模样。她最初本能地缩了缩身子，好像重回那个幽闭的监所。一会儿，她慢慢恢复了体力，伸出手去，把那只性感的娃娃从龛子里取了出来。这款产品，从她手中生产了成千上万只。她仔细辨别，是不是自己做的。

她拿起玩具娃娃闻了一下，好像那儿真的留存着她的气味或黄童童的气味。老板娘是个时髦的女人，奇怪地看着她的举动。我要这个。她说。她没看老板娘一眼。价格不便宜，一千二百元。她有点不敢相信。不管是不是那个厂子的产品，她没想到她做的娃娃值这么多钱。那她一年创造了多少价值啊。老板娘夸她有眼光，说这款娃娃是店里最畅销的，许多人都喜欢。老板娘开始替她打包。她说，不用，只要娃娃。老板娘说，这盒子多漂亮啊，免费的，为什么不要呢。她不再反对。盒子确实漂亮，也许洋娃娃放在这样的盒子里才这么值钱。她对老板娘说，我是做洋娃娃的，这种娃娃我做了无数个，数都数不清了。老板娘的脸突然沉了下来，说，我这儿的东西都是进口的，同国产是两回事。

从玩具店出来，俞佩华很高兴。她伸手摸了一下口袋，那张戏票在的。今晚她一定要想办法见到方敏，托方敏把洋娃娃送给黄童童。盒子必须掷掉，那个地方每样东西她们都要开包检查个透。她喜欢把一个没有包装的洋娃娃交给方敏，那感觉像是她刚刚从车间里生产出来一样。她答应过黄童童，会送她一个。她想黄童童会高兴的。她虽然不能把洋娃娃带进宿舍，不能抱着洋娃娃睡觉，因为洋娃娃里面有金属，会有安全隐患。但某些特殊的日子（比如联欢会），管教会允许她和洋娃娃待一段时光。

俞佩华抱着洋娃娃，盼着夜晚的降临。

方敏和陈和平早早坐在胜利剧院。观众陆陆续续地到来。方敏看出陈和平有些紧张，他应该在担心剧场能否坐满。要是空出一大块是很难看的。观众比方敏想象的要多，在开场前十分钟几乎满座了。陈和平又得意起来，对方敏说，现在看话剧是时尚，你应该多看戏才对。看戏的大多数是年轻人。方敏在前排寻找俞佩华的影子。俞佩华在第六排十三号。她在十排。她不确定俞佩华会不会来。在三分钟之前，那个位置是空着的。这会儿，那里已坐着一个人。她很快认出来了，就是她，端正地坐在那里，腰板挺直，好像在那里听一堂思罪课。方敏不知道她是什么时候进来的，她真的像影子一样无声无息。不过那地方的人都有点像影子。她想过去打个招呼，转念放弃了。这样或许会让俞佩华不能安心看戏。等演出结束再说吧。

对俞佩华，方敏怀着同陈和平一样的好奇心。方敏作为俞佩华的管教，和俞佩华相处了十七年，她在那里的行为堪称楷模，没有一个人能像她那样如此严酷对待自己，不允自己出一丝一毫的差错，这种意志力无人能及。方敏相信，这样的人干什么都能成事。另一方面，她一点也不了解俞佩华。她杀了自己的叔叔。九年后案子意外暴露。那时候她已结婚生子。她承认犯案，在法庭上详述了杀死叔叔的整个过程，并坦承当时神志清醒，但法官问她动机，她要么回答不知道要么沉默。在每一次的思过教育时，她发言全是判决书上的判词，只是加深了程度，并且表现出真诚和悔恨，从不涉及当年为何要这么干。陈和平采访她，也是这种态度。有时候方敏觉得俞佩华依旧是一个陌生人，是一个谜。这也是陈和平试图用戏剧的形式探索她内心的原因吧。方敏想看看陈和平怎么理解俞佩华。

七点半，演出正式开始了。俞佩华怀着好奇心看着女主角声嘶力竭地一唱三叹。她好久才认出她来，她见过她一面。一年前她跟着作家来过那里。她提的问题毫无逻辑，无法回答。看了一会儿，俞佩华断定这戏虽然有她的影子，但已同她没有太多关系，那演员演的不是她。她打了一个长长的哈欠。边上一个年轻女孩恶狠狠地看了她一眼。她打起精神装作专注地看戏。

方敏也很快得出结论，这出戏对俞佩华的故事作了全新的想象和拓展。职业也改了。戏中女主角父亲被人谋财害命。女主角和母亲相依为命。一年后，远在广州工作的叔叔住进了这一家，叔叔充当起父亲的角色。女主角对叔叔和母亲结合非常反感，并怀疑父亲的死于此有关。有一天，女主角洗澡时，叔叔意外闯入，虽然叔叔看上去是无意的，但女主角认为叔叔居心不良。

女主角有一个邻家妹妹，是个哑巴，她喜欢在屋顶攀缘，满脑子幻想。夜里，哑巴妹妹来到女主角房间。哑巴说（手语配字幕），我梦见你爸爸了，她同我说，他是被叔叔杀害死的。女主角相信这是父亲托梦给哑巴妹妹。看来她的怀疑并非无本之木。哑巴问，要真是这样，你打算怎么办？女主角说，我会杀了他。在舞台的暗处，叔叔听见女主角和哑巴说的话。女主角出门时，看见叔叔匆匆离去的背影。女主角感到不安。

女主角在硫酸厂工作。叔叔和母亲结合以及背后的阴谋开始在厂里流传。有同事拿此事当面嘲笑女主角。女主角像豹子一样扑过去，掐住那位同事的脖子。有人拖开了女主角。女主角告诫所有人，要是有人再敢造谣，再敢胡说八道，她会把硫酸泼到他脸上。话说得狠，但女主角看上去很无助，她蜷缩着抽泣起来，浑身打战。

方敏看出来，导演是用日常化的方式处理戏剧性，舞台平和沉静，某种悬疑氛围又让观众感觉到不安。演员显然完全没有做到导演想要的，表演略显夸张。音乐不错。她没把感受告诉陈和平，免得他笑话她这个外行。

女主角的疑心越来越重，变得疯疯癫癫。女主角发疯的戏演得好极了，每一句话都像无言乱语，可句句都如利剑刺向叔叔。叔叔认为侄女得了疯症，在母亲的恳求下，叔叔把她送往精神病院治疗。

此时，整个剧场鸦雀无声。观众沉浸在某种悲剧氛围之中。六排十三号的俞佩华一如既往地挺直腰板，这个动作坐下后没有动过，仿佛她是一尊雕像。方敏想，如果剧场里每个人都如俞佩华这样，演员会崩溃。

演出继续。女主角从医院出来后回到硫酸厂工作。她变了一个人，沉默寡言，独来独往。她恨叔叔，残忍地把她送进疯人院。他们用各种仪器对付她（她没病不肯吃药被电击过）。现在女主角坚信是叔叔杀死了父亲。叔叔不但占有了父亲的财产还占有了母亲。接着女主角又遭受了一次打击，她十分喜欢的哑巴妹妹，在一次攀缘中意外从屋顶落下摔死了。对哑巴妹妹的死，女主角怀疑是叔叔所为。

一天，家中无人，叔叔喝醉了酒来到女主角的房间，叔叔酒气熏天，说侄女冤枉他，他为这个家操碎了心，可侄女从来不感谢他，还……叔叔悲伤地哭泣起来。女主角用早已准备好的二十颗安眠药放入开水中，递给叔叔。叔叔拿过杯子，仿佛得到巨大的安慰，悲伤地哭了，口中说，我的好侄女，谢谢，谢谢你接纳叔叔，然后一口喝掉开水。在安眠药的作用下，叔叔睡死过去。女主角用一根电话线勒死了叔叔。她把叔叔拖到卫生间浴缸里，把她从硫酸厂搞来的硫酸倒在叔叔的尸体上。舞台上冒出一股白烟……

女主角：没流一滴血，他就死了。（她看了看上苍，好像爸爸和哑巴妹妹正看着她）看到了吗？这个魔鬼已化成了一股烟。不过，还有几根白骨，可是我的硫酸用完了。（突然失声痛哭）我杀人了，我做得对吗？为什么你们沉默不语？也许我真的生病了，我总是心神不宁，妈妈说我已疯了，邻居也说我神志不清……（慢慢平复，自语）我还得处理这几根残骨……我想起来了，我房间有一只盒子，我把残骨放在盒子里吧……

方敏研读过俞佩华的案宗，剧中杀死叔叔的场景，除了对话，其中的细节和俞佩华在法庭上的陈述完全一致。从开场到现在过去了一小时，应该还有差不多一半的戏。叔叔已经死了，下面会发生什么？叔叔突然消失，母亲非常伤心，疑虑重重。邻居们倒是没感到任何奇怪，他们都带着嘲讽的口吻说男人抛弃这家子回广州了。

故事的转折来自于父亲案子的破获。父亲是被另一个人杀的，警察抓到了那个人，那人也招供了。这件事震惊了女主角。这么说她无缘无故杀了一个人？难道是她错了？难道是因为她不能接受叔叔和母亲的行为，把想象当成了事实？难道当年自己真的因为失心而疯魔过？也许这就是她被送往医院原因。

愧疚感开始折磨女主角。母亲又念叨起叔叔，对女主角说，我知道你不喜欢他，但你生病时，他每周来医院看你，只是你不肯见他，他很伤心。他如今在哪里？怎么把我们抛弃了呢？

戏开始向高潮推进。女主角在楼道口对着阁楼祭祀。这一场面震撼了方敏。舞台的灯光是红黑两色。黑的这一方是女人，红的是阁楼。舞台上只有女主角一人，她烧了很多纸钱，然而高举三支清香，说出大段台词，台词里面纠结着痛苦、悔过、悲伤和恐惧，她被抛入万劫不复的深渊里挣扎。那被灯光打成红色的阁楼里突然传来叔叔的声音：可怜的侄女，你把我放在阁楼，你在你的头上悬了一把方敏落泪了。陈和平转头看她。她有点不好意思。

终于到高潮阶段。左邻右舍都在传说这间带阁楼的房子是一间鬼屋。母亲变得疑神疑鬼，她决定请来道士，在屋子里做一场法事。

一帮道士穿着道服在舞台上跳着阴森的舞蹈，嘴中念着咒语。咒语伴着音乐，仿佛这咒语来自另一个世界，既神秘又悲悯。其中一个道士手中握着一把宝剑，剑刃闪出寒光。道士的剑突然向上一指，轰的一声，阁楼上掉下一只盒子。母亲打开盒子，昏厥了过去……

方敏看到六排十三号站了起来。俞佩华退场了。这一行为可以理解为她忍受不了内心被人窥探，也可以理解为她不喜欢这出戏。方敏很想跟她出去，问问她看戏的感受。戏还没结束，这样做显然不合适。她看着俞佩华穿过黑暗的剧场，消失在剧场的门口。

尾声。舞台的布景中间出现一块电影屏幕。女主角和儿子坐在舞台上，从舞台的环境可以看出两人在看一场电影，播放的是《东方快车上的谋杀案》。

剧终。剧场里响起热烈的掌声。接下来是演员谢幕的环节。舞台上大灯亮起。主持人开始一一介绍并感谢演员以及主创。首先演员们依次上台谢幕。有观众献花给主演。最后是导演登场。编剧原本是不用上台的，但主持人一定要陈和平说几句。陈和平客气了一下上台了，他没多说，只感谢了一个人，他没说出名字，大概只有方敏听出来他在感谢俞佩华。可惜俞佩华已经走了。在舞台光耀下，陈和平显出和平常不同风度，举手投足很有艺术家风范，且不做作。方敏有点刮目相看了。在主持人的鼓动下，观众的手机成为一支一支的光棒，在黑暗的剧场内晃动，向主创致敬。方敏想，这一刻这些演员无论演的是主角还是配角一定都很幸福，是人生的高光时刻。看戏的人久久不肯散去。

方敏等着陈和平从台上下来，然后一起向剧场外走去。

方敏没想到的是，在剧场的大厅，俞佩华正等她。她看不出俞佩华此时的心情，她的表情永远是那么平淡。俞佩华的手中捧着一只洋娃娃，方敏看出来了，洋娃娃和里面生产的几乎一模一样。

方敏说，怎么样，戏还好吗？

俞佩华没有回答。好像她刚才根本没看戏这回事。她把玩具娃娃递给方敏，拜托方敏，把它带给黄童童。

俞佩华说，我答应过她的，我会送她一只洋娃娃。

方敏愣住了。她没接玩具娃娃。好一会儿，方敏长长地舒了一口气，艰难地说，黄童童已不在女子监区了。

俞佩华吃了一惊，问，黄童童去哪里了？方敏转过头，回避了俞佩华的目光，没有回答她。俞佩华突然面色变得狰狞，她几乎是喊出了声，告诉我，她在哪里？方敏吃了一惊。十七年来，她第一次感受到俞佩华不被驯服的力量，她似乎理解了十七年，不对，应该是二十六年前俞佩华的行为。

方敏和陈和平对视了一下，陈和平看上去像白痴一样不明所以，同刚才台上谢幕时判若两人。

原载《收获》2020年第4期

点评

这篇小说在情节上充分运用悬疑和突转，具有犯罪小说特征，另一方面向莎士比亚名著《哈姆雷特》致敬，以犯罪拷问人性。开头详细地描写俞佩华刻板辛苦的流水线生活，让人误以为她是做洋娃娃的女工，不久发现她是即将刑满释放的女囚犯。而俞佩华出狱，让一直得到她精心照顾的狱友黄童童无法接受，当夜用偷藏的镊子刺破血管自杀，被送到医院。之后再起波澜，俞佩华被邀请去看根据自己犯罪案件改编的话剧。此时，小说出现了《哈姆雷特》"戏中戏"的写法，间接补叙了女犯用安眠药、电话线杀死自己的叔叔，用硫酸毁尸灭迹的犯罪过程。

作者的高明之处在于，始终没有解开俞佩华的作案动机这个人性之谜。俞佩华在法庭上没有透露，在看了剧作家陈和平的话剧中设想的复仇情节，也不置可否。然而，陈和平曾经捕捉到俞佩华对黄童童的母爱一样的深情。而观看话剧过程中俞佩华实际上没有看完便退场了，也许陈和平已经窥探到她的内心。小说结尾，俞佩华追问黄童童的去向，"不被驯服的力量"再现显现，让管教她十七年的狱警方敏大吃一惊。原来，爱与恨、呵护与暴力可以集于人一身。作者用女子复仇的犯罪故事来试图探究人性的深度，但最终告诉我们，对于这个问题，每个人都如同剧作家陈和平一样，自以为聪明，其实"像白痴一样不明所以"。

（祁春风）

求阴影面积/

/朱　辉

　　停车场上，是一排排虚实相间的汽车。红的，白的，黄的，黑的，阳光下，它们都有个灰色的影子。汽车和它们的影子整齐地停在车位里，安静得很，但你知道，它们都有个可怕的马力，几十几百匹马，躲在车里面。现在它们静若处子，一旦跑起来，岂止动若脱兔，简直疾逾奔马，弄不好还势如野牛。杜若期盼过汽车，也拥有过汽车，汽车也给他惹过麻烦。他从此落下个后遗症，看见汽车有点怕。他有了心理阴影。

　　且不说阴影面积，我们可以先说个分界线。几年前，买车的还少于百分之五十，是少数；再早几年，更是绝对少数，是个别时髦或豪阔之人的大手笔。现在呢，大多数人都买了车，更早一批的买车人都已经换了车，甚至换过好几辆。杜若属于买车早的。买车早，据说是因为需要，其实主要还是因为有钱。

　　需要的东西是很多的，但你得有条件。所谓条件，基本上就是要有钱。早就有过一句话，叫人生圆满，五子登科。妻子、儿子、房子、票子、车子，这五子彼此勾连，纠缠不清，有些还可以互相转换，但要落到实处，基本上非票子垫底不可。简短截说，要买车子，你得有钱——这是句废话，买什么你都得有钱，但买车，你要有比较多的钱，至少十几万。

　　杜若有钱。他是大学教师，搞社科的，按理说，他应该一直不算太穷，但也不会大富。杜若从上大学开始，就比同学、同侪一直都略富裕一点，到后来，他简直可以算是一个富人了。作为一个有知识有文化的人，他当然明白，是社会有钱了，他才也有了钱。这些钱笔笔来路明确，绝不暧昧，但是，钱在街上淌，不绝如流水，怎么就流到了自己家里，他却有点犯迷糊。身为男人，他目标不明确，意志欠坚定，随遇而安随波逐流，这是他给自己的评语。做出这个评语时他心中颇为自得，觉得既中肯又亲切，恨不得写到年终小结上，因为那时他可以说已实现了财富自由。更值得得意的是，他并没有为挣钱花费太多的心思，这个城市的一个常用词，苦钱，惨兮兮，苦哈哈的，跟他完全挨不上边。他只是按自己的兴趣生活，兴趣倒帮他挣了钱；又或者，是他不喜争斗，好说话，是人家把他挤到了赚钱的道路上。他就像一条小鱼，水一冲，他身子一游，突然发现，自己掉到了一个聚宝盆里了。

关于财富自由，也有标准。富豪每天挣几百万，可他的现金经常断流，有时真是没钱；普通人，有个几百万、几千万，就觉得自己可以随便花。杜若当然是普通人，他老婆比他更普通，家里有几百万时，适逢情人节，老婆快活得在家里模仿了一段广场舞，晚上又缠着他亲热一回，情意绵绵地说：老公，谢谢你给我送花。杜若脸上露出不解，心里大惊。老婆说，你送了我两朵花，一朵叫有钱花，一朵叫随便花。搂上来又是一阵缠绵。杜若虚与委蛇。他心里有鬼，因为那天他确实送了花，只不过送花的对象并非老婆。

关于送花的对象问题，杜若讳莫如深，我们尊重他的隐私权，暂且不说。但有一点杜若自己难以掩饰，那就是手里有了钱，他也不能一直不花。人生苦短，他不能挣了钱，只玩赏一串数字。当时正是城市大扩展时期，铆足力气摊大饼，路宽了，到哪里都远了，于是有钱没钱都在谈车。杜若也谈，也看，然后他就买了车。那时，他周围的汽车普及率还不到百分之五十。相对于他的钱，他不算冒进，但也不晚。他的车，通常就停在校园里。

杜若有钱，可以看成是命中注定。他从未钻心打洞地刻意挣钱，这也是不争的事实。说到底，是性格，加上时势，搞得他手里有了钱。

因为从未刻意挣钱，他反而不讳言挣钱。80年代全民下海潮时，周围很多人下饺子一样地停薪留职去经商，杜若不为所动。他经常说的一句话是：挣钱这事吧，我也算老资格。这是开场白，字句语气恒定不变，接下来的话是论据，这就变化多端了，关键的数字，一直在调整。他说，要不是那把火，我现在至少一百万！隔了一段时间，那个至少，变成了五百万；最大值是八百万。说八百万的时候，他已偶然发现了挣钱的路子，所以八百万就此不再上涨，他不提这茬了。

杜若这么说，并不是瞎吹。正因为他从来都不钻钱路，他说这番话时才表情丰富，不乏夸张。你把他说一百万、五百万和八百万的手势串起来看，他的右手一伸一伸的，像是在划拳，很喜感。但喜感归喜感，事实却也是事实。杜若从小喜欢集邮，他曾经有过很多版的猴票。第一版猴票价格如窜天猴，随着经济起飞一飞冲天，作为一个曾经的拥有者，杜若的手势变幻多姿，底气十足，绝非浮夸。

关于他说的那把火，在校园里，当年也曾是大事一件。那时候时兴评选校园年度十大新闻，这件事是入过初选名单的，临近发布，被校领导遮丑拦下了，可见那把火确有名气。杜若其时硕士毕业留校，有个机会，可以不住到青年教师宿舍，因为学生食堂的阁楼正好空出来。学生食堂兼做礼堂，阁楼就在舞台的侧上方。阁楼很大，除了团委和学生会，还有一间是值班室，杜若就住到了里面。住在这里有很多好处，其中之一就是地方大。他家当多，杂七杂八一大堆，一人一间，散漫自由。所谓自由，除了你能想到的谈恋爱方便，另一桩好处就是用电自由，还可以用电炉，这在教师宿舍绝对禁止。这许多好处加在一起，自然引来求助之人。这人是他的好兄弟，好兄弟的女朋友正考研，寒假要复习，兼男欢女爱，他这里再好不过。杜若被缠不过，回老家过年前郑重其事地把钥匙交到了好兄弟手上。幸亏他还带走了一部分邮票，否则也将付之一炬。

他集邮，那是有历史有传统的。他父亲是某县城中学教师，集邮经年，杜若考上大学后，自然接过了接力棒。他集邮，不是为了钱，只是因为他有个集邮的爹，他自己也入了迷。他是个不想当官的人，对当学生干部本无兴趣，但为了集邮，他当了生活委员，这个职务的主要职责，就是帮全班同学拿信，能先于收信人看见信封上的邮票。邮票逐渐增多，他又成为市集邮协会副会长，这个职务有个特权，可以从邮局内部拿到即将发行的邮票，他的猴票就是这么来的。他只是从审美上喜欢那只猴子，根本没想到这猴子后来会成为孙悟空，翻起筋斗云来。

所谓孙悟空，是他自己后来自我解嘲时常说的话。猴票毕竟不是孙悟空，它没有芭蕉扇，火真的烧起来也只能葬身火海。他的好兄弟偕他的女友，在阁楼里看书兼做爱，为了畅意，接上了电炉取暖，大概是得趣忘形时纸张之类的易燃物落到电炉上，火势顿时不可控制。食堂是老房子，阁楼几乎是全木，两人夺路而逃，他们除了几撮头发眉毛，算得上毫发无损，阁楼却全部烧塌了。杜若在家里接到电话，腿一软，一屁股坐到地上。他想的还不是自己的猴子，他觉得是天塌了，他闯下了塌天大祸。好在学校也不愿声张，把损失数字降得低无可低，他落了一个小小处分就过了关，不过，他的猴票却一去不回了。他赶到学校，面对瓦砾遍地的火场，只在水渍淋漓的灰烬里，翻到指甲大小的半片邮票。猴头还在，脑后的神奇猴毛也在，但猴爪没有了，即使猴爪健全，也不会伸出来拔一根毛，吹口气，再变出无数个猴子。

他几乎是全军覆没。之所以说几乎，是因为他随身还带了一点邮票，说不上是最珍爱的，却是劫后余生的幸存品。他没有从价格上衡量自己的损失，但这一点邮票，却成了他所谓的第一桶金。

都是穷书生，好兄弟比他还穷，索赔根本就谈不上。正因为此，他才在此后的漫长时间里，不断地猜拳一样地追忆当年的损失。无论你对他水涨船高、与时俱进的损失是否认可，你不得不承认杜若是个随和的人，厚道人。这个随和厚道之人，除了这场火灾，人生之路一帆风顺。他当学生干部，并无远大理想，只是为了邮票，不曾想，同学们都认可他的服务，老师也喜欢；他不笨，考上研究生，顺利地留校，这并不容易的一件事，在他身上居然水到渠成。

总而言之，他运气一直不错。等钱多得已经日常花不完时，他不可避免地去买了车。

老实说，买车他也是随大流。品牌随大流，档次随大流，正如买车这件事本身，他也就是随大流。就是说，人家都买了，他正好不缺这个钱，他也就买了。

刚买车时，他当然也新鲜过一阵子。郊游，上下班，还接送老婆。老婆感觉特好，但杜若感觉不好了。他有好几处房子，遍布于这个城市的好几个高档小区，他住的这一套，200平方米，是上下班最便捷，生活也最方便的。随着车辆逐渐增多，路堵得厉害。上下班他如果步行，单程15分钟，可是开车倒要半小时以上。且不说时间上不划算，开车和步行虽都要消耗能量，但能量和能量却是不一样的。步行耗的是脂肪，对身体大有益处；开车耗费的是汽油，油钱，这还没算停车费违章罚款之类的开销。他虽然不缺这个钱，但身为体重超标、隔天还要花钱去健身房的胖子，每次被堵在路上，他都要暗骂自己的智商不达标。

不过买车也不是一无是处。郊游之类的短途旅行，确实要方便一些，也有面子。说起面子，当然是开车回老家省亲最需要面子。尤其是去老婆娘家过年，后备厢里面摆满了东西，其实值不了几个钱，但喇叭一响，岳父岳母从院门口迎出来，眉开眼笑，脸上铺满了面子，比小车的表面积要大得多，连一众亲戚脸上都露出了羡慕。正因如此，这车他也就这么隔三岔五地开着。倒不是他愿意开车在路上堵着玩，而是，汽车老不开，它可能就要闹脾气。电瓶亏电是最可能的，你上车打火，却发现动不了，只能下来跑步前进；更可恶的是，有一次去郊区朋友家玩，临走时，居然发动不了。鉴于这个朋友的特殊性，他必须悄悄地过来，爽利地离开，就是所谓"悄悄地进村，打枪的不要"，可是不成，他走不了。他满头大汗，不得不喊了救援，十分狼狈。即使电瓶不出问题，车子还有可能漏水，几天不开，你一上车，发现车里汪了水，这才想起前几天下雨，外面干了，车里还没干——这都是天窗惹的祸！为什么车上那么多窗子还要再搞个天窗？这不是骚包吗？要天窗，自行车天窗无穷大，还无级变速，油耗是零！话虽这么说，有了车，你就得隔三岔五地把车子发动起来，开出去溜一圈，这跟遛狗类似，名曰遛车。这倒起了一个好作用，就是打消了他再养一只狗的念头。这个目前也很时兴，不少有钱的、没钱的，都认为是生活的标配。

既然说到五子登科，我们当然可以把每一子都罗列一下，但今天说的主要是车，其他的，我们不妨一带而过。杜若有一子，已经上大学，因为专业好，也乖巧聪明，不需他烦心；妻子早先是商场营业员，他后来想办法弄进了一所中学，做图书管理员，也曾貌美如花，实事求是地说，现在已成一个普通的黄脸婆，不过杜若的情感或者说荷尔蒙也不是没有去处，他有自己的知己，这是隐私，连他老婆都不知道，我们还是不说吧；车子挂在杜若名下，本不值一提，但它十分深刻地介入了杜若的生活，我们待会儿还要慢慢细说；房子和票子，两者一而二、二而一，其实就是一回事。杜若手上的几套房子，是他炒房的剩余物，或者说是战利品，至于他过手的房子，一时简直想不清爽，总之，最终都变成了票子。

如前所述，杜若是个好人，既与人为善，也随波逐流。这个社会总体上财富膨胀，每个人都比以前宽裕些实属正常，但随波逐流也要踩在鼓点上，否则就是点儿背。杜若属于那种运气特别好的个例。他之所以发财，不是因为他特别想发财，而是因为他学校分给他的那套房子。那房子是学校千百套教师住房之一，并无任何优越处，但他的邻居不一般。他邻居的一个特别的习性，导致杜若不得不注意其他的房子，他看房，买房，正是从此开始。那套房子他住了两年，早已不在他手上，但杜若承认，那是他炒房的启动火箭，是他财富的药引子。

这么说，一点不是故弄玄虚。不是所有人都能摊上这样的邻居，即便摊上了，你也未必能如杜若一样解决问题。具体说，他的邻居，一个老教授，长期偕夫人早锻炼。夏练三伏，冬练三九，日复一日，风雨无阻。说风雨无阻有点矫情，事实上他们是在家里跑步，不怕风雨。在家里跑步也罢了，如果他们不住在杜若楼上；在头顶跑步也能忍的，但你不能清晨五点就起来跑。要命的是，几个要素：头顶、清晨五点、持续不断，都占全了。杜若和老婆苦不堪言。他们客气地交涉过几次，还买了礼物，但无效。就是说，礼物笑纳，但脚步声准时响起。杜若劝自己，也劝老婆，习惯了就好了，可没想到，习惯中还有意外。刚在规律的脚步声中迷糊过去，突然间一阵巨响，是踢翻了脸盆的声音！惊魂甫定，老婆又是一声惊呼，指着天花板说不出话，原来是有水从地板缝里渗了下来。如果是水也就罢了，很快他们发现，不是水，是类似于水的另一种液体。

不得不吵架了。关于究竟是脸盆还是痰盂的问题，双方各执一词，杜若一方并不掌握确实证据，毕竟这两种容器都是人家的日用品，声音踢起来差不多。教授夫人是幼儿园老师，她一手拎着一个容器，仿佛拿着教具。再讨论下去，就要研讨液体性质和特征了。杜若完全蔫了，一句话也说不出。教授夫人振振有词，突然手一松，痰盂再次砸到地上，杜若老婆说，就是这个声音！教授夫人张口结舌，突然手捂胸口蹲了下去。这下全乱了，最后还是杜若把她送到了医院。

还好人没事。早锻炼只中断了一周，又重新开始，病后更要加强锻炼。杜若看着老婆说：他们改不掉的，几十年的习惯了。老婆说：什么几十年，他们这拨人也就是这些年才兴起健身，以前还不就是劳动锻炼。杜若说：人家腿脚不方便，也只能在家里跑。老婆说：你腿脚不方便你还能跑步？！杜若说：有本事你去跟人家吵。老婆说：一吵她又心脏病发作，你送她去医院！杜若哀叹道：她心脏不好，但他们还有得活！坚持锻炼是有效的。老婆说：我们不见得能等到他们死。杜若说：惹不起我们躲得起。卖房吧。

还真是赶上了好时代。那是90年代后期，杜若不光赶上了福利房的尾巴，国内房地产市场也开放了，就是说，他可以卖房，也可以买房。为了避免流落街头，他们要卖房，要躲，首先要买房。从这个时候开始，杜若开始满市挑房子。幸亏劫后余生的邮票足可以支付一个首付，幸亏当时的房价正处于一个平台期，他有充分的挑选余地。待他挑好房子，付了款，房价开始启动了，此时他手上同时有了两套房子，他灵机一动，福至心灵，把第一套闹心的房子卖掉，又付了两套房子的首付。如此，财富的门径在他面前展现，一而再，再而三，他炒起了房子，账户上的钱，越来越多了。

所以说，杜若的发财，在邮票上是源于爱好，在炒房上，则是迫于无奈，说是被逼的也不为过。十几年后，他手上留着几套房子，其中一套他自己住，离学校很近。他的车，基本就是每周出去遛遛。遛车的人没有目标，没有固定方向，前方就是他的方向，用俗话说，就是脚踩西瓜皮，滑到哪里算哪里。这是他的人生常态，没想到也成了他开车的常见状态。

他上班并不很严格，遛车自然要避开高峰期。随着车辆普及率超过百分之五十，向百分之七八十逼近，高峰期也差不多超过了百分之五十，就是说，每天二十四小时，除了夜间，白天基本都高峰。向郊外开，总归好些。杜若从来也不是个身手敏捷，眼明手快的人，运动素质很一般，他开车双肩微耸，头颈前伸，眼睛睁得无可再大，完全谈不上什么驾驶乐趣。但他是个聪明人，他很智慧地提高了出去遛车的效率，就是说，他往郊外开，如果电话联系上了他的朋友，他朋友也得便，他就开车过去。

那个朋友住郊区是因为不怎么宽裕，租的房子，年轻人嘛，杜若对她关爱有加。因为遛车兼了访友，遛车才转变成一件令人期盼的事。那天他遛车兼访友回程，神清气爽，不免有些恣意。开到路宽人少处，脚下油门就少了节制。突然前面发生情况！他顿时蒙了。

他其实真的不在乎一辆车。就是停在那里锈了烂了又如何呢？不过是一个车位的钱。坏了又怎样呢？修呗，顶多不过一平方房子的钱。他为什么要去遛车？！进而言之，他又何必要去买车？！

麻烦由此开始。他气得病了一场。咽喉肿痛，发烧，浑身疼，不得不去吊水。坐在那里，脑子里乱哄哄的。一不留神，水挂完了，血顺着管子回了上来。他清楚地看见了自己的一段血。他倒没有慌，毕竟有文化，他站起身，把瓶子举高，增加了水压力，血又回进了手臂里。他右手举着瓶子，高一高，低一低，血进进出出。你们研究过自己的血吗？他想，你们能把流出的血再回进去吗？你们不行，但是我做到了。可是——他心里一沉：流出的血可以回进去，但时间却已不再回头。他已与车实施了绑定，要解除绑定，除非不要这个车。

不要这个车是容易的，但事故未处理完前，他被禁止卖车。这车后来当然有了去处，不过，这是后话。

那一阵子他是焦头烂额。病好了后，正好有个同学会，为了解闷，他去了。所有同学都在吹牛逼，混得好，有权有钱，这方面有欠缺的就发挥另类优势，用喝酒证明自己身体倍儿棒。女生不怎么吹，因为娴雅本身就说明了一切，另有浓妆加持她们的幸福美丽。杜若没心思吹。到后来，情势所逼，他也不得不开口了，他说：我这一年乏善可陈，一无是处，最大的成就就是撞了一个老头，现在还在医院里。如果不是几壶闷酒下肚，他不会这么说话。不想这话倒激起了同学们的巨大兴趣。有的说：你这是为民除害啦！碰瓷的，你应该直接撞死他！杜若哀叹道：人家真的不是碰瓷，也没有讹我，是真的脊椎骨折了。

其实三言两语可就可以说清楚：他开车撞了人，离人行道不远，但又不在人行道。一个老头，骑着电动车，被他顶到了。到医院一查，脊椎骨折，要手术。他主责。

但三言两语就能说清楚的事，可不是三下五除二就能处理清楚。他跑交警，跑医院，跑保险公司。一个月不到，已贴了十二万。当然不能让学校同事知道。他们看见杜若的车，还照旧停在办公楼下面，谁也不知道杜若其时已经苦不堪言。还拿他打趣哩！他好不容易熬到下班，下了楼，躲鬼一样绕过自己停在楼下的车。同事说：老杜，你这车有意思。

杜若笑笑。是苦笑。同事说：你下班，对你的车说拜拜。步行回家。回家是不是还惦记着你的车？

杜若鼻子哼哼。

同事说：每天上班，你第一眼看见的就是你的车。哦，它还在。你跟它说，早上好！

杜若说：你贫不贫？

同事说：你开车没有步行快，你真是，你干吗要买车？

杜若说：我烧的。我买了停这儿看着玩，可以吧？觉得自己语气太冲，又说，还不是老婆觉得开车回家有面子。

同事真是个多嘴的。他说，钱多也不要烧在这个上面啊。开车回家，你租车啊，大奔、宝马，随便租，换着开，一天一千块足够了。过年就算十天，也不过才一万。

杜若说：一万咧。

同事说：你知道你这车摆在这里每天要耗多少？一动不动，每天至少两百五十块！

杜若说：一动不动倒好咯。

他闷闷不乐地加快步子，摆脱了这话痨。作为一个并不缺少经济头脑的人，这些他岂能不懂？但世界上没有后悔药。那天，他给朋友的电话，怎么就打通了呢？！

在这条路上出的事，其实十分尴尬乃至危险。他本已构思好谎言，准备了无数的口舌。但老婆被这事给吓着了，完全站在他一边，忽略了任何可疑处。这个不甚精明的老婆，曾让他深以为憾，现在他终于认识到，他这是烧了高香。朋友那边倒简单，因为他是从她家离开出的事，她笑着说这就跟她没了干系。她说：如果你是来的时候出的事，我就会有心理阴影。这话他听了，心里不是味儿。他此后好长一段时间没心情也没有车子去看她，她毫无抱怨，他对她的通情达理十分领情。

老头在医院等待手术，要用到一种叫骨水泥的东西。大概就是在骨头裂缝里挤上黏合剂。本以为动了手术就可以了结，不想老头的身体底子太差，基础疾病一大堆，暂时不能手术。这一暂时可把人害惨了，可能就是遥遥无期。老实说，杜若十分害怕老头从此就住在医院，直到寿终正寝，相当于老干部待遇。钱是一方面，更吃不消的是精神压力。他看到自己的车子就来气，恨不得一把火烧掉。当年烧掉他邮票的那把火，如果能延迟到现在，精准燃烧，他绝对求之不得。问题是，车子他还动不得，倒没有说他不能开，他只是再也不敢开，但交警明确说，他卖是暂时不能卖的。瞧瞧，又是一个暂时。幸亏这个暂时比上一个暂时短，几个月后，鉴于他配合度较高，获得了家属的谅解，车子准许他自己处理了。

所谓谅解和配合度高，就是他掏钱比较爽快，不讨价还价。老头的家人一大堆，除了一个小儿子，还都算讲道理；这小儿子也翻不起大浪，因为老头虽没有什么文化，但确实通情达理，他经常叱骂犯浑的儿子，对杜若，有时脸上还露出一丝歉疚，弄得杜若倒很不好意思。人心都是肉长的，他对自己曾经在心里期盼过老头早死，感到惭愧。老婆的心理压力也很大，她甚至责怪过杜若死没用，刹不住车是没用，撞倒了没有胆子加一脚油门一了百了更是没用！他那个郊区的朋友也嘲笑他，说他不阻止老头使用超出保险和医保范围的进口药物，不是心软，完全就是软弱可欺。她说她终于看出来了，杜若是个无能的人。

杜若不和女人纠缠。他自己周旋。主要不是钱的问题，毕竟有那几处房子顶天立地。但总要有个了结啊，他决不能给人养老送终。他已打定主意，再过一段时间，他就要通过关系去找医生疏通，哪怕花一点运作费。实际上，这件事已给他造成了巨大的困扰，有一天他居然发现，他被禁止乘坐高铁和飞机，他出差受限了；如果他要出国，肯定也会被扣住。面对如此局面，他欲哭无泪，他差点就要喊叫：我会跑吗？我还有那么多家产，我会舍弃不要吗？我还是个大学教师，我会弃职潜逃吗？！可笑啊！想到房子，他突然笑不出来了，他想起如果他现在卖房子，也一定会被禁止。

他不需要卖房子。但要不要卖，和有没有卖房子的自由，这有本质区别。杜若和老婆坐困愁城，度日如年。

在得到车子他可以随意处置的准许后，他恨不得立刻就站在车边吆喝：甩卖甩卖！不惜血本大贱卖！最好这车子突然学会无人驾驶，车身一抖，鸣一声自己开跑，无影无踪。老婆却有自己的盘算，她希望卖车的钱能够把老头的事打发掉，这样，就当他们家从来就没有过车。就在这时，老婆的弟弟，他的小舅子，闻声到来了。他没有直接说他要车，他说的是老一套：他混得不好，需要姐夫伸出援手。你拔根汗毛比我腰壮，手指缝里漏漏就够我混几年了的。这就是他的原话。

小舅子是个妙人，像个相声演员，绝不忌讳把自己说得贱兮兮惨兮兮。他很有语言艺术，明明从他姐姐那里知道这车闯了祸，明明他很有兴趣要这车，可他就是不说。他东拉西扯，说起自己的女儿找到了婆家，是个官，县团级，权力不小，他得意自豪地说：也是个贪官啊。杜若毕竟是个知识分子，走着霉运他也还是个知识分子，顿时心中抵触，问：那你有困难干吗不找你亲家？小舅子说：这不是还没结婚吗？还不是正式的。我不能让人看扁了对不对？我就找你，姐夫是正式的。你不会不帮我对不对？

杜若气不打一处来，就差叫他滚，脸上已露出厌弃来。老婆看不下去了，插话说：我们的车不是反正要卖吗？肥水不流外人田，还省得你去二手车市场哩。小舅子鸡啄米般点头：要得，要得。你要是怕麻烦，先不过户也行。杜若一眼看出这姐弟俩早就串通好了，即使不考虑岳父岳母，他自己也是个绝对少数，叹口气道：车，你开走，钱你看着给吧，但过户是必须的。

他担心的是这车是特种车辆，闯祸专家，不过户，小舅子毛手毛脚，在外面又撞到人，倒霉的还是自己。没想到小舅子连象征性的车款都不肯付，拖着不过户，杜若倒反过来老要打电话找他。他在邻省乡下开车拉客，接电话很不情愿。杜若这次硬气了，排除老婆的阻挠，坚决警告说，再不过户，我就去车管所报废！小舅子这才过来办了手续。车款居然当场就付了，爽快得令杜若诧异。不过姐弟俩间的一个眼神让杜若洞若观火，知道这车等于是白送的。

白送就白送吧，清爽就行。哪知道白送也清爽不了。小舅子以前一年也就来个三四回，有了车，方便了，隔三岔五就光临。杜若常常是在外面累了一天，一回家，酒香扑鼻，一桌菜，姐弟俩正在等他。小舅子以前过来，谈资宽泛，话头神出鬼没，但主要就是求帮助，各种帮助，现在呢，主题集中了，基本都是关于车。

车是文章的主题，但还有段落大意。一般分三段，第一段是说他跑车拉客，生意不好。车现在太多了，农村有车的人家也不少，农村人讲亲情，你知道的，互相搭车不算啥，有几个人要打车？现在有车算个屁！他吃一点菜，跟姐夫碰个杯，开始抱怨，这车毛病是真多，哮喘咳嗽带漏气，简直是老迈年高，他简直受够了，如果姐夫愿意，他真想把车再过户回来。最后就开始了第三段，大意是，又要修了，再不修就会趴在路上，丢人现眼，丢的不是自己的脸，是姐姐的脸，是姐夫的岳父岳母的老脸。一般说到这里，他姐姐就会问：修一下要多少钱？后来做姐姐的也有点烦了，她看看丈夫，自己不再搭腔。杜若也不搭腔，杯子都不朝他举一下，自己喝一口。见自己的文章反应不佳，小舅子说：我本来是往南京送客的，这一单不小吧？没想到开到你家附近，车子发脾气了，动不了。车就停在你家楼下，我都没法弄到车位里，不信你们去看看。这就是个不修就走不了的意思了。姐姐说，那你送客的收入呢？小舅子苦着脸说：不够啊！

这一招很管用。你想让他走，你就得掏钱。不过这一招他用得也不算多，几回而已。更多的情况，是他来了就很自觉地不喝酒，劝姐夫喝，自己喝茶水。但如若姐姐姐夫反应太迟钝，连他夸奖他那个贪官亲家如何大方都不能激起他们的荣誉感，他就会突然抢过酒瓶，给自己倒酒。他把茶水一口喝光，直接往茶杯里倒，对准姐夫的酒杯当地撞一下，一口干，你拦都拦不住的。他喝了酒就不能开车，就要在这里住下来。当然，他是个要脸面的人，主人不留，他是不住的。他拿起车钥匙就要出门。这下，轮到姐姐求他了，怎么也得先住下来啊，明天拿钱修车再走人。杜若在心里骂自己，为什么不爽快地早点掏钱？！

这个卖出去的车子，也成了个心病。他要负责三包哩。

可以想见，杜若过得不好。他最怕的不是修车，他怕修人。那老头已在医院躺了快两年，车送给小舅子也已一年多，他十分害怕小舅子又在外面撞到哪一个。幸亏，小舅子车技了得，强过姐夫，至今没有出过事故。

找个农村出身的老婆有诸般好处，譬如，农村教育水平低，能考上大学的女人，天赋都不差，这一点，他得了益，他儿子就特别聪明；这样的女人一般也不怎么会花钱，但这算是好呢，还是不好呢？至少在车上，他是憋屈了，此话怎讲？如果当时买车，买一个更高档的，带防撞自动刹车，他八成就不会撞上那老头，但现在说了也是白说。这样的女人一般还都有个小舅子，等着你淘汰车，这是没有办法的事情，除了离婚，他无法不要这个小舅子。

两年不到的时间，他瘦了十几斤，倒省了去健身馆的钱。他已习惯了打车，而且决定以后再也不买车。他随波逐流大半辈子，被裹挟着顺流而下，不想撞到了大石头。所谓大石头，就是骑电动车的老头。他明白了，生活要简化，所有带来方便和满足的东西也会带来麻烦，轻易不要沾惹，譬如车，譬如宠物。

之所以对宠物有感悟，原因在于他的那个住在郊区的朋友，她的宠物惹了事。朋友是女的，她的宠物是公的。具体说，就是一只金毛犬。杜若本不反对她养狗，因为她年轻，自己又不定时常去，她寂寞。但她突然打电话来说，恺撒闯祸了，犯罪了，它犯了强奸罪。恺撒在外面看到一只萨摩耶，雪白的，那萨摩耶根本看不出公母，但恺撒看得出，看得准，上去就把人家干了。人家调了录像，找上门来，要赔钱。朋友还发来了视频，可以命名为"金毛与萨摩耶的爱情"，看起来像是岛国电影。杜若心神激荡，又大为光火，萨摩耶被干一下，咋啦？怀孕了就生下来呗！而且，金毛强奸，为什么要找我？朋友说：串串一点都不值钱，人家要我承诺收下所有的串串，还要我付奶粉钱；金毛耍流氓找你，是因为这狗是你送我的，不找你找谁？

杜若无法撒手不管。他代为赔了一点钱，比起给老头的医疗费，那是小钱。他借机又跟朋友缠绵了一回。这朋友是外地的，她说在学校读过培训班，但杜若不记得；怎么加上微信的，他也一点想不起来。他们怎么成为密友，完全搞不清，是个谜，如同著名的哥德巴赫猜想，无解。杜若还没惹上交通事故前，有钱，有闲，处于什么都不缺却缺补充性爱情的状态。朋友年轻迷人，是个文艺女，说是读过他讲课的统计学培训班，他真的不相信。他问过她，哥德巴赫猜想是什么？他本有调情之意，以为她至少知道"1+1"，一个男人和一个女人。不想她愣一愣，皱起可爱的眉头略一想，脱口道：不就是歌德和巴赫一起完成的猜想吗？歌德是作家，巴赫是音乐家，亏她想得出。总之，她可爱而呆萌，他离不开。他身边的许多朋友都有这样一个朋友，他也不能免俗。他让他一个学生给她安排了一份工作，他们就这样保持着关系。

但这世界上任何事情都是要了结的。有的事是你熬着日子，盼着了结，譬如撞了人；有的事是你希望永远这样，爱无尽头，永不终止，譬如他与她的关系。但人生总要安置在人世间，大势常常由不得你。譬如房价，现在就到了平台期，涨不上去，跌下来也难。对这样的态势杜若是成竹在胸，并不着急。万幸的是，他终于等来了好消息。都说祸不单行福无双至，他的好消息是成双结对来的。一是老头在经过漫长的修整后，手术了。用的是进口骨水泥。老头明事理，过意不去，主动说支持国货，国产的他也能接受。杜若排除来自老婆的干扰，果断决定用进口的。虽要多付一些钱，但绝不留可能的后遗症。他希望老头直到死，最后去火化，那一坨骨水泥还能够像舍利子一样，坚硬晶莹。第二件事还是关于车，小舅子的车被当地交通部门查扣了，因为是黑车，没有营运证。他打来电话，后来又上门。杜若硬了心肠，绝不去营救。显而易见，没收是最好的结局，他将从此抹去那辆车的阴影。小舅子诸般手段全上，威胁哀求，试图从姐姐身上打开缺口。杜若明确表示，他不惜跟小舅子划清界限，离婚也是选项之一。小舅子拿出最后一招，调父母来助拳。不想事情真的到了这个份上，他父母临阵倒戈，给了儿子一个大嘴巴，叫他滚。有多远滚多远。

　　杜若轻松了。仿佛一年多没洗澡，春夏秋冬都脏兮兮的，今天终于洗了个干净。舒服啊！这一年多，他是真不容易。正常上班下班，上课下课，学校里几乎没人知道他是在熬日子。这样的表现也有回报，那就是他要被提拔了。他原先是系副主任，即将提拔为主任。已经谈过话，程序也走完了，就等着宣布。杜若心情愉悦，走路都轻松得要起飞。正打算去郊区看看朋友，分享兼吹嘘一番，却接到了她的电话。电话里声音婉转动听，其内容却让人肝儿颤。她说她怀孕了，而且医生说不能堕胎，否则有生命危险。她说这孩子与我血肉相连，杀了他，也就同时杀了我。杜若蒙了，如五雷击顶。他结结巴巴地说，几个月了？又说他似乎这几个月没有跟她做过。他使劲地回忆着说，最近的一次，不是半年多前那一次吗？她打断他说，我们多了，你记不得，我有记录的。杜若面红耳赤地争辩道：我们最近一次就是那一次，我们在车上，车停在江边。她笑道：你说的是车震那一回？她咯咯笑道，你只记得个车震，我的金毛，不不，你的金毛耍流氓那次，你不是来了吗？猫三狗四，四个月，人家的萨摩耶昨天生了，三只串串，现在都在我这里哩。不是这三只串串敦促我，我还拖着不去医院。现在检验单就在我手上，你来看看。还说，我知道你要提拔了，杜主任。

杜若手脚发抖，一屁股跌坐在沙发上。检验单不需要他去，手机滴的一响，发过来了。同时还发来一串文字：你必须负责。一，离婚娶我；二，给我一套房一辆车，我走人。你选择。这倒十分简单明了，不是"1+1"，是二选一。

杜若直瞪瞪地盯着那个"车"字，大汗淋漓。他脑子乱了。哥德巴赫猜想，她笑语嫣然地说是歌德与巴赫一起猜的，他看见深目高鼻的歌德与巴赫面对面坐着，手一伸一伸地在猜拳。眼前又出现了多年前的自己，说起猴票被烧，损失达到一百万、五百万、八百万，自己的手，也一伸一伸的。他看着桌上的两只手，麻木着，在抖，不像是自己的。

原载《钟山》2020年第4期

点评

这篇小说十分有趣，主要是叙述者有趣。叙述者的声音始终萦绕在读者耳畔，有时候讲述主人公买车后的幸福与烦恼，以及撞了老头和卖掉车后照样的焦头烂额，有时候插叙主人公邮票被烧的糗事、炒房致富的起因，有时候议论"五子登科"，有时候还插科打诨，嘴说着要保护杜若的隐私，实际上在卖关子，后面照样把杜若的郊外知己交代得一清二楚。所以，这部写都市生活的小说采用了话本小说的说书人口吻。

而且，这部小说也有话本小说常见的世情书写。尽管主人公杜若是一位大学教师，研究生毕业后留校，目前从"系副主任"马上要升为"系主任"，但作者完全用世俗的评价标准来写他，于是这位大学教师成为都市里一个中年成功男人的代表。杜若本是个"随波逐流"的人，无意中加入了1990年代中后期炒房一员，实现了"财富自由"，拥有几套房，比较早地买上了车，而且妻子贤惠，儿子聪明。但他没有满足，在郊外安置了一个情人，因为"他身边的许多朋友都有这样一个朋友，他也不能免俗"。小说最后，情人以怀了孕威胁他"二选一"。于是，"随波逐流"的人同样也逃不脱世情故事的套路，让读者开始幸灾乐祸地计算着杜若心理的"阴影面积"。总之，作者生动地刻画了一个"不能免俗"的杜若形象，嘲讽都市世俗环境中知识分子的精神矮化。

（祁春风）

给母亲洗澡

乔 叶

1

浴室的门错着巴掌宽的缝儿，母亲让我关严实，我说没事儿。她说了两遍，我也这么应了两遍，她就不再说了，只是不时警惕地朝门那里看看。和在老家相比，在郑州的她，气势上缩小了好几个尺码，显得怯弱了许多。此时脱了衣服，她明显更怯弱了一些。

在自个儿家里，怕啥呢。我说。

不怕啥。

怕人看你呢。

那可不怕。就这一把枯树老皮，怕啥。不怕啥也不兴开着门呀，谁开着门洗澡呢。

可我得听着泥蛋儿的动静呢。

哦。那把门儿再开大些吧。

泥蛋儿是我年方四岁的小侄子，我弟弟的宝贝二胎。泥蛋儿是母亲给他起的小名儿。他整日里哒哒哒地跑来跑去，没个安生时候。弟媳妇小娜跳广场舞去了，侄女去上英语强化班，弟弟方才下楼说去买点儿东西，我不得操着小家伙的心？

果然，他就哒哒哒地跑了进来，奶声奶气地喊：奶奶脱光光啦。

瞎叫个啥！母亲满是宠溺地呵斥，眼睛就粘在了泥蛋儿身上。对这个小孙子，她是怎么看看不够。

吆！吆！奶奶脱光光啦。泥蛋儿叫得更起劲儿。在幼儿园学会起哄了。

谁说我光了？还穿着裤衩呢。母亲低声说。她确实还穿着裤衩，宽大的平角裤，白底儿起着小蓝花。

那叫底裤！不叫裤衩！泥蛋儿纠正。

叫啥都中，叫啥都中。

你也脱光光呗。我怂恿泥蛋儿。

才不哩。我不洗澡！他一阵风儿地跑了出去。

低处的龙头汩汩地放着水，水位慢慢地往上涨着，眼看着泡住了母亲的腿。母亲坐在浴缸里，水汽缭绕中，像一尊像。自然不是佛像菩萨像观音像，可不知怎的，就是像一尊像。

她用左手往身上一下一下地撩着水。也只能用左手了。自从中过两次风之后，她的右半个身体就越来越像是摆设了。

我把高处的花洒取下来，拿在手里，也往她身上冲着水，说，先洗头吧，不然头皮黏糊糊的。先洗了就清爽些。母亲说，也中。叫身子先恶服恶服。

我说，对，恶服恶服。

恶服，特指浸泡脏污。除了豫北乡下的老家，我再没听说过别的地方有这个说法。洗脏衣服脏床单，洗油腻锅碗，又或者是洗人，总之，但凡是洗，但凡是洗之前的浸泡过程，都可以叫作恶服。恶，脏污。服，顺服。只有把脏污泡软，让它们顺服，接下来才能好好清理。这么理解是不是很合适？不曾见过老家有谁把这个口头语转化到字面上，反正我就是这么理解的。

母亲闭上眼睛。我把花洒举在母亲头顶，水流倾泻下来，母亲本来就花白的头发更花白了，本来就稀少的头发更稀少了。头皮大片地露了出来。花洒冲左边，左边头皮露得多；花洒冲右边，右边头皮露得多。

突然想起小时候母亲给我洗头的情形。大约是每周一回，彼时我的发量称得上是茂盛，这个频次就有点儿过低。没办法，母亲忙，我也贪玩，把时间凑到一起不太容易。洗头又不是什么要紧事，能拖就拖着呗。我每日里胡天胡地地疯跑出汗，头发里最是容易藏污纳垢，挨到必须要洗的时候，往往是因为母亲隔着饭桌都能闻到我头上的酸臭味儿。于是就洗。此时我脑袋上已经攒了许多"锈疙瘩"，要把"锈疙瘩"梳通，总是要费些劲儿，也总是有些疼的。于是母亲骂骂咧咧，我鬼叫狼嚎。一个像在上刑，一个像在受刑。每次洗也都要用好几盆水，可真是一项大工程啊。

等到渐渐长大，自己知道了干净，我就再也不让她洗头了，自己洗得勤快得很。再后来，就是给她洗头了。用过硫黄膏，用过"蜂花"，用过"飘柔"。到现在，我用的已经是防脱洗发水了。弟弟家里用的是"润源"，大概是个新牌子，没怎么听说过。

水小点儿。多费。母亲说。

我调整着花洒，让水流变小。

这城里水贵的，能赶上早些年的油价钱。

瞧您说的。啥时候油都比水贵。

那是。油不比水贵，那还能叫油？昨儿小娜才买的那油，叫啥瓜子油，恁小一瓶，都花了一百多哩。

是葵花子油。

就你会洋气。葵花子不是瓜子？

是，是。

自从母亲中风后，我就不怎么顶撞她了，她的脾气也被我惯得没了边儿，动不动就指责我训斥我，在我跟前耍尽威风。

油跟水，不是一物，就不能比。人整天得喝水，谁整天喝油哩。油得炼，水用炼？天上下雨下雪那都是下水哩，啥时候见过天上下油？叫我说，水就不该叫人掏钱买。水跟土一样，都是老天爷赏人的。

中风一点儿都没有影响母亲的嘴皮子。利落得很，甚至更利落了。直到花洒冲洗发水的泡沫时，她才闭上了嘴。

2

已经有五六年了吧，每年入冬之后，母亲都要来郑州住两个月。暖气开通一个月后来，在腊八之前一定回去。

她原是不大愿意来的，每次来都要我和弟弟三求四请，软磨硬劝，她才会勉强答应。泥蛋儿出生之后，她就很情愿过来了。她跟我说，过来住一住，对谁都好。大儿子一家能好好松快一段时日，闺女和小儿子也能好好尽尽孝。谁的心里都得劲儿，谁的面子上都光鲜。

别以为我没看出来，你就是想多看看你这小孙子。

那可是。她慨然道。

大孙子不亲？

你个挑事儿精。大孙子也亲，可那是老大家的。弟兄们再好，一门是一门的根儿。要算细账的话，我平日里亲大的多，还亏了这小的呢。

水流中，母亲脸上的皱纹更明显了，老年斑和黑痣也更明显了。在水光的润泽下，这些倒也不颓丧，是闪亮亮的一种明显。她的左眼角有一个月牙形的小疤。

听她讲过很多遍，那是"大跃进"的时候，我姥姥在村外和社员们大炼钢铁，她和小伙伴们偷偷跑去看，你推我搡的，根本不知道害怕，越看离炉子越近，忽然间，炉子里爆出来那么一团火星子，直朝她飞过来，把她的一大片头发都烧焦了。

还好没破相。每次她都会这么感慨。以往我都会回敬她"那是您有福气"之类的，这次我决定改个说法。

要是破了相，可怎么嫁进我们老李家哩。

你个龟孙，花销你老娘来了。她骂。笑盈盈骂人的母亲，总是特别有光彩，那个神采奕奕的模样，好像根本不曾中过什么风。

母亲第一次中风是在大概十年前。那一年春天，我们家最靠北的那块地被上面"规划"了，说是要修一条高速公路。上面赔了一笔钱，说是收了当季麦子就不许再种庄稼，不定啥时候就会动工，到时候会毁庄稼，谁种谁心疼。有的人家就让地荒着，也有的人家不舍得让地荒着。在母亲的唠叨下，大哥大嫂就在那块地上种了玉米。进了农历八月，玉米穗眼看着一天天结实了起来，突然有一天就被工程队全部铲倒了。第二天，母亲就催着大哥大嫂和她去地里捡玉米。正值秋老虎的天气，那天也是热极了，一大片地里有好几个人中了暑，母亲则是中了风。

第一次中风后，母亲的后遗症并不怎么严重。我闻讯赶回家时，她都下了床在厨房门口择菜了。我埋怨她，你看看你，多不值当！地都是人家的了，你还非得要那点儿庄稼！

母亲说，地是地，庄稼是庄稼。

人家不是把庄稼钱都给咱了吗？

钱是钱，庄稼是庄稼！母亲的神情都有些严厉了。

我只好沉默。只听她自顾自地唠叨：也不知道那些货们是咋想哩，恁造孽，不可惜庄稼。就不能跟咱们早说个一两天，容咱们收收？

母亲很快就开始了貌似正常的一切举止。其实那时她的右肢已经没有了足劲儿，可她但凡在村里行走，就会格外注意保持平衡。她说不能让人看出来，不能让人笑话，也不能让人可怜。

水汽氤氲中，母亲微闭着眼睛。这可以让我从容地看她。她在郑州期间，我的主要任务，一是给她做一次全面体检，根据体检情况开药调理——只要不是大问题，母亲就绝不住院。她抗拒医院。她的口头禅是：那是啥好地方？不管身上有病没病，到了那个地方，心里就先病上了！二呢就是常来看她，除了周末两天必陪，周二或者周三下班后也会抽空来一趟，送点儿吃喝穿戴，再给她洗洗头发，简单擦擦身子。痛快洗澡的日子都是在这样的周六晚上。周五我还要上一天班，太过紧张。周六上午能舒舒服服睡个大懒觉，午饭后到超市大肆采买一番，再来到弟弟家，给母亲洗晒一下床单衣物，然后早早吃过晚饭，细细致致地给她洗这个澡，顺便好好说说话。

这两个月间，在我的反复恳请下，她也会光临一次我家，但绝不过夜，晚上必定要回到弟弟家。

没听说过"七十不留住、八十不留饭、九十不留坐"？万一出了啥岔子，我可不能在别人家丢了最后那口气。她说。

我这里又不是别人家。

还就是别人家。她叹口气：闺女再好，也是门亲戚。

最初听到这话，免不了要跟她辩几句。后来就不辩了，随她。

唉，这日子多不经过，你老娘我可是都七十五啦。母亲突然说。她总是这样，会突然强调一下自己的年龄，语气里有骄傲，也有感伤，似乎还有一种释然。

不算大。加把劲儿，再活个七十五！我说。

油嘴滑舌。母亲翘着嘴角，微微笑了。

这是我的母亲。她总是自称老娘。有时我也这么叫她：老娘。娘老了，就是老娘。老了的娘，就是老娘。虽然没有了老爹，但我是个有老娘的人，这就不错。即使她中过两次风，也不错。

3

水流中，母亲耳朵眼儿上的金耳环亮闪闪的，手上的金戒指也是亮闪闪的。

这是第二副，她戴了也有十年了吧？给她买第一副的时候，是我刚结婚不久。结婚时我没有让丈夫买"三金"，母亲一直暗戳戳地引导着我要，说咱们又没要啥彩礼，也没叫他买啥好衣裳，好歹有个"三金"戴着，办事儿那天也不会显得太素净。说得我没了耐性，明明白白地跟她说我不喜欢，她挺纳闷，说那是多好的头面啊。我说，那我叫他买一副给您戴吧。她狠狠地啐了我一口。

不知什么时候起，我一回村看她，就听她左一句右一句地提，村里哪个老婆子戴了金戒指，哪个老婆子戴了金耳环，有闺女的都是闺女买，没闺女的都是儿子买。她口气里很不屑，嘲笑人家烧包。我问她，你是不是也想烧包？她就骂我。我说我也给你买。她说你可别狂花钱，我可不是那轻浮人。我就买了一副"三金"给她。她先是叫着说，一样儿就中了，你还买三样儿！人家新媳妇儿也才三样儿！拿在手里看了看，就放在了一边，说，你就是买了我也不戴，我可不是那轻浮人。我说，闺女我是个轻浮人，就想叫你戴上，叫人家夸我孝顺。戴呗戴呗。她说，那我就戴个耳环吧。就戴上了。又说，顶多再戴个戒指。就又戴上了。项链死活不戴，说村里的老婆子没人戴。照着镜子看了看，又讪笑着说，怪没脸的。又说，恁贵。又说，你就是杆实心秤，就不会买个假哩？买个假哩也中，看着黄啦啦的就中，外人谁知道是真是假哩。我说，我又不是买给外人的，我是买给亲娘你的。你要是后娘，我就给你买个假哩。谁叫咱是真娘真闺女呢，可不能戴假哩。

起初她还是不大舍得戴戒指，说干活儿不利落，又说怕把金子磨少了。只有走亲戚之类的重要场合她才会戴上。有一次，她在村里吃酒席回来，和面的时候取了下来，等蒸完馍却怎么也找不到了，也想不起放在了哪儿。急得哭，骂自己老没成色老没材料，拨拉着大哥一家子都给她找，还把刚蒸好的馍一个个掰开找。后来终于在案板和灶台墙的夹缝里找着了。再后来，她就常常戴着了。说是不怕丢，又说是金货避邪。

那些时，老有新闻说，有骗子专门到信息闭塞的乡下去骗老年人的金首饰，我就有些担心。她好强，若是直接提醒她她肯定不受，我就曲线救国，每次回去就弦外有音地跟她扯闲篇儿，讲哪儿哪儿又发生了一起什么故事。听到后来她还是恼了，说响鼓不用重锤，在这十里八乡，你老娘还算是个响鼓，省省你的锤吧。

可她还是上了当。那次她是去镇上赶集，看见一个地摊前围着很多人，她就也凑了上去。摆地摊的是一个白胡子老头儿，穿着白衫，有点儿仙风道骨的样子，是个"野先儿"——我们老家都这么称呼到处流逛的游医。人挺和气的，说起话来慢条斯理，稳妥妥的。他面前铺着一块干干净净的白布，白布上摆着一堆草药，说这些药能消炎，能解毒，能去火，能顺气，最关键的，是还会免费送出几服药，只不过得挑有缘人。他一眼就挑中了母亲，说母亲一看就儿女双全，是上辈子积德积得厚，这辈子就该有福报。他就给福人再添点儿福吧。只是在给药前，需得先做个测试。金戒指和金耳环会影响测试的准头儿，需得摘下来。母亲就取了下来，"野先儿"叫她交给他保管，母亲有些犹豫，"野先儿"笑着说，老姐姐，这么多人看着哩，你怕啥。我这里有平安符，把这两样贴身物给你包一包，还能再送给你个全家无论远近老少儿女子孙都平安的大平安哩。

母亲就交了出去，眼珠不错地看着他把戒指耳环放进了红彤彤的平安符中。"野先儿"还对着平安符吹了一口气，才放在了一边儿。他给母亲的手腕上涂了点儿药水，看看颜色，说测试合格。接着就给母亲包了草药。包好药后，他把药和平安符一起给了母亲，让母亲第二天才能打开平安符，若是时辰不到就打开的话，"法力"就散了。

事实上，从镇上回家的半路上，母亲就开始心神不宁。快到村口的时候，她还是没有按捺住，忐忐忑忑地打开了平安符，发现金戒指和金耳环都变成了假的。虽然也是"黄啦啦的"，却是铜的。她转头就往镇上走，到了集上，集还热闹着，那"野先儿"的地摊却如她最担心的那样，消失得无影无踪。她站在不远处，看见原来摆摊的地方站着两个老太太，一个在骂，一个在哭。

母亲没有上前。她说她看清楚了情况就走了。她怕人家也看出来她是丢了金货，她这个响鼓已经叫骗子的锤擂过了，喧嚷出来只会让别人的锤一擂再擂。她丢不起这个人。这事儿憋在了她心口，那两天她都没有吃下饭，然后就病了，发烧不止。任谁怎么问都闷着不理。大哥打电话给我，我赶紧返回，我一进门，她的眼泪就淌了出来。我问了好半天，她才吞吞吐吐地说了缘故。她一边哭，一边痛骂自己老没成色老没材料。我说，没事儿，就当丢了。丢东西又不是丢人。她说，丢东西就是丢人！我说，我再买不就得了。她说，可不要了。你那钱也不是大风刮来哩。

话堵到这里，我就不劝了。她懊恼了半天，终于还是回转了过来，犹犹豫豫地说，都知道闺女给她买了金首饰，以后走到街上，人家问她：你闺女给你买的黄啦啦哩？我可咋说哩。我连忙接住话茬说，咱再买呗。你又不是丢了闺女，闺女又不是没有钱，咱又不是没地方买。她扑哧笑了。想了想，说那项链一次都没戴过，还崭崭新哩，你拿去换成戒指耳环吧。我说不行，"三金"一样都不能少。她说，那这回真的买个假的吧，我看我也不衬戴真哩。我说，咱买两副，一副真的一副假的，你想戴哪副就戴哪副。过了一会儿，她又心机重重地说，人家要问原来那副哩。我说，你身上的物件儿人家谁操闲心呀。她说，这你可不知道，满村就那几个人，谁在街上咳嗽一声，不看脸儿就能听出是谁的喉咙。这是寻常物件？这可是金首饰哩，黄啦啦地晃着，那就是会说话哩。谁不看在眼里！

我说，这也简单。你就说，郑州的店里有活动，能以旧换新，闺女非要换个新鲜样式给你戴嘛。谁叫你养的闺女太孝顺嘛。她这才畅快起来，骂道：还孝顺死你个龟孙哩。停了好大一会儿，才像发布世界上最重要的真理一样说：唉，还是有个闺女好呀。

4

洗完了头发，洗发水的泡沫也落了一浴缸。一朵一朵地漂在水面上，像一朵一朵虚幻的花。母亲坐在花里，有点儿不像是母亲了。

泥蛋儿又哒哒哒地跑了进来。

奶奶坐在奶油里啦。他喊着，就凑过来用小手去鞠泡沫。

这可不能吃。母亲慌忙说。

我知道！我又不傻！他想把泡沫往母亲脸上抹，又够不到，差点儿跌进浴缸里。我只好用湿淋淋的手一把抱住他。

你也脱光光吧，和奶奶一起洗。

我不！我不和女生一起洗澡！

我和母亲一起大笑起来。

俺泥蛋儿多乖，都能分清男女呢。

原本就得意扬扬的泥蛋儿更得意扬扬，他指着母亲的乳房说：奶奶，你也有咪咪！

母亲笑得合不拢嘴。招呼他：吃奶不吃？

我才不吃！我从来不吃！

咦，你可不知道你那时候吃得多欢！

你胡说！你胡说！

泥蛋儿朝母亲撩着水，母亲也朝他撩着水，祖孙两个闹得不亦乐乎。不一会儿，泥蛋儿也就湿淋淋的了。我干脆擒拿着他，把他剥了个一干二净，飞快地给他冲了个澡。刚给他洗好，弟弟也回来了，我们俩在卫生间门口，一里一外，把泥蛋儿给交接了过去。

给泥蛋儿冲澡的时候，母亲就那么盯着泥蛋儿，简直都舍不得眨眼睛。

母亲的第二次中风，就是因为泥蛋儿。这事儿说起来，其实也跟人家泥蛋儿没啥关系。在我大嫂怀我大侄子——也就是母亲的大孙子时，母亲去邻村的观音庙里上了香。她说那个庙里的观音就是灵，当然也是因为她诚心诚意地跪够了一个时辰的缘故，所以才得了大孙子。因此呢，她认为小娜怀泥蛋儿的时候，她也有必要再去上上香。在我们的坚决反对下，她做了暂时的表面的妥协，到底还是趁大哥不注意，自己偷偷跑了去，跪够了一个时辰，起来的时候就又犯了病。那时已是深秋，霜降刚过。

那一次，我们谁都没有埋怨她。有什么可埋怨的呢？埋怨又有什么用呢？

我能生个儿子，也是因为您跪了吧？过了很久之后，我和她开玩笑。当然我也得到了意料之中的回答：这可不能居功。我可没跪。要跪也是你婆婆去跪，人家是当奶奶的嘛。我去跪个啥？

因为把最小的泥蛋儿放在了心尖尖儿上，母亲有时候说话就会失了分寸。我们几个都常给她一些零花钱，这些年她大概存下了有三四万，对这钱的归属她早就宣扬过，说，那都是泥蛋儿的，你们可谁都甭想。这话惹得大嫂和小娜都不大高兴。大嫂不高兴她偏心，说，偏就偏呗，面儿上咋也得平嘛，赤裸裸地偏了小孙子，把大孙子往哪儿搁？小娜不高兴的是，又没多少钱，显得咱沾多少光似的，我可不想承老太太这人情，实在是犯不着。妯娌俩都有理。我们也只能承认，老太太是有些老糊涂了。

母亲的皮肤上已经有了一层薄薄的灰白膜，看样子是"恶服"好了。我便开始给母亲搓澡。先从脖子搓起。她脖子下深深的颈纹一道叠着一道，像是起了皱的棉布。我尽力把纹撑展，一下接着一下，慢慢儿地搓。

你轻点儿，当我是搓衣板呀。

我便把手劲儿放得更轻些。其实我都没怎么敢使劲儿了。如今的母亲比以前瘦多了，也更容易疼。

搓完脖颈，我开始搓胳膊。很快，灰白色的泥垢便滚成了一小条一小条，有点儿像是……像是什么呢？对，像是炒熟的碾馔。碾馔，如今知道这种东西的人恐怕不多了吧，更别说吃过了。碾馔用的食材就是已经饱满却还没有变坚实的青麦粒，把这种青麦粒放到石磨上去碾，一遍一遍地碾，碾成青绿色的小条条，这就成了碾馔。母亲炒碾馔的时候，会放很多大蒜。有时候再奢侈一点儿，会再破个鸡蛋，那更是清香四溢。

背还是重中之重，需用的时间最长。母亲的背并不是那么宽阔，却也得让我搓上好大一会儿。搓着的时候，像是在锄地。像是在给庄稼松土。像是玉米出苗后给它们间苗。需要搓两遍。先是从上往下搓，然后从下往上搓。以前，我只是从上往下搓，母亲总觉得不够过瘾，嫌太顺当了，就要去我从下往上再搓一遍。我便听她的，从下往上再倒搓一遍。这样搓完之后，母亲方才觉得圆满。

搓着搓着，母亲的背就有点儿红了。如果她的皮肤很白的话，如我的皮肤一样白的话，那此时应该是很红很红的，可是她的背，因为苍老的缘故，因为黑的缘故，只是显得有一点儿红。

背上搓下来的"碾馔"也最多。缤缤纷纷地落下，颇有些规模。母亲身上还能搓下这么多"碾馔"，这真好，真好。在欣悦的同时，我的心里也有一个黑黝黝的地方正在塌陷：真怕母亲身上能搓下的"碾馔"越来越少，越来越少——这简直是一定的。甚至有一天，再也没有了"碾馔"，就像一块土地停止了对麦子的生长。

那就意味着，我再也没有老娘了啊。

妈，我都好几年没吃碾馔了。

咋想起这口儿了。母亲道：要吃也得等明年的新麦啦。

5

二十多年前，母亲也曾给我搓过一次背的。迄今为止，那是我记忆里最深刻的一次搓背，因为疼。那时我还没结婚，刚上了班没多久，有一次，往老家打电话，母亲在电话那边喜滋滋地告诉我，镇上新开了一家澡堂子。"可卓了"。卓，这也是我们老家方言，很漂亮，很不错的意思。不久，我回去看她，就带她去镇上洗澡。澡堂果然很"卓"，居然还开设有包间。我想要个包间，母亲不肯，说别烧包了。你刚上班，才挣下几个？省下那钱，买点儿啥不好？

于是就去洗大间。已是初冬，又是周末，洗澡的人还挺多的。熙熙攘攘的裸体中，母亲一层一层地脱着衣裳，也不大敢看别人，神情很是有些羞赧。我三下两下脱光后，就去帮她脱，她一把把我推开，说：别管我。我只好等她脱完，然后给她把衣服归置到柜子里，又给她拿来拖鞋，扶着她走进浴室，让她先进池子里"恶服"，母亲一进池子就碰见了邻村的熟人，那个老太太也是闺女带着来洗澡的。母亲和她热络地聊着天，才渐渐自如起来。

等我在淋浴间洗完，母亲也在大池子里"恶服"好了。我把她从池子里扶出来，给她搓背。那时候的她，还只需要搓背。那时候的她，背厚实得像案板。那时候的她，总是让我使劲儿再使劲儿。那时候的母亲，还很年轻，那么那么年轻。

给母亲搓完之后，轮到母亲给我搓了。她可是真下力气啊。搓了第一下，我忍着。第二下，就忍不住了，我说：疼。母亲说：恁娇气。第三下的时候，我从她手掌心里逃了出来，说：别搓了。太疼了。母亲，不这么着哪能搓干净呢。我说，反正我不搓了。你快把我的皮给搓掉了。就是那一次，我的背当时就被母亲搓出了一道道的血印子，之后还结了一层薄薄的痂。我给母亲看，母亲还是那句话：恁娇气。

母亲其实用不着搓澡巾。她的手掌就像一个搓澡巾。

姑姑，你在干什么？换过衣裳的泥蛋儿又进来了。

给我妈妈搓澡呀。

我也想搓！

不行！

为什么？

因为这是我的妈妈呀。我的妈妈，就只能我来搓。

泥蛋儿乌溜溜的眼睛瞪着我。

你等你妈妈回来，给你妈妈搓就好了呀。

哦——

你姑姑诳你的。母亲朝着泥蛋儿伸出左手，说，俺泥蛋儿真孝，恁大点儿就知道给奶奶搓澡，来，来搓两把。

泥蛋儿就猴上来。我只好抱着他，让他学着我的样子，在母亲背上搓了几把。

搓得恁卓。俺泥蛋儿恁仁义，恁乖。

记得回头给你妈妈搓澡呀。

孩子都得给妈妈搓澡吗？

对呀。

哦。

搓够了，泥蛋儿又跑了出去，只听到他大声喊：爸爸，你为什么偷懒，不给你妈妈搓澡！

和母亲笑了一会儿，我继续给母亲搓。搓她的腋下，搓她的两肋，搓她的乳房。褪掉她的内裤，搓她的肚子，她的小腹……她的身上有很多疤。大大小小的，都有缘故。小腹上那道长长的疤，是生完弟弟，做结扎手术留下的。左大腿上有几个耙齿痕印，是上世纪八十年代初，刚分地没多久，大哥借了"小四轮"耙地，大哥开车，母亲就站在耙上压耙。耙在土地上跌宕起伏，把母亲撂倒了，母亲的左腿被耙齿耙住，她大声喊着，可是"小四轮"的声音更响亮，大哥根本听不见。直到邻地界干活儿的人觉出了异样才把母亲解救了出来。左手腕上的小疤，是那年父亲得了癌症，母亲病急乱投医，在一个"野先儿"那里求了药，还按吩咐放自己的血做药引子，原本只是咬手指放血，嫌放得少，也放得慢，就割了自己的腕，倒是放得足了，差点儿没止住。右乳正上方那个小疤呢，则是她自己用铁棍烙的。那里不知什么时候起长了个软软的小肉瘤——后来我确认了一下，那叫皮赘。她听人说用烧红了的铁棍烙掉就行，居然就真的那么做了。而且居然真也没事，只是留了这么一个小疤。她对此很是得意。

这么想起来，母亲倒是没有因我留过疤——唉，她眉心的那个小圆疤，我怎么给忘了呢？那是母亲怀我的时候营养不良，月份越大越难熬，在家里纳着鞋底都能晕倒，一头磕碰在了桌角上，伤好后就有了这个疤。后来讲起这事，她还挺有些幽默感地说，都说怀闺女的娘更俊，敢情俺闺女就是叫俺这么俊的呀。

最后搓的，自然是母亲的脚。母亲的脚，左大拇指有点儿歪，因为十来年前骨折过。当时她正在做晚饭，猛听见大孙子在门口号哭，就慌忙往外跑，跑得太急，就被门槛绊了一下，把大拇指给绊折了。她当时根本没在意，直到实在不能忍了才去让村里的赤脚医生给看一下，上了点儿跌打损伤的药。定型之后，大拇指就成了这个样子。

没啥。又不妨碍干活儿。她说。好像这世上最重要的，最要紧的事情，就是能干活儿。

6

给母亲搓好了第一遍，再搓第二遍。第二遍，灰白的"碾馔"就少多了，只是零零星星的几小条了。

第二遍搓完。母亲道：这可搓净了。哪个汗毛眼儿都在出气儿呢。

要把浴缸洗一遍才能再换水。怕母亲在浴缸边沿儿坐不稳，我便把弟弟叫了进来。我把浴巾围拢在母亲腰间，母亲用左手紧紧地捏住浴巾两端的合口。我扶住母亲，叫弟弟去洗浴缸。弟弟埋下头，唰唰唰地清洗着浴缸里的污垢。薄薄的属于母亲的污垢。

搓出这些腌臜，能上几亩地了。母亲说。这个上，是给地上粪的意思。

弟弟把污垢刷干净后，又用花洒把浴缸冲了又冲，冲了又冲，仿佛想要冲出一个最新的浴缸。

中了二小，这还不干净？还能咋干净？费水。老贵。这些个水，也能浇老大一片地了。

在郑州，母亲的思维永远是要和豫北老家对比着来的。听小娜说菜价，她会说老家这些个菜一块钱能买一大兜。听小娜说电费，她会说这一个月电费够村里谁谁谁一年的了。有一次，说得小娜不耐烦，就说她：老家是农村，这可是省会。母亲竟然接话道：叫我说，为啥叫省会，就是因为啥都恁贵，更得省着。省会省会，省着就会，不省不会。此妙语一出，遂成了我们家里的金句。

水能有多贵！弟弟说。他不抬头，闷闷的，口气有些凶。

你看看你这孩儿。都说不当家不知柴米贵，你这都当家多少年了，还不知道柴米贵？还恁不识说。恶声歹气的，还吃人咬人哩。

弟弟抬起头看着母亲，嘿嘿嘿地憨笑着，那样子比泥蛋儿还呆萌。

妈，你可真会给人安罪名呀。弟弟说。

母亲也笑了，说：我自己的孩儿，那还不是想咋说就咋说！

刷干净后，我和弟弟扶着母亲——弟弟几乎是半抱着母亲——让她重新在浴缸里坐好。在这个过程中，母亲一直用左手紧紧地捏住浴巾两端的合口，生怕浴巾掉了似的，直到弟弟出去方才松开。

母亲坐稳妥之后，我开始放新水。水哗哗地流着，水位一点一点地上升着，像是正在生长的柔软水晶。母亲就坐在着生长的柔软水晶里，微微闭着眼睛，似乎是要睡着了。

我一边往母亲身上撩着水，一边有一搭没一搭地逗她说话：

妈，早些年，你跟我爸都咋洗澡啊？

汉们讲究啥，咋着都能洗。夏天河里洗，冬天烧盆热水抹抹搓搓就中了。我就是在家洗，咱那个大红盆，用了多少年。

妈，咱们今年过年去旅游吧？别在家招待亲戚了，老烦人。

那可不中。大大长长的一年，不待亲戚？跟亲戚们说甭来啦俺要去外头耍？那可不中。

妈，要是真让你挑个地方去耍，你想去哪儿？

真要叫我挑呀……她忽然有些不好意思地抿了抿嘴：想去南京和北京。说起来，你在北京上的大学，二小在南京上的大学，村里可有人问呢，南京啥样？北京啥样？还怪想说说嘴呢。

那为啥哪回叫你去你都犟着不去？！我气得把毛巾摔到了浴缸里。

你个龟孙。说闲话哩，咋还恼了？母亲睁开了眼睛，倒是笑了：如今说想去，算是迟了？

不迟！我恶狠狠地说：等过完了年，天一暖和了就去！

唉，不去了，我也就是说说。看景不如听景……

必须去！

中中中，去去去。

……

水放够了。无须再搓，我便用毛巾轻轻地擦着母亲。擦她的大腿，擦她的大腿根儿，擦她的屁股，擦她的膝盖，擦她有些僵硬萎缩的右腿……擦着我能擦到的她的一切，她的松懈的下垂的一切。

再次擦胸乳时，视线向下，我看见了母亲的小腹。累累垂垂的横纹，如同一条条微型的道路，黄中带褐的肤色恰如土地，道路的颜色则要深一些。道路中间的阴影时宽时窄。小腹之下的阴部毛发，则是如雪如盐的纯白。

似乎是打了个盹儿，母亲突然闪了一下，睁开了眼睛。

妈，咋样？洗好了吧？

可好了。

卓吧？

可卓了。她满足地叹了口气，说：都说有闺女给洗大澡是福气，叫我说，能洗上这小澡才是福气哩。

又胡说了！

——老家规矩，临终前用清水抹洗全身，就叫洗大澡。这是女儿们要做的事。

我喊着弟弟，让他过来。弟弟进门的时候，母亲喊了一声：嘿。我扭头，看见她指着浴巾。可是这时弟弟已经进来了。他走到母亲身边，想要去扶母亲，母亲把他划拉开，等我拿着浴巾过来，又给她围拢到腰上，才让弟弟架到她的胳膊下。

母亲说，看看我这一身水，别弄你身上。

没事儿。弟弟说。我能听出来，他肯定是哭了。

原载《北京文学》2020年第11期

点评

　　乔叶的这篇小说描写女儿给年老的母亲洗了一次澡，并不时穿插女儿作为第一人称叙述者的回忆，写出了大家庭的浓浓亲情，也刻画了一个生动的母亲形象。小说叙述语气平和，有时带点幽默，没有出人意料的情节，但有着令人震撼的细节。比如母亲身上的多处疤痕。小腹上那道长长的疤痕，是"做结扎手术留下的"；左腿被耙地机的耙齿弄伤过；左手腕上的小疤是为了救治患癌症的丈夫，听信游医，放血做药引；右乳上的小疤是自己用烧红的铁棍烙肉疣；眉心上的小疤是怀"我"时营养不良磕破的；左脚大拇指有点儿歪，是为了照看大孙子，磕在门槛上骨折过。又如母亲两次中风，一次是心疼被征用地里的玉米，冒着酷热抢收，一次是在庙里求孙子，跪得太久。于是，一个思想传统、性格好强、一生辛劳、历经苦难、慈爱后辈的母亲形象跃然纸上。

　　如果说母亲是传统乡村女性形象的典型，那么叙述者"我"代表着从乡村走向城市的新一代女性形象。一方面，"我"在北京上过大学，现在郑州工作，是接受过高等教育的都市职业女性。另一方面，"我"与乡村和传统也有割舍不断的联系。"我"忘不了豫北方言"恶服"等特有词汇，"我"想念母亲用新麦做的吃食"碾馔"，并且"我"一直孝顺、善待母亲。所以，这篇小说主要运用散文笔法，既表现了血脉与精神相连的两代女性，也飘散着淡淡的乡愁、和谐的人伦亲情。

（祁春风）

远去的萤火/

/刘庆邦

在我小时候的记忆里，每年夏秋之交，我们那里都会下暴雨，发大水。暴雨一般都是从半夜里下起，有点儿趁着夜幕搞突然袭击的意思。暴雨的突然袭击总是能够得逞，能够取得扫荡和颠覆一样的效果。不过，我那时有着超强的睡觉能力，一睡就睡得很沉，哪怕外面的雨下得山呼海啸，都不影响我睡觉。把我从睡梦中惊醒的，常常是当队长的堂叔用烧火棍敲铜盆的声响。那只用黄色的熟铜做成的铜盆，是土地改革时堂叔从地主家分到的浮财。得到铜盆后，堂叔为它派上了新的用场，声震如锣的铜盆成了堂叔在应急时刻发号施令的工具。自然界发出的声响，不管有多么洪大，内里总是有一种总体性的沉静的力量，声响越大，给人感觉反而越静。堂叔半夜里在雨中敲铜盆发出的声响就不一样了，它像是对空气实行了定点击破，有着爆炸性和撕裂性的突兀。堂叔把铜盆从村东敲到村西，从村南敲到村北：喤喤——男劳力都快去东河打堤！喤喤喤——男劳力都快去东河打堤！！

堂叔与我们家住的是同一个院子，他刚把铜盆敲响第一声，我像被人揪了一下耳朵，激灵醒了过来。不知为何，每次听到堂叔敲铜盆，我都有些害怕，好像灾难马上就要降临，而且是灭顶之灾。听大人说过，大雨和大水到来时，如不及时把河堤加高，任河水漫过河堤，或河堤崩了口子，河水灌到我们村，不光地里即将成熟的庄稼要全部泡汤，连人也会被淹成鱼鳖。我虽然对庄稼不怎么关心，也不能想象人变成鱼鳖是什么样子，但看到全家人都变得很紧张，家里顿时充满了紧张的气氛，我不由得就害怕起来，害怕得甚至像在雪地里刚撒完了一泡尿一样，打了一个大大的哆嗦。我赶紧用被单把头蒙上了。

我爷爷不是男劳力，我更不是男劳力。爷爷不是男劳力，是因为他老了。我称不上男劳力，因为我年龄还小，才五六岁。全家唯一的男劳力，只能是我爹。我爹听到铜盆的召唤，二话不说，当即翻身下床，摸黑披上蓑衣，戴上帽壳，抄起铁锹，夺门而出。

堂叔敲过铜盆，大概率先奔到东河的河堤上去了，村子里很快恢复了平静。我经历的事情还少，想象力还没有什么基础，想象不出包括我爹在内的那帮男劳力是怎样一番争分夺秒、浴水奋战的情形。我家的屋子里也静了下来，静得一如屋子里的黑暗。往日里，我家的老鼠十分猖獗，它们整夜在我们家的房梁或粮食荚子上寻欢作乐，闹个没完没了。大雨滂沱之夜，它们似乎也感到了形势不妙，纷纷偃旗息鼓，躲在自己窝里一声不吭。

雨当然还在倾泻，浓郁得有些发稠的雨气从窗棂子那里涌进来，涌得一波又一波。下雨的声响是连续的呼呼声，一点儿都不中断，像是满槽的河水在流。我听娘讲过，天上也有一条河，叫天河，牛郎和织女就被阻隔在天河两岸。我想，是不是天河和人间打通了，天河里的水直接流到地上了呢？不对呀，天河里漂的都是星星，要流，应该连星星一块儿流下来，怎么流到我们这里的都是水，连一颗星星都看不见呢？我还没把这个问题想明白，就糊里糊涂地又睡着了。

大雨下了半夜，一天，一夜，又半天，加起来，一共下了一天半和一夜半。直到第三天下午，雨才停了下来。大雨与小雨的风格有所不同，小雨下起来沥沥啦啦，容易形成连阴雨，而大雨说停说停，一般来说不拖泥带水。我爹夜里出去打堤，白天回家睡觉。从我爹不慌不忙的样子看，堂叔和我爹他们把河堤保住了，把陡涨的河水限制在了河堤之内，地里的庄稼没有被淹没，村里也没有任何人变成鱼鳖。下雨天我不能出去乱跑，未免有一些着急。说实话，我也想出去打堤。一个打字，让我很感兴趣，我不知道打堤怎么个打法，是打河堤的头呢？还是打河堤的屁股？我打算穿上我爹的蓑衣，戴上我爹的帽壳，也到雨地里去威风一番。我假装把我们家堂屋的门槛当成河堤，就算我不能真的去东河打堤，跨越一下我们家门口的"河堤"也是好的。翻精（我们老家的方言，意指调皮捣蛋，喜欢瞎折腾）如我，真的把蓑衣穿上了，把帽壳戴上了。蓑衣太长，一下子把我罩住了，罩得连脚后跟都不露。帽壳也太大，我戴上帽壳，不光遮住了头和脸，连眼睛也被捂了瞎。娘说

我像一个刺猬。大姐说我像一个蘑菇。二姐说我像一个稻草人。我出去威
风不成，徒给他们增加了一些笑料，好不让人生气，哼，哼哼哼！

　　我的机会来了。雨停后这天下午，闲不住的堂叔有了新的动议，要组
织我爹他们去东河堵鱼。堵鱼，那太好了，堵鱼一定很好玩，恐怕要比打
堤好玩一百倍！听说要去堵鱼，我高兴得几乎欢呼起来。关于堵鱼的事，
我多次听大人们在吃饭场里说过，他们一说起来就兴致勃勃，连饭都忘了
吃。事情是这样的。十户人家联合起来，用纳鞋底子所用的那么粗的棉线
绳子，织成一张大网。大网的面积有多大呢，铺展在打麦场上，可以把整
个打麦场网得到边到沿，连麦堆、麦秸垛和硕大的石磙，都能网罗其中。
这么大的网，网眼当然也很大，小孩子的拳头可以随意从网眼里捅进捅
出。大网的目标和定位是明确的，那就是只逮大鱼，放过小鱼。大鱼是从
哪里来的呢？据说是从淮河里流窜过来的。我们那里属于黄淮海大平原，
北面是黄河，南面是淮河，连接黄河和淮河的是一条沙颍河，我们村东的
东河是沙颍河的一条支流。大水涨起来后，都是顺着东河，汤汤地从南向
北流。淮河里的鱼很多，大鱼也不少。在不涨水的时候，由于东河的水比
较浅，河床也比较窄，加上捕鱼的人很多，处处都是凶险，淮河的鱼们不
愿到东河里去。除了受多种条件限制，淮河的大鱼们似乎也不屑于到东河
里去，它们认为它们是大河里的鱼，不愿到小河里去受委屈。但一发水就
不一样了，东河的水也深了，河面也宽了，仿佛天也空了，海也阔了，一
下子变成了四通八达的水世界。这时，淮河里的鱼就有些动心，变得不安
分起来。它们不再满足于只在淮河里生活，要到更大的黄河里去一试身
手。特别是那些鲤鱼们，祖祖辈辈得到的祖训是，龙门就在黄河上游，只
有游进黄河，跳过龙门，才有可能变成龙。否则，只能永远是鱼。作为一
条鲤鱼，谁不想变成龙呢，连做梦都想啊！既然大雨大水为它们提供了成
龙的机会，它们拼死也要一搏。于是，它们像进汴京赶考的举子一样，纷
纷通过东河，不远千里，向黄河游去。满怀希望的鲤鱼们哪里料到，一张
大网正在东河等待它们，那些"趁水打劫"的打手们正准备吃鱼肉、喝鱼
汤呢！我倒没想到吃鱼肉，也没想到喝鱼汤，只想到堵鱼一定很好玩。长
虫不好玩，癞头蛤蟆不好玩，鱼是很好玩的，也是很好看的。常言说，鱼

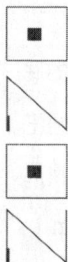

头上有火。其意思不是说鱼头上真的有什么火，有什么光，而是说人们一见到鱼就很兴奋，很来劲。于是，我提出了要求，我也要去东河堵鱼。

我的要求遭到了全家人的一致反对。他们说出的反对的理由各不相同，但没有一个人同意我去。在所有的反对意见中，我娘的说法最可怕。她说：你知道不知道，堵鱼得爬到高高的河堤上去，河堤里面就是满槽翻滚的河水，你一不小心，就会滑到河里淹死，变成水鬼。你变成水鬼后，有可能被水中的大鱼吞到肚子里，想再变成人就难了。

我说：变不成人就不变！

爷爷拿讲古戏诱惑我，说我要是听话，他晚上就给我讲一个拿妖的古戏。

我说：我不听话，不听拿妖的古戏！

我爹跟我讲道理：我们下午开始去堵鱼，到夜里要接着堵，一整夜都不能睡觉，不能回家。你要是跟我们一块儿去，夜里肯定熬不住，肯定要睡觉。河堤上都是湿泥巴，泥巴天泥巴地的，你在哪里睡呢！

我表态说：我不睡觉！

我爹说：你说得好听，到时候你就不当自己眼皮的家了。

我说：我当家，我就当家！

我爹跟我商量：你看这样好不好，你现在还小，还不会堵鱼，等你长大了，力气长全了，我就不去堵鱼了，堵鱼的事都交给你，怎么样？

我说：那不行，我已经长大了，今天就要去堵鱼！

爹拉下脸子，说哎，这可不好，人得讲道理，不讲道理可不行！

我娘有些不耐烦，对我爹说：不要管他，你只管走你的。你前脚走，我后脚就用绳子把他拴起来！一个小毛孩子，我就不信治不了他！

完了完了，娘的态度这么坚决，看来堵鱼我是去不成了。怎么，难道一点儿办法都没有了吗？办法还是有一点的，我最后的办法就是哭。我有两个姐姐，一个妹妹，当时我们家只有我一个男孩子，我知道全家人都很娇惯我。我得出的经验是，如果我有什么要求得不到满足，只要我一哭，他们的心一软，一心疼我，往往就会做出让步，满足我的要求。哭几乎成了我的一个法宝，关键时刻才使用的法宝。当我使出这个法宝时，常常能收到不错的效果。于是，我嘴一咧，就哭了起来。因为功利性太强，我的哭一开始也许是假哭，但我听到自己的哭声时，哭着哭着就成了真哭，就有了眼泪，眼泪似乎还很充足。他们如果不答应我的要求，我就一直哭下去，哭得眼泪像东河的河水一样多。前面说过，我有着极强的睡觉能力，比起睡觉来，我大哭的能力似乎也不弱。也许这两者相辅相成，互为补充。只有睡得好，才能哭得好；只有哭得累了，才能睡得熟。妹妹见我哭，她也哭起来。她是被我的哭吓着了。我不反对妹妹哭，这样像男女声二重哭一样，显得力量更大一些。对我们的哭，爷爷先有些受不了，我听见他在叹气，并用手掌往眼上捂。

我的哭不是干号，里面还有内容。我把矛头指向了我爹，边哭边说：都是爷爷带我玩，你从来不带我玩。你今天再不带我玩，我以后再也不跟玩了！呜呜呜……

我的哭再次见效，他们再次做出妥协。我爹和我娘互相看了看，我爹说：这小子真是个闹人精啊！算了，我带他去吧。我带一领秫秸箔，铺在河堤上，让他在箔上待着。他对我说：你只能待在箔上，不许到处乱跑，你能记住吗？

我点点头，表示能记住。

我娘还是拿拴我说事儿，他对我爹说：你还是要用绳子拴住他，一头拴住他的脚脖子，一头拴在木头橛子上，像拴一只羊一样。

爹笑了一下说：这个你就不用管了，孩子跟着我，你还有什么不放心的。

大姐大概以为爹真的会拿绳子拴我，她说：要不然，我去看着弟弟吧！

我爹断然拒绝，说去东河堵鱼的都是男人，他们穿得粗枝大叶，一点儿都不讲究，一个闺女家，怎么能到那地方去呢！

我不懂爹说的"穿得粗枝大叶"是什么意思，跟我爹来到河堤上方的堵鱼现场一看，我才明白了，那些参加堵鱼的爷爷和叔叔们，无不赤皮露肉，有的只穿着裤衩子，有的连裤衩子也不穿，就那么光着身子在岸边忙上忙下。这样的场合，女孩子确实不能来，只有像我这样的男孩子才能来。看来还是当男孩子好。

我们往东河走时，因爹的肩膀上扛着一领秫秸箔，他既不能抱我，也不能背我，只能拉着我的一只手往前走。地上又是水，又是泥，水是黄水，泥是黑泥，脚一踩就陷进去，根本无法穿鞋。爹和我都打着赤脚，深一脚，浅一脚，奋力向东河进发。刚走出我们的村庄，我远远就望见了东河高耸的河堤。在天际的灰云压顶之下，河堤是青黛色，像是一条巨大的黑鱼的脊背。对河堤我是太熟悉了，在好天好地的时候，我和村里别的小孩子一起，差不多每天都到河堤上爬上爬下。小孩子玩耍，总愿意往高处攀，除了上树，就是上河堤。我们那里没有山，就把河堤当成了山。我们玩上山打老虎，只能在河堤上玩。我们还把河堤的外斜坡当成滑梯，大老远就开始助跑，一口气冲上堤顶，然后屁股着地，顺着河堤的斜坡一滑到底。大雨过后，恐怕"滑梯"更滑，我自己肯定登不上去。幸亏有我爹提溜着我，他像提溜一只羊羔子一样，把我提溜得几乎脚不沾地，才把我弄到河堤的堤面上。

来到堤面上，我往河里一看，顿时被惊呆了，惊得我禁不住直往后退。河里的水太满了，满得溜边溜沿，像是随时都会从堤面上漫溢出来。河面太宽了，宽得雾蒙蒙的，几乎看不到对岸。河里的水太浑黄了，浑得跟天空的颜色一样，几乎分不清哪里是河面，哪里是天空。河水是流动的，乍一看，不见波浪翻滚，也听不见涛声，河水流得似乎并不快。但是，有一棵玉米秆子从上游漂下来了，当玉米秆子从我眼前经过时，我看见玉米秆子快得像一支箭一样，嗖的一下子就射了过去，眨眼就不见了。乖乖，原来水的流速很快呀！水流带风，风是有吸力的，我似乎感到，风力正在把我往河里吸。同时，我仿佛听见河水在对我说：来吧，来吧，河里是很好玩的。我突然想起娘说的关于水鬼的话，我要是被吸进河里，变成水鬼，那可就完蛋了。我觉得自己的头有些发晕，不敢再往河里看。

爹没有拿绳子拴我，他把秫秸箔折叠成双层，铺在满是泥泞的堤面上，用手一指，让我坐在箔上。我在箔上坐下，一动都不敢动。爹虽说没用绳子拴我，但恐惧像一根无形的绳子，跟把我拴上了差不多。不敢往河里看，我就转过脸去，往河堤外面看。河堤是一个制高点，哪怕是坐在河堤上，我也能看到遍地的庄稼，看到远处矮趴趴的村庄。河堤下面离我最近的地方，种的是一片高粱。高粱以往在我眼里是很高的，站在高粱棵子里，我得把脸仰起来，才能看到高粱穗子。我来到河堤上就不一样了，高粱到了我的脚下，一下子变成"低粱"。我坐在箔上一伸脚，似乎就能踢到高粱穗子。高粱已接近成熟，高粱穗头的顶尖部分已开始发红。如果说每一粒高粱米都是一只斑鸠眼的话，斑鸠已经睁开了眼，并露出红红的眼圈儿。高粱的叶片纵横交错，透过高粱叶子的缝隙往下看，可以看到高粱根部明明的积水，那些积水把高粱的支持根都淹没了。紧挨着高粱地的是一块玉米地，每棵玉米上都结有一穗或两穗玉米棒子。玉米穗口的红缨子开始打蔫，棒子却越来越粗。棒子外面绿色的包皮似乎随时都会开裂，露出里面白玉一样的玉米粒。

随着水面啪的一声响，还有堵鱼人的一阵叫嚷，迫使我不得不转过脸来，看着河面。我看到，大网已投进河中，爷爷和叔叔们正在往楔在河两岸的两根木桩子上固定网纲。网纲是一根比较粗的绳索，穿在大网后背的边沿。固定网纲时，需把网纲绷紧，连同大网的后背一起高出水面若干尺。就在网纲尚未绷直时，一条大鱼游了过来，大鱼可能碰到了网纲，遇到了阻力，噌地一下跳将起来，跃出了水面。倘若网纲早一点拉出水面绷高，也许就把这条大鱼堵住了。爷爷和叔叔们虽对逃掉的白色大鱼叫骂了一阵，同时也有些兴奋，因为他们看到了希望。这条跃出水面的大鱼表明，淮河里的鱼群的确游过来了，他们布下大网，定会有所收获。对于大网的用途，在大人们的反复讲述中，我略知一二。大网的用途有两个，第一个是在静水中捞鱼，第二个是在活水中堵鱼。静水中捞鱼的办法，是拉着大网在河道中前行，行一段把大网抬出水面，像用笊篱在锅里捞饺子一样把鱼捞上来。在活水中堵鱼的办法，就像今天这样，把大网拦在水中，利用湍急的水流和大鱼们的游动，让鱼儿自投罗网。堵鱼的人不能群龙无首，其中得有一个带头人，也就是为大网号脉的人。号脉的人在大网的后背那里拴一根细绳子，一直把细绳子攥在手里，体察着大网的颤动通过绳子传导给他的脉冲。一旦感到大网有剧烈的抖动，估计可能有大鱼撞在网里了，号脉人发一声喊，那些拉网的人迅速把大网拉起，拉得脱离水面。如果网到鱼的话，就用一只安了长柄的、大口径的、带着长长网兜的舀子，把鱼舀出来。给大网号脉的人是谁呢？不是当队长的堂叔，而是我爹。大概因为我爹的年纪大一些，心细一些，又比较敏感，大伙就推举他为大网号脉，并负责发号施令。因为我和我爹的年龄差距比较大，在我眼里，我爹已经是一个老头儿。真没想到，老头儿还有这一手，我有些替我爹骄傲。

我爹大喊一声快拉！拉网的人迅即行动起来，把大网往起拉。有的是双手拽着绳子，身子向下打着坠，倒退着往前拉。有的是把绳子背在背上，弓着身子，像纤夫拉纤一样向前拉。大网的前沿，是用水车的铁链子做成的网坠脚，相当沉重。加上是逆着水流往前拉，要把整张大网拉起来十分费力。但要想逮住鱼，就不能怕费力气。在众人齐心合力之下，水啦啦的大网被拉起来了。我不知不觉从箔上站了起来，双手攥紧，眼睛瞪大，向网里看去。我希望能看到被网住的大鱼，大鱼越大越好，大得像老天爷一样才好呢！然而让人失望的是，网里没有大鱼，只有几条身材苗条的白条，白条们在网里蹿了几下，闪过几道银光，尾巴一翘，就从网眼里钻了出去。

当我又在箔上坐下来时，我像是已经适应了河边的环境，头不怎么晕了，敢于朝河里看了。我看见水边有一棵结了浆果的野草棵子，红色的浆果上趴着一只长身子的绿色蚂蚱，在水流的冲击下，野草棵子在发抖，那只蚂蚱也像是在簌簌发抖。我看见不远处的岸边，立着一只长腿的白鹤，白鹤的眼睛往水里专注地瞅着，像是随时准备出击捉鱼。白鹤没有捉到鱼，展开双翅飞走了。白鹤飞尽走的时候，两条长腿仍向下垂着，像是准备随时着陆的样子。我听见了蛙鸣，蛙鸣断断续续。我没看见青蛙在哪里，它们也许在水边，也许在湿漉漉的庄稼地里。蛙的鸣叫与平常不大一样，显得有些苍凉，类似远古的呼唤。越过绷紧的网纲往北看，大约一里开外的地方，有一座拱起的石桥，河水涌到石桥那里突然收窄，发出喧哗之声。河水激越地穿过了桥洞子，再次全面铺开，无声地向远方流去。

长时间看逝水，总是容易让人走神儿，思绪总是容易让流水带远。迷蒙之中，我眼前仿佛出现了以前的景象。在没下大雨没发大水的时候，东河里的水只有小半槽。河里的水清澈无比，我和二姐在河边放羊，或在地里拾麦穗，如果渴了，我们就到河边用手捧水喝。在我们喝水的时候，可以看见水中五彩斑斓的小花鱼儿纷纷向我们游来。我们用手一捞，小鱼儿飞快散开。我们刚停止行动，小鱼儿复又拢来。河里还生有不少河蚌，河蚌个头挺大的，大得像大人捧在一起的两只手一样。因此，我们那里不把河蚌叫河蚌，而是叫捧蛤。秋天天气已经凉了，我大姐还下到东河里摸捧蛤。她把身子缩在水里摸捧蛤，让我扛着一只竹篮子，在河半坡帮着拾捧蛤。每摸到一个捧蛤，她就抛到河坡的草地上，我负责把捧蛤拾到竹篮子里。不到半天工夫，大姐就能摸到大半竹篮子捧蛤。每只捧蛤都沉甸甸的，捧在壳子里的蛤蜊肉都满满的。但我们都不吃蛤蜊肉，嫌它的肉太腥了。把捧蛤扛回家，我大姐取来一只秤砣，把一只一只捧蛤放在石头墩子砸开，唤来我们家的几只扁嘴子，让它们吃蛤蜊肉。扁嘴子争先恐后，把铲子一样的扁嘴探进砸开的捧蛤壳子里，连铲带吐噜，很快就把蛤蜊的鲜肉吞到肚子里去了，吞得一点儿都不剩。吃了蛤蜊肉的扁嘴子下蛋勤快些，每只扁嘴子每天夜里都会下出一个白莹莹的鸭蛋。而且，鸭蛋腌过之后，黄子是红色的，油汪汪的，好吃极了。

我的走神儿没能继续走下去，一个叔叔突然拍起了起了自己的大胯，打断了我的回忆。叔叔光着身子，两只手把两边的大胯拍得咣咣的。他一边拍，还一边冲北边的桥上喊：哎，哎——往这边看！众人往桥上看去，只见桥上正走着一个小妇女，小妇女怀里抱着一把红纸伞。不知那个小妇女往叔叔这边看了没有，却见小妇女把红纸伞撑开了，遮住了自己的头脸。小妇女这个撑伞的动作，让堵鱼的人得出猜测，说她一定是看见叔叔的光腚了，不然的话，她不会撑开手中的伞。这样的猜测，让堵鱼的汉子们很是快乐，好像比逮到一条大鱼还快乐。

大网又起了两次，还是没逮到鱼。有的人有些沉不住气，开始骂鱼，把鱼骂成鳖孙，说鳖孙们不知躲到哪里去了。

骂到鳖，鳖就来了。这时我看见大网背后的水面上浮现出一只老鳖，老鳖的个头还不小，差不多像一只铁鳖子那么大。老鳖在我们那里不是什么稀罕东西。去年夏天的一天下午，我和二姐在河坡里放羊时，就看见草丛里的阴影里卧着一只老鳖。二姐刚要上去把鳖盖子踩住，老鳖迅速支棱起身子，打着车轱辘，顺着河坡就滚到水里去了。二姐说，这是老鳖在进行瞅蛋的工作，老鳖下了蛋，埋在一处松软的土垃窝里，自己每天卧着在不远处瞅它的蛋，直瞅到蛋里孵出小鳖羔子为止。按照二姐的说法，我们果然在附近的一个土垃窝里挖出了一窝圆圆的、白生生的鳖蛋。听大人说过，把鳖蛋放在坛子里和鸭蛋一块儿腌，煮熟后吃了可以补肚子。于是，我和二姐把一窝鳖蛋悉数挖了出来，带回家去了。老鳖们长相一样，都是鬼头鬼脑，我认不准这只老鳖是不是就是我和二姐所看见的那只老鳖。据说老鳖比较保守，从不远游，一辈子只待在一个地方。这只老鳖既不沉潜，也不随波逐流，就那么不即不离地在大网后面游来游去。老鳖似乎对堵鱼的人有些意见，仿佛在说：你们这帮鸟人，好端端的一条河，又上一道大网干什么！

那个刚才拍大胯的叔叔，对老鳖挑衅似的做派大概有些看不过，他骂了一句粗话，抄起那只舀子，兜头把老鳖从水里抄了出来。把老鳖整上来后，他把舀子一扣，连同舀子一起，把老鳖倒扣在堤岸上。老鳖顿时成了舀中之鳖，再也没什么咒语可念，只得老实下来。

天黑下来了。天黑得很快，没有渐渐之说，说黑就黑了。天还是阴天，没有月光，也没有星光，只有锅底一样的黑。天一黑下来，我的双眼像是被人蒙上了一块黑布，什么都看不见。在月亮地里，我和村里的小孩子常做一种游戏，游戏的名字叫"打瞎叫吹儿"。一个孩子用黑布带子蒙上双眼，别的小孩子都可以打他，打一下就跑。蒙上双眼的孩子可以支乍着双手，捉打他的孩子们。因两眼一抹黑，要捉到乱跑乱跳的孩子是很难的。但一旦捉到其中一个孩子，他就可以取下蒙在眼上的布带，给被捉到的孩子蒙上，开始下一轮打人和摸人。在做"打瞎叫吹儿"的游戏中，我曾打过别人，也被别人打过。不管打和被打，都很快乐。在夜晚的河堤上，我的双眼虽说没有真的被蒙上黑布，但感觉跟蒙上黑布差不多。我使劲把眼睛瞪大，再瞪大，还是什么都看不见，好像把眼睛瞪得越大，眼睛就越散光。那么，我就把眼睛眯小，再眯小，把眼光聚拢起来，看看能不能看到一点东西。一样的，把眼睛眯起来还是毫无效果。我以为河水的颜色与天空的颜色应当有所区别，河水应该发一点白，或者发一点灰。我伸着脑袋往河里看，原来河里的水也变成了黑的，与天空的颜色一模一样。在这种情况下，我可不敢像做游戏那样乱跑，一步跑不好了，就会踏进河里，被黑水冲走。坐在秫秸箔上，我也伸出了双手。我伸手不是要摸人，是想试试能不能把如墙的黑暗推开一点。我没推到什么物质性的东西，一推一空，推到的都是空气。看来越是空的东西越难以推开。

我爹过来摸摸我的头，说你要是困了你就睡吧。我爹问我：我说不让你来，你非要来，现在你后悔了吧？

我没说后悔不后悔，在箔上躺下了。躺在箔上我伸手往箔上摸了一下，沾了一手湿。河里的水汽和河堤上渗出的潮气，已经把高粱秆子编成的箔弄得湿漉漉的。头把子贴在箔上，耳朵离地面近了，我似乎听见了河水流动的呼呼声。流水带风，而且带来的是长风。我觉出来了，风从我的脖子那里掠过，一直掠到我的肚子上，腿上，脚上，还有指甲盖儿上。我上身只穿了一件白粗布汗褂子，下面没穿任何东西。打了一个寒噤，我觉得天气有些凉了。

爹把他的汗褂子脱下来，盖在我的肚子上和光腿上。

瞌睡总是和黑暗联系在一起，在天黑得不透气的情况下，那些堵鱼的人也会犯困。为避免因打瞌睡错过堵鱼的机会，他们只得强打精神，要求我爹给他们讲故事。我爹当过二十多年兵，去过北京、南京、上海、杭州等大地方，肚子里装的故事是很多的。我爹讲的故事有些遥远，他讲故事的声音好像也有些遥远，一点儿都引不起我的兴趣。河水流走了不少，鱼却没逮到一条。我的眼皮开始发涩，真的要合上了。

在我似睡未睡之际，迷蒙中我看见有星星从天空落下来，一颗，两颗，三颗……奇怪呀，月黑头加阴天，天上一颗星星都没有，怎么会有星星落下来呢？天落流星的时候我也看见过，那些流星都是在天空中划过一道白线，唰溜一下子就落得不见了踪影。这些星星怎么悬在空中不下来呢？看见有星星在漆黑的夜空闪烁，我眼睛一明，又来了精神，赶跑了睡意。我欣喜地向爹报告：星星，星星！

爹说：那不是星星，是萤火虫。

我是第一次听说萤火虫，也是第一次看见萤火虫，感到有些稀罕。什么是萤火虫？我问爹。

萤火虫是一种会飞的虫子，样子跟蜜蜂差不多。只不过，蜜蜂不会发光，萤火虫会发光。萤火虫喜欢在夜间出来活动，天越黑，越能显出它身上萤火的光明。

萤火虫会蜇人吗？

萤火虫不蜇人。

那，它身上的火烧手吗？

不烧手。

我想逮一个萤火虫玩。

那不太容易，还没等你伸手逮它呢，它就把身上的萤火熄灭了，你就看不见它了。

晴天时，我在我们家的院子里数过星星，星星越数越多，怎么也数不过来。萤火虫跟星星差不多，也是越数越多，好像比星星还难数。萤火虫的萤火是明明灭灭，灭灭明明。你看见它是明的，它忽儿就灭了。你以为它灭了，它忽儿就明了。萤火虫好像在玩捉迷藏的游戏，让人很难捉到它的迷藏。萤火虫的火没有火苗，它发出的光也没有光芒，就那么淡淡的，荧荧的，有时像橘黄，有时像柿红，有着梦幻般的色彩。把萤火虫看了一会儿，我就进入了我自己的梦乡。

我爹他们在半夜的喊叫声把我惊醒时，他们大概堵到了鱼，有人喊大家伙，有人喊乖娘子，有人喊还有一条呢，干死它，干死它！我没有爬起来，去看看我爹他们逮到的鱼到底有多大。因为一醒过来，我又看到了在夜空中飞舞的萤火虫。萤火虫似乎对人类堵鱼的事不感兴趣，人类的大呼小叫对它们的生活也构不成什么干扰，它们该怎么飞，还怎么飞。我也是，相比之下，我对看萤火虫好像比看鱼更有兴趣。有的萤火虫飞得很低，几乎碰到了我的眼皮。有的萤火虫飞得比较高，高得有些缥缈。多层次的萤火构成了一个童话般的世界，我自己也仿佛成了童话世界中的一员。

那天夜里，我不记得被惊醒了多少次。反正每次醒来，我都看到了萤火虫。有时萤火虫飞着飞着，还会落下来，停在一个地方。它们有的停在高粱穗子上，有的停在蓖麻棵子上。让人难忘的是，有一只萤火虫，竟然停在了我爹的背上，把我爹的脊背照出了一片黄晕。我告诉爹：萤火虫爬到你脊梁上去了！

我爹说：不要管它。

天亮了，我才看到我爹他们堵到的鱼。那些各色大鱼被集中放在河堤外面的一个水洼子里，金一块，银一块，钢一块，铁一块，加起来恐怕有好几百斤吧。

那是我唯一一次跟爹去看堵鱼，也是唯一一次在河堤上过夜。

我爹去世后，我开始把爹称为父亲。

父亲1960年去世，至今已去世60年了。

不知为何，每次来到父亲坟前，我都会想起那天夜里看到的萤火。

原载《人民文学》2020年第7期

点评/

　　这篇小说的故事和叙述方式都很简单，第一人称叙述者回忆自己五六岁时春夏之交故乡下暴雨那几天的生活。暴雨来袭，做队长的堂叔敲着铜盆，喊着村里的男劳力去东河"打堤"，而"我"只能待在家里没法出门。大雨停了，堂叔又带领男劳力去东河里"堵鱼"。"我"一阵哭闹，成功地让父亲带着"我"上了大堤。"我"在父亲铺好的秫秸箔上看大人"堵鱼"，看庄稼、飞鸟，看大河流水，居然开始回忆人生，想起跟着二姐放羊、大姐下河摸蚌的事。夜晚萤火虫飞舞，"我"坠入梦乡。

　　然而，这篇小说清澈纯净，一派天真，如同一首诗。首先是儿童诗，写儿童的感觉、心理无比生动和贴切。"我"是个调皮捣蛋的"翻精"，摸透了家里人的脾气，知道他们都宠爱自己。在"我"的世界里，鲤鱼和老鳖仿佛都有思想，都会说话。从儿童眼中看世界，世界变得那么美好，神奇。其次是田园诗。因为儿童视角，更因为回忆的诗学特征，过去的故乡生活被提纯了，具有了牧歌情调。现实乡村生活的艰难和辛劳被抹去，记忆里的乡村变得单纯有趣，诗意盎然。小说最后，成年后的叙述者显影，既是怀念"已去世60年"的父亲，也是怀念消逝的童年、远去的故乡，带着些许忧伤。

　　作者无疑是一个语言大师，以夹杂一点方言土语的精纯白话，以无比熨帖的打比方、通感、拟人等修辞，呈现了一个引人入胜、不愿惊醒的"童话世界"。

（祁春风）

洗 尘／

/储福金

刘沁在微信给梁阅正发信息，说过些日子要回省城来。

梁阅正很快回了一个欢迎的表情，并回信息，说知道她一定有正事要忙的，但请一定空个时间，让他来请一次客，为她接风。

刘沁出国三十年了，已经在欧洲定居，也曾回过国，但那是工作需要，都在北上广深匆匆来去。梁阅正生活的城市，不在交通要道上，不是国内最繁华之地，两人也就有三十年没见了。

当年，送刘沁出国是在一个下雪天。机场一别，去处遥远。刘沁头也没回地提着包走了。年轻的刘沁，头朝前伸，下巴抬高，向上走台阶，胸脯挺着，迎着一点带着雪花的风，几缕头发在风中扬起。她就那么走了。后来梁阅正也弄不清了，送别应该在机场大厅里，为什么印象中会有台阶的。

三十年了，岁月漫长，他们从青春年华到奔花甲而去。人生最好的年华已度过。

刘沁那种不管不顾、不计较、不在乎的性格，与梁阅正是完全不同的。她认为梁阅正什么都好，就是太细、太柔，用现在的话来说，不像男人。

去时还是八十年代，现在已隔着一个世纪了。

女汉子，这是后来才有的称呼。但梁阅正知道，刘沁并不合这个称呼。她就是刘沁。在他感觉中，是一个地地道道的女人。

他们最早是以棋结缘的，算是一对棋友。那时梁阅正迷棋，经历在棋上计较着一目一目的人生。刘沁也喜欢在棋盘上纵横捭阖。当时因中日围棋对抗赛，国内形成了一股热潮，梁阅正在热潮中接触了不少棋友，刘沁是他见着的最有围棋气质的棋手。围棋气质是什么，喜欢抠字眼的梁阅正也说不清。梁阅正工作得比较早，在一家出版社做校对。刘沁说他将来会是个有老学究气的人。刘沁有时会用一种尖锐的口气来形容人。

还有一位业余棋界的朋友常会给人定性，他叫大龙，是出版社的编辑。梁阅正带大龙见刘沁，给他们做介绍的时候，发现他们早已认识。大龙与刘沁在一起，感觉很合拍的，一个高个一个苗条，都会口出评议，让人记忆深刻。有时候两人说话的口气是相近的，似乎一唱一和，有着默契。当初他们三个都还年轻，没有结婚。梁阅正曾想到，刘沁会与大龙配对，大龙长得帅气，很有女人缘。但刘沁却和自己走在了一起，梁阅正有所疑惑，偶尔向刘沁提起，刘沁觉得奇怪，她根本不会喜欢大龙，不知道为什么他会有这样的想法。梁阅正讪讪一笑，心想也许是他们俩的气质太相像了，反而相斥吧。

那时他们棋下得多，大龙与刘沁在棋上的风格也近，都喜欢行大场做大空。大龙的棋天马行空，难免有疏漏。而刘沁有着女性的细腻，前后照应，但一旦缠斗起来，也杀得痛快。在梁阅正的感觉中，刘沁坐在棋局对面，直着细高的身子，拈子轻落，面容端庄，优雅迷人，入心的形象无可比拟。

梁阅正与刘沁性格有差别，这反差在棋上，很是明显。俗称棋如人生。梁阅正在棋上重视实地，但却不喜欢搏杀，一旦交战，便会费神长考，有大龙在旁边观棋，会吐一句：长考出臭棋！还有一层不同的是，刘沁下完棋也就丢开了。而梁阅正每下完一盘棋，总会在脑中复盘，想上半天。

梁阅正记忆深刻的是，他与刘沁有一次到海边参加棋类活动。活动结束，他们就到海边的一个小城待了一晚。那天黄昏，他们在海边看落日后，沿着海边散步。海风吹起她的丝巾。一层层海浪不住地翻滚着卷过来，她扬起手来，大声地呼喊：吹很大很大的风！而他跟着她，弯腰去捡一个个贝壳，嘴里说：做很小很小的事。像是她唱他随，对应一联。这情景，便在他日后的记忆中定格。其实海边总有风，那天风也不是很大，梁阅正捡到的贝壳并不多，随捡随丢，只有几块摊在手上。回来以后，也记不得搁到哪儿去了。

吹很大很大的风！仿佛是她一种吁喊，也像是应着一种召唤。

此后不久她就出国了。多年之中，很少联系。梁阅正偶尔听到消息，她在欧洲做着大事业，一会儿是这个国家，一会儿到了那个国家。直到有微信联系的时候，他才知道她的一个名头：华人联谊会的一个副会长。而梁阅正在出版社做校对，几十年都没有变，每日的工作便是一行一行去检错校漏，在一本本书的校样中，找出一个个很小的错字漏字来。

若说刘沁出国后，便把梁阅正断得干净，也不尽然。她去国外几年后，曾给梁阅正寄来一包材料，那是介绍欧洲各种语言特点的，欧洲的语种丰富，有英语、法语、德语、西班牙语、塞尔维亚语等等，刘沁知道梁阅正醉心于文字语言，那意思是他可以出国做这一方面的研究工作。材料的首页是一张单子，标明出国必须要做的功课。有几处介绍、推荐与证明项，都打了红钩，自然不需要他考虑的了。刘沁没有一句希望他出国的话，梁阅正心里明白。他虽然对西方由字母组合成的拼音文字有所了解，但无兴趣。而汉语那基于象形发展而来的表意文字，才能让他生出无限的想象。所以那包材料他小心地锁在了一只樟木箱里。十多年后，他年逾不惑时，收拾家中，打开过箱子，他的家中因天天清扫，几乎是一尘不染的，但那包材料上面，却有从樟木箱盖细细的隙缝掉下的薄灰，那一刻，两滴清泪洒落于岁月之尘。

联上微信时，刘沁和梁阅正都已经是五十出头的中年人了。她似乎很忙，很少谈她的工作。她似乎判定他还在做校对，也不问他的工作，只谈家常。一般给他发些链接，主要关于卫生和健康的。先是关于空气质量，PM2.5之类，后来是饮食中的添加剂，苏丹红与瘦肉精之类。梁阅正没有感觉她变得琐碎，而是感受到在国外人对国内人的关心，人到一定的年龄，健康便是人生最重要的事。

生死事大。

刘沁发信息说要回来，已有一段时间了，外面树叶的色彩都变了，由浅绿变成翠绿，变成深绿。从出版社宿舍楼的窗子看出去，院里的树长得高，三层楼房的窗外都是树叶遮阴，有着鸟鸣，而不见鸟影。梁阅正没有急迫见她的感觉，已经隔了三十年了，并不急在一时。只是在他的心中始终粘着一片，他从来都是不急不躁的。

梁阅正面前铺着一沓纸。是他看惯的排字印刷体，他校正完了最后一个字。这是这本书的第一校。他相信其中的错句和错字都已订正。他闭上眼睛，静下心来，先前的文稿与他改动后的文稿，似乎都到了他的脑海中。一个一个的字像铺了砖的路，延伸出去，长长的，明亮亮的。仿佛卷起过一阵大风，他的感觉便随风而行，风过处凸出的凹陷的都平整了。这是一个老校对才有的感觉，由岁月与经验而成。但又属于他一个人的独特感觉，早年他每下完一盘棋，他独处复盘，棋局便在脑海中显现出来，一步步，黑白交错纠缠，都似乎如图如屏。

接下来，画面变成了立体，那是由文字组成作品的情景色彩。眼前的画面是飞扬的、随性的，甚至有些浑浊的，作为作品呈现出来的特点，难说好坏。眼下的这种感觉，梁阅正确定是新作者带来的。老作者的文字叙述，往往是平和的，由文字组成的画面，大多缺乏想象的情景。然而新作者的作品一旦想象空幻，落不到生活的地面来，便如飘在空中的漂亮气泡，看看好看，并不实在。眼下这一类空幻的作品多起来，相比之下，那些贴着地面的作品，却缺少了想象的力量与才气。梁阅正不喜欢故事性太强的画面感，因为如今太多的影视剧形成了程式化的故事画面。其实文学欣赏没有喜欢与不喜欢，他只是不愿见到重复，过度的生活画面与过度的故事画面都让他有重复感，也就不能引动他感觉中的立体画面。既有处处实地的文字，空中又飞动着隐隐的形而上的翅膀，才能使他生出丰富的意象来。

这部作品从情景上有混乱处，但没有什么重复感，这样的作品他难得看到了，让他有兴趣在感觉中触及作品画面感的深处。从仿佛飞扬着尘土的画面中，看到很有潜力的才情，让他有打一个电话的念头。不是打给作者，而是打给交给他校稿的总编。他的总编往往会把有价值的作品交给他校对。他在校对后生出立体的画面感的作品，往往结果是好的，出版社也就能收获文学界乃至社会的好影响。

早年，他校对作品，总是把看作品的感受告诉编辑，由编辑与作者交流。当初大龙便是编辑，现在成了总编。大龙一直把好作者的作品交给他校对，希望得到他对作品的看法。另外单是校对，经他的手不会有一个字的错误，现在有电脑勘误，但汉字的表达有多重性，凡电脑与他的校对有不同处，便只会是电脑的错误。

曾经有过一次，他觉得作品中的形象让他激动，作为编辑的大龙外访不在，忍不住他就和作者联系了。接电话的对方是一个中年作家，一声不响地听完他多少有点词不达意的看法，只是应了一句：按照你的想象改，出来的是另一篇作品了，你为什么不自己去写呢？

梁阅正明白，有些作家囿于自己的经验与思想，作品的风格是固定的。所以他后来不再与作者谈自己的想象。而这一次的书稿，直接由大龙指派，请他看一下，并让他与这位笔名叫鹤鸣的女作者谈一谈看法。这到底不是他的本职工作，加了微信，就在微信上留了一段文字，谈他对作品的想象。

收到鹤鸣的留言：你见一下我吧，我很想当面听你说一说。很难想到你是一个……校对。

梁阅正回了一个抱拳的表情，作为婉拒。女作者的作品引动了他的兴趣，但他已经没有了对作者的好奇心。

梁阅正对窗静心时，门开了，进来的是大龙。一般来人，梁阅正都会起身来迎，偏偏这位总编来时，他只是朝他一笑。

大龙根本不在意，说："你又坐禅修行啦，起来起来，都到下班时间啦，我请你吃饭。"是不由分说的领导式口气。

梁阅正便起身跟他走。出版社自有食堂，食堂里有领导用的小餐室，大龙吩咐服务员去拿几个菜来，服务员立刻应了去了，看来习惯了他的需要。大龙从边柜里拿出一个开过盖的酒瓶来，看来是他没吃完存在这儿的。他嘴里说着："现在不准公款吃喝，这是我私人的酒，习惯要喝两杯的。你陪我喝。花自己的钱，也就不信会犯了事。只是还是要避人耳目，咱们慢慢喝，喝到食堂里其他人都走完了，再出去……"

梁阅正在对面坐下。大龙当了总编后，他们有好多次在这里一起吃饭聊天。

等菜的时候，大龙点上一支烟，吞云吐雾般地抽起来。他知道梁阅正不抽烟，也不管他，只顾自己抽着。烟酒自是大龙的癖好，上了瘾的。说起来，大龙有人生三大好，还有一件，便是女人。

"听说刘沁要回来了？"

"她也告诉你了？"

"我是从朋友圈中看到的。她当然会对你说，要不告诉你的话，这女人也太没味道了。"

他们因下棋而熟悉。大龙当了总编，也就很少下棋了。按说，他的年龄到这个位置，不再有上升空间了，他也不做努力，只是他在社会上路子广，熟悉的人多，活动能量也大，亲朋好友托他的事多，人情关系，能帮到的他都会出手，也就很难清闲。梁阅正却是一次也没有找过他。梁阅正在单位是个老校对，又没有家庭琐事，不用求人。大龙曾经说过：你空有我这个领导朋友了，不是用不了，是用不到。正因为这样，他们的关系很单纯。

回顾人生，梁阅正进印刷厂后与编辑大龙搭档，大龙每看中一部作品，都会来问梁阅正的看法。当年，出一部作品不容易，编辑提出意见，会让作者改上好多遍，作者也舍得费力一遍一遍改。梁阅正也就有了看作品展现想象的习惯。多少年过去了，当初的不少作者成了大名家，有了大影响。大龙也做到了出版社的总编。

三十年中，大龙结婚成家有孩子，接着离婚重结婚，结婚又再离婚，用大龙的话说，蹉跎了许多的岁月与人生。他是一个能在官场上行走的人，也许没有家里的事，他还会再高升一步的。一直到如今，大龙看到什么有潜力的作品，还会让梁阅正校一校。有时找梁阅正聚一聚，谈一下人生。在饭桌上，也都是大龙说得多，梁阅正听得多。两个人是难得的知交，慢慢地话题便是感叹岁月流逝，感叹生活的烦恼与无奈。

不过在旁人看起来，大龙是个顾惜朋友的人，毕竟两个人的地位不一样了，一般升高了的人，只会找同阶层的朋友，并不是看不起下一层的朋友，而是阶层不同，谈话的话题多有不同，有相同的经历与经验，才谈得投机。

大龙最近有点烦。他结了四次婚，又离了四次婚。眼下正是他的空窗期。他还在壮年，五十多岁事业有成，有社会地位，经济上也宽裕。但这年龄又处紧迫期，他清楚，只要过了花甲之年，他残剩的优势便丧失了。人一旦到了六十岁，感觉中是老人了，另外他会退休，不再工作，也不再有权力了。常有人说到，官员一退休就老得快。他对梁阅正说过，已是秋后的蚂蚱，趁着这最后的几年蹦跶一下。

大龙也不是经常找梁阅正喝酒聊天，以往总是在他将要离婚之时，那时他确实烦恼。大龙并不是那种有了新欢就与旧欢决裂的人，都是与妻子过不下去了，下决心之时，向梁阅正吐露一下烦恼，也是向好友知会一声。他结一次婚，便留一个孩子，离婚自然要与女人做一下切割与安排。说是再不找了，但一旦离了婚，他的心思便投入到获取新猎物中，用他男人的魅力，去吸引下一个。他其实还是个老式男人，并不新潮，把自己弄得很烦很累，依然有劲。离婚也有惯性，自第一个以后，有着了旧的参照，以后熟门熟路，离婚的方式也就简单了。最后几年，离婚的频率相对快了。

这一次大龙找梁阅正，谈的不是离婚事，而是面临的女人事。对付女人，他有着本事。梁阅正见过他正交往的姑娘，她看上去很小，最多二十多岁吧。她穿着时尚，大龙喜欢把自己的女人打扮得漂漂亮亮。那穿着打扮，让她显得比他以前的妻子都年轻。梁阅正本以为，大龙的年龄越来越大，快近老年了，女方的年龄也会大，偏偏他找的女人越发年轻了。传言眼下女人挑拣实际，喜欢嫩草被老牛啃，愿的是男人有社会能力和经济能力。这传言看来真实不虚。先前曾有人传大龙与一个女作者有关系，那女作者四十岁左右吧。听闻此言，大龙愤愤地对梁阅正说：那么老的女人我怎么可能要！已有白发的男人嫌三十多岁的女人老了，口气太狂，却是现实。

大龙这次找梁阅正谈的便是这个年轻女人。大龙说她嫌弃他了，不是嫌他的年龄，却是嫌他的"嫩"：本以为你都结婚了好几次，应该对女人的经验丰富了，没想到却是老套，不过尔尔。

她的意思，是大龙这么个高颜值的官员，自然女人无数了，会是个与众不同的男人，却不知他只有结婚的这几个女人，而她睡的男人多得不知哪儿去了，还需她来教他几手方式手法，实在令人失望。

大龙感叹道，女人还真需要有一个观念束缚，真想念三十年前的女人情态，而女人一旦没有了贞洁观，开放起来，比男人还甚。因为女人只要愿意，得到男人更容易。

"原以为得到便是得到，却不知人家丢了你，一点心理负担也没有。"大龙最后叹了一句，"人生到底什么是得到，什么是丢失？我现在和你一样，都只是两手空空。但你还是内心色纯，而我已是满面风尘了。"

梁阅正虽没经历过婚姻事，但他有着对大龙的男女感受的理解，似乎也身经情劫。他的感悟能力，不必需要亲历。

"旧时说，终日打雁却叫雁啄了眼。"

梁阅正觉得大龙用语不精确，但习惯了他的用语，只是摇了摇头。

大龙酒喝得多了，话语中便有了做总结的口气："追求快乐，往往得到的是不快乐。越追求快乐，也就越不快乐。你别以为，做个缩头的懦夫，尘世的业便离你远了。你躲不开的，没有亲历，你不会有真切感，最后你会被一个简单的女人诱惑，避无可避，弄得痛不欲生……

"反倒是我，久经沙场，烦恼即菩提，反而容易解脱，哪一天放下欲望的屠刀，便立地成佛了……"

梁阅正有时觉得，眼前的大龙与远远的刘沁身影重叠着。

刘沁还没来，梁阅正去见了女作者鹤鸣。是大龙给他下的任务，下任务的理由是：作为出版社的员工，应该为出一本好书而尽力。到梁阅正答应下来时，大龙又笑着说：美女作家看上你啦，打了几个电话给我，就想和你谈一谈。人家可是姑娘，你怎么好狠心拒绝的？

梁阅正与鹤鸣约在出版社楼下城市广场的咖啡厅见面，梁阅正提前一刻在靠窗的位置坐了，要了一杯绿茶慢慢喝着，从落地窗看出去，街对面是一家洗车行，一辆一辆小车排着队钻进洗车机中，出来的时候干净光亮。

车在洗车机中移行时，那喷下的水似暴雨围裹，如泻，如瀑，如无天无地。在梁阅正的生活中，没有可比的感觉，但在梁阅正的想象中，曾经有过一次，记不得在什么时间了，那一刻，他身体出了一点状况，心境特别孤独，静默中，他内心世界无数之物，雪花似的飘落，如无穷无尽。那是积尘，即隐即藏，即生即出。那一刻他明白，他的心并不是清静的，并不是不染尘埃的。

鹤鸣挎着一个长带的包站到他面前的时候，他还心生疑惑，不知这

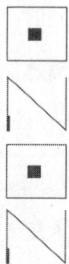

本来可以拒绝的见面，他怎么会接受的。是因为刘沁的来而不来吗？她朝他点点头，坐到他的对面去，他叫来服务生，为她点了一杯咖啡。他感觉像是相亲，他还从来没有接受过相亲，他一直认为相亲是落后的联姻方式。对着鹤鸣，他开口便谈作品，谈作品让他生发出的许多想象，谈作品对生活的表现。她写的是现实城市生活，这几年城市变化很大，如何用想象来表现这变化的生活？表现生活是容易的，表现想象也是容易，要让想象与现实结合起来，是最难的。

梁阅正平时与别人在一起，总是听得多，说得少，要别人问到他时，才会答话。这一次有点反常地说个不停。说着的时候，心中牵连许多相连与不相连的念头，这是岁月带来的附加物，对事物的理解多了，便会生出联想的浮念。

"你有这样的文学想象力和生活的理解力，为什么不自己写？"

这句有点熟悉的话，让梁阅正停了口，去看她。这之前，她在他面前，他并没有注意她。印象中，她很瘦，看上去显小。他从她的简历中知道她大概三十出头。与她秀气的容貌不同的是她的声音，有点沙哑的女中音。要说特别处，是她苍白的脸上的一双黑眼睛，如乌漆所点。

他去直视她的眼睛，她像是躲避着，不能说"躲避"，躲避是不正确用词，她只是害羞似的微微低下了眼帘。"害羞"这个词也不正确。在这个场合，这个语境，这个情景中，他想不到她有害羞的理由。

"你如果不习惯创作的话，我们可以合作。"

梁阅正默然。对他来说，生活的惯性，是人生最大的无可奈何。

说女人是桃色，梁阅正多少年远离这种色彩，但桃色往往重叠，与女作者见了一面，第二天便接到刘沁的电话，说她已回国内，明天将到省城。

看见刘沁的时候，梁阅正是知道她来，才认出她来的。毕竟相隔几十年了，她脸上的细纹与妆色，还有身上的装束与香气，都加深了陌生感。这只是一开始的感觉，慢慢接触后，看多了，旧时的形象又回来了。和她这个年龄的女人相比，她的变化应该是小的。

看她上台阶的时候，那半仰着头下巴向前微挺的样子，还引动着他以前的感觉。

上车的时候，他们对视一眼，她的眼睛乌黑，眼光深深，一下子融入了他的整个身心，里面无边无际，牵连着长长的岁月。仿佛倾诉了许多，又仿佛什么都没有说。

"晚上还有一个活动，可以迟一点去。"

一上了车，她就这么说。他能想到，她毕竟是一个活动家，由自己而非别人来接她，是曾经的情侣的一种亲近。

火车站在一个湖边，车驶出停出场，很快上了高架。将到下班时间，路已经开始有点堵，他开车在车流中往西北方向去。高架在一片高楼中穿插，新楼的玻璃墙映着西天的光闪着亮。微信上聊天时，她曾问过他，知道他还住在早年出版社的宿舍园里。早年，出版社的条件好，照顾准备结婚的梁阅正，给他分了一套两室一厅的公寓房，后来房改，梁阅正只用万把元就把房子买下来了，算有了自己的产权房。刘沁还记得他的那套住房，在路边的一个小坡往上爬几节砖阶，再上楼房的二楼。楼的旁边有一条隔巷，墙壁似乎薄了一点，上了楼道，能听到巷子里流动的风声。

梁阅正开着车来接她，刘沁有点没想到，却也不觉奇怪。眼下中国城市里的绝大多数家庭都有车，这是刘沁知道的。

"不是往你出版社的家里去吗？"

"不是。"

"你想把我劫持到哪儿去？"她的声音里带着一点笑意。

旧时的她完全回来感觉中来了。他转头看了她一眼，也带着了一点笑意。她抿抿嘴唇，头又向上仰了仰。

车下了高架，进入辅路，已到了城边，依然有一幢一幢建筑，街面不是那么热闹了。

她的整个少儿时期，都生活在这座城市，现在却已认不出此地为何处。每一次回国，去的都是大城市，对那种扩展的变化，已不再惊奇。但是她生活过的城市变得完全陌生，多少还是有点不适应。

还是以前一样，他们在一起时，她的话多，他的话少。有时她说着国外的生活，他会应着一声"嗯哼"，这是他出国旅游时学来的国外礼仪。

刘沁有点惊讶他的车开得娴熟，能在车群中钻来钻去，却又开得很稳，这是她想不到的，感觉他的行车与他过去的性格不同。也许他今天想向她显示一下车技吧。梁阅正告诉她，如在上班的时间，路上会更堵。

"习惯赶时间啊。"

她说，国外就是路堵，行车的秩序也是很好。

车开进了一个小区的铁栅栏门，就见一座座形状相同的两层楼房，每座楼房都围着一个小院，小院里有种着菜的，有圈着小池塘的。

他停了车，引她进入了一个小院，院里栽了几棵树，有桃树，还有枇杷树。眼下枇杷树正结着有点青绿的小果子。

他在这里还有一个家，这也是她想不到的。

"现在国内的人真是有钱。"他开院门的时候，她感叹了一句。她肯定知道国内的房地产市场，住房比国外的还要贵。

"这里算是你的度假之家？"

"算是吧。我不是每个星期日都来。太远了。"

"不远。国外有钱人都在城外买别墅。住在城市里公寓房的却是穷人。"

"我并不是有钱人啊。这里原是郊野，荒得很，刚开发砌房时，房价并不贵，我花了几十万元就买下了，你知道我喜欢清静。我一个人过，积了一些钱，就用来买房了，没想到这几年城市就发展过来了，更没想到房价后来会涨得那么高。"

在城郊的小山边上，这一套看来近乎别墅的两层小楼，梁阅正只要有假期的时间，便去住住，侍弄一番，住久了，栽的树结果了，养的花盛开了。

从北门进入，她参观小楼，楼里简单朴实，干净整洁。看得出他并无刻意之处，却又不乏收拾。房子里没有那种人不常住生出的腐木味道。他给她倒了一杯茶，一边在开放式的厨房做着菜，一边与她说话。她打开了南面大门，春末的村野草木香气夹着泥土的气息传进来，她觉得似乎这一刻才真正回到了国内。

门外屋前用瓷砖铺了一块高地，作为阳台。阳台上面搭了一个雨棚，下面摆了一张长案桌，长案桌的一边放着一个榧木围棋盘，还有那有点旧了的紫红漆的一对木棋盒，那还是她过去接触过的东西，引动着她旧时的记忆。

梁阅正屋里屋外出进着，变戏法似的端来冷菜盘与热菜碗，一盘盘、一碗碗放在案桌上，中间还摆了一个电磁炉，炉上是一锅鸡汤，汤里放着当归、黄芪、红枣等。炉边放着几个不锈钢盆，盛着洗净的蔬菜，可以自选往汤锅里放。这顿饭菜，对刘沁来说并不稀奇，当年她身体不好，他就为她做过药膳，她看多了他做菜的样子，还一直馋着他做的菜。

他端菜的时候，她打开棋盒盖，食指与中指拈着一颗子，放到棋盘上，动作依然是熟稔优美的。她显然不是准备下棋的，按围棋的规矩，是黑棋先行，但那颗子是白棋，孤冷地搁在了盘上。梁阅正在对面坐下了，刘沁说，已经多久没有摸子下棋了，她都记不清了，似乎离开了他就没有再下过。欧洲很少有人下围棋的，根本没有对手。偶有棋友去国外，见了面也只是谈国外生活，没有了下棋的时间，也没有了下棋的兴致。她有一副棋，似乎只有掸灰的时候，才看到它。到网上开始有弈站时，她图新鲜上网去下过几次，但很快发现网上的对弈根本没有与人下棋的快感。虽然知道网上的对手也是真实的人，但围棋称手谈，对面坐着的人有呼吸，有音容笑貌，有情感的交流。到最近，人工智能阿尔法狗一出来，杀败了世界上所有顶尖的高手，她突然发现，原来谈到围棋的高雅，以及围棋的文化，那种形容下棋意味高深的说法并不存在，那些曾经在棋盘上谋一局争一先的感觉，似乎是可笑而没有意义的。下棋只是一种计算的技巧，一种高级费时的智力游戏。

"都是家常菜。"

"你总是做得精细。"

为这桌菜，他确实费了功夫。他也不怕费功夫，一边做菜，一边想着将要来的她。做鱼的时候，想她是一条自由自在的鱼，在有红珊瑚、绿海草的蓝色大海中游动，而他则是一条河湾中的鱼，望着自己嘴里吐出的一个个气泡。

他给她倒了一杯白酒，是当地品牌的原浆酒。她原来是会喝一点的，略喝多了，便会脸红红的，不住地笑，憨态可掬。那时他怕她酒喝多了伤身，但又想看她喝多了的情态。现在他准备了酒，只是不知讲健康之道的她，会不会喝。她并没有阻拦他，由他倒了酒，也没要他劝，两人举了举杯，她就喝了。

一旦喝了酒，气氛很快热起来，他也说了不少话，从阿尔法狗谈到人工智能的发展，有些工种都是夕阳产业，校对这一行肯定是要被取代的，好在就算发展再快，他也已近退休年龄了。

她却是说得少了，似乎只顾着吃。桌上多是她早年喜欢吃的菜，特别是那盘油爆虾，做的时候，梁阅正还有过犹豫，他从她在微信上发的链接，看到过油炸食品是会影响健康的说法。然而，她根本没在意这些，盯着喜欢的东西吃，那盘油爆虾，她几乎是一个人吃的，面前堆了一堆的虾头与虾壳。她过去的习惯便是只吃她认为好吃的东西，出去了几十年没有变化。一边吃还一边点着头，馋相毕露。或许正是外出了几十年，再也没吃过，眼下要补吃回来。或许她是在他的面前放松了，只管顺着口欲，便是口福难得、健康事小了。

她依然经不住酒力，喝了一点脸就红了，使她涂了脂粉的脸色显得自然了。一开始让他嗅到的那种国外香水味，被酒与菜的气息盖了。人有适应度，往往不喜欢的习惯了也就不觉得了。

她吃得津津有味。她告诉他，已经多少年没有这样吃过了。西餐对她来说，味同嚼蜡。虽然欧洲也有许多中餐馆，那些只是给中国游客吃的餐，并已程式化。回国来，饭店里招待的，似乎是山珍海鲜，却没有家常的味道。她说话直接，对他而言，都是实实在在的，这多少年，在他的感觉中，无可替代。

她往汤锅里放豆腐，说豆腐在欧洲被称为"中国奶酪"。她说到了她的工作，除了联谊，还有给国内单位开邀请信，联系访问事宜，并做接待；也给欧洲人来中国游玩提供帮助，都是与旅游有关。这些年国内的人真是有钱，出国旅游一批接着一批，有的国外热点城市，街上见得多的就是中国面孔。她问他的熟人可有旅游计划，她可以帮着安排，派留学生导游，介绍风土人情与文化故迹。

他想到和朋友曾谈过组团北欧旅游，不过这点小事不用烦她。但她却有兴趣，说让旅行者吃好住好玩好，可不是小事。晚上有旅游公司的人来接她，就是和她谈开辟新的旅游热线。当然，这些联系与安排会收一定的费用。

"当时出国，就是想有变化。而今，高速交通，手机支付，国内的变化太大了。前几年我就看到国外城市的大屏幕上，闪动着巨大的字：去中国，那里有着数不清的机会！早知这样，我又何必出国？错失了变化最大的岁月。"

喝多了酒，她不光脸红红的，还浮着了憨笑，当年他曾几次见过她喝了酒后，一个劲地傻笑。这多少年中，她大概喝多了洋酒，多了耐酒力与自制力。在他收桌子的时候，她点起了一支烟，细细的烟卷夹在了食指和中指间，他没有想到她会抽烟了，他记得大龙曾说过的一句话：抽烟的女人与不抽烟的男人一样讨厌。她抽烟的样子一点不让人讨厌。他去欧洲旅游时见过女人抽烟，听说她们认为抽烟有减肥的效果，不知是也不是。她的姿势也让他感觉到一点新奇，有着一种沧桑感，又有着一种亲近感，流到海外的她在眼前抽烟，有一种真实感，又有着一种虚幻感。

梁阅正端来山茶，这是小山人家自种自制的新春茶。梁阅正住在这里，除了收拾，就是爬山运动，看到山茶，便买了一些来喝。茶初喝时有点微苦，回味却是甜的。刘沁深吸一口，那清茶滋味仿佛都化入体内。桌上没有了锅碗盘盏，她双臂伏在桌上，身子靠他近了。女性暧昧的气息带着岁月的尘埃，透过来。他们的脸靠得近，她毕竟是朝花甲之年去的人了，虽然化妆得好，他能看到她脸上的皮肤有点松弛。前尘往事般的过去，那个直着身子对着棋盘凝思的形象，恍如隔世。

是不是年岁大了，重聚应该是欣喜与热络的感觉，都显得淡了。她独特的女人味依然在，年轻时代的肉体感遥远了。

她似乎轻轻地叹息一声。

"我老了。"

"你还不老。"

"我老了。你还不老。"

手机响起来，她接了电话说道：车已在小区门口等她了。多少年在欧洲国家，节奏是慢的，没想到国内这么赶时间，车还早到了一会。

她似乎还延续着欧洲的习惯，不像要马上动身，反而靠他近了，伸出手来抚着他的脸。她的手薄薄的，滑滑的，暖暖的，浮起着许多过去的记忆。

"你还是以前的模样。基本没有什么变化，仿佛在静止中。我在国外过着以前想象中的生活，一直在奔波，飞来飞去，与各种人物打交道。我从没有这样自在，轻松。有一刻我真想回来，在你这里就这么生活下去……"

她的话触动了他。两人的眼对眼，他再一次感觉着她眼光中的一片天地，过去现在未来，融汇了整个人世红尘。

他在这里所做的接风安排，潜在的意识中，有着多少年希冀，连着当初在这里买房时的愿望，似乎点点在深层潜藏着，却一直影响着他生活，此时浮了上来，又似乎隐隐感觉空幻。就像当年酝酿了半夜的一句情话，到她面前的时候，才发现什么都说不出来，合适的理由不知在哪儿丢失了。这些年他生活在现实中，却依然有着想象。

"眼前的现实我像看棋局一样，看得清楚。来的时候，我发现你这里的生活设施不够，短期还好，时间长了，肯定不便。城市还在发展，不少地方扬起着建筑的灰尘。这里也不是安静的桃花源，现在就能听到那边院里传来的中国式大声喧闹。"

他一声不响，静静地看着她。

"这么多年，你一直……这样生活。而我已是曾经沧海了……忘了我吧，趁着还不算老，成一个家吧。"

他清楚她的意思，这"曾经沧海"，不是诗词中的沧海，而是生活中的沧海。当初她在国内时，便有多少围着她的男人。那时的国内还是旧的男女风气，她和他最亲近。出国后的几十年，她经历的男人，与大龙经历的女人一样，是曾经沧海，已满面风尘；而这"忘了"，也不是字面上的意思，而是彻底割断。只有她这样的女人才会说得如此决绝，却又有规劝他的一重关心。

她走了，他提着给她的野山茶与两本装帧精致的袋装书去送她。刘沁收了野山茶，说袋装书虽不重，但毕竟要行几万里呢，再说现在看电脑与手机的多，也没有时间再看书。

回头来再坐到院中的桌前，此时，这城郊的小区，树影婆娑，灯色朦胧，特别的安静。梁阅正让自己静下心来，于是心中的世界慢慢展开。

海天上一轮明月，风把所有的云都吹干净了。海天一色的深蓝明净。他隐隐地听到有海浪的拍打声。

原载《钟山》2020年第2期

点评/

　　储福金擅长下围棋，更擅长以围棋入小说，围棋有时成为小说表现对象，有时是小说叙事动力,有时是不可缺少的道具,还常常具有隐喻色彩,令人叹为观止。这篇作品也是如此。三个主要人物梁阅正、刘沁、大龙当年以围棋结缘,梁阅正与刘沁成为情侣,与大龙成为好友。三人棋风的不同显示了性格的差异,也预示了人生的走向。刘沁和大龙"都喜欢行大场做大空",不久刘沁出国闯荡,做了一个华人联谊会的副会长,忙得不亦乐乎;大龙后来当上出版社领导,却不会经营婚姻,四次结婚四次离。他们都历经沧桑,唯有下棋"不喜欢搏杀""费神长考"的梁阅正,三十年来做着同样的校对工作,过着单身而自得其乐、波澜不惊的日子。正所谓"棋如人生"。

小说核心情节是梁阅正精心准备的洗尘家宴。三十年后,刘沁从国外回到省城,让梁阅正心中起了波澜。小说主要聚焦于梁阅正,却写他如常的工作和生活,并没有泄露他对于家宴的准备工作。直到刘沁出场,读者跟随她一起来到梁阅正的郊外别墅,一起品尝精致的家常菜,才会感受到他那细腻绵长的深情。然而,刘沁虽然感动,但"曾经沧海",让他忘了自己,成个家。小说把男女之情融汇在时代变迁、人生感慨中,不落俗套。此时,围棋再次发挥了隐喻作用。围棋早已蒙尘,主人公不再对弈。而人工智能阿法狗的出现,更让围棋在文化上的高雅属性消失,成为"一种高级费时的智力游戏"而已。棋犹如此,人何以堪。

(祁春风)

芬芳四溢的早晨/

/刘玉栋

　　这是多年前的一个故事了。那时候，马东和马南还是两个孩子。马东十岁，而马南刚刚八岁。他们在枣树林里碰到陌生人的那一天，正好是马南八岁的生日。马南的生日在农历的七月，用奶奶的话说，刚好是小枣红屁股的时候。在我们这一带，小枣红了屁股，就说明开始变甜了，变得好吃了，如同一个姑娘的皮肤变得光滑红润，开始让人想入非非。

　　应该是秋闲的季节，而老人和妇女的户外活动却猛地多起来，他们来到离村子较近的地头上，坐在枣树下面忙他们该忙的事情。捏着针儿纳鞋底的，晃着梭子织渔网的，摇着纺车纺线的，择臭韭菜烂葱的……反正都是些针头线挠、鸡零狗碎的杂活儿，有一搭没一搭做着，嘴里却不停地唠叨着，七荤八素，张家长李家短的，随时会爆发出毫无忌惮的大笑，震得枣树叶子哗啦哗啦响。实际上，每个人都明白，他们是在守着自己家的枣树，防着那些偷枣的蟊贼。有时候，孩子们不上学，也跟着跑过来瞎凑合。一时间，女人骂孩子的声音此起彼伏。孩子才不管呢，爬树、追鸟，玉米被撞得东倒西歪。

　　这一天天气晴好，太阳早早地从东边钻出来。马东和马南就像两个士兵一样，从一大早，便开始做准备。马东把晒干的胶泥蛋子收进一个布袋子里，马南接过来晃一晃，布袋子里便发出"哗啦哗啦"的声音。胶泥蛋子圆圆的硬硬的，如果打在麻雀头上，麻雀就会像小枣似的从树上掉下来。

　　"'扑通'一声，"马南笑着说："'扑通'就掉下来了，大冬瓜，你说是吧。"

　　马南叫马东大冬瓜，马东叫马南嘎小子。

　　"一会儿咱走的时候，千万要躲开那个孟姜女。"马东把嘴巴凑在马南的耳朵上，眼珠子转了转，有点很神秘地说："听到没有，嘎小子。"

马南正使劲地拽着弹弓上的皮筋，并且咯嘣着一只眼，做出瞄准的姿势，然后他松开皮筋，朝马东点点头。他们知道妹妹马红现在正盯着他们，每到他们想出去玩的时候，他们的妹妹马红总像一个跟屁虫似的跟着他们。

"就像一根尾巴，甩都甩不掉。"马南说。

"还爱哭，整天撇着嘴，跟孟姜女一样。"马东说。

于是，他们开始叫妹妹马红"孟姜女""尾巴"和"跟屁虫"。

他们的叔叔马权从偏房里走出来。马权的手里提着一把刀。刀是木头把的，窄窄的，长长的，上面落满灰尘，刀背上生满酱红色的铁锈。马权来到枣树下面，他拿刀使劲地敲了几下树干，刀背上的铁锈纷纷地掉下来。马东和马南有些好奇，他们是第一次看到这把刀，他们没想到他们家的偏房里还藏着这么一把刀。他们来到叔叔身旁。

马南说："哪来的一把刀，这么长？"

叔叔马权没理他，他正拿指甲盖试着刀刃，他的指甲盖黑黑的硬硬的，脏兮兮的，刀刃滑过去，一点儿痕迹都没有。

马东说："你拿刀干什么？"

"宰人。"他们的叔叔马权猛地抬起头，朝他们吼了一嗓子。

这时候，一颗红透了的小枣正好落下来，砸在马南的头顶上，马南吓得"哇"地叫一声。这颗小枣肯定遭虫咬了，现在还不到小枣红透的时候。奶奶说，虫子一咬，小枣就红。小枣红了，就会从树上掉下来。马东拾起那颗小枣，攥在手里。他看了看叔叔马权。他发现叔叔马权脸色铁青，眼珠通红，胡子也黑了许多。他们的叔叔马权耷拉着脸，真像要宰人的样子。

"倔骡子这是怎么了？跟狼狗似的。"马南说。马东和马南背地里管叔叔马权叫倔骡子。

马东和马南躲开叔叔，他们抬头看看太阳。白亮白亮的太阳已经高过偏房的屋脊，就像一个风筝似的悬在空中。

太阳一热，玉米叶上的露水就没有了。马东和马南都明白这个道理，他们讨厌早晨的露水，弄得身上湿乎乎的，不舒服极了。现在，露水已经干得差不多，于是他们对了对眼光，便装出若无其事的样子，准备走出家门。他们没想到，他们的妹妹马红就像一匹小马驹似的从屋子闯出来。

"站住，马东。"马红的头发披散着，嘴里叼着一块馒头，两手边跑边向上提着裤子。

"你们想扔下我，没门。"马红气势汹汹的，如果不是头发长点，活脱脱的一个野小子。这丫头刚刚六岁，就神气得有点儿过头，这是奶奶说的。

但现在，马东和马南必须停下来，他们都害怕马红那惊天动地的哭声。马南拿手捂住腰里的胶泥弹子，扭过身子，昂着头看天。

马东说："你干什么，马红，一惊一乍的。"

马红说："你们想扔下我不管。"马红一口把馒头吞进嘴里，然后拍了拍手。

马东说："我们就没想出去。"马东梗着脖子，咧着嘴，腰里的弹弓把儿硌得他肉皮疼。

还是马南聪明，他知道把话题引开。他把目光从天上拉回来，马上露出一副嬉皮笑脸的模样。他说："马红，咱姑姑咋样了？咱姑姑的病好了没有？"

马红一听这话，小脸立刻严肃起来，她伸出两只胳膊，踮起脚尖，搂住马东和马南的脖子，把他们的脑袋瓜拢到她脸前，声音低低地说："姑姑光哭，姑姑从那天回家来后，就不停地哭。眼睛肿得跟水蜜桃那么大。姑姑不能吃东西，一吃就吐，爷爷正准备去很远很远的地方请大夫呢。"

马东和马南都瞪大了眼睛。他们不能不相信马红的话，因为马红和奶奶、姑姑睡一间屋。姑姑哭，马红既能听到，也能看到。姑姑在城里的纺织厂做工，都好几年了，做得好好的，不知道为什么被爷爷和父亲接回家来。奶奶跟别人说，马静生病了。马静就是姑姑了。奶奶跟别人说话时，脸阴得像要下雨的样子。母亲和奶奶一向合不来，两个人老是指桑骂槐地斗几句嘴。尽管还在一个大门里进进出出，可勺子早就不在一个锅里搅和了。这几天，奶奶满脸阴云密布。母亲呢，却是一脸的阳光灿烂。母亲似乎也比往日勤快得多，一大早，就哼着小曲儿下地干活去了。

马东和马南问过母亲："姑姑这是咋回事？"

母亲说："龙生龙，凤生凤，老鼠生的打地洞。"

马东和马南不明白，说："这与老鼠有啥关系？"

母亲说："母鸡能变成凤凰吗？"

母亲盯着马东和马南问，有些趾高气扬的样子，搞得他俩一头雾水。

马东摇摇头说："没见过凤凰。"

马南说："母鸡也不错啊，可以下蛋，也可以吃肉。"

母亲朝着马南的屁股踹了一脚，骂道："就你奶奶的知道吃。"

不过，漆黑的夜里，懵懵懂懂的马东还是听到了一段父亲和母亲的对话。

母亲说："强扭的瓜不甜，不行就散货拉倒啊。"

父亲说："马静都做了流产，这要是传出去，咋活呀？"

母亲叹一口气，说："好死不如赖活着，唉，也不能喝药寻死啊。"

父母说的话，马东听不明白，一歪脖子，就迷迷糊糊地睡着了。

爷爷和父亲从屋里走出来。爷爷穿得很板正，黑裤子和黑布鞋都是新的，大热的天，爷爷还戴着他那顶帽子。爷爷的头发都掉光了，所以一年到头，爷爷都是戴着那顶带遮檐的黑帽子。爷爷手里提着一个黑人造革提包，里面鼓鼓囊囊的，不用说，那准是给大夫带的酒和点心。爷爷把人造革提包挎在自行车把上，推起自行车，便急匆匆地走出门去。爷爷从他们身边走过时，根本就没瞅他们三个一眼。爷爷太阳穴上的那颗黑痣不停地抖动着。

"姑姑得的什么病？"马南问马红。

马红摇摇头说："谁知道？她又不说话，她光哭。"

"生病了就治病呗，也不能整天哭啊。"马东说。

"就跟孟姜女似的。"马南说。

"孟姜女？孟姜女是谁？"马红很认真地说。

马东和马南猛地笑起来，他们看着马红满脸迷惑样子，便笑得更欢。

"马红，你过来。"父亲站在屋檐底下，他用舌头舔了舔卷好的纸烟，叼在嘴上。

马红听到父亲喊她，便回过头去问干什么。父亲说："叫你过来你就过来。"父亲的嗓门猛地大了许多，模样看上去很凶，以往父亲可不是这个样子。

马红噘着嘴，扭着小屁股向父亲走去。这时候，叔叔马权把那块磨刀用的大青石搬出来，叔叔还端来一盆清水，放到枣树下面。叔叔正准备磨那把生锈的刀。

马东捅了捅马南的腰，脖子使劲朝外一扭。马南立刻就明白过来，他们悄悄地退出大门，然后撒腿便跑，他们唧唧咯咯地笑着，几乎一口气跑出村子。

"总算甩掉了这根尾巴。"马南停下来喘着气，又回头看了看村子。

他们最害怕马红哭天喊地地追上来，这次还好，村里的街道上只有一只黑狗瞪着眼睛瞧他俩。马东掏出弹弓，朝着黑狗晃了晃。黑狗龇开牙，想叫没叫出声来。马南就把马东拽跑了。他们跑到村子东边的破窑上。

马东说："咱们去哪里？"

马南说："北菜园吧。"

马东说："为什么去北菜园？那里树少，树少鸟就少。咱去南岗子，那里树多，树多鸟就多。"

马南说："可北菜园有菜园子，菜园子里有嫩茄子，嫩茄子可甜了。"

马东说："我们去打鸟还是去吃嫩茄子？"

马南说："吃了嫩茄子，我们才有劲儿打鸟啊。我们又没吃早饭。"

马东说："那好，剪子包袱锤。"

马东和马南抡开膀子，高声喊道：剪子包袱锤。马东挨剪了。

"好吧，那就去北菜园。"马东噘着嘴，老大的不情愿。

马南乐得嘎嘎笑，他像一阵风似的从破窑上跑下来。两个人一前一后，沿着小河沟往北走。正是吃早饭的时候，地里根本见不到人影，满世界都是蝉的聒噪声，偶尔有几只麻雀从豆子地里飞起来，又一头扎进枣树林里。河岸上长满深绿色的紫穗槐，河边上全是茂盛的芦苇和香蒲，连接紫穗槐和芦苇、香蒲之间的坡上，长满了野草。野草也不示弱，使着劲儿往上长，黄的、红的、紫的野花星星点点，在早晨，尤其鲜艳。农历七月的村野，大地蓬勃，芬芳四溢。

马南手里拿着一根柳树条子，边走边抽打身边的野花，嘴里还发出"嗨、哈"的声音。马东跟在后面，手里提着弹弓，垂着头，好像还在为去北菜园而闷闷不乐。马南突然喊道："哇，快看。"他弯下腰，盯着草丛里，露出很惊奇的样子。马东紧走两步，来到马南跟前，低头一看，不屑地说："大惊小怪。"

马南说："大蚂蚱背着小蚂蚱，还不奇怪啊？"

马东说："啥大蚂蚱背小蚂蚱，它们这是在配对。"

马南瞪着大眼说："咋是配对呢？你看大蚂蚱这么大，小蚂蚱这么小！大蚂蚱肯定是妈妈，小蚂蚱肯定是孩子。肯定是妈妈背着孩子，咋能是配对呢？配、配对也得差不多大吧。"马南急得都结巴了。

这下子，马东实在忍不住了，他一屁股坐在地上，笑得几乎要打滚。马南不笑，他为自己的发现受到嘲弄而愤愤不平。他急得身子打转儿，两只眼睛瞪得像探照灯。他猛地看到一对红蜻蜓。一只红蜻蜓落在另一只红蜻蜓的背上，在芦苇丛上面飞。他举着柳树条子指着红蜻蜓说："你看你看，你快看，这两只蜻蜓才是配对呢。你看它们一般大吧。"马东还在不停地笑，他根本没看那一对红蜻蜓。马南又被水里的蛙声吸引住，他伸着脖子，看到水边上有一对青蛙，一只青蛙正趴在另一只青蛙身上，他又举起柳树条子，指着河边说："你看看，那对青蛙，趴在上面的是小了一点儿，但不至于差这么大啊。"

马东不笑了，他从地上爬起来，拍拍裤子上的草屑。他不再说什么，继续向北走。马南还没回过神来，他又愣了一会儿，朝着马东的后背"哼"一声，嘟囔着说："啥事都想得这么流氓。"

他们跨过一座砖垒的土桥，再向北走不远，就是北菜园。菜园嘛，肯定是在河边上。他们看到了河边芦苇丛中的那架水车。水车早已经废弃了，但它就那么一直竖立在河边。没有人用它，也没有人管它。在生产队的时候，它整天"吱扭吱扭""哗啦哗啦"地响。马东还能记得水车转动的样子，可马南就没有见到过。包产到户后，菜园都变成了自家的菜园，浇菜园的工具也变成了抽水机。

马东见到水车，就特别亲，他记忆中还存有水车的神奇。所以，离好远，马东便朝水车跑去。现在，闷闷不乐的变成了马南。马南朝着马东奔跑的身影"呸"的一声，他在河岸上停下来，掏出小鸡鸡撒一泡尿，他瞄准那些野花，极力地把尿浇在上面。他看到野花被冲得东倒西歪，嘴里便"呵呵"地笑出声来。他把目光又向远处拉了拉，他看到更多鲜艳的野花，可是，他的尿已经够不到了。他想朝前迈一步，却突然发现那些野花在不停地抖，他往野草棵下一看，禁不住惊呆了。他看到一条蛇，不，是两条，两条灰白色的蛇，背上生着鲜红的花纹。他看到它们的身子紧紧地缠在一起，缠成了麻花状，扭着在堤坡上爬。

当马南看清楚这是两条蛇时，他忍不住大叫一声，把手里的柳树条子一扔，扭头朝着马东跑去，边跑边哇哇哭着大叫。马东扭过身子，愣在那里。马南跑到他跟前，一头扎进他怀里，哭着说："蛇，那边有蛇，两条，缠得像麻花似的。"马南的样子，让马东猛地觉得自己高大不少。马东拍拍马南的肩膀，轻轻推开马南，说："等着，我去看看。"

马东手里提着弹弓，他来到刚才马南尿尿的地方，抻着脖子瞅了半天，又向前找了一段，快到土桥时，他停下来，然后往回走。

他回到马南身边，说："找不到了。"

马南惊魂未定，结巴着说："两条，好粗，身上全是红花纹，缠得像麻花，吓死我了……"

"那是两条蛇配对呢。"马东皱着眉头说，"老人说，看到蛇配对不好。快，马南，赶快闭上眼，朝着天，连说三声我瞎眼了。心诚的话，要扇着自己的耳光说。"

马南这次很听话，他仰起头来，闭上眼，左右开弓，一边扇着自己的脸，一边说着我瞎眼了我瞎眼了。马东背过身，偷偷地笑起来。

早晨的菜园子鲜亮鲜亮的，跟大片大片的庄稼地不同，菜是一畦一畦种的，这一畦种的是萝卜，那一畦种的是辣椒，色彩斑斓，模样各异，比庄稼地好看多了。正是硕果累累的季节。红彤彤的西红柿上还挂着露珠；圆圆的乌紫的茄子亮晶晶的；长长的辣椒一串串的，红绿相间；绿色的大南瓜趴在地上，像一个一个的大娃娃；白菜的大叶子翠绿翠绿的，如同玻璃做成的……马东和马南在菜畦里穿梭着，他们知道什么样的西红柿、黄瓜和茄子最好吃。他们摘了两个嫩茄子、两根黄瓜和两个西红柿，马南把衣服撩起来，兜在怀里。

马东说："走，到河边洗洗去。"

马南说："我，我害怕。"马南皱着眉头，眼角瞄着河岸，撇撇嘴，要哭的样子。

马东说："怕啥，有我呢。走吧。"

说完，马东便甩开胳膊往河边走去。马南只好跟在马东后面，两手兜着衣服，慢慢地朝前走。来到河岸上，马南再也不敢向前一步。马东只好抱着西红柿黄瓜的，自己跑到河边，洗干净了，把它们递给马南。

马东和马南，两个孩子，坐在岸边的土埂上，明晃晃的阳光落在他们身上，南面吹来的风，变得干燥炎热。他们面对着一片片的菜畦，一口一口地嚼着黄瓜啃着茄子。菜畦的那边，是一片枣树林，三三两两的麻雀从枣树林里飞过来，叽叽喳喳地叫着，落在菜地里。

马南说："看，有两只大鸟。"马南"噌"一下站起来，兴奋地指着枣树林和菜地的交界处。马东当然看到了，那是两只斑鸠。不过，马东可不像马南那么沉不住气，他知道，树林里什么鸟都有，只是多少的问题。

"那是野鸽子。"马东告诉马南。这里的孩子，认识野鸽子，但不知道它叫斑鸠。

"走吧，咱快打野鸽子去吧。"马南有些按捺不住了。

"不着急，等吃完了黄瓜。"马东稳稳地坐在土埂上，咯吱咯吱地嚼黄瓜。马东知道，即使他们跑过去，野鸽子早就飞得无影无踪。

猎物是碰到的，而不是追到的。马东正想着，一只土灰黄色的鹌鹑沿着菜畦，朝他们这边跑过来。鹌鹑没有尾巴，样子像没长大的小鸡，跑得飞快，它可能看到了他俩，"出溜"一下钻进菜畦里。这下子，马东坐不住了，他把吃了半截的黄瓜朝空中一抛，抄起弹弓来就追过去，边跑着，边把一颗泥丸加进弹弓里。他弓着身子，迈着猫步，朝菜畦里寻找着。马南跟在他身后，也学着马东的样子。两个人瞪着大眼，像电影里发现敌情的八路军似的，悄无声息地找了半天，也没看到鹌鹑的影子。最后，马东直起腰来，使劲儿吐一口气，说："跑了，让它跑了。"马南也直起腰，可能是紧张的，脸上都冒出了汗水，说："是野鸽子吗？"马东一下子笑了，闹半天，这个嘎小子连鹌鹑毛都没看到啊。

看到马东笑，马南也笑了。两个人对着傻呵呵地笑。

正是这个时候，那个陌生的男人从枣树林里走了出来。陌生人高高的瘦瘦的，长长的头发乱蓬蓬的，就像树枝上的老鸹窝，一件瘦瘦的花格子衬衫裹在身上，盖住他窄窄的屁股，他的裤子更瘦，紧绷绷地捆着大腿，唯独裤裆前面，高高地隆起一团。他背着一个绿色的书包，朝着马东和马南走过来。马东和马南愣愣地盯着这个陌生人。他们被这个人的穿戴惊呆了。他们从没见过有人这样穿衣服。他们就像看一个外星人似的。走近一些才发现，那个人眼窝深陷、脸色苍白，身子歪歪斜斜的，衣服让露水打得湿漉漉的，显然他是在树林和玉米地里躲了好长时间。

在西红柿畦边上，陌生人停下来，朝他俩笑笑，露出了雪白的牙齿。马南看一眼马东，眼神里满是胆怯，身子不自觉地朝后躲了躲。马东也没回过神来，弹弓"啪"一下掉在地上，他急忙弯腰拾起来，塞进腰里。

"你们俩是这个村子的吗？"陌生人说话了。

没想到的是，这个人的声音是这么好听，就像铁锤敲在铜板上，就跟收音机里的播音员似的，有一种独特的磁力。

马东点点头，说："你是干啥的？"

那人又露出白白的牙齿，他伸手托起一个通红的西红柿，拿手指轻轻地摸了摸，说："我是来找人的？你们认识不认识一个叫马静的女的。她在县纺织厂做工。"

马东一听是找马静的，张着大口，一下子愣住了。就在他不知道如何回答的时候，身后的马南突然大声说道："马静是我姑姑。"

"哦，"那个男人又露出一口雪白的牙齿，他的眼神也一下子亮起来，他向前跨一步，又停在那里，抬头看了看天空。高高的空中有一只鹰，像一枚风筝似的，轻轻地晃悠着。

"你找我姑姑干什么？我姑姑病了。"马南的胆子似乎变大了。

"我知道你姑姑病了。我是她工厂里的同事，我来看看她啊。"那个男人皱着眉头，像是很着急的样子。

"你一个男的，来看我姑姑干什么？"马南的小嘴巴变成了一枚小钢炮。相比之下，马东的舌头倒像是短了半截。

"我是马静的领导啊，我代表厂里来看看她。"

那个男人这么一说，马南就不吱声了。他和马东对了个眼神儿。他们的眼里有些迷惑，他们不知道接下来该做什么。那个男人突然把手伸进书包里，抓出一把花花绿绿的东西，然后伸着手，朝他俩走过来，边走边说："来，来，你们吃糖，大白兔奶糖。"说着，那个男人的手就伸到他们面前。

大白兔奶糖！马东和马南听说过，但没有尝到过。他们盯着那个男人的手，那是一只苍白、细长、光滑的手，看上去是那么柔软，村里的女人也没有这么一只手啊。当然，他们看得更仔细的是这只手里的东西，那漂亮的蓝色纸片上，那只可爱的大白兔。马东和马南，你看看我，我看看你，大眼瞪小眼，他们不知道怎么办。

"快接着，吃吧，牛奶的，又甜又香。"那个男人龇着牙说。

马南似乎闻到了奶香味儿，嘴里立刻溢满口水，手伸出去好几次，只是瞅一眼马东，又缩回来。马东也在不停地咽唾沫，大白兔奶糖，别说吃了，见也是第一次啊。可是……马东脑子里乱哄哄的，他不像马南那么专注地盯着奶糖，姑姑满脸的泪水和面前这个陌生男人雪白的牙齿老是叠加在一起，在他脑子里晃来晃去。

马南的手又一次伸出去。这一次，那个男人把手中一半的奶糖直接摁在他手里。马南的手如同被烫了一下，迅速地抽回来，可是他发现，大白兔奶糖已经塞满他的小手。马南盯着手里的奶糖，眼睛再也不看马东，他拧开糖纸，一下子把雪白的奶糖塞进嘴里，接着，嘴里便发出一种愉悦的声音，脸上的笑容再也无法遮挡，灿烂如空中的骄阳。这时候，那个男人托起马东的一只手，把剩下的奶糖放在他手里。马东的胳膊软绵绵的，他歪着脖子，有些僵硬地看着漂亮的糖纸。最终还是经不住味蕾的诱惑，马东慢慢地剥开糖纸，有些羞涩地瞥了眼对面那个男人，然后把奶糖放进嘴里。一种美妙的味道让他无法形容，沿着舌尖，像电似的通到全身。这个夏日的早晨，一切都显得如此美好。

"你姑姑病得厉害吗？"那个男人问马南。

"她光哭，"马南含住奶糖，嘴里嘬哈着说，"她吃了东西就吐。"

那个人皱皱眉头，说："走，带我去你家，看看你姑姑去。"

马南瞅一眼马东，说："咱还打鸟吗？"

马东嘴里咂摸着奶糖的滋味，犹豫一下，手一挥说："走，回家。"

马南高兴地蹦起来，他朝着那人轮着胳膊说："走吧。"于是，一蹦一跳地跑在前面，当起了开路先锋。那人加快步子，紧跟着马南。此时的马东，看上去有些心神不定，他跟在那人身后，步子散乱。他们沿着河堤，穿过一片豆子地，拐上一条乡间小道，小道两边长着玉米、芝麻、蓖麻、花生和地瓜，一群群麻雀飞起来，飞向远处的枣树林里，他们不再关心。他们走到小道的尽头，拐上一条通往村庄的大路，大路两边是高高的白杨。透过白杨，是乡村小学那排红砖瓦房，还有机磨坊那高高的烟囱。

他们走进村庄的时候，人们正好吃罢早饭，有的坐在树下抽旱烟，有的站在门口剔牙缝，有的扛着农具准备下地干活……是的，他们都看到了马东和马南。当然，他们也都看到了那个穿着奇装异服的陌生男人。对陌生人，村里人有一种本能的敏感，何况还是这么一个陌生人。

"马南，你这是干啥去了？"

每个人都在问。每个人都盯着这个陌生人看。每个人都觉得这是个怪人。而陌生人昂着头，面无表情。

"我姑姑他们厂里来人了，来看我姑姑了。"马南嚼着奶糖，甩着胳膊，神气十足。

"哦，"人们把这个"哦"拉得长长的，目光盯着陌生人，像钩子似的钩住不放，有的人就被钩着跟在了他们身后，那队伍越拉越长。人们跟着陌生人，踱着步子，目光飘移不定，看似漫不经心地朝马南家走去。

离家越近，马南的步子越快，后来，他干脆跑起来。他跑进家门，直接跑向奶奶和姑姑住的屋子，几只鸡被他吓得"咯咯"地飞起来，黑猫"噌"一下爬上枣树，马红像一团火似的朝他窜过来。马南闯进姑姑的屋子，他看到姑姑坐在炕上，背后靠着一摞被子。

他上气不接下气地喊道："姑姑，你们厂里，来人了，来看你，是个男的。"

奶奶从外面走进屋，说："马南，你就不会慢着点。"

马南回头跟奶奶说："姑姑厂里来人了，来看姑姑，是个男的。"

这时候，姑姑歪着身子，已经把头伸向窗台。透过窗玻璃，姑姑似乎看到了特别可怕的东西，她惊恐地张大了嘴巴，猛地发出一声大叫，把马南和奶奶吓得愣在那里。姑姑撕心裂肺地喊道："快，快去关门，别，别让他进来。我不想见到他。"

奶奶和马南跑出去。马南跑得快，他蹦出屋门，正看到那个男人站在枣树下面，跟父亲说着什么。奶奶跟出门，一眼就看到那个人。奶奶好像一下子就知道了那个人是谁，她转过身，飞快地关上屋门。马南看到，他们家的大门口已经围满了探头探脑的人。马红跑到马南身边，拉着她的手说："马南，那个穿得怪怪的人是干吗的？对了，今天是你的生日呢，妈妈煮了两个鸡蛋，给你留着呢，一会儿你要是吃不了，可给我留一口啊。"马红的话，马南好像没听见，他从裤兜里摸出一块大白兔奶糖，递给马红，接着就把马红推到一旁。

父亲朝这边走过来，那个人跟在后面。奶奶突然大声喊道："站住！"父亲和那人都被吓了一跳，一下子站在那里。奶奶朝那个人说："你快回去吧。马静不想见到你。"奶奶说这几句话时，手在不停地颤抖。奶奶这么一说，那人突然就跑了过来，他绕过奶奶，直接跑到窗前，他使劲儿敲着窗玻璃，喊道："马静，你开开门，你听我说几句话好吗？你开开门啊。"接着，他又跑到门口，可奶奶像个门神似的站在那里。那人说："大娘，你让我进去好吗？我要跟马静说几句话啊。她是误解我了……"说着，他抓住奶奶的一只胳膊，奶奶伸出另一只手，一巴掌拍在那人脸上。奶奶咬着牙，一下一下拍过去，嘴里骂着你个狗娘养的黑心王八蛋。那人扭着头，躲着奶奶的巴掌。父亲跑过来，用力掰开那人抓住奶奶胳膊的那只手。可那人还是一个劲儿往门口蹿。父亲从后面抱住他，用力向外拖。

那个人挣扎着身子，跳着脚喊："马静，你骂我也好打我也好，你得听我说说啊！马静，你不能这样啊！马静……"那人脸涨得通红，脖子上的血管都鼓了起来。

马南吓得呆愣在那里，他看到站在枣树下面的马东，也跟他一样，瞪着大眼，一动不动地盯着父亲向外拖那个男人。突然，叔叔马权从偏房里跑出来，马南看到，叔叔马权手里提着一把刀。刀是木头把的，窄窄的长长的，刀背锃亮，泛着清寒的光。那是一把刚磨好的刀。光刺进马南的眼里，禁不住让他浑身一哆嗦，一泡热尿就洒在裤子里。

马权脚步敏捷，他几步来到那个还在跳脚的人面前，低沉地骂了声：你个狗日的。接着，刀便插进那件瘦瘦的花格子衬衫里。这时候，一群鸽子正拉着悠扬的鸽哨从空中飞过。

一切都是那么迅速。迅速得让所有人都不知道发生了什么。

马南"啊"地大叫一声，他像一只中弹的兔子，窜过身边的奶奶，窜过向外拔着刀的叔叔，窜过正向着地上瘫软下去的陌生人，窜过瞪着大眼的父亲，窜过那棵枝繁叶茂的枣树。他看到母亲正从里屋跑出来，他一下子扑进母亲怀里，惊恐地喊道："妈，倔骡子，杀人了！"接着，"哇"的一声大哭起来。

时间静止在那个乡村小院里，静止在那个遥远的芬芳四溢的早晨。

原载《芳草》2020年第4期

点评

不读到这篇小说的结尾，恐怕谁也想不到开头所说的"多年前的一个故事"居然是一桩杀人事件。小说有一个诗意的题目，采用儿童视角，写了两个小男孩趁着家里一团糟，成功地甩掉了妹妹这个"跟屁虫"，去田野里吃瓜果，用弹弓打鸟。小孩的世界充满了童趣，小孩眼中的村野大地那么清新，有趣，神奇。然而，小说里的世界渐渐被揭去美丽的面纱，露出了狰狞的面孔。两个小男孩在菜地里遇到一个陌生人，经不起大白兔奶糖的诱惑，把他带回了家。这个陌生人就是让"姑姑病了"的罪魁祸首，他的到来引起大人们的激烈反应，最终被叔叔"倔骡子"用刀刺倒在地。

作者不仅仅运用了"欧亨利式的结尾"，题目与故事也形成巨大的反讽。或者说，小说里存在着两个世界——儿童世界与成人世界，构成了反差和对照。在孩子的世界里，晴朗的秋日早晨多么美好，可以自由自在地嬉戏，田野"芳香四溢"，令人心旷神怡。尽管，从小孩子们懵懂的交谈中，从大人们异常的行为中，读者已经明白从纺织厂回到家中的姑姑不是病了，而是未婚怀孕，做了人流。但是，读者仍然会沉醉在充满童趣和诗意的儿童世界中，怎么也想不到这样一件"家丑"会引发凶杀案。因为大人们对外极力遮掩着"家丑"，包括气愤难平、磨刀霍霍的叔叔。然而，那个肇事男人居然找到村庄里来，马家的"家丑"再也遮不住了。他明明想跟"姑姑"和好，并非始乱终弃的混蛋，却倒在了马家。与其说是保守的性观念和婚恋观，毋宁说是可笑的"家族荣誉"造成了悲剧。小说结尾以成人世界的荒诞和残暴刺破了儿童世界的纯真和诗意，令人震惊、唏嘘、深思。

其实，这个儿童世界与成人世界同属一个乡土世界，那么纯朴天真的儿童怎么变成了保守、残忍的成人？作者对乡村的态度显然是矛盾的，抒情与批判共存。而小说中对动物"配对"的书写也不是闲笔，既流露了作者的自然人性观，也表现了乡村文化的保守性。

（祁春风）

第二十九个半/

/秦 岭

引子

"真的！我想自杀。"她说。

这个叫丽丽的女人，使《PTSD症状人员自杀人数登记表》中的数据由二十九个变成了二十九个半。前者是我们心理援助工作站近期掌握的灾后实际自杀人数，后者是我们独有的一种量化方式。一个"半"字，非同小可，特指生死交叉点上有明显自杀倾向的PTSD症状人员。在绝望的心理悬崖上，丽丽如果跨前一步，数据就会冒到三十；退后一步，就能拽回二十九。

丽丽自己当然不知道，她是第二十九个半。

1

丽丽像自己的影子一样现身我们心理援助工作站的时候，是大地震过去三个月之后的一个午后。地震是五月中旬发生的，当时造成多个县市8万多人死亡和失踪。

"假如我不死，那又为谁活？"丽丽说。

我判断，丽丽既然有勇气走进工作站并诘问自己，说明她心灵的夜色中尚有一丝残存的微光。这丝微光，有可能是对人间的某种不舍。

如果说八月的灾区像一个巨大的蒸笼，我们工作站的临时板房就是捂在蒸笼里的包子，热，闷，还憋气。我让右手摇动扇子的节奏舒缓下来，就像有一搭无一搭地和丽丽拉家常。我的面部表情配备了足够的淡定和从容，没有外露丝毫的惊讶和不安。稍懂心理干预知识的人一定懂得，我一点一滴的行为和表现，是心理干预中的避重就轻、先抑后扬之法。也就是说，从丽丽现身的第一时间起，我对她的心理干预已经悄然启动。

"自杀，您难道没有任何牵挂了吗？"我把水杯的上沿搭在嘴边，表示漫不经心地喝了一口，其实杯子早已空了。

"可是，我至今不敢见他……"丽丽欲言又止。

这是一个重要信息。丽丽提到的他，指谁呢？

丽丽睁大眼睛定定地注视着我，这样的神情至少持续了十几秒的时间。

就在这长达十几秒钟的迟疑中，我察觉到了她表情的呆滞、内心的焦虑和反应的迟缓。从丽丽的站姿、头发、领口以上的皮肤和过于宽松的连衣裙来看，她的身体是由健康匀称型迅速沦为病态瘦弱型的，这也吻合PTSD症状人员生理表现的某一种类型。显然，PTSD症状在丽丽的心理世界一隅蛰伏已久，现已发生质的变异，并与明显的抑郁症合股形成狂飙突起的杀伤力，即将把她推下死亡之谷。

我瞥了一眼窗外，用有意无意的口气叹道："哦，又有几束花儿开了。"

丽丽的注意力果然被我引导到窗外，但迅即又收回目光。这是我非常期待的心理反应。但我的目光没有和丽丽的目光持续对接，我平静地嘱咐身边的心理志愿者："给大姐倒杯水。"

山城的抢险救灾工作早在两个月前基本告一段落，大量的灾民已经从几十个临时安置点全部搬进了散落在城郊的板房区。老城已毁，正在异地重建。我们的工作站也搬到了老城与新址之间的一片板房区安营扎寨，这样更有利于就近走访、接待灾后心理创伤人员。从心理学上讲，灾后心理创伤人员的人数一般是罹难、失踪人数的近60倍，也就是说，这次地震造成的心理创伤人员多达几百万之众，他们当中以PTSD症状人员居多，绝大部分属于罹难者的家属、朋友、同事、同学或其他亲近者。

我们发现，近期心理创伤人员自杀的时间节点，多在"六一"儿童节前后。不少家长承受不了丧子之痛，而"六一"儿童节的日渐临近，让所有的物是人非在家长的触景生情中幻化为双刃剑，剑刃的一面是鲜花，一面是碧血，花愈鲜，血愈碧，最终彻底摧毁了一些丧子家长的最后一道心理防线。我们面临的心理援助形势非常严峻，下一步，撞上本该阖家团聚的中秋节、春节怎么办？

丽丽的宝贝女儿也在地震中罹难，但丽丽说："如果不离婚，我连一分钟都不想活。"她不敢提及女儿，却直奔婚姻主题。

自杀和离婚，显然都是她的选项。丽丽的心理状况既是一个特例，也是我们面临的一个新课题，它完全有别于灾区爱情和婚姻的普遍性特征。我们从婚姻登记部门了解到的情况是，灾难之前，几乎每周都有前来申请离婚的夫妻，但灾难过后，至少在目前尚未受理过一例。一个普遍的现象是，不少感情即将破裂的夫妻经过灾难的严酷洗礼，所有矛盾束之高阁，更加珍惜来之不易的家庭生活。

可是，丽丽却偏偏把离婚的念头高悬在生与死的杠杆上。

丽丽和丈夫从小可谓青梅竹马，两小无猜。当年，两人一起上幼儿园，后来一起读小学和中学，再后来相约报考了同一所大学。毕业后，丽丽在一家商贸公司当白领，丈夫在一家事业单位当科长。他俩的姻缘一度被邻居、同事认为是真正的百年好合，堪称典范。

"您知道吗？我就是三个多月前那篇新闻报道《奇迹：妻子在废墟下第四天被丈夫唤醒》的女主人公。"丽丽说。

一石激起千层浪。我们大吃一惊，先是愕然，继而兴奋、新奇。谁能忘记那条轰动一时的新闻呢？当时这条新闻占据了很多省市晚报的头条位置，网络媒体的评论更是成千上万，我至今记得当时的一些经典评价，比如"爱情的绝唱""三生缘""鬼门关挡不住真爱""地震灾难与海枯石烂"……因涉及隐私，媒体始终未披露这对恩爱夫妻的姓名和所在地区。

"真是远在天边，近在眼前啊！"我说，"你们夫妻的感情，让很多人重新认识了爱，也包括我们心理工作者。"

丽丽终于披露了生命中那个至关重要的男人：段坤。

可是，一提到段坤的名字，她又陷入了沉默。

"窗外，远处，那棵开花的，是桂花树吧？"我说。

这次，丽丽并没回头。她不再说什么，心理世界仿佛加了锁。

丽丽刚刚离开工作站，我就以工作站站长的名义给站里的几位心理专家、心理志愿者下了死命令："一定要发挥好我们心理援助的理论、实践和经验优势，对丽丽实施全方位的心理干预，不能眼睁睁看着她在我们眼皮底下自杀。"

具体讲，不能让丽丽迈过第二十九个半这道红线。

2

段坤，一个充满无尽忧伤的男人。他面无表情，香烟在二指间微微抖动。

我发现，段坤的PTSD症状也十分明显。他说："您这大专家这么忙，还非得找我聊，好像我有心理创伤似的。"实际上他是不打自招了。段坤除了忧伤，还有对尊严的呵护。

三个月前的那个中午，午休完的段坤刚要去单位上班，房子突然像中魔似的剧烈摇晃起来。"地震啦——"他一边喊，一边迅速沿着楼梯从六楼冲下一楼。刚出楼门，楼房已经在他身后倒塌。在骤然响起的坍塌声、惨叫声和蘑菇云似的尘雾中，段坤冲到了街头。大地的震颤仍在继续，他紧紧抱住了一棵大树，和大树一起颤抖。眼前的一切惊呆了他：一幢幢建筑物在惨烈的轰鸣中迅速化为残垣断壁，曾经的"四面环山"到处都在爆裂，乱石在空中横冲直撞。有些路段已经被滚石和混凝土块合围。被砸瘫的汽车像蜗牛似的趴在那里。惊慌失措的人群有的在狂奔，有的在龟缩，有的浑身是血，有的已经奄奄一息……

升腾的尘雾一阵紧似一阵，弥漫过来，弥漫过来……

妻子、女儿、父母、岳父母怎么样？他慌忙掏出手机，匆匆按键之后，才知通讯早已中断。父母住在城北，岳父母住在城南，好在都是成年人，或多或少有死里逃生的可能性，可是，女儿呢……

女儿就读的县城一中已经成为一片废墟。段坤从侥幸逃出来的学生中没有找到女儿。残垣断壁上散落的书包、桌椅、残肢和血迹拉直了段坤的目光，几乎要把他的眼球拽出来。很多家长在玩命地用双手扒拉着混凝土块和生硬的钢筋，有的家长指甲被磕掉，有的家长在绝望中昏厥过去，而那些和孩子抱头痛哭的家长，无疑为幸运而泣……

段坤赶紧去找丽丽。地震来临之前，休假在家的丽丽早早去了水产品市场，说是要采购最新鲜的龙虾，晚上给他庆贺生日。段坤锁定了几个已经成为废墟的水产品市场。这里，有的人在找丈夫，有的人在找妻子，有的孩子在找爸爸，有的妈妈在找公婆……

"丽丽——丽丽——"段坤在喊叫，不，是在呼唤！

当晚还下了一场冷雨。雨夜中，很多人没有停止对亲人的寻找和呼唤，哪怕最终找到的是一具冰冷的、血肉模糊的遗体。昼夜温差大，不少人穿着逃生前的单衣，个个冻得鼻青脸肿。

又过去了一天。段坤在一片空地上并排安放的几百具遗体中见到了父母的遗体，是救援人员从废墟下找到的。丽丽仍然活不见人，死不见尸。地震的一刹那，丽丽也许在某个市场里，也许在往返的途中。两天来，段坤一刻也没合眼。他步履匆匆，跟跟跄跄。他不停地呼唤，寻找；寻找，呼唤。他在和死神赛跑，在想象奇迹的突然降临。

稍懂搜救常识的人都知道，在这样的天气条件下，废墟中那些尚有生命体征但肢体破损的伤者如果在有效时间段内得不到施救，一般而言生还的概率不大；身体完好的生者在废墟下面，如果在三天内得不到施救，也有可能……

已经是第四天了，所有的废墟渐渐趋于沉寂，但偶尔也会有炸裂般的呐喊从某个废墟上传来，那多半是严重遭受心理创伤的寻亲者发出的呐喊，如果套用民间语言，那就是"他们已经急疯了"。

段坤撞上了一个神情恍惚的同事。同事已经语无伦次："我们全家都……哦，除了我，其余的……你保重！你这样找下去，会把自己拖垮的。"

那个夜晚——这是第四个夜晚了，段坤的身子像落叶一样飘在一片废墟旁。这片废墟，他其实已经来过至少七次了，可他仍然停不住自己机械的呼唤："丽丽——丽丽——"

声音早已变调：嘶哑、干燥、微弱。那不像他的声音，像风吹落叶的声音。

"哎——我是丽丽……我在这……这里……"

听见了，真的听见了。声音就在废墟下面，那声音同样嘶哑、微弱，但段坤能分辨出是女性的声音。

那个瞬间，段坤怀疑听觉出了问题，他使劲摇摇脑袋，没错，是真的。希望的曙光瞬时激活了段坤的神经，他像饥饿的蜘蛛一样手脚并用，在裸露的钢筋、砖石的杂乱丛林中开始了新一轮攀爬、翻越，全身又多了几十道累累血痕。找到声音的来处，是关键中的关键。而这时，他基本成了一个血人。

"丽丽——丽丽——"

"我……我是丽……丽……"最后一个"丽"字之后，声音像青烟似的消失了。

太难救了，但还是救——不！是小心翼翼地拖出来了，段坤拖出来了一个浑身是血的女人。显然，女人在又一次昏迷之前，已经在黑暗的废墟中摸索、爬行、挣扎了很久。是叠加、穿插的钢筋和混凝土块偶然形成的不规则空隙，幸运地成了她的生命通道。如果没有段坤的努力，女人几乎没有爬出残垣断壁的可能性，因为在距离废墟表面大约两米处仍然有随时可能塌陷的混凝土块悬在她的头顶，如果不慎触及哪怕最微弱的某个支点，她就有可能被死神顺手牵走——很多废墟中的伤残者，就是在徒劳的自救中和生命告别的。

夜色中，女人的脸被掺杂着泥巴、草屑、沙砾的血污覆盖。精疲力竭的段坤似有神助，背起女人就往附近的临时帐篷医院方向摸去。

一个血人，背着另一个血人。

一束光亮袭来，照亮了前面遍地瓦砾的路。光亮是手电光，这是一位好心的抢险志愿者及时送来的生命之光。

"这是我妻子，赶紧救救她。她在废墟中，都……都四天四夜了。"这是段坤靠近帐篷医院时喊出的第一句话。

直到这时段坤才体会到什么叫十指连心。左手，有四片指甲不翼而飞。

段坤告诉我："在找我妻子的过程中，我至少搜救到三四个人，丽丽是我最后救出的一个。"

3

经过心理疏导，丽丽又一次打开了她的心理世界。

"在帐篷医院的第四天，我才慢慢有了意识。"丽丽对我说，"我的身子、脑袋被绷带缠裹得就剩一张肿胀的嘴巴，浑身不能动弹，世界和废墟一样漆黑。"

血源告急！丽丽的血管里也流进了段坤的血。

丽丽在第一时间实施手术的时候，输完血的段坤已经在帐篷外的板房里沉沉入睡，被包扎的左手像一个大菠萝。三个多小时后，有护士叫醒了他："真是不幸中的万幸，您的妻子尽管处于昏迷状态，但脱离了生命危险。"

段坤潸然泪下。段坤被允许进入帐篷的时候，昏迷中的丽丽已经换上了病号服，长长的输血管、输液管悬在头顶。他用右手轻轻捧起丽丽缠裹着绷带的手，把脸贴了上去……

丽丽昏迷的三天，也是段坤陪伴的三天。

"我是被段坤唤醒的。"丽丽告诉我，"朦胧中，我隐约听到'丽丽——丽丽——'的呼唤，那嘶哑的呼唤亲切而熟悉，似乎很遥远，又似乎很近，可我却没有气力答应了。实际上，那是来自废墟下的记忆。"

丽丽肿胀的嘴，可以一点点进流食了。然后，便是昏睡。

第五天——也就是地震后的第九天，又一个男人走进了帐篷。

男人对医生说："我叫甄松，听说您这里收治了一个叫丽丽的女士，是被她丈夫搜救出来的。我非常羡慕这对夫妻。"甄松的眼睛里飘着泪花，又说，"我的妻子也叫丽丽，可是，她再也回不来了。"

那时的段坤正偎在丽丽的床前，小心翼翼地用勺子给丽丽喂稀粥。他轻轻放下碗和勺子，起身，走过来，轻轻拥抱了甄松。灾难时期的人们已不习惯语言，而是习惯了拥抱，拥抱无形中成了所有语言和表达的总和。

甄松已经泣不成声。"我祝福你们夫妻俩，永远幸福！"

"谢谢你！好兄弟。"段坤轻轻拍了拍他的背，"有你这样的好男人，你的妻子在九泉之下会瞑目的。"

"松……松……亲爱的。"这声音来自两位男人的身后，来自丽丽的病床。这是丽丽入院后发出的第一声。

先是甄松和段坤目瞪口呆，继而是现场所有的人目瞪口呆。

甄松"扑通"一声跪倒在段坤的脚下，浑身抖成了筛子。

所有的逻辑，瞬间颠倒。丽丽，实际上是甄松的妻子。也就是说，被段坤施救的丽丽只是一个叫丽丽的女人，并不是他的妻子。灾难来临时，甄松正好在楼下擦车才幸免于难，当时，妻子正带领几位同事在几家商场做营销调研。

据我们了解，在人们自发的救援中，面对大规模的死亡或受难，带有目标性救援的成功率往往很小，比如，有一位父亲在残垣断壁中救出了七八个孩子，但没有一个是他的儿子，最后，这位父亲出现了严重的PTSD症状，目前仍然在接受我们工作站的心理干预。但段坤和丽丽的情况却不一样，初衷和结果，仿佛喜剧与悲剧、悲剧与喜剧相互交错的幻灯片，扑朔迷离得让人窒息。

段坤莫名其妙地笑了，这是心理临近崩溃时才有的表情。

"我想再抱抱她。"段坤说。

好像在自言自语，也好像是说给甄松听的。甄松紧张地连连点头。

段坤俯下身子，再次拥抱了这个叫丽丽的女人。他能看到的，其实仍然是女人微微翕动的一张嘴。女人吃力地抬起一只胳膊，摸索着搂紧了段坤的脖子。她的语言像是从唇齿间飘出来的，像花开的声音："松……我是这个世界上最幸福的女人，因为有你。"

一片片废墟上，呼唤像大地返潮后的湿气，再次泛起。

这是段坤的呼唤。他仍然像一片轻飘飘的落叶，从这里落到那里，从那里落到这里。他像是被无形的风裹挟着，但所有的定位都在废墟。

病榻上，丽丽曾经问过甄松："地震后，你是怎么找我的？"

甄松告诉她，商贸公司所在的大楼全部坍塌，临街的商场也成为废墟。为了她，他找遍了所有的临时救助站，也找遍了震前她有可能的所有必经之地。

甄松是第三天才停止寻找的。和段坤一样，他也曾面对废墟呼唤过，一遍遍呼唤过丽丽的名字。作为一名经验丰富的单位中层管理人员，理智和常识使他非常清醒地意识到，丽丽极有可能就是大量失踪人员中的一员。甄松彻底绝望了，他不得不停止了呼唤。生命就是生命，生命是唤不回来的，这是铁打的逻辑。

考虑到丽丽的状况，甄松暂时隐瞒了其他亲人罹难的事实。

甄松说："我来医院，不为别的，只为我生命中的'丽丽'这个名字。这个名字属于你，也属于我，可我万万没有想到……"

毋庸讳言，丽丽基本康复后的第一件事，就是在甄松的陪同下看望段坤。甄松这才发现，当初居然忘了要段坤的手机号码。尽管当时手机通信早已恢复，但他并未意识到，在悲喜剧叠加的非常时刻，健忘或者忽视、疑似健忘或者疑似忽视最容易形成心理世界的某种真空地带。

"可是……段先生如果再次见到你，心理上肯定又将遭受重创。"甄松又迟疑了。

"如果他妻子来见他，不就没事了嘛。"

"……"

在临时社区一名义工的引领下，夫妻俩终于在一片板房区找到了段坤的安身之处。段坤并不在。邻居说："你们晚来了一步，段先生刚走，他一定又去废墟上呼唤他的妻子了。"

甄松说："可是，地震过去都一个多月了啊！"

丽丽怼了一句："一个多月怎么了？"

义工提醒丽丽："您先生说的没错。我们这些义工经过心理援助工作站的培训，也或多或少懂得了一些灾后心理援助方面的知识。实际上，作为知识分子的段先生，当然非常清醒所有的呼唤都是无望的，但他不能接受妻子罹难的事实。"

"假如，他的妻子被他唤回来了呢？"丽丽问。

义工说："这种可能性肯定是没有的，当然，假如丽丽真的突然出现，从心理学的角度讲，段坤的心理危机就有了化解的必然条件。"

"但是，您知道吗？段先生的妻子并没死。"丽丽说。

义工悄悄拽了一下甄松的手，叮嘱他："一定要动员您的妻子去工作站接受心理干预。她的心理状态，非常危险了。"

当天晚上，月色惨淡，板房区鸦雀无声。心力交瘁的甄松路过一片废墟时，残垣断壁下突然传来一声呼唤："我在这里——"紧接着，一个披头散发、浑身是血的女人从废墟下钻了出来。太突然了！甄松一动也不敢动，浑身冷汗直流。他定睛一看，却是丽丽，赶紧迎了上去："亲爱的，我以为你……"

眼看就要抓住丽丽的手，可丽丽倏忽不见了人影儿。

"丽丽——"绝望中的甄松扑向废墟，刚刚搬动一块巨大的混凝土块，便倏然惊醒，方知做了一个噩梦，但是，丽丽的呼唤依然在板房内回旋："段大哥——我是丽丽。"

明白了，是丽丽在梦中呼唤。她呼唤的并不是他，而是段坤。

清冷的月色从窗外挤进来，洒在丽丽惨白的脸上。丽丽呼吸急促，两手在空中抓挠。甄松赶紧轻轻摇醒了她。

丽丽说："我梦见自己仍然在废墟里，有个人在玩命地救我。"

"那只是梦。"

"如果我要说，梦中救我的那个人是你，我的丈夫，你相信吗？"

"……"

4

甄松告诉我，他是个知恩图报的人，已视段坤为亲人。他曾单独找了一次段坤，并表达了适当时候丽丽也会登门看望的愿望。

但段坤说："我在没找到妻子之前，无法面对你的妻子。"

"那……我一个人会经常来看望您的。"

"你也最好别来，因为你是丽丽的丈夫。"段坤说，"其实，你们夫妻俩第一次来看望我的时候，我就在板房门口吃方便面。我老远就注意到了，因为，在我们这片板房区，能够成双成对的，太少了。"

"那次……您是躲我们？"

"是，我首先认出了你，也是第一次见到你妻子的真容。好好爱你的妻子吧！在废墟下，她靠喝自己的尿液维持生命，够坚强的了。"段坤陷入了苍茫的回忆，"实际上，那天我背着你妻子往医院挣扎的时候，也曾感到有那么一点不对劲儿，因为我太熟悉我妻子的体重了，但我不敢相信她不是我的妻子，因为她叫丽丽。"

天气愈加燠热，尽管工作站的门窗始终大开，但黏稠的空气似乎没有流动的迹象。甄松坐在那里，勾着脑袋，两手死死抓着浓密的黑发，像要抓出一大把答案。

甄松一遍遍重复着："我现在已经六神无主了。丽丽三天两头提出要离婚，我当然不同意，可是，如果不离婚，她必然要自杀。假如真离了，她还会自杀吗？"

我悄然启动了对甄松的心理干预，他的PTSD症状太明显了。

那些日子里，罹难亲人们的身影一直在甄松的梦中晃来晃去，而妻子的失而复得，更像一场充满魔幻色彩的大梦。妻子每时每刻都在眼皮底下，可妻子已经完全不像过往岁月里的妻子。丽丽分明就是丽丽，可丽丽分明又不是丽丽。

丽丽总是说："甄松，你知道吗？你的妻子已经死了。"

平时——地震之前吧，妻子都是称呼他"松"的，可如今连名带姓，像是称呼一个关系不咸不淡的朋友。对了！妻子苏醒后发出的第一个声音，也曾是"松"。

甄松郑重其事地安慰她："不！亲爱的，你活着！"

"知道吗？我其实已经没有丈夫了。"

"不，我就是！"

"我刚压在废墟下的时候，一遍又一遍地呼唤你'松——松——'，连嗓子都喊破了，后来，我意识到你可能也……但我仍然没有停止呼唤你，直到昏迷过去。后来，我一次又一次被'丽丽——丽丽——'的声音唤醒，我一直以为，那是你的声音。"

"可是，我也的确呼唤过。"

"但第三天之后，你就不再呼唤我了，是吗？可那时，我真的活着，靠一点一滴的尿液。"

"亲爱的，你的这些话，在伤害自己，也在伤害我啊！"

"咯咯咯咯。"丽丽笑了起来。她抬头望了一眼板房顶部，"这鬼地方，连个挂绳子的地方都没有。"说着，她用手轻轻抚摸了一下脖颈。

甄松的心一阵紧缩，他轻轻拥住了丽丽，可丽丽却推开了他。

"段先生的妻子在那边一定也在呼唤段先生吧，就像我在废墟下呼唤你一样。我一定要去找丽丽，当面告诉她，你丈夫始终没有放弃。"丽丽的眼眶里涌出了泪水，仿佛泪水里有天堂。

我叮嘱过甄松，平时板房内千万不能保留绳子，包括援助物资上的包装带，这些天一定要陪丽丽多外出走走，同时，要密切配合我们，继续接受心理干预。

那个光影斑驳的黄昏，甄松终于说服丽丽一起走出板房区散步。甄松有意领丽丽来到一条小河边。这里曾是他俩儿时的乐园，也是相恋时留下初吻的伊甸园，结婚以后就很少光临。地震后，两岸的废墟一度使小河混浊不堪，满目疮痍，如今小河又恢复了清凌凌的模样。甄松说："记得吧，当年，河面上有咱俩的一对影子呢。"

"你说对了，那只是影子。"

甄松看了丽丽一眼，又说："当年，咱俩在这里捉迷藏，我不停地呼唤'丽丽——丽丽——'，你也不停地回应'哎——我在这里——'，可我就是找不到你。"

"为什么找不到呢？"

"后来，你从一个大石头后面出现了。晚风吹起了你的长发，霞光映红了你的脸。那样子，真是美丽极了，然后……"

"那可是我自己走出来的。"丽丽说，"假如再在这里捉迷藏，你还能找到我吗？"

"一定能！"甄松赶紧说，"我会不停地呼唤你，直到……"

"停！"丽丽突然打住了他，"你听！"

"听什么？"

"呼唤。"

"呼唤？"甄松努力让自己笑了，"你又走神了，是我在呼唤你啊！我在回忆当年呼唤你的情景。"

"不！"丽丽歇斯底里地喊，她像一只警觉的小兔，迅速支起耳朵，"我太熟悉这个声音了。"

"哦，这是你的幻觉，我咋就没听到呢？"

"这样的声音，你是听不到的。"

远处，废墟的一隅，一个影影绰绰的身影在艰难地寻找，那愈加单薄的身子，愈加像一片陈旧的落叶。附近板房区的很多灾民都习惯了这个身影和这个身影发出的声音。身影，是段坤的；声音，也是段坤的。没人知道段坤到底来过这片废墟多少次、呼唤过多少次。但人人几乎都知道那个像传说一样的事实：在这片废墟下，段先生找到了并非他妻子的丽丽。

也有时候，人们会远远望着段坤落叶一样的背影喟叹："本来是真事，可段先生这样呼唤下去，也许真的就变成传说了。"

废墟基本已被厚实的苔藓、疯长的青草和不知名的野花覆盖，甚至有随风飘来的树籽儿在废墟上生发出一棵棵、一丛丛幼苗。如果不是少量裸露的残垣断壁，你会误以为这是一座古老的小山丘。

"丽丽——丽丽……"

段坤的呼唤，惊起了草丛中的一群夜鸟。夜鸟并未远离，而是在段坤的头顶盘旋，小生命们一定习惯了段坤一次次地来和一次次地去，而这座"小山丘"，照样是它们崭新的家园。

"哎——我是丽丽，我……我在这里。"

突如其来的回应，带着悲怆的哭腔。

段坤怔住了，他慢慢抬起身子，浑身突然一阵战栗。有个模糊的人影儿静静地留在暗淡、迷蒙的月色里，像废墟上冒出的一束花儿。艰难攀爬的月亮在灰色的云层里若隐若现，像是吃力地窥视人间的所有秘密，又像是倾听只有废墟才有的气息。

段坤使劲揉了揉干涩的眼睛。没错！是一个人，女的！

女人已经张开臂膀，不顾一切地向段坤扑来。

"亲爱的！我活着！"

结语

"放心！我不会自杀了。"丽丽说。

丽丽最终没有迈过第二十九个半这道红线，因为她和甄松离婚后，和段坤结婚了。那些日子，工作站实施心理援助的成功案例在成倍增长，有些案例还被心理学界评为经典，但我们始终无法把对第二十九个半实施心理干预的过程纳入案例汇编，因为，尽管我们成功阻止了一位女性自杀的悲剧，但结果与我们心理干预方案中的预期完全不一样。

就在我们把《PTSD症状人员自杀人数登记表》中第二十九个半的那个"半"字轻轻抹去不久，废墟那边又传来了一声声呼唤："丽丽——丽丽——"

这是甄松的呼唤。在这无风的夜晚，他的呼唤传得很远。

原载《芙蓉》2020年第4期

点评 /

2010年，知名导演冯小刚的电影《唐山大地震》一经上映，旋即成为备受热议的现象级文化现象。时年，汶川大地震刚过去两年，唐山大地震过去三十多年，灾后重建再度成为备受关注的社会热点和现实需求。客观实在层面的重建成效显著，倒塌的大楼重新拔地而起，被摧毁的路面重新平整，人们的生活似乎重回正轨，并随着时间的流逝，地震的灾害性效应逐渐退出视野。但是，那些看不见的创伤似乎并没有随着时间而被抚平，相反，这些创伤甚至持续性影响着"后灾害时代"人们的生活。冯小刚导演的电影《唐山大地震》改编自海外华文作家张翎的小说《余震》，"余震"更指向灾后持续性震荡于人心的创伤。《第二十九个半》这篇小说就再一次将PTSD推至台前，PTSD是创伤性应激障碍的英文缩写，成因大多是受到异乎寻常的威胁性、灾难性、刺激性的心理创伤。丽丽与丈夫甄松，还有她的救命恩人段坤三人之间的纠缠，是特殊情境下"三角恋"模式的变形，三人既是地震的幸存者，也成了PTSD患者。《第二十九个半》成为我们再度思考、重视内心创伤的重要契机。

三位人物之间的关系是小说架构的重点，"救"与"被救"的身份一再被颠覆、重构，甚至连拯救本身的意义也被嘲弄。尽管丽丽最后成功"被救"，没有成为第三十个，但三人的悲剧并没有因此终结。面对心理创伤，知识显得如此疲软乏力。作为知识分子的段坤理性上清楚知道妻子已经无法"被拯救"，但情感上无法接受这样的现实。甄松放弃对妻子的寻找，也是基于科学分析，即使丽丽也明白丈夫的选择情有可原，但心理上无法接受丈夫对拯救自己的放弃。最后甄松"代替"段坤开始无休止地呼唤"丽丽"，将荒诞感推至顶峰。在事实层面，丽丽从自杀边缘被拉回，但"拯救"并没有彻底完成。面对心理创伤，科学、知识似乎失去了力量，那面对心理创伤到底如何才能真正达成完全意义上的"被拯救"呢？！这是《第二十九个半》留下的思考。

(朱旭)

掩面时分/

/弋　舟

形势依然严峻，我竟和姜来见了一面。

即便被旷日持久的疫情折磨得日渐麻木，走上街头，还是会略觉不安，心中有股顶风作案般的、生动的刺激感。

看上去，这次见面没什么必要性，我和姜来之间的友谊，就算在正常时期也谈不上特别深厚——我们做同事的经历，都是三年前的往事了。是她主动联系的我，在微信里用语音邀请我出门吃顿饭。本来寻常的事情，如今都变得非同寻常。这"吃顿饭"的邀约，现在就像是拉着你一同去赴汤蹈火。可我没怎么迟疑就答应了下来。

也许的确是因为快要被关疯了。但我知道，促使我赴约的理由一定没这么简单。我只是无从将那种复杂的线头摘清，于是只有将其甩给最轻易的理由。人类行为线索的乱麻，基本上你自己都是理不清的。你不知道自己究竟为何冒雨跑到了空无一人的街上，你也不知道自己究竟为何在某个夏天的黄昏打起了寒战。你不能直视自己，既无那样的勇气，也缺乏超然冷静的神禀。更何况，如今世界都陷入在了空前的迷茫里。

丽都广场前的露天餐吧我并不陌生，三年前，我和姜来供职的那栋写字楼就在近旁。远远地，当我望到餐吧支起的遮阳伞时，心里居然涌动起一丝慰藉。昔日重现，那滋味，就是重逢某个久违了的东西，而这个东西，此刻对你具有连你自己都未曾擦亮过的意义。"久违"与"意义"，三个月前，无论如何我也是没法跟这家露天餐吧联系在一起的。因此我还放慢了脚步，不过是想延宕内心这种新鲜的、令人有些目眩的感受。

姜来已经坐在一张桌子前了。她要了杯水，在我看来仅是为了理直气壮地用水杯给世界一个摘掉口罩的理由。我从她身边绕过，坐到她的对面，一时间不知采用怎样的方式启动这个非常时期的谋面。还好，我也摘下了口罩。这简直是非常时期最高的礼仪。

两张一览无余的脸，竟让我们彼此都有一瞬间的尴尬。

我有些不自然地对她说："周末好。"

她也有些不自然地笑了，问我："今天是周末吗？"

我一下子拿不准了，好在她紧跟着也回了我一句："周末好。"

我听出来了，其实她也是拿不准的。这有些美好。当大家对世界都拿不准的时候，世界一下子就显得没那么奇怪了。

她显然是精心打扮过，在我看来还有些过分精心，以至于都不太能和我的记忆对上号。三月末的天气谈不上温暖，可她已经穿着条紫色的纱裙了。

"不冷吗？"我说。

我控制了语气，但我仍然感到自己有可能是要冒犯到她了。

"还好。"她答道，表情反倒像是担心自己光着的小腿冒犯了我。

大家都有些心照不宣的小心翼翼。我又一次感到了有些美好，随之还找到了另外一条此行的动机，那就是，人和人交际时这种微妙的迂回与躲避，亦是我愿意重温的旧时滋味。

不曾想到，我们竟是从口罩聊起的。上帝知道，三个月来，口罩已经成了我不折不扣的噩梦。没错，我就职的公司的确在从事医疗器械的国际贸易，但这并不是我的错，那只是一份糊口的工作，和从前我们一起卖保险没什么两样。我不该承受如此蛮横的摧残——我们这个行当一夜之间成了风口浪尖上的重灾区，全世界的人都跑来跟你谈口罩，有口罩卖吗，或者买口罩吗？这买和卖的背后，是你以前完全无从想象的量级。不到一百天，从我口头周转的口罩大概有几亿只，然而事实则是，几亿只虚拟的口罩充斥在我的艰难日子里，让我焦虑不堪，但迄今却没有一只有效地兑现在了现实的交易中。

此刻，面对又一个说出口罩的人，我知道了，原来我顶风作案般地跑出来，最大的动机不过是为了暂时逃脱那令人绝望的荒谬。

"全世界都在倒霉，只有你们这行因祸得福，"她并不像是调侃，反而像是要令我开心的样子，"你卖口罩都卖到手软了吧。"

"都这么认为，我要是跟你说，我实际上却降薪了，你会信吗？"

我勉力想要给她做出点儿解释，尽量用舒缓的口气，跟她说说沉船时刻甲板上没有哪只烟囱会幸免什么的。但我说不下去了，感觉胃液已经翻涌了上来。

我的表情让姜来认识到了问题的严重性，她替我叫了杯柠檬水。

"呃，这个我的确不太了解，"她说，"嗯，你是有些消沉。"

这话我还是接不上来。我何止"有些消沉"，而且听上去好像从前我不消沉似的，那并不符合事实。

好在姜来没有等着我回应她的意思，飞快地转移了话题。她告诉我这段时间自己成了家里的全职保姆，照顾一个不足周岁的女婴足以让她无暇顾及轰轰烈烈遭难着的世界。听上去，她不是在诉苦，是在向我炫耀自己的幸运。我装作饶有兴趣，心里做着换算：如果在一个女婴和漫天的口罩之间做出抉择，此刻我会投奔怎样的生活？这很难，真的很难，不是因为两者都对我构成恐吓，而是我意识到了，世界给予你的选项原来就是没得选，要么你去面对女婴，要么你去面对口罩。这个发现令人松了口气，我想，这可能也是姜来约我见面的愿望所在，共享一下自己的困境，赋予困境某种"庆幸"的色彩，于是分摊掉实实在在的重荷。

在我们昔日的交往中，就曾经如此共享与分摊过。那时我刚刚毕业不久，拿了文学硕士的文凭，却只能跑到保险公司谋职。我天真地认为，学以致用，至少我可以用被文学史训练过的笔法去胜任一份文秘之类的工作，熟料直接被安顿到了实打实去做业务的岗位上。那是一个厮杀的疆场。我以为这很不幸，但姜来却让我相信这是幸运。她比我大七岁，当时在我眼里都算是一个长辈了。尽管和我所学的专业相同，她手里攥着的，却是博士文凭。博士都不用对硕士过多解释，在她的共享之下，我很快觉得没有被安排去做保洁已经是中了大奖。她从安徽来到北京，不用说，是上了某个男人的当，人生一下子被悬置在了古怪的区间里。她不能抽身了，只能顽强地浮动在好像是被规定好了的引力当中。她要留在北京。这里面肯定有赌气的成分，似乎要如此证明点儿什么。对此，我向她部分地分享了自己的境遇：与她的方向相反，我那时最大的目标是将自己从北京发射出去，无论是哪儿，安徽也行，火星当然最好。我有一个后父，麻烦到像所有麻烦的后父一样。两个目标南辕北辙的女人交会在了同一栋写字楼里，彼此分享了秘密，这个事实对我有效，我想，对她大概也起到了疗愈的作用。

卖保险原本也算得上是一份体面活儿，可谁都应该明白，世界上所有的体面活儿都不是那么实至名归，它们肯定会跟你想象中的不一样，跟教科书上的不一样，跟电视剧中的更不一样。当年我们被组织在同一个团队里，收入是以集体业绩来算绩效的。姜来的业务量比我强，尽管也只能算作是差强人意，但我总是觉得我在很长的一个阶段里，不仅分享着她的秘密，还分享到了她的劳动果实。我将自己视为一个不劳而获的受惠者，不免对她怀有隐秘的感激之情。因此，我还有种从业的不洁感，这种"不洁"之感，一直贯穿到了今天，不出意外的话，还将是我职业生涯毕生的滋味。就像现在，谁能想到呢，我这个医疗器械的国际贸易从业者，不过是在兢兢业业地做着虚空的数字游戏。

"我可能不该跟你扯这些。"姜来终于意识到了不妥。

我好像一直在等待她的这个意识到来。不同的是，我并没有觉得她有何不妥。就是说，我并没有感到不适，我只是认为她应该会有可能意识到她所说的话题将引起我的不适。所以我就不动声色，在等着她的这个意识降临。

三年前姜来陪我堕过胎。你瞧，现在谈论一个女婴，对这段往事有可能构成影射。

医院是她替我选的，以我之意，本来是想找个小诊所了事。这里面当然有捉襟见肘的经济考量，但事后我审视过内心，承认还有某种自弃与自毁的冲动在唆使着我。从手术室出来后，姜来陪着我在空空荡荡的医院走廊里坐了很久。她坚持选择了这家费用昂贵的医院，和我一起在黄昏中感受走廊高耸的立柱投射而下的粗壮倒影。昂贵当然有昂贵的道理，我是没有见过哪家医院的空间奢侈得宛如圣殿一般深阔，连柱子都做成哥特式的风格。外面已经是盛夏的季节，我们置身的圣殿温度适宜，肯定谈不上寒冷，而我却打着剧烈的寒战。说起来这很好理解，我刚刚被掏空了。但这肯定不是唯一的原因，它只是更显而易见。

她握着我的手，劝慰性地对我说出一些令人咋舌的知识。男性的精子对女性来说是异性抗原，按照移植学说，这个外来的抗原会受到排斥，绝大多数女性怀孕后并没有流产，原因是母胎免疫耐受机制的存在发挥了作用，但是，如果这个机制不够完善，那就可能会出现流产。她当时就是这么告诉我的。可这跟我眼下的处境有什么必然的关系呢？我想，她事先一定专门补了课，否则她不可能如此专业，即便她是一个文学博士。她也的确像是在背书，脸上是知识未曾消化过的费劲表情。

"还有另外一种状况，"她认真地说，"那就是偶发性流产，发生了自然淘汰，淘汰率达到百分之五六十。"

这很神奇。不是吗？我不能确定她的科普是否准确，也不能确定自己是否真的准确理解了人类生育的规矩，我只是觉得自己被有效地说服了。既然那是一个高达"百分之五六十"的人类事实，你还有什么理由继续打着寒战呢？"自然淘汰"这个词发挥了效力，那就像是在说花开花落与春去秋来，是在说自然那庞然的意志与你那只能的逆来顺受。就算你刚刚经受的，是一个血淋淋的非自然掏空。

我拿不准自己是否曲解了这堂生殖课的真谛，就我当时的理解，我认为有许多流产是在连你自己都不知道的情况下发生着的。自然在悄悄地搞着神秘的平衡，这赋予了事情不由分说的色彩，它在源源不断地淘汰着胎儿，女性的身体不过恰好是一个搬运现场。这样的认知，一直保持到了今天。

那天黄昏，我在夕阳的余晖中渐渐平静。姜来始终把我的手握在她的掌心，循循善诱。我从未对她表达过谢意，就好像我们不曾想过要对大自然表达点儿什么。直到有一天我不告而别地离职。

是的，在大多数时候我都显得冷漠。但我知道，这只是当我必须向世界描述自己时，能够用来保护自己的最安全也最廉价的一个说辞。我知道自己有多么地不讨人喜欢。除了将一切推诿给那天赐的性格本身，我没有力量与胆识坦陈自己所有的深情或者绝望，当然，也有愚蠢和贪婪。

我们那时就是处在这种不温不火的友谊里。有时候一起在天台上抽支烟，有时候一起在丽都广场前的露天餐吧吃顿饭。她原本并不抽烟，是跟着我才染上了恶习；我原本也对意大利面毫无兴趣，跟着她，才开始觉得原来也还不错。现在盘点一下，我觉得我从两个人之间的友谊中获益更多：我教会了她一个恶习，她拓展了我的味蕾。何况，那时的饭钱基本上也是她出的。这个认知此刻令我惭愧，我想要对她释放出适度的善意与热情，如果有可能，我还想向她道歉，请她原谅我无可救药的冷漠，并接受我笨拙的示好。可是我真的不知从何说起。

戴着口罩的服务生端来了食物。原来她在我到来之前已经提前点好了。这没什么问题，本来就是简餐，薯条，鸡翅，意大利面。从前她就是这么干的。

"保险餐。"我脱口说出了自己的心里话。

"什么？"姜来显然听不懂，"噢，应该是保险的，现在能被允许营业，应该就是保险的。"

她会错意了，我并不是在担心食品安全。"保险餐"只是我从前在心里对这组食物的一个命名，除了对应着彼时我们从事的行当，还隐含着某种内心的感受，它代表着妥帖，恰当，心安理得和不事声张。由此，你该明白为何意大利面会让我觉得也还不错了，因为它介于可口与难吃之间，刚好是一个能够下咽却也能够微弱奖赏你味蕾的口感。谁都吃不下太难吃的东西，但我的舌头也消受不了过于丰盈的犒劳，那样会吓到我，让我觉得自己是在染指不切实际的幸福。所以遇到团队聚餐的时候，我基本上都会找个借口缺席。姜来却不行，她的年龄在我们当中算是大的了，于是就承担了团队成员对她"大姐"的预期，十有八九，大姐姜来都会配合着大家的兴头。无论谁做成了单子，大家都要去找地方集体庆祝一番，吃顿火锅，或者烧烤，这个不成文的规矩，发展到后来，没有单子，有了意向，也得去吃一顿。我因此承受了更多的难堪，婉拒时难堪，第二天见到大家时，也无端的难堪——仿佛每一个人的嘴上都还泛着油光，而这油光辉映着的，是对于一个孤立者的讥讽。

"我一点儿也不担心它的安全。"我抓起一根薯条塞进嘴里，脑洞大开地对姜来说，"它们就像杰西卡一样安全。"

"杰西卡？"姜来怔了一下，马上反应了过来，皱着眉阻止我说，"你最好还是别用手吧。"

杰西卡也是我们曾经的同事，是团队里最小的成员。她那时刚刚本科毕业，学的是金融。她来卖保险才是真正的学以致用，但实际上，却比我这个学中文的都更像是入错了行。她太独特了，总是让人感觉处在一种行将闯下弥天大祸的紧张之中，本来并不很白的皮肤，由于神经紧张的缘故，常年像是涂抹了不太均匀的粉霜。我用了不短的时间，才把自己心里的感受对上号——杰西卡看上去像一件树脂做的、那种所谓的前卫艺术品，不能简单地以美或者丑来理解，但是有强烈的感染力。和你说话时，你会感到她随时会哭泣起来，泪光在她的眼睛里闪烁，让你难以判断这是事实还是幻觉。要知道，你跟她谈论的可能只是早餐吃了点儿什么，这并不构成哭诉的理由，可她的确是发出了哭腔，于是你只好跟着陷入紊乱里，开始怀疑是不是自己出了问题。她和大家的交流几近于无，谁都不想惹她哭，以至于"杰西卡"这个英文名字完全抹去了她的本名。大概每个人都琢磨过，如果你非要去向她求证一个中国名字，势必会搞出惊天动地的哀恸，她会哭泣，直至在哭泣中融化。大家的心里有着共识：紧张不安的杰西卡却是团队里最安全的那个人。只要你别去多跟她说话，她就是空气一般无害的存在。

既然说到了安全，只能说明不安才是那个小团体中最普遍的情绪。警惕让每个人的寒毛都耸立着。当大家被以团队精神的名义组织起来时，也只能说明充满敌意的竞争才是最大的事实。我也被人从手里抢走过单子，也被客户下流地侵扰过，个中曲折，肮脏到我都不愿再去回忆。但我能够记得有那么几次，因为羞辱之感，我跑到天台上去不可遏制地呕吐。这让我害怕，除了呕吐，从天台上纵身跃出的冲动也伴生而来，那可绝不是个形容和比喻，既然呕吐已经是纯然的生理性行为，那么跳楼也就极有可能不再止步于一个念头。我甚至会这么认为：公司将杰西卡安排在这个团队中绝对是一个英明的决策，也许，在每一个团队里都会有一个杰西卡，她的无害，就是用来舒缓大家情绪的，类似军队里在硝烟后给大家唱歌的文艺兵。

"安全的杰西卡。"我不由得又自言自语了一句。

杰西卡的处境构成了对我的安慰。我还能婉拒掉自己难以适应的团队聚餐，而她连拒绝的选项都没有，只能脸色苍白地尾随着集体的纵队，如同被一群野蛮人从战场上掳掠回来的人质，惊恐而无辜地看着他们狂欢，甚而还要惊恐地为他们奏乐助兴。

"事实也证明了，她也并不是那么的安全。"姜来说。

她的表情一下子变得有些让我陌生，好像戴上了无形的口罩，人应该还是那个人，但看上去，变成了另一个人。

"是，所以这才是最让人震惊的。"我说，一边用眼神质询她的状况。

姜来歪头笑了一下，表示她没什么问题。

那"让人震惊"的事，是指有一天杰西卡被一群人堵在了公司里，她被指控拐走了别人的丈夫。

团队周五下班前都会开一个例会，这时候部门经理就会露面。我们的经理姓刘，一个三十来岁的女人。迄今我也没有获悉她的名字。一方面，可能是我并无这样的需要，我压根不想知道她叫什么；另一方面，可能这也是公司想要达成的效果。我不觉得她是一个真实的人，在我眼里，她更像是一个符号，代表着组织、管理、纪律，还有分配原则什么的。她长得并不漂亮，但颇具说服力，那是一种泡沫聚苯乙烯之类的合成材料塑造出的魅力。

刘经理在那个周五的黄昏又一次出现了。大家已经分坐在会议桌两侧。我的身体仍未康复，堕胎后我压根没有休息，似乎让自己硬挺住这个行为本身，才是一个正确的自愈良方。而且我也怀疑，自己是不是真的能够康复，或者干脆就不需要康复。杰西卡恰好坐在我的对面，一贯的脸色苍白。她的双手放在桌面上，面前摆着打开的笔记本，没谁要求，但她总是在例会的时候认真地在小本子上做着记录。

刘经理进来后直接坐在了她的位置上，一言不发地坐了一分钟左右，她用手指扣了扣桌面。这是一个信号，会议室的门应声推开，公司保安的半个身子先露了下头，随后，他放进了那队人马。

"那天像是排练好的一出戏。"我说。

这就是我当时的感受。一切都极具仪式感，仿佛彩排过一般，像是舞台剧，逼真地模拟着生活，但又时时强调着，不，这是精湛的表演。也有可能这只是我的主观感受，谁知道呢，那时我湿漉漉的，感觉自己的身体仍然在持续不断地"自然淘汰"着，这种状况，也难保不会被幻觉蒙蔽。至少在我看来，涌进来的追责者并不吵闹，每个人的腔调都是清晰而夸张的，却丝毫也不杂乱。因此，原本应该显得比较复杂的事件，居然被我很快理解了。喏，杰西卡的一位男性客户失踪了，而她，是有迹可循的责任人中，最后一个与此人联系的那一个。现在，她需要交代出失踪者的去向。

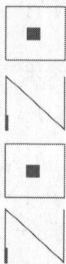

"我也是这种感觉。"姜来说。

她一边用叉子挑着意面，一边用另一只手撩起垂下的头发。我发现她变得迷人了。

"现在我还会偶尔想起杰西卡的那个回答。"我说。

没错，那个回答神奇极了，即是一个确凿的答案，又是一个崭新的提问，基本上，你可以说它是一个"命题"。杰西卡竟然没有哭泣，她竟然显得空前的镇定与平静。她一边说，一边在小本子上写着什么，好像是在同步记录着自己所说的话。这让她显得有些漫不经心，又让她显得有些郑重其事。

杰西卡承认自己三天前与这个男人一同吃了饭，并且，也知道他去哪儿了。

"她说，"姜来复述出了这句话，"——他去一个朋友的家了。"

看来她也难以忘记。

一个两三岁大的男孩跑到了我们桌前，他把口罩戴在自己的脑门上，连带着把眼睛也遮住了。

"回来！"他的妈妈在后面大声呵斥。

他去一个朋友的家了。没错，杰西卡当时就是这么回答的，给人的感觉是，她完全掌握那男人的行踪，而这个掌握，像是一个只有她才能够拥有的特权。——嗯，他去一个朋友的家了。连我都因之产生了希望，接下去，就等着她告诉大家这个朋友的家在哪儿了。

"但是她也不知道这个朋友的家在哪儿，"我忍不住笑了，不，不是觉得滑稽，是被某种悲伤的东西猛烈地触发了笑点，"何处是那朋友的家？这都像是一个哲学命题了。"

"你会同情她吗？"姜来看着我问。

我抓紧吃掉了一根鸡翅。

"我也说不好，可能我也被现场的气氛给搞蒙了。至少，我是不反感杰西卡的，我想，我们所有人大概都不会反感她。没错，为了签下单子，她竟然也使出这种手段去接近客户了，但这不是每个人都心照不宣的秘密吗？知道她也这么去干了，我会感到有些心痛，可这心痛又不太像是在同情她，反倒有些像是在可怜自己。我也说不清楚，总之，我经常会想到她最后的那个回答，她简直就是很认真地把一个谜语当作答案来看待了，她肯定确信自己知道那男人的下落，而这个下落就是——他去一个朋友的家了。至于这个朋友的家在哪儿，并不是她要求证的问题，她认为她已经得到了答案。"

我也不知道自己为什么竟然变得有些激动，更没指望姜来能听明白我是想表达什么。老实说，我也不知道自己想表达什么。

"我知道你在说什么，"姜来这么说实在令我意外，"你是在说软弱者的无助，当强悍的世界完全令人招架不住的时候，弱者会沉浸在自己的逻辑里。——这让你感同身受。"

"是，好像是……"

我真的有些发抖，向后靠在塑料椅背上，环顾一番四周，好像这样就能把疫情都给解决掉了似的。

"对了，刘经理叫什么？"我随口抛出一个问题。

"刘经理？"姜来咬住叉子，说，"刘经理，她的名字叫刘经理。"

我开怀大笑起来，连嘴里的薯条都掉在了胸前。

姜来放下了叉子，开始用餐巾纸擦嘴。我真害怕她随后会戴上口罩。

"那么，你想过那个朋友的家在哪儿吗？"还好，她又把叉子拿起来了，"对于这个答案后面的答案，你从没感到过好奇吗？"她再次埋头吃东西，一边吃，一边问我。

"好像没有过。那不该是我关心的事儿……"一瞬间，我剧烈地意识到了什么，我能感受到她身上的坚定性，那是一种天生所具有的类似禀赋一样的东西，那是一种能量。"好吧，"我竟是一种认命的心情，"他去了你家，你就是那个朋友。"

"严格说，不是家，你知道，那时候我也是跟人在三环边儿合租了一套老式房子。"她头也不抬地说。

"你不是在逗我吧？"

我知道她不是，我只是好像还不甘于失败。

她依然低头面对着食物，就像当年杰西卡低头面对着小本子。

"好吧，那么，你是知道那男人下落的喽？他去哪儿了？"我知道这并不是我关心的问题。

"是的，我知道。"她一根一根地挑着面条往嘴里送，"他在我那儿过了一夜，第二天就走了。"

"去哪儿了？"

"他去一个朋友的家了。"她停顿了一下，补充说，"分手的时候，他是这么跟我说的。"

这个答案一点儿也不让我惊讶，或者说，我是被某种更大的、我完全无从想象的惊讶罩住了。即便现在她抬手把一只口罩塞进嘴里吃下去，我也不会感到惊讶。

"他就是一个谜面的制造者，给一个又一个他经过的女人，都留下了不可追问的去向。"我不是在跟她说，我是在跟自己说。

对，就是不可追问。姑娘们都止步于他给出的那个"命题"，因为继续探究，已经超出了她们权利给定的边界。

"的确，他很吸引人，甚至可以说有股魔力。我想，杰西卡接近他，并不完全只因为他是一个潜在的大客户。至少，这不是我的全部原因。没错，他太有钱了，风度和教养都很好，而且看上去很有保险意识，简直就是为我们量身定做的目标人群。但我不会跟所有这样的人都去上床。"姜来说。

"可他使用自己的魔力跟你们都上了床。"

"他应该不是故意的，是杰西卡主动撞上去的。"

"怎么说呢？"

"杰西卡偷看过我的记事本，她给我正在谈的好几个客户打过电话。"

不可避免，我的眼前浮现出杰西卡那前卫艺术品般的脆弱神情。

"我一点儿没有责怪她的意思。我知道她有多艰难。我其实还会有些替她担心。这个男人，早晨从自己的太太身边离开，道别时，告诉自己的太太他去一个朋友的家了；他在傍晚和杰西卡吃了晚餐，分手时，同样告诉她自己去一个朋友的家了；然后，他到我那里过了夜，在第二天的清晨对我说，他去一个朋友的家了。就此，他走进了一个闭环里，或者是一个俄罗斯套娃里，不知所踪。但女人们的日子还得过下去，他的太太不会有什么大问题，你看，我也不会，但杰西卡就说不准了，她依然活在现实里，可意志已经被绑架到另一个维度里了。"

"没准谁都差不多，和现实脱节，属于一个世界，却在另一个世界。"

"没听懂。"

"我也不懂。"我说。

其实我大致能懂，譬如，当年姜来人在北京，却不属于北京，我在北京，却属于火星。

姜来终于不再吃了，但也并不看我，而是侧脸看着不远处那个将口罩当帽子戴的小男孩。

"你还是老样子，穿什么都像个学生。"她说。

我低头看了眼自己的腿，发现自己都不知道自己原来穿着条运动裤。其实这是条我的睡裤。

"不知道杰西卡现在怎样了。"她招手向服务生要了两杯生啤，接着说，"跟你一样，她在第二天也不辞而别了。——你为什么离职呢？我一直有些猜不透，只是没问你。"

姜来直视着我，这不对劲，她显得有些咄咄逼人。有一股暗流在我们之间升起，女人的敏感可能让我们都意识到了点儿什么。

我再一次忍不住大笑起来，完全莫名其妙。

"我去一个朋友的家了。"我这么回答她，笑得上气不接下气，觉得这个回答真的是绝妙极了。

"去你的！"

她也跟着笑起来，跟着也上气不接下气了。

直到两杯生啤摆在了眼前。我们碰杯，各自喝下一大口。我心里的祝词是：嗨，祝贺你，你留在北京了，而我，还没有被发射出去。

离职后，我和姜来保持着断断续续的联系，她结婚时通知了我，但我没去。她嫁给了一个大学教授，是她读博时的同门师兄。这位师兄成功地杀入了北京，就职于一所高校，于是山重水复，姜来借此实现了自己的目标，在北京也属于北京。她依然在卖保险，不过成了也只是出现在周五例会中的姜经理，可能也在经历着淬变，正在"泡沫聚苯乙烯化"。她生孩子的时候我去医院看过她，我们一同坐在医院的走廊里，在立柱的阴影中感受神的光环以及自己的平凡，我感到自己的下身湿漉漉的，猜测自己再度经历了一次神不知鬼不觉的自然淘汰。

"你知道吗，我得感谢你。"姜来又一次举杯。

我和她碰杯，把她的话也当作一个客气的祝酒词。

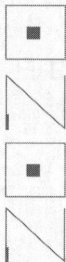

"跟着你来这儿我才喜欢上了意面。"她说。

"什么？"我有些恍惚。

"这种食物蛮神奇的，嗯，像安慰剂。"

我大约能够明白她的意思。我只是想不起最先究竟是谁带谁来的这儿。

"是我带你来的？"

"你不记得了？那天下雨，我在公司楼下遇到你……"

我记得了。那天下大雨，我从写字楼冲进了雨里，街道上空无一人，当姜来从一辆出租车钻出来时，给我的感觉，就像是撞到了世界上唯一的那个幸存者。她也没打伞，不远处露天餐吧的遮阳伞就成了一块天经地义的避难所，让我们不往那儿跑都不行。

"我没跟你说过，那天我是从一家私人会所跑掉的，几个男人想欺负我，恶心极了。你可能想不到，当我看到同样湿漉漉跑过来的你时，心里有多安慰。那顿饭救了我，薯条、鸡翅、意大利面，简直就是上帝亲自下厨专门为我做出来的。它们就是这个世上属于我的食物——你可能觉得我这么说太夸张了，但我当时就是这么想的——有一种跟你匹配的东西，不多也不少，你就不再是孤立无援的了。"

"祝贺你。"我竟说出了这么一句。

但我真的是想祝贺她，至少她得到了安慰，并且还记得这一切，能够相对容易令人理解地描述出来。而我，压根无从说起那天自己究竟为何冒雨跑到了空无一人的街上。

世界何曾太平过。不戴口罩的日子里，每个人不是照样深陷在各自轰轰烈烈的平庸的困境里。

"那时候我真的挺难的，"她说，像是要对什么做出解释，"还好，房东人不错，答应我半个月付一次租金。"

我竟无言以对。她不需要对什么做出解释。她连房租都付不起的时候，却带着我去了圣殿一般的医院。这才是问题所在。

喝光啤酒，我们起身道别。略微迟疑了一下，我还是向姜来伸出了手。两个女人的手在严峻的时刻坚定地握了握。我们之间的情谊，不会因之变得更加深厚，那本来就不是我们之间的方式，我们没那么开头，就不会那么发展，我们只是撞在了雨里，一起分摊了漫天的大雨。大雨淋了两个人，就比只淋给一个人的份额少了一点儿。但这就到头了，你从来都只能相信，每个人的悲伤都是各自独立的，它们隔绝无依，并不能彼此交汇。

戴上口罩的姜来显得很轻松，就像一半的不轻松被遮住了。我想，在世界停顿下来的这个当口，掩面时分，大家都该趁机清理清理某些悬而未决的往事。她认领了那个男人"朋友"的身份，有理由轻松起来。我也好了许多，如果见面那会儿我是"消沉"的，那么，现在至少看上去应该不那么消沉了。

目送着姜来离开，我并不急着回去。她回去是面对一个不足周岁的女婴，我回去，是面对漫天飞舞的口罩外加一个麻烦的后父。对面诺金酒店的玻璃楼面在三月的辉光中熠熠闪亮。我在广场的花坛前坐下，看着那个乱戴口罩的小子到处瞎跑。有几次他都冲到我面前了，我都做好了即将被他撞翻在地的心理准备。可最终他也没有撞到我。

所有发生了的事情，都是你没有防备的事情。

有一件发生过的事情，我刚刚没有告诉姜来。它在一瞬间都跑到了我的嘴边。可我终究还是没说。大概要是说出来的话，太像是一笔交易——喏，我跟你说个秘密，你也跟我说个秘密。这太小儿科，也有失严肃。况且，我们大概也都过了那种分摊大雨的人生阶段。重要的是，这件事不像是件真事。

但它的确发生了，因为我毫无防备。

导致我堕胎的那个男人出现在一个午后。我往写字楼里走，他在身后喊住我，用一种狩猎者胜券在握的口气对我说：你是姜来的同事吧？我们就这样认识了，事情由此发生。他有一种天赋，就是会让你相信，只要稍微再坚持一下，他就能帮你把自己从北京发射到火星去。

离职后，我竟然还顽固地追踪过他。我找到了他的公司，也找到了他的家。我站在街边观望与等待，如实说，好奇多过痛苦。我可能只是想搞明白这世界是如何运转的，那么多意义非凡的事该如何让我去堪透本质。这个过程并没有花费我太多的力气，他在十天后就回到了自己的家，进门时的背影就是一副刚从朋友家归来的架势。这个结果让我觉得索然极了。他永不回头就会成为一个奇迹，就可以让姑娘们永远将自己的伤口美化下去，一直假想着被人当回事，或者曾经那么接近过火箭即将发射的一刻。但是他从朋友家串门儿回来了，精疲力竭，手里拎着带给家人的礼物，不是鲜花那类的东西，看包装袋，像是提了堆热乎乎的麻辣烫。

没有神的光环，只有你的平凡。

我既没有因之搞明白世界是如何运转的，对我而言，意义非凡的那些事，也照旧还闪闪发光地意义非凡着。这并没有摧毁我。我只是想明白并且承认了下来，一切其实并没有那么叵测，当我们前赴后继成为他人的下一个"朋友"时，或多或少，都怀有"签下一单"的心情。

这当然很残酷，可理解了自己之后，我才能平静地甚而是不带羞愧地去容忍自己与理解世界。为此，现在，就是此刻，我都能穿着睡裤在三月的春光下轻盈起舞。世界当然还会重启，到那时，势必还会有人源源不断地离我而去，形成新的闭环或者套娃，也会对我说一声：我去一个朋友的家了。而我，就可以如同代表着自然的意志一般，勇敢地发出神圣的质询：

何处是你朋友的家？

原载《小说界》2020年第4期

点评

"写完《掩面时分》的那个晚上，手机上看到一组剪辑的视频，镜头里是流浪在高速公路上的长途车司机，阳台上鼓盆的女子，追着殡仪车哭喊亲人的女儿……那一刻真的是痛苦万分，积压已久的情绪几难自控，我哭得满脸泪水。我想，这应该是人类普遍的情绪，在一场整体性的灾难面前，我们并不需要一个'切己'的由头，人类本身的苦难，就足以令我们痛彻心扉。"这是有一个关于新冠疫情的故事，有确乎不仅仅是一个关于疫情的故事。在小说中叙述者也坦言："世界何曾太平过。不戴口罩的日子里，每个人不是照样深陷在各自轰轰烈烈的平庸的困境里。"所以，更确切地说这依旧是弋舟小说贯穿着的一个主题——困境。

疫情带来的掩面时分，提供给了"我"和姜来了一个见面的机会，更提供了一个重要的契机："在世界停顿下来的这个当口，掩面时分，大家都该趁机清理清理某些悬而未决的往事。"疫情导致了人与人之间短暂的隔离，但人类尽管生活在人群中依旧感到的孤独并非在疫情出现时产生；病毒肆虐，毫无选择地伤害着人类，但痛苦之于人类也并非只源于身体健康受到威胁。口罩遮掩了面部，但在遮掩之下暗流着更多的不可言说之隐秘。疫情是可见的当下之生存困境，还有更多的却是不可观之"轰轰烈烈的平庸的困境"。

当然除了困境，也还有爱。

（朱旭）

睡莲失眠/

/黄咏梅

喝光最后一口咖啡，许戈在那套宽大的运动装和那条掐腰的连衣裙之间犹豫了一小会儿。最后，她套上了裙子，有点艰难地从后背拉上了拉链。这样，物管处的那个小张，就不会认为她是像往常遛狗时顺便过来领一下分类垃圾袋，或者来给门禁卡加磁。她不是顺便来，当然，她也不想用投诉这个词。

这件事的确不好处理。他们不是没看到那盏灯，不过没有一个人上楼劝那个女人关灯。

"那不是一盏路灯，起码100瓦，就算隔着窗帘，都能照到我的枕头上。如果我掀开窗帘，看书都可以省电了。"已经一个多月，许戈被这些光闹得几乎神经衰弱，仿佛这些光是高分贝的噪音，挖掘机一般。失眠的时候，这些光又像一只放大镜，在许戈错综复杂的脑神经里翻来拣去，一忽而照见了很多往事，一忽而又延伸出了很多未来，许戈的夜晚就在记忆与妄想之间奔波，疲惫不堪。

许戈不懂得流程，光顾着说。小张在抽屉里摸来摸去，只找到一种表格，填好业主姓名、楼号等基本资料之后，剩一个大空格，上边打印着：投诉事由。小张就在那个大空格里记录许戈的话。她又不得不申明，自己并不是来投诉，只是来让他们去做做那个女人的工作，让她关掉那盏灯。可是，他们这里只有这种表格。最后，许戈检查了一下小张的记录。那些歪歪扭扭的狗扒字，削弱了整件事的严肃性，还把她反复强调的"光污染"写成了"光乌染"。许戈捏着那张表，寻思是不是要找物业主管，她怀疑小张的能力，尽管他每次见到她都热情得像自己的弟弟。在业主签名那一栏，许戈犹豫了一下，签上自己的名字。

往回走的时候，许戈习惯性地绕进了"迷宫"。会所后面，有个比人高一头的小"丛林"，修剪得整整齐齐的扁柏隔出几条曲折小径，七拐八拐。"迷宫"，是朱险峰起的名字。刚搬进来那一阵，他们喜欢来"迷宫"散步，在这个相对隐秘的公众场合，接个吻，抱两分钟，扁柏树吐出来的植物气息对他们来说，具备了一点催情的刺激。"迷宫"又密又厚，隔壁小径传来一男一女讲话，看不见人影，只能听到声音。"不怕，整人的人最终都没有好下场。""犯不着把自己搭进去啊，这种坏人不值得奉陪……"要是许戈有兴趣，她完全可以站在原地，把他们讲的事情听完整而不被发现，就像藏在厚厚的窗帘背后偷听。不过许戈没再听下去，从何时开始，她对人的秘密不再感兴趣，或者说害怕更为准确些。她快步走出"迷宫"，往小池塘去。

小池塘是人造的，在会所和公寓连接处，水深不过四五十厘米，里边养着锦鲤、乌龟、棍子鱼，最常见的是一群群小蝌蚪。总有小孩子被家长牵着，拿只小水桶，从这里捞蝌蚪回家，观察它们慢慢长出四肢，蹦蹦跳跳，之后又放回到这里，告诉孩子青蛙是有益的动物，要放生。许戈觉得这做法很有意思。小时候父亲也这样带她观察过小蝌蚪变青蛙，现在她长到了中年，几岁大的小孩子们还在接受这样的教育，好像蝌蚪是诠释成长的必修课，人长大了务必要成为一个"益人"。可是，稍微长大一点的人都会清楚，"益人"不是生长起来的，并不是蝌蚪变青蛙那回事。现在是盛夏，青蛙已经蹲在石头缝里捕捉猎物了，有时也趴到莲叶上吐舌头。翠绿的莲叶几乎铺满了整个池塘，中间错落着若干朵粉色的睡莲。正午，睡了一夜的莲花精神饱满，面迎烈日，争分夺秒沐浴这酷热的阳光。她到了这个年龄才逐渐能欣赏睡莲，认为所有的花其实都应该像睡莲一样，昼开夜合，收放有度，开时不疯狂，收时不贪恋。

许戈要看的是那朵米色的睡莲。它挨在假山一角，相比起其他花型，它略小，但不局促，每一瓣都张开到极致，像伸长着手臂要想得到一个拥抱。前天夜晚路过池塘许戈就发现了它。所有睡莲都闭门睡觉了，独剩它还没合拢，月光照在花瓣上，比在太阳下更为耀眼。许戈站在池塘边看了许久，等第二天上午再过来看，发现它混在那些盛开的花中间，没事人一样，开得照样精神，看不出一点失眠的萎靡。

连续两天，许戈都来看这朵失眠的睡莲。迈过砌在池塘边那几块不规则的石头，近距离地看它。因为这个秘密，她觉得它也认识她了，在水中朝她点点头。

那张投诉表也不是没起到作用。入夜，对面阳台那盏奇葩灯开了之后，关了一次，约莫凌晨一点，又亮了起来。许戈当时正要进入睡眠状态，一阵强光扑到她的眼皮上，好像谁在窗帘外搭起了一个舞台，准备鸣锣唱戏。她尽力闭着眼睛，想死死抓住那一抹刚刚降临的睡意，但是睡眠已经趋着光飞走了。她沮丧地爬起来，索性把窗帘拉开，跟那盏灯对视。

是一盏戴着帽子的圆形落地灯，要不是被临时牵到阳台上，它应该站在沙发的一个角落，被拗成一个优美的弧度，散发着温柔的黄光，它应该照在沙发上跷着二郎腿翻休闲杂志的人头上，而不是像现在这样，照着空洞的黑暗。许戈的客厅里也有那样的一盏灯。朱险峰坐在沙发上，抱着吉他，客厅便只开那盏落地灯。他的吉他弹得不错，《Five hundred miles》，忧伤正好跟头顶的灯光般配，淡淡的。一度，许戈以为他们的婚姻就会这样，偶尔关掉灯，弹弹吉他，对酌一杯红酒，到老了也还可以做这样的事。离婚之后，那盏灯就成了摆设，也没什么理由打开它，她看书会坐到书房的桌子前，正对沙发那面墙上挂着电视机，许戈根本找不到遥控器。倒是每次扫地的时候，她会仔细地将那灯的底座挪开，清理下边的灰尘。

对面那盏落地灯肯定换过灯泡，不是原配，LED灯炽白得扎眼，灯罩又将光全都拢聚在一起，许戈能看清楚几乎要伸进阳台的几簇合欢树的枝叶，风吹过，影子就在墙上晃动，因为失去日照而收敛起来的合欢树叶，一副垂头丧气的样子。因为这强烈的灯光，本来从阳台那里能看进去的餐厅一角，陷入了一片阴影里。很多次她看到过那女人坐在餐桌一侧，有时吃饭，有时就那么坐着望出来。再往前一些日子，她还看到过那个男人，板寸头，肩膀很平。吃饭的时候，男人话比女人多。后来，两人一起吃饭的场景许戈不再望得见了。

灯是从什么时候亮起来的？是许戈生日那天，周六。早上起床之后她窝在阳台的藤椅上发呆，她还没想好今天该怎么过，她更倾向于就这样掩耳盗铃，装作什么也不是地过掉。没有孩子的人是没有年龄感的。这一点她和朱险峰的感受一致，所以过去他们在一起的每个生日，几乎没什么仪式，无非到饭馆吃个饭，去商场买个礼物，大不了晚上他为她弹几首曲子，如果非说要有个类似切蛋糕那样的固定动作，大概在那晚必定会做爱算是一种吧。

女人坐在一楼绿化带那张长椅上，淡红色的合欢花落了一地，铺在她的脚边。这画面其实是很诗意的。不时地，会有一些女人，穿着袈裟一样空荡的棉麻裙子，坐在这棵树下摆拍。许戈时常在微信里看到类似的照片，下边的评论免不了有人用到"文艺"这个词。不过女人坐在那里一点都不"文艺"，随随便便穿着一件阔阔的黑T恤，一条瘦瘦的黑裤子，脚上蹬着一双天蓝色的塑料拖鞋，垂头坐在那里，像是从家里赌气跑下楼。

许戈很快发现她其实是在哭。没哭出声，只是不时地去抹脸，手的频率越来越密集。她看起来还年轻，估计三十岁左右，基于她因为吵架或者什么原因会跑到外边哭泣，许戈认为她有可能更年轻一些，二十几岁？

在阳台坐了一会儿，许戈回房间给自己泡了一杯红茶，打开电脑收到了她的责编的邮件。自从上一本写职场的小说改编了电视剧，责编就一直盯着她，这次希望她能写一本言情小说。"相信一定会大卖，根据我们营销部的大数据来看，目前言情小说的市场份额还是蛮大的，许老师您出手不凡，我和我们社长都万分期待您的言情小说。"许戈毫不犹豫地回复了过去：

"抱歉，我没有写这类小说的打算，对于一个离婚女人来说，我对那东西更多的是怨言。我想你们找错人了，呵呵。"

她甚至都不想把"爱情"两个字敲出来。有那么一段时间，跟这两个字相关的行为，例如看到有人当街接吻或拥抱，她会感到讨厌，看到手挽手说笑着走路的夫妻，她会从心里发出一声冷笑，有时这冷笑还从鼻孔里哼出了声音。她再也感觉不到夜的甜蜜。朱险峰像躲避瘟疫一样离开她和大班，留给她最后的眼神，就像在看一个罪人，根本没有办法将他和从前他们一起做过的可以称之为爱情的事联系起来。

惦记着那个哭泣的女人，许戈端着红茶又坐回到阳台。女人还在，不哭了，一动不动地坐着。许戈拿起阅读器，继续读耶茨那本《十一种孤独》，翻几屏，从栏杆的缝隙里瞄一眼楼下。许戈似乎对伤心事更能感到共情，她愿意默默陪她一会儿。

太阳从树的那端渐渐挪到了女人的身上，大概是温度升高使她感受到了时间，她撑直腰，站起来，慢吞吞地上楼。三楼，在楼道窗户，女人的身影分别出现了两次才消失。

之后陆续有人按响对面单元的门禁。来了不少人，都停留在三楼的楼道。后来，那栋楼的电子门索性被人不知从什么地方找来一块大石头压住，敞开着，好像即将要搬运什么大件家具一样。

搬出来的是一个大相框。由一个满头白发的男人抱在手上，那女人扶在相框的另一端。他们后边跟着一群人，显然跟刚才陆续上楼的是同一拨。相框里的黑白照片放得很大，吓了许戈一跳。板寸头，圆脸，很喜庆的模样，拍照时刻意收敛了笑容。

傍晚，许戈带大班出门遛。大班嗅着扣扣屁股的时候，扣扣妈就开始讲，五栋三〇二的那家男人在高速路上车祸撞死了，今天出殡。许戈脑子里立刻出现那张巨大的黑白免冠照片，板寸头，算起来今天她还是第一次看到过他的脸。"还没上车，在小区门口就差点打起来了。女方的爸爸不知道跟谁打电话，小声说了一嘴，说幸亏当时女儿没在那车上，男方那边人听到了……按说这想法也没错，但怎么能说出口呢，是应该烂在肚子里的秘密啊……"如果她们没牵狗，在马路上碰到，许戈通常只会跟她点一下头就走开。

许戈强制地把大班拉开了。她不明白为什么每次遇见扣扣，都是大班死皮赖脸喘着粗气去嗅人家的屁股。两只狗相互嗅屁股，辨认味道，等同于陌生人见面交换名片。不过它们可不是陌生狗。大班的主动热情总会让许戈感到受伤害，人们往往会将它跟自己的处境联系起来——她肯定跟大班一样孤独，迫切需要友谊，以及爱情。可是说真的，一个人生活，许戈并没感到有多么孤独。母亲之前经常催促她再找个人结婚。

"我不想再结婚啦。我有大班陪就可以了。"她总是这么应付母亲。

"可是大班会比你先走的啊。"

母亲去世的时候，许戈才领会她的意思——她也会比自己先走的啊。

就是在那天，对面三楼阳台亮起了那盏灯。刚开始许戈以为是遵循某种习俗，类似于"头七"，要为亡人留一盏灯，照亮回家的路。可是，已经一个多月了，他是不是早该回家了呢？

生日遇上一次出殡，照以往，许戈一定会生发出很多不祥的念头，至少会引出一大通关于"生命无常"的命运感慨。朱险峰一贯认为，写东西的女人很"神经质"，因为她们都是缺乏理性精神的"唯心主义者"。如果没有那封邮件，许戈的确是会联想到很多的，她的写作一直靠无限放大日常生活里的发现，这很受出版商的欢迎，他们认为读者依靠这些熟悉但又陌生的细节，找到了自己生活的影子。在确认那个责编没有继续回复自己邮件之后，她的邮箱里跳出了一封未读邮件。是医院发过来的。自从第一次在那家医院登记过，生日那天都会循例收到标题为：致朱险峰先生 许戈女士 的一封邮件。内容是告知他们在进行新的一次体外受精-胚胎移植手术前的注意事项，当然，重点在于提醒他们续交胚胎保存费用。最后免不了很公文地祝福他们生活美满。

他们要不上孩子。前面那两三年，是两人达成一致意见，先不着急要，过过二人世界再说，他们会在一年中有两次出国旅游，把整年的积蓄花掉一半。后来，他们就一直要不上。尝试过各种偏方，像医治某种慢性病一样小心调理身体，甚至托人去香港带多宝丸，还荒唐地将母亲在寺庙里求来的"观音送子符"供放在两个枕头之间的"安全通道"……这些事唯一的好处是使许戈本来偏瘦的身体变得健壮了。三十九岁生日那天，作为一种仪式，他们决定去医院做试管。在那张夫妻资料卡上，许戈留下了自己的邮箱，以方便日后上传更多的检查资料和身体情况说明。四年内，他们做了四次，配成了八颗胚胎，用掉了六颗，现在，在那家医院，还保存着两颗孤零零的胚胎，靠三千六百元一年的冷冻费存续着他们的希望。

这封邮件可以看成是两颗胚胎在找妈妈发出的啼哭信号？说不准就是这两颗中的某一颗，最终在许戈温暖的子宫里，着床，长出了脑袋、心脏、手和脚……

第四次，他们出发去医院前，朱险峰抱了抱她，希望她能够放平心态："这一次，小蝌蚪一定会找到妈妈，会慢慢地长出手和脚，蹦蹦跳跳。"许戈的紧张才有所缓解："就像小池塘里的那些蝌蚪？"两人愉愉快快地出门，好像许戈已经是一个妈妈了，在心里计划着给孩子的种种打算。然而，这次小蝌蚪依旧没能变成青蛙。

失败之后，朱险峰从朋友那里领回了大班，一只两个月大的萨摩耶。虽然没有找到什么医学根据，但许戈敢肯定，那些打进自己卵巢里的促排针，直接修改了她的荷尔蒙，她胖了一大圈，让人看起来就像一个饮食无度自暴自弃的女人。她变得苛刻和蛮横，易怒乃至歇斯底里，朱险峰指出她"失去了过去那种偏于善良的理解力"。他们默契地不去碰孩子这个话题，因为那样经常会引爆很多无关紧要的小事情，不是对和错的事情，只是生气和不生气的事情。大班成为他们的共同语言。他们共同照顾大班的吃喝拉撒，给大班吃精选的狗粮和零食。为了使它毛发更健美，他们在网上找食谱给大班做狗饭，并让出浴缸来给它洗澡。他们花很多时间陪伴它，跟它讲话，在大班第一次听话地把朱险峰的拖鞋叼到卧室的时候，他们简直有点喜出望外了。

每天下班后，他们牵着大班在小区里散步，偶尔会到"迷宫"里跟大班捉迷藏。大班看起来不是特别聪明。在"迷宫"里，如果重复几次在某个拐角藏起来，之后再从另外一个拐角消失，它会惯性地在第一个拐角处找，焦虑地嗅着刚才拉过尿的那棵扁柏树，直到他们等得失去耐心，发出些声响，它才能顺利地在另一个拐角找到他们。朱险峰嘲笑说大班这智商肯定是随许戈。许戈也笑着默认，想起十多年前他们在哈瓦那街头，朱险峰要看街头弹唱，许戈则想去逛工艺品店，他们约在拐角的那家麦当劳会合，最后，他们分别在两家麦当劳门口等了对方半天。那时他们还年轻，朱险峰还会担心她被哪个艳遇给拐跑了。许戈自认三十来岁是她最好看的年龄，她的身材还没有被促排针打掉原型，在薄薄的后背下方还能摸到结实的腰窝，足以让朱险峰有这种担心的。不过，她不是那种到处撩骚的女人，她喜欢朱险峰，无论外形还是他那种怀抱吉他的"文艺范儿"，都很对她的胃口，在她的书里，正面的男主多少都有着他的影子。

有了大班，朱险峰加入了一个朋友圈组织起来的"狗友会"，清一色的男人，不定期带着自家的狗聚会。男人们聚会多半是为了交更多的朋友，喝喝酒，聊聊时政，幸运的交往会对自己的事业有一点帮助，再不济，暂时离开家庭的琐碎喘口气。聚会周期不定，基本上一个月会有一次，最远的地方是开车到离市区六十公里的郊外，在硕大的草坪上，跟狗玩扔飞碟的游戏。许戈在朋友圈看到了照片，朱险峰和大班趴在草坪上，姿势一模一样，就连表情都有点像了。

渐渐的，许戈发现朱险峰对大班的关注多于对她。

在大班绝育之前，朱险峰对许戈说："要给大班尝尝男人的滋味，让它做一回爸爸。"他在"狗友会"为大班觅到了一个合适的"情人"，是一只美丽的拉布拉多。他把大班送去那家住了三天。接回来之后，朱险峰比任何时候都心满意足，他抚摸大班的时候，脸上时常会不由自主地浮现出一种幸福的微笑，他坐在沙发上给大班弹吉他，唱"这是一首简单的小情歌，唱着我们心头的白鸽……"满脸温柔，好像对面坐着另外一个女人。这场景时常会让许戈生出一些嫉妒，她曾对自己的这种嫉妒感到吃惊和羞愧。但事实证明，这嫉妒同时来自于女人另一种直觉，这直觉甚至比大班的嗅觉还要灵敏。有一天，她用朱险峰的密码进入了他的微信，很轻松地找到了头像是一只拉布拉多的蒋夏朵的名字，然后又从蒋夏朵的朋友圈里，很轻松地搜集到了她的基本资料，包括单位、工作的内容等，还看到了她的父母。她长得略为像她的母亲，说不上漂亮，许戈认为至少没有自己年轻时好看，五官过于清淡，脸型过方，所以自拍的时候大多选择侧面的角度。让许戈最受不了的是，在一次发布内容为"老公来了"的照片中，大班给窝在布艺沙发上的拉布拉多舔毛，半眯着眼睛，既享受，又忠诚。

三个多月后，大班成了四只小狗的爸爸。朱险峰把照片给许戈看，四只小狗眯着眼睛，拱在拉布拉多的怀里吸奶。那个时候，许戈已经确认这个被朱险峰称为"亲家"的"狗友"实际上是他出轨的女人。"亲爱的班爸"，蒋夏朵在微信里这么喊他。看着四只吸奶的小狗，许戈恶心得想吐，她终于揭穿了他的秘密，爆发出了所有女人遇到这类事情的共同反应。跟多数那个年纪的男人一样，朱险峰不想离婚，他对许戈反复保证，现在的家庭关系对他来说刚刚好，他们没有额外多出来要做的事情，他每天睁开眼睛并不会感到迷惘，一切都在按惯性走，他很安定，除了——偶尔会有一些莫名其妙的冲动。

许戈从来不承认自己是一个作家，她只是业余喜欢写点通俗小说，她出过三本书，内容都是职场故事，关于女人与女人、女人与男人之间的博弈。她不喜欢言情小说，如此看来，是因为她真的不能准确地理解并描写出那些"冲动"。当然，那三本书里少不了男欢女爱的情节，但那都不是重点，只是为了给小说增加些看点。她不擅长在书里表达自我，也有可能她对自我还不太确定。就朱险峰出轨这件事，她最终还是依靠一本小说找到了灵感。置入大班脖子上那只项圈里的针孔窃听器，录回了朱险峰和蒋夏朵"在一起"的证据。听上去，朱险峰并没有向许戈承诺的"永远不再联系"的打算，他的声音轻松、愉悦、毫无顾虑，他们一起取笑绝育了的大班，反复问它想不想自己那四个孩子？朱险峰的话很多，像个出差一段时间回到家的男人那样，只是在蒋夏朵开玩笑说要给他生个小孩的时候，他没接一句话。他们沉默了好一阵。听到这个地方，许戈不确定这沉默是默认，还是百感交集到无语，最有可能是他们在这个话题之下酝酿着干起了"交配"的事情。

许戈从没想到过找蒋夏朵，她觉得没有多少胜算的资本，除了那张不知道塞到哪里去了的结婚证之外，她并不比蒋夏朵多出什么。她不知道要跟她怎么谈，以怎样一种语气跟这个年轻的女孩谈谈关于一个公务员"私德"的问题。事实上，听到他们谈生孩子的话题时，整个事情就发生了变化。她将录音内容发送到了蒋夏朵单位的官网邮箱，实名举报了该单位员工蒋夏朵的小三行为。她并没有预料到结局，在点击那个发送提示的时候，她没想到更多，就像是在给某个部门发送投诉报告，类似于向环保局投诉垃圾焚烧场的安全距离，向工商局投诉保健品乱标价，等等，这些投诉往往都石沉大海。当然，在她过去的小说里，小职员搜集证据举报上司而获得了正义的胜利，但那仅仅是小说里的结局。

跳楼的结局很像一本小说拙劣的收场，潦草到让许戈难以置信。就像她每天打开手机，偶尔会跳出一桩关于自杀的新闻，理由往往简单到让人惊叹，也会让人绝对相信，死者在还没断气之前一定对自己的冲动后悔得要死。朱险峰向调查的警方说明，跟蒋夏朵最后一次因为离婚的问题发生过剧烈争吵，她从家里跑出去了，他没有追回她，他以为让她独自冷静一下，事情就会缓和下来。根据他的经验，他跟许戈无数次争吵最终都是这么"冷静"掉的。可是，他和蒋夏朵之间如鲜花盛开般短暂的爱情生活，谈何经验？

蒋夏朵的死亡使得这件事有了很大的反转。他们离得很干脆，没有任何条件，更谈不上任何纠缠，朱险峰连吉他也没背走，好像是一种冲动的赌气行为，又好像犯错误的是她一个人。在两年多的独居生活里，许戈置身于一种自我谴责之中。午夜梦回，她心里总是会响起一个声音——何以至此？如同从某个小说结局开始倒推，一直推到故事的开端。

女人打开门之后，许戈看到了那张餐桌的另外一端。那一端的墙上，挂着一张大大的婚纱照，黑色礼服，白色纱裙，按照摄影师要求摆好的标准笑容。新娘跟眼前这个女人不是很像，过浓的妆使她比真人要老一些。

听明白许戈的意思之后，女人对许戈表示了歉意："因为老公刚刚过世，我一个人住太害怕了。实在太抱歉了。"女人边讲边抬头扫一眼墙上的照片。

许戈理解地点点头，但还是表达了这些灯光对她睡眠的困扰。她提出了一个折中的办法。"可以换一种灯泡，那种光线柔和的灯泡，二三十瓦已经足够亮了。"许戈说的是那种落地灯原配的灯泡。

"哦，是的是的。我有那种灯泡。真的真的很抱歉。"女人已经道过好几次歉了，但听起来她似乎并没有采纳这个办法的意思。

"是这样的，可不可以再忍耐几天，我的意思是说，过几天我就会关掉的。"

女人的声音里完全缺乏她那个年龄的中气，跟她瘦弱的身型倒是很相符的，说到半途没来由会停顿下来，倒也不是出于谨慎。事实上，她说话一点不谨慎。不到一刻钟时间，许戈就被迫听到了一些关于她自身的事情。她在单亲家庭长大，一直跟父亲过，出事之后，本来父亲是要过来陪她住一段时间的，但是他们之间发生了一些争吵，她把他赶回东北了，不过，现在他们又和解了，再过几天，等父亲办好提前退休手续，就搬过来陪她。到那时，她一定立即把那盏灯关掉。

女人迫切地希望得到她的同意。

"要是不忌讳的话，您愿意坐下来喝杯茶吗？"

许戈原先没有这个打算的，但还是坐下了。

女人在茶几的抽屉里匆匆忙忙翻了一阵，想找那种一次性纸杯，但发现已经用完了，只好从另外的抽屉里取出一只青瓷杯子，解释说，这是给客人的杯子，我们平时都不用的。在走进厨房冲洗之前，她又对许戈强调一遍："他的东西我都整理打包了。"

许戈倒不在意这些。那个青瓷杯子很好看，有点像是日本苏山烧制的清水杯子，跟红茶的汤色极其相配。她大大方方地举起杯子，呷了一口。女人才放松下来，坐到了沙发的另一端。

这房子是小区里那种最小的户型，设计师为了保证其他大房的每扇窗户都能看到树木，又不至于浪费地产空间，隔出这种小户型，均价比大户型要便宜三分之一，除了小之外，它的缺点是采光不好，窗户都对着墙。

"我和他都是独生，结婚很不容易。他家经济条件不好，当初买这个房子，我爸用光了积蓄。装修是他们家的。"女人苦笑了一下。

"没关系的，你还年轻，可以重新开始。"许戈认真地看着女人。她长得挺好看，小小的鹅蛋脸，鼻子很直，梨涡浅浅，就算是这种苦笑，想必也是惹人怜爱的。

"明年三十了。"

"三十岁是最好的年龄。"

"说实话，我没有信心能过好。"女人摇了摇头。

"会好的。"许戈点了点头。

聊过一会儿，许戈提出要去看看阳台那盏灯。

"这个阳台是唯一能看见树的地方。我们也很喜欢这里。"女人的心情似乎振奋了一些。

站到阳台上，许戈一眼就看到了自己的家。同一侧的客厅、书房、卧室，统共三排窗，被楼下几株香樟树簇拥着，为了配合窗外的绿色，她特意挑选了奶油底色的花卉窗帘，从外边看起来就像一年四季都置身于春天里。许戈也看到了那盏挨着栏杆的落地灯。果然跟她家那盏一模一样，戴着一顶淡绿色的帽子，要是翻开底座的商标来看，说不定就是同一个厂家生产的。

"我们本来还有很多计划，先好好玩几年，然后再生两个娃。我想去希腊，他想去硅谷看看。他是个程序员。"

开始时都是这么想的。许戈伸手出去，拉了一下那棵合欢树的枝条，摸到了柔软的叶子，拉近看，羽毛一样的小叶片排列在叶轴的两侧，又细又密。

"这些叶子会不会长进屋里？"许戈觉得自己实在是没话找话。

"嗯嗯，我们一直都在等这些叶子长进来，应该会的吧。"

许戈点点头。阳台这里的确是这间房子最好的地方了。

她们往房间走回去的时候，又经过了那张餐桌，因为地方窄，只放了两张椅子。许戈下意识望一眼那个男人时常坐着的位置，心里一阵凄凉。

"你知道吗？合欢树的叶子跟其他树叶不一样，是昼开夜合的。"女人送她往门口方向走的时候，突然问她。

"哦，是这样的呀。"

事实上，从这个阳台上看不到许戈家的另外一侧，还有一扇窗子。那里是一间儿童房改造的属于大班的房间。大班住在里边，吃饭、嬉戏，他们给它买了不少玩具，还给它安装了一个两层高的狗别墅，大班喜欢窝在里边的海绵垫上睡觉。在那扇窗子的楼下，也有一棵高高的合欢树，隔一段时间，他们要用剪刀去剪断那些伸进来的枝叶，四五月份的时候，羽扇一样的绒花会跌落到房间里，要是不及时收拾，大班会去吃那些花。曾经在某一个春夜，因为花粉过敏，她和朱险峰带大班去吊水，在宠物医院守到天亮。

"有一阵，我们很好奇，要是晚上用灯光去照那些叶子，是不是就不会合上？就像在白天一样，如果时间长了，它们是不是就分不清楚白天和夜晚？我们说过要试一试的，嘿嘿，你觉得可笑吗？"回忆让女人变得话突然多起来，她看看许戈，又继续往下说，"我们经常会有很多无聊的想法。可惜这个事情我们没能一起去做，我们有很多事情说好的都没去做……"

"我该回去了，我们养了只萨摩耶，现在没人在家。"许戈打断了她。

"哦，哦，好的，抱歉啊，耽误您时间了。"察觉自己的兴奋实在不合时宜，女人又向她道了一次歉。

在通往门口那条廊道的墙上，极有设计感地组合着一些小相框，一眼望去，相框里都是他和她，有单人，有合影，背景都不一样，是他们挑选出来的值得纪念的印迹。离许戈最近的那张，两人穿着那种海滩景点都在卖的黄花衬衫，衬衫上的椰子树跟他们靠着的那棵很相似。他们依偎着，背对蓝色大海。程序员笑得没心没肺，嘴巴咧得阔大，完全意识不到在不久之后，他命运的程序将会突然遭到修改。女人笑得很甜，专注地看向镜头，好像那一刻从她眼睛里看出去，无论是什么她都会爱上。照片里全是美好的瞬间啊。

要是在那面墙下再多待一秒，许戈觉得自己可能会哭出来。分开那么久，她从没如此强烈地希望朱险峰能看到她现在这个样子。

他们找的那家医院环境很好，依着山。因为这里成功诞下了很多试管婴儿，在业界享有口碑，医院干脆以此特色为风格重新装修。相比其他远远就看到"急诊"两个触目惊心的大字并弥漫着消毒水紧张气味的医院来说，这里可以说格调温馨，几乎有点不像医院了。入口处的小院子里，布置了一个心形的巨大花坛，花坛里摆放应季的花卉。在花坛背后，有个小水池，长期叮叮咚咚地从一个瓦罐子里流出一股清泉，这些清泉落入池里，又继续循环进罐子淌下来。在这股循环的水流底下，立有一座水泥塑像，一对夫妻相向站立，额头抵着额头，四手相牵，手臂搭成一只"凳子"，上面坐着一个胖乎乎的小男婴。每次经过这个塑像，朱险峰都免不了要嘲笑一番，认为它过于具体，毫无想象力，更谈不上什么美感。这种时候，许戈总是会严肃地制止他，甚至隐隐迷信是否因为朱险峰的这种态度导致了他们的失败。这个实在毫无艺术感的雕像竟然曾经是许戈的图腾呢。

许戈在这座雕像跟前停了下来，她觉得应该告诉朱险峰一声，尽管在那份协议里，在那些打印好的一项项条款后面，他们用笔签下了自己的名字，但那毕竟已经是过去的事情了，那时候，她的意见就是他的意见。离婚后，他们一次都没就那两颗冷冻起来的"希望"进行过交流，他们很少联系，只有那么两次，一次是为了找到大班的注射疫苗记录本，另一次是许戈母亲去世。

"我现在医院，打算按照协议上的处理，将那两颗胚胎销毁。"

打出"销毁"这两个字，许戈心里颤了一下。她应该用一个温和的词。在她写书的时候，她的词汇量还算丰富的，有时候故意不去选择智能输入联想出来的词组，这样会显得她更为讲究一些。她的手指停了下来，推敲着，手机屏幕乌下去又亮起来，亮起来又乌下去，几个回合，她还是想不好一个相近的替代词语，似乎再没有比协议上这个词更为准确和直接，在他们一起做的最后的这件事情上，她不希望跟他有任何歧义，甚至出现一点点理解上的误差。

"按照你的意愿办，我都接受。"那边几乎是秒回。是看不出一点情绪的回复，更看不出对这个词有什么不快。

许戈对着雕塑抿了抿嘴，那感觉非常熟悉。过去的婚姻生活里，在某些时刻，她总会为自己这些多余的担心而感到后悔和受伤。

核对过许戈的身份证和离婚证之后，护士调出了当初他们签的那份协议，在一张授权书上让许戈签上自己的名字。按照协议，夫妻双方离婚后，同意将剩余的胚胎授权医院进行销毁。

"我想问一下，销毁是怎么做的？"一直以来，许戈只对胚胎移植成功之后的状况进行过细致钻研，她查找大量书籍，并加入了好些个准妈妈群，旁观她们的交流，她清楚胚胎着床之后孕妇的各种注意事项，药物辅助，饮食护理，也清楚胎儿在腹中每一个月的变化以及孕妇应做的种种配合，她甚至懂得如何育婴。但她从来没有想过要去了解，"销毁"的医学所指。"胚胎是无意识的生命"，她不知道是谁先说的这句话，被很多准妈妈像格言一样引用。他们将怎样去销毁这两颗生命？一路联想下去，许戈惊心动魄，手心里的汗让她几乎握不稳手中的笔。

年轻的女护士抬起头看看她，向她展开了一个职业的微笑："等于进行安乐死。"平静、淡漠，不容置疑，天晓得这句标准答案从她嘴里说出过多少遍。

许戈对这个答案并不满意，也没有获得些许慰藉。在走出医院的路上，她一直按照字面去琢磨：冷冻胚胎，即胚胎在零下一百九十六度的液氮环境中得以存活。反之，她和朱险峰的那两颗"希望"势必将会在解冻的温暖中渐渐失去生命力。她更愿意这么不靠谱地去理解。

那朵失眠的睡莲终于收拢起了花瓣，比其他花收得更紧致。许戈去看的时候，感到有些失落，好像她和它之间失去了某种联系。第二天中午，她又去看，满池苏醒的花朵，开得欣欣向荣，尽管有一些已经开始步入凋零，萎谢的花瓣落到了叶面和水面，但还是挣扎着盛开了。那朵花竟然还在睡，对灿烂的阳光毫无知觉。看起来，它的花瓣还没有松动至跌落的迹象，倒是被一些什么力量收紧着，像一只握起的小拳头。或许它是醒着的，只是捂着一些孤独的秘密，等到想好之后，它会再张开。许戈想，应该等等看。

原载《中国作家》2020年第11期

点评

　　紧张感是读完这篇小说之后最直观而强烈的感觉。

　　小说的整个故事并没有什么新奇之处，似是两位因为不同原因"失去伴侣"的女性的喃喃自语。作者不仅写小说，也创作诗歌。在这样的背景下来观照这篇小说的话，就不难理解了。散文诗般的结构和寓言，传递出的是一种情绪，一种萦绕于人心，久久不能散去的紧张感。

　　许戈因为丈夫的出轨离婚，但没有高声地控诉和激烈的纷争。即便是第三者的跳楼，也描写得十分克制。从许戈这一形象所传递出的隐而不发，似有强力的内劲，平静的表面下暗流汹涌。许戈对面楼的那位因交通意外失去丈夫的女人，像是她的另一面，是一个失去伴侣后情绪波动很大、独坐哭泣、夜不能寐的女人。那盏足有100瓦的落地灯，属于对面楼的女人，是其内心世界的外化，缺乏强烈的安全感，呈现极度的孤独感。但强烈的令人眩晕的光照射的方向，却对准了许戈。

　　光是这篇小说中潜在的核心意象。这并非否认睡莲这一意象的重要意义，只不过睡莲之所以成为睡莲也是因为光的参与。以花喻人并非作者的独创，在这篇小说中，花与人不仅仅是本体和喻体这么简单的关系。自然万物与人之合一，都向"光"而生。只是有光，就会有阴影，就会有光无法照射到的地方。在那样的地方，紧张感肆意生长。作者还是抱有无比的善意，所以步入凋零的莲还是挣扎着盛开；所以当孤独被光驱散的时候，人也会再次张开。

（朱旭）

泰 斗 /

/晓 苏

1

吴修的新书发布会，定于上午九点在位于湖边的这所大学举行。作为吴氏集团办公室主任，我八点之前就赶到了会场。事实上，我还有一个隐秘的身份，即吴修的私人秘书。他很器重我，也很依赖我，让我负责整个会议的筹备与安排，包括邀请专家，联系媒体，布置会场，甚至把接送史学泰斗章涵教授这么重要的任务也托付给了我。吴修对我如此信任，我显然不能辜负了他。

到了开会的地方，我先吩咐工作人员把头天已经布置好的会场又重新查看了一遍，从灯光到音响，从会标到座卡，从茶水到点心，任何一个细节都没放过。接下来，我还亲自放了一段介绍章涵教授的视频，图片清晰，文字醒目，效果非常好。然后，我又走到会场的正门，仔细看了看张贴在大门两侧的巨幅海报。一张是吴修新书《荆楚文化与武汉精神》的封面，九个镏金大字分外耀眼；另一张是章涵教授在他八十华诞那天拍的一幅照片，鹤发童颜，精神矍铄。还好，两张海报虽然贴出来一天一夜了，却没有丝毫损坏，看着像是刚贴上去的。

检查完毕后，我看见时间还早，就从主席台右侧进了后面的贵宾室，打算坐下来休息一会儿。我早晨六点钟就起床出门了，感觉好累。

贵宾室里有洗手间。洗完手照镜子时，我突然发现嘴唇苍白，好像没涂口红，看起来黯然无光，像一枝快要凋谢的花。其实我是涂过口红的，只不过这天换了一个新的品牌，色彩偏于淡雅。相比而言，我还是更喜欢以前用的那种色彩鲜艳的口红，它让女人显得年轻而性感。可是，我出门时没带那一款。为了让自己稍微靓一点，我只好再往脸上补些粉。

我刚把粉补上，吴修也匆匆忙忙赶到了。他这天换了一身打扮，西服革履取代了往日的唐装布鞋，雪白的衬衣上还系了一条火红的领带，俨然一个学者。他一进门就问我，黄衣，准备好了没有？我说，一切就绪。

"泰斗呢？"吴修突然扩大声音问。

我像小姑娘那样将头一歪说："你放心吧，不会有问题。今天一大早，我又和章涵教授联系了一次，他保证九点钟准时到会。"

"他是自己走路来吗？"吴修接着又问，两眼直视着我。

我如实回答说："他本来说自己走路来的，但我怕他万一有什么闪失误了大事，最后还是决定派熊启开车去接。现在，车已等在他家门口了。"

问完这些，吴修总算是放了心，紧绷的脸盘终于松弛下来。他先对我暧昧地笑了笑，然后靠近我，瞅瞅四周没人，伸手便在我屁股上摸了一把。我瞪他一眼说，都什么时候了，还这么不正经！听我这样说，吴修立刻就打住了，没再动手动脚。他迅速在沙发上坐下来，从包里掏出发言稿，开始为今天的讲话做准备。这个稿子是我找人起草的，他可能还不太熟悉。坦率地说，吴修的很多文稿都不是他写的，包括刚出版的这本新书。

按照以往的惯例，这个发布会早就应该开了。吴修之前出书，都是书一印出来便开发布会，墨都等不到干，以至发布会上经常有人说墨香四溢。他的这本书在上个月初就印好了，发布会之所以拖到现在才开，主要是因为章涵教授。坦率地说，吴修出这本书，其目的就是希望章涵教授出席新书发布会。甚至可以说，这本书就是冲着章涵教授策划出来的。如果章涵教授不在新书发布会上露个脸儿，那么这个发布会就等于白开了，书也等于白出。不巧的是，章涵教授前段时间一直不在武汉。他到欧洲讲学去了，一去就是几个月，直到前天晚上才从巴黎飞回武汉。因此，发布会一拖再拖，直到今天。

对于吴修出书，很多人都感到不可思议，有人还说他是吃饱了撑的。在他们看来，吴修作为一家上市公司的老总，有别墅，有豪车，有娇妻，海外的存款几辈子都花不完，压根儿没必要出什么鬼书。应该说，他们的看法不无道理。但是，这些人根本不懂吴修，更不知道他内心深处藏着一个梦。

当然，我是知道的。在我成为吴修的秘书不久，他就把他的这个梦告诉了我。吴修的这个梦与大学有关，就是有朝一日到一所名牌大学当一个客座教授。

吴修从小就是一个非常好强的人。他有一个同年同月出生的邻居，名叫高香，两人从小学到高中都是同班同学，在学习上始终暗暗较着劲。高考那年，高香以高分考上了武汉的一所重点大学。吴修却考场失利，只勉强上了一所位于黄冈的专科学校。从此，吴修便疏远了高香，甚至不跟他见面。高香本科毕业后，一举考上了母校的硕士研究生，硕士读完读博士，博士读完又留校任教，三十出头就当上了教授。吴修专科毕业后去中学当了一名老师，从上班第一天起就不安心，先是自修本科，然后便一门心思考研究生，做梦都盼着像高香那样当一个大学教授。遗憾的是，吴修连续考了三年都没考上，总是差那么几分。后来，他一气之下辞了职，凭着父亲的关系，来到武汉开了一家书刊发行公司。

吴修虽然求学不顺，但经商却是一把好手，几年工夫便成了千万富翁。有钱以后，他及时拓宽了业务领域，做印刷，开餐饮，搞建筑，随后又涉足房地产，生意越做越大，直至发展为赫赫有名的吴氏集团。

自从进入商海之后，吴修再也没有提及过大学，凡是与大学沾边的话题均闭口不谈，仿佛讳莫如深。大家以为，吴修已经身价数亿，富甲一方，对大学早就没有兴趣了。况且，大学曾经伤过他的心，他怎么会往自己的伤口上撒盐呢？然而出人意料的是，吴氏集团挂牌成立那天，吴修居然给十几年没有来往过的高香发了请柬，邀请他出席挂牌仪式。请柬发出后，吴修心想高香肯定会来，并且还在主席台上为他安排了席位。但是，临近开会的前一个小时，高香却给会务组打来电话，说要参加一个国际学术会议，分身乏术，深表歉意。得知这个消息，吴修当场就晕眩了，好像被人当头打了一棒。

就在吴氏集团挂牌的那天晚上，吴修破例喝了半斤白酒。酒后，他倒在我怀里，喷着酒气对我说，我一定要去湖边的那所大学当一个客座教授。我问，为什么一定要去那所大学？他打着酒嗝说，因为高香也在那里。

现在，我和吴修正坐在湖边这所大学的新闻中心里，等着开吴修的新书发布会。这所大学倚山面湖，风光旖旎，实在是一个开会的好地方。更重要的是，史学泰斗章涵教授是这所大学的终身教授，还担任着学校学术委员会主任。

八点半的样子，吴修看完了发言稿。他抬起眼睛，把目光投向我，似乎要对我说一句感谢的话。可他话没出口，突然发现我的嘴唇不同寻常，不由一惊问，黄衣，你今天怎么没涂口红？我说，涂了，换了一个淡雅的品牌。

"为什么要换牌子？你以前不是一直喜欢浓艳的口红吗？"吴修盯着我的嘴唇问，眼神怪怪的，像看一个陌生人。

我想了一下说："有人建议我改用雅致一点的口红，他觉得我以前用的那一款太俗气了。"

"谁？你居然这么听他的话？"吴修用异样的声音问，好像有点吃醋了。

我浅浅地笑了笑说："抱歉，我暂时不想告诉你。"

吴修的脸顿时变得通红，一直红到耳根。接下来，他还想继续盘问我，但门口传来了一串脚步声。他只好暂且放弃追究，马上起身去迎接嘉宾。我也赶快从沙发上站了起来，紧跟着吴修朝门口走去。

2

第一个到来的嘉宾叫张不三，目前是这所大学史学院的办公室主任。他虽说年纪不大，职务不高，但精明过人，八面玲珑，特别擅长牵线搭桥。我们吴氏集团和这所大学之间的关系，基本上都是他帮忙建立起来的。尤其是章涵教授，如果不是张不三从中巧妙斡旋，不断地给我通风报信和出谋划策，我即使搭着梯子也高攀不上。不过，吴氏集团也没有亏待张不三。他每次为我办事，我都会神不知鬼不觉地送他一个牛皮纸信封。信封鼓鼓囊囊的，像一条怀孕的鱼。

吴修和张不三见面后没有握手，只是相互拍了一下肩。他们已经是老熟人了，再也不需要那些繁文缛节。张不三拍完吴修的肩，马上就将他晾到了一边，然后迅速转过身来面向我，似乎有重要的事情与我商量。

"黄秘书，泰斗搞定了吗？"张不三开口就问。

我说："托张主任的福，已经搞定了。"

"我给你出的那个点子不错吧？"张不三又问，边问边得意地笑了一下，把牙龈都笑出来了。

我赶紧翘起一根大拇指，伸到他的鼻子下面说："不错，张主任出的点子，都可以称为金点子。"

这时，吴修亲自端来一杯茶，直接递到了张不三手上。张不三接过茶杯，正想跟吴修说点什么，吴修却转身走了，说要去贵宾室外面打一个电话。快走到门口时，吴修突然回过头，给我递了一个眼色。我明白吴修的意思，他是要我把今天的报酬及时付给张不三。其实，吴修离开贵宾室，并非真要打什么电话，而是不想让张不三当着他的面收我的信封。虽然他俩熟得不能再熟，但有些细节从来都是回避的。这好比窗户上的那层纸，本来一指头就能捅破，但捅破了毕竟不好，那样容易露风。

张不三随身带着一只小皮包，黑色，一看就是真皮的。我把牛皮纸信封递给他，他捏了一下，二话没说便装进了小皮包里。他的动作是那么娴熟，轻轻一捏就知道是五千，真可谓业精于勤。

吴修很会把握时间。张不三刚把信封收好，他就回到了贵宾室，并特意和张不三坐在了同一张沙发上，看起来亲如兄弟。坐定之后，他们一边喝茶，一边不约而同地说到了章涵教授。吴修感叹说，章涵教授的架子真是大啊，我以前请了他四五次，居然一次都没有请动。张不三用鼻孔哼了一声说，他如果架子不大，能被称为泰斗吗？

吴修听了若有所思，正不知道如何接话，张不三扭头盯着我问，你知道泰斗是什么意思吗？我还没来得及解释，他自己却抢先回答说，所谓泰斗，就是泰山北斗，泰山乃五岳之首，北斗乃七星之冠，总而言之一个字：牛！

接下来，张不三接二连三地讲了一大串章涵教授的故事，有的像传说，有的像神话，有的像段子，尽管内容各异，但都离不开同一个关键词，那就是牛。他还频频使用大师、大腕、大咖这些词语，充分证明章涵教授架子大。

张不三首先讲了一个照相的故事。他说，凡是章涵教授参加的学术会议，无论是上主席台，还是吃招待宴，或者是拍合影照，最中心的那个位子，一定是章涵教授坐，非他莫属。有一次，荆楚文化研究会开年会，章涵教授作为会长也出席了。开幕式结束后，全体与会者从学术报告厅移步到门口拍合影。前排摆了十三把靠背椅，工作人员直接把章涵教授请到了最中间的那把椅子上，也就是第七把，从左到右，从右到左，都是第七。那天雾霾严重，天空阴沉沉的。章涵教授讨厌雾霾，因此心情十分不爽，刚坐下不久便起身返回了报告厅。他离开得有点匆忙，连拐杖也忘了带走。章涵教授走后，他那个座位就空下来了。摄影师在按下快门之前，考虑到画面美观，就建议移一个人到第七把椅子上去坐。然而，摄影师的建议却无人响应，没有谁敢去坐那个空位。空位两边的几个副会长也不敢去坐，拉也没用，推也没用。后来，那个空位便只好空着。有意思的是，合影洗出来后效果却非常好，因为那个空位上竖着一根很别致的拐杖，大家一眼就能看出是章涵教授的。

听完这个故事，吴修显得很兴奋，一边拍腿一边咂嘴说，牛，真叫牛，难怪他的架子那么大！张不三马上卖个关子说，更牛的还在后面呢。说完，他猛劲地喝了一口茶，然后又趁热打铁讲了一个喝酒的故事。

某个元旦前夕，省长在东湖宾馆举办了一次迎春酒会，宴请各界社会名流。章涵教授也应邀出席了，并且与省长同桌，还被安排坐在省长旁边。宴会开始后，省长首先举杯起立，给大家一一敬酒，祝福各位新春吉祥。省长敬完酒，满桌的人都纷纷起身离位，依次排队等着回敬省长。可是，章涵教授却一个人坐着没动，仿佛无动于衷。大家都回敬了省长，他仍然一动不动地坐着，丝毫没有给省长敬酒的意思。坐在章涵教授身边的，是一位表演艺术家。她好心给章涵递了个眼神，暗示他该给省长敬酒了。章涵教授却并不领情，对表演艺术家的眼神视而不见，只顾自己埋头吃菜，看都不看省长一眼。

吴修听到这里，忍不住有些激动，愤愤地说，他的架子也太大了，居然连省长的面子都不给！张不三斜视吴修一眼说，你生什么气？人家省长都没生气呢。吴修愣愣地问，省长真没生气？张不三眉毛一挑说，省长不但没生气，而且还在许多场合赞扬章涵教授。吴修迫不及待地问，省长是怎么赞扬他的？张不三模仿省长的口吻说，当今的知识分子，差不多都不像知识分子了，只有章涵教授，还保持着知识分子的那种气节。

有关章涵教授的故事，我在此前听张不三讲过不少，但和省长同桌喝酒这件事，我还是头一回听到。说实话，我听了这个故事感触良多，既钦佩省长宽阔的胸怀，更敬重章涵教授那种特立独行的个性。

吴修却不以为然。他横眉冷眼地说，什么气节不气节，依我看，章涵教授完全是在故作清高。说完，他停下来喝了一口水，然后扭头盯着张不三问，难道他真像你所说的，对金钱一点都不动心吗？张不三说，千真万确，章涵教授真是一个不爱钱的人。吴修又问，他真的视金钱如粪土？张不三胀大眼窝说，岂止是如粪土，在他眼里，金钱连粪土都不如。吴修摆着头说，我不信。张不三说，你若不信，我就再给你讲个故事。

没等吴修表态，张不三已开始讲了起来。那是十年前的事了，张不三当时还只是文史学院办公室副主任。在那一年的教师节即将到来之际，一位毕业于文史学院的校友，下海经商发了财，特地给院里捐了一笔钱，委托院办给老师们买点节日礼物。院办考虑到老师们众口难调，觉得礼物太难买，就决定在教师节那天开一个全体教工大会，给每一位到会者发两千块钱，不到会的人则不发。当年，不少老师对开会不感兴趣，每逢开会总是请假，章涵教授便是其中一位。他几乎从来都不参加教工大会。当然，他是院里默许的。原因是，章涵教授年事已高，并且身份比较特殊。教师节的头一天，张不三出于好心，破例给章涵教授打了一个电话，请他次日到院里开会，并透露说只要到会便可以领到两千块钱。章涵教授却没有为之所动，回答说，对不起，我没有时间去开会。张不三又耐心劝说，不会耽误您多少时间的，您领了钱就可以走嘛。再说，从您家到院里，来回不到两千步，一步就是一块钱啊。章涵教授在电话那头笑了一下说，谢谢你的美意，即便一步两块，我也不会去的。

张不三讲完这个故事，吴修半天无语。低头沉默了许久，他又抬头问张不三，难道这世上就没有什么能让章涵教授动心的吗？张不三说，当然有，每个人都有软肋嘛。吴修急忙问，他的软肋是什么？张不三没有马上回答，突然歪过头看了我一眼，然后神秘地对吴修说，你的黄秘书应该知道。听张不三这么说，我不禁有点紧张，感觉脸也红了。

吴修一向敏感，立即问我："你知道章涵教授的软肋？"

我赶紧否认说："别听张主任瞎扯，我怎么会知道。"

吴修这时又把目光落到了我的嘴唇上，抑制不住地问："请告诉我，究竟是谁跟你推荐了这个牌子的口红？"

我想了想说："我会告诉你的，不过，不是现在。"

3

八点四十，熊究究教授来到了贵宾室东侧门口。他是这所大学史学院的院长，也是张不三的顶头上司。张不三听觉很好，老远就听出了熊究究的脚步声。熊究究一到东侧门口，张不三立刻就从西侧那个门溜出去了，麻利得像老鼠躲猫。出门后，张不三转身给我做了一个夹烟的手势，意思是去外面抽支烟。我知道，抽烟只是个借口，他是不想让熊究究发现他已经先到。

看见熊究究进来，吴修显出很激动的样子，一边亲切地喊着老师，一边跑步上前迎接。和熊究究握手的时候，吴修还特意弯下了腰，只是腰弯得太深，把皮带都露出来了。吴修一向大大咧咧，气宇轩昂，看到他在熊究究面前如此谦卑，我感到十分滑稽。不过，我能理解吴修。吴修的博士学位是跟熊究究读的，假如没有导师的神助，他不可能把博士文凭弄到手。所以，他时刻要对熊究究表示尊敬。更重要的是，吴修的最终目的是想在史学院当一名客座教授。熊究究作为该院的院长，吴修必须首先通过他这一关。尽管这一关早已通过，但在客座教授聘书还没有颁发之前，吴修对熊究究仍然要保持一种毕恭毕敬的姿态。

熊究究进门后，先四处张望了一会儿，然后蹙着眉头问吴修，章老还没到吗？吴修说，黄衣跟他联系过，老人家说九点钟准时到场。熊究究似乎不太相信吴修的话，马上扭头盯着我，目光直戳戳的，像两个钢钉。

"章老肯定会来吗？"熊究究站着问我，表情肃穆，口气僵硬，仿佛章涵教授不来就转身要走似的。

"请熊院长放心，章涵教授肯定会来的。"我说。

"你凭什么这么肯定？"熊究究将信将疑地问，"章老异常清高，特别难请，很多时候连我这个院长出面都请不动他，你们是如何请动他的？"

"鱼有鱼路，虾有虾路嘛。"我莞尔一笑说，"熊启已开车去接泰斗了。"

说到熊启时，我刻意把重音放在熊字上面。熊究究听到熊字，身体不由本能地一晃，好像被风吹了一下，随后便主动在一张沙发上坐了下来。

熊启是张不三介绍到吴氏集团的。我开始把他安排在运输队开卡车，每月三千底薪。当时，张不三没把熊启的真实身份告诉我，只说他是熊究究的一个小老乡。直到熊启领到第一个月工资，张不三才跟我交底，说他是熊究究亲哥哥的儿子。我责怪张不三，问他为什么不早说。张不三说熊院长不让讲，还嘱咐他永远也不要挑明这层关系。我说，既然这样，那你为何还是挑明了？张不三露出一脸怪笑说，因为你们给熊启开的工资太低了。得知熊启是熊究究的侄儿以后，我很快将他从运输队调到了小车班，同时还将他的底薪由每月三千涨到八千。加上奖金，熊启每个月的收入至少有一万多。当然，这些钱也没有白给熊启，就在我给他调岗加薪的第二年，吴修从熊究究这里取得了博士学位。

熊究究坐定后，吴修亲自给他端来了一杯热茶。他接过茶杯，不慌不忙地喝了一口，然后指着我对吴修说，吴总，你的这个黄主任不简单啊，居然能把章老请来帮你站台，真是神通广大！吴修不无得意地说，是的，她的确很能干。我假装不高兴地说，请你们不要取笑我好吗？否则我要挖个地缝钻进去。吴修马上对熊究究说，好，我们不夸黄衣了，还是说一说泰斗吧。

吴修把话题一转到章涵教授身上，熊究究的话匣子突然洞开，犹如水库泄洪，滔滔不绝。吴修不由暗自欣喜。因为，他有太多关于章涵教授的问题，正好可以从熊究究嘴里找到答案。两人一拍即合，很快就讲开了。

吴修一上来就问，老师，您是史学院的院长，章涵教授怎能连院长的面子也不给？熊究究叹口长气说，唉，院长算什么？部长的面子他都不给呢。吴修一怔问，真有这等事？熊究究说，我耳闻目睹，还能有假？

事情发生在四年前。熊究究回忆说，那是教师节的头一天，教育部有一位副部长，当时正在我们学校调研。那天，部长决定召开一个小型座谈会，慰问一下教师代表。慰问名单拟定后，校长办公室及时通知到了每位代表。章老毫无疑问在名单上，并且排在首位。我也滥竽充数，位列其中。座谈会定于下午三点在行政楼举行，两点半的样子，我们这些代表都陆陆续续到了会议室，只有章老迟迟未到。三点钟，章老还没来，校办主任便打电话问他，您到哪里了？章老说，还在家里呢，我手头工作太忙，就不去开座谈会了。校办主任尴尬地说，哎呀，部长还等着慰问你呢。章老呵呵一笑说，他要是真想慰问我，可以到我家里来嘛。当时，章老在电话中的声音很大，在场的人都听见了他的话。

吴修听了大吃一惊，瞪着眼睛问，部长也听见了？熊究究说，听见了。吴修又问，部长生气了吗？熊究究摇摇头说，没有，部长不仅没生气，散会后还专程登门看望了章老，并送了一束鲜花。

熊究究讲到这里，停下来喝了一口水，看样子想歇一下。可是，他刚把一口水吞进喉咙，吴修又开口了。吴修感叹说，泰斗这个人，好像不近人情啊！熊究究一听这话，立刻放下茶杯，扩大嗓门说，你说得太对了，他确实不近人情，还经常让人难堪！吴修沉吟了片刻，低声问，他没给过您难堪吧？熊究究迟疑了一下说，给过，多得很，有几次还让我下不了台。吴修胀大眼圈说，居然这么严重啊！熊究究哭笑不得地说，是啊，好多往事，我都不堪回首。这时，我忍不住插了一个嘴，用乞求的口吻说，熊院长，请您给我们分享一件好吗？吴修马上附和说，对，您最好给我们分享一件。熊究究抬起头，先看看我，再看看吴修，犹豫再三，终于答应说，既然你们都想听，那我就给你们讲一件吧。接下来，他讲了一件关于论文答辩的事。

那是很久以前事了。当时，高校正疯狂地搞教育产业化，许多官员都跑到大学来读在职博士，实际上就是花钱买文凭。那年，熊究究也招了一个官员，还是一位副厅长。副厅长虽然没到学校听过课，博士论文却在秘书的帮助下按时交稿了。作为导师，熊究究收到论文后还是浏览了一遍。除了文从字顺，这篇论文几乎乏善可陈，材料陈旧，观点老掉了牙。严格地说，副厅长那次是不能参加论文答辩的，但考虑到他交钱慷慨，熊究究决定还是睁只眼闭只眼放他一马。为了让副厅长顺利通过答辩，熊究究事先做了周密安排，答辩委员会的主席和委员都是他的铁哥们儿。然而，离答辩只剩两天的时候，副厅长突然提出一个要求，希望章涵教授出任答辩委员会主席，并愿意为此多给史学院赞助五万元的办学经费。熊究究明知此事有难度，但又觉得五万块钱不是一个小数目，最后还是硬着头皮给章涵教授发出了邀请。章涵教授开始并没有拒绝，只说要看一下论文。熊究究亲自把论文送到了章涵教授家里，趁机还超标送去了两千元审读费和五千元答辩费。出人意料的是，到了答辩的那天早晨，章涵教授突然给熊究究打来一个电话，说他不参加答辩了。熊究究问，为什么？章涵教授说，论文太差，不合答辩要求。熊究究一听头都炸了，半天没回过神。

吴修听得面红耳赤，迫不及待地问，后来呢？熊究究喝口水说，后来，我只好又临时安排了一个主席，答辩会还是按时开了。吴修松了口气说，总算答辩了。熊究究却说，可惜，答辩没通过。吴修一愣问，又怎么啦？熊究究满脸沮丧地说，副厅长正在进行陈述时，章涵教授猝不及防地来到了答辩现场。他是专程来退答辩费的，进门就把一个鼓鼓的信封扔给了我，同时还扔下了一句话。吴修急忙问，他说什么？熊究究说，他说这篇论文不能通过答辩！就因为这句话，副厅长的答辩结果是不合格，泡汤了。

听罢熊究究的讲述，吴修突然低下头去，半天无语。我看着熊究究，疑惑地问，难道章涵教授的一句话就能左右答辩委员会？熊究究语气怪怪地说，人家是泰斗呢，一言九鼎啊！话音未落，吴修猛地抬起头来，有些慌张地问我，我的这本新书，你送给章涵教授了？我说，送了。吴修不安地问，如果他看了我的书，还会来参加发布会吗？我轻松地笑了笑说，他会来的，吴总放心好了。

吴修猛然又盯上了我的嘴，满怀醋意地说："你这款口红，也太淡了。"

我故意把头一歪说："因为有人不喜欢太艳的。"

"谁？他到底是谁？"吴修问。

"我说过，以后再告诉你。"我说。

这时，贵宾室外面突然传来了张不三亢奋的叫声。他在喊我，要我赶快出门迎客。我以为是章涵教授来了，马上闻声而出。吴修和熊究究也迅速起身跟着我往门口跑，都以为是泰斗驾到。

4

到了贵宾室门口，我们才知道来的不是章涵教授，而是这所大学的副校长任德卿。他吊着两个大耳垂，梳着一个大背头，派头十足地走在前面，一看就是个当官的。张不三紧跟其后，一手帮他拎着包，一手帮他拿着茶杯，欢快地迈着碎步，像一条摇曳的尾巴。

　　我和任德卿交往已久，可以说是老熟人了。据我所知，任德卿在这所大学里背景颇深，提为副校长之前曾在好几个重要部门任过一把手，做过后勤处长，干过基建处长，搞过人事处长。早在他担任基建处长的时候，张不三就介绍我们认识了。吴氏集团与任德卿之间的亲密关系，就是在那段时间建立起来的。任德卿的老婆是一位律师，张不三建议吴氏集团把她聘为法律顾问，每年给她十万元顾问费。吴修采纳了张不三的建议，还将顾问费由十万增加到了十二万。打那以后，任德卿把学校的基建任务差不多都给了吴氏集团。当然，那些工程基本上是法律顾问帮忙联系的。每当一项工程结束后，吴氏集团都会给法律顾问发一笔可观的奖金，又称业务费。

　　任德卿见到我，显得亲切而随和，还开玩笑说要跟我拥抱。张不三马上起哄说，抱一个，抱一个。熊究究也说，抱吧，抱吧。吴修虽然没说话，却用鼓掌的方式表示了赞同。然而，任德卿没有抱我，只是拍了拍我的肩。

　　"章先生到了吗？"任德卿关切地问。

　　"还没有。"我看了看表说，"老人家说九点钟准时到，现在才八点四十五分，还差一刻钟呢。"

　　"你的面子真够大的，居然能把泰斗请动。"任德卿朝我伸根指头说。

　　"功夫不负有心人嘛。"我翘起嘴角怪笑一下说，"你这么大的校长，我们不是也请动了吗？"

　　任德卿过于敏感，以为我话里有话，脸一下子红了。幸亏张不三及时把茶杯递给了他，算是帮忙解了围。任德卿接过茶杯，便一屁股坐到了沙发上，闷声喝茶，一言不发，气氛陡然凝重起来。熊究究见状，立即给任德卿打了个招呼，说去外面透一口气，说完便走了。张不三也跟着出去了，找的借口仍然是出门抽烟。不过，张不三心细，出去之前还给任德卿茶杯里加了一点水。

　　贵宾室只剩下三个人的时候，任德卿的情绪顿时好多了。他转头面向吴修，皮笑肉不笑地问，这本新书赚了不少稿费吧？吴修一时不晓得怎么说，便拧过脖子看我。我马上替他回答说，稿费不多，二十万左右吧。事实上，这本书是吴修自己买书号印的，不仅没有一分钱的稿费，而且还投入了一大笔，书号费，印刷费，加上几个博士生的枪手费，足足花去二十万。听我说有二十万稿费，任德卿立刻惊讶地说，嗬，吴总又发财了，一定得请客啊！他所说的请客，其实另有所指。我赶紧把嘴巴凑近他的耳朵，小声说，你今天的出场费，已打到法律顾问的卡上了。我边说边伸出一个巴掌，让五个指头一起颤动了一下。任德卿很快心领神会，知道老婆的卡上又多了五千，不禁露出了满脸笑容。

我趁任德卿心情不错，便直接提到了吴修当客座教授的事。要说起来，还在任德卿当人事处长时，吴修就向他吐露过这一心愿。那个时候，想当一个客座教授非常容易，只要学院提出申请，再请主管校领导签个字，人事处就可以发聘书了。遗憾的是，吴修当时还没有弄到博士文凭，达不到申请条件。后来，等他把文凭弄到了手，学校却突然修改了客座教授的聘任办法。新办法规定，凡聘任客座教授，必须经过学校学术委员会审核。正是由于这个规定，吴修迟迟没有让史学院为他提出申请。因为，吴氏集团一直没能在学术委员会里找到关系，所以不敢轻举妄动。好在，我们如今总算联系上了章涵教授。

吴修这时试探着问，任校长，我现在让史学院把申请交到学校，应该没有问题了吧？任德卿沉思了一会说，章先生是学校学术委员会主任，只要他出席了今天的新书发布会，那就不会有多大问题了。吴修马上又问我，章涵教授今天肯定会来吗？我说，他肯定会来，我做事一向是钉子回脚的。任德卿突然转头问我，章先生看了你们吴总的新书吗？他感觉如何？我说，老人家看了，感觉不错。我今天早晨与他通电话时，他还夸这本书有新意呢。任德卿听了高兴地说，这就好！章先生是个非常较真的人，既然他觉得这本书不错，那吴总的客座教授就八九不离十了，让我们等着请客吧。

接下来，任德卿兴致勃勃地讲了一个章涵教授较真的故事。他说，事情发生在十年以前，当时省属高校评高级职称都由省教育厅负责，章涵教授经常被请去担任文史哲评审组组长。每年一到评职称的前几天，章涵教授都要接到很多电话和短信，甚至还有领导写的条子，托他关照某些参评者。可是，章涵教授却不吃这一套，电话一接便忘，短信一看便删，条子一到手便直接扔进字纸篓。到了评审的时候，他什么都不管，只管认认真真地看申报材料，最后把那些名副其实的参评者评出来。有一年，章涵教授在埋头看材料时，意外地读到一本从民间视角研究辛亥革命的专著，不由两眼一亮，欣喜若狂。该书作者名叫王自爱，是襄阳一所高校的教师，也是那次唯一的一个来自地市的参评者。章涵教授此前和王自爱素不相识，印象中也没有收到任何与他有关的请托。然而，在评审会上，章涵教授却力挺王自爱，称赞他学术积累丰厚，研究视野开阔，观念现代，见解独到，是一位难得的人才。评委们都认同章涵教授的看法，并频频点头。十分奇怪的是，在第一轮投票时，王自爱居然被淘汰了。

任德卿讲到这里，换了一个坐姿，然后接着讲。他说，那次共有十个教授名额，王自爱位于十一，排在他前面的是一个少妇。章先生仔细看过少妇的材料，觉得她的学术水平很一般，远远比不上王自爱。我忍不住插嘴问，那她的票数怎么比王自爱还多？任德卿顿了一下说，她是某个副省长的小姨子，评委们事先都被打过招呼。其实，章先生也收到了一个为少妇打招呼的条子，只是他没有细看，扫了一眼就把条子扔了。吴修问，后来呢？任德卿说，后来，章先生发火了。他指着评委一个一个地质问，王自爱和少妇到底哪个水平高？让他们凭良心说实话。评委们都说，论水平，王自爱肯定超过少妇。章先生接着又问，既然这样，那少妇的票为什么比王自爱的多？直到这时，评委中才有人透露，少妇是某个副省长的小姨子。知道这个原因后，章先生更加气愤，当即要求再次投票，最后，副省长的小姨子落了榜，王自爱评上了教授。

听到这个结果，吴修捏了一把汗说，章涵教授真够较真的，难道他就不怕得罪那个领导？任德卿说，章先生从来不怕得罪领导，再大的领导他都不怕，别说一个副省长，就是在副总理面前，他也敢直言不讳。许多年前，一位主管教育的副总理来武汉视察，下榻在东湖宾馆。章先生听到消息后，连夜给副总理写了一封提意见的信，并通过特殊渠道很快送到了副总理手上。吴修问，他提了哪些意见？任德卿说，在那封信中，章先生对当时的教育现状进行了尖锐批评，认为教育界乱象丛生，并列举了三大突出表现，一是学校盲目升格，揠苗助长，自欺欺人；二是高校一窝蜂合并，贪大求全，名不副实；三是教育过度产业化，舍本逐末，疯狂敛财。我屏住呼吸问，副总理看到信后，肯定很恼火吧？任德卿说，具体情形，不得而知。不过，有一种传说倒是有鼻子有眼，说副总理看了信深受震惊，那天连晚餐都没心思吃，手上一直拿着那封信……

任德卿还准备往下讲，张不三突然进来了。他告诉我，有几位记者已到会场，正等着采访章涵教授。我迅速起身跟吴修说，吴总，你陪一下任校长，我出去给记者们打个招呼。吴修说，你去吧。

我正要迈步出门，吴修忽然在我背后埋怨说："你今天这款口红，实在是太淡了，看上去一点都不吸引人。"

"今天是你的新书发布会，只要你吸引人就行了。"我回眸一笑说。

吴修冷笑一声说："不知道是哪个高人出的这个馊主意，让你涂这种寡淡寡淡的口红，莫非你有男朋友了？"

"也许吧。我三十好几了，也该有男朋友了。"我说。

5

我和记者们打完招呼回到贵宾室，发现熊究究也回来了。他和张不三正在对表，两人的眼睛都一眨不眨地看在各自的手表上。任德卿和吴修也在关注时间，还相互看了一下对方的手机。这时是八点五十五，离开会只有五分钟了。然而，章涵教授还没有来。我想，他们肯定都在担心，担心泰斗临时变卦。不过，我是一点都不担心的，可以说胸有成竹。

吴修已经开始坐立不安了。他从沙发上站起来又坐下去，坐下去又站起来，像是屁股上长了脓疮。过了一会儿，吴修命令我说，黄衣，你赶紧给熊启打个电话，问章涵教授上车没有。我立即拨熊启的手机，拨通就问，什么情况？熊启说，章涵教授已经上车了，最多五分钟就到会场。

"熊启怎么说？"吴修焦急地问。

"章涵教授已经坐在车上了，五分钟之内准到。"我得意扬扬地说。

"你今天涂的这款口红……"吴修双眼倏然亮了一下，然后对着我的耳门问，"该不会是泰斗送给你的吧？"

"哈哈！"我扑哧一笑说，"恭喜你，猜对了。"

这款口红的确是章涵教授送给我的。老爷子真逗，第一次见面就送我礼物。要说，我和老爷子取得联系非常晚，至今也不到十天，当时他正在巴黎讲学。他的电话和微信，都是张不三告诉我的。张不三同时还告诉我，老爷子既不爱权也不爱钱，只对美女情有独钟。我听懂了张不三的意思，很快给老爷子打了电话，然后每天给他发微信，还不断地发我的照片，从端庄的到妩媚的，再到妖娆的。老爷子果真被我迷住了，后来还主动要求与我视频。在视频即将结束时，我请老爷子出席新书发布会，他一口就答应了。我提出等他回国时去机场接他，他也没有拒绝。前天晚上，我一个人开车去天河机场，顺利地接到了老爷子，还送了他一束玫瑰花。老爷子见到我激动不已，兴奋得像个孩子，一见面就抱了我一下。在回市内的车上，老爷子一路都在夸我好看。我将他一直送到了家门口。临下车时，老爷子突然对我说，衣衣呀，你很漂亮，几近完美，唯一不足的是口红太艳，略微显俗。我听了好难堪，正无言以对，老爷子从包里掏出一个精致的小礼盒，直接塞给了我。我打开一看，是一支淡雅的巴黎口红。

九点差两分的时候，我从贵宾室来到了会场的入口处。吴修随后也来了，和我一起恭候泰斗光临。

八点五十九分，一辆黑色宝马徐徐开到了会场门口。我和吴修马上张开双臂跑上去，像两只飞翔的草鸡。可是，到了车前，我们只看到了司机熊启，却不见章涵教授的人影。泰斗呢？我惊慌地问。熊启说，车开到半路上，章涵教授看到了一个中年人，就喊了那个人一声，同时让我停一下车。他们说了几句话，说完，章涵教授就愤愤地下车回家了。

"中年人说了些什么？"我问

"他说吴总的新书是找人代写的。"熊启说。

"那个中年人叫什么名字？"我问。

"章涵教授叫他高香。"熊启说。

熊启话音未落，吴修的双腿陡然一软，然后就一屁股瘫在了地上，看上去像是中风了。

原载《清明》2020年第5期

点评

对于知识分子的书写，已不是一个全新的命题，但晓苏这篇小说选取的视点十分巧妙。黄衣作为私人秘书，美丽、妖娆、圆滑、处世老道，"我"并不是一个全知全能的叙述者，但作为局中人，从"我"的视角观察到了商人（吴修）、大学教授（熊究究）、高校官员（副校长任德卿）等的多面玲珑。在权力与金钱的诱惑下，他们甘愿舍弃知识分子的责任与良知。更加吊诡的是，"我"并非局外人，而是身处浮世绘般旋涡中心的当事者之一，甚至是这一系列操作的执行者。从这样一个视点出发，"看"人物们的相继出场，反讽意味十足。

各色人物的粉墨登场，并非推进情节的发展如此简单，更重要的是，从他们述说中，泰斗章涵的性格形象逐渐丰满。从率先出场的张不三口中，得知泰斗章涵在学界地位极高，是不向官员和金钱低头、葆有知识分子气节的人物。随后到来的是院长熊究究，从他的讲述中，一个不畏强权、注重学术水平的学者形象跃然纸上。副校长任德卿的到来，谈论抬头章涵较真的事情，维护了来自地市参评者的权益，维护了学术的纯洁性。从这些人物的不断讲述中，泰斗章涵的形象愈加丰满和光辉。但从小说的一开篇就埋下伏笔的"口红"此时终于揭晓了秘密，富贵不淫、威武不屈的泰斗章涵原来拜倒在了美女的石榴裙下。于是泰斗章涵的"高大全"形象瞬间坍塌，最后一块遮羞布也被无情扯下。

在临出场的最后，泰斗章涵得知富商吴修的博士论文是由人代写的之后，临时变卦，愤愤然下车回家。这样的安排会否给知识分子挽回一些颜面？

无论是痛斥官、商、高校勾结，还是讽刺权力崇拜文化，或者资本的强势与失效，最终指向的都是关于欲望的思考。

（朱旭）

喜 悦

李约热

一

雨水把路都泡烂了。

离家门口还有十几米，实在走不下去，赵胜男就扔砖头，啪、啪、啪、啪……一共二十块砖头，歪歪斜斜，泊在泥水中，差点连成一个问号。赵胜男的黑色高跟鞋，踩在问号上面，她手臂张开，走钢丝一样。新婚丈夫杨永，没有步她后尘，他左边肩膀右边肩膀都有行李，红色拉杆箱是胜男的，帆布包是自己的，都非常沉。

过来呀，过来呀。胜男催他。

肩膀上的行李不允许杨永像胜男那样走——肩膀上有重物，如果脚底不稳，非摔了不可。他的喉结动了一下，一发狠，这条路，就变成了一条干净整洁的水泥路，唰、唰、唰、唰，蹚水的声音。杨永走成一条直线，未来的家，离他的鼻尖，只有几厘米。

他的脚底凉透了。

胜男从杨永肩上卸下红色的拉杆箱，正要去接他肩上的帆布袋，杨永肩膀一抖，帆布袋滚在脚边。杨永扶稳帆布袋，脱鞋。八月的泥水从杨永的鞋里流出来——短暂的一场雨，欢迎远方的女婿，进驻八度屯。

我爸呢，我爸呢? 胜男自言自语。

她的爸爸赵忠原，正在床上睡觉呢，正在床上做梦呢。五十多岁的男人，光着头，床边的墙上挂着他的假发。他缩在床上，薄薄的床单，猪肝色——昏暗的房间里，赵忠原像个着袈裟的和尚，浑身的酒气，睡觉时的表情，像要哭。他的梦太平淡了，当胜男和杨永离家十里的时候，忠原梦到自己在医院里，那个已经死去的医生在给他把脉，他看着他，没有事，没有事，就是喝酒多，有点内热；拿听筒听他的心跳，说，是想女儿了，心律不齐。这样的梦他做了很多次，每次都是那个死去的医生，跟他说话。赵忠原跟村里人说，在梦里，我从来没有飞起来，做的梦，都是老老实实的梦，看病啊，干活啊，吃饭啊，这样的梦，简直就不像梦。确实是这样，当他的女儿胜男和丈夫杨永离家还有五里地的时候，他梦到自己正在主持屯里七月十四的祭祀，各家各户拿着供品，排队给"社王"摆上。"社王"相当于北方的土地神。烧香、祭拜，他是给他们递香的那个人，他是替他们给"社王"说好话的那个人。这样的事情出现在他梦里一点都不稀奇，因为啊，再过十几天，就是七月十四，这场盛大的祭祀活动，只不过提前几天来到他的梦里。这样的梦，也太过老实了。当胜男在离家十多米的地方扔砖头的时候，她爸爸的梦里，这场盛大祭祀还没有结束，全屯的人都在吃……

胜男推开家门，哒哒哒哒，脚步声响起。

感觉到有人进了自己的家，赵忠原一震，赶紧从梦里的饭桌边抽离。翻身下床，飞快地打开房门，又飞快地关上房门。

女儿身边站着一个男人，自己不能光着头迎接他们，这顶假发，似乎是为他俩而准备的。他从墙上取下假发，戴上，再去开门。一关一开，给人这个房间似乎住着一个光头的男人和一个毛发浓密的男人的错觉。杨永眼花缭乱，好像自己有两个岳父——一个光头的岳父和一个毛发浓密的岳父。

这样看起来年轻多了，比戴帽强。胜男说。

赵忠原像做错了什么似的。两千五百元呢。他说。之前他确实是戴帽，一年四季都戴，冬春戴厚一些的帽，夏秋戴薄一些的帽。戴帽不是为了耍酷，就跟现在戴假发不是为了显年轻一样，是为了盖住头上的凹槽。不同的是，戴帽显得普通一点，戴假发显得隆重一点。那一年，他在浙江的工地，被一根螺纹钢砸断头骨，治好后，螺纹钢的形状就留在了他的头上。凹下去的地方，非常吸引风，风稍稍大一点，赵忠原就听到风穿过头上伤痕的声音，像有人吹口哨一样。

值，真的很年轻，我都认不出来了。胜男说。

他们来我们家打分，如果算上我的这顶假发两千五百元，就要超过六十五分了，超过六十五分，就不算是贫困户了。我本来想拿钱去买一台电动后推车，后来买了假发。海民买了后推车，他们家就超过六十五分了。

这是赵忠原说的，说这话的时候，已经是在晚上的饭桌边，他喝了两杯酒。他说的六十五分，是野马镇判定贫困户的最低标准。李作家带着一帮人，对八度屯所有的农户进行甄别：存款、房子、家具、电器都要算分，高于六十五分就不算贫困户，低于六十五分（含六十五分）就算是贫困户。当时如果这两千五百元存在银行里，或者拿来买了后推车，他就评不上了。海民的家境跟忠原家差不多，就是多了一台后推车，结果没有评上，海民去跟李作家闹，拿自己家跟赵忠原家比，李作家再到忠原家甄别，感觉这两户确实没有什么差别，这时候赵忠原摘下假发，让李作家看到他头上的伤痕。李作家说，就凭这个，你就是了。

海民他当年不是从脚手架上摔下来吗？内伤，吐血，后来恢复得好，一点伤疤都没有留下。胜男说，以后见到海民，你不要太嚣张了，也不要张扬。

胜男就是那么善良。话说给忠原听，眼光却瞟杨永。

杨永现在像个小媳妇，眼睛不看赵忠原。忠原问他话，他先看胜男，才作答，生怕说错。

家在哪里？

平南。

哦，那里产小刀。我们这里，以前每家每户，都有一把平南小刀。

那是以前，现在那里做陶瓷，或者给人建房。陶瓷卖到香港，建筑队敢到非洲做工程。

你为什么不去？

胜男替杨永回答，他胆子小嘛。

胆子大的都去非洲，胆子小的都来八度。忠原说。

三个人都笑了起来。

我们都是胆小的人啊。忠原说。

说到自家情况，杨永像个受伤的小兽。

爹妈走了。

姐姐带大。

十五岁去广东。

二十五岁碰到胜男。

胜男比他大五岁。

这样的人。

适合带回家。

给爸爸赵忠原。

养老送终!

如果谱上野马镇的山歌调,就会把人唱哭。

这是三个人的第一顿晚餐。

二

雨又下了,还打雷、闪电。在野马镇,有人结婚或者死去,都要下很长时间的雨。雨水带来新人或者送走旧人——笑声和哭声,都瞒不过这满天满地的雨水。八度多的是池塘,池塘里有莲藕,雨水打在叶子上面,就像电影里一场盛大的战争。这几天,在哗啦啦的雨声中,野马镇的人都在打听,哪家死了人?没有!那么,雨水过后,就要有人办喜事了。

哗啦啦的雨声中,忠原和胜男、杨永在商量婚事怎么操办。

说是商量婚事怎么操办,其实是在商量婚事用不用操办。

今年猪瘟疫情暴发,野马镇的猪几乎死光,现在市面上的猪肉贵,鸡、鸭、鱼,托猪老大的福气,身价也跟着涨。肉类价格像一盆冷水,浇凉了赵忠原一家三口想操办酒席的热情。

但胜男又不甘心。爸,亲戚总得请几桌吧。

屯里,哪个不是亲戚?忠原说。

八度屯一百五十七户,姓赵的就有一百三十户。只要是个人,赵忠原都能找出对应的称谓,喊声亲戚。

就是亲戚也有远近之分吧。胜男说。

近的可以得罪,远的不能得罪。远的比近的多啊。赵忠原用手轻抚假发，似乎碰到了天大的难题。要请就一起请，要不请就都不请。

那不行，我不想让他们说我们心疼钱。

那也不能打肿脸充胖子呀，脸皮多少钱一斤？忠原说。

那怎么把杨永介绍给他们？胜男说。

在野马镇，凡是新人，都要通过一场盛大的宴席作为媒介，之后才被旧人接纳。野马镇的新人，都要举着酒杯转圈圈，接受众人的祝福，才能融入人群。今年猪瘟流行，忠原和胜男选择在这个时候把杨永介绍给屯里的人，要比平时贵三倍。

不要紧的，不要紧的。杨永缩在一边，猛地来这么一句。时间一长，他们就知道我了。

做男人，就是要有这样的脸皮。忠原觉得杨永很对自己胃口，他夸杨永有气度。男人，有时候就要脸皮厚，不管别人怎么看你，都不要在乎。他说。

你不要紧，我要紧！胜男声音高起来，杨永就缩头了。胜男又对忠原说，你是心疼钱，如果猪肉便宜，你早就去发请柬了。

钱都是你挣来的呀，这样浪费我当然心疼。忠原说。

屋里一下子安静下来，雨声格外刺耳。

这个时候，就不要考虑什么面子啦，现在菜钱贵，我们请不起。最亲最亲的叔、舅、姑、姨，堂哥堂弟、堂姐堂妹，七七八八的家里人，我们不请；不怎么亲的，平时见面只是点点头打哈哈的所有的外人，我们也不请。他们有什么闲话，我高兴的话呢，就跟他们解释，不高兴的话呢，理都不理。忠原说。

胜男还是不高兴。她的意思是至少亲友要摆上七八桌，这婚才算是结了。外人她不管。

忠原说，要请就一起请，要不请，就都不请。理由是不亲的人更加不能得罪。

忠原看见女儿不高兴，去讨好她。等猪瘟过后，生猪降到每斤五元，我们再请，现在生猪每斤十八元，买一头肥猪，相当于买一头牛，我们怎么请得起？他说。停了一下，又说，你说猪瘟厉害不厉害，确实厉害，屯里的猪几乎都死光了；你说猪瘟厉害不厉害，也不怎么厉害，赵忠锋家的那头母猪，不仅不死，现在又怀上了。我看猪瘟，也就是秋后的蚂蚱，很快就没有了，不出半年，屯里大猪小猪，又嗷嗷叫了。到时候我们再请，好不好？

胜男还是不作声。忠原的这个女儿，犟起来，八头牛也拉不住。他们一家，现在是被猪给难住了。

雨雾中一把黑色的雨伞，浮在忠原家不远的池塘边，颜色慢慢变深。

李作家来八度查看水情。他绕过一个又一个池塘，来到忠原的家门前。雨水差不多漫过忠原家的门槛，当初胜男扔砖头扔出的那个问号，早已看不见。李作家穿着雨靴，涉水而来。他从雨伞下钻出来，钻进了忠原的家。

李作家来八度扶贫一年多了，平时走村串户，听村里面的人讲他们家的事情。真的假的，他都听。

李作家还是第一次看见胜男。以前她在忠原的嘴巴里出现，都是"我女儿""我女儿"。以前她的名字，都是出现在各类的登记表里。

登记表里的名字，现在变成李作家面前的活人。

李作家最想见到的，就是登记表里的活人。八度屯的年轻人，很多都跟今天以前的赵胜男一样，活在登记表里。

比如说赵莲花家的老二。李作家刚来的时候，赵莲花家的瓦房塌了半边，李作家到赵莲花家，动员她去大儿子家住。大儿子做生意，在离旧房不远的地方，起了两层楼房，装修得很漂亮。房子塌了半边，赵莲花也不怕，任凭李作家怎么动员，她都不愿意搬，说就是死也要死在这个房子里。大儿子说，她就是想在这里等老二回来。赵莲花跟二儿子住，二儿子十几年前去福建打工，失踪了，怎么找都找不到。这么长的时间，本来应该按法律依次去派出所报失踪、申请宣布其死亡、最后注销户口。从一开始，赵莲花就紧握家中的户口簿，不让他们去派出所办理。大儿子说，她八十多了，老糊涂了，也不怕死了。没办法，只好让她继续住在那里，半边没有塌下来的房子给加固起来，虽然这样，只要一下雨，李作家就要带人去她家查看。今年春天，一个傍晚，屯长赵礼胜打电话给李作家，说赵莲花的二儿子，失踪了十多年之后，又回来了。一个印在各种登记表上的名字，突然露出尊容，李作家觉得这是个大事情，赶紧来到屯里。在赵莲花家塌了半边的房子面前，透过半开的窗户，李作家看见几个人在抱着一个人哭，是那个失踪了十多年的老二。李作家想去推门，犹豫了一下，又把手抽了回来。李作家感慨，这个时候，他怎么好进去呢？他不能打断他们的团圆。天上掉下的故事，就让它静悄悄地来，又静悄悄地去吧。第二天，屯长赵礼胜又打电话给李作家，说老二又离开家了。消失、回来、离开，乡间很多很多的故事，不就是这样吗？

赵忠原家的情况，跟赵莲花家又不一样了。

赵莲花家的是伤心事，赵忠原家的则是喜事。

李作家发现，这对小夫妻，女强男弱。李作家进到房子里面时，赵忠原拉过一张凳子，让李作家坐下，他、胜男、杨永、李作家排成一排。李作家刚坐下，他旁边的杨永就像触电一样弹起来，拿着凳子，坐在他们三个人身后。

李作家觉得奇怪，说，你怎么不坐在这里，怕我？

杨永笑得很僵硬，他掏出烟，说，我抽烟，怕熏着你们。

之后，他不停地抽烟，全是胜男在说。问到他的情况，未答先笑，像个小媳妇。前面说过，他的情况，如果谱上野马镇的山歌调，会唱到人流泪。怪不得他胆怯。杨永的经历，让李作家想起赵莲花家的老二，他现在在哪里呢？

李作家知道他们一家因为请客的事犯难。如果是在城里，根本就算不了什么，就算肉价涨到天，收到的份子钱，肯定能弥补过来。乡下不一样，怎么都是个坑，肉价便宜呢，填得少一点，肉价贵，填得就多。这可是件大事。

李作家说，胜男，这事我支持你爸，现在不请，等以后有孩子，再连满月酒一起请。李作家的意思是：自己是来做扶贫工作的，他不想看到，一场喜酒，将一个家庭的生计推到艰难的境地。

胜男想的，又不一样了。她不想亏了杨永。只要不大明摆地将杨永介绍给村里面的人，她和杨永，都只能是一对"秘密夫妻"。

忠原看到李作家来，他很高兴，这个人他喜欢。因为他摘掉假发，让李作家看到他的伤疤，李作家跟乡里说，把他列为贫困户扶持这件事，让他对李作家有了很好的印象，有话都喜欢跟李作家说。

领导，我家多口人，有什么政策？忠原说。

忠原说的"政策"，意思是有什么好处和补贴。一年多来，李作家跟工作队员一起，只要入户，就是有"政策"。比如，家里养母猪，一头奖五百元，家里养肉猪，八十斤以上的，每头奖三百元。比如说厨房和厕所，只要把家里黑黑的厨房和脏脏的厕所改建，就有一千六百元的补贴。李作家东家进西家出，拿着手机，拍猪、拍牛、拍厕所、拍厨房，不亦乐乎。

我家多了一口人，有什么政策？既然多了猪、多了牛都有补贴，何况多了个人呢，有什么政策？忠原说话的本意是这样。

李作家说，多一口人，天大的喜事，还要什么政策。你想要什么政策？

我是开玩笑啦，领导，我家多了一口人，确实是喜事。但是，这个喜事不好消化啊。忠原说。他说的是请客的事。

在听忠原讲这件不好"消化"的事之后，李作家说，屯里面的人会理解的，他们碰到这样的情况，也会"冷"处理。你啊，屯里有什么事，让杨永多去帮忙，时间一长，就认他了。

那亲戚们怎么办？

自己家亲戚，机会就更多了，逢年过节，多走动走动，不就好了吗？李作家说。

就是这句话，给了忠原启发。忠原说，领导，我有一个想法。

什么想法？

我把杨永介绍给亲戚，也不摆七桌八桌，也不等逢年过节，而是隔几天叫两三位亲戚到家里来吃饭。不是请客，不一定上什么好菜，酒是自己家酿的，也值不了几个钱，几杯下去，杨永就是他们的亲戚了。

这是个好办法，这样做很好。李作家说。

但是我有一个请求。

什么请求？

每次你都要来参加。

李作家一怔，到贫困户家吃饭，很不好，但是李作家又不想让忠原觉得自己高高在上。好的，我答应你。他说。

果然，两天后，雨停了，李作家就接到赵忠原的邀请，去他家吃饭。忠原开始实施他的请客计划。既然当初答应他，李作家也不好拒绝，每次去的时候，都先到镇上的小饭馆提点菜，有时是一只烧鸭，有时是一碗扣肉。每次李作家都被忠原家的亲戚们灌得晕乎乎的。

李作家觉得这个老赵脑子还是很灵活。村委副主任老罗说，以前忠原不这样灵活，大概是去浙江，被一根钢筋砸头上砸醒了。村委主任老赵说，哪里是这样，是给猪瘟逼灵活的。

由这个办法，又延伸出另外一个办法。还记得赵忠原做的那个梦吗？他提前在梦里主持本屯七月十四的祭祀，当时梦里，少一个杨永。他决定，在即将到来的七月十四的祭祀中，把自己的女婿，隆重介绍给所有的人。

这真是一个好主意。

三

野马镇山歌的调调，是来自远古的声音。所有的山歌多源自忧愁，早期的山野，那些落魄的人来这里定居，能有什么快乐呀。野马镇山歌的调调，如果用长度来比喻，从来不及一个人高（或者说，野马镇的山歌，就像一个被迫矮下来的人，从来都没有高过）。男人唱起来，那就是水缸里下了一场雨；女人唱呢，则是一根鞭子轻轻打在芭蕉叶上。男人女人同时唱，你会想到悬崖边的命运。所以啊，野马镇的山歌听不得呢：

> 山头起风山下啊落
>
> 嫩鸟巢中叫啊啾啾
>
> 娘在东山衔枝啊草
>
> 爹在北山找虫啊食
>
> 大风不识爹娘啊面
>
> 东山北山断魂啊魄
>
> ……

就是这样的调调。前面说的，哪怕随便一个人，他的故事，谱上野马镇山歌的调调，就要听得人哭。这就是喉咙的力量。闲下来的时候，李作家就喜欢琢磨这些事情。人类身上每一个器官，都非常地了不起，但是最了不起的器官，应该算是心脏吧。来到八度后，李作家听到这样一个故事：那天，在八度屯的屯道上，一头小牛和一个小孩经过一辆拉电线杆的货车旁边，货车突然爆胎，巨大的声浪把人和牛震翻在地，小孩耳鼻流血，小牛犊也耳鼻流血。闻讯赶来的人吓坏了，都觉得不管是人还是牛都没有救了。两台农用车，一台运人，一台拉牛，人拉往医院抢救，牛拉回去等着剥皮吃肉。小孩胸口上贴着一只耳朵，没等车子到镇上，车上的人就喊起来了，没有死！没有死！

小孩没死。野马镇颠簸的路又把他震醒了。

牛死了。许是牛一生下就很颠簸，再怎么震都震不活啦。

有了心跳，就有了喊声。大人们喜出望外地喊，有了心跳的小孩在哀号……

这是赵忠原说给李作家听的故事。赵忠原说，小孩比牛更厉害。要说这人的心脏，真的是强大得很。

李作家回城的时候，曾跟朋友们聊，他说来到乡村后，看到听到很多人的故事，他有一种"小心轻放"的感觉，就是说对村里的人和事，要认真对待，要"小心轻放"。就拿赵忠原来说，他算是八度屯最有威望的人了，表面上大大咧咧，但是心底是愁苦的。他跟李作家讲他在浙江工地受伤的情形，开始的时候像讲笑话一样，他还笑哈哈的，最后则流出眼泪。

这眼泪李作家信。

李作家来到这里以后，不管是对谁，都和颜顺色，生怕有时自己不好的情绪，吓着他们。

近距离观察人们的生活，李作家没有感到一丝的轻松。城乡差别体现到人的表情上面：麻木中有期盼，高兴中有悲凉，狂怒中隐含自卑，他们多少都感到不自在。李作家觉得，时间和历史积淀下来的浑浊的部分，都附在乡间这些脆弱的生命上面，成为他们的底色。

李作家并不是为了"体验生活"才来到八度的。省里每个机关，都必须有人下到村里去扶贫。两年时间，他会在乡间游走。

李作家每天都干些什么呢？

遍访贫困户。

以下是李作家的遍访记录之一：

2018年3月27日，赵忠实家，女儿在省中医学院护理专业读大三，儿子15岁，不愿意上学，多次动员未果。夫妇俩在家，去年政府发一头黑母猪，五天就死了，后来自己买一头母猪，前天生了12个猪崽，死了两个。现在家中有10头肉猪，每头100斤，政府准备补贴每头300元，已经来拍过照了。每包饲料118元，四天用一包；精料每包224元，每包用12天。买玉米喂猪，每斤1元，十天前买了四袋，每袋120斤，现在还剩两袋；还买米糠，每斤八毛，每袋100斤，春节到现在用了七包米糠。有牛三头，去年补贴2400元，发了1800，还有600没到账。种有速生桉1000株，三年了，有一层楼那么高。种玉米，自己只有一亩地，因村里很多丢荒的地，多少亩不知道，反正下了24斤玉米种，种子每斤20元；水稻也是这样，用了3斤种子，每斤36块钱。买尿素两包，每包125元，复合肥三包，每包80元。母亲89岁，有残疾证，视力四级残疾。去年12月份打工收入1000元，今年1至3月份没去打工。养老金补贴100元，低保补贴925元，高龄补贴90元，残疾护理补贴50元，养老保险100元……

李作家所在野马镇五合村，共三百四十五户贫困户，加上上级要求，还要访问一百户非贫困户，所以这样的记录，李作家共有四百四十五篇。可以说，整个村庄，他心里有数。

这些天，他到得最多的是赵忠原家，他家多了一个杨永，一个胆小的孤儿。亲戚朋友往来不断，虽是粗茶淡饭招待，但忠原和胜男及亲戚朋友们欢欢喜喜，可是李作家隐隐约约觉得好像哪里不对劲。哪里不对劲呢？是杨永在亲戚面前的表现，他的眼神躲躲闪闪，都不敢正眼看人，不像一个骄傲的女婿，倒像一个心事重重的老人。跟灿烂的胜男相比，一点都不入画。胜男说，他人老实，他怕见很多人，熟悉以后，会慢慢好的。

四

七月十四，八度屯一年一度的祭祀活动。本来这样的活动李作家不应该去参加，但是他想去看看，赵忠原怎样把女婿介绍给全屯的人。祭祀活动分两个部分。第一个部分是各家各户去祭拜"社王"，前面说过，"社王"相当于北方地区说的土地神。第二部分是聚餐。

各家各户的供品都在塑料桶里，煮熟的鸡肉猪肉在塑料桶里，塑料碗装着糯米饭最终被装在塑料桶里，塑料矿泉水瓶装着米酒在塑料桶里，塑料酒杯在塑料桶里。塑料桶被男人的手或女人的手提着，来到"社王"前。

李作家看着一个个塑料桶，他在心里说，这下，我们和神仙，也共用统一的餐具。

今天最耀眼的绝对不是装满供品的塑料桶，而是赵忠原一家三口。赵忠原身穿黄色的道士服（说是道士服也不对，是宽大的布衣衫），站在"社王"门口，他的两边是胜男和杨永，衣服的颜色分别是崭新的红和崭新的白。如果这样的情形换在自家门口，如果他们手里拿着糖果盘、卷烟盘，就是一对迎接来家里吃喜酒的新人。

这样做合不合适？赵忠原也曾考虑过，毕竟这是"社王"的地盘，让胜男和杨永在这里正式跟屯里的人见面有点不可思议。但是人的脑子是会拐弯的，说不定以后杨永跟他一样，成为七月十四这一天屯里最受尊敬的人。杨永帮他打下手，接香、插香，胜男也一样，她来帮屯里人摆供品、收拾供品。他们都是来帮忙的。在这个过程中，赵忠原会郑重地把杨永介绍给他们。还有另外一层意思，那就是，这是一年中，他赵忠原在八度屯最威严、最有威信的时候，今天，所有八度的人，第一尊敬的是"社王"，第二尊敬的就是赵忠原。他想在这个庄严的时候，把女婿介绍给屯里的人，他们从此会对女婿高看一眼。

八度屯一百五十七户，每户的供品都差不多。三个大香炉，三三得九，每户九根香，拜三拜，各怀心事，默默念叨，每户也就一分钟。仪式就这样完成。

递香接香插香，杨永忙得不亦乐乎，赵忠原没有在前来祭拜的人刚进来时介绍杨永，而是在祭拜之后，胜男帮他们收拾供品时才介绍：这是我的女婿杨永。先拜神，再介绍女婿，公私两不误。烟雾中，人头在赵忠原、赵胜男、杨永面前起起落落，"社王"面前，杨永的名字被一次次提起。全屯一百五十七户人家，杨永的名字一共被提起一百五十七次。

赵家三个人在"社王"跟前接待屯里人的时候，李作家的脑子，在过"电影"。过什么"电影"？过八度屯各家各户的家事。因为只有这一天，是八度屯人员最齐的一天，好些全家外出打工的人，都要回来。

赵福全回来了。他左手提着塑料桶，很吃力的样子，很显然，他右手还使不上劲。看见李作家，他也不打招呼，黑着脸走去拜"社王"。在八度，李作家经常遇到这样的人，开始的时候李作家还觉得很纳闷，不是说乡下人都热情好客吗，怎么经常遇到这些黑着脸埋头走路的人？他们也不是对李作家有什么意见，是因为家事沉重，消耗了他们的热情。赵福全比去年精神多了，去年李作家第一次见到他的时候，他躺在自己家的床上，骂省城的那个老板。他去他的木材厂打工，右手被机器夹成粉碎性骨折，影响到胸部，吃不下饭，体重减了十五斤，人变得很黑很瘦。这是他家最黑暗的时候，所谓的祸不单行砸在他头上了——他老婆赵丽花前几年在省城遭遇车祸，腰椎骨折，车主驾车逃逸，事发路段没有监控，逃逸车辆最终没有找到，影响到事故的认定和赔偿，福全打工几年剩下的钱全拿了出来给老婆治病。老婆腰椎治好后留下后遗症，由于车祸影响到膀胱，每月总有七八天小便失禁，必须定期到省城的医院拿药、做理疗。两个人为了求医跑来跑去很不方便，干脆就在省城医院附近的城中村租了间小房子。老婆小便不失禁、不去理疗的那些日子，就到附近街道的电子厂做零活，每月一千五百元；赵福全则去附近的木材厂打工。赵福全受伤后，老板只付了一万多的医疗费，就不再理睬他。因为没有劳动合同，没有办法只能打官司。对赵福全这样一个几个月就换地方打工的人，哪里有什么耐心去打官司？那时李作家刚来八度不久，觉得这样的事他应该管一管，他托朋友找到那个老板，还开车到省城去见他，他要跟他讲道理。李作家以为自己很厉害，是个人物，写过什么什么样的书，想拿这些虚头巴脑的东西来震慑老板，老板哪里听得进去，李作家几乎是被老板手下的人轰出来的……

赵忠深也回来了。领导，今天又来"欺负"老百姓了。他说。他是整个八度屯，唯一一个敢拿李作家开玩笑的人。

忠深个子不高，肩膀窄，穿西装，松松垮垮。在屯里走路，经常戴游泳运动员戴的护目镜，那是他在县城当老师的女儿去青岛旅游时给他买的。跟忠原戴假发一样，不是为了扮酷，是因为他有一双见风流泪的眼睛。他小时候没少被人拿这个来开玩笑，他喜欢开别人玩笑的喜好，是从自己身上得到的灵感——他曾经是整个八度屯被人拿来开玩笑最多的人，因为他哭的时候有眼泪，笑的时候呢，也有眼泪。忠深以前是屯长，因为土地纠纷，带领屯里的年轻人跟隔壁奉备乡板磨屯的人打架，最后被关了三个月，屯长被免。虽然不当屯长，但是八度屯所有的消息他都尽在掌握。李作家刚到屯里的时候，所有的情况，都是他跟他说的。自认为跟李作家很熟，所以他敢跟李作家开玩笑。半年前他和老婆被女儿接到县城带外孙，从此他八度屯的家，大门紧闭。

李作家说，忠深，今天的领导，是"社王"吧，他都不敢欺负你，我更不敢欺负你。

忠深马上拿手指放在嘴唇上，嘘了一声。不要乱开玩笑，他那个领导，跟你这个领导不一样。忠深说。"他那个领导"，指的是"社王"。

怎么不一样？

他那个领导，不能拿来开玩笑，你这个领导，可以拿来开玩笑。忠深说。

我这个领导，怎么就可以开玩笑啦？李作家故意跟他抬杠。

忠深说，有些领导，你只能立正，有些领导，你可以拍肩膀，知道吗？忠深说，你这个领导，可以拍肩膀，上面那个领导，不能拍肩膀，只能烧香。忠深真的拍了拍——他一只手提塑料桶，一只手拍李作家的肩膀。正在这个时候，一阵风吹过来，他赶紧收手，别过头，但是要躲已经躲不及了，眼睛闸门不紧，眼泪很快流了下来。他赶紧放下塑料桶，掏出纸巾擦眼睛。边擦边说，瞎了算了，真费事。

今天没戴护目镜？今天风大。李作家说。

今天不能戴，风多大都不能戴。忠深说。

李作家明白这是为在"社王"面前显恭敬。

你看看忠原，他的头多亮。忠深又说。

李作家这才留意到，在"社王"那里忙活的赵忠原没戴假发，烟雾之中，他头上的凹痕隐约可见。李作家想，他们对"社王"的尊敬，到了可以不顾伤疤有多深有多丑的地步。

忠深笑着说，我先去拜"社王"，等下和你喝几杯。说完提着塑料桶到"社王"那里去了。

李作家在脑子里过了一遍八度屯的"电影"后，盛大的聚餐开始了。主角当然是赵忠原、赵胜男和杨永。赵忠原带领赵胜男和杨永一桌一桌给屯里人敬酒，说得最多的一句话就是，胜男和杨永的喜酒，我以后补！

喝多了酒的李作家轻飘飘的，他想，如果他浮到半空中，会看到什么？他会看到七月十四这一天，八度屯无数的头颅和手臂，被一个篮球场框成一幅图画，杂乱又透出美感。这幅图案，藏着一百五十七户人家的所有秘密。

五

要理解一条生命，你就必须吞下整个世界。谁说的？好像是那个写《午夜之子》的鲁西迪透过他的小说人物说的吧。这句话，李作家很认可。刚到八度屯那些日子，只要李作家一在村头出现，很多人就围上来，目的就是想多要一些补贴。如果你把这些场景跟他们以前的生存际遇割裂开来，很容易得出这里的人很贪，都在想怎样才能不劳而获的结论，会心生不悦，因此戴上有色眼镜看待他们。如果再把这样的消息传出去，就会引起很多人对他们的误解。事实确实如此。有段时间李作家回城，在各种场合都听到关于贫困户的各种段子，大多都是怎么跟政府闹着要补贴、懒惰、无知等等。如果是很好的朋友，他会跟他们说屯里的真实情况，讲一户一户人家，他们都遇到过什么样的事情。有时喝多了酒，他就会高声对朋友们说，穷人刚刚得到一些关注，你们"中产"内心就不平衡，就受不了了？李作家跟他们说，在这个世界上，都是富人编穷人的段子，而穷人编不了富人的段子。朋友说，穷人编不了富人的段子？为什么这样讲？李作家说，因为他们没有这份闲心，而且他们也想不出来，怎么去编富人的段子，他们都各自为生计忙得屁滚尿流！李作家会因为一些关于贫困户的段子跟朋友们发生争论，每次都被"群殴"，李作家很郁闷。难道是我错了吗？

这样的事，终于发生在八度屯。

李作家的好朋友，省戏剧院的伟健为支持李作家，来八度屯进行慰问演出。之前伟健曾跟李作家了解村里面的情况，想以村里面的故事作为素材，创作一个小品，李作家跟他讲了赵忠原在浙江受伤的事情，为遮住伤疤，先是戴帽子，后是戴假发。伟健觉得有意思，就创作了一个小品，伟健对李作家说，这个小品，全国首演就放在你扶贫的地方。全国首演，伟健的口气很大。他确实有些牛气，他在中南几省喜剧界小有名气，他的节目，差点入选央视春晚。在省电视台，每周有一档情景剧场，由他领衔出演，说他是明星，一点都不过分。所以他说的"全国首演"，丝毫都不夸张。

八度很多人在电视上看过伟健演的小品，知道他要来演出，都很高兴，早早就来到屯里的篮球场等候。十多天前，这里刚举行大型的聚会。伟健也是拼了，以前他的标志性发型是大背头，为了这个小品，他剃了个光头，由此看出他对自己的新节目非常满意。他顶着光头出现在李作家面前，李作家都认不出来了。

忙中出错，出发时伟健把重要的道具，剧中人的假发忘带了，化妆时才发现。为了救场，李作家只有找赵忠原，借他的假发当演出道具。

八度屯好久没有这样热闹，附近村屯的人都来了，就是为了一睹伟健的风采。

赵忠原一家，就坐在李作家旁边。忠原的假发献出去了，他戴了顶帽子，等着看伟健出场，看伟健戴上自己的假发，会是什么样子。

歌舞、杂技、魔术、小品，伟健在众人的期待中登场了。

一个秃头的贫困户，因为懒惰、不思改变，把政府送来的两只种羊，一只卖了买假发，好显年轻去追一位姓农的寡妇，一只杀了吃肉，还嫌政府发的羊太老，自己啃不动……

全场的人，包括赵忠原，笑得前仰后合。

坐在赵忠原身边，李作家无地自容。

他觉得他和伟健是两路人，甚至可说他和伟健不是同类。当初他跟伟健聊赵忠原的故事，特别说到他头上的疤痕，凹下去的螺纹钢的痕迹，风大的时候，头上就响起口哨的声音。伟健怎么就不记得呢？大概他的兴奋点不在这上面，他真的很能化"腐朽"为"神奇"。舞台上，赵忠原那顶拿来遮伤疤的假发被伟健用夸张的肢体动作，套在油得发亮的光头上，满场的人爆发出惊天动地的笑声，李作家觉得非常难过。演出结束，伟健兴冲冲地问李作家，怎么样，效果不错吧？李作家强压心中的不满，说不错，你听那满场的笑声。他很想跟他说，要理解一条生命，你必须要吞下整个世界。但是，对于伟健，对于很多人，这也许苛刻了一点。李作家觉得自己没有同道。没有。

后来这个小品，真的成了伟健新的代表作。他的光头，真的不白剃，倒是可惜了忠原的假发，被伟健的光头套了一遍，就大了一号，害得忠原经常用手去扶。

这让李作家始料未及。

六

胜男发现杨永晚上躺在床上，整晚睡不着觉，是中秋节过后不久的一个晚上。这个杨永，整晚睡不着觉已经有十多天，都没有跟胜男说。这个安静的失眠者，躺在胜男身边，眼睛始终睁着。

黑暗中，胜男讲梦话，叫了声杨永。杨永一震，马上应答，有什么事？并且用手去推她，把胜男给推醒了。

迷糊中，胜男说，你想做什么？

杨永说，你叫我的名字，我以为你有什么事情要跟我说。

没有啊。

哦，那你是讲梦话了。

我讲梦话你听得到？你不睡觉呀？

我睡不着。

怎么睡不着？

不知道，已经很多天了。

你怎么回事？

胜男觉得问题严重，你睡不着觉，你怎么不跟我说？你不睡觉，你也不觉得累？胜男说。胜男想到这些天来，白天杨永跟她去帮她舅舅建房子挑砖头，而每个晚上，两个人缠在一起，没感觉杨永有什么不对头。

胜男按了开关，房间亮堂堂的，灯光刺得胜男睁不开眼，而杨永的双眼则炯炯有神。

我也觉得奇怪，以前在泉州，宿舍里不管怎么闹，我都睡得着。他说。

杨永在跟胜男回来前，在泉州的刀具厂打工。八人一个宿舍，每天晚上工友们在宿舍里打牌喝酒，闹得很晚，也不影响他呼呼大睡。

是不是太安静了，你不适应？胜男说。

我也不知道，以前在泉州，躺下不久，脑子一下就迷糊，然后一觉到天光。现在，脑子越睡越清醒。杨永说。

胜男心疼杨永，她抱住他，来来来，好好睡好好睡。用手抚他的头。她让杨永枕着她的手臂。杨永也很配合，假装睡着。假装。

但是假装不了多久。之后的几个晚上，他把胜男的手臂都枕麻了，脑子还是亮堂堂的。

很多人和事，在他脑子里，像在放大镜下边，一清二楚。

"放大镜"下是泉州工地，是宿舍里的男人，刘海、张全、莫小成。对了，莫小成，他最好的兄弟，安徽人，圆脸，大个子，脾气好得上天，什么事都说好好好，什么事都说我来我来我来。他离开泉州时莫小成都哭了，他说他要来看他。还有蒋继石，瘦，矮，老板叫他蒋总裁，他也答应。煮饭的王姐，胖，每天笑脸盈盈，她和老公马哥承包工地的小饭堂，给杨永他们煮饭。每一个人都可以跟她开玩笑，她不气恼，她老公马哥也不气恼，他们就这样把钱给赚了。王姐还是胜男和杨永的媒人，开始王姐把胜男介绍给自己的弟弟王涛，王涛把胜男的肚子搞大，然后就跑了。王姐替弟弟收拾残局，把胜男当妹妹，跟她一起骂王涛，带她去做人流，让她管饭堂的账。王姐对胜男说，王涛不行，花心，你跟他肯定没有好果子吃，你要找个老实的。王姐说，不可能谈一个就成功的，不瞒你说，我谈了两个，第三个才到老马，我也打过胎……她怕胜男不相信，当着胜男的面问老马，老马，我在跟你之前谈了几个朋友？老马说两个。王涛是个王八蛋，王姐是个神仙，胜男把王涛当坏人，把王姐当好人，有多恨王涛，就有多喜欢王姐。王涛是王涛，王姐是王姐。王姐说，整个工地，就是杨永最老实，听话，又不用养父母，你跟他互相了解，合适的话带他回家当上门女婿。后来胜男真的这样做了，才有了前面那首谱上野马镇山歌调调的关于杨永的换行文字：

爹妈走了。

姐姐带大。

十五岁去广东。

二十五岁碰到胜男。

胜男比他大五岁。

这样的人。

适合带回家。

给爸爸赵忠原。

养老送终！

"放大镜"下，泉州工地上，小饭堂里的胜男，穿一条很紧的牛仔裤，看到杨永的时候，眼睛就亮一下，然后低头打菜。她被王涛抛弃的故事工地上每一个男人都知道，开始的时候杨永还在宿舍里跟朋友们一起笑话她，多多少少有吃不到葡萄的感觉。后来他跟她好，情况又不一样了。以前一副看不起胜男的样子都是装出来的，等到胜男跟他好，他感动得都要哭出来。如果王涛那个王八蛋是个老实人，哪里还能轮到他。他对胜男死心塌地。胜男说我三十岁了，爸爸身体也不好，我们不要在外面打工了，回八度，结婚，在附近找些活儿干。杨永二话没说，就跟胜男回来了。

　　……

晚上杨永一上床，就害怕脑子里的"放大镜"。他甚至觉得这个"放大镜"就像胜男家门口的照妖镜，而自己像个虚弱的妖精，要被它收了。吃安眠药，不灵。吃本地土药，也不灵。杨永身体就吃不消了。长时间睡眠不足，谁的好身体也吃不消了。这段时间，杨永容易闹肚子，一吃药就好，一停药就不行。胜男带杨永到县医院去体检，没查出什么，也只好给他开止泻药。回来八度有两个月了吧，杨永人瘦了一圈，眼眶都凹下去了。

医生治不好，只能自己想办法了。老丈人赵忠原想的办法是让杨永跟他睡一张床，他认为自己常年对"社王"恭恭敬敬，身上多多少少有点仙气，他想让自己身上某种神秘的力量发挥作用，把自己的女婿尽快打入睡眠之中。这一回，他要有用武之地了。赵忠原每天睡前烧香、烧纸，好像一个主宰睡觉的睡神需要祭拜一样。除了这一点有些神秘之外，其他的招数很接地气，就是没完没了的唠叨和震天响的呼噜声。凡是声音，皆有魔法。

赵忠原的"方子"显然不管用，唠叨声和呼噜声伴随散发着老年人房间特有的浑浊的气味，并不能让杨永安然入睡，只不过又给他的"放大镜"增加新的内容。

他于是就撤离岳父的房间，换地方，在楼顶的铁棚下支了张木床，这样能听到哗啦啦的风声。杨永想让哗啦啦的风声，呼唤脑子里的瞌睡虫。但是，这样的声响，太过单调，脑中的"放大镜"始终明晃晃的，多大的风都不能吹灭里面的光亮。

一天，村医忠光来拍忠原家的门。

门开了，他对胜男说，你家杨永失眠、拉肚子的原因，我弄清楚了。

什么原因？

很简单，就是水土不服。

胜男想想，很有道理。杨永十五岁离开家乡去广东，又从广东去福建，已经不适应乡下的水土了。

胜男说，那怎么办？

忠光说，叫他们从你们打工的地方，拿塑料桶接自来水，寄过来，给杨永泡茶喝。

胜男当着忠光的面，打电话给王姐。

王姐在那一头，听到胜男的声音，喊了起来，到现在才给我打电话，有了老公，就忘记王姐了。

胜男说，你那么忙，没什么事去找你，不挨你骂才怪。

王姐说，你有什么事，是不是乡下待不惯，又想回来？我告诉你啊，那个莫小成，那个跟杨永最好的安徽人，回去不到一个月，又卷包袱回工地了。老家现在哪里待得下，除非老弱病残，你们是不是也跟他一样，想回来？

胜男说，不是的，是想让你帮个忙。

王姐说，什么忙？

胜男说，给我寄工地上的自来水。

王姐以为自己听错，什么，自来水？

胜男把杨永失眠、拉肚子的事跟王姐说了，王姐满口答应，好好好，我马上给你寄。王姐手机来不及挂掉，胜男听到她跟旁边的人（马哥）说，工地上的自来水包治百病，我还是第一次听说。胜男没有听到的，是挂掉电话后，马哥说的话。工地上的自来水，寄到胜男的村里，得有多贵？王姐说，再贵也要寄。王姐也是脑洞大开，不仅寄水，还给胜男寄来工地上的木渣、塑料管接头、制作刀具用的工具等杨永熟悉的东西。王姐希望杨永看到这些熟悉的东西后，能镇脑安神。她对马哥说，睡不着觉，肯定是心理问题。

从那时起，野马镇快递收发点，多了来自福建的特殊的邮件。赵忠原久不久就过来打听，我家的水，寄到没有？

一个月以后，杨永扛着他的帆布袋，上了去县城的班车。在八度的几个月，他享受新婚的甜蜜，也饱受失眠的折磨，他一头钻进前往县城的中巴，把新郎官的生活，留在八度。这是小两口的第一次别离。离开八度的头一晚，夫妻俩有一场对话。

胜男开玩笑说，你又要恢复单身了。

杨永说，我可不想这样，在福建看不到你，我心会发慌。

胜男说，这都是命，以前想得太简单。你看八度一百五十多户，夫妻同时在家的，也没有几户。两个人同时在家才不正常。

杨永说，也是，我这段时间在村里，都听到闲话了，不缺胳膊不少腿，怎么不出去干活？好像夫妻同时在家，就是罪过。

胜男说，就当回来休婚假吧，这个婚假把你折腾得没有人样。

杨永说，也真的是奇怪，王姐寄来的自来水，还真管用。你不信还真不行。

胜男说，也不知道是你慢慢适应了八度的水土，还是工地的自来水帮了大忙。我担心你到工地上又不适应那里的水土，到时，又该我给你寄水了。

这个时候，杨永的脑子里出现工地宿舍八个人闹腾的场面。很奇怪，这是他回到八度，睡得最好的一晚。

七

半年之后的一天，李作家接到赵忠原的电话，电话那头说话很急，要李作家快去帮忙，送赵胜男去医院。李作家开车赶到赵忠原家，胜男腆着个大肚子，坐在椅子上。

看见李作家，忠原说领导，医院的车送病人去县城了，没办法，只有叫你了。

怎么回事？李作家问。

忠原把李作家拉到一边，轻轻说，胜男不舒服，出血了。怕是要流产。

李作家赶紧让胜男和忠原上车，路不好，也不敢开得太快，心便焦急起来。但又不能表现出着急的样子，一路安慰他们，没事的，没事的。在福建的杨永这个时候也打来电话，他在那边哇哇叫。李作家叫忠原把电话拿到他的耳朵边，他跟杨永说，没事的，没事的。

果然没事。怀孕五个月，胜男还是第一次做孕检，不做不知道，一做把人乐坏了，是双胞胎。出血是因为胎盘前置，很常见的一种症状，只要平时小心，不会有大的问题。听到这个消息的时候，忠原是蒙的，不敢相信这是真的。胜男笑靥如花，马上给杨永打电话，李作家没听见杨永在那边说什么，只听到胜男笑着对他说，你不要疯，你不要疯。杨永肯定也是乐坏了。

看着眼前的他们，李作家内心有一种喜悦。

是新的生命带来的喜悦。

原载《人民文学》2020年第10期

点评

自2018年3月开始，作者李约热被单位派去崇左市大新县五山乡三合村下乡扶贫。在相关文章中，李约热曾专门谈到过这一段经历。在文章的最后他写道：

"这一年多，我记得最多的，是那些愁苦的脸庞。意外事件和病痛使一个个家庭风雨飘摇。眼下在中国，富裕和幸运已进入大多数家庭，这是事实。但需要扶持的人仍然不少，这也是不能忽视的存在。我下乡这一年多，感觉一点都不轻松，我也知道网上每天都会有不幸的事情发生，但是在网上阅读，不比得在人群中目睹更让人感到惊心动魄。下乡这一年多，我沉重多于喜悦。"

这篇小说被命名为"喜悦"，定有深意。既然作者曾旗帜鲜明地宣称"沉重多于喜悦"，那为何又郑重其事地专门书写"喜悦"。答案或许隐藏在小说中叙述者反复提到的一句话："要理解一条生命，你必须要吞下整个世界"。真正亲自深入到扶贫的第一现场，有过切身感受后，这样的话语表述，显得真诚而掷地有声，如使劲砸在地上一般，钝钝的声音直震人心。不是图解政策，也没有像小说中的伟健一样，为博眼球刻意夸张、丑化底层劳动者。李约热的这篇《喜悦》从情感状态入手，深入剖析精准扶贫现场，力图呈现乡村生活的真实情态。那种摘掉有色眼镜，不带偏见地去用心"看见"的真实情态。

赵忠原一家的故事贯穿小说的始终，最能体现作者对于"喜悦"的野心。故事开篇是外出打工的女儿领回新婚的上门女婿，充满对新生活向往的喜悦；中间是新生活因为种种原因而出现波折，但办法总比困难多，喜悦也总比沉重多；故事的最后，女儿胜男怀了双胞胎，新生命到来的喜悦也冲淡了孕期的小插曲。现实中，赵忠原的原型丧偶、丧女，和女婿关系恶劣，独自艰难抚养双胞胎外孙。"要理解一条生命，你必须要吞下整个世界"，作者的改编或许正是基于这样的准则。不要一味指责村民的陋习、缺点，要看到生命、生活的艰深与复杂，要看到他们值得尊重的信仰与顽强的生命力。当你没有了解生命背后的整个世界的时候，任何指摘都片面而刻板。

（朱旭）

叫了一声／

／潘　灵

挨了领导一顿训，说我恍兮惚兮，干工作像梦游。领导的话像一梭子弹，击中了我的痛点，让我哑口无言。我低着头走出领导办公室的时候，领导在背后又补了一梭子——你过去可是科室里的先进，过去干工作的那股劲儿哪儿去了？

哪儿去了？我边走边心中暗自嘀咕，过去，我没想过要二胎呀。

这时手机就响起来。

电话是妻子打来的，语气仿佛是天塌了下来。光贵，妻子在电话里喊，你还不赶紧回来，家里出大事了。

我握手机的手禁不住一阵哆嗦，就问出啥大事了。

你妈，她语气比先前更急促了，你妈把玉佛弄丢了！

还以为是天大的事。我舒了一口气，镇定而从容地对妻子说，丢了就丢了呗，大惊小怪的。

你说啥？电话另一端的妻子提高了嗓门，我的话显然是让她怒火中烧了。吴光贵呀吴光贵，你哪儿来的口气，丢了就丢了，那可是两万多块钱的东西！

我知道是两万多块钱的东西，那是我前几个月出差去边境小城瑞丽买的。两万块钱对我一个小公务员来说，是不吃不喝不花销一个季度的收入。但自己母亲弄丢了这两万多块钱的玉佛，不是丢了就丢了，还能怎么样呢？

两万块钱咋啦？二十万，二百万又咋啦？我心中突然冒出一串火来，对着电话冲妻子吼道，东西都丢了，你让我妈生一个出来？东西又不是我兄弟!

你……振振有词的妻子突然哑了火，啜泣声撞痛了我的耳膜。我有些后悔自己的冲动，正欲赔个不是，妻子却挂断了电话。

人这辈子，会犯大大小小的错误。小错好纠，大错难补。我活了四十年，算是活了半辈子。这后半辈子会犯什么大错，我不知道；但这前半辈子，我太清楚自己犯的大错，那就是冲动地让老婆怀上了二胎。

我现在身上还背着一个月几千元的房贷，再养个孩子，断是请不起保姆的。但国家二孩政策出台，我们的同事都把它当成了福利。科长是"60后"，他总是对我说，小吴呀，现在政策好了，"60后"也老了，我是不行了，你可要把握好机会。我们科长和我一样都来自农村，养的都是女儿，这农村出来的人，尽管受了高等教育，也知道了男女平等，但在这生男生女的问题上，还是不坦然，还是看不开。回乡下去，面对亲戚，就会有压力。科长姓林，他老父亲总在他面前叹气，说你这辈好不容易让林家进了省城，但下一辈，省城就没我林家了。

我父亲不会这样说，在我才十岁的时候，他就抛下我母亲和我，以及我的二弟三妹撒手人寰了。我和妻有了女儿娇娇，母亲说，女儿好！女儿是父亲的小棉袄。我和妻都很感激母亲的深明大义和洒脱。但后来二弟家养的也是一个女儿，我母亲就有些失落了。她由此觉得自己亏欠了父亲，常一个人去父亲的坟头，要父亲不要责备她。

去年春节我回老家过年，妹妹对我说，哥，你得努点力，二哥家虽怀上了二胎，但妈请人卜算了，说还是个丫头。你回来，妈脸上的笑是刻意堆上去的，她一点也不快活。

我说我不能因为让妈心里快活，就生二胎。这可不是我这当大哥的一人说了算的，还得征求你大嫂的意见。你大嫂是知识分子家庭出身，最讨厌的就是封建余孽。

我话是这样给妹妹说了，但春节过后回来还是鼓起勇气给妻子说了生二胎的想法。妻不置可否，说要找她父母商量。我于是就准备了挨批，陪妻子回了趟娘家。正在专心看报的岳父听我说想要二胎，放了报纸一拍腿站了起来，说好，好呀！这世上什么才是最可宝贵的财富？他看着我问，我答不上，他又看着他女儿问了一富！你们想生二胎，我举双手赞成！

岳父将双手举过头顶的样子很滑稽，仿佛不是赞同，而是投降。

岳母看岳父这样子，就摆摆手说，得得得，你赞成，孩子生了你带？娇娇就把我这把老骨头折腾得够呛了！我得把丑话说在前面，你们想生二胎我不反对，但要巴望我来带，那是不可能的。我要趁还能走得动，出去走走，我也有我的诗和远方，就像现在网上最火的那句话一样——世界那么大，我想去看看。

妻子听岳母那么说，就道，孩子生下来不劳二老操心，我们请保姆带。

岳母撇了撇嘴说，请保姆？你们那点收入，又欠着房贷，你们请得起吗？

妻子看着我，眼神中有求援的意味。情急之下，我脑洞大开，援军就跃出了脑海。我说，妈，有办法的，我让娇娇的奶奶来带。

这样的事，最好的援军，自是自己的母亲。岳父岳母听我这么一说，也就没有了意见。我与妻班师回朝的路上，妻子说，一说生二胎，光贵，你这榆木脑袋咋一下就灵光了呢？

我说，我这是超强大脑。妻子撇撇嘴说，光贵，你这人咋这样？说你胖你就喘！现在我们只是解决了生二胎的后勤保障问题，要生二胎，还要你这个先锋能冲锋陷阵，你看你这油肚。她拍了拍我的肚子，警告说，回到家，不准蔫鸡样！

妻子边说边冲我暧昧地笑了笑。

我现在骑着电动自行车往家赶，脑海里出现从前妻子那个暧昧的笑容，依然觉得是如此妩媚。

一切美好和妩媚，都是昙花一现吗？我苦笑了一下，骑在电动自行车上的我，又陷入了回忆里……

带着吹糠见米创造一个人的任务去过夫妻生活，对我来说绝对是个苦活计。为了生二胎，我和妻子顾不得白天上班的劳累，在夜里兢兢业业地耕耘，直让我对夜幕一低垂就充满恐惧。当近六十个恐怖的夜晚过去，胆战心惊、弹尽粮绝的我，终于从妻子的口中获得了犹如救命稻草的捷报。那真是一个用任何美好的形容词来形容都不过分的傍晚，去医院做了检查的妻子一手拿着化验单一手骄傲地拍着肚子说，光贵，有啦！听了妻子的话，我像一个陷入拉锯战的将军听到前方传来捷报那样激动地将妻子抱了起来。我的冲动马上被妻子的惊叫止住。妻子戳了一下我的额头说，别毛手毛脚，弄流产了咋办？吴光贵，我可告诉你，从现在开始，我不是肉做的，是瓷做的，你要小心轻放，还有，从今以后，一切家务活儿，你得三包。

我头点得像鸡啄米，嘴里吐出一串是是是，脑子里又出现了我永恒的援军——我的母亲。

我说，老婆，我马上通知娇娇的奶奶，让她尽早从乡下赶我们这儿来。

招之即来的母亲，背上背着一个大包，大包里除装了她的换洗衣服外，就是她认为孕妇要吃的补品——几乎全是我故乡的土特产。我去长途汽车站接她的时候，她已在长途汽车站的门口等着我了。她佝偻着身子的样子显得既矮又小，让她背上的背包显得既大又沉。她干瘦的两只手也没闲着，左手提着一筐易碎的土鸡蛋，右手在胸前搂着一个易碎的瓷观音。

我把她的背包和土鸡蛋放进从朋友那儿借来的马自达轿车的后备厢里，示意母亲把她搂在胸前的瓷观音也放进后备厢。母亲后退了两步说，娃儿，你这车厢不保险。她边说边把观音搂得更紧了。

我开车接母亲去家里的路上，母亲都紧紧地将瓷观音搂在胸前，那样子就像一个母亲小心呵护着一个婴儿。

妻子早就在家里恭候母亲了。我按响门铃，妻子就迅速开了门。一脸笑容的妻子亲热地唤了一声妈，本能地伸手去接母亲怀里的东西。但当她看见母亲胸前怀抱着的是一个瓷观音时，就像遭了电击一样缩回了手，脸上的笑容荡然无存。她定了定神说，妈，你大老远的，抱这么个东西来做甚？

妻子的话，让也是一脸笑容的母亲大惊失色。她呸呸呸地冲我家客厅的地板夸张地吐了三口唾沫说，媳妇，说啥浑话？做甚，没有这观音菩萨，能有你肚里的孩子？

我赶紧给妻子递眼色，并大声说，娇娇，还不快来叫奶奶。

在卧室写作业的娇娇，嘴里亲热地喊着奶奶就手握铅笔跑了出来，然后整个人往母亲身上扑。母亲笑得一脸都是深深的皱纹，抚摸着娇娇的头说，孙啊，长这么高了。小心点小心点，别弄坏了菩萨。

母亲用眼扫了一遍我家干净整洁的客厅，用不可思议的眼神看着我说，光贵，你这家咋连个神龛都没有呢？

我无言以对。

娇娇看着我说，爸，神龛是啥？

我说，桌子吧。

娇娇于是就松开抱奶奶的手说，奶奶，我有张不用的电脑桌，我给你搬去。

娇娇将电脑桌搬出来，我示意她把它放在墙边。母亲将瓷观音恭恭敬敬地放在电脑桌上，又转身看着僵在客厅里的我。光贵，有香柱吗？我摇了摇头。那……有蜡头吗？母亲又说。

我又摇了摇头。

光贵，母亲长叹一口气说，你这日子是咋过的呀？

我说，妈，你别忙活儿了，这么远的路，你也累了，赶快洗个热水澡吧。

母亲听了我的招呼，我把她领到妻子特意为她准备的房间。她从背包里拿出一套换洗的衣服，就去卫生间洗热水澡了。

好奇的娇娇站在白得耀眼的瓷观音面前，一边端详着瓷观音一边对我说，爸，菩萨原来是这个样子，我明天去学校要给同学说，我家有菩萨了，我还要请要好的同学来家里看。

你敢！

妻子冲娇娇暴喝道。

妈，咋啦？

娇娇不解。

这有啥好看的？还不嫌丢人吗？做你的作业去！

妻子满腔怒火。

娇娇冲我伸了一下舌头，做一个鬼脸，躲进屋里去了。

好在卫生间都是哗哗水声，要不，被母亲听到妻子的话，后果就严重了，我心里想。

我劝妻子，至于吗？

吴光贵！妻子用手指着墙前电脑桌上的瓷观音说，就算我能容忍你妈的迷信，也容忍不了它的恶俗，你看这是啥玩意儿！

我这才开始细细打量这瓷观音。

它的做工确实太粗糙了，釉上得极为马虎。塑像观音的比例也不对，看上去头重脚轻，形象显得臃肿，观音的脸也太胖，像是满脸横肉，眼睛竟然是斜视着的。观音的头上、脸上、嘴上都上了彩，那彩，艳得就像妻子说的那样——恶俗。

毫无疑问，这瓷观音一定出自乡间拙劣工匠之手。

我对妻子说，妈才来，别因为这，惹她生气，包容包容吧。

母亲洗完热水澡，我和妻子安顿她睡下后，就自顾上床睡了。

我刚进入梦乡，就被妻子摇醒了。我有些恼火说，又发啥神经呀？

光贵，妻子说，我真的无法包容，我一想到那瓷观音，就犯恶心。

我安慰妻子说，睡吧，明天我去工艺品市场转转，买个做工考究点的来把它换了。

妻子吃惊地从床上坐了起来。

吴光贵，你还有点原则没有？在我们这家里供个观音，你觉得合适？朋友们上家里来，看了会怎么想？

我说，那你让我咋办？把妈惹生气了，她一拍屁股回山里乡下去，你肚里生下的孩子，哪个来带？

我的话终于起了作用，意识到严重后果的妻子沉默了好一阵子后说，那就让它摆放几天，但你得说服你妈，至少得说服她摆她住的卧室去。反正我看不得那东西，一看就恼火。我怀着你的娃，我不开心，你娃能长好吗？

这威胁的话，被妻子说得入情入理。

我却犯了难。

妈每天起来的第一件事，就是冲瓷观音又是作揖又是磕头，嘴里还念叨着观音菩萨保佑。

有天母亲要出去买东西，就让娇娇领她去，但被妻子说娇娇要做作业给阻止了。母亲独自出了门。看见母亲脸上不快的表情，我就责备妻子过分了。妻子委屈说，吴光贵，你认为我对你妈过分，那你去问娇娇，她要是把娇娇带坏了咋办？

我不解，母亲咋会带坏了娇娇？我于是把娇娇叫来问话，娇娇说她跟奶奶出去，奶奶见啥都拜，见小区里的大榕树，就跪地上拜，还要她也拜，对她说那是神树；娇娇带奶奶去城市最大的万达广场，看见巍峨的万达双塔这两座高楼，在众目睽睽之下她就跪下去了，还惊恐地说这俩都是神物。

我对妻子说，拜棵大树，有啥好大惊小怪的，小时候我在山里也拜，山里人都相信万物有灵。

妻子说，那她拜高楼如何解释？

我一时无言，迟疑了一会儿对妻子说，妈没见过如此高的楼，她兴许是被吓着了。

妻子说，愚昧。

我嗔道，不准这样说我妈！

如果不是妻子肚子里怀着个未出生的孩子，一场嘴仗肯定不可避免。

妻子说，是可忍，孰不可忍。

我没再吭声。

母亲来到家里一周后的一天，我被领导安排去瑞丽出差。瑞丽是个美丽的边陲小城，我履行完公干，就想起了我大学的同学胡鸟。他当年大学毕业后主动要求去了边疆，好像就是去的瑞丽。我于是发微信给了好几个大学同学，终于通过女同学王曼获悉了胡鸟的电话。

我打电话给胡鸟，他没接。我又打，电话依然是通的，但他还是没接。我原本巴望着联系上他，让他陪我去瑞丽周遭转转。现在既然联系不上，我就只好找旅行社，参加"瑞丽一日游"。就在我准备打电话咨询旅行社的时候，我的电话响了，显示的号码是胡鸟的。

谁呀？刚才是谁给我打电话？

一个语气冷硬的男声。

我说，你是胡鸟吗？

没有回答。电话里这么说，你先告诉我你是谁。

我说，我吴光贵。

吴……电话另一端肯定是停顿了一下，像是在检索记忆，接着就响起一阵惊呼，光贵，老同学嘛，今天太阳从西边出了，想起给我这老边疆打电话了？

我说，我在瑞丽。

啊，太好了！从声音中能听出胡鸟的惊喜，快告诉我，您住哪里，我现在就过来看您。

我说，景成宾馆。

十多年不见的老同学，邂逅的亲热劲猝不及防，惊叫，拥抱，大声叫着彼此的绰号。一阵寒暄后，我提出了我的请求。

一听说我想在瑞丽转转，胡鸟就一拍大腿说，你找对人了，来瑞丽看啥？看翡翠，瑞丽是翡翠之城。不瞒老同学，我毕业这些年，别的一事无成，但在玉文化研究上有些许成就，也算是半个专家，今天我就带您开开眼界。

我本来想告诉胡鸟我不想看翡翠，我这人，你让我看木头还凑合，看石头，我自己就成了石头。但我也知道客随主便的道理，就顺了胡鸟的心意。

路上，胡鸟问我，光贵，你知道古人为何要佩玉吗？

我摇头，说不晓得。

因为他们要做君子！胡鸟手一扬说，君子以玉比德。

我笑说，我虽不是小人，也就一凡夫俗子，比德，累不累呀？我们今天是去看玉还是看翡翠？

我的话让胡鸟惊诧了，他肯定没有想到他的老同学竟然如此无知。不会吧，光贵？这你都拎不清？翡翠是玉的一种，又叫硬玉。今天，我得给你好好普及一下翡翠知识。

胡鸟说到做到，他带着我出了东家玉行，又进了西家翡翠商号。胡鸟没吹牛，在瑞丽城里，他是名副其实的专家。他每进一家店，店主都要热情招呼他，恭敬地称他胡老师，接着就是为他端茶倒水，有人还要拿出宝贝让他品头论足。他的话在那些店主听来，就是一言九鼎。

我说，行呀，胡鸟！

知识就是力量嘛！胡鸟的口气中充满了得意。

说真的，跟一个内行领略和感受一种文化，就是不一样。我跟着胡鸟在这翡翠商城里转悠一圈，确实有些收获。面对翡翠，我再也不像先前一样是块冥顽不化的石头，也感受到了翡翠之美。我的微妙的变化自然逃不过胡鸟犀利的眼睛。

你这次来瑞丽，我得让你放点血。胡鸟半开玩笑半认真地说。

放点血就是破费的意思。我对胡鸟说，老同学，我可是穷光蛋。这翡翠我承认很美，很迷人，但价格对我来说是穷小子面对富家小姐，高攀不起的。

什么东西，并不是越贵越好的，翡翠这东西，讲的是缘。当然，还得看你有没有独到眼光。今天，我就小试牛刀给你看。胡鸟拍了拍我的肩膀，语气相当自负。

进店，看货，选；出店，再进店，再看货，再吹毛求疵，如此重复了不知多少回合，胡鸟终于有了意外发现。

是一个手把件，雕的是一尊佛。

胡鸟将嘴凑近我耳边低语，材质虽然一般，但雕工堪称一流，很有艺术性。

我虽然不太懂翡翠，但却看得出雕工。说玉不琢不成器，看这个手把件就明白了。这个手把件确实是好工，造型端庄，比例匀称，线条自然流畅，细腻而圆润，让人一眼看上去，就有一种舒适感。

我于是点头认同。

那就它了。胡鸟说。

我想说不。但我这时想起了母亲，同时脑海里也出现了母亲抱着的那尊瓷观音。我于是生出了一个想法，用它去换那尊瓷观音。

胡鸟认为我是默许了，就开始跟店家砍价。店家是认识胡鸟的，就说胡老师来，就半价了。他边说边伸出一个巴掌。

胡鸟摇摇头说，这把件，我觉得雕工尚可，材质我是看不上的，棉多，就这个数。

他边说边伸出两个指头。

店家犹豫，说胡老师，这肯定不行。

胡鸟一脸高深莫测的微笑，说肯定行，不吃亏的。

店家还是迟疑不决。

胡鸟说，我老同学来瑞丽看我，买个手把件做纪念，你得给我面子哦。

店家想了想，在心中计算了一下，说胡老师，我就卖你个面子。

两万元成交。

银行卡刷得我心疼。

出得店来，胡鸟在我后背上猛拍一巴掌，差点没把我心脏给拍跳出来。

今天，算是捡漏了！他要咬定五万，我也会让你买下。

想起花去了两万元，我怎么也不能像胡鸟这般手舞足蹈，怎么也高兴不起来。

出差回来，我把玉佛作为礼物送给了母亲。母亲自是欢喜，她捧着玉佛，一边端详，一边喃喃阿弥陀佛。一阵兴奋过后，母亲问我，说这么精美的玉佛，多少钱呀？妻子正欲说两万，但两字才出口，就被我制止了。不贵的，我对母亲说，八百块钱。

母亲还是觉得八百元钱多，她说，光贵，做了城里人，咋就变得大手大脚了呢？给妈买礼物，用得着花那么多钱吗？几十块的东西，妈就欢喜了。

妈，我说，给你买这玉佛，我可是有条件的。

啥条件？母亲笑眯眯地问。

换你的瓷观音。我说。

瓷观音？母亲抬头，看了一眼摆在墙边电脑桌上的瓷观音说，本来就是送给你的，还说啥换不换。

我犹豫了一下，说妈，我的意思是，这瓷观音就不要摆在客厅里了。

母亲有些惊讶地看了我一眼，继而脸上就有了不悦的表情。她把玉佛重重地往茶几上一放说——

吴光贵，你小子这是黄鼠狼给鸡拜年啊！

听她愤愤地语气，我知道母亲的气生得不轻。看母亲生气，妻子就赶忙倒了杯开水，双手捧给母亲，劝说您老别生气，喝口热水平复心情。

母亲冲妻子翻了一下白眼，狐疑问说，是你的主意吧？

妻子一脸委屈。

这事与她没关系，我认真地对母亲说，是我自己的主意。妈，这瓷观音摆在客厅里，不合适。你过去不是一直告诫我入乡随俗吗？我回故乡去，哪次没听您老的话？城里的人要入乡随俗，这乡下人进城，也得遵守城里的规矩不是？城里人不兴在家里供观音供菩萨，是移风易俗，我们得遵守。要不，来个客人啥的，会说这家人封建迷信哩。

母亲低着头，抹着脸想想，起身去把瓷观音抱进了自己的卧室。

我也赶忙起身，将电脑桌端进母亲的房间去。

我放下电脑桌，母亲厉声说，出去，你给我出去！

我悻悻地出了母亲的房间。身后响起了愤怒的关门声。

玉佛孤零零地端坐在光滑如洗的茶几上。我把它捧起来，看着它庄严的脸上，那丝意味深长的笑意，越看越觉得这笑意里充满了对我的嘲讽。

我把玉佛装进盒子里，把它放回了自己的房间。

翌日清晨，我正准备出门去上班，母亲却唤住了我。她摊了手对我说，吴光贵，送我的礼物呢？泼出去的水你也能收回去？

我顿时觉得一阵轻松，母亲开口跟我要礼物，说明她内心里已经原谅儿子了。我长舒了一口气，说——

妈，好嘞！我马上拿给您！

母亲爱死了这个玉佛。每天，她天一亮起床，洗漱完后，就要把玉佛摆在茶几上，恭敬地作三个揖，然后再去忙家人的早餐，忙完早餐，她就捧着它，一边细细打量，一边念念有词。母亲来我家不到一月，就跟小区的大爷大妈们学会了跳广场舞。跳广场舞，母亲也要带着它，把它跟放音乐的放音机摆在一起，玉佛每天都和着那些节奏感强的旋律，看她笨手笨脚地起舞。就是上午或下午去农贸市场买菜，她也要带上它，边走边阿弥陀佛。

她这一切，来得轻松自然，却紧张坏了妻子。妻子总在我面前唠叨，说妈都七十多岁的人了，记性又差，把个玉佛拿出拿进的，弄丢了咋办？两万块钱的东西呀！

我看一脸都是担心的妻子，就安慰她说，放心，这么贵重的东西，母亲是不会弄丢的。我还给妻子讲了一个小故事，在我童年的时候，我跟母亲上街去卖菜，总共卖了五块多钱。母亲用两角钱给我买了一碗凉粉，剩下的钱，母亲一直死死攥在手心里，那是炎热的夏天，母亲把一把零钞攥得湿漉漉的，回家后不得不把它们放在筛子里拿到太阳底下晾晒。

母亲跳广场舞的舞友，听说八百块钱能买如此漂亮的玉佛，都很羡慕我母亲，并夸我好眼力，会买东西。有几个小区的大妈，每人掏出八百块钱塞给母亲，要她将钱转给我，也帮她们都买上一个。母亲把钱带回家，待我下班时交给我，把我弄得哭笑不得。我说，妈，你把你儿子当批发商啦？妈听了我的话，很不快地说，都是左邻右舍的，这个忙你得帮，做人不能太自私。

自私？这都上升到了道德层面，我心里那个苦啊！我说，妈，这个忙我可帮不了。

母亲说，你让你瑞丽的朋友再弄几个来不就成了，能花你多大力气还是精神？

我知道不能告诉她这玉佛不是八百块钱而是要两万块才能买得到，但又要说服她这委托我办不了，确实伤透了脑筋。我苦苦思索后想起了胡鸟的话。

胡鸟说玉与人讲的是缘分。

我于是对母亲说，妈，玉这东西，讲的是个"缘"字，这缘分，是要碰的。这忙，我真帮不了。

母亲后来把钱退给了她的舞友，不高兴了好几天。

我骑着电动自行车，把速度提到最大，像一个落荒而逃的不要命的莽汉般急急向家赶，脑子里想着这些，还是不太愿意相信我谨小慎微的母亲会把玉佛弄丢。

我急匆匆地扑进家门，看着妻子挺着肚子，一脸无助地站在屋子中央。我的母亲，一个人跪在茶几前，那长跪不起的样子，让人心酸。

茶几上，赫然摆放着她从老家带来的那尊瓷观音。

我上前，强行将母亲扶起来，让她坐在了沙发上。

母亲的一张老脸上，全是泪水。

弄丢就弄丢了吧，用不着如此伤心。我安慰她。

我没弄丢它。她摇头说。

那你还哭啥？我说。

我哭那娃。她说。

娃？

我一头雾水。

说到娃，母亲不只是流泪，而是呜呜地哭开了。

一直等她哭累后，我才从她口里，知道了事情的原委。

今天下午，母亲像往常一样去我家附近的农贸市场买菜。买完菜后，她一手提着菜，一手握着玉佛，依然像从前一样念着阿弥陀佛往家走。走到离我家住的小区还有几百米的地方，从附近的电玩室里走出来一个少年。少年输光了身上的钱，被电玩室的老板赶了出来。这个沮丧而狼狈的少年，出电玩室后跟我母亲撞了个满怀。就在他窝火着要对我母亲爆粗口时，少年的在电子屏幕前熬得通红的眼睛一下就亮了，他看见了我母亲握在手上的玉佛。少年顿时变成了一条疯狂的狼，他手一伸就把母亲手上的玉佛抢了过去，撒腿就往马路对面狂奔。

就在这时，一辆卡车开了过来。

措手不及的司机，赶忙制动，刹车声尖叫而起。看见向少年扑过去的卡车，母亲叫道——

小子，当……

母亲想说小子当心，但她的心字还没冲出喉咙，就见少年突然停了一下，仿佛是遭了雷击，随即，整个人就飞升起来……

母亲吓得一屁股坐在了地上，身子一歪，就昏了过去。坐靠在一棵行道树旁的她，仿佛是睡着了。

没人注意到昏厥过去的母亲，人们的注意力都集中到了那个被撞的少年和那辆撞了人的卡车上……

母亲自个儿苏醒过来的时候，不见了被撞的少年和肇事的卡车，但她还是看见了马路中央暗红的血迹。

母亲断断续续给我说完事情的经过后，突然抓了我的手问我，光贵，那娃他到底是死是活呀？

我不置可否。站在一旁的妻子说，妈，你管这干啥？他就是撞死了，那也是活该！罪有应得！

媳妇！母亲突然大喝一声说，浑说啥？

我也在妈旁边坐下来，继续安慰她，妈，你就别胡思乱想了。

光贵呀，我怎么会叫那一声呢？我为什么要叫那一声呢？我要不叫，娃兴许就跑过去了。母亲边说边扑到我的怀里。她悲伤的样子，不像一个老人，倒像是一个婴儿。

晚饭的时候，我和妻子怎么劝说母亲，她也不吃不喝，自个儿坐在沙发上，看着面前茶几上的瓷观音发呆。

晚饭后的黄昏，我家里响起了敲门声。我打开门，看见了两个表情严肃的警察。我把警察让进屋，其中一个警察从公文包里拿出一个东西，我一眼就看出那是母亲的玉佛。警察说，老人家，物归原主。

母亲向警察打探少年的安危。警察告诉母亲，少年经医院抢救，已经没有生命危险，但依然伤得不轻。

听了警察的话，母亲凝重的脸松动了一下，她冲那个将玉佛递给她的警察摆手说，就把它送给娃吧，他那么喜欢它，差点连性命都搭上了。

警察愕然，说，您老可想好了，这可是挺贵重的东西。

不贵不贵，就八百块钱。母亲开心地说。

原载《长江文艺》2020年第12期

点评

"我试图用我的笔，去寻找和呈现这份善意。我并不想让我的故事和人物，置身于疫情之中，因为，在常态和非常态的生活里，善意都是我们需要的头顶的光亮，身边取暖的炉子。"这是作者在谈到这篇小说的创作意图时的剖白。对于代际间矛盾的处理，作者并未落入俗套。因为代际间的隔阂不是意义本身，而是为建构"母亲"这一形象服务。母亲对孙子有执念，但一旦后辈们有需要，也义无反顾离乡背井来到城市贡献自己的光和热。母亲对于"瓷观音"的信念，对于大树、高楼的顶礼膜拜，不是宗教信仰，是对于生命和创作的敬畏。这些事件在呈现母亲与现代都是文明格格不入的同时，也在层层铺垫，以便后续揭开最朴素善意的面纱。当然，最能突显母亲心性的是围绕着玉佛发生的一系列事情。谎称八百块的玉佛母亲依旧嫌贵，但十分热心为小区其他老人牵线，摆脱儿子也为其他人买这样物美价廉的玉佛。更能展现母亲善意的，当是最后，母亲觉得是自己"叫了一声"导致少年被撞而惴惴不安。非但不责怪少年的抢劫行为，更关心的是少年的安慰。甚至在得知少年脱离生命危险后，希望民警将玉佛转送给他。"不贵不贵，就八百块钱。母亲开心地说。"前后的鲜明对比，使得这种反差生成了小说呼唤善意的深层意义。

（朱旭）

寻找张三 /

/ 汤成难

1

我要向你讲述的事，发生在1992年春天的一个下晚。是的，下晚，那时候的我还不习惯用傍晚、黄昏、日暮来形容一天中这段比较模糊的时刻。我对这个词所有的认知来源于我的母亲，这个称早晨为"吃早饭的时候"，称中午为"吃中饭的时候"，称晚上则是"吃晚饭的时候"的女人，唯独称下晚为下晚，与吃食无关，仿佛它短暂得来不及完成一顿餐饮，便匆忙下滑到万丈黑暗中一样。

这是1992年的下晚，不是昨天的，更不是今天的，你所看到的今天的下晚也许是透明、莹亮、富有弹性，像气泡一样包裹着这个世界。但1992年的下晚，它却是黏稠而浓厚的，像铁锈一样，像猪油一样。我之所以用猪油来形容，正因为那一年我的母亲爱上了熬猪油，她总是全副武装地站在锅台前——由于见不得一粒油星儿溅在衣服上，用报纸将自己裹得严严实实——下晚的阳光从窗格子里照进来，穿过翻滚的油烟，一直落在她缺乏油光的脸上，像一幅画。但我从不觉得画的美，因为很快那些猪油便凝固为白色，成为很长一段日子以来我的碗中之物。快吃吧，你要长个子的。我的母亲总是这样说。如果见我神情黯然或动作迟缓，她便很生气，你父亲可是最爱吃猪油饭的了。

或许此时我应该和你们讲一讲我的父亲，那个爱吃猪油饭的男人，但我不得不打住，回到开头说的1992年春天的下晚。

那一个春天的下晚，我是在冶金厂度过的，或者说，无数个下晚，我都在这里度过。冶金厂到我家与学校的距离相等，如果你是个热爱数学的人，此时你的脑子里一定会出现路程、时间、速度三者的方程关系。我不喜欢数学，一直都是，那些关于相遇、第二次相遇、多久后相遇等所有假设的数学题都令我忍无可忍。冶金厂在城北，从我家去学校并不顺路，也就是说，冶金厂在家与学校这条直线之外，它们三者之间又构成了一个等边三角形关系。

我如此详细繁复地交代冶金厂的地理位置，我想你一定能够明白，我并非是上学路上或放学途中才经过这儿，它仿佛是家校那条直线绷张后而弹出的小石子，但遗憾的是，射程太短了——是的，我从没有去过比冶金厂更远的地方。

厂房早已废弃了，至少有十年以上。如果不是院门上那块还没完全腐烂的木牌上依稀可见"冶金厂"三个字的话，没有人能猜出这儿曾发生过什么。厂区很大，有三幢连跨混凝土车间，屋顶有条形天窗；山墙上用水泥抹出宋体的阿拉伯数字作了编号；厂房西侧有几株雪松，因常年缺乏打理，毫无节制地横向发展；北边是几间小平房，还有仓库、食堂、等等，所有的这些都只剩下不完整的墙体和屋面，至于门窗之类的，早已被附近的居民或拾荒者卸走了。满眼看去，找不到一丁点儿金属，只有金属蔓延开来的铁锈一样的颜色。

而我所需要的地方很小，一个窗台即可。窗台是水磨石的，很宽厚，上面嵌着绿色玻璃粒儿，下晚的阳光照在上面，折射出万道光芒。坐在窗台上，既听不到学校的铃声，也听不到母亲的叫唤，很安静，有一群麻雀偶尔飞回来，带来一点属于外面的叽喳声。

如果我继续这样坐下去，像从前那样打发无数个下晚中的一个，或许之后的事不会发生，但我却站起来了，从没有任何遮挡的窗口跳了进去。我想我应该是门窗被偷走后第一个进来的人，因为地上的灰尘和树叶足有两指厚，在我脚下"噗"地腾起来。厂房里空荡荡的，几个水泥墩儿提醒着此处曾安置过机器；行车还在，吊钩和轱辘不见了，只剩下锈迹斑斑的结构主梁，大概太高了，没被卸走；行车上面是夹层平台，不大，便于察看地面操作，属于管理人员待的地方吧；平台的上面便是天窗了，石棉瓦早已残破不堪，露出的天空还能看到麻雀的踪影——它们总是成群地从漏洞处飞进来，又轰的一声飞出去。我正是被这样的声音吸引的。

我循着麻雀的声音，沿着墙边的水泥台阶走上平台，果真有了居高临下的意思，平台上是一些椅子的残骸，还有一张相对完好的三条腿办公桌。我在桌子前坐下，吹掉浮尘，像个车间主任似的交叉双臂，又煞有介事地打开抽屉——仍然是空荡荡的，直到打开最下面一层才看到塞满了废纸——任务单、材料出库单、领料单、维修申请单、复写纸、旧报纸——毫无疑问，这是车间主任的办公桌了。借着最后一点天光，我一张张看过去，字迹的模糊、拙劣、潦草，以及错别字的泛滥，都令人忍俊不禁——这比看数学题有意思多了。

就在我快要笑出声的时候，突然发现一张藏在纸堆里的请假条。

2

我敢保证，这是我从冶金厂带回来的唯一物件。我没有将请假条随意地塞在口袋里，而是极其慎重地夹在一本书中。我想我之所以这么做，一半是被它的字迹吸引，很多年后，我才知道这种笔迹瘦劲、细长如筋的笔画、在首尾处加重提按顿挫的字体叫作瘦金体。

请假条

尊敬的领导：

因本人有事，须向您请假，望领导批准为感。

请假人：张三

1982年4月22日

很抱歉，我不能在这儿临摹出那样瘦硬有神的字迹来，但在我的课本上、作业本上、草稿纸上，都写满了。我甚至学着这样的语气向我的数学老师请假，"望领导批准为感"，结果，我非但没获得半个时辰的假期，还因此在走廊上罚站了一个下午。

我的母亲也看到请假条了，她的关注点不在字迹或请假这事上，而是在人名上。张三是谁？她一边熬着猪油一边问我。当然，她的问题是无须回答的，因为很快她便陷入一种自问自答和深情追忆中——这个张三是哪个张三呢？姓张的真是多了去了，你父亲也有一个朋友姓张，叫什么呢？反正不叫张三，大家就叫他小张子，你知道小张子吗？你肯定是不知道的，小张子是父亲的朋友，真的，你父亲就这么一个朋友——我的母亲总能巧妙地将任何一个话题成功地引向我的父亲，她和我每天的对话中，至少有一大半是和父亲有关的。我没见过父亲，但从她的叙述中我仍然无法建立父亲完整的形象。比如她说父亲是个瘦子，但有一次又说，没有比你父亲胖得更费衣料的人了。再比如，她说父亲手拙得很，什么事情都不会做。可是在一次我将她的缝纫机修坏了的时候，却抱怨说你要是有你父亲一半的手巧就好了。如此例证实在是太多了，好在有一些特征是从一而终的，比如父亲在县里的机械厂上班；整日戴着电焊帽；工作服很脏，几乎看不出颜色；没什么朋友；比较内向；喜欢喝酒，一个人也喝；等等。

再回到那张请假条上来吧。如果你是个细心的人，一定会发现对于将请假条带回来这事我才说了一半的理由，而另一半理由才是最关键的——请假条上出现了另一种字迹。它撑满了请假条的空白处，比瘦金体更大，更着急，更不羁，好像有什么重要的事等着字的主人去完成。

毫无疑问，这是车间主任"杨国强"的字，因为从签名上能依稀辨认得出，大概经常需要签名的缘故，名字已简略为一串笔画，他在空白处用犹如受过机器碾压、捶打、敲击、撕裂的字体写下了三个字：不批准。

是的，不批准，此刻你一定能理解那个下晚我第一次面对请假条的内心感受了吧。仿佛那个叫作张三的工人正站在我对面，手足无措，神情沮丧。

我要去做衣服了，你要有事就去大梧桐下找我。母亲突然大声对我说，她以为这样就能打断我的沉思。至于"有事去找她"，每次出门前她必然会说一遍，好像不交代一下，我就忘记了她在大梧桐树下似的。而实际上我从没有去找过她，找她做什么呢？我不知道。

母亲一直给人缝补衣服以维持生计，她不喜欢"缝补"这个词，那样显得不够有技术含量似的。是做衣服，她更正道。

那棵大梧桐树是我上学的必经之路，当然，后来我有了新的发现，只要多走三条巷子，就可以巧妙地绕过它。我不想看到母亲坐在缝纫机前缝补衣服的样子——她的脚不停踩着踏板，发出脚踩落叶一样的"嗒嗒"声，背躬着，脸觑得很近，仿佛将自己的脑袋也要缝进去似的。

母亲缝衣服的时候，梧桐树的另一侧有双眼睛在注视着她，那是母亲的另一个儿子，我的哥哥，当年从母亲肚子里出来的时候，有些极不情愿，让医生花了很大力气才将他揪出来。他的脑袋受了挤压，智商一直停留在五岁那年。他的嘴里从早到晚会发出模糊不清的声音，只有仔细听才能辨认出，那是近似缝纫机工作时的嗒嗒声。哥哥坐在一张倒置的方凳里，四条腿形成一圈围栏。这是指他安静的时候，如果他不肯这样坐着，母亲只能用绳子将他拴在梧桐树上，绳子在两头打上多重单结，这种结法既能防止滑动，又不至于勒得太紧——这一点母亲很有经验。但常常以绳子为半径的范围内遭殃，青砖被撬动了，泥巴被犁得到处都是。这时母亲便缩短半径，再缩短，以减小受灾面。

整个梧桐树下的时间，母亲是很少开口说话的，她沉浸在此起彼伏的嗒嗒声中。你一定难以想象，我的母亲是个内向而腼腆的人，你所看到的喋喋不休只是和我有关，那些拿着衣服过来缝补的人，她也很少和人家对话。嗯，我知道了……先放那儿吧……我知道怎么做了……我正忙着呢……等会儿再做——她头也不抬地说着，声音懦怯。

下晚，她将哥哥和缝纫机一个个搀扶回来——缝纫机看起来比她年纪还大，轮子经过青砖路时不再是嗒嗒嗒的声音，而是哒哒哒哒的巨大响声，母亲每天都要往缝纫机各个小孔里点上菜籽油，好像不这么做，缝纫机就没力气走回来了。进得门来，她仍然要在缝纫机前坐会儿的，继续未完成的活儿，那些来自不同季节的带有陌生气息的衣服堆在台板上，快要挤掉下去时，她就将一只袖子或一条裤管甩过头顶，耷在自己的另一侧肩膀上，猛一看，像是母亲和谁正靠在一起谈心呢。

你知道吗——她常常以这样的句子向她的另一个儿子进行开场白。是的，母亲喜欢向我倾诉——你父亲也有这个宇航帽呢。这是一次她看电视上播放关于中国载人航天工程正式启动的新闻时说的，那个头盔吧，你父亲也有呢——母亲指的是电焊帽，父亲是个焊工——那个头盔真是又大又重，你父亲戴上去就不想再摘下来了。她说有一次她抱着我去县里找父亲。哦，不，不是抱，那时你还在我肚子里呢，反正我就是像抱着那样托着你的——父亲已经很久没回来了，厂里加班，困了累了就在钢板上眯一会。机械厂的灯光很亮，照得跟白天似的。我站在厂门口，传达室的老头帮忙把你父亲叫来的，他穿着白帆布工作服，衣服很厚，据说可以防止电焊灼伤——我给他在关节处又缝了一层，这样就耐磨了，你说是不是？你父亲戴着头盔，就像这样——母亲指了指电视——他从黑乌乌的玻璃后面看着我，有那么一会儿，我觉得自己不是和你父亲在说话，而是和一个宇航员说话呢。后来，他想把头盔摘下来，摘了老半天，也没摘动，好像头盔和脑袋长在一起了。我想帮他，他说，没事没事。声音在玻璃后面嗡嗡响。后来终于把头盔拽下来了，抱在怀里，他知道我没什么要紧的事，就是告诉他你快要出生了。他用头盔轻轻地碰了碰我肚皮就深一脚浅一脚地走了。真的，就像宇航员这样深一脚浅一脚地走了。你父亲又赶去焊接了，可他一转身，我就看见头盔又长在他的脖子上啦——

3

我在冶金厂待的时间越来越长了，不知道这与逃避母亲的倾诉有没有直接关系。只要一踏进家门，她的话就会多起来，如果我表现得极不耐烦，她就愧疚似的低下脑袋自言自语着，把吐出的每个字再缝进布逢里似的。

请假条被我展平在窗台上，经下晚的阳光照晒，像一个颓废的人慢慢有了生机，纸张脆了，慢慢昂起了一角。

太阳快要落下去时，我又走上平台，残桌破椅被我重新整理过了，彼此搀扶，歪斜地站立。废纸堆也被翻过多遍，除了那张请假条，我没有在任何一张纸片上再看到张三的字迹。1982年的4月22日，我想张三一定曾站在对面的位置，面对请假条上的"不批准"感到无奈和悲伤，以至于他没有收回请假条而将它留在车间主任这儿。

请假条上没有写明请假事由，也没写上请假的时长，一天？三天？一周？一个月？它像一团谜似的让我产生巨大好奇。

我从椅子上站起来，浑身无力。天逐渐暗了，从墙上的漏洞看出去，天空一片浑茫，浑茫之下是更加浑浊的灰色。母亲说父亲也曾在冶金厂工作过半年，那时冶金厂和机械厂有业务合作，两个厂常常进行人员借调。父亲依然是负责焊接，他是个焊工，一辈子与铁打交道。

我无可救药地喜欢这里泛着如同下晚一样昏黄的铁锈颜色，整个冶金厂都被我走遍了——这样说，的确有夸张的成分，至少车间后面的那一小片地我还没有去过，它与外界连通的路被横向发展的雪松阻断了，使之形成一个封闭的空间。当我穿过枝叶葳蕤，才看清它的全貌。这是两进停车棚，低矮，破败，混凝土浇筑的小人字形梁上面覆着绿色阳光板，日积月累地已剥蚀不堪。车棚里散落着一些短木板，很显然，它们曾属于桌椅的一部分。地面积了几层鸟粪，像黑白照片，风干了，踩上去咯嘣作响。柱子倾斜过来，仿佛不堪重负，尽头处的梁终于倾覆下来，匍匐在地。

为了使车棚看起来不那么颓废，我将阳光瓦踢到一边，再铆足劲移动小混凝土梁。

就是这时候，我发现梁的下面压着一辆自行车。

如果不是一根铁链锁将它和柱子连在一起的话，自行车或许早就落入他人之手了，我这么猜想不无道理，雪松的恣意生长、梁的遮挡，也许都是自行车保存至今的原因吧。总之，当我与一辆十年前的自行车相遇时，竟感到说不出的激动和欣喜，它遍体浮锈，坐垫不知去向，轮胎早已腐烂，像是一副被剔得一丝肉都不剩的鸡骨架。尽管如此，仍使我浑身的细胞兴奋不已。

铁链锁是自制的，由钢筋弯成多个小钢圈，套接，末端被焊死。我用石块砸它，石头与铁件发出的花火让下晚更加动人。世上再也没有什么比人的意志力更坚不可摧的了——这句伟大的名言，此时像风一样吹过我的耳边。锁居然断裂了，咯嗒一声，如一个孤傲的人耷下了双手。

这是1992年5月的下晚，铁锈一样的下晚，花火一样的下晚，热血沸腾的下晚，如你看到的那样，我骑着一辆只剩下钢轱辘的自行车在黑暗来临前呼啸而去。

4

我发现自己的下体长出黑色体毛是在三天前，这个发现让人十分难过。我为此长时间躺在床上，右手情不自禁探过去，当触碰到一小团毛茸茸时，手指不禁一颤，便立即缩回来。在我的记忆里（书本，电视，大人之间的谈话）确实没有这样的状况——头发怎么跑错了方向，从下面冒出来呢？这使我在小解时变得谨慎和胆怯，生怕那些恣意生长的浓黑毛发伸展出来出卖我，我也有意无意地用余光向一同撒尿的人瞟去，除了大同小异的器具外，并没有发现其他什么。

哥哥正坐在四脚朝天的方凳里，用笔在纸上乱涂着。我想把他引到卧室来，便朝他吹起口哨，他没理我，当我去拽他的时候，他突然急促尖叫起来……嗒嗒嗒嗒嗒嗒——他一定以为我在抢他的纸笔呢。其实我只要偷看他洗澡或者趁其熟睡时扒下裤子看一看，疑虑就能解决。但哥哥睡在母亲的那个小卧室里，这对我的行动增加了难度。

一连几天我都茶饭不思，母亲往我碗里又挖了一勺猪油，快吃吧，她说，拌上猪油，饭就香了。

猪油遇到热米粒，在碗里漾开，亮晶晶的。我抬头看母亲，到嘴边的疑问又噎回去。在母亲眼里，我是由两个部分组成，一个是男子汉，像父亲一样孔武有力，能为她分担所有需要力气的活儿；另一个身份尚为婴孩，因为她常常旁若无人地在我面前换起内衣来。

想到这儿，我愈发感到难过，忧郁，以至气愤。我把碗往桌中央一推，头也不回地去井边刷起自行车。把浑身的力气使完，这是对付坏情绪的最好办法。母亲捧着碗追在后面，她不明白我为什么不吃猪油饭了，刚要开口责备什么，突然看到了自行车，愣了一下。哪来的？她问。

捡的，冶金厂的。我头没抬地说。

冶金厂的，哦，你父亲当年多想有辆自行车哦，这样他就可以骑车经常回来了——母亲似乎并不在意我的回答，眼前的自行车迅速勾起了她的回忆。真的，他做梦都想有一辆车呢。母亲撇了撇嘴说。

她索性搬来一只小板凳，在我身边坐下，一副要促膝长谈的架势。而我全部精力都在对付车身的铁锈，我先用水冲洗一遍，再用刷子一点点刷着——自行车与昨天初见时有了不同，少了一点老骥伏枥的刚毅，它在井水和抹布的作用下，竟变得温驯和服帖了。

机械厂在县里，从这儿到县里坐车还要老半天呢——母亲已经兀自回忆起来，她的脑袋如同一盏茶壶恰到好处地歪在肩膀上，这样也许便于她将脑中的往事更顺畅地倾倒出来。你父亲腿长，真的，很长，走起路来快得像踩了轮子。可是，腿长骑自行车的话也是很快的，你说是不是？可你父亲舍不得买呢，他说等你出生了再买，带上我们，骑很远很远，天不亮就起来，一直骑一直骑，骑不动了为止。他说让你坐在前面大杠上，我呢，就和你哥哥坐在后座上——

我的心轻轻颤动一下，是的，我坐在大杠上——我将手指慢慢滑过大杠，动作迟缓，一直滑进母亲描述的那个我们从未经历的日子里：春风吹

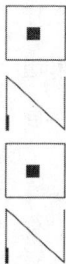

在我的脸上，我坐在大杠上，身后是我的父亲，他的两只粗壮结实的手臂箍在我的左右。我一定很紧张，因为我还没有靠他那么近过，还没有坐在大杠上的经验呢，腿如何放置，手又该握住哪里——

就是这个时候，我的手指感觉到大杠上的一小片凹陷痕迹，隐隐的，使手指经过时产生一点细微而轻柔的趔趄。我觑上脑袋，是一行字，用刀或者其他工具刻就而成。因为暮色已重，无法看清字的内容。

当我从屋里拿来手电筒的时候，母亲已经离开了，她仍旧歪着脖子，心满意足地向柴房里走去。电筒的光线实在是太微弱，我不得不又返回屋里，找了半天，除了火柴，再没找到更好的照明工具了。我在井边变得焦躁起来，最后不得不扛着自行车走进堂屋。

堂屋里的白炽灯并没有解决这一难题，它发出的光线朦胧，无力，即使狠狠睁大眼睛，也分辨不出笔画的走向。

哥哥正仰头看我，笔在纸上停下来。他的嘴张开着，舌头还停留在"嗒"字的最后一个音节上。嗨，哥哥，我突然跳下去，不假思索地抢来他的纸和笔，伏在大杠上画起来，准确地说，是拓。

字迹逐渐清晰了，纸上呈现出几个不太清晰的字：□□□天□！1982年4月□2日。笔迹瘦劲，细长如筋，在首尾处加重提按顿挫。

没错，是瘦金体。

5

请假条与拓片我一直随身带着，不可否认，我愈发沉陷在这样的笔迹里，它们像内心丰富又极其忧郁的人，穿过十年光阴缓缓走到我的面前。如果说我看到请假条时还仅仅处于一种对字迹的喜欢和请假条本身的兴趣的话，那么这辆被锁在柱子上的自行车却让我对张三其人产生了极大的好奇和感同身受的同情——他请假要去哪里？去海阔"天"空？还是远方的"天"空？难道是指星期"天"？或者它只是一句带有"天"字的诗句？

可问题是，他的请假条没有得到批准。

我无数次想象张三的模样，人如其字，瘦削，白净，头发略长，衣服整洁，羁傲，乖僻，不怎么说话，喜欢低头走路，爱读书，爱做笔记，等等。我努力还原那天的场景——1982年4月22日，晴，正是小城早春的时候，一切都显得那么富有生机。张三一早骑着新买的自行车去冶金厂，他的心情比以往的任何一天都好，这不仅仅缘于他身下崭新的自行车，而是他已经决定骑着它去远方——除了仙女镇，他还没去过更远的地方呢。他在纸上认真且充满希望地写下请假条，这是他第一次使用这个文体，以至于忘记请假条的几个要素：事因，时长。他一级一级地从水泥台阶来到夹层平台，每上升一个台阶脚步就轻快一分。从平台上向下看，使人心情无比愉悦，他仿佛看到了自己，正站在油腻腻的机器旁边，一刻不停地劳作着。那个自己面无表情，四肢消瘦，干净而整洁的衣服与整个车间格格不入。那一瞬间，他竟为站在机器旁的人感到难过，但只是一会儿，手中的请假条又及时将他拉回到希望之中。

车间主任杨国强正在写着领料单，他头发浓密，如钢丝一样直竖，黑发中掺有白色，像酸洗处理不彻底的结果。杨国强接过请假条，眉毛扭曲一下，就连那两道八字须也跟着扭曲了。整个厂区都在热火朝天，这节骨眼上怎能请假。他感到生气乃至愤怒，而地面上传来的轰隆隆机器声又加剧了这种愤怒，他拿起笔在请假条上毫不犹豫写下三个字：不批准。

我无法再想象下去了，没有得到请假批准的张三会做出怎样的行为呢——他有气无力地从平台上下来，慢慢向大门走去，路上遇见的每个人都视而不见，他两手空空，脑袋空空，就连锁在车棚里的自行车都忘记了？当然，还有一种情况，张三又回到他的岗位上，他并没有离开厂区，一直没有离开，永远没有离开。他的自行车可以证明。

我的脑袋要炸开了，天快要亮了仍未能睡着，这样的想象比数学书上关于相遇的问题更令我筋疲力尽这种精疲力尽首先从裆部开始，呈放射状态蔓延到四肢——我发现那儿流出了液体，如猪油一样浓稠油滑。

我在巨大的疲惫中昏沉睡去，做了好多梦，有冶金厂，有张三，杨国强，父亲，母亲，十分模糊，只有一个梦还能清晰记得——穿着白衬衫的张三骑着自行车，在我面前停下来，支开双脚，他的腿很长，像圆规一样笔直而稳固。他指了指大杠，示意我坐上去，我背对着他，还没站稳，他的手便穿过我的胳肢窝，轻轻一提，我便落在大杠上了。车轮滚滚向前，风将他的白衬衫吹鼓起来，像船上的帆，他的袖子卷着，也被风吹得一鼓一鼓的，胳膊总是不小心蹭到我的胳膊，痒痒的，酥酥的，像母亲说的父亲要骑车带着我那样，使我不敢乱动，小心翼翼坐着。有细微的热气从后面拂过来，是他的呼吸，一会儿在头顶，一会儿在耳边，我想问他去哪里？还没开口，他便说话了，热气吹拂着，像在跟我耳语。他说我们去远方，很远很远的远方，一直到骑不动为止。醒来后，我恍惚很久，也很懊悔，恨自己为什么就没转身看一看他的脸呢。

母亲已经起床了，打开一盏小灯，坐到缝纫机前。她脑袋前倾，弓着身子，像是头顶的灯光带着无限力量将她压得很低很低。母亲老了，是属于由里向外一层一层老开去的那种，头发无力地耷拉着，脸色蜡黄，额头全是皱纹。

那他再没回来过吗？我的问话使母亲突然抬起头四处张望，当发现我掀开帐门正看向她时，才转回身去。是呢，母亲回答我，你父亲再没回来呢。

可是，他，去了哪里呢？我差点紧张得说不出话来，连自己都吃了一惊，究竟问的是张三还是父亲？我记不清是第几次问母亲这个问题了，可我分明感到是第一次问她。

他呀——母亲愣了一下，表情顿时夸张起来，她清了清嗓子，抿了下嘴唇，像一个预备登台朗诵的人似的——你父亲呀，他那天去了厂里后就没有再回来，真的，后来我去看他，他们指给我看，他焊接的那个地方，真的，我没看到他，我真的没有看到——

母亲的声音高昂起来，像朗诵进入了高潮，声音颤动，抑扬顿挫。母亲说她后来去找父亲，可厂里戴宇航帽的人很多，他们都在埋头干活，谁知道哪个是他呢。她说自己站在窗户前朝里看，一些带着宇航帽的人深一脚浅一脚地从她跟前经过，他们的脑袋沉甸甸的，脚下软绵绵。说到这儿，她长长舒了口气，随着一个漫长的沉默后，转过脸问我，你说他是不是真的就去了天上呢——

母亲说这话的时候，我分明感到四周的空气轻轻游动起来，形成一股向上的浮力，托着一个模糊不清的父亲向上抬升，抬升。我不知道自己为什么问出那个该死的问题，看母亲像一个拙劣的演员在我面前表演。如果在从前，在我更小的时候，我会对父亲的不辞而别感到难过，而现在，准确地说，在我像个男人那样长出体毛后，我突然明白母亲在撒谎。我想父亲应该永远不会回来了，他离开我们，可能是爱上了别人的女人，也有可能，死了。

母亲又低下头缝衣服了，嗒嗒嗒的声音响了起来，犹如从笼子里逃出的野兽，它们在堂屋里盘旋，逃遁，碰撞，从砖缝里四处游走，直到塞满我的耳朵。

整整一天，我都没去学校，这是我的第四次逃课。我的数学老师对此已经忍无可忍了，他让我罚抄了一百遍公式，并警告我如果再逃课就要将父母喊到学校来。

我在冶金厂从早晨一直待到下晚，目睹了它从勃勃生机到暮色沉沉——这多像人的一生啊。冶金厂被仙女镇拴住了一生，张三被冶金厂拴住一生，母亲被缝纫机拴住一生，哥哥被梧桐树拴住一生……我在黑暗来临前疯似的逃离出来，我怕被无边的黑暗拴住一生。

我骑着没有坐垫和轮胎的自行车沿着等边三角形的三条边飞快地来回，如果你还能对那个下晚存有记忆，一定在某个瞬间停下手上的动作，竖起耳朵，惊异于一种风驰电掣的声音。

当这种声音在大梧桐树下戛然而止的时候，母亲和哥哥都吓了一跳，他们的眼球在半空颤动一下——很显然，他们都惊奇于我的突然出现。鸡骨架一样的自行车停了下来，轮子与水泥地擦出了一丝火花，我的脚点着地面，倏而跳下自行车，拿起缝纫机上的剪刀将拴着哥哥的绳子剪断，整个过程，动作有力，干脆，果断。

然后转头看向母亲，你认识冶金厂的人吗？我问。

6

写到这里，我还没有为这篇小说想到一个恰当的名字，害怕会因为名字的缘故而暴露我内心的脆弱，所以不得不时刻提醒自己，我只是在编造一个故事，一个发生在1992年春天的故事，如果你已经为小说人物的命运感到同情或担忧，请相信我，这一切都不是真实的。

我曾在纸上写下一个名字——《寻找杨国强》，但很快就被我用笔涂得模糊不清，我之所以想到这个名字，是因为在寻找杨国强上的确花费了很大精力，尽管它并不是我讲述这个故事的主要目的。

在那个晚上我向母亲提出了是否认识冶金厂的人这个问题后，她给我的回答答非所问——哦，冶金厂，你父亲是在机械厂啊，小张子吧，他是你父亲唯一的朋友，可是他不是冶金厂的啊。小张子住在县城里呢，他们离得很远，虽然离得远，但他们玩得好，你父亲做梦都想有个自行车呢，那样就可以骑着自行车找小张子喝酒去了——

这就是我的母亲，大概这也是我不愿意和她交流的原因之一吧。我记得在很小的时候，我问她父亲去了哪里？她就是用这种答非所问的方式回答了我。在那个早晨之后，她也主动和我分析父亲的去向，比如说父亲那天离开家后就出差了，天南海北地跑；比如说父亲其实哪儿也没去，只是去了城里，肯定是城里好，所以才不想回来；又说父亲听说又生了个男孩，可能不喜欢男孩罢，男孩总是不听话你说是不是……母亲说这些的时候，神情是哀怨的，为了使哀怨得以充分表露，她总是在说完后加上一句——他不要我们，我们还不要他呢。

可我想去找他呢——我不知道自己为什么说出这样的话来，好像刻意要戳穿她的谎言似的。果真，母亲愣了一下，脸上皱在一起的肌肉轰然崩落。你要去么？你真的要去么？反正，我不去，我不会去的——她的下巴不住地抖动起来，声音微颤——真的，我不会去的，我不去的，你要去你去好了，你想他你去找他好了，可是，你还没长大，等你长大了，你才能去找他——

母亲突然打起嗝来，一个接一个地，好像下巴处的痉挛转移到了胃部。她端起搪瓷缸拼命地喝起水，水在喉口发出沉重的响声，紧接着是裹挟着气流跌落山涧一样。

你刚才问什么？冶金厂么？母亲放下搪瓷缸突然问我，她不再打嗝了，面部的肌肉逐渐放松下来。冶金厂么，我当然知道的。她说有个在这儿做衣服的老头好像是冶金厂的呢，因为他曾穿过一件有冶金厂标志的衣服。

我用六个下晚终于等来了老头，他果真穿着那件工作服，宝蓝色的，很旧，发白，下摆处起了毛边。他从西边慢慢过来了，下晚的阳光从他身后包抄，在工作服上留下一圈明丽的金色。

我没在冶金厂上过班哦——老头对我说。他的话使我心猛地一沉。他说这件衣服不是自己的，是他侄子给的，好多年咯——他用手指配合数了一下——十几年了，都穿不坏。

至于他的侄子的去向，老头给了一个模糊的地址，这些年来他们因为有一点矛盾而没有来往。

找到老头的侄子是在四天后，天气逐渐热了，衣服总是黏在身上，老头给的地址虽不太准确，但还是让我找到了。

啊，张三？杨国强？没听过。可能不是一个车间的，冶金厂有好几个车间呢，有除锈车间，有平炉车间……啊，还有什么，我也记不得了。老头的侄子也是一个小老头了，他对十年前的事记忆模糊，他并不认识那个叫张三的人，对于杨国强，他说可能是平炉车间的车间主任吧，他也记不得了。

我在他的指引下又相继找到了两个冶金厂工人，其中一个是个女的，她对这事明显比其他人多了热情和好奇。她一直将我送到杨国强家的门口，但对着紧闭的大门女人也一筹莫展。你自己想办法吧，我得干活去了。说完女人转身走了。

得知杨国强此刻正在后山上，是杨国强的老母亲说的，眼前的老太老得不能再老了，像风化的尘土一样，一阵风就能将她吹散。在她身上找不到一点儿杨国强的影子——那个头发浓密，写字狂放的男人与眼前的人会有什么关联呢。

我到达后山，是下晚最盛意的时刻，油菜已经结籽儿了，饱满，昂扬。山路并不好走，被野草遮去了全部，或许这都不能称之为路，很明显，极少有人从这儿经过。

山上有很多鸡，从草丛里钻出来，并不惧人，扑地一声，从我身前飞掠。

在参差不齐的鸡窝间，我看见了那个人，他正背对着我趴在鸡窝上补网，几只被关在网里的鸡扑棱着翅膀，掀起浓厚的尘土。直到那人转过身来，我才发现他比山下的老太似乎更接近于老态龙钟。

你知道杨国强在哪儿吗？我紧张地问。

老头斜睨我一眼，侧头呸了口浓痰说，我就是。

7

当我和冶金厂当年的车间主任杨国强一同站在1992年的下晚时，我和你们一样感到不可思议和极不真实。从后山看下去，半个仙女镇都在脚下，树木茂盛，遮住了房屋，露出一小截儿一小截儿灰暗的屋脊，如同鱼背隐没在水中。

杨国强继续修理他的鸡窝，对于我的造访没有表现出应有的好奇和热情。

张三？谁会叫这个名字。他又呸了口痰，几只鸡飞扑过来，将痰啄得一丝不留。

他是你们车间的，他、他还给你写过请假条呢，他、他写字很漂亮——我有些语无伦次。

杨国强说没听过，头摇得像拨浪鼓儿。没有，一定没有，我们车间就没有写字好看的，整个冶金厂就没有写字好看的。他顺手将一只站在凳子上的鸡吆到草地里去了。

一定有，一定有张三，一定是你忘记了。我善不罢休，大概我的嗓门突然增大，几只鸡哄的一声从地上飞跳起来。

我说没有就没有。杨国强有些生气，他说话的时候两只鸡从我们中间飞过去，鸡毛与尘土齐飞。大概到了归巢时间，而我的出现使鸡群亢奋或惊觉，它们使出浑身力气从草丛里飞出，在空中扑棱一阵后便落下，但爪子一碰到地面又条件反射地飞起。如此反复，尘土被搅动，腾起，凝固在半空。

我有请假条呢——为了使他相信，我不得不将请假条掏出来展开给他看，但他瞟了一眼后就将请假条揉成一团扔到草地里去了。没有张三，没有这个人，我说没有就没有，你这小兔崽子。他几乎在咆哮。

我跳到草丛里，捡回请假条，这个动作又引来鸡群的惊慌失措。

快走。杨国强在我身后叫嚷着，从哪儿捡来的破玩意儿，滚下山去。

几只鸡在我跟前飞扑，杨国强一边向我扔土坷垃一边叫骂。我撒腿往山下跑去，一刻都没有停留，在鸡毛，尘土，石子，痰，草叶，鸡叫声中飞快逃离。

第二天，我又去了，这一次是扛着自行车去的。

一早出门时母亲将我拦住，递给我衣裤让我换上，这是由父亲的改的。她问我这么早干吗去？我说找张三。母亲愣了一下，听错了，"哦"了一声，说，等你长大了，才能找到呢。她转身去推缝纫机，嘴里仍然喋喋不休——你还没长大呢，你父亲的衣服给你穿，大小正好，不需要改了，你才算长大了呢……

到达后山，杨国强正在杀鸡，看见我便扔来一块大土坷垃，骂道，你这小东西又来了，不好好上学天天跑来干什么？他说昨天一只鸡被我撞死了，他正要找我呢。

你爸爸妈妈叫什么？我要找他们告状的。杨国强抬起头朝我喊，他不像昨天那样老态龙钟了，原来是嘴里多了一副假牙。他侧过脸瞪着我，阳光照在他的半边脸上，嘴唇明显紧绷了，每说一句话，都像吞下一小块阳光似的。

告诉你你也认不得的。我咬着牙说。

我怎么就认不得呢，你爸爸叫什么？他又咬断一截阳光。

他不是冶金厂的，不是冶金厂的人你怎么能认得。我撇过脸。

那他是哪个厂的？杨国强扬起眉毛。

机械厂。

哦，机械厂，机械厂我怎么就认不得呢，县里的机械厂，你说是不是？机械厂的厂长我认得，保管员我认得，看门的我认得，我还晓得机械厂那年出的大事呢。杨国强停了停，将手上的鸡毛平铺在石头上。嗨，小鬼，杨国强问道，你多大了？

我咽回差点脱口而出的数字，抿了抿嘴，没理他。

不告诉我是吧，杨国强说话时将鸡肫皮撕下来。又问，张三是谁？你爸爸叫张三吗？

我摇摇头，看他将鸡肫在血水里清洗。我不知道张三是谁，我停顿了下，继续说，可我想知道他们去了哪里——

你从哪儿捡来的请假条？是你自己写的么？他皱了皱眉，可是冶金厂没有叫张三的人，谁会叫这么难听的名字呢？你从哪儿捡来的？字的确挺好看的，嘿嘿，说不定哦，说不定是我从哪儿捡来的呢。杨国强笑起来，越笑越凶，笑得前俯后仰，笑得忍不住一阵咳嗽。好一会儿后，仿佛没有力气了，才意识到我还站在他面前，又板起脸，问道，你不好好上学，到处鬼混，你父母知道吗？

我咬着嘴唇不说话，眼睛死死盯着他的手。

嗬，他们肯定不知道你逃学的，你爸爸在县里，在县里哪管得到你呢，他在县里的机械厂对不对？

他抬起头看我，眉毛上扬，很显然不需要我回答，因为他已经继续往下说了。你听过机械厂那年出的事么？你爸爸也不一定知道的，要不怎么不告诉你呢你说是不是？

杨国强把鸡拎起来，将血水泼到地上，尘土来不及扬起，便形成一串串土珠儿在地上灰头土脸地滚动。机械厂出事时我去看了，哎呀，一个人被钢卷砸死了，二十几吨重的钢卷，从头顶上砸下来，砸在一个工人身上，像块肉饼似的，没人形了。

为了表述更直观一点，杨国强将手里一毛不拔的鸡举过头顶，忽的松开手，鸡从高处自由落体，尘土飞起，地上出现了坑状。他捡起鸡，将头折了个方向，使得鸡头藏到鸡肚里。就是这样，砸下来的。他说地上砸出一个大坑，人砸成了肉饼，铁锹在坑里铲了半天，才把肉饼一点点铲出来。那个人老婆也去了，闹着非要去看她男人，看她男人的脸。可是，你说人都成肉饼了哪还有脸呢。那个人是个焊工，焊工帽和脸都砸成了泥。唉，他女人快要生了，肚子老大老大的，一看到一团肉泥，人就昏过去了，肚子里的小孩就生下来了，掉在坑旁——

我的耳边嘈杂起来，轰隆作响，杨国强又说了什么我怎么也听不见了，叫声，哭声，机械声，塞满耳朵，后来，所有的声音都消失了，只剩下缝纫机的嗒嗒声，有力地，飞快地，一刻不停地，一声连着一声，一声追着一声，最终声音连在一起，像一道厚厚的结实的墙。我想从墙上翻过去，可声音太厚了；我想从墙角钻过去，但它们密不透风。我便摁住母亲的腿，不让缝纫机发出声音来。我说，妈妈，你不要踩了。可妈妈不听我说话，依旧双脚飞快，嗒嗒嗒——我说，妈妈妈妈，你停一停，停一停吧。她并不理我，浑身的力气都用在踏板上。妈妈，妈妈——她听不见我说话，两脚像奔跑似的。妈妈，妈妈——嗒嗒嗒的声音快淹没我了。妈妈，妈妈——妈妈，妈妈——缝纫机的皮带终于断裂了，嗖地飞出来，在我胳膊上狠狠抽了一下。

8

杨国强砸来的土坷垃打在我的胳膊上，所有的声音戛然而止了，我的身上湿了，汗将父亲的衣服黏在皮上。

杨国强已经杀好鸡了，蒜姜填入鸡肚后整个地淹在锅里炖起来。他将锅盖盖上，给自己点上一支烟。嗨，没骗你吧，我是知道机械厂的——杨国强又向我扔来土坷垃，希望我不要走神，认真听他说话。他说冶金厂和机械厂有业务往来，那时候他要经常去县里呢。那几年真是太忙了，做也做不完的货，也不允许请假，要是谁擅自离开，就得扣三倍工钱，谁会跟钱过不去呢。他说机械厂的那个焊工就想回家，可又舍不得三倍工钱。他们说他急了，爬到行车上，很高很高的行车，不肯下来，可谁会理他呢，厂里都忙死了。最后还不是从行车上下来了，他也没心思干活了，总分神，在车间里干活怎能分神呢你说是不是？后来，就被掉下来的钢卷砸没了。

我的身上涌起了层层汗珠，却依然感到寒冷，脑袋又被嗒嗒嗒的轰隆声填满了，我想妈妈这个时候是不是正在梧桐树下踩着缝纫机呢，还是被数学老师喊去学校了。早晨她告诉我数学老师说我罚抄的公式全部错了，阿奇米定理，阿奇米是什么？她问我，吐字含混不清。

是阿基米德定理，我把定理一字不错地背给她听，是的，一字不错。记得老师第一次在黑板上写下阿基米德定理时，我的眼中突然蓄满了泪水——浸在液体（或气体）里的物体受到向上的浮力作用，浮力的大小等于被该物体排开的液体的重力。是的，此刻，你一定无法理解的，当我的世界里少了一个父亲时，我分明感到周围空气的稀薄和寒冷。

一阵腥臊的风吹来，身上的汗收干了，需要用点力才能将衣服从皮肤上撕开，在衣服与皮肤之间，我分明感觉出了一种阻隔——是请假条。我的手伸进口袋，将它掏出来，请假条软沓沓的，筋疲力尽。

我擦了擦眼角，没有犹豫，径直向杨国强走去。

批准他们吧。我被自己的声音吓了一跳，杨国强也愣了，骤而笑起来，说，滚开，小兔崽子。

我不依不饶，将请假条展开在他面前。杨国强掸开我的手，示意我让开，但我的身子又立马堵在他前面。几个来回后杨国强急了，像上次那样将请假条团起来扔得远远地。

我不慌不忙走过去捡回，再铺平。

纸团又飞出去了，这一次比上次更远。两只鸡迅速跑过去，啄了两下又索然无趣地离开。

我一遍遍地将请假条递给他，使他暴跳如雷，他一边咬牙切齿骂着一边用力将我推开。鸡群被吓到了，扑棱棱飞起，急急落下，躲进草丛去了。

我再将请假条递过去的时候，杨国强迅速钳住我的左胳膊，我转身用右臂箍住他的脑袋，勾住。我们扭打到一起了，我与他的力气不分上下。兔崽子，啊，小东西，啊，你这个逃学精，啊，屌毛还没长出来的小毛孩，啊……杨国强把他能想出来的词语都毫无保留地扔向我。

我不是逃学精，我也不是小兔崽子，我已经长屌毛了——我反驳他。

杨国强愣了一下，突然松开手笑起来，整个人在地上滚作一团。哈哈哈，长屌毛了啊？！长屌毛就是大人了？他一骨碌爬起来，拎起我，一直拎到桌边——陪我喝酒，长屌毛就可以喝酒，喝酒才是大人。他笑得前俯后仰。

9

1992年——我反复写下这个年份，我想每个人的一生都有一个重要的年份，而1992年对于我，父亲，母亲，是多么具有意义的一年。

1992年春天之后，父亲的衣服无须改小了才能给我穿，它们长短合适，恰到好处地包裹着我。像一个模子刻出来似的——母亲总是这样说。

我很想看看和我一个模子刻出来的人。可我没见过他，连照片都没有，父亲唯一的一张照片留在了焊工证里，照片很小，五官处锈迹斑斑，模糊不清，除了那件白色衬衫依稀可见之外。

母亲说父亲拍完照片就再没舍得穿那件衬衫，焊工的活儿真是太脏了，还有不断飞溅起来的火星儿。父亲将衣服脱下，藏到箱底，直到十多年后它与我的肌肤紧贴在一起。

1992的那个春天，我和杨国强从中午一直喝到下晚，那是我人生的第一场酒，记不得究竟喝了多少，碗里的酒喝干就涨满了，摇摇晃晃的水面倒映着天空，太阳快要落下去了，把天边印得锈迹斑斑，云朵在碗里飘来飘去，一刻都不肯停留。我将脸贴近碗面，舌头和脑袋大得出奇。杨国强也喝高了，歪在一张残破不堪的藤椅上，时不时从酣睡中惊醒。我也疲困极了，眼皮像生了锈一样，沉沉的，重重的，一点点往下坠。就在眼皮快要合上的时候，我看见杨国强睁开了眼睛，他从藤椅上突然坐直，嘴里发出呼呼呼的吐气声，像火车到站一样。然后想起什么似的，在身上摸索一阵。没有笔，都若干年不写字了——他在抱怨。于是拿起压在瓷碗下的请假条，展开，铺平，右手提起一根筷子，蘸了蘸汤汁，一笔一画地在纸上认真写着。

风紧了，我的周围被什么撑满似的，空气一点点聚拢回来，又逐渐变得浓稠，轻轻压在身上。我努力睁着眼睛，让下晚的阳光照进眼眶来，面前越来越模糊了，但仍然能分辨出请假条上新的字迹——批准！是的，还没有干透，每一个笔画都在潺潺流动，莹亮的，像猪油一样，又逐渐变得透明起来，泛着下晚的天空铁锈一样的颜色。

原载《钟山》2020年第2期

点评

　　少年的成长故事总是充满青春的荷尔蒙，这篇《寻找张三》又不仅仅是关于青春的，也是关于与历史的对话，与自己的和解，在多个层面完成了少年的成长。青春期的少年游荡在城市中，无意间闯入冶金厂，发现了一个关于叫张三之人的请假条，从而开始了自己的寻找张三之途。在一步一步的追寻中，张三与父亲之间的线索逐渐明晰，母亲漏洞百出的陈述又一次次使得这样的寻找陷入窘境。寻找张三的过程，也是少年探寻父亲的过程，发掘家族历史的过程。在这样的过程中，少年从生理到心理都完成了蜕变。

　　小说并未对少年的心理过多着墨，但字里行间无不透露出一个青春期少年内心的孤独、敏感与渴望。他的成长是一条踽踽独行的路，父亲的缺席，哥哥的智力永远停留在5岁，母亲的精神状态不稳定，使得他不仅必须独自成长，更得肩负起这个家庭精神顶梁柱的责任。少年心绪的游荡，在父亲的历史尘埃落定的那一刻，在喝下人生第一场酒的那一刻，在杨国强在多年后郑重其事签下"批准"的那一刻，终于落地。

　　小说的叙事结构，类似于寻宝或者侦探剧，在层层抽丝剥茧中，一个少年独自寻找父亲，通过历史与现实的交织，也重构了已经过去了的那个时代的温情与残酷。

（朱旭）

果　蝠

／南　翔

　　夜半三更，肖小静被手机静音之后的震动闹醒了，睡眠一向欠火候，常常一起夜就睁眼到天明，此时一股无名之火倏忽上蹿，瞥见来电显示是缪嘉欣，依然问，哪里哪里？

　　听出了接话人的不悦，对方道，我是嘉欣啊！肖老师。

　　小静蹙眉道，这么晚来电话，不是告诉我，请我去吃杧果吧？

　　嘉欣呵呵一声道，对不起，这么晚打搅到你。只是昨晚想到现在，愁得不行，还是要给你打个电话，我怕这次凤梨天坑溶洞里面的蝙蝠躲不过去了，向你和刘传鑫老师求救！不过你们现在要是来，早熟的品种也可以吃了。

　　小静便一挺身坐起，拧亮台灯，这才细问原因。

　　嘉欣告诉她，自从年前新冠肺炎在武汉及湖北肆虐，很快殃及全国之后，痛定思痛，上下检查严格了，县乡一些公开或隐藏的野味店铺起码表面上都收敛了，这是好事。现在却有一拨人盯住了玉笋山天坑溶洞里的蝙蝠，说是要对蝙蝠斩草除根，才能杜绝病毒卷土重来……

　　小静急问，他们怎么找得到这个溶洞呢？

　　嘉欣语带哭腔道，已经有几个人向我打听了，真心要下天坑去找，并不难啊！

　　小静问，你跟刘老师通过电话了吗？

　　嘉欣道，我是想先问你，再跟他讲？

　　小静道，那我来跟他讲吧？

　　嘉欣安静下来了，连声道，拜托你了！

　　挂了电话，小静觑一眼枕边的手表，才凌晨两点。这不是一个合适的叫点，关了空调睡下去，却是再无睡意。个把钟头之后，给刘老师微信留言：

果农缪嘉欣来电，上头瞄准了新目标，天坑溶洞里的果蝠小命难保？如何是好？盼示。

不到一刻钟，手机响起了语音通话邀请，是刘传鑫老师打来的。

小静将嘉欣那边的情况简单做了汇报，刘老师沉吟道，不待你来这个电话，我也猜到这一向会出情况。

小静道，微信这东西太谋财害命了，近期我限定自己早中晚三个时段翻看一下。趁着这个学期课少，我得赶紧把一个省部级课题做出来交差，时间都踩线了。

对方乐道，我原来以为小静老师是可以看开的。

她道，稻粱谋的事儿，哪里那么容易看得开啊。

他问，那你说……我们是不是去嘉欣那里一趟？

她问，何时动身？

他答，尽你的时间。

她道，我晓得你想讲的是，越快越好，那就明天吧。只怕你走不了？

他听出了她言语中幽幽的意味，一笑道，可以，我因为六七月要出一趟国，提前两个月把课上完了，你明早出门前给我电话和微信都行。

次日一早，小静开车到了世纪村小区西门口，刘老师已经提前在路边等候了。不待小静下车，他便开启了车后盖，将一个深蓝色大背包扔了进去。小静在驾驶座掉头问，你带上那么多家什，准备住个十天半个月啊？

刘老师上了副驾，砰然一声关上门才道，还是过年时节在迪卡侬买的一只露营帐篷，或许此行有用得上的地方。

小静戴上墨镜，松下挡位，车头一转身，悄然而快速地上了路。

他问，高德导航还没吱声呢？

她答，在市内我从不开导航，除非去一个完全不熟悉的地方。

他叹气道，难怪嘉欣半夜睡不着，也会先给你电话，你晓得为甚吗？

他瞥见她的嘴角撇下来了，那是一丝自得与善意的嘲讽吧。

却一句追问，为甚？

他答，一是你的车好，丰田越野；二是你的方位感强，还记得第一次我开车去找他的果园场吗？在山里转了两圈就迷了路，那时候山里还没有信号，把嘉欣给急得，那一次起，定是心里留下阴影了吧。

听了此种解释，她是高兴的。一个女人，在一个她由衷欣赏却无法拢得太近的男人面前，即便听到一两句浅浅的宛如夜风拂过的夸赞，心里也会油然而生滋润与餍足。

因了多少有一些羞涩，她挑开话题，都讲我们文学院和艺术学院的老师浪漫，在我感觉，你们生命科学学院的老师，整天跟植物学、动物学打交道，才最是浪漫，出门不忘带帐篷，就是浪漫的标配之一。

他呵呵一乐道，还有不少跟微生物学、生理学和遗传学打交道的，那些在高倍显微镜下看到的蠕动的东西，有使你惊叹的，也有使你惧怕甚至毛骨悚然的，距离浪漫很远很远。

她想了想道，所以，浪漫还是刻板，与专业无关，只与个性有关。

他断言道，赞同。

从深圳到S县的这一段路程，高速并非纵贯到底，全程需要三四个小时。导航提示，躲避拥堵，还得绕两段省道。但凡出门，且无论远近，只要是与自己喜欢的人同行，情绪总是高涨的。小静问他，路途迢遥，给你三个选择，一是放倒靠背睡觉，如果你昨晚也跟我一样失眠或者半失眠的；二是给我讲讲你那个领域内外的知识；三是……听书，我电子书里下载了大量的小说，长中短、古今中外的都有。

他从搁在脚边的背包里抽出一本《中国地图册》道，我得先看看一路经过的地方，补充一些地理知识。

她斜睨了一眼道，这条道我们也走了两三次了吧？每次都有新发现？

他道，每走一次，既是发现，也是重温。

她心中一热道，那你回忆一下，我们第一次是个什么情况？越多细节越好，对了给奖，错了当罚。

他斜斜地仰头，白了她一眼道，我们何尝有过第一次？

她面颊一红道，我讲的是第一次出行见面好不好！

他鞭挞道，拜托中文系的小静博士，男女之间的第一次出行见面，能省略掉"出行"或"见面"，简称"第一次"吗？

她明白若是顺了此话题，绝非他的对手，绕开道，那是三年前的暑假，本大学一群教职工自发组织的十几辆车粤西游，你上的那辆途观跟一辆东莞的车追尾了，在肇庆留置处理。车上四人分别来自建筑、土建、信息工程还有生命科学学院，你就拼车到我的车上来了。

他道，是我在路边与你四目相接，就觉得该上你的车了，名为拼车，实为缘分。

她道，车上同行者为何人，太重要了。一路上你讲的动植物知识，包括我们大学里的植物和鸟类，令我大开眼界。以前我太缺乏这方面的知识了。孔夫子说，诗，可以兴观群怨，多识草木鸟兽之名。回去之后，不仅收到一本你主编的本大学校园的一本《植物志》，我还买了不少相关书籍。在旧书网上买的一本陆文郁编著的《诗草木今释》，收到一看，还是1957年出版的，一本关于《诗经》里面植物释义的旧书，薄薄一本，定价才七毛五分，我却花了九十多块钱！

他道，从1957到今天，六十多年过去了，一百多倍的增值，也是该的。其实，应该感谢那次事故，如果没有那次事故，我就没法搭上你的车，不坐你的车，和你就未必那么熟。十几辆车，五六十人的一个大车队，出去一周，大都只能是泛泛之交。

她道，认识你只是一道门槛，通过你这道门槛，结识了杧果大王缪嘉欣，才是源头活水。

于是他一个细节，她一个细节，重现了三年前在粤西S县拼车初识的一幕。

刘传鑫老师是在此次深大车队来的前半年应邀到过S县，县里做一个宏观的旅游开发规划，请了城规、景观、文化、动植物等方方面面的人，刘老师是作为动植物分类学的专家被邀请过来的。县林业局詹局长很健谈，一千多平方公里辖区内的动植物如数家珍，S县的玉笋山不仅有国家二级保护动物猕猴、锦鸡，还有红豆杉、桫椤、银杏、青梅、火桐等一二级保护植物。玉笋山，连同它腹中一个天坑同时申报了国家级自然保护区，紧锣密鼓之中，需要各方面的力量包括专家的配合。正是那一次拼车，他与小静聊到了从深圳返乡的缪嘉欣——詹局长对这个从深圳返乡创业的小伙子赞不绝口，特意开车带他去嘉欣果园场参观。不仅品尝了水果，还吃了一顿山珍——苦笋、竹笋、竹虫、猴头菇……

刘老师对小静道，说你是中文系的才女，应该多采写人物，这个嘉欣值得你采写，也不枉长驱两三百公里来此，仅仅是一次风景游的话，那与后来一群以游山玩水的普通驴友何异？

要么是为了感谢她的驾车之劳，要么是为了讨好一位适龄未婚的女性，总之返程前他俩脱队了，刘传鑫带着肖小静驾车径直去了玉笋山下的嘉欣果园。一看就是岭南人的嘉欣，生得瘦小精干，一张久经山里日晒的脸黑里透红，一双眼珠却黑得令人过目难忘。刘老师介绍，嘉欣九十年代高考失利来到深圳，在龙岗搞过装修，在宝安开过网吧，后来在南山蛇口做了七八年的物流。十年前回到老家，接管了父亲的一个果园，两年内将面积拓展了两倍。果园以杧果为主，也有上百棵荔枝和龙眼，间杂一些阳桃、青枣和百香果。果园的水果以汁多味甜闻名，杧果因为产量大，储运较为方便，更是享誉省内外。

小静对果园一见倾心，说是若能早点退休就好了，到山里来安心做一名果农。

刘老师道，尽管你来深圳多年了，你这次吃过嘉欣果园的水果，才发现还有这么好吃的岭南水果！

嘉欣卖关子道，小静老师知道是什么原因吗？

小静道，你们说得好，我都情不自禁流口水了。因为水好，空气好，温差大，日照充足？

刘老师道，你给出的回答具有通约性，却没有特异性，或者讲，差别性。

小静急问，什么样的特异性和差别性？

嘉欣正要作答，刘老师赶紧阻止了他。说是带她下到天坑去做一次现场考试，再上来品尝，答题。

那个名为凤梨天坑的，当然没法跟享誉天下的广西百色地区的乐业天坑相比，一听说能下到坑底，小静就来劲了，说是乐业天坑只能高高在上地眺望，凤梨天坑虽然小得多，能下到深处，就吸引人了。想象的好玩，终被路途的艰辛大打了折扣。只有一条嘉欣才能辨识的勉强算路的陡径，蜿蜒而下。恰逢前两天下了雨，不仅山路湿滑，不免攀附的树木一直簌簌而下残雨。小静头上的一顶白帽子很快就淋湿了，如果不是嘉欣和刘老师眼疾手快地前后扶抱，她就只能像孩童乘滑梯，一路滑到底了！事后回想，刘老师简直就是要看她的狼狈，才诱惑她一道下天坑的吧？

走到天坑的西侧，嘉欣从腰间抽出把一尺来长的弯刀，左挥右砍，辟出一条通道。嘉欣嘴里嘟嘟囔囔的，边砍边骂，终于气喘吁吁地来到一块平地，前面出现了一个巨大扁壶嘴似的洞口。嘉欣别上刀道，这条路平时根本没有人来，即使矽出一条道来，很快就长拢了。洞口前面这块平地没有被茅草遮盖，全仗了脚下的石头。刘老师告诉她，这里都是石灰岩。天坑的形成有塌陷型，像广西乐业天坑群即是，这个凤梨天坑像是冲蚀而成的，确否则需地质学家来考证。

小静问，那从来没有地质考察人员来过？

刘老师摇头道，我前次来没有看到过相关痕迹。

嘉欣附和道，我也没听说过，我们拐里村知道天坑下面有溶洞的不少，来过的人可是屈指可数。

小静伸展酸疼的四肢道，行路难，行路难，多歧路，今安在？

刘老师道，不仅因为路难走，嘉欣告诉过我，还因为这里面有一样动物，他们以为不祥。说着他摆摆腰。

小静浑身一身哆嗦，差点跌倒问，不是蛇吧？

刘老师一掌撑住她的背脊道，你是属鼠的吗？那么怕蛇，一起进洞去看看就明白是什么了。跟你说过，有一道考题的。

远看扁扁的不起眼的一个洞口，趋前便见也有十来米高。三人排成一行，嘉欣打头，刘老师殿后，小静夹在中间。入洞之后越来越暗，嘉欣手持一支强光手电筒，却低低地只扫射小静的脚下，叫她当心。

小静道，一般进溶洞就是看钟乳石，开发出来，布置彩灯，再附会各种传说，这个是麻姑献寿，那个是群英聚会……黑黢黢的，我们来看什么呢？

嘉欣伸掌捂嘴。

刘老师跟她耳语道，你很快就能看到了。

嘉欣立定，弓着腰小声道，看到了吗？

俄而，刘老师回应，看到了吗？岩壁上，尽是！

小静听得头顶嘶嘶的叫声，似鸟非鸟。

小静猝然看清是什么了。蝙蝠，成千上万的蝙蝠，倒挂在溶洞上，俄而有几只盘旋飞舞，又牢牢钉上了石壁。

嘉欣的电筒没当心倏忽划过岩壁，顿时搅动了千年沉寂，世界末日般的黑色翔舞，瞬时拉开了一张厚重的黑色帐幔，从洞内急速盘桓着拉向洞外，原本敞亮的洞口瞬间关闭，聒耳的啸聚排山倒海，随着巨大的黑色布阵急速在空气中涌流。黑色的帐幔转瞬变成了黑色的瀑布，奔腾而下，啸聚而上。

小静惊呆了，一声尖叫倒在刘老师怀中。

蝙蝠却始终只在洞口往复，最后全都飞回洞内岩壁，一一钉牢在各自的职守。

刘老师轻轻拍着她的头道，别怕，它们不伤人。这次是我们不小心打扰到了它们。

大约过了一分钟，五分钟，抑或更长时间，洞口豁然，万窍无声。小静双手一推，站起来道，我刚才真是吓到了，毫无准备，从没见过，这么大的，这么大的阵仗。

嘉欣道，是我的手电光惊到了它们。

刘老师道，也好，上一回来，我也没见着小精灵们群起飞舞，小静老师今天也算是开了眼界了。五六万只，或者上十万只，无法计数。

出洞之后，爬上天坑，刘老师浑身汗湿，小静已是气喘吁吁。唯有嘉欣面色微微泛红，若无其事。他抱歉道，早晓得你俩这么耗费体力，该背一筐水果下来，解渴又解乏。

小静做了一个吞咽动作发问，一筐啊！现时有什么水果。

嘉欣笑道，应有尽有。

刘老师道，小静姑娘想吃什么就有什么。

三人加快步子来到一个楠竹、杉树皮搭建的果棚。下面的一圈儿竹椅，围着一个天然石桌，打横坐着的是一个四十左右的丰满的女子，早已备好了各式水果在等着。嘉欣指着介绍，秋芳是他老婆，便吩咐赶紧烧茶，客人都渴了。

小静一看，杧果、菠萝、荔枝、青枣……都切了一片片，码成一粒粒，欣喜道，有水果就可以解渴，我可以不喝茶了。

嘉欣道，荔枝现时只有早熟的妃子笑，杧果是贵妃杧，菠萝几乎一年四季都可以应市，无所谓早熟晚熟，尝尝青枣，也有一股子清香。

小静只嫌生了一张嘴，每拈一种，都惊讶地叫道，妈呀，长这么大从没吃过这么甜的杧果、这么香的菠萝、这么脆的青枣！样样好吃，在深圳怎么就吃不到呢？

刘老师呼啦啦连吃了几片贵妃杧，才甩甩手道，在深圳能吃到，我就不用带你到这儿来见果王嘉欣了！

嘉欣自得道，深圳现在也能吃到，不过要我告诉你，哪里才能买得到。

小静央道，别卖关子了，告诉我深圳哪里买得到。就不消我年年开车跑这么远来吃了！就你这里的妃子笑，也不输给深圳的桂味、糯米滋啊！

嘉欣道，刘老师不会舍得你跑这么远的，有他吃的就有你吃的。你每年找他就好了。

小静转身对着刘老师顿足道，那以后我这张嘴就交给你了！

刘老师翻翻白眼问，光交嘴不交别的吗？

小静哼了一声，那你还想要什么呀？！

嘉欣说早备了几个果盒，一样装了两盒，让他们带回深圳。同时还给他们几只羽毛光亮、冠子鲜红的肥鸡，一起装在大盒子里。嘉欣特别强调，这不仅是走地鸡，而且是"无抗"鸡。

小静诧问，还有无抗鸡一说？

刘老师答道，所谓无抗鸡就是从鸡雏到出栏应市的肉鸡，从不用抗生素，吃的是无抗饲料。

嘉欣补充道，还得多谢刘老师，他将深圳安多福消毒液引进到我的鸡场做实验，就再不用抗生素了，现在订货都排到明年了，我人手不够，顾得了果园，就顾不了养鸡场！

小静拍掌道，这个太需要了，我的一个闺密，怀孕的时候体检，体内抗生素超标，她说怎么会呢？一年多没吃过头孢、没打过青霉素之类。医生问她，你吃不吃鸡鸭鱼肉？这才明白，日常饮食就逃不脱无所不在的抗生素！

一番感慨到了路边。

上车抬腿，小静才感觉腰腿酸痛不得劲，自觉是久未有适度的锻炼，今天进出凤梨天坑爬上爬下几百米，这才显出疲惫。

刘老师瞥她一眼道，那一边歇着去吧。说着上了驾驶座。副驾位子上的小静打倒了靠背，眯了眼道，有人给吃鲜美水果，有人给开车接送，有此两样，夫复何求！

上了高速，刘老师笑了，文人的幸福点不高啊，六十度就沸腾了。又问，那道题有答案了吗？

她反问，为什么嘉欣果园的水果都那么香甜？口感真的跟在深圳吃到的不一样，我想到的只能是，山水好空气好，日照时间长早晚温差大。

刘老师回望她一眼，沉吟道，水，空气，日照及温差确实是果园欣欣向荣的四大因素，当然还要种子好。我想，他的水果好吃，还有一个重要原因……

未见他往下说，小静转脸问他，施肥？农家肥？

他问，往深里说，什么农家肥？

她挺直道，草木灰？山里草木多。嘉欣有养鸡场，还有猪呀鸡呀的粪肥？

他道，你猜对了一半，除了鸡肥，他还有很多蝙蝠屎。蝙蝠屎含有很高的磷和钾……

她拍掌道，蝙蝠粪还是一味中药呢！学名叫夜明砂。我大舅是一个中医，我从小就被他拉着认识了不少中药，他还叫我背诵过含中草药的诗歌，其中就有一句，更喜夜明沙（砂）月色，重楼独上步青云。夜明砂可以清肝明目，散瘀消积；重楼可以清热解毒，消肿止痛。

他哦了一声道，黄芪党参当归杜仲之类，我是知道的。蝙蝠屎叫夜明砂，这么美的名字？还有那个重楼，以前都不知道。

她得意道，刘大老师也有不知的啊！传说南宋词人辛弃疾写过一首《满庭芳·静夜思》，里面是20多种中药组成的，太长了，我勉强只能背出上段：云母屏开，珍珠帘闭，防风吹散沉香。离情抑郁，金缕织流黄。柏影桂枝相映，从容起、弄水银塘。连翘首，惊过半夏，凉透薄荷裳……你看里面有多少味中药材？我们学院教古典文学的老师说，查过好几个辛弃疾词选本，未见收入，兴许是后人的托名之作吧。

他道，很美。我原本也是想学医的，阴差阳错，读了生命科学，也是喜欢的。不过我若是学了医，肯定是西医，我父母都是搞工科的，受他们影响吧。

她道，你如果学了医，我们可能就互不认识了。一个人与另一个人在世上遇见，真是太离奇太偶然太难得了，小到不能再小的一个概率。

他道，是啊，你我相遇就是一个小概率事件中的一个小小概率。尤其是，在这么一个小小概率之中的擦碰，还有那么多相投的趣味……

再迟钝的女人，也能听出此间的幽微。

一个男人对一个女人的喜悦，往往在见面的刹那间便可形塑；一个女人对一个男人的好感，则往往需要通过一两次乃至更多次切近的接触才可搭建。对于小静这样已然错过择偶之韶华的女子，矫情有几分，自失有几分，唯有精神与趣味的不可将就，难以逆转。

回到深大之后，他俩自然延展了接触，延续了活动，却也仅止于此。其间小静通过生命科学学院的一位老师，于有意无意之间了解到刘老师的一些情况，知道他结过婚，有一子，现在夫妻关系可能不好——证明之一，就是从未见他与妻子一道出来参加过院里的任何活动，是离异还是分居……没人说得清楚。大学的同事关系就是这样，只要本人不外露，其他人难以尽窥别家堂奥。也就仅此而已，小静并无进一步打听的迫切，顺其自然或曰等待，是她这种个性，这个年龄的人生规训。

即使如此，巴望收到微信、电话、见面及一道外出活动，依然不时浮现在闲暇的想象之中。

那一回，快到深圳了，他才兜底答案：我相信，嘉欣那儿的水果好吃，跟果蝠授粉有很大关系。

她惊问，你是说蝙蝠也会像蜜蜂、蝴蝶那样传授花粉？

他道，是啊，非洲有很多地方的果树也包括杧果树，靠的就是蝙蝠授粉。嘉欣果园交通不便，十多年都没上去过蜂农，他自己养的几十箱蜜蜂根本采不过来。况且溶洞里上十万只蝙蝠吃什么？你以为有那么多昆虫给它们果腹吗？大量聚集的果蝠寄宿在溶洞里，吸食花蜜和花粉的时候传授了花粉，主观利己，客观利他；嘉欣则坐收了果实的丰收与甜美，这几乎是一种梦中才得见的生态啊。

两人紧赶慢赶到达S县，已是午饭时分。嘉欣早已开着一辆蓝舰皮卡车在进城十字路口等候，将二人引进小巷深处的一个"豉油鸡饭店"。店主是一个头皮刮得精光的后生，显然跟嘉欣熟稔，一上来就开着半荤不素的玩笑，嘉欣却全无心情，也不接店主递过来的菜单，摆摆道，不要少了豉油鸡、野山菌，其他你配好就好。

店主领命而去。嘉欣便把情况大致说了。也不知谁偷偷跟上面打了小报告，讲是本县凤梨天坑里有个溶洞，溶洞里面藏了很多蝙蝠，没准哪一天就会出来祸害人。一旦又有一个什么疫情从本县出发，那领导可真是吃不了兜着走！你想想，经历过新冠疫情，东西南北，那么大的封城封村的阵仗，哪个心里不胆寒呢……

刘老师急着打断道，那又怎么样呢？莫非要像当年除四害那样，上上下下来一次除蝙蝠？

嘉欣道，是啊，林业局詹局长已经跟我通过两次电话了，讲是近日他们就要下来察看，怕是躲不过去了。

刘老师便拔出手机道，我给詹局打个电话，问问是什么情况，一般讲，我的话他还是听得进去的。

电话接通了，刘老师简单告诉詹局，他一早开车过来，现在和嘉欣在一起。那边便打断道，我晓得了，我下午到果园去找你好了。便把电话挂了。

刘老师面色一沉道，感觉问题不在县林业局，历史一再证明，但凡是上面压下来的，底下就未必顶得住。

饭后，两辆车一前一后开往玉笋山。到达果园之后，小静问，这次来感觉比上次快了许多。

刘老师道，你没感觉道路都硬化了吗，上次来还有几公里的黄土路。

进果棚坐下，嘉欣老婆秋芳照例备了茶，笑眯眯地倒茶、端果盘。嘉欣道，是啊，前一段才搞好的，我花了百把万，县里也配套给了四五十万，如果把蝙蝠搞没了。先不讲别的，我这个果园就损失就难以估算了。

小静道，我正想问你呢，刘老师告诉我，果园的水果高产，而且好吃，跟果蝠授粉关系很大，你看到过吗？眼见为实哦。

嘉欣道，我还真没看到过，一个是我从来没有晚上在山里守夜，那还不被蚊子吃了。我曾在山里放养过两头毛驴，有一头就被蚊子活活叮死了，另一头赶紧牵出来，不然是一样的下场。

小静问，不是溶洞里有那么果蝠吗，为何没有吃尽蚊蝇？

刘老师道，万事万物都是一个平衡，如果都吃尽了，果蝠岂不要饿死！果树开花的季节，果蝠还有花蜜可食，改善一下口味，其他季节呢？这或许也是蚊蝇不可能都被吃尽的原因。

小静道，要紧的是找到果蝠授粉的确凿证据，这样保住果蝠就有理由了。

谈讲间，一辆锈铁色的越野车轰鸣着开了上来，猛然刹住，跳下来的却是一个戴着墨镜的小个子，平头，姿态矫健。

刘老师张手迎上去道，詹局好身手！

詹局一把摘下墨镜，眼光挑剔地横扫，在小静身上多停留了几秒。刘老师介绍她是文学院的才女，报刊常有文章发表。

詹局道，好啊，这次过来正好跟进报道一下我们的除蝙蝠行动。

嘉欣语带哭腔道，别，詹局，千万别……不然我这果园就完了。

刘老师道，还真有这回事啊？是不是太鲁莽了一些啊！

詹局道，一个是来自前一段的疫情，再一个是听传闻，澳大利亚大火之后几十万只蝙蝠涌入城市攻击人，加上不断有人写信给防疫部门，多方面的因素综合在一起，上面就不能不重视了。县里接到通知之后，已经开了两次会了，任务交给我们林业局来落实。文件还说，蝙蝠身体就是一个病毒储备器，埃博拉病毒、SARS病毒、马尔堡病毒和冠状病毒等引起恐慌的病毒，全部来自蝙蝠！

嘉欣道，请詹局向上面反应一下啊，蝙蝠好好地待在溶洞里，从没有招谁惹谁！况且，我的果园如果没有蝙蝠，哪来的品牌效应？哪里销售得到深圳、香港、澳门和新加坡！这个嘉欣品牌，也是为本县增了光的吧！

詹局道，你讲嘉欣果园的水果好吃是因为蝙蝠授粉的结果，口说无凭，你连一个视频甚至一张图片都提供不了，让人家如何相信呢？

嘉欣嘟哝道，我爸爸在世的时候是看到过的，可惜他那个年代没有相机能够拍得下来夜景。他还告诉过我，在一堵石壁上，看到过一幅蝙蝠在树林里吃花蜜的岩画。我爸爸47岁那年在悬崖上采草药摔瘫了，床上一躺就是一二十年，他不能亲自下天坑了，我根据他描绘的地形，就始终没找到那幅先人刻下的壁画。时间一久，估计长满了青苔野藤，后人就更难找见了。

刘老师道，现在先要找到问题的要害，除掉果蝠的理由是什么？因为它们身带病毒。可是携带病毒的远非蝙蝠一类啊！苍蝇、蚊子、蟑螂、臭虫……证据确凿携带各种各样的病菌，你消灭得了吗？如果说这一类名副其实的害虫太多了，消灭不尽，那么鸟类也是一个病毒的传播源，这一二十年来，不时出现的禽流感，有不少也是禽鸟传播的，莫非也要将鸟类根除干净，以杜绝传播传染？又比如流感病毒的自然宿主是鸟，却也有寄居在猪体内的，我们就既经历过几次禽流感，也经历过几次猪流感，我们能从此不吃猪肉了吗？

詹局拍掌道，你讲的鸟和猪有说服力，可是我去讲没用，我虽然是林业局的一把手，可也只是一个传令官，或者讲是执行官，上传下达而已，要是上面下了指令，执行不力，头上的乌纱帽登时就会被人摘了去。这个要你去讲，你是深大生物学方面的博士，副教授。

小静道，是啊，幸好刘老师今天赶过来了，多待个几天都不要紧，把天坑溶洞里的蝙蝠保住了，也就保住了生态，护住了嘉欣果园，这回就真不算是玩儿来了一趟。

刘老师眼睛一亮，看着小静道，是啊，保住生态，这才是第一位的。

詹局道，这样吧，我今晚回去，刘老师你准备一下，我呢，明天一上班就张罗一个会，请有关方面的人出席，最好是请到县里的一二把手参加，其实他们只要来一个就好了，他们都很忙的。你们是跟我们一道回县里住吧？

嘉欣道，如果要想舒适呢，两位老师就跟詹局回县里；如果想看月亮就在我这里住哟。

刘老师道，我想就地住下，反正距离县城也就二三十公里，要过去快得很。要不小静老师跟詹局回县里，县政府招待所房子虽然老旧了，可院子里各式各样的竹子，蓬蓬勃勃，有厘竹、楠竹、水竹、斑竹……十几个品种呢！

小静道，你要不过去一一指认，在我眼里竹子就剩大小粗细的不同了。

刘老师张嘴刚要说什么，小静赶紧道，我也住这儿吧，我喜欢山里的安静。

詹局于是告辞，跨进他的越野车轰鸣着开远了。

嘉欣道，詹局是华南农大林学院的大专毕业生，原本很有抱负的一个人，职场待久了，也疲沓了。讲起他的一拨儿老同学，离开本专业在深圳或广州下海的，都玩得有声有色，唯有他，既怕打烂了家里的坛坛罐罐，又不敢近墨者黑，结果什么也守不住，又什么也做不了，一无是处。

小静道，他不也是开了越野车吗？

嘉欣似有不屑道，一辆瓦滋猎人，10万就撑住了。

晚饭，嘉欣老婆秋芳备了一盆山沟里的小鱼，裹了蛋清面粉炸得酥香，又炒了一盘红辣椒石蛙，色相诱人；再是一只整鸡清炖，一揭盖便香气扑鼻。另配的两只青菜，也油绿可喜。

嘉欣取出一只手臂长短的竹筒，斟出的是自酿的谷酒，却是高度白酒，端至鼻前，便能嗅到一股竹子的清香。

刘老师喝了两小盅，很快地颧骨漫上了红晕，话也稠了，道，其实城里头待久了，最羡慕的就是这种农家的生活，自己动手丰衣足食。吃什么都是一个天然，吃什么都放心。

小静道，明月松间照，清泉石上流。山林与清泉同在，当然好。可是城里的一堆功名，刘老师怕是很难放得下吧？

刘老师叹道，是啊，放不下的不只是功名，还有……

小静想等他的"还有"，他却转移了一个话题道，其实，我头次来就想住嘉欣的民宿或者露宿。同时也真想碰碰运气，指望能看到蝙蝠月夜采花蜜的图景呢！

是夜，小静和刘老师分住民宿中的2栋和3栋。嘉欣的山林民宿有五六栋，皆为一厅两卧结构，平时并不对外，只为一些亲戚朋友和熟络的客户开放。他跟两位深圳客人说，尽管放心，我老婆特意搞过卫生的，秋芳搞卫生和做饭菜，都是一把好手。

俩客人都道，不好意思。

刘老师补充道，白带了一个帐篷过来，用不上了。

小静道，你要是睡帐篷，被蛇咬了怎么办？

嘉欣笑道，是吧，我们小静老师也不放心你露宿的。

刘老师和嘉欣先是帮着提行李到了小静住的23栋。进去之后小静就叫道，太好了，一股子木头的香气。又进卫生间，但见装有智能马桶盖，又是一阵惊喜道，一个厨房，一个卫生间，都是女性挑剔的地方。我老家在赣西宜春，以往每年放暑假，我都会去宜丰官山住几天，那是一个国家级自然保护区，从不对外，空气真是好。

刘老师问，今年呢？

小静道，这两三年都没有去了。为手头的课题所苦，想想要不是为了职称，真不该申报这些别人不爱看，自己做完也不想再看的课题！

刘老师道，是啊，红尘中人，看破不易，都有一样的苦恼。

小静道，也有看破的。我们文学院有两个教师，临到退休了，守住的就是一个讲师职称，二三十年以来从不申请任何课题，也不发表论文，更不用讲上什么SCI之类了。

刘老师赞曰，我欣赏这类的，尽管目前暂时做不到。

小静附和道，我也是，虽不能至，心向往之。

嘉欣见他俩似乎有话要讲，就告辞下去了。

嘉欣一走，两人反觉生涩无语。

他先道，早知道有两个卧室，开一栋就好，免得秋芳搞卫生。

她道，想起来了，我给他太太带了一支香水，香港买的，明天给她。

他道，香水是好的，我想，她最需要的不一定是香水。

她问，以一个男性的眼光，最该送给女性的该是什么呢？

他踌躇道，我多久没给女性送过东西了，还真被你问住了。一般讲来，总还是实用一些吧。

她俯身去收拾衣物道，你是对的，女人总比较实在一些，落地一些，可是女性也有浪漫一面的。

欲再等他回答，他却一低头道，不早了，我过去了，明天见。

次日一大早，嘉欣过来叫吃早饭，同时告诉他俩，詹局来过电话了，县里安排了九点整开会。

刘老师惊道，他的动作真快啊！

匆匆吃罢早饭，三人同乘嘉欣的车赶往县城。路上出现了一起车祸，等到交警赶来处理疏通，到达县政府三楼的会议室，恰是踩点，县长等一行陆续进来了。

县长简短的开场之后，先由詹局介绍本县的野生动物现状，再由疾控部门的人回顾前一段疫情时期新冠病毒的传染情况……两人各讲了一刻钟左右，县长对两人的讲述都似有不满道，一个讲野生动物，不讲我们县有多少只野生蝙蝠？一个讲疫情的不讲蝙蝠是不是传染病的宿主之一？我们今天请来深大的刘传鑫教授，就是要论证一下这么多藏在玉笋山天坑溶洞里的蝙蝠，可留还是可杀？你们两个总还要提一提蝙蝠吧？

疾控部门的人默然无语，詹局起身道，天坑的溶洞里是有很多蝙蝠不错，是在本县林业管辖的范围也没错，可这种野生动物不在我们的保护名录之中，就像还有麻雀、灰喜鹊一样，我们基本无视它们的存在。

座下有一片轻轻的笑声，缓解了会议的紧张。

县长蹙起眉头道，有些动物，你无视它的存在，它可不会无视你的存在。

轮到刘老师发言了，认识他以来，小静这是第一次听他正经发言。他手上没有任何讲稿与资料，却从动物学的大致分类讲到了蝙蝠，几十种蝙蝠在国外及国内的分布、习性。本县的蝙蝠主要是果蝠。果蝠是狐蝠科果蝠属下的动物，主要分布在热带和亚热带，中国则主要栖息在华南的森林里。果蝠大小都有，最大的飞狐翼展可长达两米。果蝠在黄昏或夜间出来觅食，我们这一带的果蝠以采食花蕊为主，虽然对果树可能造成一定危害，却同时传递了花粉，尤其在大面积果林没有足够的昆虫传授花粉之时，其正向作用就更为突出。还有一些食果蝠，杂食多种果子，果树的种子经其消化道排出之后，不仅有较高的萌发率，而且有较高的播迁率……

他的讲话语速偏快，对于那些思维活跃、反应敏捷的大学生是合适的。在这个场合似乎也有吸引力，她感觉到了一圈儿听讲人的神情专注。通常说女性对异性的气味敏感，对小静而言，同样敏感的还有男性的声音。刘老师演讲之时的音质，较之平时散谈，更厚实而富有磁性。

伴随着他半小时左右的讲话结束之后的"谢谢"，座下响起了一片由衷的掌声。这掌声中，自然也有小静的参与，四目相接之时，她相信他感受到了自己的赞许。

接下来县长让大家提问，并希望大家提一点有难度的问题，刁难一下我们的教授。

一个年轻的男子自报家门是学水利的，他问，如果能够通过解剖确定，我们山里的蝙蝠带有多种病毒，是不是消灭它们才是更正确的选择，避免重蹈瘟疫覆辙？

刘老师答，不用通过生物学解剖实验，我就可以断定，这一大群果蝠身上肯定能找到不止一种病毒，问题其实不在这里。根据目前出现的化石可证，这种会飞的哺乳动物，生活在大山里、溶洞中，至少已经有七八千万年了。人类才多久？至多是几百万年，连蝙蝠生存年份的零头都不到。我们有何理由去搅扰它们？彼此相安无事，岂不是岁月静好？换一句话说，成为各种病毒宿主的动物无所不在，譬如SARS的病毒宿主可能是刺猬、果子狸与穿山甲，莫非我们为了消灭SARS，就把刺猬、果子狸和穿山甲都干掉吗？中东病毒MERS，又称中东呼吸综合征冠状病毒，有此一说，它的中间宿主是骆驼，骆驼跟人类接触更频繁，我们能够从此把沙漠之舟斩草除根吗？诸如此类的例子太多了，举不胜举。

略有冷场。

一个穿花格衫的女子问，即使蝙蝠能够给果树传递花粉，我们为何不能让蜜蜂来取代它们呢？

刘老师刚想说什么，侧脸见嘉欣在旁，便示意他讲讲。

嘉欣站起来，落落大方道，他的果园里是有一些蜜蜂，都是他父亲在世之时，本地野蜂的收养与延伸，适者生存。不大量引进外地蜂农，一是担心同时带进来不知名的虫害与病毒；二是，现在到处喷洒农药，蜂农损失很大，种群逐年减少，不是想什么时候约来就约得到的。

刘老师补充道，这么多年以来，嘉欣果园里，蝙蝠采蜜授粉，形成了一个自然而良性的循环，这个平衡真的很好，千万不要轻易打破它。万事万物，自然的平衡，才是真正的永久的平衡，妥帖而平安。

有人嘀咕，蝙蝠采蜜授粉，好像谁也没看到过啊，都是推论的，连一张图片也没有。

嘉欣叹气道，我爸爸在世的时候是看到过的，我只要下点功夫，也能够拍得到，你们给我点时间就是了。

刘老师沉吟道，果蝠是否在嘉欣果园传递花粉，没有图例，且让它存疑。这甚至不是最重要的——当然，对嘉欣果园未必不重要。自然界多次给过我们惨痛的教训：任何一种平衡不要轻易去打破，因为我们不知道会带来怎样的后遗症。惊扰蝙蝠，包括他们的肉身和栖息地，不完全是蝙蝠会采蜜授粉，灭绝了蝙蝠，担心没了好吃的果子，更怕适得其反，将更多的病毒释放出来。动物世界，人不扰它，它就不会扰人，我们何苦要去赶尽杀绝呢！病毒的一大特点就是寻找新的宿主，原本它待在野生动物身上，彼此相安无事，一旦你侵占了动物地盘，病毒就很快就会完成从动物向人的迁移，这就是所谓"人畜共患病"。这类的例子很多……

轮到县长做总结了，他倒是快人快语道，今天听到刘教授的演讲和解答，我不想恭维，听君一席话胜读十年书，但是却听明白了，归总一句话，no zuo no die，不作死就不会死！我们的玉笋山，正在一步步申报国家级自然保护区，那么多动物植物，都要保护起来，不要去乱动，不管是什么动植物，不管是什么等级，一个是不要乱砍，一个是不要乱吃。北方人讲我们广东人，天上飞的除了飞机，什么都吃；四条腿的除了桌子不吃，什么都吃。要彻底改变这个陋习！一切从我做起，大家讲做不做得到？

座下群起响应，做得到！

之后是一片热烈的掌声。

县长对詹局道，你把今天会议的情况，拟一个材料报及时报上去。说着侧身对刘老师道了一声谢，告知还有一个会在等他，两人匆匆一握之后便卷起手中的材料快步离席了。

散会后，刘老师对詹局道，没料想这么短的一个会，很久没有开过这么高效的会了。

詹局道，县长上任时间不长，原是华师信息工程学院毕业的，从不见他开长会，也是因为太忙，每天都有好多个会等着他到场，忙得像陀螺一样。

院子里，刘老师与小静依旧上了嘉欣的车，他俩还是愿意回到山里去住。

车上，刘老师对小静道，今天唯一的遗憾，是没有听到你发言，早知这么快散会，应该让你先讲讲的。

小静道，我能讲什么呀，这个会，你才是专家，一言九鼎。

刘老师道，听听文科老师从审美的角度讲讲动物，也是需要的。

　　小静道，我可以讲故事，明代的文学家冯梦龙写了一本《笑府》，里面有一则蝙蝠的故事，凤凰过生日，所有的鸟都前来祝贺。只有蝙蝠没有来。凤凰责备他："你屈居于我之下，怎么能如此骄傲呢？"蝙蝠说："我有脚，属于兽类，为什么要祝贺你呢？"之后，麒麟过生日，蝙蝠还是没有来。麒麟也责问它为什么不来的原因。蝙蝠说："我有翅膀，属于飞禽，凭什么向你祝贺？"不久，麒麟和凤凰见了面，说到蝙蝠，相互感叹说："现在这世界风气恶劣，偏偏有一个这样不禽不兽的家伙，真拿他没办法呀！"

　　听完，刘老师和嘉欣都乐了，嘉欣道，你若是在会上讲了这个故事，大家都要说，蝙蝠可杀了！

　　小静道，可是我也会说，中国自古以蝙蝠为吉祥之物，这种吉祥文化在中国各地的建筑雕刻和绘画中都能看得到。代表福、禄、寿的三样是蝙蝠、梅花鹿、寿桃，福寿双全则是蝙蝠和寿桃的组合，多子多福呢，不用讲是石榴与蝙蝠的并置。

　　刘老师叫好道，下次就请你专门讲一次，中国的吉祥文化，从蝙蝠开始……

　　小静幽幽道，好啊，但愿有下一次，我一定好好准备一下。

　　是夜，因了心情大好，嘉欣备了茶点，请两位老师品茗赏月。月晕很大很厚，月儿便显得萌萌的，有几分切近的躲闪和顽皮。一棵棵的果树，有的伛偻，有的挺拔，露出参差的行伍。林子深处不时传来几声梦呓般的鸟啼，在林间骤然扬起又倏然落下，分明在森立的树上，鸟们眠中的呼朋引类。

　　忽然起风了，不像是自然而来，却像是有人在身背挥舞着一把巨扇。随着呼呼的响声，嘉欣诧道，怎么回事啊？

　　便听得溶洞那边呼啸而来的一匹巨大的黑幛，扯过头顶，漫过树梢，遮过月光。

　　刘老师道，啊啊，今晚有福，要看到果蝠采蜜吃果了！

　　小静将双手堵住嘴边道，真的啊？

　　月光再度轩然一亮，群起的生灵们潜落在密密的枝头，却悄寂无声。像一大片流沙，很快泄露得点滴不剩。

　　三人才刚站起，群起的生灵们再一次鼓翼腾飞，飞向月光，飞向山头，飞向高远。

　　余下一地破碎的金色。

次日一早，三人都相约下了天坑，都想看看蝙蝠们是否回归了溶洞。

他们亲眼看到的除了一地的蝙蝠粪，无论穹顶还是四壁，一只生物都没有，既无果蝠，概无其他。

小静道，想起一个词儿，万籁俱寂。

嘉欣懊丧道，怎么会呢？从来没有见它们一去不返的。

刘老师道，是啊，离开了它们祖祖辈辈生活在这里的溶洞，它们还能到哪里去呢？！

就为了看看果蝠们是否回来，刘老师和小静再多住了一晚，再到溶洞，耳闻目睹的依然是一片死寂。

与玉笋山嘉欣果园场告别，驱车返回深圳之前，刘老师对嘉欣道，这个谜我暂时也解不开，一旦它们回来了，你就告诉我们吧。

嘉欣双眼迷离道，真是不知道，它们去了哪里，还会不会回来啊。

回到深圳之后的第二天下午，小静又在案头蹙眉铺开了课题，接到了嘉欣的短信：詹局告诉我县里的材料上报之后，上面很快批复，疫情很可能出现反复，为防止灾祸，从源头切断，宁可错杀一千，不可放走一个。迅速组织队伍，将凤梨天坑溶洞里的蝙蝠及时全部扑灭。

小静问，那些蝙蝠回来了吗？

嘉欣答，一去不返，踪影全无。莫非它们事先得到了什么指令？

小静将通话记录，微信转发刘老师。

过了一刻钟，刘老师发来一段微信语音，念的却是托名辛弃疾《静夜思》的下段：

一钩藤上月，寻常山夜，梦宿沙场。早已轻粉黛，独活空房。欲续断弦未得，乌头白、最苦参商。当归也，茱萸熟，地老菊花荒。

他是照本念的，还是背下来了？隔着时空，小静一时琢磨不透。

点评

　　在新冠疫情的背景下展开小说的故事，无疑作者有强烈的介入现实的野心。一旦触及当下，就对作者的创作提出了更高的要求。如何书写现实，文学如何介入当下，尤其是目前正身处的现实境况，《果蝠》带给我们诸多思考。

　　无论是新世纪初肆虐的SARS，还是当下正在经历的新冠肺炎，蝙蝠类都被推至风口浪尖，小说中的粤西某县就做出了绝杀果蝠的决定。深大生命科学专业的刘教授，中文系的肖小静博士，他们结伴到粤西某县探访数量巨大的果蝠栖居地。这次出游不仅仅是游山玩水、品尝美味水果这么简单，更肩负着拯救果蝠的重任。二者的身份设置颇具深意。在县政府召开的相关研讨会上，刘教授从科学的角度进行理性分析，力陈为何不能铲除果蝠，保护生态、维护平衡是其根本出发点。肖小静尽管在会上没有发言，但在返程的路上，刘教授鼓励小静从审美的角度讲讲动物。于是小静从中国的吉祥文化的角度，谈论了这个问题。刘教授和肖小静博士，一个从科学理性的角度进行分析，一个从文化的角度进行阐释。无疑，这两位学者所代表的正是在面临群体性灾难时，人类所能做出的反应与自救之途：科学、文化。

　　但是，这二者都没能拯救果蝠的命运，当地政府依然决定铲除天坑中的所有果蝠。

　　诡异的是，天坑中的果蝠仿佛预知了命运般悄无声息地完成了集体大逃亡，没人知道它们何时出走，去了哪里，还会不会回来。对于科学和理性的呼唤最后却是以这样超验的方式完成，令人扼腕叹息的同时，也留下无尽反思。

（朱旭）

她/

/蔡 东

关严房门，拉上窗帘，我是我自己的了。

身体像叠起来的被子几下抖开来，在床上摊平。攥紧的拳头变软，手指离开手掌，一根根分开，过了一会儿，并住的脚趾也松开了。在外游荡的神魂缓缓落回到身上。我依次感觉到额头、脖子、肩膀、膝盖的存在，它们作为我的一部分，此刻跟我一起，等待着沉入宁静。跟我一起等待的，还有一些本来不属于我的东西。比如，左边后槽牙里用来填充龋洞的白色复合树脂，大概十年前它成为牙齿的一部分。还有五年前到来的一小段镂空金属管，撑在胸口的动脉里，让血液得以顺畅流过。最近这几年，右眼增添了一样东西，来回飘动的黑影，并非实体，无法碰触，却始终跟随，如此真实。它来了就再没走，于是黑影也成为我的一部分。

所有这一切，一直属于我的，后来成为我的，都随我一起陷入细沙般柔软的寂静中，越陷越深，寂静的尽头有一个安全的小山洞，我终会到达那里。我翻个身，挪到床的另一侧。靠窗的一侧是她躺过的地方。我的小迷信，以为在她躺过的地方入睡会更容易梦到她，这样就能在梦里见个面了。这是相见的唯一方式。然而只是我的臆想，哪有什么规律，她偶尔出现，并且梦里我不知道这意味着什么，没有紧紧拉住她，也没有急切地倾诉。梦总是全然自由又毫无逻辑的。醒来时，梦境迅速退去，我重新闭上眼睛，反复回想，在梦的断壁残垣中久久徘徊。

在她躺过的地方醒来，有那么一个瞬间，又忘了，叫她的名字，声调从低到高。女儿在外头应了一声。我的心一沉到底，身体坐起来，把房门打开一条缝，问，这就上班了吗？

走出房间，看见女儿连芯子斜倚着墙，站着穿鞋。临出门时她四下看看，钥匙，车钥匙呢？我说在沙发背上，边说边拿起钥匙，快走几步递给她。

姥爷再见！防盗门关上的时候，外孙女道别的声音传过来，跟关门声一样清脆利落。

早晨的匆忙和紧张也被关在门外。门合上的一刹那，我瞥见外头的白昼年轻明亮。屋里，纱帘只拉开一道缝儿，我站在柔和的光线中，搓搓手，准备开始我的一天。早饭是热面条配腌黄瓜，吃完我来到楼下的花园。

工作日的花园属于老人和孩子。会走会跑的孩子们荡秋千、溜滑梯、跳沙坑、坐跷跷板，哪知道什么叫累，一玩就是半天。小一点的孩子躺在婴儿车里，老人们推着车，沿着彩砖铺成的小路一圈圈地散步。

我坐在一棵凤凰木下。

时值秋天，眼前仍是大片的碧绿。清晨的阳光照向菩提树的树冠，光线从心形的叶片间漏过去，充盈的光线中绿叶更加清透，毫无杂质的坦然的绿色。露珠晶莹，垂荡在菩提叶子细长的叶尖上，风吹过，一颗颗掉在地上，滚动着滚动着不见了。花坛旁的扶桑开着深红色的花，花瓣如绉纱，花蕊长长地向外伸着，几棵夹竹桃也还开着。到底是四季有花的南方。

园子西南角有几棵大叶紫薇，花期已过，树叶还是密密的，叶子吸纳着阳光，看上去比春夏时分还要油润饱满。风雨连廊旁，冬青和红叶石楠被修剪成一个个圆球，细看过去，红叶石楠的几片叶子变红了，透出一丝淡淡的秋意。

不知道谁家的窗户里传来弹钢琴的声音，一开始若有若无，似林中小径起伏隐现，接着，小径出了林子，宽阔起来，向着前方伸展得越来越快，琴声逐渐激扬，最后一连串的敲击，为清晨的花园降落一阵骤雨。

一只棕色的巨型贵宾犬拖着一个老太太走。经过凤凰木时，我认出了他们。记得第一次遇见他们是老太太牵着狗，慢悠悠走过来。离近了看，我的第一反应：这只狗是假的。全身羊毛般的小细卷，分明是一只玩具狗。狗摆动着四条腿往前走，我跟上去，心想难道是电动狗？细看上去，狗鼻子表面像黑色的荔枝纹皮，鼻翼潮湿，微微颤动，还是不确定，直到看见它抬起前腿去够老太太的肩膀，用侧脸蹭她的下巴，才相信这是活生生的小动物，只有真正的狗才会露出这般热切依恋的模样。

老太太头发雪白，驼背比前几年更厉害了。她应该也能模糊记起我来吧，正这样想着，她转身冲我点点头，我也招手致意。狗在一棵龙眼树下细细闻嗅，然后拖着她继续往前走。

老连？是你吧。

循着声音看过去，看见一个穿枣红色坎肩的男人踱过来。我赶紧起身打招呼，也叫不上他的名字来，只记得姓王，住在三栋，心里暗自称呼他为"三栋的"。以前他总是一手推着婴儿车，一手擎着手机，音乐外放，曲目循环。不知别人作何想，曲子对胃口，我也就不怎么厌恶。这会儿他独自一人，看上去精神很好。

下来转几圈？孙子呢，上幼儿园了吧，真快呀。我感叹着。

太慢了。他笑着说。接着问，好几年没见，回老家了？

任务完成，早回去了，现在孩子都上小学二年级了。我伸出两根手指。

闲聊几句，他看看四周，这趟跟老伴一起吧？

我闭上眼睛又快速睁开，脑子里出现短暂的空白，漫长的几秒后，我说一起一起，她出去买菜了。

他拍拍我的肩膀，说多住几天。

我点点头，说，她也该回来了，我往门口迎一下。边说边朝着东边的铁门走去。

东门旁边有一排木质长椅，我坐过去，不停地望向门外，像是在等人。等着等着，我以为还是以前，好像坐在这里等她就真的会出现，提着一袋子鲜菜水果，欢欢喜喜地向我走来。我等呀等，地上的影子慢慢拉长，她怎么还没回来？心里有点害怕，手哆嗦着，从裤子口袋摸出手机打电话，提示音还没响起，我整个人一激灵，全身冰凉，只眼眶里暖暖的。等泪全部流下来，我用手背抹抹脸，又向门外望了两眼。

连芯子提前给我说，今晚末末有兴趣班，要晚些回家。九点刚过，她带着末末回来了。对了，末末就是我外孙女，这小名儿还是我起的。女婿姓周，他们刚结婚的时候我开玩笑，以后孩子小名儿可以叫末末。几年后孩子出生，旧话重提，两夫妻正发愁呢，当即采纳，连芯子人裹在被子里，声音传出来，末末，小末末。

末末头发高高挽起，身穿黑色连体衣，腰间围着短裙，是玻璃纸一样的蓬蓬裙。这是我头一回见末末穿舞蹈服的样子，恍惚间想到另一个人。连芯子看着末末，忽然转头问，我妈那时候都跳什么舞呀？

我一愣，说只知道跳得好，哪叫得出名字。

没亲眼见过她跳，但妈的气质真是不一样。连芯子说着，不自觉地调整体态，挺直了后背。

我点点头，思绪一下子飞走了。所谓气质，并不玄妙，她明明穿的是睡衣，看起来却像身上挂着一件希腊式裙子。她早年的舞姿凝固在胶卷时代的几张旧照片上，照片并没有放进相框摆出来，现在也不知道变成什么样子了。泛黄，虫蛀，变脆，一拿起来就碎成几片？

末末的身影从眼前掠过。今晚学的是爵士舞，末末一边说，一边踮起脚尖，五根手指向上伸直，然后她的头好像从一根长杆下钻过去，接着肩膀、胸腔、腹部依次向前送，再往回拉，我的眼前出现了一个柔软完整的波浪。

趁着末末演示新学的动作，我压低声音问女儿，小周经常出差吗？一出去就好些天，顾不上家呀。她说，刚带着项目转去另一家公司，开始会忙一点。她显然没有往下讨论的兴趣，这情况她也改变不了，我不好再说什么。毕竟，我真正参与她生活的日子已经过去了。气氛滑向凝重，她语气轻松地说，放心放心，幸福会遗传的。你和我妈幸福了一辈子，我也尽得真传。

我笑笑说，能有什么不放心的。一边又暗自打定主意，趁这几天在能帮她一点儿算一点儿吧。

这天晚饭后，我让芯子坐着，刷锅洗碗擦灶台都是我来。先让她歇歇，不一会儿又要辅导功课，孩子睡下她才能喘口匀和气儿。上周末一起去商场，我发现一处室内游乐场，两眼一下子亮了，买了张通票让孩子进去玩，换她一两个小时的清闲。后来在卖甜品的地方我买了两支草莓冰淇淋，一支给她，一支给末末。

厨房收拾完我准备下去散步，芯子笑着说，爸，你越老越贤惠呢。我嘴上说，一直贤惠，心里说，你妈生病后我就什么都会做了。

花园里转了两圈，依旧坐在凤凰木下。这是老伴夸过的花树，说凤凰木开花不扭捏，成片成片地开，开满花的树冠在空中横铺，像一个跳舞的人正展开身体。躺在病床上的时候她还说过一句话，等我好了再去女儿家住几天，看看楼下那棵树。

凤凰木初夏开花，一树金红，是我见过的最热烈的色彩。

音乐声随风飘过来，听见这声音便知道三栋的老王也在园子里。二胡演奏的《汉宫秋月》回荡在夜色里，渐渐地，空气变重了，像含满水分一样含满惆怅。一想到老王家的孙子听《汉宫秋月》长大，我就哭笑不得。老王倒是个讲究人，记得早晨的时候是古筝曲，明快一些，晚上才是二胡。

月亮升起来，待在半空中，像是正好停在楼上一户人家的窗前。一天一天的，它瘦下来了。注意到月亮的模样，算算来这里已近半个月，我寻思着该去下一站了。

接下来几天我为女儿家做大扫除。细细擦拭地板、台盆、镜子、家具，又收拾四处散落的玩具，码进几个收纳箱里。有整整一箱都是毛绒玩具，猫、松鼠、海豚、小熊、长颈鹿，还有一些有名有姓陪着孩子长大的人偶。

搬起收纳箱走进卧室，把箱子往松木床下面推，床下有东西挡着，推了几下推不进去。我跪在地板上往里够，手碰到一个毛茸茸的东西。看也看不清，心一横，拽了出来。

是个毛绒猴子，满脸尘灰，一只耳朵不见了。我用半湿的布把猴子抹干净，放在窗台上晒，等猴子全身暖过来，它没进收纳箱，住进了我的行李背包。

家事是无穷无尽的，接下来我在屋里转悠，看看还能做点什么。洗衣机上有一堆衣服，担心洗起来有讲究，拿起来又放下。阳台花架上放着几盆吊兰，是缺水的样子，我挨个浇了水。

这一天真短。很快到了下午放学时分，末末被专职接送的阿姨送回家。小姑娘迅速跑进自己房间，我站在门口试着跟她说说话，她不理我，沉浸在另一个世界里。嗯，这孩子具备专注的天赋，我因此心生感激，轻轻为她带上门，转身忙自己的事情了。

跟女儿告别之前,先跟凤凰木道别。我走到树下,心里默念:我替你来过了。树枝间的鸟扑棱着翅膀飞走,几片叶子缓缓落下来。

来之前,我在电话里对女儿说,想你了,来看看。别的什么都不提。若说是为她妈来看看凤凰木,白惹她一顿伤心。年轻人的力气全用在应付生活上了,不够伤心的。

明天我启程去往下一个地方。

车子在山脚下等着,待客满后开始上山。沿着盘旋的山路,车子转过一个弯,又转过一个弯,随着山势逐渐向上攀升。路旁山间有一条小溪,时隐时现,树木稀疏处显现出一道白亮的溪流,到了植被茂密的地方,不见溪流,只隐约听到流水的声音。

目的地是一座建在半山腰的小镇,抵达的时候,黄昏已至。找到一家宾馆住下,洗把脸,向外看,最后几缕光线已然消失,天色暗了下来。第二天醒来拉开窗帘,窗玻璃上一层冰纹,推开窗户,漫山遍野白茫茫的,下霜了。

吃过午饭,我往镇子西边的小酒馆走,一路想着酒馆的名字,叫什么来着,想不起来了。走到了抬头一看:归林酒肆。

时候还早,酒馆里没几个客人。我在窗边坐下,让店家温了一斤黄酒。等着吧,我要找的人深夜之时才会陆续到来。

傍晚时山里升起青色的烟霭,两杯酒的工夫,天黑透了,远处的山融进夜色,几乎看不见了。不知道过了多久,外面传来一阵笑声,我往门口张望,见一条美人鱼正婀娜地往里走。她化的妆很浓,眼皮褶里嵌着两抹深紫色的珠光。黑色羽绒服敞开着,里面的上衣像一层闪闪发亮的鳞片,紧紧包裹住她的身体。她手里拎着长长的尾端开衩的蓝色鱼尾,进门后将鱼尾放在长凳上,店家马上为她端来热酒和几样小菜。

接下来进来几个侏儒。他们扮成外国人的样子,头上戴着假发,身穿黑色礼服。坐定后,他们摘掉假发,随便擦擦脸上的彩色颜料,开始大口大口喝酒。

夜渐渐深了,舞者、柔术艺人、拿着手杖的魔术师,还有一些游客,陆续进来,酒馆里越来越热闹。我找的人一直没现身。接近午夜时分,一个裹着军大衣的高个子男人走进来,他肩上站着一只鹦鹉,身后跟着一只孔雀。他在我旁边的座位坐下，点了半斤酒，配菜是花生米和酱猪蹄。他跟我打招呼，问我是哪里人。我说北边，这下才看清楚他的脸，半边脸上有一大块紫红色的胎记，灯光下看着颇为可怖。

聊了一会儿，我瞅个机会问他，你常年在这里，见过一个人吗？他马上说，啥样的人？话出口就觉得不对劲儿了，既无名字又无相貌特点，让他怎么回答。我往嘴里倒一口酒，环顾四周，回忆像一股流水从地底下慢慢涌上来。

说起来是六七年前了，我和几个刚退休的朋友来镇上泡温泉。也是晚上，也在这家酒肆。

泡完温泉全身放松暖和，加上几杯酒落肚，恩恩怨怨便开始泛起，又到了陈芝麻烂谷子时段。有咒骂单位领导的，大家跟着附和，有不满自己老婆孩子的，大家打哈哈，忽然有人夸起我的老婆来，夸她人善静，脸上总带着笑，说话不紧不慢的，气质还那么好。我心里得意，嘴上说气质什么，都一大把年纪了。不知道谁问了一句，她年轻的时候跳舞吧，怎么后来也不上台了？我说，自己不愿意跳了，跳舞哪能跳一辈子。

我们说着笑着，后来也搞不清到几点了，有两个人已趴在桌上睡过去了。我强睁着眼睛，准备叫店家结账。这时候，坐在我们前桌的人慢慢回过头来。整晚他都安静地坐在那里，背对我们，一动不动。

我看见转过来的脸，酒醒了一大半。

一张戴着面具的脸。煞白的鬼脸，仿佛被一双手用力拽着，拉得长长的，脸部下方是歪斜的血红大嘴，嘴里两排尖利的白牙，再往上，一个带钩儿的鼻子，鼻子上面是两个不规则的孔洞。接着，一辈子再也忘不了的一幕要出现了。面具留下的孔洞后面是这个人的眼睛，我看见眼泪充满了他的双眼，泪水颤动着，颤动着，终于流下来，两行泪流过煞白的面具，一滴滴，落下来。

我别过头去不敢多看他，谁知道他主动走向这一桌，还醒着的人忍不住倒抽一口冷气，身体往后缩了缩。他说羡慕你们亲兄热弟，不像我孤零零一个人，父母妻儿都过世了。我问他是不是当地人，他说不是，接着解释所为何来——在哪里做表演都能糊口，这些年一直待在镇上是因为桥东住着个盲人。我们还是云里雾里的，他正正身子，低声说，那盲人能看到死去的人，知道他们在哪里生活，过得好不好。

我只觉得脊背冰凉，其他人脸色也变得青白。我们勉强陪他喝了几盅，他还想继续说，跟我一起的朋友朝我使个眼色，说不早了，我俩把趴着的人拉起来，一起离开酒馆。我回头看鬼脸面具人，桌旁只剩他一人了，看不见他的脸，但我注意到他的眼神，他留恋地看着我们这几个陌生人，见我回头，他抬起右手向我挥动。

胎记男人听我讲完，啜一口酒，问，你的什么人没了？我说，老伴，我妻子。他摇摇头说，所以你又来到这里，也算个痴人呀，酒话也信。

我说，当年不信，现在信。

人就是一心盼着解脱得救，盼出些大骗子来。桥东哪有什么盲人，以前有几个摆摊算命的老头，这几年也见不着了。胎记男人说。

是，去看过了，现在那里是一家奶茶店。

胎记男人沉默下来，神色变得黯然，半天才说，真有这样的奇人就好了，我也找他打听点事。

突地，他肩上的鹦鹉发出清亮的口哨般的声音，伏在地上的孔雀站起来，头上的羽冠一颤一颤的。我以为它要抖开尾屏，不料它左右看看又趴回地上，尾羽收拢在身后，泛着金属色泽的绿光。

青灰色的月光照着一座青灰色的石拱桥。我跟胎记男人来到桥边，不，现在我叫他老苗了。我俩互相搀扶着走到桥的最高处，倚住栏杆往桥东张望。

河水缓缓流过，小镇在夜色中徐徐铺展开来。青瓦屋顶一重重高低起伏着，一道道飞檐柔软地弯向天空，巷子曲曲折折，伸向前方的黑夜，路灯稀疏，站立在大树的身旁。

此刻，我站在半圆形的桥拱上，低头往下看，还有一个半圆映在水里。

老苗叹息一声，说，生老病死，谁也逃不过。一阵风吹来，我身体来回摇晃，那种感觉又来了，胸膛是中空的，就像脚下的桥孔。我重新回到那一刻：医生宣布她死亡，有什么东西硬生生穿过我的身体，我被开了个大洞。

一年过去了，那个大窟窿还在。

老苗拉我一下，嗨，谁不苦呢，你看看我，打小儿没人疼，自己养活自己。你至少有工资，退休也能吃上饭。来，别闷在心里，说说她长啥模样，什么性格脾气，会跳什么舞。

我心里一惊，问，你怎么知道她跳过舞？

这就忘了，刚才在酒馆里你自己讲的。老苗双手举过头顶，扭动起身体来。

我推他一把，说别瞎闹。提到跳舞都是老皇历了，但这么多年来她的身姿始终自然挺秀，像清晨阳光下的一棵小松树。我说，她跳过一阵子，很多年前了，快记不清了。

后来呢？老苗问。

我说，还不是跟大伙儿一样找份普通工作，上上班，照顾照顾家里。

是个贤妻良母吧，她一撒手你日子就难过了。

当然，她是个好人，好女人。我迟疑一下，补上一句，舞跳得也好。

那是我第一次看见她跳舞。也许过往的记忆都已模糊不清时，那个片段仍免于湮灭，随时能从一团晦暗中跳出来，放射异彩。

上世纪八十年代，每到腊月，市里会举办一场迎新春文艺晚会。那年的晚会在工人文化宫旁边的礼堂举行，她的节目安排在相声后面。两个相声演员退场，大幕合拢，舞台上传来急促的脚步声，接着，红色天鹅绒幕布往两边拉开，灯光先是很暗，随即舞台上方打下来一束光，她出现在那束光里，闹哄哄的礼堂安静了下来。

记不清舞蹈细节了，但我一直记得那场舞给我的感受。一开始能注意到舞台两侧几束柱光的存在，还有她耳垂下方流苏耳环猛然闪出来的一道光，后来没人在意这些了，她跳跃、旋转、摇摆，她本身就是发光的物体，吸饱了日精月华，自行发光。

如果说舞蹈动作是一种语言，那我并未完全听懂，但我感觉到很复杂也很澎湃的情感，一波波撞击着我。我听见旁边有人议论，说她就是文汝静，跳舞上过几回电视，还在省里拿了奖。

音乐节奏逐渐加快，礼堂的气氛沸腾了。台上那是个野孩子，风吹，日晒，雨淋；天然，快乐，恣意。最后，我看到她在燃烧，像天地未开时一团混沌的火焰，渐渐地，那团火焰长出骨骼、皮肤和毛发，诞生，接近诞生了。就在诞生的前一刻，灯光熄灭，音乐戛然而止。我盯着黑暗的舞台，整个人像发高烧一般，从头到身子都滚烫滚烫的。

离开温泉小镇，我前往此行的最后一站，一处名叫青林泽的湖泊。

从高处看，湖泊像一个葫芦，住下的地方在葫芦嘴旁边。

门廊下坐着，四下寂然，恍恍惚惚地，以为自己待在墙上的一幅画里。近处的树木和房舍显得很大，远处的水和云不过寥寥几笔，比一场梦还要缥缈，我在哪里呢，大概是白房子旁边那个黛色的小点。

旅馆前台告诉我，湖边的篝火晚会还是在葫芦下肚那里。我提前往那边走，沿着湖岸，走过葫芦的长颈、上肚、腰线，湖面变得开阔起来。岸边有片芦苇丛，这时节芦花已谢，清瘦的芦苇一杆杆站着，几只水鸟伸着细脚立在杆子上，看过去一派萧索冷清。

秋天欲走冬日将来，湖边没有几个游客，四处都安静，虫叫和鸟鸣清晰完整，还能听到黑夜一步步走近的声音。直到有人点燃一堆干木头，夜晚的火光照亮一小片湖水和天空，人们这才从四面八方走过来，汇集到火堆旁。

我凝视湖水，如果湖水也看着我，不知它有没有认出来。那一年站在湖边的是两个人。

为了庆祝结婚三十周年，我跟文汝静来这里旅行，白天游览湖中小岛，饭后在湖边散步，等篝火点起来的时候，很自然地牵手萍水相逢之人，一起围着火堆跳舞。

那天晚上真是她吗，我到现在还有些怀疑。那天晚上看到的似乎是另一个人，至少不像那个年纪的她。篝火正旺的时候，她从游人形成的大圆圈上把自己解下来，悄悄靠近火堆，等我注意到的时候，她正独自起舞。

原来舞蹈可以模拟流水。大水从高处落下来，涌向弯曲的河道，迂回蜿蜒地流过去，前进，拐弯，回旋，随着河道的形状和地势的下沉抬升，水流曲尽变化。除了四肢，她身体的每一个部位都在起舞，包括脊柱、血液和魂魄。她的身姿越来越柔软，好像快要化作雾和烟，乘风而去。眼前的一切让我感到震撼，同时又暗自盼望这震撼赶紧消散。我也脱离圆环，走过去拽住她的衣角，她没有停下来，挽起我的手，带着我旋转。我抗拒的身体渐渐变得松弛，跟上她的步伐，宛若随水漫流，涨涨落落。

那是婚后头一次看见她跳舞，也是最后一次。

此时，火堆驱走水边的寒意，烤热了清冷的空气，乐曲声响起，人们拉着手，从成年人的忧愁和戒备中挣脱出来，不管左右两边是谁，一起享受这忘情无忧的短暂时刻。

我在湖区待着，每晚都来到篝火旁，回想我俩在湖边度过的日子。有一天，我在湖水里看到一个身影，是个倒背着手的人。吃了一惊，以前觉得真正的老人才会这样走路，转念一想，可不到岁数了，也该是这个模样了。

除了年老力衰，微薄的退休金亦不足以支撑漫长的旅行，房费一天天往上长，再不舍，还是要回家了。

我害怕回自己的家。家里很挤，归置着多年生活的物件，满满当当没有缝隙，同时又萧条冷寂，仿若一间空房。在那处房子里，我历经了她的后半生，她看上去不胖不瘦刚刚好，她膨胀，再膨胀，迅速变瘦，干缩脱相，直到成为瓷罐里的一把粉末。

火车擦着一座座城镇的边缘呼啸而过，迎面而来的不止田地、树林、隧道，还有连绵往事。坐在车上，仿佛正驶向时间的深处。

徐阿姨提到她的名字，我以为听错了，文汝静，她不是在南方跳舞吗。徐阿姨没详细说，只强调人早就回来了，工作也找好了。我妈很快站起身来，前来说亲的徐阿姨只好也站起来，她心有不甘，似乎还有很多话等着往外倒，我妈妈轻轻说了一句，女方大两岁呢，别忙活了，回去吧老徐。徐阿姨走后，我冲着我爸说，咱这里不知是第几家了，鞋底都磨薄了吧。她说给我听的，我知道。

那是我这辈子唯一一次力排众议。大姑上了点年纪，多次委婉规劝，拖着长音说，你这样老实，这样可靠，后面就没有话了，无尽之意全在空白里。我几次都不接茬，她就直接表达个人观点了：搞文艺的女人，开放，不安分，哪有心思好好过日子呀。我妈见势也跟着说，长得好，又爱打扮，看她好像扎了耳朵眼呢，边说边吸气，不停摇头。

什么年代了！我气愤地说。

堂弟居然也捣乱，阴阳怪气地说，名人呢，见过她，在操场上跟几个不良青年在一起。别说你不知道，就是那几块料，烫着鬏头跳迪斯科，扭胯，抖啊抖，不知羞。

我胸口一疼，何至于被人这样说。她舞动的身体，好像携带着难以尽述的罪恶。不光女性长辈不喜欢她，很多小伙子也只是远望她一眼，等她走下舞台就躲开了。我想起第一次约会看电影时的情景，她穿淡蓝色连衣裙，头发往后梳，在脑后用橡皮筋随意一扎，露出小巧明净的额头，我心里感叹，这是跳舞的人才会拥有的美好额头；她很腼腆，并不比别人更擅长调笑。想着想着，血气上头，这叫什么事呀，我愈发想对她好一点。

图她什么，穿得露，会扭屁股？大姑神色鄙夷。

那是艺术！我高声说，额上的青筋暴起来。堂弟嘿嘿一笑，做了一个具有色情意味的下蹲动作。

大姑憋着一股劲儿，你是见得少！

我也憋着一股劲儿，相信我俩能和别的年轻夫妻一样，恩恩爱爱过日子。事实的确如此，我们勤恳上班，养育了一个孩子，住房从平房换成楼房，存折从没有变成几张，当然啦，渐渐地她也不再穿带颜色的内衣，大部分是肉色的了。粗看细看，这都是一个幸福的家。唯一的危机，是的危机，那时我脑子里的确闪过这个词。

女儿刚上幼儿园的时候，忽然有几个旧日的朋友来找她，我在里屋听着，似乎是拉她一起去排舞。他们走后，房间里还飘动着一股危险气息。我嘴上没说什么，心里其实不愿意她去，我们已过上安稳生活，我害怕她想起舞台上的自由和激情、荣耀和掌声，那些光鲜东西的后面，从来都潜伏着动荡、混乱和破坏。我甚至忌讳想起那两个字来，仿佛有剧毒，仿佛是洪水猛兽。

她不知道从哪里翻出来演出服和头饰，在灯光下翻来覆去地看。我偷偷瞄一眼，发现服装看起来很粗糙，毫无光彩，头饰也不像在舞台上那么鲜艳，一堆廉价塑料。

她到底没去。年终岁尾的时候单位有人撺掇她登台，她推说身上有伤，怎么也不肯。她也很少跟我谈起舞蹈和舞蹈家了，再往后，跳舞的经历绝口不提，有人羡慕她自然舒展的体态，难免问起来，她脸上的表情略显尴尬，复又坦然。后来演出服也看不见了。所有的痕迹消失，无人记得那些旧事。我们白头到老。

广播里传来报站声，下一站到家，我忍不住打了个大大的冷战。

最后的那段日子，她会突然叫我的名字，海平，连海平。我回过头去，她欲言又止，呆呆地看着我。我知道她又想起以后了，为她处理后事时我还能撑着，等后事办完我一个人回到家，剩下的那些日子，可怎么过呢。她强忍眼泪，艰难地用胳膊肘把身体支起来，说，一开始难熬，总会习惯了，看眉毛你准是个长寿的人，不知道还要多少福要享呢。我听了，几步走到她看不见的地方，捂着嘴哭一阵再回去劝慰她。我们互相哄着，哭哭笑笑，又苦又甜，直到，她永远合上眼睛。

那段日子，她身上柔软的脂肪和有力的肌肉都不见了，一层薄皮勉强挂在骨头上，像披了一件不合身的宽大衣服。夜里她侧身躺着，我从后面搂住失去水分枯瘦如柴的她，她挨紧我，都知道这是最后的相依为命。她病中的神情跟以前一样，脸上带着笑，安详满足，让人看见她的脸就觉得舒心。

那段日子，我偶尔回想起第一次见她跳舞的情景，那联结着爱意滋生的隐秘瞬间，一阵冲动上来，想谈谈越来越遥远的过去，临张嘴又觉得没什么可说的。我这个年纪，愿意把所有的事情归结为宿命了。也许每个人年轻时都沉迷过几样事，并误以为自己在那些领域具有神秘的才能。

我打开背包，拿出一件东西抱在胸前，是从女儿家床下找到的毛绒猴子，它被遗忘在黑暗里，头上只有一只耳朵。这一路走下来，我琢磨着它要有个名字才好，一次湖边漫步时想到不如就叫"独耳大圣"。

在自家门口站了一会儿，我对独耳大圣说，我们回家吧。

我的手，大圣的手，一起推开门，走进去。自她去世后我启用新的纪年方式，将这一年称为"分离元年"。门打开，分离元年的一幕幕涌出来。

保留她的毛巾、牙刷、拖鞋、杯子，一切生活用品，好像这个屋子里还是两个人在生活。

天变冷了，找到她常穿的一件棕色开襟毛衣，挂在门口衣钩上。

有时把枕头被子搬到床的另一边，在她的地盘躺下。有时待在我那一边，她那边也不空着，照样铺两床被子，躺下后我的手从被子下面伸过去，抓着一角被单，好像握住了她的手。

多少个早晨醒来，迷迷糊糊的，我的手去找她的手，那是幸福的时刻。每个误以为她还在的时刻就是我最享福的时候。

一开始茶几表面的灰尘像一角硬币那么厚，眼睁睁看着，灰尘变成一元硬币的厚度，再后来，我从自己家逃走了。

站在灯下，看着影子，我确信自己回来了。我让独耳大圣坐在沙发上，接着打开电视，不管什么台，只要有声音就行。

睁开眼，看见窗帘缝漏进来的阳光，听见外面传来电视广告的声响，这一年多来，我头一次庆幸自己活着。我走到客厅，抱起独耳大圣，一下一下摸它的头。我熬过了第一晚。

也许，可以去她的小房间坐一坐了。

小房间是她常待的地方。多少回了，我想把一件好玩的事情告诉她，推开门来，下一秒我意识到，她已经不在了。多少回了，我听见小房间传出声音，推开门来，她当然不在，是风把什么东西刮到地上。我总是站在门口看一看，不敢再往里面走。

一切保持原状。窗下放着一把木质靠背椅，那是她经常坐的椅子，椅背上还搭着她的衣服，一件绞花羊毛外套。小桌上放着一本书，拿起来，看到书签别在157页。我坐在她的椅子上，从157页开始看。

自然光渐渐不够了，我合上书，转转脖子，活动活动酸痛的肩膀。猛然看见一个人，勾着头，弯腰驼背坐在那里。再一看，是镜子里的我。墙边放了一架穿衣镜，正好能照见椅子这边。看到自己在镜中的形象，我下意识地调整，收回往前探的脖子，打开背，挺直腰。

就在这时候，我忽然想到什么，过去的画面一帧帧快速从眼前闪过。

无论穿着睡衣还是戴着围裙，她始终身姿挺拔。她端坐在沙发上，头和背在一条直线上。她晾晒衣服，手臂在空中划出一道柔美的弧线，她剪脚趾甲，抬腿，收腿，宛若仪式。隔一段日子她就把我的四季衣服找出来，细细检查一遍，将纽扣松动的放在一起，然后她捻起一根针，举到光线充足的地方，另一只手捏着搓细的棉线，对齐了，在清透的阳光中，棉线极富韵律地穿过针眼。

一幕幕黯淡的家庭场景逶迤而来，它们从没像现在一样清晰、优美、光华闪耀。

她无时无刻不在秘密起舞。

回到那一晚吧。我宽厚地一言不发，她反复摩挲演出服。多么平静的夜晚，无声的对话比能说出来的话意味更明确。

我走到瓷罐面前，想解释些什么，话哽在喉头，该从哪里说起呢。

盼望在另一个地方找到她。也许她还是生病时的样子，头发掉光了，黄黄瘦瘦的，我会用最热烈的目光看着她，我会如少年扑进母亲怀抱，如父亲将女儿搂进臂弯，不，以赤诚的情诗中丈夫热爱妻子的方式，不用她开口，我就自愿化作她需要的任何东西，腰间的一根银链，手腕上的一束飘带，一束追逐她的光，甚至是她足底的一双舞鞋，如果她张开双臂仰起脸庞，说来一场雨吧，我就化作一朵云彩，飘到她头上，为她降落一场温柔无声的细雨。

原载《十月》2020年第2期

点评/

　　这分明是一首情诗，不仅仅关于爱情，当然爱情是其中重要的感情因子，更是关于懂得与慈悲。张爱玲曾回复胡兰成说"因为懂得，所以慈悲"，在《她》中，"我"的回忆之旅，也是我懂得她——文汝静，懂得自己的旅程。

　　读这篇小说的时候，明代归有光的《项脊轩志》不停浮现于脑海，尤其那句"庭有枇杷树，吾妻死之年所手植也，今已亭亭如盖矣"。不着一个爱字，不表露一丝思念，而至真至纯之情满溢。这也是读完《她》之后，我久久不能释怀的重要原因。这样的情感内核与作者的叙事手法呈现出一致的特征，不做奇巧的谋篇布局，不做乖张的结构建设，不做陌生化的叙事效果，就是平实的叙说，娓娓道来。在现代主义横行生活与文学的当下，这种毫不讨巧的老老实实的写法，因为情感的纯粹而不简单，浓烈而不油腻愈显弥足珍贵。

从追忆之旅的第一站开始，每一段旅程都有中心意义突出的意象点染。女儿家——温泉小镇——名叫青林泽的湖泊——家。再这样一段旅途中意境的营造，意象的点染，细节的镶嵌无处不在。女儿家小区的凤凰木，温泉小镇的月夜，青林泽的篝火，等等，一再诱惑着我不断回忆。这样的回忆不是单纯的回想，更是重建。既是重建"她"，也是重建"我"自己。年少时那些以为重要的东西，那些世俗的眼光，那些被忽视的细节重新被定义，被发现。

《她》不仅是蔡东写的一首"情诗"，也是其文学版图的重要收获。那种重返中国古典美学，激活抒情传统的重要收获。

（朱旭）

分 离/

/王威廉

你的空缺犹如穿针的线，

穿透了我的躯体。

我所做的一切都被它的色彩一针针缝缀。

——W·S·默温《分离》（董继平 译）

　　本年度最后一天，冷空气无影无踪，来自南部海洋的暖湿气流便持续发威，气温一直飙升，到了一个这些年来气温纪录的最高点。栗子走在街上，体育西路的汹涌人流裹挟着她，让她更觉烦躁。这是五点多的光景，人们已经从写字楼里涌了出来，从现在起，会有三天的时间可以摆脱那些没有尽头的工作。但栗子的心情并不佳，身边的人越多，她越感到孤身一人，她本应该更早一些离开公司的。她通常会提前十分钟离开，按着惯性，她今天依然如此，但她低估了今天是假期来临前的特殊日子。年末犹如一次漫长的告别到了尾声，她被迫要想到自己：她今年三十五岁，明天起，如果不细算到月份，她就是三十六岁了。这种想法让她极为焦虑，她一直不愿意去想，但此刻在人群中这个想法却抑制不住地强烈起来。也许，身边这些兴高采烈的人看上去都很年轻？她的目光在人群中扫荡着，的确，那些老成持重的人一脸漠然，她不用照镜子就知道，她跟他们一样。

　　栗子穿了一身黑色的制服，外套里边还穿着一件白衬衣，她每走一步，身体散发出来的热量都被厚实的制服封锁着，她很快就出汗了。她的头发是油性的，一出汗就更容易变得湿漉漉的，她想到这些，心情愈发向下沉去，仿佛自己正置身在赤道的汪洋当中，很快就要被淹没了。她不想随着人流向前走了，那种感觉很不好，仿佛被人群裹挟着，而不是自己的意愿，那种感觉真的很不好。她蓦然向边上走去，恰好站在了一家路易威登的巨大橱窗前边，她背对着橱窗，因而对此毫无察觉。她看了会儿人潮，仿佛每个人都有着坚定的目的地，没有人扭头看她一眼，他们的目光怎么会如此巧妙地避开她，她不得而知。后来，有几位女士望着她，不如说望向她的身后，她扭头，才发现了自己站在路易威登的橱窗前边，那种感觉更加不妙了，她索性一转身，走进了店里。

店员对她很热情，就像她平日在店里对顾客的那种热情一样，她知道热情可以训练成一种冷漠的习惯。她对此倒是不在乎。可她的目光迅速被一款小耳钉给吸引了，这真是说不清楚的感觉，那么多美轮美奂的衣服、皮包和鞋子合成一股力量压抑着她的目光，她的目光便主动出击，穿越那道无形的幕墙，准确锁定了那款隐藏在角落的小精灵。她凝视着那个小玩意：紫金被驯服成如此温柔的曲线，在钻石镶嵌而成的小花中央，铂金形成了比真实花朵还要复杂多姿的花蕊，仿佛有永恒的微风在经过那里。巧夺天工，她脑海里出现了这样一个课本里的词，乏味却无可替代。

她的凝视迅速激起了店员的注意，店员走到她面前，轻声说：

"小姐，试试好咩？"

粤语真是奇怪的方言，不同的人讲出来，会放大各自的特点。工人们用粤语骂娘简直难以猝听，而此刻的温柔也让人猝不及防。况且，论及珠宝，香港品牌的名气是很大的，因此珠宝和粤语之间便也有了说不清的隐秘关系。她本能地点头，目光随之上下摇曳，然后那个可恶的小标签跳了出来，上面写着一串很长的数字。她不看第二遍，心里已经很清楚了，以3开头，后面跟着四个数字。

试试就试试，她云淡风轻地戴上耳环，店员手持镜子，她把脸凑近镜子里的自己，那个小东西在灯光下愈发焕发出夺目的光彩。那串数字让这种光彩显得如此奇异，仿佛是世间不容易见到的奇彩。

"好靓哦。"店员的粤语软到快融化她心底郁积的冰层了。

她在镜子里左顾右盼，觉得自己还是神采飞扬的，那层漠然只要她想消除便可以随时消除。

"现在我们有个活动，有神秘礼物送噢。"店员忽然换成了普通话，有了那股粤味垫底，也算不上突兀。但她分明还没有说话，为什么对方改用普通话了呢？她的心中荡起一阵微小的波澜。

"唔使啦，"她微微一笑，用无可挑剔地粤语轻声说，"多谢你。"

没有任何借口，她就这样直挺挺回绝了对方，然后在一种淡淡的眩晕中走了出来，店员的长相她都记不清。外边的天色已经黑了，但街灯和店铺的灯光都开足了动力，另外一种明亮统治了世界。她喘了口气，有种劫后余生的幸福感，她知道自己善于夸大自己的情绪，但那当中的确有种准确的成分。二十秒之后，她陷入更深的失落和沮丧，因为她发现自己遭遇了无形的阻碍，而且也不知道可以上哪儿去打发这段难熬的时间。不要回家，现在回家是一种无奈的宿命，她还不想认命。

这时居然有人叫住了她。栗子迟疑地望着眼前这个彬彬有礼的陌生男人，一时有些不知所措。陌生男人很年轻，满脸青涩，说是小伙子可能更恰当。

小伙子说："女士，我们特别想邀请您做我们设备的体验嘉宾，我们会给您支付相应的费用，请您了解一下可好？"

栗子左右看看，穿着这种灰白色工作服的人只有眼前这一个，并不是对着人群广泛撒网的。自己身上有什么东西让这个陌生人找了过来呢？

"女士，请您不用担忧，我们找您是因为智能终端向我们推荐了您。"小伙子向她点头微笑，并再次轻轻鞠躬。

"人工智能……"栗子不高兴了，这算是什么事呀，难道自己的信息被泄露了？

"请您不要误解，请听我的解释。我们完全不知道您的任何信息，我们只是把智能终端连接到了我们店门口的摄像头，它会按照自己的方式从行人里边去挑选，我们也会尊重它的选择。体验是很简单的，而我们的报酬是很可观的，请您考虑一下吧。"

这样的解释她觉得牵强。她是文员不假，可这样的话如何能蒙骗一个天天跟电子设备打交道的文员呢？她尽管不懂那些技术的真正原理，但她也学到了很多概念，用这些概念去唬人是轻轻松松的事情。那些来店里的客人，问到手机、电脑、声控音箱、智能手表等各种商品的性能，她都能够娓娓道来，仿佛这些电子产品都是她研发出来的。如果她没有这样的能力，她早就被这个行业淘汰了。就像他们公司早就不再需要收银员，也在不断地压缩导购员的数量，她经受了一轮又一轮的惊险过关游戏，才留了下来。她发现店里只剩下她一个女性了。讲性别政治？好像跟这个没什么关系，这里讲的是有没有用，这才是事情的关键。哪怕你是个第四性别的外星人，但只要你有用，你就可以留下来，享受更好的福利。就这么简单。

但是，还有什么比报酬可观这样的说法更具备诱惑力的呢？这在她看来，甚至都不是诱惑，而是一种诚意。早早地便明码标价，是一种最大的诚意。

"你们是生产什么产品的呢？"她装作好奇的样子。

"家庭用品，"对方一下子放松下来了，对她更加热情了，"各式各样的用品，我们是智能家居的系统生产商，因此，更加需要您的意见。"

她还是有些踌躇，眼角的余光望了望周围的人群，他们还是面无表情地从她的身边掠过，他们永远都是他们，都是一种背景。但她站在这里，不再跟着他们一起流动，这点让她觉得踏实。流动是多么可怕的事情，流动的终点是极度的虚无和绝望，她早已深谙这一点。

"全是些特别好玩的产品，比如语音就可以命令全家的灯，明暗或是关闭，还能控制电视和洗衣机……"

"不是吧？这些功能太简单了，连很多手机都有。"

"抱歉，抱歉，我……"小伙子的脸微微泛红，有些紧张的样子，也许他刚刚才参加工作吧，栗子不禁想到。

"好吧，我跟你去看看。"

"谢谢，还有很多产品的，很多很多，您会大开眼界的，只是我笨口拙舌，不知道怎么介绍清楚。"小伙子转身带路，满脸羞涩的笑容，那样的笑容是很能打动人的，尤其是打动她这样的人。她是怎样的人呢？这个问题如某种指示灯忽然闪烁，然后迅疾熄灭了。

而商场是如此明亮，光线充足到了看不清自己影子的地步。走在光滑的大理石地面上，看着巨大的玻璃橱窗，栗子觉得自己恍然间变得抽象了。那真是一种奇怪的感觉，不完全是因为没吃晚餐而气力不足，她晚餐吃得很少，她每天都像精密的仪器那样控制摄入的热量。她主要是觉得在这个过于明亮的空间当中，自己的身体不再重要了，自己只剩下眼睛在四处观看，身体仅有眼睛便足够了。或者，眼睛成了身体本身。走在一边的小伙子，虽然不时跟她说几句话，但都显得虚无缥缈，像是空中浮现的迷雾一般。

坐电梯，到了三楼，走过五家游戏用品店，小伙子站住，告诉她，店面到了。微固智能家居，六个汉字紧紧排列在一起缩在右下角，仿佛怕被看到似的。从整体上看，又像是一个古怪的面具一般。走进店里，便有AI导购前来，那是一个光影凝成的幻影，有着世上永不凋落的微笑。

没有其他顾客，只有她。她转头，还有那个带他过来的小伙子，冰冷的LED光印在他的脸上，让他的笑容仿佛凝固了。

栗子看到墙边窄小而精致的柜台上摆放着各种各样的小型电子设备，除了她熟悉的电脑、手机，还有一些日常的物品，比如沐浴露、纸张、钢笔、书籍等等，这些物品集中放置在一起，宛如一项小型的行为艺术展。她穿过房屋中央的一块明亮地带（那里什么都没有），走到柜台前，看着这些日常的物品，想了想，拿起了一本书。纸书与这家硬科技风格的店有些风马牛不相及的感觉。但她发现这本书是纯黑色的，没有书名。

"您好，这本书是由特殊材质制作的书籍，"小伙子赶忙上前介绍道，"它的材质是类纸材料，但是能够感应到电子内容，并发出相应的形状。目前只能显示黑白两色，还无法显示彩页。"

"我想看看。"栗子和颜悦色地说。这才觉得小伙子这才有点专业导购的样子。

小伙子的食指在书脊上触碰了隐秘的图标，书的封面上出现了目录，倒是一目了然，先是自然科学与人文学科的分类，栗子选择了人文学科，又选择了文学。她天天跟手机打交道，想着看看小说类的还能放松一下心情。

"您也喜欢读小说吗？"小伙子更加热情了。

"是的，"栗子沉吟了下，"看来你很熟悉这东西，你帮我推荐一本书吧。"

小伙子不假思索地说："好的。"

他的手指快速操作，选择了一本书，叫《分成两半的子爵》，作者是意大利的卡尔维诺。栗子隐约听说过这个人，好像获得过诺贝尔奖吧？得过诺贝尔奖的人太多了，她记不住了，曾经学生时代的她还想努力都记住，然后打算闲了都看一遍的，这个目标显然彻底落空了。

书被设置好了，递到她的手中，跟一本普通的纸书几乎没有两样，除了略重一点儿，纸面更光滑一些。她打开书页，可以一页页翻看，那种感觉还是非常好的。她已经忘记了上次这样捧着书读是什么时候了。她跟其他人一样，刷刷手机，看看公众号文章，觉得就已经足够了。

"封面，装帧设计，都是可以选择设置的，如果你读腻了这种感觉的话。"小伙子一脸兴奋，仿佛他是这种电子书的发明者，继续说，"我们知道市面上有那种可以折叠的一页电纸书，但那种感觉和书籍是完全不同的，书就是要有厚度，需要翻阅的，才能迅速看到它的结构……"

"多少钱？"

"现在促销，888元。"

"买了。"栗子心想，真的不算贵。

"谢谢，物超所值！"小伙子从柜台下边取出全新的包装盒，递给她，"用打开检查下吗？"

"不用。"

买了一件东西的感觉真好。刚刚在路易威登的挫败感又被唤醒，随即又被抚平了。知识就是力量，一个多么古老的箴言呀，此刻重新在栗子的脑海里歌唱，宛如革命者的赞歌。她提着包装盒，手里沉甸甸的，让心里也如此踏实。她像每次购物结束一样，打算转身骄傲地离去。但是，且慢，好像有个什么事情还没有了结。是什么事情呢？她看到了小伙子笑眯眯的脸，看到了他的青春痘的痘痕依然泛着红色的光泽，她突然想起来了。

"不对呀！"她脱口而出。

小伙子紧张了，笑容僵住了，看着她。

"你不是让我体验产品，然后给我报酬的吗？现在怎么成了我买了东西了？"她的记忆一下子全都清晰了，包括"报酬"这个词都清清楚楚地记起来了。是报酬，不是钱，说出口就是应该理直气壮的。

"啊！不好意思！我也给忘了！"小伙子使劲拍脑门，啪啪啪，连续击打，栗子看着都觉得疼。

"没关系，没关系……"她连忙说道，又觉得自己是否过分了。

"您是我邀请到的首位体验顾客，所以我一紧张反而把您当成了普通顾客，"小伙子的做了个请的手势，指指里边的屋子，"您是特殊的贵宾，咱们进去看看吧。"

"体验的商品难道不是这个电纸书吗？"栗子握着提袋的手不由使了使劲，生怕小伙子说这个书他们不卖了。他别想夺走这本书，我已经付过钱了，她心里想着，这真是奇怪的感觉。

"不是，是另外的商品，比书好玩多了。"小伙子的笑容有些奇异，鼻翼两边的纹路加深了，嘴巴半张着，像是还有一堆话塞在里边，等待着吐露。

栗子来到里屋，发现里边的光线比较晦暗，但是绝不会让人不快，反而让人充满了好奇。也许是那光源并非来源于某几个固定的点，而是整个天花板，还有整面墙壁，都发出令人舒服的微光，这些微光融合在一起，构成了一个邀约性质的空间。小伙子触摸一个图形，地面升起了一块类似床的长方体。

"这是一个综合性的传感系统，就是邀请您参与体验的商品。"小伙子的话在这样的光线中显得冷淡而平静，没有了此前介绍电纸书时的热情。

"看上去特别诡异。"栗子勉强笑了一下。

"不会的，其实特别好玩。"小伙子的声音还是干巴巴的，"你躺上去就好了，不用你多做什么的，体验的费用1000元，在体验结束后就会支付给您。"

"不用做什么还那么多？"栗子难以置信。

"主要是我们要记录您的许多感受反应，这些数据对我们改进产品非常重要。请您放心，这些数据我们会保密的，在请您体验之前，会签订一份电子版的隐私协议。也就是说，您只是一个匿名的体验者，是无数匿名体验者当中的一个。"

栗子工作的店里也经常有邀请顾客的体验活动，因此她倒也不陌生，只不过她那店里的体验可没什么报酬，最多送点优惠券，而这边居然有一千元，比她刚才买的电纸书还多。这是让她犹豫的根本原因。

看来她提供的信息会是很值钱的，那会是一些什么样的信息呢？

小伙子调整灯光，那光线变得更加幽静，仿佛有种沉默的召唤更加坚定。栗子面对这样的召唤，觉得自己无路可退，这有什么大不了的？除了自己的这个身体的健康，自己还有什么值钱的信息吗？没有。她这是一种自我否定还是一种判断？她嗓子眼里发出了轻微的呻吟，说：

"躺上去就可以了吗？"

"是的，躺上去，很舒服的。"小伙子补充说，"这是一款专门为人的精神愉悦而发明的机器。"

栗子把手中袋子递给小伙子，然后走上前去，坐在那奇异的平面上，双手放在身体两侧，感受了一下它的温度。她特别害怕那是冰冷的，如同医院的手术器械。不过还好，那种材质很温润，上面有着细小的颗粒，身体触碰上去一点也不觉得冷，反而很想在上面摩擦，有种强烈的抚摸感回传给了身体。

"躺下吧。"小伙子冲她笑笑。

她也笑了一下，缓解尴尬。她还是服从了，躺了下来。她的双手不自觉地交叉放在小腹前，这是一种本能自卫的手势。小伙子告诉她，她应该把两只手放在身体两侧，手掌朝下，紧紧贴住那个神奇的平台。事已至此，她只得照做，双手紧贴着表面，仿佛无端端躺在了手术床上。她感到全身忽然升腾起一种奇异的酥麻感，来源不明，却又如此确凿。那不像是电流通过的感觉，更像是一个生命体的接触。那究竟像是什么呢？她闭上眼睛，恍然间觉得那就像是躺在爱人的怀抱里，她感到彻底的放松，尤其是她的肌肉开始失去控制，仿佛有一个通透的隐形人钻进她的体内，沿着她的神经给她按摩，让她放松。

"您现在是什么感觉？"小伙子的声音从遥远的地方传来。

她闭着眼睛，不想睁开，说："我感到非常放松。"

"您觉得很舒服吗？"

"是的。"

说完之后她感到有点害羞，幸好闭着眼睛。

"这是一款陪伴产品，它可以在你孤独的时候给你想要的感觉。"小伙子的声音很轻柔，跟之前好像不大一样了，那其中的青涩不见了。

栗子眯缝起眼睛，可以看到他站在不远处凝视着她，这种凝视让此刻的她有些担忧，那毕竟是个陌生的男人……她完全睁开了眼睛，挣扎着说：

"好了吗？"

"没呢，好好享受吧，"小伙子像人工智能那样介绍着产品，"这款产品有很多模式可供选择，比如说，有睡眠模式，有想象模式，有越界模式，有回忆模式……"

"回忆模式？"她问。

小伙子说："是的，回忆模式，它能够准确地探测到你沉淀在海马体中的记忆信息，尤其是捕捉到过去曾经让你激动的瞬间，你只需要调到回忆模式，然后使劲回忆曾经的美好时光便可以了，它会自动找到你的兴奋点。"

回忆能被探知到吗？她对此表示怀疑。她再次闭上眼睛，回忆模式？她有多久没有回忆了？小伙子的声音让她重新想起了那个曾经深爱她的男人，也许她给他留下了最大的伤害。那是她相处最久的男朋友，他们在一起多久？五年还是六年？距今已经七年还是八年了？她也深爱过他。他们曾是那么深爱过，最后又因为无数的生活琐事、观念差异闹得不可开交，成了彼此的仇敌。他们决定分开，谁先提出的已经无关紧要，因为这件事就像是无法愈合的伤口，开始了溃烂，但那种分开又带来了血肉割裂的巨大痛苦，在心底留下了难以磨灭的伤疤。

"系统检测到您选择了回忆模式。"

"可我并没有说话呀。"

"不需要说话，它知道您大脑的状态，并帮您做出最佳的选择。"

"无所谓了。"她觉得现在再说些什么反抗的话也毫无意义，顺从在很多时候都是一种美德。

"就是，您放松吧，顺其自然，它不会伤害您的，只会为您服务，它愿意做人类最好的情感仆人。"小伙子咯咯笑了几下，说，"抱歉，刚才那句话不是我瞎编的，而是它的广告词。"

她已经无暇顾及那个陌生的小伙子了。回忆的冲动被引诱着，向幽暗的纵深处上溯，那些早已模糊的细节再度清晰起来。她曾经那样恨过他，咒骂过他，但此刻，在她的回忆深处，那些憎恶的瞬间不再那么憎恶，她反倒有些懊恼，怀疑自己当初是不是反应过度了。他离去的背影曾让她有着撕心裂肺的疼痛，但此刻在回忆中她不能再品咂出其中的痛苦了，痛苦变成了一种特殊的记忆，却也仅仅是记忆而已，不能与如今的心灵感受建立联系。令她意想不到的是，让如今的心灵揪心的场景反而是那些欢悦的时刻。她和他在公园的湖边忘我的接吻，阳光温暖，微风和煦，她眯缝着眼睛，整个人仿佛融化进周围的一草一木当中了。还有他们的第一次做爱，他引导着她，两个人的脸都红扑扑的，好像喝醉了一般。她很少去回忆这些，在她的意识中，那是一段失败的关系，这个结论是注定的，因而其中的温情都蒙上了一层厚厚的灰尘，被封存起来。现在结论不再重要，或者说，她终于越过了那道结论带来的围墙，擦净了灰尘，那些美好重新涌现，就像深埋地下的宝藏忽然裸露在阳光下，是如此炫目。她忽然感到痛苦，那是此刻的心感到的痛苦，这是时间带来的痛苦，不妨说，是某种更加本质的痛苦，形而上的痛苦。她必须抑制住此刻的这个自己，她的这个想法似乎得到了某种呼应，逐渐缓和了，她的回忆从而上溯得更加深入，那些她甚至不曾记得的细节也开始浮现。终于，她的回忆凝聚在她和他的某一次床上做爱的时光，她不再是一个客观的冷眼旁观者，而跟当年一样，也是时间的完全主角，她慢慢陷入那个情景当中去了，她如此清晰地看到了前男友的脸和身体，她觉得陌生而又亲切，终于，她感到自己整个人都投入进去，身体开始不可遏制地颤抖，她发出了抑制不住的呻吟和叫喊。

过了好一会儿，那个世界开始重新变得模糊，她这才意识到自己现在的处境，她可是躺在某个商店的床上，有个陌生的小伙子盯着自己看呢！她难堪极了，睁眼的同时便立刻从台上坐了下来，捂住自己的脸说：

"太……太不好意思了，我做了什么？"

但是，小伙子一句话都没有说，依然站在她的不远处。她觉得特别奇怪，不管怎么说，他都应该说些什么的呀。她忍不住抬头看他，她大吃一惊，站在他面前的不是那个小伙子了，而是……而是刚刚在回忆中的前男友。她看不清他的表情，她不敢多看，收回了目光，这是怎么回事？栗子在心中尖叫起来：我在做梦吗？我还陷在刚才的状态中没有出来吗？她急了，大声地吼叫起来：

"够了！够了！快把这个该死的机器关掉！关掉！"

眼前的男人依然一言不发，轻轻抬起胳膊，触摸到周围某个隐秘的地方，这个机器便停止了工作。她能感觉到那些微小的突触，还有那些说不清的信息流，确实被切断了，身下的平台像是普通的塑料材质一般冰冷了。

她整个人冷静下来，再看看眼前的男人，还是他。

"孙坚？"她试着叫了声。

那个男人点点头，说："栗子。"

面前的这个人原来是真实的，她感到一阵疯狂的情绪诞生在心底，但她克制着，声音都有着扭曲："这，这是怎么回事？！"

男人微微一笑，嘴唇张开了，露出里边齐整的牙齿，她曾经赞美过的牙齿。她没见过一个男人的牙齿长得那么优雅，像是医院摆放的工艺品。

"栗子，你这些年都好吗？"孙坚望着他，关切地问道。

"你是来自于我想象中，还是真实的？我现在已经完全分不清状况了。"

"栗子，是真实的，真的是我。"孙坚说。

"啊……"栗子心底的情绪升腾而起，整个人战栗起来，"你怎么会在这里？刚才带我来的那小伙子去哪里了？你是偶然闯进来还是怎么回事？！"

"那个小伙子是我的店员，这家店是我开的，产品是我研发的。"孙坚用一种平淡的口吻说，"抱歉，吓着你了。"

栗子感到潮水般恐惧从她的尾骨一直传到了她的头顶，刚才的极度欢悦似乎完全是为此刻的恐惧所准备的。她"噌"一下站了起来，仿佛身体继续接触那台面会带来意想不到的灾难。

"你的意思是你专门设了这样一个局来使我难堪吗？"她大声质问道。

"栗子，你知道吗？这个产品是我研发的，是因为你而研发的，或者说其中的灵感跟你有关系。但是，我并不是用它来让你难堪的。"

"跟我有关？"栗子用颤抖的声音说，"那这一切都是针对我的？"

　　"这么重要的一个产品，投资和心血都不是你可以想象的，怎么可能是针对你的。我只是说你给我提供了一些灵感。"孙坚往后退了一步，坐在一个椅子上，冷冷望着他。这么多年过去了，他性格中的冷硬还是丝毫未改。她曾经不止一次对他抱怨过，但他在表示歉意之后依然如此，长期的研究工作已经影响了他对世界的根本看法。他不接受含混的事物，他喜欢精确的，可以分析和推论的事物。其实一开始栗子正是被他的这种气质所折服，他向她描绘了一个极度清晰的世界，让她觉得自己原来如同坐井观天的青蛙一般。从宇宙的诞生到基本粒子的量子效应，从细胞的形成到意识之谜……她仿佛瞬间获得了本质性的顿悟。尽管在他的精确描述中，世界反而显示出了更多的奇异特征，但这正是她喜欢的。直到他们生活在一起若干年后，她才发现，她喜欢的这种奇异性，正是他深恶痛绝的，因为他的工作就是与那样的奇异性做斗争。能减少一丝一毫的奇异性，便是他最大的成功。

　　"好，知道了。"栗子深呼吸一下，让自己平静，跟他歇斯底里只会让事情更糟，她领教过那样的缠斗，窒息到绝望。因而她尽量平和地问："那我来这里，这个店里，到底是你的阴谋，还是一次偶然？"

　　孙坚略略沉吟说："不，我这绝不什么阴谋，但是，这也不是什么偶然性。我设置了你的面部视觉搜寻，是的，我一直在找你。但你也知道，我有你的电话号码，我要真的想找你的话，不如直接打电话给你。我用这种方式找你，其实还真是有你说的偶然性。假使这样都能找到你，尤其是你还主动来体验了这款产品，那么我就会觉得这不是我刻意邀请你来的，而是某种缘由需要你来的。"

　　"科学主义和神秘主义真是邻居。"她用他喜欢的那种词汇嘲弄道，"而你就是那个来回串门的人。"这句话当然不是她忽然想到的，而是她和他分开之后才慢慢悟到的。

　　"你还是那么会讽刺人，"孙坚笑了起来，"还是那么富有哲理，那手机是科学主义的还是神秘主义的？"

　　看来他知道自己在手机店上班了，她曾经的梦想是当一名画家，至少也是一名平面设计师，但她需要生存，艺术已经不能提供这点，AI都在搞艺术了。

　　"手机既不是科学主义，也不是神秘主义，"她冷笑道，"手机是实用主义的。"

　　"说得好，说得好，这么多年没见，你比过去变犀利了。"孙坚快速笑了下，脸上的波纹让他显得比过去苍老，他也比过去胖了一些。

"说说你的这台机器吧。"她逐渐平复下来，能够接纳这个突发的状况了。

"坐吧。"

她重新在那平台上坐了。孙坚在她身边也坐了下来，与她隔了二十厘米的距离。他也放松了一些，说："这台机器能够检测到你神经元的信息活动，锁定你正在回忆的点，进而引导你的进一步回忆，许多潜意识的记忆也能够被激活。这样一来，它就可以复原你的情感模型，让我可以更好地探究你的内在。"

"天啊，孙坚！探究我还有什么意义吗？我们已经分手这么多年了！"她的声音再次大起来，但不是恐惧，而是一种情绪被点燃了，她喊道，"难道你没有再找其他的女朋友吗？我可是找了很多男朋友！"一种报复的快感弥漫她的全身，原本她置身于完全尴尬的处境，现在忽而具备了某种想象中的主动权，她觉得自己很快就要从泥潭中走出来，获得意想不到的长情告白了。

"我们分手后，我当然有过女朋友，不仅如此，我已经结婚了，孩子都会叫我爸爸了，但这并不妨碍我对你的探究。这样说你明白吗？"孙坚说完这番话，他心中想，感情在我这里，也可以是一个研究的客体。当然，他们真爱过，他从不否认这点，但她给他造成的创伤他也无法释怀。他不是想去报复她，而是想探究那种创伤，就像是探究细胞是如何聚合的，神经元又如何开始了思考。

栗子一时不说话了，当一个女人听见过去的男人还爱着自己——或者说还对自己抱着很大的兴趣——的时候，心里多多少少还是浮升起温柔的眷念。

"我如果可以提取你的感受模式，严格说，你的神经丛反应模型，对我理解何为爱情，意味着很多很多。"孙坚的声音低沉，语速缓和，显露出久违的柔情。

"比方说……"她竟然有些期待了。

"比方说，以后在我想你的时候，我就可以躺在这上面，让我们曾经的感觉完全融为一体，而不仅仅是我单方面的。因为我们知道，发生过的事情是属于双方的，因而记忆也应当弥合双方。借助这台机器，我们两个人可以重新使它变得完整。"

栗子凝视着孙坚，他过去有过这样柔情的时候吗？尽管不多，但肯定有的，她忽视了多少次这样的时刻？她恍然间有些感动，这些年，她是谈过好几个男朋友，但她现在孑然一身，她对男人有些厌倦了，又有些怀恋遥远的过去。当年的自己是多么冲动，稍有不满意就会大发雷霆，而这个男人总是傻愣愣地不知所措，那个样子曾让她暗暗发狂，觉得自己找了个木讷的呆瓜，但现在她觉得那其中不是有一种可爱的呆萌吗？自己为什么那么挑剔？不挑剔的女人才是好女人？她当然不会这样想，她想的是，自己究竟需要什么样的爱情？爱情是什么？这个身下的机器真的可以研究出爱情的本质来吗？

孙坚比栗子要小三岁，他们在一起的时候，栗子周围的朋友都不看好他们的关系，她自己也是。她在激情过后，便觉得这个比自己小的男生身上，有一种怎么也摆脱不了的幼稚劲。但是现在面前的这个男人显得如此成熟，富有掌控一切的魅力，而且还实现了他的梦想。如果她没记错，他的梦想就是制造出一台自己的智能机器，看来他实现了。但当初她嘲笑他拥有的只不过是每个男孩子在幼儿时期的幻想。

栗子期待着这个男人继续对她再说些什么。这个话题很温情，还可以继续，她愿意在这个年度的最后一天，好好聊聊这个话题，如果可以的话，他们还可以去找个地方坐下来聊，喝点东西什么的。

但这个男人没有再说下去，而是掏出小巧的手机，把1000块钱转到了她的账户上。她没有拒绝，为什么要拒绝呢？她都签了协议，更何况现在的情况，这笔钱更像是一份奇异的礼物。她收了钱，还说了句谢谢。男人站了起来，退后了几步，回到了一开始的位置上。他这是什么意思？他要干什么？难道是跟她想的一样，出去外面的意思吗？她也站起身来，迟疑地等待着他的暗示。

"很高兴能在这里见到你，栗子，太高兴了，我没想到这一天会这么早到。"

"看到你实现了梦想，我也为你感到高兴。"她说。

"男孩子的幻想罢了。"他笑了笑。

"不是谁都这么幸运，可以坚持自己的梦想，还能实现它。"她又看了一眼那个平台，想到以后孙坚会在那里探测到她的某些记忆，她感到羞耻。他们等会儿聊天的时候，她得跟他商量，他能否在体验一次之后，就删除它。她允许他体验，体验他们共同的过去，就一次，一次足够了。

"谢谢，那就这样吧，如果你还想来这里体验，随时欢迎你。"他站直了身子，露出了职业性的笑容，像是戴上了面具。

她愣住了，这就叫她离开了吗？她怀疑自己是不是有什么误会，对他微笑了一下。他点点头，客客气气的，仿佛在街上偶遇，寒暄了几句，到了分别的时刻。但是，他们不是已经聊到了很深入的话题了？

"哦，不想再聊聊？这么多年了，发生了很多事情吧。"她只能主动提出了，也许他还是那么木讷，有时候不通人情。

"你知道……你知道的对吧……"孙坚结巴了一下，说，"我爱的是曾经的你。"

栗子等着他往下说。

"所以对我来说，我和曾经的你一旦分开，就再也不能相遇，因为我和那个你被时间越推越远。现在，能得到你的回忆，就像是一道桥梁，我能重新跟她说说话，这就已经足够了。现在如果我们继续聊下去，只会发现我们早已变成了彼此的陌生人，这会大大影响我们的记忆。记忆其实是不大可靠的，会受到此时此刻的影响，我们会根据现在的需要去重新阐述记忆，所以，栗子，让我们保持一个纯粹的过去吧。"

走出商店的时候，她的知觉忽然变得迟钝和麻木，觉得自己的魂魄似乎被偷走了。如果这世界上有魂魄的话。但她清楚，偷走的并不是魂魄，而是记忆。但那些记忆分明还在自己的脑海里，只能说他盗取了自己记忆的拷贝。她憎恨这样的感觉。她觉得自己还是受骗了，她想报复，她想控诉他。但她一想到自己已经签了那个愚蠢的协议，如果孙坚以此为由跟她耗下去，她是撑不了多久的。事情真的演变成那样，她就更加像一个弱者了。她觉得在生活中做一个弱者没什么不好，但怕的是在感情中成为弱者，而且在那段关系中，自己还曾是强势的一方。在她看来，是自己先伤害了对方，对方这才报复了她。报复？她琢磨着，刚才的那一切似乎也谈不上是报复，报复是要让她付出代价，但她付出的是什么？一段记忆的拷贝而已，那对她来说，本质上是没有任何付出的。她如果能像过去分手并忘记他那样，再次忘记他一回，她的生活将和几个小时前没有任何不同。但对他来说好像意味着很多。她想象着他躺在那个奇妙的平台上，回忆着过去的她，陷入无法自拔的境地，她觉得她终究还是这场感情关系中的胜利者。虽然这种胜利非常虚无，但对她失落的此刻堪可安慰。

突然起风了，凉气逼人，还等不及走几步，便下雨了。这是北半球的干冷空气和南部海洋的暖湿气流交融在了一起，气温跳水般往下落，冷雨不仅加剧着寒冷，而且还制造出了氛围。在冷雨中她扭头赶紧往回走，重新走进了商场，她得预约一辆无人驾驶的出租车把她送回家。她掏出手机，忽然发现目力所及的范围内没有一个人影，那些熙熙攘攘的顾客在冷雨前已经逃回了家；商场里的店铺灯火通明，但她站的这个角度望不见一个店员。她抬头，望着三楼，仿佛看见了孙坚的那家店，她的心中涌过一阵奇异的战栗。她很想再进去一次，但又不知道该说些什么。

原载《芙蓉》2020年第2期

点评

在一次对谈中，王威廉曾说："科技把我们灵肉分离。每个都市人都是拔地而起的、漂浮的，被抽空了与自然的联系。"在这个时代，生产、生活的运行都被科技的发展深刻影响，面对这样的社会现实，文学如何进行把握是摆在作家面前非常重要的现实问题。《分离》虽是科幻小说的外壳，更内在的核心却是"现实主义"的。城市这一生存空间的快速发展和急遽饱满，在带给人生活便利、简化的同时，也带来了诸如"灵肉"分离、情感梳理等问题。

小说的开头并未表现出科幻小说的质素，而是从人的感官出发，充分呈现一个城市大龄女青年在一个寻常而普通的下班节点的心理状态。触感传递而来的是暖湿气流带来的气温飙升，这样的暖意带来的不仅不是冬日可贵的暖意，反而是被人群裹挟的烦躁之感。随后她有意无意进入两个店铺，一个是奢侈品店，一个是人工智能家居店。前者充分代表着都市文明的物质之一端，后者明显是现代科技发展的重要呈现，两者统一于人的情感状态。走出奢侈品店是因为囊中羞涩，走进智能家居店是因为报酬的吸引，物质在便利、丰富生活的同时，也绑架了生活。客观、理性是科技发展至关重要的质素，城市的发展、现代化的不断推进对此也有强烈的要求。但人的生活在被科技客观而理性地占领的时候，人与他者却越来越分离，甚至自我也产生了强烈的分离感，情感被抽空。目之所及灯红酒绿，科技带来了丰富而充盈的物质生活，但人心却找不到一隅得以安放。

（朱旭）

书空录/

/林 森

　　我不会说出我的名字，不然有人会按图索骥，会把套子给我准备好，会挖好一个深坑却又在旁边竖起一块引人走近的指示牌——即使于己毫无好处，他们也要把一个个无关之人送进水深火热和狼狈不堪。我见多了这样的人，我多次看到这些人，在别人背后，刺出锋刃冰冷的尖刀。当然，即使我说出，也不会有人注意到我，我是一个有名字的无名者，我所供职的杂志社，不会在扉页上打上我的名字，那些索引狂魔和好奇怪叔，绝不可能从中国文学杂志的海洋里，把我打捞而出。我不过是一个编务，一个负责打打草稿、排排版的小人物，不会有人认识。我不是扉页上的社长、主编、副主编或者编辑部主任，不会有人在投稿来的时候，附上一封信，抬头"尊敬的……"——当然，我一点都没有妒忌的意思，恰恰相反，我乐于这种被遗忘，我热衷于当一个不存在的人，当一个无，当一团空荡荡。我不愿说出名字，那样，我吐出的这些疯言妄语，就不会有人嘲笑，不会有人投来不怀好意或充满同情的目光。

　　事实上，从很多年前，杂志的老社长把我招进来当编务开始，我就一直怀疑自己能不能干好这件事——虽然这事并非多难。那是一个热火烧天的年代，当时我是一家文化单位看门的保安，但我很快连保安也当不了了。一次车祸夺走了我妻子和开始摇摇晃晃走路的女儿，我则是折了一条腿——关键是，肇事司机是个孤家寡人，也在车祸中把命丢了，他是潇洒走一回，我便很惨了，天降大祸，索赔无门。我拎着一瘸一拐的腿，看门的保安也没法当了——小偷们都轻便得很，他们就是大摇大摆在我面前走过去我也追不上，何况他们都神出鬼没。当时我天天恨不得去死，也曾好几回走到城市里的河边，望着水里发浑的漩涡和泡沫，觉得底下便是鲜花盛开的龙宫或光线明亮的天堂。我还没跳进去，是当时那老社长叫了一个跟我倒班的保安盯紧我，我从漩涡和泡沫的诱惑中，被拉上岸好几回。老社长找我聊过好几回，他说，既然当不了保安了，就到他的杂志社来，脚动不了，手还是可以的。他安排我去培训，学习电脑打字，后来我成了杂志社的编务，用手指的敲打，养着我无底洞般的那张嘴。我的残疾证，也是老社长帮忙办下的。老社长后来升迁到上级部门去了，他还跟继任者强调，无论如何，都不能把我裁掉。我于是成了这个杂志社工作最久的一个人，一个个人到这里，有的升有的迁，只有我，不断在电脑上，打印出一份份草稿，经过编辑们的编校之后，我排好版，出菲林，给印刷厂寄去——到后来，就不再寄菲林，而直接在网上给印刷厂传压缩包，厂里刻版就开印。

这家杂志上自当年的老社长主持改版之后，在国内外都有了一些名气，编辑部来来往往，不少著名的人物都曾来拜访，甚至有讲着不知道哪国语言的卷毛老外。我敢说，全国对这杂志的内容最了解，肯定是我。那些流水的编辑、有一搭没一搭的订户，肯定没人像我一样，笨拙地把一期期杂志啃下去。读得懂的少，读不懂的多，可随着时间的流逝，我感觉读懂的变多了——当然，这可能是我的幻觉。我是一个时常有幻觉的人，比如说，我会从那条河的漩涡和泡沫上，发现妻子和女儿的脸；会从一篇来稿的题目中，听到妻子和女儿的笑声。这些幻觉我不敢跟人说，也没法说。

当年老社长主政之时，为了提高我们的知识水平，让编务把稿子打印出来的时候，做第一遍校对，我也因此笨拙地翻着词典，把那些稿子看了，起先，我改掉的"错别字"和"标点"，常常被后几道校对的编辑在旁边打上三角形——也就是"恢复原样"的意思。编辑们投来愤怒的目光，我只假假地当作不知，当然，为了不让编辑们移恨老社长，我翻看词典更加勤奋了。我把编辑们处理过的稿子拿过来仔细查看，一天天过去，编辑们打上三角形的地方，越来越少。后来有了黑马校对的软件，社长也不是当年的老社长了，新的编辑只让我们根据黑马校对的提示，标出可能有误的地方来给他们斟酌，我还是忍不住把一篇稿子从头到尾都通读，改掉觉得需要修改的地方。若有一篇稿子，我改的地方没有被编辑们改回来，就会窃喜好久——当那些文章被印刷出来，翻开整齐、崭新的书页，在一行行文字和标点的队伍中，可以找出我的声音和动作。我的幻觉又出现了，我手拿红笔在纸张上滑动的画面不断出现；我甚至看到，某个读者捧着杂志，目光在我修改过的地方失焦、出神、魂不守舍或者一声长叹。我觉得自己是一个躲在暗处的人，透过文字和标点的缝隙，我看到读者们无法隐藏的表情。对了，不是因为老社长在我最绝望的时候帮过我我就说他的好话，他确实是一个想法超前的人。他很早之前，就在单位里鼓励我们学英语、背单词，谁背得多，年货就多一些。我也因此死记硬背过英语单词，虽然那些词都随着老社长的升迁而还回去了，可我们的脑袋就像房间，当那些单词短暂入住之后，即使很快搬迁，那里也永远留下了它们生活过的痕迹。

我没有发稿权，我甚至不是普通的编辑，可若说我一个人编过很多期杂志，你们会不会觉得又是我的幻想症发作了？可，这是真的，在我那一个人的房间里，有一个书柜，专门摆着这些杂志。那个书柜，是编辑部淘汰的，我给捡回来了。那是老社长用过的书柜，我把那些杂志摆在那里，就像看到当年恨不得跳进漩涡和泡沫时，另一个保安伸出的带着温度的手。这当然不是正式出版物，可若是你看到了，一定会很惊奇。那是打印稿，一本本处于未完成的样子。可在我眼中，那是完整的，那就是杂志最终的样子。我甚至按照杂志封面的风格，给设计了封面，用同样的纸张打印出来，精心裁切，一眼看上去，你肯定认为那就是那本著名杂志的某一期。可这，是属于我一个人的杂志，我是这杂志唯一的编辑，我有着至高无上的发稿权；我也是这杂志的唯一读者，我独享它的所有页码、文字、标点和空白。

你知道的……可能，你也未必知道，无论哪家杂志，都有很多稿子，是没法刊登的——甚至可以说，百分之九十九的稿子，没法最终转化为刊登出来的成品。写得好不好只是一个缘由，还有各种原因，造成那些稿子永远无法面世：风格不符、题材禁忌、趣味怪异……有很多理由，甚至是没法理解也不能说出来的。那么多年，我曾听那些编辑们无数次私下的牢骚，听过杂志社举行笔会时作家们的抱怨，他们在吐槽之后，嘴巴微张却在一个无法描述的地方停歇，留下一阵阵寂静的空茫。一篇稿子投到编辑部，若是纸质稿，我会登记、编号，交给编辑；若是电子稿，则在打印出来、登记编号，也交给编辑。很多被淘汰掉的废稿，最终又由我来处理，我也因此看了很多无用之稿。我竟然培养了自己的看稿"喜好"——我不知道能不能用"喜好"这个词——就是说，我会对呈现出某种风格的稿子特别喜欢，我会在幻觉里看到那个作者写下文章时的画面，看到他的嘴角带笑还是眼睑遭遇洪灾。这些稿子就被我单独挑出，我仿照着杂志的栏目设定，自己给那些稿子写稿签决定是否留用，自己校对、排版、设计封面。我会在家里的旧电脑上，把版式调整到最满意的程度，在杂志社的编务室打印一份出来。我用最原始的手工装订，努力把其弄得像是一本真杂志——真的，只要不是你细看，只要不是你对印刷的纸页很了解，你一定认为那就是一本印刷出来的正式刊物。当然，这些杂志都是没有刊期、刊号的，在该标明刊期、刊号的地方，永远空白，永远虚无，这本一个人的杂志，就像一个在杂志社里隐匿了四分之一世纪的无名瘸子，在某些人那里，永远不存在。我每年编两本，这五十本刊物，写着我的四分之一个世纪。我不是说我老有幻觉吗？是的，在某些幻觉里，我是一个时光收藏者，我用老社长用过的旧书架，装下了我四分之一个世纪——可那仍旧是一期期的空荡荡。

有一年，编辑部刚来了一个新编辑，还处于适应工作的状态。有一天，他接待了一个缩着腰前来编辑部拜访的中年人，老实讲，这样的人我见多了，基本上不打招呼就自己跑来编辑部的作者，百分之八十都不太正常——若结合他颤颤巍巍的神情，可能性就要升到百分之百了。那编辑毕竟太嫩，毕恭毕敬地接待了他，接下来他递过来的稿子，听他唠叨了一个小时之后，才终于把他送走。他的稿子是所谓"诗词"，编辑很快按照他留的电话，回复他杂志没有相应栏目，可另行处理。在电话里，他回答得挺正常，挂下电话之后，却立即给编辑发来了短信："你有什么权力封杀我？这么优秀的稿子，你不用，我要去买一把斧头，我要当顾城，你就是谢烨。"还没等编辑回话，连续轰炸又来了："你要把我的稿子转给×××看，由他来裁决，你没资格审判我的稿子。"他所谓的×××，就是当年的老社长，编辑苦笑着给他回短信："×××老师已经离开我们杂志十多年了，你有渠道，你可以把稿子转给他看看，我没义务代转。"这话更惹怒了"顾城"，各种威胁继续飞来，把那编辑吓得掏出他的诺基亚手机，给我们看那些短信："这些，我都存着，若有一天真有什么事了，你们报警时，记得从这找线索。"

大概两个月后，有一回，在单位附近的超市，我认出了那个投稿者——我当然能认出他来了，他一遍遍给小编辑发威胁短信，还继续往编辑部投来打印的"诗词"，每封信都附上他的艺术照——一个中年男人，在高光的掩盖下，无比怪异。他正在超市门口推一辆购物车，腰身弯折，头几乎要贴到车上，我拄着拐杖过去了。我拍拍他的肩膀，他斜着眼看我，满是疑惑。我说："你不要再那样了。"他眉头紧锁，显然，他不理解我指的是什么。我说："以为你做的事没人知道，好像别人拿你没办法……看到我这只脚了吗？被人砍的，你再那么过分，我另一只脚没了，也要把你废了。"他紧张起来："……你……你……你说说什么么？"我把拐杖抬起，砸到购物车上："不管你懂不懂，给我小心点，要不然，我把你写进黑名单……"他的头更弯，购物车也不推了，惊慌地钻进超市的人流。

这样的作者写的东西，有一点点审美的杂志自然都是看不上的——甚至，连我编给自己看的那本杂志，也瞧不上这些稿子。可那人颤颤巍巍的身形，一直倔强地在我脑子里摇晃，没法擦除。我忽然涌上某种恶趣味，我是不是可以编一本专门刊载差稿、烂稿的刊物呢？在那刊物里，一切标准都是颠倒的：言辞不通、标点混用、错漏百出、所有的表达都饱含硬邦邦的粗俗和低劣的煽情。这本来该一闪而过的念头，在冒出来后，再也驱赶不去。很多次，我在自己的窝里，翻看那些我依照自己的趣味编成的世界上唯一一本的杂志，觉得里头所有表达也太"准确"了，经过我一遍遍校对、排版才最终打印出来的"定稿"，呈现出某种"权威"——虽然这"权威"只有我。是的，这个世界太正确了，连我从来稿的废渣里淘洗出来的，也被固有的秩序改正了，闪着理性的光辉。恶趣味不断成长、变大，形成某种滚动的力量，驱使着我。

首先，得选一个刊名，既然恶趣味，那就彻底一点，就叫《0》吧。它的办刊宗旨可以是："刊发了谁的稿子，谁就在这世界上没存在过，谁就成为没存在过的空无。"这些胡思乱想让我特别兴奋，我甚至立即开始制作创刊号的封面，我用设计软件里调出的最黑的颜色，涂了一个圈，那个圆圈太黑了，俨然一个黑洞，能把一切都吸进去，能把一切都化为乌有。至于内容，就简单多了，威胁我们小编辑的那个家伙既然执念深重，他那些平仄不通、格律全无的诗词就发头条吧。当然不能办成他一个人的专刊，还得有：一个退休老干部逢年过节就诗情洋溢的散文诗；一个自称一天可以写两百首诗，至今已经写了八万多首诗的神秘诗人，曾寄来了一堆诗稿和自荐信，我不发他的诗，发他的信；一个抱着半麻袋手写稿的阿姨，曾不断跟我们编辑说，她这稿子一发，诺贝尔奖后年就该给她了——至于为什么不是明年，是因为出版、翻译和诺贝尔奖那帮评委老头读到她的作品还需要一点时间，她的这部巨著叫《啊！岁月》，那么长的篇幅发不了，三万字的前言是可以发的……我甚至都不用输入，只是把这些稿子挑出，手头有订书机就用订书机、有夹子就用夹子，最后，把那个封面一贴，就成了敷衍潦草的一期《0》。封面上那个黑压压的洞，好像就算我把冰箱丢过去，也能吞下。翻看这么一本"杂志"的时候，也能挖出某种乐趣来，一字一句惹人笑，所有的错误和不通，皆成微言大义。

不知道是碰巧，还是我定下的那个办刊宗旨起了作用，那个年轻编辑，再也没有收到"顾城"的骚扰短信。有一次吃饭闲聊，那年轻编辑还很疑惑："有这个人？"当时我一愣，心想：不会因为《0》的刊发，那人就从除我之外的人记忆中被删除了吧？这个想法让我有了当逃犯的忐忑，可转念一想，就算我拿着那本乱糟糟的《0》去公安局报案，给他们指出封面上那个黑洞可以吸走内文刊发的作者，他们要么建议我去安宁医院，要么对我拳打脚踢吧？我再细看那编辑的手机，早已不是那款诺基亚了，换了一款翻盖手机——也就是说，编辑曾收到的各种威胁短信，不会存于这款新手机上。

自从编了一期《0》后，投到杂志社所有的稿子，都成了宝贝：可用之稿，被编发到那个有着全国知名度的文学杂志上；正式刊物不可用的，被我分为两类，符合我审美的，被我编到那每年两期的那正规刊物的"分身"上，那些我讨厌甚至恶心的，则是《0》的菜，被我不定期归类，用一个封面捆绑、吸纳、消融于无形。我就像坐在键盘面前，用删除键删除掉一个个不喜欢的文字一般，在幻想中删除掉那些写出"奇葩"文字的人。有时我想：若是《0》的宗旨真的起了效用，那些作者是多么倒霉，悄无声息就成了虚无，与除了我之外所有人的记忆告别。

我所住的房子是老社长早些年把杂志的发行办得风生水起的时候购下的，那时，文学还是社会上的焦点。在杂志发行的高峰期，为避免拖延刊物面世时间，老社长在三个省的五家印刷厂同时开印，发往全国。当年杂志社赚下的钱，老社长用一部分购买了一些房子，后来在各种改革中，有三四套被低价处理给了一些老弱病残的员工，我也得以用几年的收入买了一套。这个小区修建较早，已破旧不堪，车位不够不说，位置也不好。我那套有窗子对着一条河，算是某种程度上的河景房，我曾看过绿草在河水边摇曳生姿。可你知道的，流经市内的河水，无论原来多清澈，最后都会成为臭水沟。在城市改造的过程中，这条河不断变化，记不起哪年开始，对着河流的西面窗子，安装了一个排污口，凌晨四点半，准时发出轰响，玻璃窗和墙壁也隔绝不了。很多夜里，我被冲出排污口的水吵醒，只好编排着那一本本独属于我的杂志；后来，多了一本《0》，乐趣就多了些。我不好意思说，其实，我也写点文字的——这几乎是每一个跟文字打交道的人都抵制不住的诱惑。这些文字没有人看过，怎么好意思给人看呢？我曾想化个名，投到我们杂志，然后从编辑的审稿意见上，了解自己写得怎么样，可还是不敢。留着一个人翻翻吧，哪天自己动不了了，就一把火烧掉，干净。

这是潮冷的季节，海岛上的冷。这种急剧降温，总是最容易被腿上那折断的部位感知。那么多年了，我想不起两腿都健全的感觉了，伤口是安在身上的报警器，总是先于天气预报，告诉我即将到来的天气变化。那种疼痛的预告太过精准，天气不同，刺痛的深浅、轻重都不同。窗外，排污口哗啦啦，人类制造的污浊和噪音，让一个不存在的人坐在此刻。

……

人不需要有多少思想，只要他有某种"毅力"，就足以让世人膜拜。比如说，一个人定点、定时以某个姿势坐着，什么都不做，就坐着，不需要任何动作和言语。坚持一个月，他就是一个行为艺术家；坐一年，他已经是先知；三年，他肯定会成为世人眼中的神迹。他的坐而不动本身，蕴含着人类所有的意义和未来，他的随口一言，可能便会摧毁一位权力通天的君主和他横扫人间的军队——啊，这是一个多么脆弱的世界，它甚至可以毁于一个人的静坐。

······

这些妄语怎么能见人呢？我甚至从来没有把他编入我那每年两期的杂志里，那里有我偏好的稿子——人真是蠢笨，写不出自己喜欢的文字，甚至，蠢笨到写下的每一个字都面目可憎。这样的文字只能属于火，火把纸张烧成灰，微风掠过，纸灰化为粉尘。对我来讲，文字的神圣感仍然存在，有时看到一篇绝妙的文字，我只能叹息：真是老天爷赏饭吃，是老天爷握着作者的手指，敲下那一行行文字。可这样的文字，从来不属于我。

有一段时间，我担任编务的那家杂志，陷入了某种说不清的麻烦，无论我们的编辑多么如履薄冰，总还是有"读者"给上级部门写信，说我们杂志出现了各种问题：内容低俗、格调不高……给我们扣上一顶顶大帽子。那些信从上级部门反馈回来，让编辑部做出自检报告。编辑们头发变白的速度在加剧，他们看稿、校稿的精细程度提升了好几倍，也没能阻止那些雪花般的举报信。编辑们可怜主编，说他的任务就三个：道歉；回答"是是是"和"我们一定更加小心"；装孙子。我们也很快知道，所有的举报都来自一人。一个胖乎乎的老干部，退休之后，精力过于旺盛，就想拯救一下祖国破败的文学事业，就把他关于"养三只小鸡"的八百字"散文"投来了。稿子没被留用，老干部立志把杂志整垮。他细读杂志上每一个字，从标点符号里挖掘出作者和编辑十恶不赦的可怕用心——按照他的说法，我们这里不但是卖国大本营，也是反人类的大本营，得装到火箭里射到太空去。他的信不但在省里相关部门的案头上能看到，也漂洋过海，摆在了更大的领导的办公桌上。他信里把我们写得如此罪大恶极，相关部门如临大敌，组织人把杂志一遍遍通读，只读出两吨疑惑万米不解，没挖出可疑之处。

我们的主编说："你看，你看，专家们不也跟我们编辑想法一致？"一个领导支招："天天被折腾也不是办法，你就把他文章发一发，认尿算了。"主编苦笑道："真发了能解决问题，就不会这样了……"其实，主编托人传过话，让那老师再赐稿三则，好一并刊发之类。据传话的人描述，老干部鼻孔冷冷哼了几声："杂志版面，是他们用来谈条件的？能发就发，不能发就不能发，我岂是接受招安的人？没我同意，发我文字，我告死他！"——他还理直气壮了。领导一拍桌子，指着我们主编的鼻子："不管用什么方法，你把这事解决好，再这么闹，一堆人跟着你们陪葬，那还不如你们早点关门好了……"主编只能点头："是是是。"

编辑们想了很多法子，甚至有人喊出一句："要不，我豁出去，把他装麻袋、推海里？"一阵哄笑。这话我倒听进去了，我想到了之前那个作者被我在超市制服的情形——要不，我拎着拐杖，去找那老干部谈谈？住所倒是好打听，要见到这人，有机会跟落单的他说上两句，倒也不容易。他从小区走出，拎着一张报纸刚走进旁边小公园的时候，我走了上去："你认得我？"他盯了我好半天："你……是……我不认得。"我说："不认得就好。我认得你，这些年，你举报信写得挺多的吧？"他说："举报信，你说什么？"我说："有人因为你的举报信被关起来了，托人找到我，让给个说法……"他说："听不懂！"我待了一会，抬出"必杀技"："那就讲你听得懂的，我看上你的脚了，想让你摘下来……给我安上去。"他喘着粗气："……你……你……你……"我说："如果还到处寄信，下次你就得把腿取下，等我来。"我把脸凑过去，几乎要贴到他圆乎乎的脸上，我吹了一口气，他脸色煞白，瘫软在地。

这事之后，杂志的麻烦并没有断——我能想象，那张圆脸上两点绿豆大的眼珠，在放大镜后面不肯眨，深挖着我们杂志上的罪恶。我当然不会真要去把他的腿给卸了——真扭打起来，能不能顶住他肥胖的身躯，还不好说。我最后的"办法"，是把他的稿子编到《0》里头，想利用办刊宗旨"诅咒"的力量，把他吸入封面上的"0"。可关键是，真的要找他的稿子，并不容易。我也是花了快一周，才翻出他那篇养三只小鸡的奇文，幸好，这篇文章还存在于杂志仓库的废稿堆里。我立即编发，并把那些被转了几道终于抵达编辑部的举报信复印件再次复印，附在后头，编了一本《0》的专刊——这是老干部一个人的专号。

好像真有用了，之后的半年里，转过来的举报信变少了，终趋于无。我暗暗惊喜，我不再觉得这还是巧合，《0》里头，确实有着抹除的魔力。大约一年之后，无意中打听起这人，有人说道，他好像遇到了一场病，在ICU里待了一个多月，活是活过来了，却已经不大认识人，对着妻子喊妈妈、对着儿子喊书记。这些传言让我很失望，因为，在最初的设计里，《0》要抹除的，不仅是这个人，还有别人对他的记忆；此刻，他人还在，大家都还记得他，这无疑说明，一切都跟《0》毫无关系。我只好安慰自己：会不会这一次没有抹掉别人对他的记忆，而是把他自己的记忆抹除了呢？不然他何以对着妻子喊妈妈对着儿子喊书记？

——这难以验证的真假莫辨，让我陷入悲伤。

看到老社长的近况，编辑部的人情绪都不大对。大家回来之后，就开始默默翻看他当年编过的旧刊，虽有一行行印刷文字的确证，虽然这杂志栖身于全国各地图书馆和个人的书架，可却总给人摇摇欲坠烟消云散之感。编辑们还找出老社长当年留下的砚台、笔筒什么的，睹物怅然。这一趟拜访老社长之行，编辑部的人都去了，我也跟去了。此前，有时想起，我也会打个车，拎点水果去看看他。最后无论我如何推辞，走的时候我还是发觉，从他家拎走了更多的水果，甚至会提着油腻腻的半只鸡。退休多年，他过着隐姓埋名的日子，每有他当年推出来的作家打听到编辑部，希望去拜访他，他一概拒绝。老社长是一位纯粹的编辑，能抵制书写的诱惑，不论在不在编辑之位，都不搞创作——可即便如此，他早些年在一些会议上的随口发言，还是被整理出来，是一字不可移的好文章。一些作家在文章中写到老社长往往敏锐地指出某位作家有什么缺陷，又可以把哪个优势发挥到极致，作家心悦诚服。有作家在文章中写道："这么一个目光如钉子、开口即金句的人，竟全没写作的欲望，这只有一种可能，那就是他害怕写下的句子被归类为小说、散文、诗歌或评论，他不屑和那些打内心鄙视的写作者同写某种文体。"退休之后，他甚至没在家里摆放什么书，该打麻将打麻将、该喝茶喝茶，从来不认为多读几本书是多么了不得的事。

我们前去探望的时候，他已经从一场急病里出院一个月。他的身体倒没啥，就是记性特别差，当我眼前迷蒙、嘴角泛酸站在他面前，他指着我的腿："你……是……来卖拐的？"他是在说赵本山的小品？编辑们跟他谈起当下的杂志状况、话语空间和文学潮流，他听倒是听得仔细，末了却说："文学？杂志？什么？"对着面前的四五个编辑，他也对不上号，他老伴在一旁一遍遍重复介绍。到了此时，就不得不跟他告别了，不得不跟与此相关的记忆告别了。他老伴在后面挥手："走好，走好，感谢大家……"

回到编辑部，编辑们嘴唇发抖，老社长怎么能忘了呢？他当年是这杂志的奠基人、开山者，是国内文学期刊界的一位大佬……怎么就……连他都这样了……我们一期又一期编着这"废纸"，可改变了一丁点世道人心？我没加入编辑们的七嘴八舌，我嘴巴里说不出"虚无"此类的词，可当老社长认不出我，我就觉得腿脚发痛——当年被压断的位置，重被撕裂，一回又一回。最痛的，当然不是身体之伤，而是看到身子不完整的妻子女儿，她们的头脚分离，某个角落还溅射着她们的一摊血、小块肉。她们定格于最好的年龄，而我已老残如斯，若她们隔了这么多年后，再见到此时的我，定然只能喊出："阿公。"别说她们，我盯着镜子，也很想对着镜子里的人伸手："您是？"身心之痛越来越清晰，却又连自己的长相都忘了——我是记性更好了还是更坏了？

社会化的人，想再完全脱离社会，显然不可能，他们总会设法再建一个世界，或在某种艺术里，或对着虚无幻想。我修建一个什么世界？我编着一本本没有读者的"杂志"，摆放得如此隐秘，连风也未曾光顾，白蚁和蚊子尚未临近已经被我杀绝。这是要修建跟何人联系的桥梁呢？桥梁的起点在哪，终点指向何处？

A坐在我面前，嘴巴颤动，他将对我说什么？

B站在我身后，他第一个音如何发出？

我是C，我对他们熟悉又陌生，他们在我的记忆之中又在我的记忆之外。

A、B、C同为一人。

我终于要给自己编一本《0》了，这是属于我的专刊，当然得郑重其事写几句编前语。当开始收集，我才发现，曾在我脑子和手指下诞生又被我遗忘的文字在一点点冒涌，残缺、陈旧的纸张从某个角落里飘来，被遗忘的片段从电脑文档中浮现，它们争相报名，排队向《0》走来。这简直是一项永远没有尽头的工作，可我乐享其中。我给自己定下了一个规矩："如果有七天没有再翻找出一行文字，那就定稿。"刚开始时，我几乎每天都要接待这些来访的文字，它们呼朋引伴，希望我认出它们，希望我想起写下它们时的表情。勤快的文字来过后，剩下的很是羞怯，它们扭扭捏捏，在我的视线之外徘徊，但总会在七日之期内便会出现。当我七天内没再发现任何文字，已经过了大半年。望着那些文档和纸张，这是我的"全集"了吧？

既然是我的专刊，当然不能像那些被我"抹掉"记忆的人的那么潦草，这些文字当然得全部录入、排版，给它们一间舒适的居所。这又是一项不小的工程，可我时间那么多、兴趣那么少，它们总有完成的时候。封面纸张也得郑重其事，我专门去我们杂志社长期合作的印刷厂，找老板要来几十种纸，终于选中一种据说原料极其复杂的特种纸——我倒不是喜欢那种纹理——选它的原因，在于看着这种纸的时候，你没法想象它的原料是什么。也就是说，这是一种丢失了来路和记忆的纸。我还网上找了能买到的最黑的材料，剪了一个圆形——它太黑了，以至于剪刀剪过，像光刺破深夜。光射上近乎绝对的黑，几乎没有任何反射。

内文装订好之后，我把家里狭小的空间走了好几遍，把自己书架上所有的摆着的"书刊"都取下，手指在书的边缘划过，我得确认，自己仍旧记得它们的每一个细节。我当然没有忘记，好好洗了一个热水澡，水珠在腿上的伤疤流淌，当年的痛仍未减弱。我给了自己二十分钟冥想，还有什么事情是遗忘了的？确定记忆清晰、诸事就位，我终于要给这本属于我的《0》装上封面了。我太熟悉这手工，固体胶涂抹到哪个位置、什么程度，不需要眼睛来看，只凭手感即可。这么一个重要的时刻，我竟然没有一点激动，太奇怪了。画龙之后，最后的点睛，会让龙飞升——给《0》装上封面，我慢慢摩挲，封面终于装得完美无缺了，真正的印刷品也没这么完美的品相。我的手掌在封面上轻轻一拍，完工。

我期待那个时刻的到来：《0》编好的瞬间，到底是我的记忆被抹除，还是别人会遗忘我；我会痴痴地回想"我是谁"，还是曾经的熟人投来茫然的目光："你是谁？"

原载《芙蓉》2020年第5期

点评

　　《书空录》既道尽了大部分稿件的命运，也道出了普通编辑的生活实态。用第一人称进行叙事，娓娓道来一个在一家文学杂志工作了二十五年的老编务的生活状貌。尽管杂志社工作了几十年，对杂志的熟稔程度可谓杂志社之冠，但"我"并没有署名权，是一个百度无法搜索到的没有话语权的小人物。早年因为意外丧妻失女，自己也失去了一条腿，惨痛人生经历一度使"我"自我放逐，是报社长挽救了"我"。惨痛的人生经历，使得胸中万分郁积无处倾诉。踽踽独行于世幸得老社长照顾，对老社长的感恩，对逝去妻女的思念，对被埋没稿件的遗憾等，都寄托于一本本没有刊号，也永不会面世的自编杂志。"这些杂志都是没有刊期、刊号的，在该标明刊期、刊号的地方，永远空白，永远虚无，这本一个人的杂志，就像一个在杂志社里隐匿了四分之一世纪的无名瘸子，在某些人那里，永远不存在。""我"以这样的方式证明着自己的存在，稿件的存在，抵抗着岁月与记忆的消弭。而《0》杂志与此相反，也同样没有刊号，永远不会见天日，甚至制作更粗糙的杂志，寄托着"我"抹掉一些记忆的期盼。甚至制作了一期自己的专号，意图抹掉"我"的记忆，或是别人对"我"的记忆。"我是谁？"这样宏大的命题被林森巧妙画入他最熟悉的故事套中。

（朱旭）

群众演员/

/了一容（东乡族）

一

许多人都有当演员的梦想，因为当演员有许多乐趣。我认识一个做群众演员的朋友。我和他相识已经十几年了，他就是靠这个工作为生的。王宝强也是从群众演员开始的，但人家早已经火得一塌糊涂。我的这个朋友认为：离没离婚是考量一个演员火没火的标志，一般特别火的演员，有一半都离婚了。但是我的这位朋友当群众演员都快三十年了，仍然还是原配夫人，有过一次机会，他想离婚可又不敢离，只好继续默默地做好他的群众演员，到处"要馍馍"，有时吃了上顿，竟还不知下顿究竟在什么地方呢，但他似乎一直都没有要放弃的意思。

二

我这个群众演员朋友的名字叫肖四，可能是家里排行老四吧。以前他是一家轴承厂的工人。也就是在他当工人的那个阶段，他说他参加了第一期西部影视班，之所以参加了那个班，是因为他当过了一次群众演员。那是有一次，恰巧西部影视城来人拍电影，到这家轴承厂去寻找群众演员，这个大型国有企业当时是这个小城市里人群最密集的地方，约有几千人，肖四听说当群众演员管吃管喝，还能给点外快，相比在车间里机器般的单调乏味要有趣得多，于是他就和几个同事踊跃地报了名，坐上一辆破面包车去了影视城。他这一去，竟然就爱上了拍戏。

九十年代，乃至到整个二十一世纪初期，都是一个电影火爆的时代，也是盛产明星的时代，人们崇拜明星比崇拜爱因斯坦有过之而无不及。人们对默默无闻的劳动者已经没有了一点兴趣。

肖四是一副标准的好衣架子，这是显而易见的。因为当演员，首先得是个好衣架子。肖四就是这种穿啥像啥的人。这样说，你们就该对群众演员肖四有一个感性的认识了吧！他生得浓眉大眼，仿宋体的"国"字脸，面庞红润，鼻梁笔直高挺，阔口，法令纹自然流淌，并微微下垂。大家看过扮演《三国演义》关云长的那个人吧，肖四样子有点像他。肖四读书甚少，儿时是个放羊娃，在老家盐池的村子里读了几年小学，二十岁左右的时候通过招工到了西北轴承厂当车间工人。可是自从后来当上了群众演员，就很少提及那段放羊娃的日子，似乎觉得提家乡的穷日子不甚光彩，每言必提他是某影视班毕业的，还会加上中国电视电影家协会什么的头衔。因为他口才并不好，吹牛话一多，就难免会前矛后盾，许多谎言就露馅儿了。但他总是话特别大，把自己说成大明星、大咖、大牌，说是他经常动不动就跟范冰冰、徐峥一起搭戏，可是我看了许多徐峥和范冰冰的电影，都没有找见他的影子。他还说他是上将李克农的特型演员，说上面为了让他出演李克农，光政审这一关就把他们家查了三代。大家虽然不是特别了解演艺圈子的情况。但他说的"经常"和这个明星那个大腕搭戏，就很让人怀疑，因为大家倒是常常在影视中看到他说的那些人，可就是唯独找不见他的影子。还有，演李克农是不是要政审、要刨根挖底查三代人清白的问题，不好深究，这个小城里的人也是似信非信，时而认为他说得有鼻子有眼，合乎情理，时而又觉得不就演个戏嘛，何必小题大做，搞得那么夸张呢！可是我们隔着行，隔行如隔山，也不好追问。但是，我们可以上网搜索，大家上网上一搜索一查询，均没有发现肖四说的这部十分有影响力他主演的《李克农将军》的重要电影。有时候，肖四在饭桌上吹牛，一大群人，他在那里一边向大家介绍自己的丰功伟绩，一边还会把他的一台运行十分缓慢的杂牌子的、有些汗渍油污的破手机掏出来，在里面翻寻出他和一些明星的合影。但这小城里的人说，这又能说明什么呢？据说许多群众演员，为了提升自己的知名度，为了满足一下自己的虚荣心，就在北京，还有横店等全国各地的影视基地，瞅准时机追着找明星合影。不就是在拍戏的场地和明星拍了张照片嘛，明星也是人，也很渴望有人崇拜，也渴望粉丝们追捧他们，所以也很少拒绝群众和他们拍照。这些群众演员有时也会从旁边借几件衣服和行头套在身上，往明星跟前人模人样地一凑，对旁边另外的群众演员伙伴大喊一声："快拍！"

于是，群众演员们各种各样与明星的合影就都诞生了，然后拿着这些诞生的照片回家乡吹牛皮。一些不明情况的人，真会把他们当成明星了，最次也会认为他们和明星一起搭戏了，过几年不定比旁边的明星还火呢。所以，这种合影的诞生，是证明不了他们究竟取得了什么成就。

肖四那次在西部影视城当了一回群众演员后，就上瘾了，他觉得这个职业才是最适合他干的。他就喜欢在一种表演性很强的工作状态下生活，因为面对镜头他就会萌生出一种特别强烈的冲动和表演的欲望。其次就是，他喜欢吃美食，只要你提供各种美食食材，他立马就有当饭大师的亢奋。一个是表演，一个是吃美食，似乎他人生的全部意义，就包含在这两件事情里，也仿佛只有这两件事情才能够让肖四的荷尔蒙爆棚。

当过了群众演员的肖四，工厂的生产车间就不想再去了，看不上了，觉得那不是个人干的事情，人干的就是要当好演员、当一个大牌明星，还有就是食好吃的，必须要有好吃的供自己享用。对于轴承厂里的车磨洗刨等等，他已经厌烦透顶了，觉得是在白白消耗一个才华横溢的人的青春，在浪费一个与众不同的人的生命。于是，他在厂子里三天打鱼两天晒网，后来不是单位下了他的岗，而是他要把这样的枯燥乏味的重复性的劳动，以及天天跟不会说话的冷冰冰的钢筋螺丝打交道的生活从生命中淘汰掉。然而，现实生活往往是残酷无情的，自己浅薄的知识结构和肤浅的认知，加上能力的不足，使他很快就失业了，也没人找他拍戏了，工厂也是去不成了。这一点他似乎早有先见之明，因为这个轴承厂不久自己就倒闭了，工人们多多少少给了点钱就都给打发了。

失业人员肖四，就特别苦闷，好在天无绝人之路，他在新市区的烧烤摊子上寻着食好吃的、喝啤酒的时节，认识了新疆卖烧烤的买买提大哥，人长得五大三粗，羊肉吃多了是容易发胖，这让肖四特别羡慕。他看见人家一边给别人烤肉串、烤肉夹馍，一边自己把烤得半生不熟的羊肉串撒一把椒盐，大口大口地吃，啤酒一瓶接一瓶地灌，那种酣畅淋漓的生活，让肖四觉得人家是把人真正地活了。这还在其次，那个买买提竟然有着两个女人。能者多劳嘛，因为生羊肉吃多了，力量就特别大，也容易令人亢奋，一个女人根本就满足不了买买提大哥的需求。有了两个西域的桶式女人之后，买买提的火气才仿佛没有以前那么大了。这两个女人也让肖四馋涎欲滴，她们一个比一个眼睛圆，圆得跟耳朵上戴的环环似的，两个女人都是胖墩墩的，浑身上下全是羊肉的膻气和性感的味道，走到你跟前，大奶子呼噜噜地抡过来，一股奶浪能把人打晕。买买提师傅又黑又红的大脸膛，一身的力气和腱子肉，跟种牛一样壮实，每天晚上都要精力充沛地伺候两位忠心耿耿的女人，让她们咯咯咯地笑着进入甜美的梦乡。

三

群众演员肖四很快就成了买买提大哥的徒弟，跟着师傅看烧烤摊子。对于这项工作，肖四相对比较上心，因为羊肉串可以尽管往饱里吃，啤酒也可以喝上两瓶。在吃的这方面，买买提秉承了祖辈的传统与豪爽，放开叫肖四吃，并朗声说："你一个人嘛，一天能吃多少肉呢，你尽饱吃，吃饱了把客人给咱们伺候好！"肖四一个人即使放开肚子吃，又能吃几斤羊肉呢，人吃饱喝胀，自然就吃不进去了。买买提师傅的大方让肖四对他充满感情，谁如果说师傅和师傅家乡人的坏话，他就觉得是对师傅的不尊重，就想上去辩论。买买提师傅对自己的这个汉族徒弟也爱护有加，还教他如何烤羊肉串，把这一手吃饭的本事毫无保留地都传授给了肖四。然后，他又用自己的钱给徒弟买了一套烧烤的炉子，还教给他如何配料，并分了他一些配料，让他另起炉灶，并对肖四用浓浓的家乡口音语重心长地嗔怪：

"哎，你这个勺料子瓜娃，一天嘛，不能刚给我拉长工，你这样子干到啥时节去呢，你嘛，也出徒了，自己摆上一个摊子，挣上点钱找上个羊缸子（女人），生上两个儿子娃娃，好好过日子去！"

自此，肖四就另起炉灶，也摆了个烧烤摊子，先是距离师傅不远，后来他怕影响师傅的生意，就主动从新市区搬到老城的湖滨街口去了。在那里，他的生意和师傅一样火。他自己不久就找了一个流落这里的四川女人结婚了。后来因为和旁边的人争摊位，竟和另一个摆烧烤摊的人打了一架。一开始，那个水鸭子（把当地人就这么称呼）和他撕衣领，扯袖子，抓住衣服领子你把我推过来，我把你搡过去，就这么来回扯锯，后来肖四失去扯锯的耐性，有些不耐烦了，找准人家的干腿梁子就是一脚，对方不仅以脚还之，且照准肖四的脸就连续地捣给了一顿组合拳。人家才不管他是什么演员名人呢。围观群众就呼啦啦来了，有了观众，就得有戏啊，肖四想，他这么打我，我得把节奏和频率也跟上去呀。状态也就出来了，显然，那人没有肖四劲儿大，就嚎喊旁边的几位摆烧烤摊的一起动手，说："还看什么呢，这个家伙来把咱们的生意抢走了，你们还不打他！"毕竟人家在一起的时间久，亲戚朋友的关系嘛，所以就群起攻之，乱拳齐上。乱拳打死老师傅呢，一阵阵功夫下来，肖四的脸就被打得像充气的皮球一样肿起来了，眼眶子就跟蜜蜂蜇了一样，眼睛也被打得睁不开了。他们凡是参与打架的都浑身流出汗来，嗓子里冒烟。直到相互打好了，就自己停下来，散开了。

这一架打完以后，双方都没有叫警察来处理。男子汉大丈夫嘛，肖四一边摸头上的伤，一边悻悻然地说，"你们都给老子记住了，我的拳脚打到你们，也是不好受的！"

对方的那帮人也都笑了，说："赶紧回去看大夫去吧，煮烂的鸭子，嘴还硬得很！"

肖四捂着视线模糊的眼睛，就在心里偏执地说："这些混蛋，一定是想出名，才专挑我这样的名人打哩！"嘴里且骂骂咧咧地走了。这一场勇闯"上海滩"，却以肖四的失败而告终，他自己也不想找人报仇，就在头上包了一片破纱巾，忍住浑身的疼搬到北京路海宝大厦那儿去了。这个新的地盘，生意也还可以，尽管没有湖滨街口那里人来往稠密，但还是有些个人的。肖四在海宝大厦的楼下摆了一年烧烤摊，又在大厦旁边盘了一个店，一边开餐厅，一边门口带的烧烤，他和四川媳妇两个一起干。他把自己在影视城当群众演员时跟几位明星的合影挂在了店里。许多人就一边吃饭，一边称赞他，说："没想到这个老板还是个电影明星啊！""咱们赶紧和名人合个影吧！"你一言我一语地议论着。肖四一听，就引以为荣地紧紧握住这些顾客的手，仿佛遇到了知己似的，有时还会给人家送上一瓶啤酒。他们夫妇靠开饭馆，算是多少挣了点钱，还租了套住人的房子。但是，时间久了，肖四还是特别向往当演员的感觉，只要带光束的东西一接近他，他就会当作了镜头，就情不能已地表现出演说和歌唱的欲望，就会摆出各种影视作品中出现的姿势和造型动作。

四

　　渐渐的，大家就都知道了开饭馆卖烧烤的肖四是个演员，就难免会比较频繁地叫他出来一起坐坐，聚聚餐，把他当有身份的陪客，有人喜欢刨根问底，追问肖四的籍贯和先辈。肖四最早的时候，说他们家是陕北穷山圪里搬来的，老爹是个放驴的，然而时间一久，他就觉得这样说有些不大合适，那些饭桌上的人脸上表情淡淡的，有些瞧不上他的样子。于是，有一天有人又一次问起肖四的老爹是干吗的。肖四就自豪地说："我们祖祖辈辈可不是一般的人，那可都是身怀绝技的艺人，是地地道道的皮影戏表演世家！"他甚至讲起了惊心动魄的故事，"十年动乱的时候，你们知道吗？我老爹就因为要死没活地保护那些即将灭绝的老皮影，就被'四人帮'的爪牙抓住，数九寒天的，一顿钢鞭抽打，单薄棉袄里的棉花就鼓咚咚地冒出来粘到了钢鞭上，就打得老爷子皮开肉绽，那个凄惨哪！"肖四一只手端的酒杯，一只大手掌在空际里来回摇晃着，头也跟上摇着，意思是不堪回首，他顿一顿接上说，"后来就被天天揪斗。那时候，就喜欢个斗争，你斗我，我斗你，不干生产建设的事，就是那些闲人特喜欢组织开会，让人批人，人整人，人斗人，人一斗人他们就亢奋快乐。他们不仅提倡人跟人不仅要互相斗争，还要善于斗争。就在那样的年月里，老人家就被斗得蹲了十年牛棚，"他有些黯然神伤，"你们说说，一个人一辈子有几个十年呢，十年能够干有价值正事、为人民演出和奉献的时光就那样白白流失了哇！"他突然又仿佛振作了精神，来了一个转折和总结式地感叹道，"（光阴）再也回不来喽！"讲这类故事的人，不只是肖四一个人，肖四只不过是在邯郸学步，自"改开"以后，当一些人在事业和工作方面一经遭遇困难和挫折，就都喜欢把他们归咎于"四人帮"。又有一次，肖四关于对老爹的故事，似乎把前面说过的有些细节忘掉了，搞混了，但是却仿佛又记起了新的重要的情节："我们家那些世世代代传承下来的皮影，全部让那些武斗的人从我家房梁的椽缝子里搜腾出来，拿了去一把火就给葬送了！"说着说着，肖四竟然眼泪汪汪的。

　　人们一下子被这个表面看起来无比刚强，实则内心情感丰富且脆弱的男群众演员的故事所震撼和感动了。那时候，能被抓起来蹲牛棚的都是些什么人啊？那都是些能人异士，都是些名人学者，一个个都不是平地里卧的兔儿，一般普通人就没有这样的资格和动人心魄的遭遇。

基因的遗传连科学都感到匪夷所思，到了肖四手里，这种特殊的基因又开始在他身上生根发芽和凸显出来了，在他的血液中四处泛滥开了。所以，这是天大的好事，对国家的文艺事业不无裨益啊！肖四他要重整旗鼓，他一边开馆子，一边和以前影视城专门组织群众演员的一个姓马的中间人保持着友好联系，并嘱咐他："我的好哥哥，影视城如果再来拍戏的，需要群众演员，无论如何你一定要通知我过去参与演出一下？"

"等我的好消息吧！"马哥仗义地说。

然而，一等就是三几个月，或者半年，都没个定数。

总会来戏的。任何一部影视剧工程都需要一堆人才能完成的，群众演员也是必不可少的。所以，影视城一来戏，那个居住在影视城附近负责联系群众演员的马哥，尽管他对演戏不感兴趣，但对钱却情有独钟，所以就成为群众演员的中间人。群众演员的演技和能力不一样，付费标准也不一样，有平均一天三十元到七十元不等，也有个别是一百元一天的，都不一样，因为有群众演员，有群特演员，有新人，还有老群演。一般情况下，由这位近水楼台的马哥先去跑到导演那里把活儿承揽过来，签好合同，自己再联系当地群众演员过来到副导演那里应聘，参加演出的演员工资一天一结。这位马哥的心还是比较狠的，在每个群演的身上要抽走一半工钱呢。肖四给马哥经常是香烟美酒孝敬着，所以他的工资略微比一般第一次参加演出的群众演员要高一些，但也高不到哪儿去。由于关系处得不错，肖四偶尔也能捞个店小二或者不很重要的打家劫舍的棒客土匪头子客串一下，就高兴得几天都睡不着觉。肖四在生活中，常常把自己扮完角色的照片从手机里调出来反复地看，似乎看不够似的，只要一有人他就要别人也一起看他拍戏的短视频和照片，以证实他是一个"著名演员"！他就是这样地走哪儿把自己广告到哪儿。

五

时间久了，大家就知道肖四也算是个文艺界的人士、是个名流，就会吃饭的时间约上他在饭桌上表演个节目，娱乐一下大家，活跃一下气氛。

肖四的拿手绝活就是陕北民歌"羊肚子手巾三道道蓝"，还有什么

"亲口口拉手手"，这是他在饭桌上的保留节目和拿手好戏。

　　大家有所不知，肖四这个人的自尊心还是非常强的，对那些不尊重他的人深恶痛绝，更不喜欢别人说他是群众演员。他希望大家称呼他："大明星、大导演！"

　　肖四倒是真的导演过两场亲戚朋友的结婚典礼，当了几次司仪，至于导没导过影视剧就不得而知了。但他听别人叫他肖导或大明星的时候，就十分受活和满意。可是也有那种不识时务的人。有一次，在饭桌上一个心直口快的生意人，当着一大群人的面说："肖四，你一天这么大年龄了，还在当个群众演员，真没劲儿！"

　　顿时，桌子上的气氛一下子变味了，空气都凝固了，先前还交头接耳嗡嗡嗡吵得人头疼的声音一下子都像是被藏起来了，人们都不敢正面看肖四的脸，也不敢看别的人脸上的表情，大家都把头低在桌子上，不知道怎么办，毕竟都是有一定身份的人，都是有点头脸的人，尽管心里都有些幸灾乐祸，更有不乏煽动的心思，且在心里会心地微笑着的，但表面上却都一个个在装着，在演生活的戏，都扮成一本正经的君子的样子。

　　肖四气得脸一会儿红，一会儿白，口都讷讷了，眼睛对那个不知轻重的生意人翻得跟仇人似的，几近反感到了极点，但又想不出一句有力的反击的话，换成别人会骂他是暴发户，可他嘴抖了半天，来了一句："见不得人家坟头上冒青烟！"又接上来一句，"你还不配说我！"

　　这时候，旁边一位饱经世故的立勤先生，也许尝到过太多人生的酸甜苦辣，也领略了官场退休后人走茶凉的滋味，便开口打破了尴尬道："你们说，我们大家谁曾经不是一个群众演员呢？"他十分豁达地说，"我自己就曾是一位在工作和生活中尽职尽责的群众演员。毫无含糊，生活中，大家都是群众演员，因为我们只有当好群众演员，扮演好各种角色把领导伺候好，上协下调，摆布好各种棘手的问题，才可能将来成为主角啊！"他面带慈祥的笑容，继续说，"就在昨天，无意中我打开电视，竟然就看到了肖导，好像扮演的是一位古代的将军。挺好的，年轻人嘛，干任何事情，就是要有持之以恒的决心！"他的话，无异于春风化雨，化开了饭桌上凝固的空气，气氛渐渐活跃起来，也让肖四的颜面多少有所挽回。这位退休的豁达的老先生提议大家祝贺肖四又出新作，于是大家你一言我一语，跟着称赞起肖四，并一起为之干了一大杯，并祝福肖四能拍出更多令老百姓所喜闻乐见的好作品。

肖四把杯中的酒也一饮而尽。

那个商人，赶紧把杯子凑过来要单独敬肖四一个。

肖四缩了一下臂，但最终还是迎了上去："当——！"玻璃杯清脆悦耳地响了一声。

人们才松了一口气。你们想，群众演员的档次和肖四平素里说的大牌明星完全是大相径庭的。群众演员的地位是很低的。群众演员说白了就是所谓的背景演员，就是个可有可无的装饰物和烘托气氛的点缀，就是主角在台上面表演，群众演员在台下鼓掌，有没有这个鼓掌者，或者换成任何某个鼓掌的人都是一样的，都没有什么区别，多一个少一个也不会影响大局。所以，肖四的演员的存在感被人贬得一文不值。这就像有人说一个写了多年的写作者是一个文学爱好者是同样的道理。爱好，不等于你就是这方面的一块材料，也无法证明你具备这方面的素质和能力。比如有人揶揄一个几十年都献身于拍戏，尽管一直都是个群众演员的人，在众人面前说他是个群众演员，那是非常伤人的，这会深深刺痛他的心啊！您想，肖四他该多么地生气、心烦和讨厌啊！他现在也许无所求，但要的就是一种虚拟的荣耀感，一份纯朴的感情投入后所获得的尊严哪！

大家提议肖四的"亲口口，拉手手"开始。

肖四也不推辞。端着酒杯，绕着酒桌，转着圈，就唱起来："一对对绵羊，并呀么并排排走，哥哥能什么时候，拉着你（那）妹妹的手！"他恰好转到一个性感少妇的跟前，对她笑着挤了挤眼，大家尽兴地笑着。刚才这是哥哥的声音，肖四把手有些专业民歌艺术家那样拦挡在口边，不使声音和调子跑偏了。他刚刚嘴是朝着左边，突然又猛地转向右边，变成了妹妹唱道："哥哥你有情，妹妹我有意，你有情来我有意，咱二人不分离……我要拉你的手，还要亲你的口，拉手手亲口口，咱们两个圪崂里走……"

饭局被肖四的歌声推向了一种难以言说的高潮。

六

要说在这座城市里，算得上名牌演员的，且是真正土生土长的大咖确有一人，那就是杨红球，他的名字气魄之大，非同一般，意思是要红遍整个地球。他曾经确实拍过一部足以证明自己是个卓越演员的电视剧，凭借这部四大名著之一改编的电视剧中出演的成功角色，让那一古典人物形象活灵活现地展现在了大家面前。当然，像他这样的演员，大家都认为，即使现在不怎么拍戏了，但背后还是有一些演艺圈资源的。

我们的群众演员肖四，在饭桌上他还能够安稳地待在这个空间。其余，他自从当上群众演员，就只能看见这个人仿佛屁股上扎了鸡毛翎子，脚不粘地，似乎一直都奔波着，一副忙忙碌碌，紧紧张张的样子，似乎没得一点闲工夫。在此期间，他北京也跑了好多趟了，南方横店影视城门口群众演员的行列里总有他旋转忙乱的影子。但是，好多戏都不需要他，甚至不被导演尊重，挺看脸势的，饿肚子也不是什么新鲜事儿。他和一堆明星倒是合了好多影，就坐着火车又回来了。回来过上几天，又走了，去了还是遇不上一个伯乐，只得再次回来。

回来之后的肖四，这边西部影视城也没有人叫他拍戏，他的餐厅由于他去北京之后，疏于经营和管理，就关门大吉了，老婆也去跑保险了。

但是人得吃饭啊，他背着一堆与明星的合影，找饭吃，东奔西跑，还真接了个活儿，就在省城下面的一个市里，一家曾经开烟酒超市的老板新开了一海尔电器代理公司，要搞一场开业仪式的庆典活动，请肖四给策划策划，让他再请上两位名人，算上他本人一共要三位名人就成了，届时请他们在活动现场出席并与广大客户群体互动一下，也是一种宣传模式。因为现在就时兴这个名人效应，做生意干啥都得要讲个平台，讲个模式。

肖四与商家签订了合同，拿上了定金，就开始找另外两个名人，他首先想到了著名演员杨红球，这是一次走近自己心目中崇拜偶像的机会，还可以让自己的偶像红球老师借他的影响力在圈子里谋点戏拍。现在，啥都不得是个圈子嘛，老是进不了圈子，在圈子门门子上久久地徘徊无依，就永远出息不了。可是肖四不认识杨红球，就托了个饭局上认识的名人找到了杨红球，先约出来请人家红球吃了一顿饭，饭桌上就把事情交代了。

人家杨红球显得牌子挺大的，一见面就对肖四说："我真不想去，可是某某某哭着喊着让我一定给你捧捧场，我也知道你小伙子挺不容易的，如果不是看在某某某的面子上，就你那仨瓜俩枣的，还不够我的个烟钱！"这个杨红球，在电视剧中的扮相，那可真叫一个绝，叫一个帅，你看着那扮相就觉得他不像个凡人。现在再看他，虽然上了点年岁，脸上有了一定的沧桑和褶痕，但依然面孔红扑扑地放着光泽，眼里流淌出一丝孩童般的狡黠。还有，他原本是这北方的小城市里长大的，地地道道的水鸭子（因与黄河近，对当地人的一种统称），原本想，他说普通话应该不咋的，但是令人惊讶和肃然起敬的是，杨红球的普通话几乎跟央视播音员不分伯仲。这让人怎么都不敢相信，甚至感到不可思议，仿佛他应该就是郑晓龙那个圈儿里的。可是，事实上自从那部可以千古流传的大戏之后，尽管他也拍了一些戏，却不怎么火，渐渐竟有些江河日下，销声匿迹的姿态。但千说万讲，人家有那一部作品、有那一个经典人物形象就足以说明问题了。

去的那天，杨红球老师开的老婆的一辆轿跑车，拉着肖四和另一个与本作品关联不大的名人从省城出发了。一路上，杨老师都是把油门轰足了跑，还一再介绍说这是他老婆的车。肖四就称赞这辆车的性能多好多好，漂亮且又独特，还跑得相当快。每次听到夸奖，杨红球就不由自主地把油门轰一下，车就往前猛地飙一大截子，把车上的肖四和另一个人搞得心惊肉跳的，红球老师仿佛听了肖四的那句奉承的台词，不蹭一脚油门，就对不起肖四。然这肖四也是个人来疯，就像个孩子一样肆无忌惮地一个劲夸这辆车，杨红球就一个劲加速，不知道在高速公路上超了有多少辆车，有时几辆车前前后后错综复杂得像是夹紧了过不去，但是总是能被红球老师这辆轿跑车如一条美丽的母鲨一样灵动地唰一下游过去。从杨红球对这辆车的得意，可以隐隐感觉到他对自己的老婆该是多么地喜欢和满意啊！

到达了目的地，先是人家商家接风洗尘，想着会在高级一些的餐厅，没想到是在一家不起眼的烧烤店，喝的是啤酒。喝了三四瓶啤酒，这个时候，肖四就让红球老师以后帮他联系点戏。红球老师就根本没把肖四当一个演员，更别说明星了，他瞥了肖四一眼，道："你他娘的，一看就是个上一集枪一响，下一集就没了的货色，还拍什么戏！"

红球老师竟然当着人家商家的面，如此严肃地批评肖四，这让那些把活儿给了肖四的人还怎么看肖四啊？原来他们以为肖四是个有头有脸的角儿，原来在红球老师的眼里竟然什么都不是。

也许是酒精的作用，群众演员肖四的脸从里面一家伙红到外面，又似乎从外面红到了里面，红得几乎快变成紫色的茄子了。这时候，灯光有些暗淡，卡座里的音乐也让人有些低沉压抑和无奈：一只受伤的丑小鸭在湖边上挣扎着，想飞起来。肖四的脑海中混乱地浮现出一些画面：丑小鸭在涅槃，在向白天鹅过渡；一位孤独绝望的芭蕾舞演员，在一个黑暗的角落里苦苦挣扎，抬起脚，垫着脚尖匆匆前进，仰起系着花手帕的头颅，翘起下巴，伸长脖颈，一只兰花指的小手探向茫茫的黑夜；她的心在痛苦地挣扎着、彷徨着，一次次从深渊里挣扎着爬上来，却不幸地又一次跌入了谷底。

杨红球看出来肖四脸色变得特别难看，他不仅没有安慰，竟然又在他有些臃肿的肚子上，一连用力就是几个背巴掌，打得肖四水囊般的肚子砰砰砰地直响，说："你想当演员，你他妈怎么这么大的一个肚子哇？"红球老师吃了一个毛豆，接上道："你要想当演员，我可以给你联系，可你得给爷把这个肚子弄瘪，最好给我把这个面袋子减下去！"又是美美几巴掌，敢情说是给肖四帮忙呢，目的似乎还是为了打那几巴掌。

一下子，肖四在这些商家眼里的地位荡然无存，而红球老师的那种大家到场的范儿却立即被树立起来了，那些人就跟一帮小弟见了社会老大，给众星捧月般把红球围起来了，频频地敬酒。这就是戏哪！

肖四感觉自己被晾在一边，心里别提有多难受了！

第二天的活动。饭后，商家带他们就近找了一家宾馆入住了。红球老师单独一间房子，肖四和某某某两个人一间。先前在红球老师面前还忍气吞声的肖四，一进入自己的房间，就变得非常狂躁，竟如困兽犹斗，在地下走来走去，感觉受了奇耻大辱一般，突然在墙壁上用拳砸，手背上的皮都开了，血流如注，他又拿起一只瓷杯砸在地上，杯子应声而碎，他又单膝跪下，面对黑乎乎的窗外，面对漆黑一团的天空发誓一般大声道："我啊，我啊…我这辈子……"后面他又不知道说什么，好像意思是他以后一定要出人头地。

肖四的这一番折腾，却把隔壁的红球老师惊动了，他敲门进来道："你他妈的怎么回事，你是不是喝多了，充酒疯子呢？"

"嗯，嗯，嗯，喝得是有点多了！"

"我连夜回省城了，我不参加（活动）了，看你们怎么弄怎么弄去！"杨红球做出要走的架势。

这可把肖四的魂儿都吓丢了，你想挣人家那点钱容易吗？经过多少次的努力磋商，才把合同签了，现在违约了赔偿不说，自己这人就丢大了，以后还怎么见人。他连连地给红球老师鸡啄米般作揖赔不是。

"原本我是不肯来的，某某某哭着喊着让我来，哭着喊着让我看在家乡人的份上走一个，我才来了，你知不知道？"

"哭着喊着"，是杨红球老师的口头禅，无论谁叫他干什么，都说是哭着喊着叫他去的，仿佛没有他就要死人似的。

肖四依旧在作揖告饶，某某某也帮着肖四说了几句好话。

"你狗日的以后要想演戏，现在就好好给我睡觉，如果再这么个尿样子，我就招呼都不打，直接回了！"红球警告完肖四，回房间了。

夜空里，听见隔壁红球老师的门砰地响了一声，然后就变得静无声息了。

肖四就开始变老实了，收拾砸碎的瓷杯子，打扫了房间卫生。收拾完，他心里有些不踏实，想下楼看看红球老师的车还在不在，结果拉开门，却差点把穿着秋衣秋裤偷听的杨红球栽了一个大跟头。

简直大跌眼镜，倘若是在影视剧里看到这么一幕，一点也不觉得奇怪，可是在现实中如果看到这样一个有身份的明星，在别人的门上鬼鬼祟祟地偷听，一定会震惊和令人啼笑皆非，并大开眼界的。

两个人什么话都没说，红球老师讪讪地回了自己的房子，肖四就和衣躺在了床上，一声不吭地睡了。

第二天从商家那里才知道，红球老师怀疑商家给肖四的活动报酬中是不是给他的太少了，所以偷听，未得到结果后，第二天就上商家那里去了解去了，搞清楚人家并没有给多少钱，而且连在当地找人做拱门、气球、横幅，还有舞狮等等下来，紧紧巴巴，大约勉强刚够活动的费用。遂再没生什么幺蛾子。杨老师的疑心也真的太重了，心胸跟名气有些不相符。于是，大家就联想到他拍的那部四大名著古装剧中的角色，就哑然失笑，那个角色仿佛就是上天等着杨红球老师的，专门为他安排的一样。现实中的人和戏中的人，性格何其相似啊，都才华出众，但又都嫉妒心强，心胸狭窄。据说，许多拍了《红楼梦》中人物的那些演员，在现实生活中，生活轨迹与人生的命运跟剧中人物何其相似，如出一辙。林黛玉那个演员，也和名著中的林黛玉一模一样，年轻轻的，最后也是郁郁寡欢而亡，留下了多少唏嘘和慨叹。

更为滑稽的一幕是，第二天杨大师根本不招肖四了，只管跟商家打得火热，活动结束，把人家商家的白酒一箱一箱挣着挣着往他老婆的迷你小轿车后备厢里面装，装了满满的一后备厢，才踏踏实实地开上回了。

某某某看着有些哭笑不得，但又觉得和他没有什么关系。肖四却对某某某说，那些酒要是他拉回去放到哪个超市卖掉，能解决他的燃眉之急呢！

七

自从肖四彻底专心地做起了群众演员后，他的小四川老婆，这个不肯在家等老公的那点吃不饱饿不死的演出费的辣妹子，就去跑保险了。一开始，有几次，她还硬拉着肖四一起去听保险课，肖四去一看，黑压压关着一屋子人，现场跟那些搞传销的人差不多，一个姓赵的女人在上面用不怎么标准的普通话讲她怎么从一个干旱少雨吃不饱肚子的地方来到这里跑保险的，怎么样一步一步带团队，从几个人带成上百人的经理的。这个姓赵的女人一边讲，还把一些她认为重要的核心环节的词语用手中的笔，歪歪扭扭写到旁边专门由两位穿旗袍的美女给抬着的一块小黑板上，黑板写满的时候，就会有一个年轻精干的男子跑上去给麻利地擦干净，等待这位已经铸成大业的赵经理把新的重要的东西再一次写满。

台下面听的这些人，必须要不断地鼓掌、赞扬和给予肯定，里面专门有几个人引导大家要这样做。第一次参加，只要跟着盲从就是他们认为的一个合格的保险员。

那个姓赵的女经理说："我给你们保守一点说，我现在的年薪都过百万了，比贪污受贿的官员还实惠，而且这是我凭靠自己努力工作赚的，晚上睡觉也很踏实，所以我把我的家人、亲戚、朋友、老乡全带进保险公司来干了。"她带着成功人士的自豪又说，"我带来的家人们站起来，站起来让大家看看！"

一下子就站起来十多个男男女女，有的老，有的少，鼓着掌，带着群众演员般的微笑点着头。把肖四看得呆了，一看那些人脸上的表情，一个个都像是拉黑牛的，心说，"这才是一帮真正的群众演员啊！"有些人第一次听这位脸上的粉还没有抹匀称的成功得不要不要的赵经理的课，就崇拜到了极点，听完后分享学习心得体会时，感恩戴德地给鞠躬，表示这是他人生中最有意义和价值的一堂课，使他遇到了挽救命运的贵人了，说是简直讲到了他们的心坎坎里去了，说是他们听得都要流泪了。

大家的掌声一次又一次雷鸣般热烈地响起。初来乍到者被裹挟在这种成功的氛围中，就会忘却本来在残酷的现实中处处碰壁的经历，觉得自己也已经跻身到成功人士的行列里，成为上流社会中的一员了。肖四好奇地左边看看这个，右边看看那个，有些茫然不知置身何处，觉得这是不是又在拍戏了，不知不觉自己今天又当了一回群众演员。

听完课，中午大家在一起吃了个便饭，肖四才了解到这个赵经理自从跑了保险，跟老公就离婚了，孩子原来学习还可以，现在班级里跟都跟不上了；她至今还没个房子，到处租房子，贷款买了一辆几万元的二手车，离婚时还判给了老公，自己天天挤公交车，和人吵架。

"生活一塌糊涂！难道就这么个一年一百多万的成功人士吗？"肖四在心里质问。他决心再也不来这种地方当这样的"群众演员"了。

可肖四的老婆依然激情高涨，天天坚持听课，听了一段时间的晨课以后，颇以为得了赵经理真传似的对肖四说："四儿，你知道跑保险的成功秘诀是什么吗？"

"什么？"肖四心不在焉地问。

"让我告诉你个龟儿子哦，"她开朗活泼地笑着用四川话说，唇边的那颗美人痣动了一下，接上道，"这都不知道哇，还跟着听赵总的课，实际上很简单哦，就四个字，'听话，照做'，就成功了！"

好像成功就这么容易吗？肖四想，真这么简单就好了。肖四跟过几次保险课，也与夫人一起见了两个客户，介绍了几种适合人家的险种，那个好色的老板客户好像只是盯着他老婆的那颗美人痣不放，似乎没有要买保险的意思。肖四拉起女人说，"走走走，赶紧给我走，卖你妈的逼，还卖保险呢！"

从那次回来后，肖四就和老婆天天吵架，老婆嫌他挣不来钱："你还嫌我跑保险不好，你这个没用的男人，那你当群众演员就好了吗？你给老娘把钱拿回来啊，拿回钱来你就是请我出去见客户，我也不会去的。好几个月，你一分钱都拿不回来，还有脸回家吃饭！"

肖四被揭了短，像触碰了那千疮百孔的伤疤，心里针扎一样痛："我把你一锤打死！"他的手攥紧成锤头的样子，在老婆的头上掂量着，试当着。两口子气得一个在沙发上，一个在屋子里，各自睡了觉。

第二天，肖四继续联系演戏的事情，老婆照旧跑她的保险，各干各的，互不干涉。只是，老婆的生活再也不像以前那么规律了，经常说是去见客户，要应酬，似乎比肖四还忙，一天到晚不着家，常常半夜三更喝得脸像被人咬过的半个子残桃一样不好意思地回来了。有时索性就夜不归宿，不回来了，肖四一问，说是跟着跑保险的姐妹家去了。肖四如果怀疑，她就会说连基本的信任都没有，这日子还过什么过，闹着要离婚。肖四突然就想起曾经有一次在饭局上谁说的一段话："家里有人跑保险，全家跟上不要脸；家里有人在银行，全家跟着都遭殃。"拉保险，拉存款，都是得把脸面豁出去的事情。

肖四的老婆对肖四从骨子里蔑视，她甚至觉得肖四这男人肉臭了还架子不倒，都这么大年纪了，还在做不切实际的演员梦。这体现在行动上，就是有一次，她竟然把她在歌厅跟一群喝得迷瞪三道的男人搂搂抱抱的视频挑衅般发给肖四，说是在陪客户唱歌跳舞呢。

肖四害怕老婆用离婚威胁他，这个男人其实内心是很软弱无能的，老婆抓住了他的这些软肋，所以就肆无忌惮地对待他，她把跟那些男人一起喝交杯酒的视频也发给他。肖四说，"幸亏是他，要是换个谁，早该打死几次了！"然他一次都没有打过这个愈益不把他放在眼里的女人。"要嫁汉就嫁去吧，反正我也不管了！"他无奈地说。记得刚刚有这些端倪的时候，肖四还想着要挽救她回来，就分外纠结，时间一久，终究变得麻木了。他觉得，女人对他态度的变化，对他疲惫不堪的身心的践踏，仅此一端，就应该知道她是害人的东西。

八

肖四又一次离开了这个让他心情不悦的西部小城市，爬上了北上京城的列车。他要继续他的努力，继续他演员的梦。

深秋的黄昏，夕阳余晖无限延伸，天空通红通红的。火车缓缓地出发了，肖四坐在能望见夕阳一侧的车窗前，把脸抵在窗玻璃上，向外凝望，外面的景色满眼凄凉，他的眼睛看着看着就有些泛潮了，不觉竟打湿了车窗上的玻璃。正在其时，播音室里播出的是一首名为《沙漠骆驼》的歌，再次搅起他五味杂陈的心：

我要穿越这片沙漠

寻找真的自我

身边只有一匹骆驼陪我

这片风儿吹过

那片云儿飘过

突然之间出现爱的小河

我跨上沙漠之舟

背上烟斗和沙漏

手里还握着一壶烈酒

漫长古道悠悠

说不尽喜怒哀愁

只有那骆驼奔忙依旧……

他不想说一句话，只任凭这歌声在他的血管和每一根神经末梢一遍一遍循环。多么合乎他心境的歌曲啊，那男人嘶哑的声音从车窗里飘出去，撒向茫茫的渐渐掩入夜色的戈壁荒漠。他望着漆黑的夜，目光投向更远的远方，过了不知多久，窗外竟然有几盏灯火像灯塔一样亲切地闪烁着，给人以温暖和希望，他突然感觉如释重负，轻松了许多，想着好好安心地睡一觉，天很快就亮了，天一亮就好了。他觉得人生就像踢球，就是要不断调整心态，振作精神，咬牙坚守和坚持，也许那最后的临门一脚，往往就是在人快要放弃，心理承受快到临界点的时候，如果狠个劲儿挺过去了，一定会豁然开朗，一片生机。

尾声

几年很快就过去了，依旧还是群众演员的肖四又回到了故乡，他陆续又参与出演了一些片子，演艺圈认识的朋友更多了，他自己也购买了一台摄像机，一边自己拍摄一些纪实风格的电影，一边继续去影视城接点群特的戏，活得不卑不亢。毕竟人都是被生活逼出来的，一个有理想的人，既要坚守精神追求，还得务实和搞好自己的生活问题。有人常常会碰到肖四在无戏可拍时，会给一些单位指导拍摄点存储的档案资料、宣传片什么的，有时也发现他会承接点企业广告制作方面的活儿，再就是譬如有人结婚，请他在庆典仪式上充当司仪一类，他均会勤快热情地跑上一趟。闲暇的时候，肖四一边遥望远方，一边在依旧谋划未来。

有一次，肖四在街上碰到了那个曾给他联系过杨红球的某某某，两个人寒暄了一阵，肖四说他有一盆兰花草，能不能请他给联系一位油画家画一幅兰花的油画，说连名字他都已想好了，就叫《气若幽兰》吧！

这盆兰花，是他在北京当群众演员的时候，一位北漂的姑娘送给他的，他舍不得丢，就带回了家乡。某某某没有拒绝，就爽口答应了，并不由自主地把那位送花的女性想象成肖四北漂人生中忘不掉的故事里的女主角。

现在，这盆长势旺盛的兰草，就摆放在肖四家迎门进去的那张显得有些古色古香、斑驳陆离的高脚木桌上。虽然，这小城干旱缺水，但在肖四的精心呵护下，它还是活了下来，并静静地释放着一股说不清楚的清香。不久，他的家里还会挂上一幅兰草的油画吧！

原载《民族文学》2020年第12期

点评

身份，是这篇小说一个重要的命题。"群众演员"这样的标题，先声夺人，将主要人物的社会身份点明。属性明确的身份，本身就框定了一定的意义色度。肖四的称呼大概是因为在家排行老四，连具体的姓名也没有，与张三、王五甚至某某人没有本质上的差别。关于肖四的来处和历史于是也成功被隐。

这样的身份处理，在消隐了肖四的个性家庭身份的同时，也将"肖四"的身份意义推广开来，指向那些具有共同社会身份属性的人——群众演员。他们既是在影视剧中被消弭个性的存在，也是在演员这个行业中挣扎在底层的存在。

肖四这一人物形象的特质，在某种程度上与鲁迅笔下的阿Q形成跨越时空的对话。底层小人物的挣扎求生，哀其不幸怒其不争。肖四到处与大明星拍照，然后在人前显摆，吹嘘自己是"大明星、大演员"，甚至编凑皮影戏世家的谎言等，与阿Q到处炫耀谎称是赵老太爷本家极其相似，假托他人以期抬升自己的地位。被其他商贩联合起来殴打致伤后，肖四并没有叫警察来处理，只悻悻然说："你们都给老子记住了，我的拳脚打到你们，也是不好受的！"与阿Q被打后那句"我是你爸爸"异曲同工。

在呈现出一定劣根性的同时，肖四身上也闪烁着小人物的闪光点。专心像师傅学习烧烤技术，也做出过一定成绩。后来牵线杨红球出席商业活动，并没有从中私吞劳务费，更是一再隐忍对方的羞辱。他心中始终藏着一个演员梦，不仅仅是因为虚荣，更因为那是小人物生命中闪烁着的微光。

（朱旭）

飞 碟/

/邢庆杰

一

我刚到村口，杜纳兰就横空出现，像劫道的强盗般大喝了一声：站住！

接着，数不清的男女老少从各个角落里冒了出来，像潜伏已久的士兵见到了敌人一样，从四面八方朝我扑了过来。

我吓了一大跳！转身欲逃，发现后路也被堵了个严严实实。

这是一个极为平常的星期天傍晚，我在县文化馆美术培训班上下了课，坐公共汽车转到镇上，又步行了三华里，刚刚回到晚霞映照中的五合村。

杜纳兰平日的优雅荡然无存，他蓬头垢面，面色蜡黄，用脏乎乎的手一把抓住我的胳膊说，泥孩，这两天你去哪里浪了，都急死我了！

我甩开他的手，又看了看白衬衣袖子上的几个黑手印，诧异地问，这么多人在干吗？要抢劫吗！

杜纳兰语速飞快地冲我射出了一梭子语言子弹：你可得给我证明，大前天的晚上咱们看到了飞碟！咱俩从李寨看电影回来，一起看到的，你回来后还画了下来……我怎么说他们也不信，都以为我犯精神病了，我一直在等着你回来给我证明……

无数双饱含企盼的眼睛，像求知若渴的孩子般痴痴地看着我。

我一脸茫然，飞碟？咱们看见了飞碟？我怎么……怎么……一点儿印象也没有……

杜纳兰如遭重击，脸上的肌肉激烈地颤动起来，语无伦次地说，你你你……你怎么也这样……你想干什么……想害死我吗……

我甩开他说，阿杜，你别胡闹了，这世上哪有飞碟？谁见过真正的飞碟？

杜纳兰瞬间苍老了十岁，他用一双布满血丝的眼睛直勾勾地看着我，像看一个陌生的怪物。

那……那……咱们在李寨看的《追捕》，你总该记得吧？

我点了点头，这对急切想得到证明的杜纳兰是个巨大的鼓励。他继续说……咱们边看电影边喝酒，酒肴是水煮花生米……杜纳兰充满希望地叙述着，两只红彤彤的眼珠子一会儿充满热切地看着我，一会儿讨好般扫视一下围观的村人。

对对……你说得对……咱们是边看电影边喝酒，后来你喝醉了……

我没醉！后来……在回来的路上……在赵官咱们一起看到了飞碟！

看完电影就回家睡觉了——你是在梦里看到飞碟的吧？

人们"哄"地一下笑了。

杜纳兰哭了，他摇着我的胳膊说，泥孩，好哥们，你别这样好不好，算我求你了……

我头也不回地往家奔去！

泥孩！你——你无赖！你明明是画下来了，你把那张画交出来……

杜纳兰在一片嘲笑声中呆立了片刻，然后疯狂地怒喊着向我追来，瘦长的身影像离了水的大虾般在街道上跳动着！村人们也大呼小叫着，跟着他向我扑来。

我怕给家里人惹乱子，没敢回老宅子，跌跌撞撞地跑回了只有我一个人居住的新宅。我关上屋门，还没等插上门栓，门"咚"的一声就被撞开了，把我撞了个仰面朝天。人群洪水般泄了进来！各种各样沾着泥巴、牛粪和鸡屎的臭鞋踩在我的腿上、腰上、肚子上……我挣扎着，好不容易翻过身来，刚躬起身子，还没站稳，就被人从后面拥倒，仆进正对着门的八仙桌子底下。我跪在桌子下面，探头向外观望。从人群的夹缝中，我看到杜纳兰疯了般打开我的五斗橱。这是我前几天刚刚买的新橱子，是和这张八仙桌一块从张木匠家拉来的，还有淡淡的油漆味儿。杜纳兰把橱子搜索了一遍，忽然绝望地大叫了一声，接着我橱子内的书、盘子、碗、筷子都飞了出来！人们尖叫着，躲闪着，有人被瓷器的碎片割伤了，发出了痛苦的惨叫，还有人在惊呼，犯病了犯病了，他真的是犯了精神病……

朱李娜倚在门框上，眼含眼泪盯着杜纳兰，面如死灰。

杜纳兰拨拉开人群，四处张望着问，泥孩呢泥孩呢？泥孩……当他终于看到桌子下的我，瞪着两只血红的眼珠子钻了进来，他趴在我的身上，双手抓住我的头发问，画呢、画呢？你把它藏哪了？

我不解地问，什么画？

杜纳兰愤怒地给了我一记响亮的耳光！我的嘴角流下了一缕鲜血，我用舌头舔了舔，咸咸的，泪水也慢慢涌出，和着泪水一块淌了下来。

我流着眼泪问，杜纳兰，你这是怎么了？

装什么傻？飞碟呢？求求你了你快说，你画的飞碟呢！你当时就放在这个橱子上层了……

在杜纳兰疯癫的追问下，我目光迷离地盯着他的满嘴白沫，茫然地摇了摇头。杜纳兰松开手，像扔一个玩厌了的物件般把我的脑袋扔在地上，绝望地躺在地上，泼妇般号哭起了。

杜纳兰犯精神病了。

二

上个世纪九十年代初期，有关飞碟的话题正热得如同现如今的房价。一本叫作《飞碟探索》的杂志铺天盖地般占据着全国各地的报刊书亭，上面刊登着很多世界各地出现飞碟的消息，人们争相购买。那几年，我们当地也有很多人自称看到过飞碟，但是，这些所谓的"飞碟"最后都被证实是子虚乌有。人们听得多了，新鲜过了，慢慢也就达成了一个朴素的共识：飞碟是不存在的，他只是一个成年人的童话。

五合村不大不小，五六百口人，这在华北大平原的深处，是极为普通的村庄。村子离城较远，交通也相对闭塞一些。村人世世代代务农为生，村庄周围土地肥沃，插根棍子都能发芽。村人们衣食无忧，胸无大志，没人对自己的孩子寄予苛刻的厚望，希望靠读书成才，今后安邦定国、光宗耀祖。村里的孩子大多数是初中、小学就辍学了，然后跟随大人学习侍弄庄稼。用庄稼人的话说：会写自个的名字，能算个账，就够用了。我和杜纳兰从四五岁起就一起撒尿和泥，一直是形影不离的铁哥们儿，用城市一点的话说，是发小。和我们俩一起长大的还有一个女孩，叫朱李娜。我们三个人一起上的小学、初中，然后一起辍学，务农。那一年，正赶上县里在我们村子北边建了一家造纸厂，优先安排我们村的人进厂打工。我初中毕业不久就进了造纸厂，成为制浆车间的工人。李娜在村小学当了代课老师。杜纳兰本来也有机会进造纸厂，但他嫌那里空气不好，影响诗意，就在家里专门侍弄庄稼，农闲时节在村里闲逛，或躲在屋里看书、写诗。

青春就像春风吹动下的柳叶儿，在不经意间吐出嫩黄的芽子，然后一夜之间就伸开了腰，疯长成醉人的翠绿。原来的黄毛丫头朱李娜脱胎换骨了，细瘦的身子春风一吹就长开了，腰细了，臀圆了，胸部也鼓起了两个坚挺的包，脸上的肤色也细腻红润了。以前，我和杜纳兰真的没有拿她当女人，杜纳兰经常当着她的面背过身去就撒尿。但随着她女性化的特征越来越妩媚，我和杜纳兰再和她在一起时，都感觉到了一丝来历不明的局促不安，我们的目光都有意躲避着她那雨后春笋般隆起的胸。李娜也一改大大咧咧没心没肺的样子，变得成熟起来。她对我们俩一如既往，从不厚此薄彼。比如她今天给了杜纳兰一把瓜子，赶明天见面，她的手里肯定有一把花生在等着我。起初我和杜纳兰都觉得挺好玩儿，既然李娜喜欢被两个男人同时爱的感觉，那就让她好好享受吧。我们两人在一起喝大了的时候，还曾说过要一辈子分享李娜的混蛋话。但后来，随着同龄人约好了似的纷纷结婚，剩下我和杜纳兰，在村里的未婚男子中逐渐成了羊群里的骆驼，同时在各自家里的饭桌上也沦为被口诛的异类，我们才开始焦虑起来，才明白这个事情到了需要解决的时候了。但我和杜纳兰谁也不想退出来，只能等待李娜的裁决。我们三人的关系开始有了微妙的变化。我和杜纳兰同时在场的时候，李娜开始躲躲闪闪，尽量不造成我们三人同框的状态，这使我们的关系在一个时期内处于尴尬的境地。

其实我自己也明白，在这场即将见到分晓的爱情博弈中，我处于绝对劣势。杜纳兰不但个子比我高，长得比我白净，还有横溢的才华。他的诗歌作品常常在我们县里的报纸上发表，还上过几次市报、省报，慢慢成为我们当地小有名气的乡村诗人，连镇上的干部在路上见了他，都会从吉普车上下来，和他握握手，聊几句。尽管有些老年人不觉得这些单行排列的句子有什么用，但在我们村年轻人的眼里，可是不得了的事儿，名字变成铅字印到书上，这就和上学用的课本差不多了，弄好了也会印到课本上，流芳百世呀。我的特长是从小学就爱读书，读了很多诸如《三国演义》《麻衣神相》之类的小说和杂书。这在乡村诗人面前，没有丝毫优势可言。我也曾调动所有的才思，模仿马克·吐温的《竞选州长》，写成一部万把字的短篇小说，标题叫《竞选村长》。我没让任何人看，悄悄地用正楷字在方格稿纸上誊写了两份，分别寄到了《人民文学》和《收获》。这两家杂志的地址，还是在杜纳兰家的杂志上抄下来的。我想一鸣惊人，直接把杜纳兰拍在沙滩上。事实上，那段时间我一直很纠结，我担心自己的作品被《人民文学》和《收获》同时发表了，可能会给我今后的成名之路带来麻烦。幸亏，事情过了一年多，这两家杂志都没有联系过我。后来我逐渐降低投稿级别，又先后投了省城的《山东文学》、德州地区的《鲁北文学》、禹城县《幼苗文学》，也都杳无音信，我就彻底丧失了当作家的信心。后来，我又想当画家，掏出一个月的工资在县文化馆上了一个美术培训班，每周六周天上课。但就目前我的水平而言，离画家还差十万八千里……

但我必须放手一搏。我一想到今后漫长的日子里，李娜和杜纳兰在我的眼皮子底下出双入对，心就碎了一半，随时能吐出血来。

那是个星期天的上午，我在杂货店里买了一斤猪头肉，半斤花生米，两打豆腐皮，一瓶白酒和四瓶啤酒。然后到李娜的门口喊她。

在我们那一带的农村，男孩子过了十几岁，父母就开始筹备着为他修盖一处新宅院，以备结婚之用，俗称"婚房"。婚房准备得越早，就越容易招来媳妇。有些盖不起婚房的，家里的男孩子就有打光棍的危险，有的可能要打一辈子光棍。在我十六岁那年，我的婚房就盖好了，是村里的标配：独院，三间，两明一暗，还有偏房和大门。但我一直拖到了二十四岁还没订婚，这在那个年月的农村，绝对是要打光棍的节奏。但我却有了一个独立的空间，经常约李娜和杜纳兰到我那里吃饭。对此，李娜的爹娘是默许的，但限制她只能是中午。这在上个世纪九十年代初期的农村，已经是很开明了。这也得益于我们仨从穿开裆裤就在一起玩的纯洁友谊作基础。但那天我来约李娜，是早有预谋的。我提前去约过杜纳兰了，他有事来不了，我才置办了酒菜，来喊李娜。

这个预谋的灵感，来自于和杜纳兰、李娜第一次在新房子里吃饭。

那一天恰好我刚领了工资，专程到镇上买了酱牛肉、扒鸡、花生米和豆腐皮，还买了两瓶三棱古贝春和两瓶啤酒。那时，我们平时都喝古贝春大曲，一块八一瓶。三棱古贝春贵，五块钱一瓶，有了喜事才舍得买。那时我婚房内几乎是空的，连桌椅也没有，只有一张踩着刷房顶用的破桌子，是建筑队遗弃下的，桌面上沾满了各色油漆和涂料。我在上面铺了两层报纸，就当餐桌了。没有凳子，我和李娜就坐在刚刚打好还露着白茬的榆木床上，杜纳兰则在我们对面的位置，用盖房剩下的砖摞了一个座位。那是一个春光明媚的中午，我们第一次在一个无人打扰的环境里喝酒，都很兴奋。李娜很快就把两瓶"克代尔"啤酒喝完了，在我和杜纳兰的怂恿下，又倒上了白酒，直喝得双颊飞红，比平时更增了几分春色。我的眼珠子几乎粘在她的脸上动不了了。后来，杜纳兰出门去撒尿，我端起酒杯说，娜，咱俩单独干一杯。李娜说，干就干，谁怕谁！端起酒杯，一仰脖子就喝了下去。我们用的是容积一两的白瓷杯子，一般情况下五六口才干一杯。我本来也是逗她玩的，没想到她真喝了。我记得她那是第一次喝白酒，这一杯下去就晕了，直接冲我歪了过来。我连忙接住了她，她滚烫的脸贴在了我的脸上，酒香合着异性的香味儿让我有些迷乱，我下意识地在她的脸颊上轻轻亲了一下，随即感觉到她不经意间搭到我脖子上的胳膊忽然搂得紧了一点，我的脑袋顿时蒙了，亲吻到她的唇上，她像小狗般轻轻哼了一声，就闭上了眼睛……忽然，杜纳兰的声音从屋外传出来，下雨了！下雨了！快出来看看吧！我和李娜猛然清醒过来，同时推开了对方……

假设那天杜纳兰不在，可能我和李娜的关系会有新的进展……那天的意外经历，一直在我的脑子里装着，挥之不去。也因为这个缘故，在当下这个关键时刻，我就想单独和李娜在一起喝酒……

我站在门口喊了两声，李娜娘扭着风韵犹存的腰肢走了出来。早听村里人讲过，李娜娘年轻时，也是村里的一枝花。

我不知道自己是怎么离开李娜家门口的，是否和李娜娘告过别，只是像具行尸走肉般在街上挪动。刚刚听到李娜娘说，李娜刚走，她说杜纳兰请看电影来……你不知道呀？我的脑袋"嗡"地响了一下，就成了糨糊。刚刚谋划和李娜单独吃饭时，对杜纳兰那丝隐隐的愧疚也荡然无存了。

后来我在街上遇上了李娜的父亲。他用独轮车推着两袋子玉米，去村南的磨坊加工饲料，他们家养着百十只蛋鸡。李娜的父亲大号朱远章，和一个著名的皇帝谐音，但村里人都喊他"老章"，不明就里的人，还以为他姓张或者姓章。老章爱看书，在我们村来说，是他们那一代人中看书最多的。他瘦长身子，长年梳着分头，戴一副近视镜，颇有些知识分子的范儿。他怕老婆，却有严格的底线。这一点有个经典故事可以佐证。李娜出生后，李娜娘见是个女孩，非要让孩子随自己姓李，取名李娜。当时李娜娘正坐着月子，他一句反对的话都没说就答应了。子女随母亲的姓，在大城市可能容易些让人接受，但在偏远的农村，是个比天塌下来只小一圈的事儿。只有改成女方姓氏的"倒插门"女婿，才能接受这种事儿，从而成为一个男人终生难以洗去的耻辱。老章不但被父母一顿好骂，也没少挨村里老少爷们的挖苦讽刺。李娜四岁那年，村里的孩子第一次打防疫针，轮到李娜时，一个穿白大褂的在门口喊"朱李娜"。李娜娘感觉不对，到屋里一看，户籍簿上赫然写着"朱李娜"，这才知道被老章骗了。但当时户口已经报到镇上，要想改回来就得花钱托门子，李娜娘心疼钱，只好作罢。我和老章经常交换着看书，偶尔也谈点儿读后的感受，有一种超出年龄和辈分的友情。

老章看到了我提在手里的酒菜，笑问，则兴，这是要和谁喝？

老章是村里第一个喊我大号的人，似乎在我上小学时，他就不喊我泥孩了。这也是我比较喜欢他的原因之一。

我自个。我回答得有气无力。

自个喝闷酒可不好！两个人不打牌，一个人不喝酒……

……打算喊杜纳兰和李娜的，他俩约好去看电影了。我的语气里透着委屈。

哦！老章有些吃惊地看了我一眼，又看了我一眼，然后别过头，躬起腰，吃力地推着独轮车走了。

我把酒菜摆放在一张旧八仙桌上。这是一张老式的八仙桌，腿是圆的，桌面上的黑漆已经大部分剥落了，露出了腐朽的木纹。这张桌子一直闲在家里，只有村里有红白喜事时，才有人上门来抬走，用后再送回来。似乎我们村每家每户都有一张这样的旧桌子，专门用于红白喜事。我把这张桌子弄到了我的婚房里，又弄来两只旧方凳，就有了喝酒的阵地。我刚摆好了酒菜，外面下雨了。我阴郁的心情稍稍舒缓了些。我喜欢在下雨的时候喝酒，并不是想附庸风雅，而是心里踏实。作为一个庄户人，如果外面风和日丽，我不去田间劳作，不去工厂干活，而坐在家里喝酒享受，会有一种隐隐的不安和罪恶感。

外面传来在雨水里跑动的声音，"扑嚓扑嚓"地由远而近，老章笑着出现在门口。老章说，磨面机坏了，要两个小时才能修上。

我赶紧站起来，把他让到里边坐下。虽然陈设简陋，但里边毕竟是上座。我给他倒上一杯刚刚烫热的酒，心想，如果他能给我当老丈人多好，我情愿天天给他倒酒。

我和老章相对而饮，起初谈《三国演义》，后来，又说到了自杀不久的海子。由海子，我们说到了诗人以偏执和极端为底色的浪漫，不经意间，就谈到了杜纳兰。老章认为诗人的偏执就是一种精神病。尤其是杜纳兰，他爹杜屠夫从小就遗传了家族的精神分裂病，年轻时一受到刺激就犯病，最后一次犯病把自家房子都点了……他担心杜纳兰也难逃遗传厄运……杜纳兰原名叫"杜建国"，现在的名字是他自己上了初中以后擅自改的。原因是他认为叫"建国"的太多了，俗。而他喜欢纳兰性德的诗，叫"杜性德"不好听，就改成了"杜纳兰"。老章满嘴喷着酒气，凑到我面前说，你想想，他小小年纪，连亲爹给取的名字都敢改，还有啥干不出来的……后来，他又说了很多……不知不觉的，我们把两瓶白酒都喝完了，老章趴在桌子上呼呼大睡。我的大脑却异常清醒，一杯接一杯地喝着那两瓶为李娜准备的啤酒。

三

在我离开村庄的那天一大早，也就是杜纳兰声称看见飞碟的第二天早上，杜纳兰兴冲冲地跑到李娜家里，一脸兴奋地对李娜说，昨天晚上，我看到了飞碟。

李娜正在门前的压水机前刷牙，吐着满嘴的白沫，惊异地望着他，不断地摇头。

杜纳兰有些生气，他大声说，我什么时候骗过你？再说了，这是我和泥孩一起看到的！

李娜漱口的工夫，李娜娘从屋里出来了，李娜娘说，你这孩子，一大早的在这里瞎嚷嚷嘛！哪有啥子飞碟，不都是人胡编乱造的！

杜纳兰脸一红，挠了挠头皮说，婶，我确实看到了，是和泥孩一起看到的，泥孩还……

好了，别在这瞎逗了，你吃了没，要不在这里一块儿吃？杜纳兰的话被从外面赶回来的老章截了回去。

杜纳兰平日里见了李娜爹娘就怵头。但今天，因为有飞碟的事儿激励着他，他的胆子明显比平日里膨胀了许多，他重新拾起话头说，叔，婶，你们听我把话讲完，昨天晚上我和泥孩去李寨看电影，回来路过赵官屯那个古墓时……

砰的一声。李娜爹娘进了屋，反手把屋门摔上了，也把杜纳兰的话头摔断了。

杜纳兰话说到一半，有些尴尬，又有些不甘地望着屋门，好像屋门能给他一个说法。

李娜在背后推了他一把说，大清早的，发什么神经！

杜纳兰蓦然转回身说，你才神经呢，我确实看到了。

李娜愣了愣，忽然低头笑了，你想来找我，正大光明地来就行，还扯……

杜纳兰一本正经地说，李娜，你好好听我说，我不是扯，我真的看到了飞碟，是和泥孩一起看到的，泥孩还画了下来呢。

李娜冲他妩媚地一笑说，好吧，就算你看到了，我也信了，现在，该回家吃饭了吧？

杜纳兰急了，杜纳兰一着急就有些结巴了，李李李娜、娜……，你你你不能对我这样，我我我真看到了飞飞飞碟，有三层楼高呢，五颜六色的……

杜纳兰边说边往李娜身边凑，李娜忽然大声说，呀！怪不得，你昨天晚上喝了多少酒，现在还这么大酒味儿，你还没醒酒吧？

杜纳兰吸了吸鼻子说，是有酒味，不过，这个事儿和喝酒没关系，而且我没有喝醉，我确实看到了飞碟……

李娜不想和他纠缠，她怕屋里的爹娘出来，给杜纳兰难堪，就小声对他说，好了好了，我信你了，你快走吧，一会儿我去找你。

杜纳兰用直勾勾地眼光看了李娜片刻，长叹了口气说，你快点吃，我在你屋后的小树林里等你。

那天在小树林，杜纳兰和李娜发生了激烈的争吵。李娜已经对飞碟的话题不感兴趣，而杜纳兰正在兴头上，就像一泡尿憋在尿脖里，不排泄出来胀得难受。李娜为了顾全杜纳兰的面子，强忍着听他说完了发现飞碟的整个过程。但杜纳兰并不领情，当他发现李娜是在敷衍他后，诗人的偏执就发作了。他当即就拽着李娜去找我，无论李娜怎样劝说甚至哀告也无济于事。他拽着李娜，由于走得急，李娜一路被他拽得趔趔趄趄，几次想甩开他的手都没成功。

他们先到新房找我。这一路上，遇上了狗蛋、小庆、东生、建国、红卫等十几个人。杜纳兰每碰上一个人，就会大声把人叫住，然后绘声绘色地讲一遍他和我一起看见飞碟的故事，末尾总忘不了加上一句，泥孩已经画下来了，画得可像呢。每个人听完他的讲述，闻闻他身上的酒气后，都会哈哈一笑，然后摇摇头，转身走了。有的会加上一句，你没事吧？有的还会悄悄问李娜，他没事吧？起初，李娜还会傻笑着陪他在一边站着，一遍一遍地听他给别人讲飞碟的事儿，后来李娜有些恼了，她受不了那些人嘲笑的眼神。杜纳兰再拦住别人讲飞碟的故事时，李娜就甩开他，独自往前走一段路，在路边等他，等得烦了，就会远远地催一句，还没讲完吗？快走了！

这天是个礼拜六，杜纳兰和李娜找到我的婚房时，我已经由镇上辗转到了县文化馆，在二楼美术培训班上画着素描。杜纳兰不甘心，他看了一眼悄悄松了一口气的李娜问，你还是不相信对不？李娜冲他无奈地笑了笑。然后杜纳兰拽着她，又向我的老宅子走去。这一路上，他们又遇到了杜八、田七、赵四、猪头等，杜纳兰当然没有放过见到的每一个人，他要向所有人证明，他确实看到了飞碟，而且是和我一起看到的，而且我还画了下来……

他们最后遇到的一个人是李娜的大爷，大爷将侄女拽到一边，小声问，娜娜，他这是咋了，不会是犯了遗传的精神病吧？

李娜故作轻松地笑笑说，不可能，他就是上了犟劲儿，不撞南墙不回头。

　　他们在我的老宅里当然也没找到我，但是整个村子都知道了这个事情：杜纳兰坚称自己看到了飞碟，于是，杜纳兰和所谓的飞碟不幸成为这个周末的娱乐项目，村头的十字街上站满了人，都在饶有兴趣地听杜纳兰讲他看到飞碟的故事，但是，大家听完后，都质疑他，没有一个人相信他的话，任杜纳兰怎样着急、怎样诅咒发誓都没有用。后来杜纳兰几乎绝望了，他把希望都寄托到了我的身上，他守在村头，望眼欲穿地等着我的归来……

　　后来李娜告诉我，当时她以为杜纳兰只是喝大了，以为他像以前的某次大醉一样，睡上一夜，等第二天的太阳出来，什么事都过去了。没想到，第二天，天刚刚亮，杜纳兰又出现在村头的十字街上，继续演讲他的"飞碟故事"……不久之后村头就聚满了上百个人。李娜这才感觉到了恐惧，那一天，她也心急如焚地等着我回来，她认为只有我回来了，事情才有可能发生转机，我成了杜纳兰唯一的希望。但是，那天傍晚，我归来后发生的一切，让她不得不接受了她一直担心的事实——杜纳兰确实犯病了……

四

　　我回来的第二天一早，杜纳兰就来踹我婚房的大门了。

　　头天夜里，已经快十二点了，杜纳兰的父亲找上门来。他是一个屠夫，天知道他怎么会生出一个会写诗的儿子来。杜屠夫是提着一扇排骨进来的，进门就喊，大侄子，这是夜里刚杀了猪剔出来的，新鲜着呢。杜屠夫经常晚上宰猪，第二天一大早就用摩托车载着肉去远处的集市上售卖。传说他经常低价收些死猪病猪来宰，附近村里没有人敢买他的肉。当然，我也不敢吃他给的排骨，待他说完要说的话，就将他连人带排骨送到了大门外。杜屠夫还不放心，隔着门又喊了一句，大侄子，你就当可怜可怜他，要顺着他说……

　　我打开大门后，迎面扑来的第一句话就是：那天咱们是不是看到飞碟了？

　　我看了看比昨天还要憔悴的杜纳兰，心里有些发酸，我连连点头说，是、是的……咱们一起看到飞碟了……

　　我说得对了吧，是真有飞碟吧？我哪能撒谎呢？杜纳兰嘴角露出满足的微笑。然后，他像个孩子般欢笑起来，飞奔到大街上，边跑边喊，泥孩承认看到飞碟了，

　　我望着杜纳兰的背影，泪流满面。我想起了我们一起度过的童年、少年，那些光阴，像风一般在身边掠过。

　　后来的每天，他在街上每遇到一个人，都会拉住人家的手，兴奋地说，你知道吗？泥孩肯给我证明了，我们确实一起看到了飞碟，你不信，可以去问他……被抓住的人会连连点头，是的是的，我信你了……如果遇到不耐烦的，想随便打发了他，他会不依不饶地跟在人屁股后面，一遍一遍地问他同样的问题，直到得到他想要的答案才肯罢休。后来，有聪明人为了减少他的纠缠，在街上见了他，能躲就躲开，实在躲不开了，打老远就冲他喊，杜纳兰，你那天看到飞碟了！我相信你！那样，他就会欢跳着走开了……

　　杜纳兰是杜屠夫唯一的儿子，他扬言倾家荡产也要治好儿子的病。他带儿子看了镇上、县里的人民医院，又看了市里的精神病医院，都医治无效后，就带着他遍访"名医"，大把的钱流入了一些江湖骗子、游方郎中的手中。后来，连远近有些名气的神嬷嬷、道嬷嬷都看了……这样折腾了两年，倾尽了杜屠夫多半生刀头舐血挣来的钱，而杜纳兰的病，始终不见起色。杜屠夫从此天天借酒浇愁，不到一年就抑郁而死。杜纳兰长年卧病在床的娘病情加重，不久也撒手人寰。杜纳兰没有兄弟，只有一个大他十几岁的姐姐嫁到了邻近的方庄。他沦为"孤儿"之后，他的姐姐隔几天就来一趟，给他蒸上一锅馒头。洗衣服的事儿不用别人操心，杜纳兰从上初中开始就自个洗衣服了，他自己能熨得板板正正。精神失常之后，这门手艺却没丢下，依然天天穿得整整齐齐。如果他不开口说话，谁也看不出他是个脑子有问题的人。他的生活也极有规律，每天天一亮，就会拿个马扎，坐在村口的路边上，给南来北往的人打招呼，一有机会就和人探讨有关飞碟的话题。杜纳兰成了我们村的一道人文景观，方圆几十里内，无人不知。

　　那年冬天，河水刚刚结了薄冰，我和朱李娜举办了婚礼。

　　依照李娜的意思，我请杜纳兰来喝喜酒，让几个要好的弟兄陪着他，也看着他，担心他会闹出什么事端。意外的是，那一天，杜纳兰非常让人省心，酒菜刚端上来，他就自己干了一大杯，接着，他开始像主人般主动敬酒，把桌上的每个人都敬了一杯后，就趴在桌子上睡着了……

第二天，杜纳兰失踪了。发现他失踪的是我的新婚妻子朱李娜。我们办喜事剩下了一些酒菜，杜纳兰就拣了几样现成的熟食，还拿了两瓶酒，送到杜纳兰家里。那时已是中午，杜纳兰家的大门、屋门都开着，却没有一个人影。消失传出来后，有人跑去方庄报告了他的姐姐，还有人自发地四处寻找，找了整整一天未果，人们就都泄了气。

杜纳兰就这样在五合村消失了，一阵风从街上吹过，有关他的话题就被风吹走了，人们渐渐就把他遗忘了。

直到转过年来的春天，积雪消融，小河里的冰渐渐融化，杜纳兰的尸体才被人发现。他是从赵官屯庄稼地里的一个水塘里漂上来的。两年前，那个水塘底下发现了古墓，文物部门挖掘后，并未发现什么有价值的文物，就将抽出去的水放了回来。据人们推测，杜纳兰去那儿时，水已结了薄冰，他是不慎掉进了冰窟窿里，给冻在了里面。

杜纳兰去那个水塘干什么呢？无人得知。

杜纳兰下葬那天，朱李娜哭得死去活来。我的泪水也像两条蚯蚓般在脸上蠕动。我本来是在葬礼上负责祭品的，只得将事情交给别人，过来搀着李娜。在一边看出殡的李娜娘感觉到了难堪，她悄悄靠近自己的女儿，用力在她胳膊上掐了一把，小声骂道，死妮子，还要脸不？结果她的哭声更大了，引来了一丛丛含意复杂的目光。

当天晚上，根据村里习俗，杜纳兰的姐姐在娘家设宴"谢职"（答谢料理丧葬事务的人），我喝得大醉，都不知道怎么回的家。

第二天，我醒来时，阳光已经透过门窗扑到了屋子中央。屋里静悄悄的，外面有哑哑的鸟鸣。我爬起来，大声喊着李娜，没有回音。

我草草趿上鞋，奔出了屋门。偌大的院子里，只有一张旧八仙桌子。这张桌子昨天还在杜纳兰家用着，不用说，今天是刚被村里负责善后的人给送回来了。但桌子并没放好，以一种奇怪的姿势歪立在院子中央。我走近一看，桌子掉下了一根腿，倾斜的桌面上用瓦片压着一张画，我忽然感觉头晕目眩。

那是一幅彩色的"飞碟图"，有三层光圈，两层机舱，画的左上角，写着歪歪扭扭犹如天书的几个字："则兴纳兰兄弟合作"。

天哪，这张桌子的腿是怎么掉下来的？怎么却偏偏掉下挨着画的这一根呢？

五

那是个周五的晚上，我和杜纳兰结伴去李寨看电影。晚上的活动，历来只有我们两个，一到晚上，李娜被她娘看得死死的。那天杜纳兰收到一笔稿费，来自一家名为《鲁北文学》的地级刊物，虽然只有20元钱，但他比过节还高兴，用这笔钱买了一瓶62度的古贝春原烧，还有一斤水煮花生米。剩下的钱，又买了一包石林烟。

我用自行车带着杜纳兰，快到赵官屯时，发现路边的树全刨了，到处是东倒西歪的树枝和树干。还有十几个人往路边的排水沟里填土垫道。我们停下一问，才知道庄稼地里的那个大水塘底下发现了古墓，要修一条临时的路，进抽水机和挖掘机。

到李寨的时候，电影已经开演了。但我俩不在乎，这个《追捕》我们已经看了五六遍，有些台词都背熟了。在一起喝高兴了的时候，我们经常抢着背诵那段经典台词："杜丘，你看，多么蓝的天，走过去，你可以融化在那蓝天里，一直走不要朝两边看……从这儿跳下去！昭仓不是跳下去了！唐塔也跳下去了！所以请你也跳下去吧……"我们蹩脚的表演常常引得李娜捂着肚子笑。

我们在电影布的背面，找了个麦秸垛，倚着坐了下来。我们经常追着电影队到各个村子看电影，早就厌倦了与别人争抢位置，只要看过一遍的电影，我们都从背面看。背面只有字幕看着别扭，图像和前面是一样的。而且背面只有我们俩，耳根子也清净。那天晚上，我们俩用酒瓶子喝酒，每人一口。半塑料袋子花生米就放在我们之间的麦秸上，随手摸着吃。杜纳兰高兴，每次都喝一大口，到我这里时，我只是沾一沾。后来他发现了，指责我作弊。我告诉他说，看完电影我还得带他回去，十二里路呢，全是土路。他就不再管我了。那瓶高度酒，我喝了不到一两，基本全让他灌了下去。其实，我还有一个原因不想告诉他：明天一早我还得去县文化馆，接受每周两天的美术培训。

散场的时候，他已经有了醉意，冲着前面的一个姑娘大声唱"妹妹你大胆地往前走……"，招来了一顿臭骂。

　　我沿着坑坑洼洼的土公路往回赶。杜纳兰在后面抱着我的腰，来回晃动着身子，声嘶力竭地唱那首"妹妹你大胆地往前走……"，带着自行车也在路面上行驶着"S"路线。我用力掌着车把，拼命蹬着车镫子往前狂奔。行至半路，自行车被一个什么东西颠了起来，我们连人带车摔倒在了地上。

　　月光明亮，夜色中的景致如白天隔了一道薄薄的帘子。我爬起来一看，是一根伸到路中央的树干作祟。路边有几堆树枝和树干，路边的排水沟已水满槽平，田野里那个大水塘的旁边，凭空多出来一个黑黝黝的土堆。

　　这一摔，让杜纳兰清醒了很多。他爬起来，坐在路边，点着了一支烟，问我，到哪里了？

　　到赵官屯了，就是发现古墓的地儿。我在他旁边坐下来，双腿伸到路边的沟沿上。他递给我一支烟，并为我点上，我深吸了一口，感觉身子由内到外暖了一圈。

　　我们并排坐着，好长时间，谁也没有说话。

　　记不清是什么时候，我们面前就亮了起来，越来越亮。

　　那是什么？是飞碟？！

　　田野里，那个被抽干的水塘上空，悬着一个闪着蓝光的物体，有上下三层光圈，呈椭圆状，忽亮忽暗，正慢慢上升着……

　　是飞碟！错不了！杜纳兰激动得声音都变调了。

　　面前的影像，确实很像我们在杂志上看到的飞碟，难道这世上，真的有飞碟？

　　杜纳兰突然大叫了一声"飞碟"，站起来就往前冲去，却"嗵"的一声掉进了面前的水沟里。

　　同时，那个发光的物体突然消失得无影无踪，我放眼四望，天地之间，只有皎洁的月光，均匀地洒在大地上。树木、田野、土路、水沟……一切朦胧的事物依然如故。

　　我们回到村子里时，杜纳兰身上的衣服已经被他高昂的热情烘干了。一路上，他都在喋喋不休地说着看到飞碟的样子，越说越详细，细节也越来越丰满。我不禁自卑起来，诗人的想象力就是丰富，我们明明是同时看到的那个物体，可我却什么都说不出来。他说明天把这个事情在村里发布，绝对是爆炸性的新闻，会使整个五合村沸腾起来……我也一直在考虑看到的究竟是个什么东西，最大的可能，应该是古墓里冒出来的"鬼火"，但这么大又形状又如此规则的"鬼火"，也是闻所未闻。

　　杜纳兰跟我回到了新房里，赖着不走，一定要把看到的飞碟画下来，以此存念。我给他找来了我学美术购买的纸和彩笔。但是，他并不擅长作画，七涂八抹的，弄得一张素描纸像鬼画符一般。为了快点打发他走，我只得亲自上阵。他并不知道我已经学了好几个月的美术，为我"突然"展示出来的绘画"大才"赞叹不已。同时，他不断对我的画进行口头指点和润色完善。到了子夜时分，一幅流光溢彩的"飞碟"就画好了。杜纳兰拿过一支钢笔，在画的左上角写下了"则兴纳兰兄弟合作"几个字，字写得歪歪扭扭犹如天书。我把画折叠起来，放到了我的五斗橱最上层……

　　把杜纳兰打发走后，我一夜未眠。我脑子里很乱，起初全是朱李娜的影子，后来是那个飘忽不定的"飞碟"，再后来，是我和老章在一起对饮的情景。那一次，老章真的喝大了，他讲了一个有关他的绝密故事：李娜娘未出阁的时候，是村里的一枝花，不但老章看上了她，村里还有一个外号"小周郎"的帅小伙子发誓非她不娶。两边家庭条件都差不多，李娜娘的父母哪边也不想得罪，一直举棋不定。后来，老章就找茬和那个"小周郎"干了一仗，两人平分秋色，各自负了点小伤后，被村人们劝开了。当天晚上，老章就把自己家的麦秸垛点着了。他是下半夜点的火，人们发现时，硕大的麦秸垛已经化为灰烬，随风飘散。当天，村里就传遍了，都说这个"小周郎"太狠毒了，就因为和老章打了架，竟然把他的麦秸垛点着了。要知道，那年月，庄户人家过冬都买不起煤炭，全依靠这麦秸烧炕取暖呢，点人家的麦秸垛，这是作大孽呀！但是这些话，没人当着"小周郎"的面明说，"小周郎"也不好主动跳出来解释，连个辩解的机会都没有，只能打破门牙往肚子里咽。第二年春天，如花似玉的李娜娘就进了老章的家门……老章说到这里的时候，一脸的得意，他自己主动干下一杯酒后对我说，则兴，咱爷们熟读三国，还能读到狗肚子里吗……

　　天快亮的时候，我下了床，先把五斗橱上层的那幅"飞碟"图拿出来，折成很小的一团，塞到了那张旧八仙桌子一条腿的大裂缝里。然后，我洗漱一番，踏上去镇上的路。我要在那里搭乘公共汽车，去县文化馆学美术。

六

朱李娜失踪得很彻底，活不见人，死不见尸。

我找了好多地方，也没找到她的人影。后来我只好在村头等着她，向过往的每一个行人询问：你看到朱李娜了吗？

大多数人瞥我一眼就过去了。也有人冲我笑笑，摇摇头……但也有人会说，看见了，在镇上和别的男人逛街呢……在村东的河里洗澡呢……竟然还有人在我背后嘀咕：……还傻等呢，坟头上的草都老高了，唉，怎么也偏偏死在那个水塘里……

我当然不信这些鬼话，说这些话的，肯定是疯子。

慢慢地我发现，村里的疯子越来越多了，从他们的眼神里我看得出来，他们一定不知道自己疯掉了……

原载《时代文学》2020年第5期

点评

　　原本是一个寻常的三角恋的故事，两男争一女。但作者越过俗套，深入了人性的层面，当然不是简单地进行孰是孰非的价值判断。

　　飞碟作为核心意向，是情绪的引爆点，也直接激发了情节的转向。小说采用插叙的方式进行叙述，一开始就呈现了一场由"飞碟"引发的混乱，但并未详述这一场混乱的缘由和结果。在这样的困惑中，作者开始进行铺垫，接下来用了大量的篇幅渲染朱李娜和杜纳兰、则兴三人的发小情。直到都长大成人后，对于异性有了莫名的感觉，三人间亲密无间的友情渐渐有了变化。朱李娜并不明确表示更倾向于哪一个男生，导致这样的三角关系更加暧昧。矛盾终于因为"飞碟"事件爆发。长期嫉妒情绪的积累，终于在朱李娜父亲老章酒后"箴言"的启发下找到了出口，则兴做出了小说一开篇前的"证词"。在杜纳兰变得疯癫，则兴成功抱得美人归后，朱李娜得知关于"飞碟"的真相，于是走上了一条类似杜纳兰的不归路。对人性的失望该是促使她走上这条路的重要原因吧！

　　则兴最后的结局与杜纳兰的疯癫形成前后对照，在倍感唏嘘的同时，也引人深思。

（朱旭）

我的脑袋进水了/

杨　渡

我看着满满一盆冒着白汽的热水，脑袋一点儿一点儿耷拉了下去。犹豫了半天，我最终还是妥协了，捏着鼻子闭上眼，猛地把头扎进盥洗盆里。

但也许是因为过于紧张，我没能控制好力度。刚把脑袋扎进水里，我就听到了耳道内空气变成气泡"咕咕咕"跑出去的声音，原先的空间被水占据。

完了，脑袋进水了。

我很怕水。我不敢尝试游泳，害怕站在水边，而最让我觉得恐怖的就是洗头。我可以不学游泳不站在水边，但我不得不洗头——只要洗头就会有脑袋进水的风险。水要是顺着弯弯曲曲的耳道流进脑袋，那就永远出不来了。

一直以来我都无比小心，而这件可怕的事情还是发生了。

我慌了神，连忙要抬起脑袋。但地砖实在太滑，我没能第一时间站稳，再加上陶瓷材质的盥洗台表面过于光滑，我半天也没能撑住身子。我的脑袋在水里多待了好几秒，这点儿时间已经足够让水灌满整个脑袋了。

艰难地抬起头，装满了水的脑袋重得似乎要把脖子压断，吓得我立即用双手将它托住。

一切都变得不一样了。墙、天花板、盥洗池、镜子、镜子中的我，所有东西的表面都覆上了一层很淡很淡的浅蓝色。换气扇换气的嗡嗡声消失了，水从水龙头里流出的哗哗声也变小了。原本客厅里电视机的声音开得老大，现在却像是从很远的地方传来，变得模糊不清。

这真是一种我从未体验过的奇妙感觉。不过，现在最重要的还是如何把脑袋里的水倒出来。

我把头往左一侧，结果脑袋里的水哗啦啦全部往左侧涌去，我差点儿一头扎在地上。赶紧把脑袋扶正，水一下子又全流向右侧，我的身子又向右侧倒去。

我的脑袋里像是装着一片大海，海面上波涛汹涌，大海中央更是有一个无比巨大的漩涡。过了好久，海面终于平静了下来，漩涡也消失不见，但我还是头晕目眩了好一阵子，耳朵里也依然回响着海浪声。

头发仍是湿漉漉的，水顺着脖子流下，弄湿了衣服。我顾不得拿毛巾把头发擦干，想立马跑去找爸爸妈妈。可刚一抬脚，身子微微往前一倾又后仰，脑袋里再次乱成一团。只感觉浪花一下接一下地拍打着我的后脑勺，雷鸣般的涛声几乎要把我的耳朵震聋，吓得我连忙放下了抬在半空的脚。我用手掌把脑袋紧紧地固定在脖子上，脚不离开地面地慢慢朝着卫生间门口挪去。

好不容易走到客厅，爸爸正坐在沙发上，看电视机里的人踢球。他一只脚跷在茶几上，另一只脚盘着放在沙发上，皱着眉头，看上去似乎不是很高兴。

走到爸爸面前，我又退后了一步，确认自己没把电视屏幕挡住。我拍了拍爸爸的手臂："爸爸，有水流进我脑袋里了。"

说完话闭上了嘴，我却还能听到自己的声音。我想，要穿过厚厚的水屏障进入大脑，肯定很累很费劲吧，所以它的速度比平时慢了好几秒。

爸爸转头看了我一眼："多大点儿事，你走动两步就好了。赶快上床睡觉，明早醒来肯定什么事都没了。"

爸爸的声音同样很慢很慢地传进我的耳朵里。看着他奇怪的口型，我有点儿想笑，可一想到脑袋里装得满满的水，我又笑不出来了。

我觉得我有必要向爸爸讲述一下脑袋进水这件事情的严重性，可还没开口，爸爸的眼睛又回到了电视屏幕上。我张了张嘴，一时间却忘了要说些什么。

真是搞不懂，电视机里天天有人在踢球，少看几分钟不行吗？难道这比我进了水的脑袋更重要？

我真想冲上去一把拔掉电视机的插头，指着爸爸的鼻子大骂，就像他经常在我看电视时做的那样。但这种事情我也只敢在脑袋里做一做。

我沉默地站了一会儿，转身走向门口。打开本就虚掩着的门，走下了楼。

楼下的空地上摆着两张麻将桌，我一眼就看到了坐在路灯底下的妈妈。她背对着我，正在和另外三个老阿姨一起打麻将。

我走上前，敲了敲妈妈的背。妈妈转过身，看到是我，就又继续研究手里的麻将牌去了。她一边伸手去抓麻将牌，一边问我："怎么了？干吗跑楼下来？"

我老老实实地回答："妈妈，我脑袋里进水了。"

那三个老阿姨立马就笑了，她们的笑容一模一样，都给我一种很不舒服的感觉。妈妈先是一愣，旋即也笑了，只是笑得有点儿局促。她放下了手中的麻将牌，再次转过身看着我，皱了皱眉，说："你跑下楼就是要跟我说这个？这有什么大不了的。妈妈忙，你先上楼睡觉，我一会儿就来。"

她推了我一把，旋即转身对着那三位阿姨一笑："没事，我们继续。"

在妈妈这轻轻一推下，我失去平衡，差点儿一屁股坐在地上，连着后退了好几步才稳住身子。又是熟悉的眩晕感，好在经受了这几次我也有些习惯了，不至于像之前那样难受半天。

我静静地站在妈妈身后。尽管看不见，我也想象得出妈妈眉毛飞扬的高兴模样。她的注意力全在麻将牌上，当然不可能再回过头，也不可能发现没有离去仍站在她身后的我。我不禁有些失落，可不知怎么的，我听见住在我内心里的那个小人近乎无声地笑了。

回到楼上，爸爸依然在看球赛。他还是以那样的姿势坐在沙发上，一动不动，像是完全没听到开门声和我的脚步声。我沉默地在爸爸背后站了一会儿，转身走进自己的房间，关上了门。

我没有开灯，就这样抱膝坐在床上。客厅隐隐传来欢呼声，也不知是爸爸的还是电视里的。窗外传来楼下麻将牌碰撞的声音，我也听到了大嗓门妈妈那独特的笑声。我有一种很奇怪的感受。明明难过得想要哭出来，我的内心却又非常平静，心里头的那个小人又在低声笑着，也不知道在笑什么。

在黑暗中坐了很久很久，客厅里电视机的声音消失了，楼下打麻将的声音也小了下去。我从发呆的状态中脱离出来，小心地托着脑袋慢慢躺下，装满水变重了的脑袋深深陷入了柔软的枕头之中。

我强迫自己不再去担心脑袋进水这件事，认认真真开始睡觉。既然爸爸妈妈都说让我上床睡觉，那么或许真的只要我睡一觉就好了。像之前感冒发烧或是牙疼，睡一觉后都没事了。可能在我睡着后，水就偷偷地从我脑袋里流出来，全部流进枕头里。然后明天一早醒来，我就会发现，我的枕头吸了好多好多水，变成原来的两倍那么大，而到时候爸爸妈妈就能知道我脑袋里进了多少水了，他们一定会大吃一惊。

我越想越开心，偷偷捂着嘴笑了。闭上眼，原本的黑暗反倒变成了带有浅浅灰色的暗蓝色。我想，今天晚上，我一定会做一个蓝色的梦……

一觉醒来，还没睁开眼我就知道爸爸妈妈错了，睡觉根本解决不了问题。眼前仍是灰蓝色的，这说明我的脑袋依然装满了水。

虽说问题没解决，睡了一觉，我倒是想到了两个解决问题的方案。但事实证明，这两个方案都是行不通的。我使劲擤鼻子，想让水变成鼻涕从鼻子里出来，可直到鼻子被我擦得生疼都没见什么效果。我用电吹风对着脑袋吹风，希望脑袋里的水像平时洗头后头发上的水一样被吹干，可吹了半天，除了头发冒烟像是被烤焦了，我没有其他任何感觉。

这下子我彻底丧气了。心不在焉地吃着早餐，我抬头看了看时钟，发现已经到了出门上学的时间。赶紧再咬了两口面包，我背起书包出了门。

我料到今天将是糟糕的一天，但没料到会有这么糟糕。我从开始上小学到现在两年时间里挨过的骂和出过的丑，加起来都没有今天一天多。

我知道自己脑袋进水后走路速度很慢，所以特地提前十几分钟出了门，可我还是迟到了，而且迟到了十来分钟。班主任堵在教室门口，把我狠狠批了一顿。她面目狰狞，传到我耳朵里的声音却非常搞笑，我很努力地绷住脸，可两边嘴角还是不听话地微微上扬了一下，而这又恰好被班主任注意到了。她本来已经开始作总结，表情也变得和缓很多，好像没那么生气了，结果因为我这一笑，她比之前还要生气，又接着批评了十几分钟，直到上课铃响了才放过我。走进教室，同学一个个都幸灾乐祸地看着我，还有人嘿嘿笑了两声。我气得恨不能在他们每个人脸上搂一拳，但这明显是不可能实现的。我只好假装没看见也没听见，自顾自走到自己的位子上坐下，取出书包里的课本。

这真是一个糟糕的开始啊，我心里默默地想。可其实，跟之后的那些事情相比，这也算不上有多糟糕。

数学课上，同桌用手指在桌底狠狠截了我几下，我才反应过来老师是在叫我的名字。他向我招了招手，又指了指黑板，我才明白他是让我到讲台上答题。我连忙走上去，接过老师手里的粉笔。

黑板上只是几道简单的计算题，我本应该是会做的。可不知为什么，看着这些数字，我脑袋里一片空白，似乎那些用来思考计算的空间全被水灌满了。拿着粉笔，我根本不知道该写什么，但我只能硬着头皮胡乱写下答案。

才做了两道题，我已经听到背后讲台下同学低低的笑声。随着我继续往下做，笑声越来越大，它们像巨浪一样袭来，挤进我的脑袋，在里头震荡回响。一种紧张感与压抑感将我包围，我害怕得有些发抖，可我还是把题目答完了。

把粉笔塞回粉笔盒里，我悄悄抬头看了一眼老师。他两眼瞪着黑板上的题目，好像还在检查答案的对错，但我知道，大事不妙了。我看到了老师那不断捏紧的左手，还有他手里已经被捏得变形的课本。

愣了好一会儿，老师一把抓起讲台上的黑板擦，抬起胳膊像是要去擦我写在黑板上的答案，下一刻却又狠狠地将它丢回到讲台上，发出"砰"的一声。就在这时，下课铃响了，他没像往常一样开始布置今天的作业，而是一手拎着我出了教室。

他直接把我拎到了办公室，向班主任讲述我犯下的几项不可饶恕的错误。我还是觉得脑袋发胀，没法集中精神，只是大概听到老师说我上课不专心思想开小差，他叫我名字四五遍我都没有反应，又说我不尊重老师，故意答错题目挑衅他。我张嘴要解释，可难道我要告诉他们我是因为脑袋进水才没听到老师点我的名，告诉他们我答错题不是故意的也是因为脑袋进水？真要这么说，我身上恐怕还会多出一个"瞎编理由糊弄老师"的罪名。这么想了想，我打消了念头，乖乖地闭上嘴。

数学老师越说越激动，班主任不断点头，说着"是""对"附和，反倒像是她犯了错而不是我。不管是数学老师扭曲的表情还是班主任认错般的模样，都是那么的滑稽好笑。我赶紧低下头，开始仔细研究大理石地板上的美丽纹路，进入发呆状态。我可不想再像上午那样因为笑一下而多挨一顿骂。结果这一发呆，我连数学老师什么时候走的都不知道，直到班主任也训够了说让我回教室时，我才清醒过来。

在回教室的路上，我有了些不好的预感：恐怕今天还要发生很多倒霉的事情。

很不幸，我的预感是对的。

课间操时，我几乎就没做对几个动作。只要身子一晃，我就晕头转向，自然会做错动作。我想赶快纠正，身子却不听话，心里忍不住着急，结果更是手忙脚乱。检查的老师看到了，走过来提醒我，我心里更是紧张，做操做得比之前还要糟糕，老师当然毫不留情地给我们班级扣了分。这导致我又被班主任骂了一通。

体育课上，全部同学都跑完步开始自由活动了，我还只跑了一半。体育老师罚我一直跑到下课为止，还说我是在挑衅他，让我下节课接着跑。

和这些比起来，音乐课上发生的事情倒也还好，我只不过是出了个丑。开始上课时，我们一起唱上节课学过的歌，可刚唱出一个字，全班同学都转头看我，弹着钢琴的音乐老师也吓得手一抖。我赶紧用双手捂住嘴巴，接下来一整节课都没敢再唱出声。我知道，就像每天晚上戴着耳机打游戏时大吼大叫的爸爸一样，我刚才唱歌的声音肯定比我自己听到的要响很多。音乐老师是我最喜欢的老师，可我现在肯定给她留下了一个"故意扰乱课堂纪律的调皮学生"的坏印象。想到这个，我就恨不得抽自己两下，可我又超级怕疼，所以没敢真打自己。

终于快要放学了，我开始整理书包。跟平常一样，校园里吵成一片。我看了看窗外，校门口又堵满了汽车和来接小孩的大人们。好多大人直接进了学校，站在教室外的走廊上等着小孩放学——那个门卫叔叔又矮又瘦的，根本拦不住他们。同桌的爸爸正站在教室门口，每天不是爸爸来接就是妈妈来接。除了我同桌外，还有好多同学的爸爸妈妈也站在外面。

铃声终于响了，同学们呼啦啦跑出教室，一个个拉着爸爸妈妈的手走了，教室一下子空了。我慢吞吞地背起书包，慢吞吞地走出教室，一眼就看到了嘴里嚼着泡泡糖的杨麦。他身子靠在栏杆上，侧着脸，好像在看走廊尽头的什么东西，但眼睛却还是瞟着我班教室的门口。

看到我，他笑了笑，又立马朝我翻了翻白眼："怎么一整天都没有看到你，我还以为你今天没来上学呢。哼，亏我每节课下课都跑到草坪上等你。你下课时都干吗去了？"

杨麦是我幼儿园时的同班同学，也是我最要好的朋友。虽然我们现在不在同一个班级，但我们总是一起在教学楼前面那一小块草坪上聊天、玩游戏。

我这才想起，我确实有一整天没有见到杨麦了。由于脑袋进了水，我每个课间都乖乖坐在位子上不敢走动，哪还有跑出教室找他玩的心思。而且有好几个课间我都在挨老师的骂，就算想玩也没这时间。

我心里想着怎么向杨麦解释，但他好像并没有真的想让我回答他的问题。"走吧，今天我们去哪里玩？"他拉着我朝楼梯走去，一边说着，一边递给我一块泡泡糖。

我很喜欢吃泡泡糖，不过，我现在完全没心情吃。我摇手拒绝了他的好意，心不在焉地说："随便吧，你说去哪里就去哪里。"

走在前面的杨麦突然停下脚步，我撞在他背上，差点儿和他一起从楼梯上滚下去。他转过身仔细地对我打量了一番，皱了皱眉："不对啊，你不是每天都有很多想法的吗，今天怎么突然让我来决定了？而且，怎么连你最喜欢的泡泡糖都不要了？到底发生了什么？"

想到今天一整天发生的伤心事，又想到只知道让我早点儿睡觉的爸爸妈妈，我感觉我的眼泪鼻涕立马就要流下来了。赶紧吸溜了一下鼻涕，再使劲眨了几下眼睛把眼泪憋回去，我把所有的一切都告诉了杨麦。

杨麦很认真地听我把所有事情说完，若有所思地点了点头："总而言之，你的脑袋进水了？"

之前我自己这么说时倒没觉得不对，现在听他对我说这话却感到有些别扭，因为平时我做错了什么简单的题目时老师也是这样骂我的。可这么说一点儿问题都没有，因为事情确实是这样子的。我点了点头。

杨麦歪着头思考了一小会儿，笑着说："这有什么难解决的。跟我来！"

他一把拉住我的手，却不是朝着楼下跑，而是往楼上跑。我纳闷了："我们去哪里？"

"去天台。"杨麦一副很兴奋的样子，"相信我，只要晒一会儿太阳，你脑袋里的水就出来了。"

"可我今天已经晒过太阳了啊，没什么不一样的感觉。"除了课间操，光是体育课我就晒了四十分钟。

杨麦翻了翻白眼："站地上晒太阳和在天台晒太阳可不一样，在楼顶你离太阳的距离要比站地面上近那么多呢，像我妈晒衣服晒鱼干都是放楼顶晒的，她说在楼顶晒东西干得快。好了，我们到了。"

通往天台的门一直是锁着的，但那个锁早被杨麦拧坏了。我们曾经有几次在放学后偷偷溜到天台上玩，都没被发现，只是学校禁止学生放学后在校逗留，每次要回家时我们都会被校门口的门卫叔叔骂一顿。

走上天台，我和杨麦一起抱膝坐在地上。这里能看到我们家所在的小区，还能看到很远很远的山。阳光照在我身上，我突然获得一种很特殊的感觉。我身体里积攒了一天的郁闷和难过似乎全部被阳光赶了出来。

我的脑袋在一点儿一点儿变轻，眼前的淡蓝色一点儿一点儿褪去，那种被水充满的难受感觉也在一点儿一点儿消失。我突然听到轻微的气泡破碎的声音，稍稍抬头一看，有无数小小的淡蓝色半透明气泡从我的脑袋里钻了出来，飘到了空中。我知道，那是被阳光赶出来的在我脑袋里待了一整天的水。

我转头看向杨麦。他看了看我头上不断冒出的气泡，又看了看我，得意地笑了："喏，给你！"

他手里握着的正是刚才被我拒绝了的那块泡泡糖，是我最喜欢的柠檬味。我也忍不住笑了。拿过那块泡泡糖，撕开糖纸，我一把将它塞进了嘴里。

原载《雨花》2020年第1期

点评／

读完杨渡这篇小说，似乎又带我回到了童年。

真挚是好小说非常重要的特质，无疑《我的脑袋进水了》能让读者充分感受到这种真挚。这样的纯粹不该仅仅是因为作者还不到20岁，因为真挚但不稚嫩。真挚最显著的表现在对主人公小男孩心理的细腻刻画上，对于脑袋进水了深信不疑这件事，如果不是科幻小说，那确实也就只有天真烂漫的孩童愿意并且真的相信。"脑袋进水"后带来的眩晕感，使得小男孩的生活一度陷入混乱，在时空的序列中都碰到了难题。在家的空间中，男孩首先求助于父母，但忙于看球赛和打麻将的他们将男孩的话当成了无忌童言。在学校的空间中，男孩放弃了求助，更多展开的是关于时间流逝过程中，"脑袋进水"后各科老师因为他的反常表现而一再惩罚，但似乎没有人关心为什么男孩会有异常的行为。一天就这样结束了吗？然后又陷入循环？同龄伙伴的出现使得事情出现了转机，这样的设定很有意味。伙伴非但没有嘲笑男孩，更是积极帮助他解决这个问题。解决办法看似荒诞，在孩童的童话世界中却是合乎逻辑的。

接过伙伴递过来的泡泡糖，男孩第一次笑了。

在童话故事营造的奇幻氛围中，一个幼稚但纯真的男孩被刻画得栩栩如生。在轻松愉悦的格调中，又潜藏一些沉重。杨渡呼唤着对孩童内心的关注和理解，不刻板、不刻意，而心领神会。

（朱旭）